Utta Danella

Wo hohe Türme sind

Roman

Albrecht Knaus

Umwelthinweis:
Dieses Buch und der Schutzumschlag wurden auf chlorfrei gebleichtem Papier gedruckt. Die Einschrumpffolie (zum Schutz vor Verschmutzung) ist aus umweltschonender und recyclingfähiger PE-Folie.

Der Albrecht Knaus Verlag
ist ein Unternehmen der Verlagsgruppe Bertelsmann

2. Auflage
© Albrecht Knaus Verlag GmbH, München 1993
Gesetzt aus Korpus Sabon
Satz: Filmsatz Schröter GmbH, München
Schutzumschlag von Werner Rebhuhn
Mohndruck, Gütersloh · Printed in Germany
ISBN 3-8135-1946-5

GEWIDMET
DEM LAND BÖHMEN
UND SEINEM GROSSEN KÖNIG
DER DIE STADT PRAG ZUR
EUROPÄISCHEN KULTURMETROPOLE MACHTE
KARL IV.
KAISER DES HEILIGEN RÖMISCHEN REICHES
DEUTSCHER NATION

Prolog

Die Gemahlin des Kaisers erwachte zu ungewohnt früher Stunde. Ein schrilles, kratzendes Geräusch hatte sie so jäh geweckt, daß sie erschrocken die Augen aufriß, noch gefangen in einem Traum, nun verwirrt in der fremden Umgebung. Was war das? Und wo befand sie sich eigentlich? Ach ja, in einem Hotel. Sie mußte geträumt haben. Sicher von einem Krach mit der Bürgerin.

Sie wandte den Blick zur Seite, seine Stirn lag auf ihrer Schulter, er schlief noch fest. Ihre Körper berührten sich nicht, denn er wußte, daß sie das nicht mochte. So leidenschaftlich sie in der Umarmung war, so zärtlich sie sich an ihn schmiegte, zuvor und danach, im Schlaf wollte sie allein sein.

Sie schloß die Augen, öffnete sie gleich wieder. Sie würde nicht wieder einschlafen, so hell wie es in diesem Zimmer war, die Vorhänge taugten nichts.

Sie zuckte mit der Schulter. Wenn sie nicht schlief, brauchte er auch nicht zu schlafen.

Er war sofort da. Sein Arm legte sich so behutsam um ihren Körper, wie seine Stirn an ihrer Schulter gelegen hatte.

«Du bist schon wach?»

«Es ist so hell. Und so ein Krach.»

«Was für ein Krach? Ich höre nichts.»

«Ein gräßliches Geräusch. Vielleicht habe ich auch nur geträumt. Nein! Da ist es wieder. Das geht einem durch und durch. Was ist das denn?»

Ein schleifendes, schepperndes Kratzen direkt vor dem Fenster.

Er lachte leise. «Das ist die Straßenbahn. Die hättest du gestern schon hören können, als wir schlafen gingen. Aber du hattest fünf Becherovka getrunken, da hast du gar nichts mehr gehört.»

«Du gehst mit mir in ein Hotel, an dem direkt eine Straßenbahn vorbeifährt?» Sie richtete sich auf und schüttelte seinen Arm ab. «Also wirklich!»

«Es ist das erste Haus am Platze. Und schalldichte Fenster haben sie hier noch nicht.»

«Es hat mir gleich nicht gefallen. Warum sind wir überhaupt hier?»

«Du wolltest partout in diese Stadt.»

«Sag bloß nicht wegen dem Bier.»

«Wegen des Bieres», verbesserte er freundlich.

«Ach, komm mir nicht germanistisch. So spricht kein Mensch. Außerdem kann ich Bier nicht ausstehen, das weißt du doch. Ich habe für den Rest meines Lebens genug von Bier.»

«Das weiß ich, Liebling. Aber jetzt bist du in Pilsen, und hier gibt es ein besonders gutes Bier. Mir hat es gestern abend sehr gut geschmeckt, und ich habe bestens darauf geschlafen.»

«Du bist ganz einfach rücksichtslos. Du schläfst wie ein Ratz, und ich kann nicht schlafen.»

«Du bist noch vor mir eingeschlafen. Ich habe nicht einmal einen Gute-Nacht-Kuß bekommen.»

«Wozu auch?» sagte sie streitlustig. «Du bist lange genug ohne Gute-Nacht-Kuß von mir ausgekommen.»

«Um so notwendiger brauche ich ihn jetzt.»

Diesmal nahm er beide Arme, sie ließ sich zurücksinken, doch sie drehte den Kopf zur Seite, so daß er nur ihre Wange küssen konnte. «Du wachst auf und bist gleich schlechter Laune, Majestät.»

«Das bin ich oft. Überhaupt, wenn ich nicht ausgeschlafen habe. Wie spät ist es eigentlich?»

Er griff über die Schulter nach der Uhr auf dem Nachttisch. «Kurz nach sieben.»

«Na bitte! Das ist eine unmenschliche Zeit, um aufzustehen.»

«Wer redet von Aufstehen?»

«Nein, laß mich. Es ist auch zu früh für die Liebe.»

«Dann schlaf noch ein bißchen.»

«Kann ich nicht. Mit diesem Ungeheuer auf der Straße. Jetzt kommt sie wieder. Kannst du mir sagen, aus welchem Jahrhundert diese Straßenbahn stammt?»

«Möglicherweise aus dem vorigen. Kann sein, dein Vater ist schon damit gefahren. Oder dein Großvater.»

«Mein Vater war Arzt und hatte ein Auto. Und mein Großvater war Ingenieur bei den Škoda-Werken, also wird er wohl auch ein Auto gehabt haben.»

«Nehmen wir mal an, als dein Vater ein kleiner Junge war und in die Schule ging, daß er damals...»

«Mit dieser quietschenden Tram gefahren ist. Du langweilst mich. Hör auf von dieser blöden Straßenbahn zu reden.»

«Du hast davon angefangen.»

«Erklär mir lieber, warum wir hier sind. In diesem blöden Hotel mit der blöden Straßenbahn vor dem Fenster. Das Essen war auch schlecht. Nur der Schnaps war gut. Wie heißt er, sagst du?»

«Becherovka. Ich habe ihn dir empfohlen, ich wußte nur nicht, daß du dich damit betrinken würdest.»

«Ich bin nicht betrunken von fünf Schnäpsen. Sie schenken allerdings sehr gut hier ein, das muß ich zugeben.»

«Das erste Lob, das du der Heimat deiner Väter zukommen läßt.»

«Becherovka. Trink ich heute wieder. Du kennst ihn wahrscheinlich aus Prag, als du mit deiner Freundin dort warst.»

Er nickte. «Ich kenne ihn aus Prag, als ich mit meiner Freundin dort war.»

«Wie oft warst du mit der Dame in Prag?»

«Mindestens viermal. Wenn nicht fünfmal.»

«Ich hasse dich. Vermutlich bist du nichts anderes als ein widerlicher kommunistischer Spion.»

«Das könnte man vermuten.»

«Darum hat man mich auch nicht verhaftet, eingesperrt, gefoltert und hingerichtet, als ich gestern über die Grenze kam.»

«Warum sollte man das alles mit dir tun?»

«Wenn sie wissen, wer ich bin, werden sie es tun. Und natürlich wissen sie es. Aber sie denken, du wirst mich ihnen sowieso ausliefern.»

«Und warum sollte ich das tun?»

«Du bekommst dafür den Stalin-Orden. Oder den Lenin-Orden, oder was es heute so gibt. Aber am Ende werden sie dich auch hinrichten, das geht allen verdammten Spionen so. Das hat der

Kaiser auch mit ihnen getan. Eigentlich hätte der Grenzer an meinem Namen sehen müssen, daß ich die Frau des Kaisers bin.»

«Du erwartest zu viel von einem Grenzbeamten. Er weiß weder, wer der Kaiser war, noch wie seine Frauen hießen. Das lernt man heutzutage nicht in einer tschechischen Schule.»

«Sprich nicht in der Mehrzahl!»

«In der Mehrzahl von was?»

«Du hast Frauen gesagt.»

«Bekanntlich hatte er vier.»

«Die Namen der anderen hat sich kein Mensch gemerkt. Und er hat nur mich geliebt. Vermutlich hat man mich deswegen ermordet.»

«Es steht nirgends geschrieben, daß man dich ermordet hat.»

«Warum wäre ich sonst so jung gestorben?»

«Zweiunddreißig war für die damalige Zeit ein sehr angemessenes Alter. Die meisten Frauen sind schon vorher gestorben, im Kindbett oder an einem Schnupfen. Wenn wir noch in deiner Traumzeit leben würden, wärst du längst tot.»

«Du bist gemein. Jetzt schmeißt du mir noch mein Alter vor. Ich lasse mich scheiden.»

«Wenn ich der Kaiser wäre, könntest du dich gar nicht scheiden lassen. Ich könnte dich verstoßen und dich in ein Kloster sperren oder dich vergiften lassen, wenn es mir so beliebt und...»

«Siehst du!»

«Und außerdem kannst du dich gar nicht scheiden lassen, denn wir sind nicht verheiratet.»

«Das hätten die ja auch merken müssen hier in diesem Saftladen. Eine schlampige Diktatur ist das.»

«Eine tschechische eben. Nebenan, in der deutschen, ist man gründlicher. Da wüßten sie genau Bescheid, daß du die Gemahlin des Kaisers bist und unter einem italienischen Namen reist und aus einem reaktionären Feudalgeschlecht stammst.»

«Und du ein Spion bist.»

«Da hätten sie uns vermutlich schon eingelocht. Allerdings – eines darf man nicht vergessen, hier wie dort haben sie Spaß an Devisen.»

«Die Straßenbahn!» Sie richtete sich wieder auf. «Sag mal, hast du mit jener Dame auch in diesem Hotel gewohnt?»

«Ich war nie mit ihr in Pilsen. Immer in Prag.»

«Du denkst doch nicht im Ernst, daß ich in demselben Hotel mit dir wohne, wo du mit dieser Person abgestiegen bist.»

«Mit ihr habe ich am Wenzelsplatz gewohnt. Für dich habe ich ein anderes Hotel ausgesucht. Ein schönes, neues, amerikanisches direkt am Moldau-Ufer.»

«Ich hasse dich. Ich werde dich in Prag in den Kerker werfen und später ermorden lassen. Ja», sie breitete begeistert die Arme aus, «ich weiß auch schon, wie. Sie werden dich fesseln und in die Moldau werfen. Du wirst ertrinken wie der heilige Nepomuk.»

«Es ist zwar ein kommunistisches Regime, aber ich glaube nicht, daß sie unliebsame Leute noch auf diese Weise beseitigen.»

«Es ist mir egal, was sie mit den anderen machen. Mit dir wird es so gemacht, wie ich es will.»

«Du bist grausam, Majestät.» Er hob die Hand und legte sie um ihre linke Brust. «Wirst du mich vorher noch küssen?»

«Ehe man dich in die Moldau schmeißt? Kommt nicht in Frage; man würde denken, daß ich dich begnadige.»

«Dann küsse mich jetzt.»

Sie ließ sich weich an ihm niedergleiten, küßte sein Ohr, seine Wange, die Kinnspitze.

«Ich muß dich was fragen.»

«Ja?»

«Warum sind wir eigentlich in Pilsen?»

«Du wolltest es. Nicht unbedingt wegen dem Bier.»

«Nein. Wegen Vater. Gestern hat es geregnet, als wir kamen. Ich habe nicht viel von der Stadt gesehen.»

«Wir werden heute einen Rundgang machen.»

«Falls es nicht mehr regnet. Meinst du, sie haben heute nacht unseren Wagen aufgebrochen oder gleich gestohlen?»

«Ich weiß es nicht.»

«Solltest du nicht nachschauen gehen?»

«Jetzt nicht. Später.»

«Und du willst auch nicht nachschauen, ob es noch regnet?»

«Nein. Solange wir im Bett liegen, ist es unwichtig.»
«Dann werde ich es tun.»

Sie löste sich aus seinen Armen, sprang aus dem Bett, nackt, denn sie schlief immer ohne Nachthemd, lief zum Fenster und schob den Vorhang beiseite.

«Es regnet nicht, aber grau und trüb ist es. Und kalt ist es auch.»
«Dann komm schnell wieder ins Bett.»
«Ich gehe erst ins Bad. Aber schlaf nicht wieder ein.»
«Welcher Mann könnte einschlafen, der auf dich wartet.»
«Gestern abend bist du auch gleich eingeschlafen mit dem ganzen Bier im Bauch.»

Er lachte. «Du bist eine unverschämte Lügnerin. Ich habe dir doch gesagt, daß du vor mir eingeschlafen bist.»

«Das behauptest du. Mir war sehr nach Liebe zumute mit den schönen Becherovkas in den Adern.»

«Geh schnell ins Bad, ehe ich dich aus dem Fenster werfe.»
«Auf die Straßenbahnschienen, das könnte dir so passen. Außerdem weißt du nicht, was in diesem Lande Brauch ist. Man wirft die Leute in Prag aus dem Fenster.»

Sie verschwand im Badezimmer, er legte die Hände geöffnet auf die Bettdecke, er spürte noch ihren Körper darin. Er lächelte. Er liebte sie, er begehrte sie, hier und jetzt. Bald würden sie sich trennen müssen.

Sie kam zurück und schauerte.

«Ein popliges Badezimmer. Und eiskalt ist es darin. Warum heizen die nicht? Es ist erst April.» Sie schlüpfte ins Bett und kuschelte sich mit dem ganzen Körper an ihn.

«Ach, du bist schön warm. Und nun küß mich! Ich habe mir die Zähne geputzt.»

«Aber – dann muß ich ja auch.»

«Nein, es reicht für uns beide. Im Moment kann ich nicht auf dich verzichten. Du mußt mich wärmen, und ich muß dir erzählen, was mir eben klar geworden ist.»

«Und das wäre?»

«Ich weiß jetzt, warum wir hier sind.»

«Da bin ich gespannt.»

«Eine Laune. Die Bürgerin würde sagen, es ist wieder eine von meinen Launen. Launisch ist sie wie eine Wildkatze. Wieso sind Wildkatzen besonders launisch, und was ist überhaupt eine Wildkatze?»

«Warum fragst du mich? Sie ist deine Tante, und sie nennt dich eine Wildkatze. Sie wird ihre Gründe haben.»

«Ich war neun, da hat sie mir eine Backpfeife gegeben, und ich habe ihr daraufhin das Gesicht zerkratzt. Mami warf sich dazwischen, bekam einen Puff ab und weinte dann. Seitdem bin ich eine Wildkatze.»

«Ich kenne die Geschichte. Ich war nicht da, ich hätte es verhindert.»

«Spiel dich nicht auf. Kein Mensch, nicht einmal du konntest die Streitereien zwischen mir und der Bürgerin verhindern. Jedenfalls geschlagen hat sie mich nie wieder.»

Sie drehte sich auf den Rücken und lächelte zur Decke empor. «Vertragen haben wir uns nie. Sicher, es lag auch an mir. Ich war vom ersten Tag an nichts als Widerspruch, Ablehnung, Haß. Ist es nicht schrecklich, wenn ein Kind Haß empfindet?»

«Du hattest zuviel gesehen und gehört, was du nicht verstehen konntest. Und deine Mutter mit ihrem Hochmut war nicht ganz unschuldig an deinem Verhalten. Denn du hattest gewiß keinen Grund, Josefa zu hassen. Was wäre aus dir geworden ohne sie?»

«Das *ist* ein Grund für Haß. Nenn mich Tante Seffi, Kind, sagte sie und nahm mich in die Arme. Ich stand steif wie ein Stock.»

Sie konnte sich selbst sehen wie auf einem Bild. Steif und abwehrend die Haltung, starr das Gesicht, die unterdrückten Tränen hinter den Augen, den verbissenen Schrei der Empörung auf den Lippen.

Es war drei Tage her, daß man Jaroslav vor ihren Augen erschossen hatte. Und gleich darauf den Hund, der sich wütend auf die Mörder stürzte.

«Ich haßte sie vom ersten Augenblick an. Man hatte mir alles weggenommen, was ich liebte. Und sie hatte alles behalten.»

«Es ist töricht von dir, so etwas zu sagen. Ihr Mann war gefallen, und ihren Bruder hatten vermutlich die Russen umgebracht. Du hattest deine Mutter behalten und deinen Bruder.»

«Sie haben Jaro getötet und meinen Hund. Sie haben uns aus dem Schloß getrieben wie Verbrecher. Sie haben Mami angespuckt und meinen Bruder geschlagen. Und ich sollte keinen Haß empfinden?»

«Aber doch nicht gegen Josefa.»

«Doch. Solche wie sie und ihr Mann waren auch schuld daran, was geschehen ist. Sie haben die Nazis ins Land geholt.»

«Du bist schon wieder ungerecht. Josefas Mann hatte überhaupt nichts damit zu tun, und Josefa hat schon lange nicht mehr in der Tschechoslowakei gelebt.»

«Ja, ja, ich weiß. Ich bin ungerecht, undankbar, unausstehlich, ich habe es oft genug zu hören bekommen.»

«Wollen wir sagen, du warst es?»

Er zog sie fest an sich, küßte sie.

Sie erwiderte den Kuß nicht, bog den Kopf zurück.

«Nicht einmal dir wird es gelingen, einen guten Menschen aus mir zu machen.»

«Ich habe die Hoffnung nie aufgegeben.»

«Wir werden heute das Haus suchen, wo Vater und Josefa aufgewachsen sind. Und dann will ich nach Eger, wo sie geboren sind. Und ich weiß noch genau, wo das Haus war, in dem Jaroslav wohnte. Und ich muß die Burg sehen, wo Wallenstein ermordet wurde und...»

«Er ist nicht in der Burg ermordet worden.»

«Himmel, ja, ich weiß, du hast es mir schon erzählt. Es geschah in einem anderen Haus. Ich dachte immer, es war die Burg. Und in Prag muß ich die Universität sehen, die Karl gegründet hat.»

«Wir fahren erst nach Prag und auf dem Rückweg über Eger.»

«Weiß ich auch. Und dann besuchen wir Tante Josefa und nehmen ihr eine Flasche Becherovka mit oder auch zwei. Ist mal was anderes als der Schnaps, den sie brennt. Und ich werde ein ganz sanftes, schnurrendes Kätzchen sein, sie wird mich nicht wiedererkennen. So sanft und schnurrend wie diese Straßenbahn da unten. Ich habe mich an das Geräusch schon gewöhnt.»

«Mittlerweile geht sie *mir* auf die Nerven.»

«Das freut mich. Da siehst du gleich, wie das ist bei den Kommunisten. Die können sich nicht einmal eine neue Straßenbahn leisten. Und damit du gleich Bescheid weißt, zum Schloß will ich nicht. Sicher haben sie ein Altersheim daraus gemacht. Oder ein Gefängnis. Oder eine Parteischule. Ich will es nie wiedersehen.»

«Man soll nie nie sagen, Blanca. Es ändert sich so viel auf diesem Stern. Vielleicht wirst du eines Tages wieder in deinem Schloß wohnen.»

«So alt kann ich gar nicht werden. Nichts ändert sich. Das hast du ja gesehen, was aus ihrem sogenannten Prager Frühling geworden ist. Ach!» Sie legte den Arm um seinen Hals. «Ist ja auch egal. Ich habe dich. Ich kann alles verlieren, alles wieder verlieren, nur dich nicht.»

Ihre Hände glitten seinen Rücken entlang, er konnte spüren, daß sie noch immer spitze Nägel hatte.

«Du hast mich nie verloren. Trotz all dieser Männer, die du geliebt hast.»

«Geliebt! Wer spricht von Liebe? Vergiß sie, so wie ich sie vergessen habe. Aber wenn du mich wieder verläßt, werde ich dich wirklich töten.»

«Ich habe dich nie verlassen.»

«Doch. Du bist fortgegangen. Immer wieder bist du fortgegangen.»

Er beugte sich über sie. «Du weißt, warum.»

Er küßte sie, und nun erwiderte sie den Kuß, gab sich hin, wurde nachgiebig in seinen Armen. Es war wie jener erste Kuß – vor einem Tag, vor einem Monat, vor einem Jahr.

Wann hatte es angefangen? Es gab keinen Anfang, denn sie war immer dagewesen. Aber es gab ein Ende. Er würde sie verlieren.

Es war wirklich nichts als eine Laune, als sie vor einiger Zeit erklärte, sie wolle nach Pilsen fahren. Allein hätte sie es nie gewagt, sich dieser verlorenen und längst vergessenen Vergangenheit zu stellen, aber mit ihm zusammen hatte sie den Mut. Vor allem weil er schon öfter diese Reise gemacht hatte, allein oder zusammen mit jener Frau, auch er auf der Suche nach der Vergangenheit.

Jetzt, da sie hier war, empfand sie nichts als Ablehnung und Widerstand. Sie machte es sich nicht klar, aber es war das gleiche Gefühl wie damals, als sie nach Deutschland kam. Was, verdammt, ging sie die Tschechoslowakei an. Ihre Mutter würde es Böhmen nennen, aber jetzt war es ein kommunistischer Staat und hieß Tschechoslowakei. So hieß es allerdings schon, als man sie aus diesem Land vertrieb, wie Verbrecher hinauswarf.

«Es ist die Strafe», sagte sie, als sie vor dem Haus standen, in dem ihr Vater und Josefa als Kinder gewohnt hatten. «Weil sie uns vertrieben haben, werden sie jetzt von Kommunisten regiert. Wir waren länger hier als alle Kommunisten zusammen. Als kein Mensch was von denen ahnte, gab es uns in diesem Land. Der Kaiser hat Prag schließlich zum Mittelpunkt des Reiches gemacht, er hat ihnen eine Universität geschenkt. Und was haben sie jetzt? Sie werden von Moskau beherrscht, und wenn es denen dort so paßt, fahren hier die Panzer auf und schießen alles zusammen.»

«Karl regierte vor sechshundert Jahren. Und mit der Pracht war es bald vorbei, spätestens nach dem Dreißigjährigen Krieg. Später regierten die Kaiser von Wien aus.»

«Das Haus gefällt mir auch nicht.» Sie hatte sich etwas Großräumiges, Imponierendes vorgestellt, aber es war nichts als ein graues, vergammeltes Mietshaus in einer engen Straße. Hier war ihr Vater eingezogen, als er sechs Jahre alt war, bald darauf begann der Erste Weltkrieg. Seine Schwester Josefa war einige Jahre jünger. Von ihrer Kindheit sprach sie eigentlich nie. Von Eger erzählte sie manchmal, dann kamen ein paar sentimentale Töne, was fast schon zuviel gesagt war, Josefa Bürger, die Bürgerin, wie man sie allgemein nannte, neigte nicht zu Sentimentalität.

«Ich muß nicht wieder nach Pilsen», hatte sie einmal gesagt. «Was soll ich da? Unser Bier ist genauso gut wie das Pilsner.»

Daran mußte Blanca denken, als sie jetzt vor dem fremden Haus in einer fremden Stadt stand. Wenn Josefa das Haus nicht wiedersehen wollte, was hatte dann sie für einen Grund, es zu sehen?

«Mir gefällt es nicht», wiederholte sie. «Außerdem ist mir kalt.»

«Wir werden zum Auto gehen und deinen Pelz holen. Ich habe dir gleich gesagt, für die Lederjacke ist es noch zu kühl.»

«Ich habe sie auch nur angezogen, weil du das gesagt hast. Ich lasse mich nicht ewig von dir bevormunden.»

«Aha. Dann mußt du eben frieren.»

Das Auto war weder gestohlen noch aufgebrochen worden, obwohl es die Nacht über im Freien auf einem Platz vor dem Hotel gestanden hatte. Ein älterer Mann hatte sie am Abend, als sie ankamen, angesprochen und sich angeboten, den Wagen zu bewachen. Vor einer Stunde, als sie das Gepäck in den Wagen räumten, war er wieder da. Oder immer noch.

Blanca hätte ihn am liebsten gefragt, ob er geschlafen habe in dieser Nacht, im Hoteleingang, im Auto oder überhaupt nicht. Er sprach ein wenig Deutsch und verbeugte sich höflich, als sie ihm ein paar Kronen in die Hand drückte, ohne zu wissen, wieviel das wert war. Doch sie erkannte die stumme Frage in seinen Augen, also griff sie in die Tasche ihrer Lederjacke und zog einen Zehnmarkschein heraus. Der Mann war entzückt, sah sich jedoch gleichzeitig nach allen Seiten vorsichtig um.

Als sie nun wieder zu dem Platz neben dem Hotel kamen, an der kreischenden Straßenbahn knapp vorbei, war er immer noch da und lachte ihnen freundlich entgegen. Jetzt hätte sie ihn am liebsten gefragt, ob er denn gefrühstückt oder überhaupt seit dem gestrigen Abend etwas zu essen bekommen habe. Konnte ja sein, er hatte jemand in der Nähe, der ihm gelegentlich einen Happen brachte. Oder die vom Hotel ernährten ihn, dankbar dafür, daß er die Autos bewachte. Wie immer gebar Blancas lebhafte Phantasie solche Fragen und Gedanken. Ihr Wagen war der einzige nun auf dem Platz, am Abend zuvor waren noch ein deutsches und zwei tschechische Autos neben dem Hotel geparkt.

Es war alles noch da, das Gepäck unversehrt im Kofferraum, auf dem Rücksitz lag ihr Nerz.

«Sie sind eben doch ehrlicher in einem kommunistischen Staat, findest du nicht? Laß mal einen Wagen so in Italien stehen.»

Der Mann strich mit der Hand liebevoll dem Mercedes über den Kotflügel.

«Scheenes Auto», sagte er.

Blanca lächelte ihm zu und griff noch einmal in die Tasche ihrer Jacke. Ein paar Lirescheine waren darin, ein paar Schillinge, ein Zwanzigmarkschein. Sie hatte immer loses Geld in ihren Jacken- oder Manteltaschen, ein ständiges Ärgernis für Josefa.

«Du wirst nie lernen, mit Geld umzugehen», hatte sie gesagt. Blancas Antwort darauf: «Hauptsache, ich habe welches.»

Sie drückte dem Alten den Zwanzigmarkschein in die Hand. «Wenigstens du sollst gut über uns Böhmen denken, Genosse. Bye, bye.»

Der Mann stand fassungslos, er murmelte etwas, was sie nicht verstand, denn gerade kreischte wieder die Straßenbahn vorbei. Ehe sie um die Ecke bogen, sah sie sich nochmals um. Da stand er immer noch, starrte ihnen nach, die Hand um den Geldschein geballt. Diesmal hatte er vergessen, sich vorsichtig umzuschauen.

«Ich schäme mich», sagte sie.

«Wieviel hast du ihm denn gegeben?»

«Vorhin zehn Mark und jetzt zwanzig.»

«Falls es jemand beobachtet hat, wird er Ärger kriegen. Und du auch. Du darfst keine Devisen haben, wie ich dir doch erklärt habe.»

«Ah bah! Sie sollen froh sein, wenn sie welche kriegen.»

«Sie kriegen sie ja, wenn wir eintauschen.»

«Und wie wird er das eintauschen?»

«Das wird er schon wissen. Jedenfalls wird er uns nie vergessen. Er hat von mir auch schon einen Zehner bekommen, als ich das erstemal unten war.»

Blanca schlug wie ein Kind die Hände zusammen. «Wunderbar! Jetzt gefällt mir Pilsen doch.»

Sie mußte an ihre Mutter denken, die Komtesse Bodenstein. Die hatte auch kein Verhältnis zu Geld, hatte es nie gehabt. In ihrer Kindheit und Jugend war alles da, was sie zum Leben brauchte, Geld wurde dafür nicht benötigt. Später hatte sie kein Geld, lebte von der Gnade ihrer Schwägerin Josefa.

Als sie nach Franken kamen, im achtundvierziger Jahr, gab es bald die Währungsreform, und die Leute redeten von nichts anderem als von Geld, allen voran Josefa Bürger, die Besitzerin der Bürger-Brauerei. Dabei hatte sie am wenigsten Grund, sich zu beklagen, das Bier verkaufte sich hervorragend und ständig besser, und war sie zuvor schon eine wohlhabende Frau gewesen, wurde sie bald eine reiche Frau. Später kam die Schnapsbrennerei dazu, und noch später baute sie ein Hotel. Die geborene Bodenstein war weder am Anfang noch im Laufe der späteren Entwicklung beeindruckt, ihr gefiel rundherum gar nichts. Sie bewohnte mit den beiden Kindern vier Zimmer in dem alten fränkischen Hof, den schon Josefas Schwiegermutter hatte umbauen lassen und der mehr Komfort bot, als man in dem kleinen Ort gewohnt war. Doch die Komtesse Bodenstein war auf einem böhmischen Schloß aufgewachsen, ihr waren die Zimmer zu niedrig, die Fenster zu klein, sie zog die Brauen hoch, dann die Schultern, sie sprach nicht dazu, doch ihre Haltung drückte deutlich genug aus, was sie empfand.

An diesem Tag, so viele Jahre später, während sie aus Pilsen hinausfuhren, erinnerte sich Blanca an jene erste Zeit in dem Bürger-Haus. Auch daran, daß sie selbst nichts anderes gewesen war als das Abbild und das Echo ihrer Mutter, genauso ablehnend, genauso hochmütig, ein siebenjähriges Kind, das sich mit der Veränderung seines Lebens nicht abfinden konnte und wollte. Und sie begriff auf einmal auch, warum ihr Vater seine junge Frau nicht mitnahm, als er nach Prag ging. Vermutlich hatte er sich gedacht, daß das nicht gutgehen würde. Er war anfangs Assistenzarzt im Allgemeinen Krankenhaus, er verdiente wenig, eine Wohnung oder gar ein Haus, in dem seine Frau sich wohlfühlen konnte, war für ihn unerschwinglich.

Blanca hatte den Kopf zurückgelehnt, ihr Blick ging achtlos über die Landschaft hinweg, die an ihr vorbeizog. Die Wolken waren verschwunden, der Himmel wurde blau, während sie auf Prag zufuhren.

Warum hatte sie eigentlich in all den Jahren nicht darüber nachgedacht, warum ihre Mutter mit den Kindern auf dem Schloß lebte und ihr Vater in Prag? Auf einmal war das ganz klar: Ihre

Mutter brauchte die großen Räume des Schlosses, sie brauchte ihr Pferd, sie brauchte die Dienerschaft. Hatte sie ihren Mann eigentlich geliebt?

Blanca lächelte verträumt. Es war absurd, im Zusammenhang mit ihrer Mutter an Liebe zu denken, sie selbst hatte sich nie von ihr geliebt gefühlt. Einbezogen in ihr Leben, beeinflußt, geprägt von ihrer Art, die das Kind Blanca von Beginn an akzeptiert hatte. Und geliebt hatte ihre Mutter wohl nur einen Menschen auf der Welt: ihren Vater.

«Und den Kaiser», sagte sie laut.

Er legte die Hand auf ihr Knie. «Hm?»

«Ich dachte eben an Mami. Ich bin mit Karl aufgewachsen, weißt du. So wie andere Kinder mit Puppen spielen oder mit einem Teddybären, hatte ich einen Kaiser an der Seite.»

«Wer wüßte es besser als ich», sagte er. «Es war für deine Entwicklung nicht sehr hilfreich.»

«Ach, bla-bla. Meine Entwicklung! Spiel dich bloß nicht so auf. Laß uns umkehren!»

«Bitte?»

«Ich will nicht nach Prag. Ich will überhaupt weg aus diesem Land.»

Er schwieg, sie sah die Falte auf seiner Stirn.

«Hörst du? Ich möchte, daß du anhältst, kehrtmachst und zurückfährst.»

«Ich fahre weiter, wir fahren nach Prag, und du benimmst dich nicht wie ein ungezogener, launischer Fratz.»

«Ich hasse dich.»

«Auch gut.»

«Ich will nicht zu diesen verdammten Kommunisten.»

«Du bist schon da.»

Blanca schwieg erbittert.

«Wenn du größer bist, nehme ich dich einmal mit nach Prag», hatte ihr Vater gesagt. «Dann gehen wir über die Karlsbrücke, und du wirst auf die Moldau hinunterschauen. Sie ist ein großer, breiter Strom.»

«Größer als unsere Eger?»

«Viel größer.»

Er hatte sie nie mitgenommen nach Prag. Als der Krieg zu Ende war, gab es keinen Vater mehr. Die Tschechen hatten ihn erschlagen, die Russen mitgenommen, keiner wußte was.

Josefa Bürger bangte um ihren Bruder, und dann trauerte sie um ihn, nachdem alle Nachforschungen vergeblich blieben. Und Blanca erinnerte sich noch dunkel an den Vater ihrer ersten Kinderjahre, der sie hochgehoben hatte, der sie durch den Schloßgarten trug bis zur Mauer, sie darauf setzte und mit dem Arm über das grüne hügelige Land wies.

«Dort liegt Eger, und dann fährt man hinüber in die Oberpfalz und nach Franken. Wenn ich mal Urlaub habe, werden wir Tante Josefa besuchen.»

Weder nach Prag noch ins Frankenland war sie mit ihrem Vater gekommen, es gab keinen Vater mehr. Als sie größer wurde, sprach sie viel mit ihrem Bruder über ihn. Auch mit Josefa. Nur ihre Mutter vermied das Thema, sie schien wie immer von allem unberührt.

An eine Szene erinnerte sich Blanca ganz genau. Sie waren nach der Flucht im Bürgerhaus gelandet, und einmal sagte Josefa gutmütig: «Ich hoffe, Angèle, du wirst dich einigermaßen wohl fühlen bei uns. Es ist eine schlimme Zeit. Aber wir Sudetendeutschen müssen zusammenhalten, jetzt erst recht.»

Und ihre Mutter darauf, die hellen Augen kalt wie Eis: «Ich bin keine Sudetendeutsche. Wir sind Böhmen.»

Josefa sagte verwirrt: «Aber das ist doch dasselbe.»

Die Gräfin sagte kühl: «Das ist es eben nicht.»

Zu näheren Erklärungen ließ sie sich nicht herab. Blanca hatte nicht begriffen, worum es ging. Sie sah ihrer Mutter nach, die hoheitsvoll den Raum verließ, sah den Ärger in Josefas Gesicht. Und da sie immer für richtig hielt, was ihre Mutter tat oder sagte, wiederholte sie stolz: «Wir sind Böhmen.»

«Halt die Pappen», fuhr Josefa sie an. «Was verstehst du denn davon?»

Ihr Bruder versuchte später, es ihr zu erklären. Instinktiv begriff sie den Unterschied, begriff, was ihre Mutter meinte. Einige Jahre später, als sie mit der Geschichte des Landes vertraut wurde, in dem sie geboren war, begriff sie ihn wirklich und ganz.

«Du bist so schweigsam», sagte er.

«Ich bin traurig. Wir hätten nicht hierherfahren sollen.»

«Du wolltest es, Blanca. Sei nicht mehr traurig. Siehst du, wie schön die Sonne scheint? Heute nachmittag gehen wir auf die Brücke deines Kaisers, und du wirst über die Moldau hinweg auf den Hradschin blicken.»

«Du sprichst wie mein Vater», sagte sie.

Er wandte den Kopf und lächelte.

«Das ist nicht weiter schwer. Du hast mir oft genug erzählt, was er gesagt hat.»

Sie war viel zu klein gewesen, um sich an die Worte ihres Vaters zu erinnern. Es war Jaroslav, der sie wiederholte. Nachdem der Krieg zu Ende war und keine Nachricht aus Prag kam, 1945, '46, '47, kein Wort, keine Zeile vom Chefarzt des Allgemeinen Krankenhauses in Prag, mußte man befürchten, daß er tot war.

Nur Jaroslav gab die Hoffnung nicht auf.

«Ich glaube nicht, Gräfin, daß er tot ist. Ich habe das sichere Gefühl, daß er lebt. Sie werden sehen, eines Tages kommt er.»

Und zu dem Kind sagte er: «Weißt du nicht, Blanca, was dein Vater dir versprochen hat? Er fährt mit dir nach Prag, er geht mit dir über die Brücke, die dein Kaiser gebaut hat. Es ist dein Kaiser, du trägst den Namen seiner Frau. Ihr werdet auf die Moldau hinunterschauen und hinauf zur Burg...» Er verstummte, in seinen Augen standen Tränen.

Daran erinnerte sich Blanca sehr genau. Ihre Mutter schwieg, sie blickte an ihnen vorbei ins Land; der Wind, der vom Turm herabblies, spielte mit ihrem Haar. Sie verließen das Schloß und den Park nicht mehr, sie waren damals schon wie Gefangene. Jaroslav war die einzige Verbindung, die sie zur Außenwelt hatten, er kam fast jeden Tag.

Ihr Vater kam nicht. Und dann töteten sie Jaroslav. Und den Hund.

Es waren fast dreißig Jahre seit jenem Tag vergangen.

DAS SCHLOSS

Der Vater

Angèle war ein spät geborenes Kind und eine Vater-Tochter. Graf Bodenstein war einundsechzig Jahre alt, als das Kind zur Welt kam, und als er es zum erstenmal betrachtete, tat er es mit zwiespältigen Gefühlen, keineswegs mit Freude oder gar Liebe.

Geliebt hatte er seine Söhne; sie waren beide gefallen. Der jüngste gleich zu Anfang des Krieges im Osten, sein Bruder im sechzehner Jahr vor Verdun, im gleichen Jahr, als der alte Kaiser starb. Seit der Zeit hatte der Bodensteiner mit dem Leben abgeschlossen. Der Krieg zog sich hin und war nicht mehr zu gewinnen, darüber war er sich klar, und am Hof in Wien begegnete man ihm mit Mißtrauen, denn sie wußten von seiner Freundschaft mit Masaryk. Später stellte er sich die Frage, ob es nicht übertrieben sei, von Freundschaft zu sprechen; man kannte einander und hatte manches vernünftige Gespräch geführt, zwei Männer von Format, die die gleiche Heimat hatten und die gleiche Sprache sprachen, denn der Graf sprach tschechisch so gut wie deutsch, und das konnte Masaryk auch. Sie waren sich darüber einig gewesen, bei allem Autonomiebestreben der Tschechen, daß die Donaumonarchie, die Zentrale in Wien erhalten bleiben mußte, um den widerspenstigen Völkern, vor allem den Ungarn, einen Halt zu geben. Ein Jahr nach Kriegsausbruch war Masaryk nach England emigriert, und von dort hörte man nun, daß er nach einem unabhängigen Staat Tschechoslowakei verlangte. Franz Joseph Bodenstein empfand es als Verrat, und er fragte sich, ob Masaryk ihn belogen hatte oder ob es der Einfluß des jüngeren und radikalen Beneš war, der dessen Meinung geändert hatte. Das Habsburger Reich zerfiel, die Kronländer verlangten nach Selbständigkeit. Seit die Schüsse in Sarajevo gefallen waren, hatte der Graf den Untergang kommen sehen. Er hätte nicht erklären können, warum und wieso, es war sein sicherer politischer Instinkt, sein historisches Verständnis, die seinen Pessimismus verursachten. Und daß es an intelligenter

Führung mangelte, hatte sich schnell herausgestellt, das bewiesen schon die Wochen vor Beginn des Krieges. Anstatt eine rasche Strafaktion in Serbien durchzuführen, palaverte man (wie er es nannte) vier Wochen hin und her, gab der westlichen Entente, gab dem Zaren Zeit, sich vorzubereiten.

Dann verpatzten die Deutschen den Feldzug in Frankreich, und seitdem verblutete sich der Krieg in den Schützengräben. Die Menschen hungerten in Wien, in Prag, in Berlin und im Böhmerwald. Nichts verlief geordnet, nirgends war ein Plan zu erkennen, der Kaiser in Wien war alt und müde, den in Berlin mochte der Bodensteiner sowieso nicht, er hielt ihn für unfähig, was möglicherweise anfangs ein Vorurteil gewesen war, doch die Ereignisse bestätigten seine Meinung. Hier wie dort regierte eine dubiose Camarilla, die an Mittelmäßigkeit nicht zu überbieten war.

Es fehlte ein Bismarck. Den mochte der Bodensteiner zwar auch nicht, denn er konnte ihm Königgrätz nicht verzeihen. Er war ein Knabe von zehn Jahren, als der Prager Frieden geschlossen wurde, nach Beendigung des Krieges zwischen Preußen und Österreich, alt genug, um sich an die zornigen Worte seines Vaters zu erinnern und den Abscheu, den seine Mutter gegen die Preußen empfand.

Wie auch immer, Bismarck hatte seine Kriege rasch beendet und immer gewonnen.

Vier Jahre nach dem Prager Frieden hatte die schöne Angèle, eine Französin, erst recht Grund auf Bismarck und die Preußen zu schimpfen, und das tat sie in Prag und in Wien, wo sich nur die Gelegenheit bot. Im Schloß hielt sie sich höchstens im Sommer für einige Wochen auf, das Landleben behagte ihr nicht, und als ihr Mann Mitte der siebziger Jahre starb, kehrte sie für immer nach Paris zurück.

Franz Joseph jedoch liebte seinen Besitz, das Schloß und die weiten Ländereien, das Egerland und die böhmischen Wälder. Aber er besuchte seine Mutter oft in Paris, denn sie liebte er auch, und er teilte ihre Leidenschaft für Pferde und für die Oper.

Als er 1888 heiratete, kam sie zum letztenmal nach Bodenstein, denn er hatte darauf bestanden, seine Vermählung auf dem

Schloß zu feiern, mit allen Freunden und Verwandten, mit dem Dorf, mit den Angestellten vom Schloß und aus der Fabrik.

Gräfin Angèle ließ ihn wissen, daß sie das als eine Zumutung empfand, aber sie kam, begleitet von ihrer Zofe, und gab zu, daß man jetzt doch ganz bequem mit der Eisenbahn reise. Auch mit ihrer Schwiegertochter war sie zufrieden. Franz Joseph heiratete eine liebreizende junge Wienerin aus edlem Haus, die wunderschön singen und Klavier spielen konnte und auch gute Figur auf dem Pferd machte.

Er war sehr glücklich mit seiner jungen Frau, die das alte Schloß mit Lachen und Musik füllte, sie lebte gern im Egerland und auf Bodenstein, seine Heimat wurde auch ihre Heimat, und das war wichtig für das Gelingen ihres Zusammenlebens.

«Ich bin ein Böhm», sagte er immer. Austria war der Mantel, der alles umschloß, Prag und Wien waren ihm lieb und wert, Prag stand ihm näher, die Familie besaß ein bezauberndes Palais auf der Kleinseite, in beiden Städten hielt er sich gern auf, vor allem weil man dort in die Oper gehen konnte. Auch das hübsche kleine Stadttheater in Eger stand seinem Herzen nahe, er besuchte es oft, war genau informiert, wer dort engagiert war, und verfolgte aufmerksam die Laufbahn manch eines begabten Anfängers, die nicht selten an die großen Bühnen führte.

Doch nach und nach ging seine Welt zugrunde. Der erste Schlag traf ihn, als seine Frau Constanze mit fünfunddreißig Jahren an einer Lungenentzündung starb. Damals kehrte er Bodenstein für längere Zeit den Rücken, lebte in Wien, lebte ein wenig zügellos, verbrachte die Nächte in Lokalen, trank, hatte wechselnde Mätressen, aus denen er sich im Grunde nichts machte. Paris war kein Ausweg mehr, auch Angèle war gestorben. Später dachte er, wie gut es der Tod mit Constanze meinte, daß er sie mit sich nahm, ehe er ihre Söhne holte. Nun war ihm ein Kind geboren worden, in diesem November des unheilvollen Jahres 1918, da dieser grauenvolle Krieg mit der von ihm erwarteten Niederlage geendet hatte.

«Gut, daß es ein Mädchen ist», sagte er zu der blassen, erschöpften Frau, die da vor ihm lag und mit ängstlichen Augen zu ihm aufsah. Sie war neunundreißig, es war ihre erste Geburt gewesen, und der Arzt sagte später, als er mit dem Grafen in der Bibliothek saß und ein Glas Rotwein trank: «Es ist ein Wunder, daß sie es überlebt hat.»

Es hätte dem Bodensteiner nicht viel ausgemacht, wenn sie gestorben wäre, er liebte diese stille, immer ein wenig scheue Frau nicht, die er kurz vor dem Krieg geheiratet hatte, einzig aus dem Grund, damit wieder eine Herrin auf dem Schloß residierte, daß das Personal beaufsichtigt wurde und seine Söhne ein Heim vorfanden, wenn sie auf Urlaub nach Hause kamen, der eine war aktiver Offizier, der andere studierte.

Der Graf wunderte sich heute noch darüber, daß er vor neun Monaten mit seiner Frau, die er kaum beachtete, geschlafen hatte. Er kam von der Isonzofront und hatte offenbar ein wenig Trost, ein wenig Wärme bei ihr gesucht. Die Söhne tot, der Krieg schon so gut wie verloren.

«Ich hätte es nicht für möglich gehalten, daß sie ein Kind gebären würde», sagte er zu dem Arzt.

Doktor Wieland lachte. «Warum nicht, mein Lieber? Weil sie bisher keins bekommen hat? Vielleicht war es auch ein wenig Ihre Schuld. Sie waren in den letzten Jahren selten da.»

«Auch das», erwiderte der Graf und verzog den Mund. «Es ist wirklich meine Schuld. Wird sie sich erholen?»

«Ich denke schon. Sie ist ja noch eine junge Frau. Nur für die erste Geburt war es ein wenig spät.»

Der Arzt gähnte. Er war gegen Mittag des vorangegangenen Tages von Eger heraufgekommen und hatte seitdem ununterbrochen bei der kämpfenden Frau gesessen. Es gab Stunden, in denen er zweifelte, ob sie oder gar das Kind die Geburt überleben würden. Er und die Hebamme sahen sich an, sie dachten beide dasselbe. Und die zweite Frau im Zimmer, die Beschließerin Jana, dachte es auch. Sie wußten alle drei, welch reiche Ernte der Tod in diesem Haus gehalten hatte.

Doktor Wieland leerte sein Glas, er war sehr zufrieden mit sich selbst.

«Es ist ein hübsches kleines Mädchen», sagte er.

«Constanze und ich», sagte der Graf, «wir haben uns immer

eine Tochter gewünscht. Sind Sie sich klar darüber, daß ich viel eher der Großvater dieses Kindes sein könnte als sein Vater? Ein hübsches kleines Mädchen, so.»

Der Doktor gähnte wieder.

«Wollen Sie sich nicht eine Stunde vor dem Essen hinlegen?» fragte der Graf.

«Eigentlich wollte ich heute abend noch in die Stadt hinunterfahren.»

«Das kommt nicht in Frage. Ich denke, der junge Kollege, den Sie in der Praxis haben, ist so tüchtig?»

«Ist er auch. Nur gesund ist er nicht. Nicht so gesund, wie ein Arzt sein sollte. Er hat einen Lungendurchschuß gehabt. Aber unsere Welt ist ja voll von Toten, Kranken und Verzweifelten.»

Der Graf stand auf. «Das sollten Sie gerade heute nicht sagen, Doktor. Wir haben etwas im Haus, das lebt.»

Es war erstaunlich, so etwas wie Freude empfand er jetzt doch, Lebensmut. Der Krieg verloren, kein Reich, kein Kaiser mehr, aber ein neugeborenes Kind. Und Schloß Bodenstein stand unversehrt.

«Sie legen sich jetzt hin und schlafen eine Stunde oder zwei», bestimmte der Graf. «Heute abend wird nicht gehungert, wir bekommen Wildschweinbraten mit Knödeln und Kraut, wie Jana mir verraten hat. Und ich sehe jetzt mal nach meiner Frau.»

«Kann sein, sie schläft jetzt», warnte der Arzt.

«Ich werde ganz leise sein. Und das Kind... hm, eine hübsche kleine Tochter. Ich werde sie Angèle nennen. Nach meiner Mutter. Die kennen Sie ja auch noch, Doktor.»

«Und ob ich sie kenne! Sie war die schönste Frau, die ich je gesehen habe. Ich erinnere mich noch, als ich die Praxis in Eger übernommen hatte und das erstemal aufs Schloß kam. Sie war ravissante, die Frau Mama.»

«Und Constanze? Sie war auch eine schöne Frau.»

«Anders, auf ganz andere Art. Sie war lieblich. Sie wirkte immer auf mich wie ein junges unberührtes Mädchen.»

Der Graf nickte. «Stimmt.»

Schön und ravissante die eine, lieblich und mädchenhaft die andere. Und die jetzige Gräfin Bodenstein?

Wie auch immer, ihr Schattendasein würde beendet sein, dafür würde er sorgen. Sie hatte seine Tochter Angèle geboren, neues Leben war ins Haus gekommen, und wie die Zukunft zeigte, konnte er die Ermutigung, die das neue Leben mit sich brachte, notwendig gebrauchen.

Der Versailler Vertrag und die Pariser Verträge veränderten Europa, veränderten die Welt auf so ungeheuerliche Weise, schufen so viel Not und Elend, daß sogar Not und Elend des Krieges dagegen verblaßten. Die Menschen wurden arm, sie verloren jede Hoffnung, die sie doch so dringend für ihr kurzes Leben brauchten. In Wien gab es keinen Kaiser mehr, es gab das große Reich Austria nicht mehr.

Der Graf hatte den Staat, dem er angehörte, immer Austria genannt, niemals Österreich, er gewöhnte sich auch jetzt nicht daran, er benannte ihn gar nicht mehr. Außerdem lebte er nicht in diesem Staat, er lebte jetzt in einem neuen Staat, der sich Tschechoslowakische Republik nannte und in dem die Deutschen und die Österreicher noch unbeliebter waren als zuvor.

Der Graf war kein Deutscher, kein Österreicher, er war Böhme, und daran konnte auch die Tschechoslowakei nichts ändern. Allzusehr überraschte ihn die Entwicklung nicht. Seit den Revolutionen des vergangenen Jahrhunderts, genaugenommen seit der großen, der Französischen Revolution im Verein mit der industriellen Revolution, strebten die Völker dem nebulosen Ziel einer Befreiung entgegen. Befreiung von was? Befreiung für was?

Machten die Menschen sich klar, wonach sie strebten? Und was verbanden sie mit dem Begriff Freiheit? Verändert hatte sich immer und immer wieder alles auf dieser Erde, früher trugen wechselnde Herrscherhäuser die Verantwortung dafür, jetzt ging die Staatsgewalt vom Volke aus.

Wer war das Volk? Die eben noch zerfetzt worden waren auf den Schlachtfeldern, die in Massengräbern verscharrt wurden, die in Gefangenenlagern im fernen Sibirien darbten? Und die überlebt hatten, arm waren, verständnislos, aufgeputscht wurden, gröhlend, schreiend durch die Straßen zogen, erneut zerstörend; und zählten auch jene zum Volk, die sich am Elend der anderen bereicherten, die schoben, betrogen, verdienten, eine neue Herrenklasse zu sein glaubten, die reichen Schieber der Nachkriegszeit, die dem Grafen gleichermaßen widerwärtig waren wie der Pöbel auf den Straßen?

Manchmal dachte der Graf, daß es am besten sei, sich um die Welt da draußen nicht mehr zu kümmern, auf seinem Land, in seinem Schloß zu bleiben, sich fernzuhalten vom Irrsinn dieser Nachkriegsjahre. Aber da war die Fabrik, da waren seine Leute.

Seine Leute, so nannte er das immer noch. Sie gehörten zum Land und zum Schloß, sie arbeiteten für ihn und mit ihm, und er hatte sich immer für sie verantwortlich gefühlt, sie waren Deutsche und Tschechen, er machte keinen Unterschied zwischen ihnen, und er konnte in beiden Sprachen mit ihnen reden.

Einige Male, gleich nach der Gründung der Tschechoslowakei, war es vorgekommen, daß auch im Dorf gegröhlt wurde. Er achtete nicht darauf. Einmal flog ein Stein an die hintere Scheibe seines Autos, auch das übersah und überhörte er. Anders hätte er reagiert, wenn sie mit Steinen nach seinen Pferden geworfen hätten, denn noch immer fuhr er lieber mit der Kutsche als mit dem Auto.

Doch diese Versuche im Dorf, sich als Revolutionäre zu gebärden, legten sich bald, die Burschen, die es gewagt hatten, wurden von den Älteren zurückgepfiffen. Zu gut kannte man ihn, man wußte, daß er gerecht und großzügig war, außerdem gehörte die Familie Bodenstein seit dem zwölften Jahrhundert in dieses Schloß und zu diesem Dorf. Der hohe Turm des Schlosses, noch immer standfest, überragte Dorf und Land ringsum. Er hatte die wechselnden Herrscher, die Kämpfe der Hussiten und den Dreißigjährigen Krieg überstanden, er gehörte nicht zu Deutschland, nicht zu Austria, es war ein böhmischer Turm, und die Bodensteins waren ein böhmisches Geschlecht, sie waren mit dem Premislyden gut ausgekommen und mit den Habsburgern auch. Und der Herrscher, den sie am meisten geschätzt hatten, war König Karl, der als Kaiser des Heiligen Römischen Reiches Karl IV. hieß. Das war das goldene Zeitalter in den Augen des Grafen gewesen.

Im Dorf brauchten sie schließlich und endlich Arbeit. Das Personal für das Schloß, für die Gärten und die Landwirtschaft war immer aus dem Dorf gekommen, gerade seine Mutter hatte sich eine Zofe aus Paris mitgebracht, und sein Vater holte sich eine Köchin aus Prag, die dann die nachfolgende Köchin anlernte.

Und sie brauchten ihn als Arbeitgeber für die Porzellanfabrik, die ebenfalls zum Haus Bodenstein gehörte. Die Leute im Dorf, das immerhin etwa fünfhundert Einwohner zählte, waren auf die Arbeit in der Fabrik angewiesen, die Landwirtschaft allein konnte sie nicht ernähren. Die Fabrik lag zwölf Kilometer entfernt, etwas östlich von Eger, sie hatte vor dem Weltkrieg guten Gewinn gebracht, im Krieg war die Produktion vereinfacht und eingeschränkt worden, doch nun kümmerte sich der Graf selbst darum, daß sie wieder neuen Schwung gewann, denn auch die Tschechoslowakei wollte exportieren, böhmische Glas- und Porzellanware besaß einen guten Ruf, den es zu erhalten und zu festigen galt.

Früher hatte er sich kaum um die Fabrik gekümmert, ein Verwalter war dafür zuständig, der neben den hervorragenden handwerklichen und gestalterischen Kräften, die dort arbeiteten, für den geschäftlichen Ablauf sorgte. Der Mann war alt, ein Deutscher, und fand sich in der neuen Zeit nicht mehr zurecht.

Der Graf sah sich in Eger um, in Karlsbad und Marienbad, die Porzellanmanufakturen hatten Tradition im Land, er sprach zu Freunden und Bekannten davon, daß er einen tüchtigen Mann für die Leitung der Fabrik suche, einen Direktor, wie er es hochtrabend nannte, der ein Fachmann und ein Geschäftsmann sein mußte, und er bekam diesen Mann.

Der erste, den man ihm empfahl, der allen Anforderungen entsprach, war ein Deutscher aus dem Fränkischen. Der Graf überlegte einige Tage, dann entschied er, daß es besser wäre, einen Tschechen zu engagieren. Die Zeit war schwierig genug, man mußte sich nicht unnötige Komplikationen auf den Hals laden.

Er traf den Mann in Eger, wo er bei Verwandten am Marktplatz wohnte, und sagte ihm ehrlich, was der Grund für seine Absage sei.

«Ich denke, Sie haben recht, Graf», sagte der Deutsche. «Es gibt genügend Unruhe in diesem Staat, man muß den Haß vermeiden.»

«Sie sprechen von Haß?»

«Ich fürchte, ja. Wir leben nicht mehr in der Hussiten-Zeit, man wird die Deutschen nicht verjagen und umbringen. Aber es wird unfreundlich werden. Ich habe in meiner Kindheit viele glückliche Ferien in Eger verbracht, wo die Schwester meiner Mutter lebt. Es ist auch heute noch eine außerordentlich harmonische und fröhliche Familie; mein Cousin und die beiden Cousinen, natürlich inzwischen erwachsen und ihrerseits verheiratet, sind meine besten Freunde, daran haben weder der Krieg noch die zur Zeit leider stattfindenden Streitigkeiten zwischen Tschechen und Deutschen etwas geändert. Eger war im Grunde immer eine deutsche Stadt, auch wenn die Tschechen das heute nicht gern hören. Für uns bestand da nie eine Grenze. Nun ist es anders geworden, und die Zukunft sieht schwierig aus. Die Tschechen mögen die Slowaken nicht, und die Slowaken nicht die Tschechen, und beide nicht die Deutschen. Jetzt ist es betrüblicherweise so. In so einem Nationalitätenstaat kann man selten auf die Dauer friedlich miteinander leben.»

«Ist Deutschland denn nicht auch ein Nationalitätenstaat?»

«Gewiß nicht. Zwar bestand das Deutschland vor Bismarcks Reichsgründung aus verschiedenen Fürstentümern und vier Königreichen, aber die Deutschen sprachen immer eine Sprache, und die Geschichte hat sie – nun, sagen wir –, hat sie seit Karl dem Großen vereinigt. Das läßt sich nicht auslöschen. Das hat Bestand.»

«Und heute?»

«Heute erst recht. Wir haben den Krieg verloren, diesen sinnlosen Krieg, der uns arm gemacht hat und uns Teile unseres Landes gestohlen hat. Doch so etwas kann auch verbinden.»

«Sie nennen es also einen sinnlosen Krieg?»

«Ist nicht jeder Krieg im Grunde sinnlos, jedenfalls in unserer modernen, aufgeklärten Zeit, da es ja nicht um Eroberungen geht? In den Kriegen der Griechen, der Römer, des Mittelalters ging es immer um Landgewinn. In unserem letzten Gespräch erwähnten Sie Karl den Vierten. Er führte diese Kriege, oder besser diese Kämpfe, in seiner Jugend zumeist auf italienischem Boden, der ja wirklich seit dem Niedergang des Römertums ein ständiger Kriegsschauplatz war, gerade wegen dieser vielen Stadtstaaten. Und der junge Karl wurde von seinem Vater dazu gezwungen. Dieser König Johann von Böhmen muß ein rechter Haudegen gewesen sein. Doch als Karl dann in Prag regierte, schuf er Frieden. Frieden und Bildung, soweit es nur möglich war.»

«Es hat nicht lange vorgehalten.»

«Das würde ich nicht sagen. Trotz allem, was später geschah, steht sein Name mit goldenen Lettern im Buch europäischer Geschichte.» Der junge Mann lachte ein wenig verlegen. «Verzeihen Sie das Pathos, Graf. Mein Geschichtslehrer im Gymnasium drückte es so aus. Und warum sollten wir, die aufgeschlossenen, aufgeklärten Menschen des zwanzigsten Jahrhunderts, nicht versuchen, in Frieden miteinander zu leben? Gerade jetzt nach diesem Krieg, den ich sinnlos nenne. Ihr Thronfolger und seine Frau wurden in Sarajevo ermordet, gewiß schlimm genug. Aber war es Grund genug, daß Millionen Menschen dafür sterben mußten? In Wien wußte man, wie verhaßt die Monarchie bei den Serben war. Warum also diesen Staatsbesuch riskieren?»

«Wenn das Unheil geschehen ist, weiß man es immer besser. Ja, es war ein sinnloser Krieg. Und für euch Deutsche bestand erst recht kein Grund, sich an diesem Krieg zu beteiligen.»

«Das ist die vermaledeite Bündnispolitik. Hätte ein Bismarck gelebt, wäre es nicht passiert. Aber ich habe den Eindruck, die Welt war versessen auf diesen Krieg.»

«Das ist ein böses Wort. Die Welt? Wer ist das?»

«Europa. Dieses zerstörte, uneinige Europa, aufgerüstet bis zu den Zähnen, auch wir. Doch wenn Amerika nicht eingegriffen hätte, wäre der Krieg nicht auf diese jämmerliche Weise verloren gegangen. Also kann man schon sagen, die Welt.»

«Die Welt? Was ist die Welt? Es ist immer nur noch unser bißchen Erde. Sie sprechen lobend von Bismarck. Ich sage, wenn Bismarck dieses neue Deutsche Reich nicht erzwungen hätte, wenn er nicht ausgerechnet im Schloß von Versailles, dem Sitz des Sonnenkönigs, einen preußischen König zum Deutschen Kaiser proklamiert hätte, der sich nur widerwillig dazu hergab, meinen

Sie nicht, daß uns erspart worden wäre, was wir hinter uns haben?»

«Vielleicht. Bismarck war ein Sieger. Und Sieg macht oft unklug. Einen Versailler Vertrag hätte er jedenfalls nicht diktiert. Denn er war ein kluger Sieger.»

«Nicht im Fall der Kaiserkrönung.»

«Ich muß Ihnen recht geben, Graf. Ich würde gern hoffnungsvoll in die Zukunft sehen. Aber wir alle sind Erben und damit Verdammte der Geschichte. Wir können ein Stück weiter zurückgehen. Wenn nicht Napoleon dem Heiligen Römischen Reich Deutscher Nation den Todesstoß versetzt hätte, sähe es vielleicht anders aus.»

Der Bodensteiner nickte. «Ja, so ist es wohl. Was wäre, wenn. Die ganze blutige Geschichte der Menschheit wurde zumeist von den sogenannten großen Männern der Geschichte geschrieben. Sie erwähnten die Römer. Was wäre gewesen, wenn sie, wenn beispielsweise Cäsar nicht die Hand ausgestreckt hätte, ihren Herrschaftsbereich zu erweitern, auch über das Gebiet, das wir heute Europa nennen. Heute ist es Historie, die man in der Schule lernt, und wir finden es amüsant, daß die Römer in unseren Quellen gebadet haben. Und was war es damals? Not, Blut, Tod. Sterbende Männer, vergewaltigte Frauen, ermordete Kinder. Und Sie glauben, dieses Jahrhundert, das zwanzigste, wie man es nennt, wird es besser machen?»

«Ich weiß es nicht, ich wünsche es nur. Die Menschen sind klüger geworden.»

«Das meinen Sie doch nicht im Ernst. Die Masse Mensch ist so töricht wie eh und je, sie läßt sich betören und verführen. Und das, was heute regiert, es nennt sich Demokratie, das hatten die alten Griechen schon. Ist auch nicht gutgegangen.»

«Auch sie hatte Eroberer und Krieger. Und heute? Ich weiß es nicht, ob den Demokraten das Blut der Kriege auch gut schmecken wird.»

Ohne Übergang sprach der Graf noch einmal von *seinem* Helden. «Wir hatten den besten Herrscher in diesem Land, Karl den Vierten. So einen wie ihn braucht die Welt.»

«Die Welt von heute würde wohl auch für ihn zu groß geworden sein. Immerhin, er steht für beste europäische Tradition. Ein Luxemburger als böhmischer König in Prag und schließlich als Kaiser des Reiches.»

«Er gründete die erste deutschsprachige Universität. Wissen Sie zufällig wann?» fragte der Graf listig.

Der andere lachte. «Es war 1348.»

«Schade, daß wir nicht zusammenkommen, Herr Molander. Ich glaube, wir hätten manches gute Gespräch miteinander führen können.»

«Ich werde zurückgehen nach Selb, ich finde schon Arbeit. Aber ich kann Ihnen einen guten Mann empfehlen. Einen Tschechen. Er hat bei uns in Selb gelernt. Er ist älter als ich, ein hervorragender Fachmann. Es geht ihm derzeit nicht besonders gut, er war in russischer Gefangenschaft. Und er wäre sicher froh, eine Arbeit zu finden, die seinen Fähigkeiten entspricht. Vielleicht wird er nicht gleich imstande sein, die volle Verantwortung zu übernehmen, ich meine, was die geschäftliche Seite betrifft. Aber Sie sind ja da und werden sicher etwas Geduld aufbringen.»

Der Graf zog die Brauen hoch. «Geduld ist nicht meine starke Seite. Wie heißt der Mann? Und wo finde ich ihn?»

«Jaroslav Beranék wohnt derzeit bei seinen Eltern in Prag. Er ist, wie gesagt, erst vor kurzem aus Rußland heimgekehrt. Er hat keine Arbeit, aber er ist gesund, und er ist ein Fachmann. Ehe ich nach Eger kam, habe ich ihn in Prag besucht. Ich darf sagen, wir sind befreundet. Soll ich ihm schreiben?»

«Ich werde nach Prag fahren», sagte Graf Bodenstein.

Anfang des Jahres 1921 trat Jaroslav Beranék seine Stellung in der Porzellanfabrik Bodenstein an. Er verstand seine Arbeit und entwickelte sich sehr bald zu einem fähigen Geschäftsmann, und er konnte, was wichtig war in dieser Zeit, gut mit den Arbeitern umgehen. Die Fabrik erweiterte ihre Kapazität, hatte natürlich Ende der zwanziger, Anfang der dreißiger Jahre in der allgemeinen Wirtschaftsflaute zu kämpfen, doch das Exportgeschäft lief nach wie vor einigermaßen zufriedenstellend. Allerdings verkaufte der

Graf zu jener Zeit während der Wirtschaftskrise das Palais in Prag zu einem guten Preis, eine gewisse Kapitaldecke war vonnöten, und das Haus stand sowieso die meiste Zeit leer. Personal wurde dennoch benötigt, da gab es Ärger, die Leute in der Großstadt waren unzuverlässig geworden, und der endlose Streit, die ständige Unruhe, die Schlägereien zwischen Tschechen und Deutschen, die Überfälle der Tschechen auf deutschen Besitz, deutsche Lokale, die gewaltsame Übernahme des Deutschen Theaters, dieser ganze bösartige Kampf der Tschechen gegen die deutschen, österreichischen und jüdischen Bewohner der Stadt, der seit der Gründung des Staates an der Tagesordnung war, verdüsterte das Leben in der schönen alten Stadt. Die Deutschen und die Juden hielten zusammen, denn in ihren Händen lag noch immer die wirtschaftliche Macht.

Der Graf hielt sich nicht mehr gern in Prag auf. Die Torheit der Menschen, die auch nach diesem schrecklichen Krieg nicht in Frieden zusammenleben konnten, erbitterte ihn. Im Palais hatte man eingebrochen, wertvolle Gemälde waren gestohlen worden, auch das Bildnis des Kaisers, worüber sich der Graf am meisten ärgerte. Die Polizei war nachlässig, gab sich keine Mühe, die Diebe ausfindig zu machen oder gar den Bildern nachzuspüren. So verstärkte sich der Gedanke, das Palais auf der Kleinseite zu verkaufen.

Die Tochter

Seine Tochter Angèle, mittlerweile zwölf Jahre alt, erboste sich noch mehr über den Verlust der Bilder als er.
«Du hast mir immer versprochen, Vater, daß du mich einmal mitnehmen wirst nach Prag. Nun werde ich den Kaiser nie sehen.»
«Es gibt noch mehr Bilder von ihm. Und vielleicht, man kann ja nicht wissen, bekommen wir es doch wieder.»
Karl IV. war der Abgott ihrer Mädchenzeit; das lag vor allem daran, daß ihr Vater immer wieder von ihm erzählte. Und zwar auf

eine so lebendige Art, als habe er dieses Leben, diese glanzvolle Zeit des ausgehenden Mittelalters selbst miterlebt.

Gräfin Leonore sagte einmal: «So genau kannst du das gar nicht wissen», als ihr Mann wieder einmal ausführlich einen Abend am Prager Hof geschildert hatte, die anwesenden Gäste, die Gespräche, sogar was gegessen und getrunken worden war. «Ich weiß es aber. Es ist genug darüber geschrieben worden. Der Kaiser hat ja selbst in jungen Jahren ein Tagebuch geführt. Viel anders hat die Stadt damals nicht ausgesehen. Karl ließ den Veitsdom erbauen, er hat die Neustadt angelegt, und der Golem ist gewiß auch damals schon durch die Stadt gegangen.»

Am nächsten Tag, der Graf und seine Tochter standen an der Schloßmauer und blickten hinab ins Tal, auf den Fluß, an dem sich die Straße entlangzog, sagte Angèle: «Vielleicht ist er da unten geritten, nicht wahr, Vater, das kann doch sein?»

«Ist möglich.»

«Vielleicht war er auch bei uns im Schloß.»

«Könnte sein.»

«Und dann stand er hier, wo ich jetzt stehe, und der Wind, der vom Turm herunterbläst, hat ihm das Haar und den Bart zerzaust. So wie mir jetzt.»

«Ich sehe aber keinen Bart bei dir.»

Sie bog den Kopf zurück, ihre langen dunklen Haare tanzten im Wind.

«Wenn ich ein Junge wäre, möchte ich einen Bart haben. Wie er. Warum hast du keinen Bart, Vater?»

«Ich hatte früher einen. Aber ohne ihn komme ich mir jugendlicher vor.»

Zu dieser Zeit war er zweiundsiebzig, immer noch schlank und gerade, er aß gern, er trank reichlich, er rauchte schwere Zigarren, manchmal fühlte er Stiche in der Brust, und Schmerzen in der Hüfte plagten ihn, so daß er nächtelang wach lag. Doch darüber sprach er nicht.

«Du kannst ja mal einen Mann mit Bart heiraten.»

«Ich möchte gar nicht heiraten. Dann müßte ich von hier fort. Ich möchte niemals woanders leben als hier.»

«Das verstehe ich. Dann müssen wir einen Mann für dich finden mit Bart und einem Schloß wie unserem.»

«Es müßte einen Turm haben so hoch wie unser Turm. Als der Kaiser hier war, ob dann auch der Wind geblasen hat wie heute?»

«Ganz bestimmt. Wo hohe Türme sind, da ist auch Wind.»

«Wenn ich unbedingt heiraten muß, kann es ja ein Mann sein, der hier bei uns wohnt.»

Der Graf betrachtete sie nachdenklich. Sie war groß für ihr Alter, schmal gewachsen, sie hatte sehr helle graue Augen. Augen wie er. Sie konnte kühl und abweisend blicken, wenn ihr etwas nicht paßte. So wie er.

Und das tat sie sofort, als er auf das verhaßte Thema kam.

«Ehe du heiratest, ob nun einen Mann mit oder ohne Bart, mußt du noch viel lernen.»

Sie schüttelte ärgerlich den Kopf. «Fang nicht wieder von der Schule an!»

«Wir müssen gelegentlich davon reden, damit du dich an den Gedanken gewöhnst. Ein ungebildetes Mädchen bekommt weder einen Mann mit Bart noch einen mit Schloß.»

«Ich sage doch, ich will gar keinen.»

«Zum Beispiel mußt du lernen, daß ein Schloß mit Turm eine ganze Menge Geld verschlingt.»

Wer wußte das besser als er? Auch er hatte lernen müssen zu rechnen, jedes Jahr ein wenig mehr, und ganz besonders seit die Weltwirtschaftskrise auch über die Tschechoslowakei und sie gekommen war.

Angèle lachte unbeschwert. «Das Geld verdient doch Jaroslav für uns.»

Jaroslav Beranék gehörte für sie zur Familie. Er kam oft ins Schloß, jeder mochte ihn, seine ruhige, verständige Art, seine Zuverlässigkeit. Für Angèle war er neben ihrem Vater der wichtigste Mensch in ihrem Leben. Besser gesagt, nach dem Kaiser und ihrem Vater war sie Jaroslav am meisten zugetan. Und gleich danach kam Jiři, seit der Kindheit ihr vertraut, ein Freund und Gefährte, besonders seit er mit ihr reiten durfte. Der ungarische Fuchswallach Tibor begleitete ihr Leben, seit sie das erstemal auf einem Pferd sitzen konnte, und genaugenommen liebte sie ihn mehr als alle Menschen. Allein schon seinetwegen war der Gedanke, in eine Schule zu gehen, unvorstellbar. Eine Schule würde ein Internat sein, und dann mußte sie Tibor verlassen.

Der Graf konnte nicht mehr reiten, seit ihn das schmerzende Hüftgelenk plagte. Er schwieg über die Schmerzen, er unterdrückte das Hinken, nur mit Doktor Wieland sprach er darüber.

«Da läßt sich nicht viel machen», sagte der Arzt aus Eger bekümmert. «Ich habe zwar davon gelesen, daß man eine Operation an einem maroden Hüftgelenk versuchen kann. Sie sollten nach Wien fahren, Graf. Oder nach Berlin. Da gibt es gute und fortschrittliche Ärzte.»

«Den Teufel werde ich tun und mich ganz lahm machen lassen. An mir wird keiner herumschneiden.»

«Am besten machen Sie jedes Jahr eine Kur in Marienbad. Direkt vor Ihrer Nase, Graf. Bequemer können Sie es nicht haben. Denken Sie mal an Goethe, wie lange der mit der Postkutsche reisen mußte, bis er da war.»

«Ich hasse Kuren», knurrte der Graf.

Dennoch fuhr er nun jedes Jahr für drei oder vier Wochen nach Marienbad oder Karlsbad. Leonore begleitete ihn fürsorglich, kümmerte sich darum, daß er ordentlich im Hotel untergebracht war und mit seiner schlechten Laune nicht von Anfang an das Personal verärgerte. Basko, der Diener, war sowieso dabei, doch der machte die Situation eher schwieriger, er fühlte sich als gräflicher Diener und behandelte das Hotelpersonal von oben herab.

Die Gräfin verließ die beiden nach einigen Tagen mit einem stillen Seufzer, ging daheim in die Kapelle und betete für die Heilung ihres Mannes, schon damit seine Laune sich besserte.

Der Graf hatte also erlaubt, daß Jiři reiten lernte, denn Angèle sollte nicht allein in die Wälder reiten, und sein Schimmel Cesare mußte schließlich bewegt werden.

Für Jiři war es die Erfüllung eines Traumes, er saß nach kurzer Zeit so sicher auf dem Pferd, als sei er auf einem Pferderücken aufgewachsen. Darum wurde er auch von Cesare akzeptiert, der eigenwillig sein konnte, wenn ihm der Reiter nicht gefiel.

Der Graf sah den Reitern mit Befriedigung, wenn auch nicht ohne Neid nach, wenn sie durch das Schloßtor hinaus, dann hinab durch das Dorf ritten.

«Sie setzen dem Jungen nur Flausen in den Kopf», gab Jaroslav einmal zu bedenken, als er neben dem Graf am Schloßtor stand.

«Wenn er später einmal Ihr Nachfolger in der Fabrik wird, lieber Beranék», erwiderte der Graf, «kann er sich ohne weiteres ein Pferd leisten.»

«Ja, später», murmelte Jaroslav. «Nur Gott weiß, was später sein wird.»

«Nicht einmal ER weiß es, befürchte ich.»

Pessimistisch waren sie beide, was die Zukunft betraf. Die wirtschaftlichen Schwierigkeiten, die Arbeitslosigkeit und damit die Armut ringsum im Land hatten bedrohliche Formen angenommen.

Die Familie Beranék bewohnte ein Haus in der Nähe der Fabrik, nicht weit von Eger entfernt. Ludvika Beranék war eine lebensfrohe, temperamentvolle Tschechin, als Waisenkind war sie in einer deutschen Familie in Prag aufgewachsen. Das Zusammenleben mit Deutschen und Böhmen bot für sie keine Schwierigkeiten, sie sprach deutsch und tschechisch, die politischen Querelen irritierten sie nicht im geringsten. Sie war neunzehn, als sie Jaroslav heiratete, sie liebte ihren Mann, ihren Sohn Jiři, und die Tochter vom Schloß war für sie wie ein eigenes Kind. Für Ludvika gab es so etwas wie Klassenunterschiede nicht; es waren einfache Leute, die ihr das Waisenhaus erspart hatten, ein Schuster in der Altstadt und seine gemütliche, dicke Frau, eine hervorragende Köchin, die selbst keine Kinder hatten und sie zärtlich liebten. Nur eine Tatsache hatte Ludvikas Leben getrübt, daß ihr zweites Kind, eine Tochter, die sie während des Krieges geboren hatte, nach einem halben Jahr an Diphtherie starb. Doch dann auf einmal, sie hatte nicht mehr damit gerechnet, wurde sie wieder schwanger.

«Ist mir das peinlich, Frau Gräfin», gestand sie Leonore. «Bin ich nächstes Jahr vierzig. Kann nicht sein, ich kriege noch mal Kind.»

«Ich war genauso alt, als ich Angèle bekam», sagte Gräfin

Leonore freundlich. «Sie werden sehen, es geht alles gut. Lassen Sie nur Doktor Wieland dafür sorgen.»

Es ging alles gut, Ludvika bekam einen Sohn, den sie Karel nannte.

«Warum nicht richtig Karl?» fragte Angèle empört.

«Sie ist eine Tschechin», sagte Leonore.

«Wird denn Jiři nun noch weniger Zeit für mich haben?» nörgelte die Komtesse ungnädig.

«Ich glaube kaum, daß Jiři viel Arbeit mit dem Baby haben wird.»

Zu ihrer Mutter hatte Angèle ein freundliches, eher distanziertes Verhältnis, denn sie konnte nicht reiten, und den Wind vom Turm herab, der ihr Haar zerzauste, mochte sie auch nicht. Eine größere Rolle spielte Jana, die Beschließerin, in deren Händen alle Fäden zusammenliefen, gleich, ob es sich um die Familie oder um das Personal handelte. Die Gräfin hatte das von Anfang an erkannt und war klug genug, sich nicht einzumischen.

Angèle, obwohl ohne Geschwister aufwachsend, besaß dennoch ausreichend Familie, die ihr junges Leben begleitete. Nur ärgerte sie sich ständig darüber, daß Jiři nicht immer zu ihrer Verfügung stand, denn er mußte in Eger in die Schule gehen, in eine tschechische Schule selbstverständlich.

«Warum kann er denn nicht hier bei uns mit unterrichtet werden?» fragte sie ihren Vater.

«Er ist Tscheche und muß in eine tschechische Schule gehen. Sonst hat er später Schwierigkeiten.»

«Was für Schwierigkeiten?»

«Du wirst von einem Hauslehrer unterrichtet. Das würde auf die Dauer für Jiři nicht genügen. Außerdem erlaubt das der Staat in seinem Fall nicht. Er ist Tscheche, er ist in Prag geboren, und darum muß er in eine tschechische Schule gehen.»

«Er ist kein Böhme?»

«Nein, er ist kein Böhme, er ist ein Tscheche.»

«Ich versteh' das nicht», maulte Angèle.

«Es wird Zeit, daß du lernst, es zu verstehen», sagte der Graf streng.

«Aber er spricht doch ganz normal mit uns.»

«Was nennst du normal? Er spricht deutsch mit dir, aber er ist trotzdem ein Tscheche. Dies ist ein mehrsprachiges Land und ein Nationalitätenstaat.»

«Was ist ein Nationalitätenstaat?»

Schwer zu erklären, selbst einem Kind, das in diesem Staat aufgewachsen war, allerdings behütet in der Abgeschiedenheit des Schlosses. Und der Graf dachte wieder: Sie muß in eine ordentliche Schule, und was lernt sie eigentlich bei diesem Trottel von Hauslehrer?

Die Donaumonarchie war auch ein Nationalitätenstaat gewesen, aber eben doch ganz anders. Zusammengehalten durch den Kaiser in Wien, wenn auch nicht immer einig. Es war vergleichsweise sehr einfach, von Karl IV. zu erzählen, so verworren auch die Weltgeschichte schon zu seiner Zeit war.

Da kam es auch schon. «Aber als der Kaiser uns noch regierte...»

Er wußte, welchen Kaiser sie meinte. «Angèle, das ist fast sechshundert Jahre her. Kannst du dir das vorstellen?»

Konnte sie nicht, wollte sie nicht.

«Ich will, daß Jiři immer bei uns ist», sagte sie im Befehlston.

«Das wird sich nicht machen lassen. Und nun Schluß damit. Darf ich dich übrigens darauf hinweisen, daß der Kaiser nicht nur deutsch und französisch und lateinisch sprach, sondern auch tschechisch. Was ist mit dir? Ich höre dich nie tschechisch sprechen.»

«Mit wem denn? Sie sprechen doch alle deutsch hier.»

Das stimmte. Das Personal im Schloß sprach deutsch oder einen böhmischen Dialekt, den Angèle sehr wohl verstand, mit den Dorfkindern kam Angèle nicht zusammen. Der Hauslehrer war ein Deutscher aus Eger, ein älterer Mann, der nicht einmal mehr in einer deutschen Schule unterrichten durfte. Er war ein Altliberaler aus der Kaiserzeit und hatte seine Ablehnung gegen den neuen Staat, in dem er jetzt lebte, in Wort und Schrift, oft in aggressiver Form, verbreitet, eben auch in der Schule, hatte sich in einem der sudetendeutschen Bünde hervorgetan, die immer mehr von sich reden machten, so daß er aus dem Schuldienst entlassen wurde. Obwohl gerade im Egerland den deutschen Schulen kaum Schwierigkeiten entstanden waren, im Vergleich zu anderen Landesteilen.

Er wohnte nun im Schloß, und der Graf duldete ihn nur mit gewissen Bedenken, denn Angèle sollte in keiner Weise gegen den Staat beeinflußt werden, in dem sie nun einmal lebte. Er hatte ja auch beschlossen, daß sie eine richtige Schule besuchen sollte, nur war er sich noch nicht klar darüber, welche, auch zögerte er noch immer, weil er sich ungern von seiner Tochter trennen wollte.

Gelegentlich jedoch sprach er von der Schule, Angèle widersprach leidenschaftlich.

«Ich will nicht fort, nie», beharrte sie.

Seit er erlaubt hatte, daß Jiři reiten lernte, damit er Angèle begleiten konnte, kam nun die Freundschaft zu dem fünf Jahre älteren Jungen dazu, die sie noch widerspenstiger machte.

Jiři hatte nicht jeden Tag Zeit, er kam am Sonntag mit dem Bus, manchmal brachte ihn sein Vater am Abend mit dem Auto. Bei einem dieser abendlichen Ritte, es war im Sommer und lange hell, und sie hatten sich ziemlich weit in die Wälder gewagt, entdeckten sie die verborgene Schlucht.

«Hier ist es herrlich», rief Angèle. «Hier werden wir später wohnen.»

Jiři lachte. «Hier? Wie willst du denn hier wohnen?»

«Hier können wir uns verstecken, wenn die Hussiten uns verfolgen.»

«Die gibt es schon lange nicht mehr. Uns verfolgt keiner.»

«Das glaubst du doch nicht im Ernst. Sie werden uns immer verfolgen.»

«Wer?»

«Na, die Tschechen.»

Sie waren abgesessen, Angèle blickte begeistert an den hohen Wänden der Schlucht hinauf, Jiři krampfte die rechte Hand in die Mähne seines Pferdes.

«Ich bin ein Tscheche», sagte er.

Angèle löste den Blick von den Felsen, sah ihn an und lachte. «Ach, du! Du bist doch kein echter Tscheche.»

«Ich bin ein echter Tscheche. Genau wie mein Vater und wie meine Mutter. Und wie mein kleiner Bruder.»

«Aber du würdest mir doch nichts Böses tun.»

«Ich will niemand etwas Böses tun.»

«Aber die Tschechen hassen die Deutschen. Und wollen sie aus dem Land jagen.»

«Wer sagt das?»

«Dr. Kroll sagt das immer.» Das war der Hauslehrer. Sie lachte unbeschwert. «Aber uns kann das ja egal sein. Wir sind keine Deutschen. Wir sind Böhmen. Das sagt Vater.»

Jiři nickte und schwieg. In der Schlucht dunkelte es.

«Wir müssen reiten», sagte er. «Es ist schon spät.»

«Aber es ist unser Geheimnis. Du darfst keinem von der Hussiten-Schlucht erzählen. Versprich es!»

«Nun nennst du das hier Hussiten-Schlucht und willst dich vor den Hussiten hier verstecken.»

«Versprich es!»

«Also gut, ich verspreche es. Und nun komm!»

Sie führten die Pferde am Zügel hinauf, der Weg zwischen Geröll und niederen Büschen war steil.

Nach einer Weile, sie trabten auf einem Waldweg nebeneinander her, sagte sie: «Ich werde mir einen anderen Namen für die Schlucht ausdenken.» Und ein wenig später: «Weißt du was? Wir nennen sie einfach Karlsschlucht.»

Er lachte. «Das hätte ich mir denken können. Ohne Karl geht bei dir gar nichts.»

«Ich liebe ihn», erklärte die Komtesse emphatisch.

Als sie durch das Dorf aufwärts zum Schloß ritten, sah Jiři die Augen, die ihnen folgten, Angèle beachtete sie nicht, sah sie nicht, die Leute vom Dorf interessierten sie nicht.

Sie fragte: «Übernachtest du heute im Schloß?»

«Mein Vater ist da. Ich werde mit ihm nach Hause fahren. Ich muß morgen in die Schule.»

«Du mit deiner blöden Schule», sagte die Komtesse ungnädig. «Ich will nicht, daß du da hingehst.»

Jiři ersparte sich die Antwort, dieses Gespräch führten sie nicht zum erstenmal. Auf der Heimfahrt erzählte er seinem Vater von der Schlucht.

«Es ist zwar ein Geheimnis, und ich habe ihr versprochen, keinem davon zu erzählen», sie sprachen tschechisch. «Aber ich denke, du sollst es wissen.»

Jaroslav nickte. «Das ist gut so, mein Sohn. Ich werde das Geheimnis bewahren.» Er schwieg eine Zeitlang, während der Škoda am Fluß entlang auf Eger zurollte. «Sie ist noch ein Kind», sagte er dann.

«Ja, Vater.»

«Wie lange seid ihr geritten bis zu dieser Schlucht?»

«Reichlich über eine Stunde. Fast eine und eine halbe Stunde lang.»

«Und zurück ja auch wieder. Ein bißchen weit für einen Spazierritt. An deiner Stelle würde ich nicht allzuoft dorthin reiten. Angèle ist... na, wie soll ich sagen? Sie ist ein wenig romantisch veranlagt.»

Daraufhin schwieg auch Jiři eine Weile, dann sagte er: «Sie weiß nichts vom wirklichen Leben.»

Jaroslav blickte zur Seite in das ernste Gesicht seines Sohnes.

«Sie ist ein Kind», wiederholte er. «Sie wird das wirkliche Leben schon noch kennenlernen, früher oder später. Gebe Gott, es wird ihr nicht zu unfreundlich begegnen.»

«Sie ist wirklich ein Kind», sagte Jiři. «Sie will sich vor den Hussiten verstecken. Ist es wirklich so, daß die Tschechen die Deutschen hassen?»

«Was meinst du?»

«Na ja, sicher, in der Schule wird mal dies und das geredet. Sie wissen, daß du für den Herrn Grafen arbeitest. Und daß ich oft auf dem Schloß bin.»

«Und?»

«Ich habe mich schon manchmal geprügelt deswegen. Früher, jetzt nicht mehr. Sie sagen, ich bin ein Deutschenknecht.»

«Das klingt albern.»

«Ja, das habe ich ihnen auch gesagt.»

«Wer sind sie? Von wem sprichst du?»

«Ein paar sind es, immer dieselben. Manchen ist es egal. Aber manche sagen, wir müssen die Deutschen zum Teufel jagen.»
«Dies Gespräch ist so alt wie das Land, durch das wir fahren. Aber wir leben hier in einer ziemlich friedlichen Gegend. Heute ist dein Onkel Pavel aus Prag zu Besuch gekommen, das weißt du ja. Wir werden von ihm erfahren, wie es in Prag aussieht.»
«Ich freue mich, daß er da ist», sagte Jiři, «ich habe ihn gern.»
«Deine Mutter macht ein Gulasch und dann gibt es Powidldatscherl.»
«Großartig! Ich habe einen Mordshunger nach dem langen Ritt.»
Kurz ehe sie zu ihrem Haus kamen, fragte Jaroslav: «Im nächsten Jahr bist du mit der Schule fertig, Jiři. Wir haben lange nicht mehr davon gesprochen, aber weißt du inzwischen, was du machen willst? Du kannst in der Fabrik lernen und später mein Nachfolger werden.»
«Ich möchte gern studieren, Vater.»
«Studieren, so. Und was?»
«Na ja, Geschichte und...», er zögerte, «na ja, und deutsche Literatur und sowas. Ich möchte Journalist werden.»
Jaroslav nahm vor Überraschung den Fuß vom Gas, der Wagen rollte aus.
«Was willst du werden?»
«Journalist», wiederholte Jiři mit einem gewissen Trotz in der Stimme.
«Wie kommst du denn auf die Idee?»
«Ist es nicht wichtig, was in der Zeitung steht? Ich meine, daß das Richtige darinsteht?»
«Und was ist das, das Richtige?»
«Ich weiß es noch nicht. Aber ich möchte es gern wissen.»
Der Motor war abgestorben, Jaroslav mußte den Zündschlüssel wieder drehen, der Škoda stotterte beleidigt.
«Ich muß mir einen neuen Wagen kaufen», sagte Jaroslav, als er vor dem Haus hielt, in dem alle Lampen brannten, wo Ludvika, fröhlich wie immer, mit ihrem Schwager plauderte, das Kind versorgte, das Essen zubereitete, nebenher mit der kleinen Dienst-

magd schimpfte, die niemals lernen würde, wie man echte Powidldatscherl herstellte.

«Journalist, so. Warum nicht? Es wird sich einer finden für die Fabrik.»

«Du bist ja noch nicht alt, Vater, du kannst ihn anlernen.»

Jaroslav lächelte vor sich hin, als sie ins Haus gingen, er küßte seine Frau auf die erhitzte Wange, begrüßte seinen Bruder und lächelte immer noch.

«Du siehst ja so vergnügt aus», sagte Ludvika.

«Wirklich? Kommt mir gar nicht so vor. Kein Grund dazu. Die Zeiten sind schlecht, und wir haben eine Menge Sorgen.»

«Das kommt noch schlimmer», sagte Pavel aus Prag. «Seit dem Schwarzen Freitag in New York geht es nur noch bergab, überall auf der Welt. Weißt du, wieviel Arbeitslose wir haben?»

Jaroslav streckte sich in seinem Lieblingssessel aus und nahm das Glas mit dem Becherovka, das seine Frau ihm reichte. «Du wirst mir die Zahl genau nennen», sagte er und lächelte immer noch.

Journalist wollte sein Sohn werden. Er fand das gut.

Es war noch ein Geheimnis wie die Hussiten-Schlucht im Wald oder die Karlsschlucht. Er würde beide Geheimnisse hüten. Sicher würde Ludvika nicht begeistert sein, wenn Jiři das Haus verließ, sie hatte ihn immer als Lehrling und eines Tages als Direktor der Fabrik gesehen.

Bevor sie sich zu Tisch setzten, fragte er seinen Sohn leise: «Und wo willst du studieren, Jiři?»

«In Prag, Vater», flüsterte Jiři. «Auf der Karlsuniversität.»

Während Jaroslav den ersten Löffel der kräftigen Hühnerbrühe in den Mund schob, dachte er: Das wird sie trösten, die kleine Komtesse, daß er bei ihrem Karl studiert.

Seine Gefühle? Er machte sie sich nicht klar, noch nicht. Da war keine Animosität, keine Feindschaft. Der Graf war sein Arbeitgeber, und er schätzte ihn. Der Graf war kein Deutscher, er war ein Böhme.

Doch er sprach deutsch mit ihm. Die Fabrik stand nicht wirklich schlecht da, aber sie hatten dennoch Arbeiter entlassen müssen.

Die Weltwirtschaftskrise, davon war die Tschechoslowakei genauso betroffen wie das Deutsche Reich oder das kleine Österreich.

Die Gräfin

Man befand sich im Sommer des Jahres 1932.
Am gleichen Abend sprach der Graf zum erstenmal zu seiner Frau von seinem Entschluß, das Palais in Prag zu verkaufen.

«Ich hoffe, du hast nichts dagegen», sagte er höflich.

Gräfin Leonore, die höchstens sieben oder acht Wochen im Laufe der Jahre dort verbracht hatte, erwiderte: «Gewiß nicht, mein Lieber. Wir brauchen das Haus wirklich nicht, es kostet nur unnütz Geld.»

Der Graf zog indigniert die Brauen hoch. Jetzt sprach auch sie schon von Geld. Aber er mußte zugeben, sie hatte recht.

«Das ist der Grund, aus dem ich verkaufen will. Es liegt ein sehr günstiges Angebot vor, eine auswärtige Botschaft. Die Kleinseite wirkt nun einmal sehr anziehend auf die Ausländer. Geld ist ein widerliches Zeug, doch man muß sich leider damit befassen. Es ist dennoch ein schwerer Entschluß für mich. Meine Familie...»

«Die Familie sind wir, und wir sind hier», sagte die Gräfin mit ungewohnter Entschiedenheit. «Ich lebe hier zwar in großer Abgeschiedenheit, aber nicht auf dem Mond. Ich weiß, wie schwer heute das Leben für viele Menschen ist.»

«So, weißt du es», murmelte der Graf. «Nun ja, gewiß.»

Und dann, neugierig: «Mit wem sprichst du darüber?»

«Mit Jaroslav. Als er unlängst auf dich wartete, du warst in der Gärtnerei, da sprachen wir davon. Er macht sich große Sorgen.»

«Er sollte nicht mit dir darüber sprechen», tadelte der Graf, «du mußt dir keine Sorgen machen.»

«Vielleicht nicht, vielleicht doch. Meine Schwester hat mir geschrieben, das gab mir auch zu denken. Davon wollte ich dir sowieso erzählen. Aber sprechen wir erst mal von dem Palais. Du warst das letztemal in Prag, als sie eingebrochen hatten und die

Bilder gestohlen wurden. Erinnere dich daran, wie verärgert du warst.»

«Ich bin es noch. Zumal die Polizei sich kaum darum gekümmert hat. Die Leute, die das Palais verwalten, taugen nichts. Ja, ich fürchte sogar, daß sie mit den Dieben unter einer Decke stecken.»

«Das kann nicht dein Ernst sein?»

«Ich weiß es nicht, ich kann es nur vermuten. Ich habe ihnen jedenfalls gekündigt.»

Noch mehr Arbeitslose, dachte die Gräfin, doch sie sprach es nicht aus.

«Ich habe, wie soll ich es nennen», fuhr der Graf fort, «ein schlechtes Gewissen.»

«Wegen der Kündigungen?»

«Nein. Wegen Angèle. Sie würde das Palais von mir erben.»

«Aber ich bitte dich! Das wird noch sehr lange dauern, mein Lieber. Angèle fühlt sich hier am wohlsten. Was soll sie allein in Prag?»

«Sie wird eines Tages erwachsen sein, und vielleicht würde sie dann lieber in Prag leben als auf dem Land.»

«Es vergehen noch einige Jahre, bis sie erwachsen ist. Und was bis dahin sein wird...»

Leonore hob die Hände. Sie hatte sehr schöne Hände, wie ihr Mann immer mit Befriedigung feststellte.

«Ihr hattet früher auch ein Haus in Wien, nicht wahr? Ich habe es nie kennengelernt, du hast es nach dem Krieg verkauft, weil du das Geld für die Fabrik gebraucht hast. Die Welt verändert sich, Wien, Prag, deine Mutter lebte in Paris, das gehörte früher alles zusammen. Man reist heute schneller, doch der Weg ist weiter geworden. Und es ist so friedlos.»

«Friedlos? Was meinst du damit?»

«Ich kann es nicht erklären, es ist nur so ein Gefühl.»

«Friedlos! War es jemals friedlich auf dieser Erde?»

Der Graf nahm einen Schluck von seinem Rotwein und zündete sich eine Zigarre an.

Leonore haßte den Geruch von Zigarren. Allzuoft wurde sie

nicht davon belästigt, denn nicht allzuoft saß er abends in ihrem Salon.

Sie war eine Frau Anfang der Dreißig gewesen, als er sie heiratete, besser gesagt, als ihr Bruder sie nach Bodenstein verheiratet hatte. Berechnung von beiden Seiten, sie hatte das gewußt, und sie hatte darunter gelitten. Nun nicht mehr. Manchmal, wenn sie allein saß in dem Erkerzimmer unter dem Turm, träumte sie von dem Leben, das sie gern gehabt hätte: ein Leben, in dem man lacht, in dem man tanzt, in dem man liebt.

Sie las gern Romane, in denen von großer Liebe die Rede war. Das hatte es in ihrem Leben nicht gegeben. Oder wenigstens so eine Liebe, wie sie Jaroslav und Ludvika verband, auch das erschien ihr beneidenswert.

Sie nannte sich selbst eine Närrin, denn was wußte sie über die Gefühle dieser beiden, es war eine Ehe. Und in einer Ehe lebte sie auch, sie war die Herrin in einem böhmischen Schloß, sie wurde geachtet und respektiert, und sie hatte diese wunderschöne Tochter. Wenn sie allein in der Kapelle kniete, dankte sie Gott für das, was ihr beschieden war. Und sie bat die Jungfrau Maria um Schutz und Hilfe für diese Tochter, ihr einziges Kind, denn wie gefährdet war das Leben für einen Menschen auf dieser Erde. Jedesmal, wenn Angèle aus dem Tor ritt, sie stand nicht unten, sie sah es vom Fenster aus, faltete sie die Hände: Möge sie heil und gesund zurückkommen! Behüte sie! Laß sie niemals allein!

«Friedlos?» nahm der Graf das Wort wieder auf, das ihn bewegte. «Was meinst du damit?»

«Wie ich schon sagte, es ist nur so ein Gefühl. Milas Brief...»

«Ja, ja, gut, Milas Brief. Friedlos ist diese Welt immer und überall, einst wie jetzt. Nicht zuletzt in diesem Staat, in dem wir leben.» Er legte seine Hand auf den Kopf der Hündin Rena, die neben ihm saß. «Also was schreibt deine Schwester?»

«Sie leben seit einem Jahr in München. Und sie schreibt: Wir gehen dem Untergang entgegen.»

«Den haben wir schon hinter uns. Warum sind sie nicht in Amerika geblieben?»

«Auch in den Vereinigten Staaten ist das Leben momentan wohl recht schwierig. Wirtschaftlich, meine ich. Außerdem fühlte sich David dort nicht wohl. Er möchte lieber in Europa leben. Und am liebsten in Prag. Er stammt ja aus einer alten jüdischen Familie, die immer in Prag gelebt hat. Wie ich es verstehe, hat David Heimweh.»

«Heimweh, aha.»
«Verstehst du das nicht?»
«Ich verstehe es sehr gut.»
«Vielleicht wäre David ein Käufer für das Palais.»
«Hat er denn soviel Geld? Der Preis ist hoch.»
«Du möchtest ihm das Palais nicht verkaufen, weil er Jude ist.»
«Was, zum Teufel, hat das damit zu tun? Es geht um Geld. Wenn ich schon verkaufe, widerwillig, wie du weißt, muß es sich lohnen. Es ist mir egal, mit wem deine Schwester verheiratet ist.»

Der Unterton von Verachtung in seiner Stimme entging Leonore nicht. Es galt nicht David, es galt ihrer Schwester. Die Gräfin lächelte liebenswürdig. «Das Palais wäre sicher zu groß für sie. Man benötigt Personal.»

Milena war neun Jahre jünger als Leonore, sie war als Zwanzigjährige ausgebrochen, war fortgelaufen aus dem verkommenen alten Gemäuer, wo sie mit Bruder und Schwester lebte. Die Familie war zwar auch von altem böhmischem Adel, doch verarmt, der Vater, ein Frauenheld und Spieler, hielt sich am liebsten in St. Petersburg auf, war dort in einem Duell getötet worden und hinterließ den Kindern nichts als Schulden. Die Mutter war bei Milenas Geburt gestorben. Leonore und ihr Bruder versuchten den Schein zu wahren, wollten durch Wohlverhalten das rüde Leben des Vaters vergessen machen, aber so gut wie vergessen waren sie selbst, kaum einer der Standesgenossen in der Umgebung suchte den Umgang mit ihnen. Mila dagegen, hübsch, lebenshungrig, litt unter dem dürftigen Leben, es gab keine Einladungen, keine Bälle für die jungen Mädchen, auch keine Bewerber um ihre Hand, da keine Mitgift zu erwarten war. Der Forst wurde Stück für Stück verkauft, ein großer Teil zuletzt an den Staat, dort verlegte man die Schienen für eine neue Eisenbahnlinie.

Mila hatte eine Affäre mit dem Ingenieur, der dort zeitweise beschäftigt war, ein Mann, der in Brünn Frau und Kinder hatte. Als Milas Bruder davon erfuhr, schlug er sie und sperrte sie ein.

Im wahrsten Sinn des Wortes also war Mila ausgebrochen, verschwand über Nacht, und lange wußte keiner, was aus ihr geworden war. Später zeigte sich, sie hatte ihr Leben tapfer gemeistert.

Sie ging nach Prag, kam dort bei einer Modistin unter, die einen gutgehenden Laden am Graben betrieb. Anfangs tat Mila nichts anderes, als den Laden zu putzen und aufzuräumen, dann endete glücklicherweise ihre Schwangerschaft mit einer Fehlgeburt, und die Modistin, eine kluge und lebenserfahrene Frau, die von der Schwangerschaft nichts gewußt hatte, kümmerte sich um das heimatlose Mädchen. Sie bekam eine kleine Kammer im Haus und, nachdem sie sich erholt hatte, nahm sie ihre Arbeit wieder auf, sie durfte nun auch im Laden kleine Handreichungen vornehmen, und als die Chefin bemerkte, wie geschickt das Mädchen mit den Kundinnen umgehen konnte, durfte sie im Verkauf helfen. Dann erlernte sie den Beruf der Hutmacherin, sie besaß Geschmack und modisches Gefühl, sie fühlte sich sehr bald sicher in dem neuen Leben. Nun schrieb sie an ihre Schwester Leonore und riet ihr, zu ihr nach Prag zu kommen, sie könne für sie beide sorgen.

Aber da hatte Leonore gerade den Grafen Bodenstein geheiratet. Über einige Umwege war es ihrem Bruder gelungen, diese Verbindung herzustellen, nachdem er verkauft hatte, was noch zu verkaufen war. Er selbst erhielt von seinem neuen Schwager eine gewisse Summe »vorgestreckt«, wie man es elegant umschrieb, damit siedelte er nach Wien über. Er fiel während des Krieges in Galizien.

Kurz vor Ende des Krieges heiratete Mila den feschen, gutaussehenden David Kundric, mit dem sie eine glückliche Ehe führte. Mitte der zwanziger Jahre gingen sie nach Berlin, später nach Amerika.

Leonore hatte ihre Schwester manchmal in Prag getroffen, nach Bodenstein kam Mila nie. Doch die Schwestern schrieben sich regelmäßig, und von Mila hörte die Gräfin Bodenstein von der großen weiten Welt, die für sie hinter den böhmischen Wäldern lag.

Der Graf paffte an seiner Zigarre, er war offensichtlich schlechter Laune. Leonore kannte das, er hörte nicht gern von dieser unbekannten Verwandtschaft, und er würde das Palais niemals an David verkaufen, selbst wenn dieser ausreichend Geld besaß. Doch dieses Geld, vermutete Leonore, hatte David zur Zeit ohnehin nicht.

Was David eigentlich machte, wußte Leonore nicht. Er hatte zunächst in Prag Jura studiert, dann jedoch das Studium abgebrochen, in der Nachkriegszeit mit irgendwelchen Geschäften viel Geld verdient. Dann hatte er an der Börse spekuliert, wovon die Gräfin sowieso keine Ahnung hatte. Mila sagte, als sie sich in Prag trafen: «Damit verdient man Geld im Schlaf. Wir waren zu bleed dazu, und unser Vater ganz besonders. Der hat nur alles verjubelt.»

«Verstehst du denn jetzt etwas davon?»

«Ah geh, net die Spur. Ich staune nur immer, wo das Geld herkommt.»

Das war so ein neureicher Ton, fremd für Leonore, und er gefiel ihr nicht.

Die Hündin Rena mochte den Zigarrenrauch ebenfalls nicht. Sie erhob sich langsam, streckte sich und begab sich würdevoll in die äußerste Ecke des Raumes und legte sich dort mit einem Seufzer nieder.

«Sie wollen also nach Prag, deine Verwandten», sagte der Graf ungnädig.

«Ich will dir erzählen, was Mila in ihrem letzten Brief geschrieben hat. Er kam, wie gesagt, aus München. Sie schreibt: Wir gehen dem Untergang entgegen.»

«Das hast du schon erwähnt. Was meint sie damit?»

«Ich weiß, was sie meint. Es geht um diese Partei.»

«Ja, ja, ich verstehe. Sie meint die Arbeiterpartei. Nationalsozialistische Arbeiterpartei. Allein schon der Name! So ein halb rechter, halb linker Verein. Typisch für die Deutschen. Die können nie vernünftig mit sich selber umgehen.»

«Ich weiß, du fühlst dich nicht als Deutscher.»

«Gewiß nicht. Ich bin Böhme.»

«Du bist kein Deutscher, kein Österreicher, kein Tscheche. Böhmen? Gibt es das eigentlich noch?»

«Parbleu! Was soll das Gerede? Du kennst meinen Standpunkt.»

Erneuter Zigarrendampf. Parbleu stammte noch von seiner Mutter.

«Es ist schön, wenn man an einer Tradition festhält», sagte die Gräfin liebenswürdig. «Doch stehst du damit nicht ziemlich allein?»

Er ließ vor Erstaunen die Zigarre sinken, betrachtete seine Frau eine Weile stumm. Sie war nun Mitte Fünfzig, doch sie sah besser aus als zu der Zeit, als er sie geheiratet hatte. Sie wagte, was sie früher nie gewagt hätte, sie forderte ihn heraus.

«Ich denke, nein», erwiderte er steif. «Und wenn, ist es mir egal.»

«Nun ja.» Leonore blickte auf das Buch in ihrem Schoß, ein Roman von Vicki Baum, in dem sie gerade gelesen hatte.

Es kam selten vor, daß sie am Abend zusammensaßen. Der Grund war heute der geplante Verkauf in Prag.

«Ich weiß nicht, was mein Vater dachte. Mein Bruder haßte die Tschechen. Er wünschte sich immer, in Wien zu leben.»

«Das hat er ja dann auch getan», sagte der Graf trocken. «Wenn auch nicht für lange Zeit. Und Haß?» Er suchte nach dem passenden Ausdruck. «Haß ist kein Gefühl, mit dem sich angenehm leben läßt. Die Geschichte dieses Landes ist leider sehr oft von Haß bestimmt worden. Keinem war damit gedient, und heute weniger denn je. Uns fehlt die starke Hand.»

«Wenn Angèle uns hören würde, käme Karl der Vierte ins Gespräch.»

«Mir wäre ein Kaiser in Wien schon recht.»

«Darf ich dich etwas fragen?»

«Bitte sehr.»

«Hat es dich eigentlich nicht geärgert, daß Masaryk nie mehr was von sich hören ließ?»

Er nahm die Zigarre aus dem Aschenbecher und paffte eine dicke Wolke in die Luft.

«Nein», sagte er dann. «Da gab es wohl keine Verbindung mehr. Er ist seinen Weg gegangen, den er schon immer gehen wollte. Oder den er entdeckte, als der Krieg der Niederlage entgegenging. Doch wenn ich ehrlich bin, ja, ich wüßte gern, was er heute denkt.»

«Er ist ein kranker Mann», sagte die Gräfin sanft.

Der Graf betrachtete seine Frau wieder eine Weile lang mit stillem Staunen. Woher nahm sie ihre Kenntnisse, einsam wie sie hier lebten? Jaroslav? Es konnten auch Milas Briefe sein. Zurück nach Prag also, die dubiose Schwester seiner Frau, nicht für Millionen in sein Palais.

Er ging nicht mehr auf das Gespräch ein.

«Du meinst, ich soll Angèle nicht fragen, wenn ich das Palais verkaufe?» kam er auf den Ausgang dieser Unterhaltung zurück.

«Aber nein. Ich sagte es schon. Warum sie mit etwas belasten, was sie nicht versteht.»

Die Schule

Das gute Verhältnis zwischen Angèle und ihrem Vater wurde erstmals gestört, als man sie im Jahr darauf in eine Klosterschule nach Oberösterreich schickte. Sie weigerte sich störrisch, sie weinte, sie wurde geradezu hysterisch, was wiederum ihren Vater zu Härte und Unnachgiebigkeit veranlaßte. Es fiel ihm schwer genug, sich von ihr zu trennen.

Selbstverständlich verbrachte sie alle Ferien auf Bodenstein, und mit der Schule ging es besser als erwartet. Sie war weder besonders klug noch lernbegierig, aber nachdem sie begriffen hatte, daß es ihr Leben erträglich machte, wenn sie Fleiß und Gehorsam zeigte, arrangierte sie sich sehr geschickt mit den strengen Regeln der Schule, sie war beliebt bei der Oberin, bei den Schwestern und beim Pater, bei dem die jungen Mädchen Religionsunterricht hatten.

Von religiösen Dingen war zu Hause nicht viel Aufhebens gemacht worden, die Kirche im Dorf oder St. Nikolaus in Eger hatte sie nie betreten, der Pfarrer kam am Sonntag zur Messe in die Schloßkapelle, und dort hatte Angèle, ganz allein, die erste heilige Kommunion empfangen. Ansonsten betrat sie die Kapelle nie, das tat nur ihre Mutter. Doch hier nun ging sie regelmäßig in die Kirche, senkte das Haupt mit dem nun aufgesteckten dunklen Haar zum Gebet, ging zur Beichte und zur Kommunion; sie tat es nicht in Demut, blieb bei ihrem gelassenen, doch gut verborgenen Hochmut.

Diese Zeit würde vorübergehen. Wenn sie erst Herrin auf Bodenstein war, konnte sie leben, wie es ihr paßte, reiten, solange sie wollte, sich alles vom Leibe halten, was sie nicht mochte. Zu ihren Mitschülerinnen hatte sie ein freundliches, doch distanziertes Verhältnis, ähnlich wie zu ihrer Mutter. Freundschaften schloß sie nicht.

Wenn sie an später dachte, sie tat es oft, um die Gefangenschaft der Schule besser zu ertragen, waren es immer die gleichen Bilder: das Schloß, der Schloßgarten, der Wind vom Turm, ihr Pferd und vor allem ihr Vater. Ohne ihn erschien ihr das Leben unvorstellbar.

Jiři verbannte sie aus diesen Träumen. Er studierte in Prag, und sie empfand das als Treulosigkeit. Sie fragte nie nach ihm, wenn ihr Vater sie besuchte, sie fragte nur nach Tibor. «Es geht ihm gut», sagte der Graf. «Er ist ja nun schon ziemlich alt. Basko longiert ihn, und wenn das Gras gewachsen ist, geht er auf die Koppel.»

«Er ist nicht alt», erwiderte sie leidenschaftlich.

Cesare lebte nicht mehr. Und wenn sie in den Ferien zu Hause war, ritt sie allein mit Tibor, allein sogar bis zu der geheimen Schlucht. Der Weg war zu weit für ihn, auf dem Heimweg lahmte er.

Sie stieg ab und führte ihn.

«Man darf niemals alt werden, Tibor. Das ist das Schlimmste, was einem passieren kann.»

So jung sie war, hatte sie das begriffen. Sie dachte dabei an ihren Vater. Er war sichtlich gealtert, er ging nun am Stock, seine Haut war schlaff geworden.

Erst kurz vor dem Dorf stieg sie wieder auf, ritt im Schritt aufwärts durch das Dorf, keiner sollte sehen, daß Tibor lahmte. Im Schritt sah man es auch nicht.

Sie traf Jiři nur einmal, während seiner Semesterferien.

«Erzähl mal von Prag», sagte sie gnädig.

Es war nicht mehr wie früher. Dann sah sie Jiři lange nicht, er verbrachte einige Monate in Paris, um französisch zu lernen, er war in Genf, für einige Wochen in London, und schließlich studierte er in Berlin, wo inzwischen ein Mann namens Hitler an der Macht war.

«Das kostet doch eine Menge Geld. Wer bezahlt denn das alles?» fragte Angèle erbost.

«Ich nehme an, sein Vater», antwortete der Graf ruhig.

«Kann er sich das denn leisten?» fragte sie hochnäsig.

«Das ist seine Sache, nicht wahr? Wenn er will, daß sein Sohn etwas von der Welt sieht, um Erfahrungen zu sammeln und daraus zu lernen, ist es die Pflicht eines Vaters, das seinem Sohn zu ermöglichen. Auch wenn es Opfer kostet.»

«Pffh!» machte Angèle verächtlich. «Was will Jiři denn werden? Präsident der Tschechoslowakei?»

«Warum nicht? Wir leben in einer Demokratie. Da kann jeder werden, was er will, wenn er tüchtig ist. Und ehrgeizig. Und das scheint Jiři zu sein. Und Glück muß er haben.»

«Du kannst nicht behaupten, daß dir das gefällt, Vater.»

«Warum nicht?» fragte er gelassen, ohne auf ihren aggressiven Ton einzugehen.

«Er ist ein Bediensteter.»

«Wer?»

«Jaroslav.»

«Er ist der Direktor einer Fabrik, die mir gehört. Und die ich nicht hätte behalten können ohne einen so fähigen Mann wie Jaroslav Beranék. Wir leben in einer schweren Zeit, und wir leben vom Export. Einer muß dafür verantwortlich sein.»

«Und Jiři? Fühlt er sich nicht dafür verantwortlich?»

«Warum sollte er? Er lebt sein eigenes Leben, und das ist sein gutes Recht.»

Daraufhin schwieg Angèle.

«Niemand hindert dich daran», sagte der Graf nach einer Weile des Schweigens, «später in die Fabrik zu gehen und zu lernen, was nötig ist.»

«Ich?»

«Ja, du. Wir leben in einer Zeit, in der Frauen dasselbe leisten können wie Männer. Obwohl ich der Meinung bin, daß sie das immer schon konnten. Eine Frau ist nicht dümmer als ein Mann. Oder lehren sie dich das in deiner Schule?»

«Davon reden sie nicht.»

«Du hast dich ja immer für Geschichte interessiert. Es hat Frauen gegeben, die große Leistungen vollbracht haben.»

«Ja, ich weiß schon. Maria Theresia. Und Katharina die Große. Das waren Kaiserinnen. Aber so etwas gibt es ja heute nicht mehr.»

«Du vergißt Elisabeth von England. Und Queen Victoria. Doch man muß nicht unbedingt einen Staat regieren, um große Leistungen zu vollbringen. Madame Curie zum Beispiel...» Hier stockte der Graf, es fiel ihm augenblicks keine bedeutende Frau der Gegenwart mehr ein.

«Tut es dir nicht leid, daß wir keinen Kaiser mehr haben?» Man schrieb das Jahr 1936.

«Das ist vorbei», antwortete ihr Vater, die Melancholie in seiner Stimme war nicht zu überhören.

«So einer wie Karl, wenn der wiederkäme...», sagte Angèle träumerisch.

«Das ist mehr als vorbei. Das war Europa damals, aber das gibt es nicht mehr.»

«Aber – wir gehören doch zu Europa?»

«Ja, eigentlich schon.»

«Warum sagst du das so?»

«Wie sage ich das?»

«Na, so... so zweifelnd.»

«Ja. So zweifelnd. Als die großen Kaiser noch diesen Kontinent regierten, und er muß für sie sehr groß gewesen sein, ging das gut. Nicht jeder war ein so guter Herrscher wie Karl. Aber es war doch eine Kraft da, die sie zusammenhielt. Eine Kraft, sage ich. Was war es eigentlich? Ich denke oft darüber nach, Angèle. Als ich so alt war wie du, gab es keine Frage, keinen Zweifel, wie du es nennst. Gewiß, sie haben sich auch damals bekämpft, sie haben Kriege geführt, sie haben sich vernichtet und getötet. Aber wofür töten sie sich heute?»

«Aber Vater, es gibt doch keinen Krieg.»

«Nein, nein, ich glaube nicht. Dieser letzte Krieg war so absurd, so sinnlos, wie es einer nannte, mit dem ich darüber sprach, ein Deutscher. Nein, es ist nicht denkbar. Dieser letzte Krieg hat alle Kriege für alle Zukunft unmöglich gemacht.»

«Warum, Vater?» Ihre Stimme klang angstvoll. «Warum machst du so ein Gesicht dabei?»

«Was für ein Gesicht mache ich?» fragte der Graf zornig. «Ich hasse diesen Krieg, den wir geführt haben. Er war minderwertig, menschenunwürdig. Du kannst sagen, jeder Krieg ist so. Aber dieser Krieg...»

«Es war der letzte Krieg aller Zeiten, gibt es das?»

«Nein, Angèle. Ich fürchte, nein.»

Er drehte sich abrupt um, nahm sie in die Arme.

Sie stand, wie so oft, an der Schloßmauer, der Wind blies vom Turm herab.

Und er wiederholte, ohne daß er sich dessen bewußt war, die Worte, die seine Frau vor Jahren gesprochen hatte.

«Die Welt ist so friedlos.»

In diesen Jahren jedoch kam eine neue Erfahrung in ihr Leben, die sie faszinierte: die Besuche in Wien.

Ab und zu kam ihr Vater und erbat zwei oder drei freie Tage für Angèle, auch mitten während des Schuljahres. Das war an sich nicht üblich und wurde nur aus ernstem Anlaß gewährt, meist bei einem Todesfall in der Familie.

Die Oberin zeigte in diesem Fall ein ungewöhnliches Entgegenkommen. Zum einen war es Angèles tadelloses Benehmen, aber zum anderen, und dies vor allem, begriff die Oberin das enge Verhältnis zwischen Vater und Tochter, die gegenseitige tiefe Zuneigung, und sie sah, wie alt Graf Bodenstein geworden war und daß Angèle diesen geliebten Vater wohl nicht mehr allzu lange behalten würde.

Die Reisen nach Wien wurden für Angèle zu einem Höhepunkt ihres jungen Lebens. Sie wohnten im Sacher, der Graf zeigte ihr die Stadt, sie gingen in die Oper, und Angèle bekam dafür in der Kärtner Straße ein elegantes Kleid. Sie genoß das in zunehmendem Maße: das Hotel, die Oper und das lange Kleid, in dem sie sich eitel vor dem Spiegel drehte. Das war ein Leben, das sie nicht gekannt hatte.

«Wien ist herrlich», sagte sie. «Es muß schön sein, hier zu leben. Und diese Musik immer zu hören. Und überhaupt finde ich es am wunderschönsten, in einem Hotel zu wohnen. Ich möchte oft im Hotel wohnen, Vater.»

Der Graf lächelte. Wien war ihm wohlvertraut, und in Hotels hatte er auch immer gern gewohnt, wenn auch nicht gerade im Sacher. Als er jung war, besaß die Familie noch ein Haus in Wien. Doch er war viel gereist, nach Paris selbstverständlich, an die Riviera mit seiner Mutter, er kannte Florenz und Rom.

«Wenn du mit der Schule fertig bist, fahren wir nach Paris, das zuerst. Und dann werden wir weitersehen. Und einen Sommer werden wir in Salzburg verbringen, da gibt es sehr beachtliche Festspiele. Ich wollte schon immer mal dahin, aber allein... na ja, doch mit dir wird es mir Freude machen.»

Nie war er auf die Idee gekommen, die Festspiele in Salzburg mit seiner Frau zu besuchen. Er konstatierte das mit kurzem Erstaunen. Verstand Leonore eigentlich etwas von Musik? Seltsam, er hatte nie mit ihr darüber gesprochen. Er war einmal mit ihr in Prag im Deutschen Theater in einer Mozart-Aufführung, Don Giovanni natürlich. Sie saß freundlich und gelassen neben ihm, ihre Bemerkungen über die Vorstellung waren spärlich gewesen.

Was sollte sie auch dazu sagen? In ihrer Jugend hatte es kein Theater und keine Oper gegeben, keine Erziehung und darum auch kein Verständnis.

Er hatte damals überheblich gedacht: Das ist nichts für sie. Er dachte auch jetzt nicht, daß es seine Aufgabe gewesen wäre, ihr diese unbekannte Welt zu erschließen. Sie hatte ihre Romane und ihr spärliches Aufgabengebiet im Schloß, Ansprüche hatte sie nie gestellt. Sie konnte nicht einmal Klavier spielen wie Constanze. Der Flügel stand unbenutzt in der Halle des Schlosses. Auch jetzt kam ihm nicht der Gedanke, daß er Leonore einiges schuldig geblieben war. Er sagte nur: «Warum kannst du nicht Klavier spielen?»

Angèle lachte. «Manche bei uns können das. Der Pater hat mich gefragt, ob ich nicht Orgel spielen möchte.»

«Orgel?»

«Man muß das lernen, aber es ist sehr schwierig. Ich hatte keine Lust dazu.»

«Keine Lust?»

«Es ist sehr viel Arbeit», sagte die Komtesse abweisend. «Und wozu denn? Aber ich höre es sehr gern, wenn in unserer Kirche die Orgel gespielt wird. Manchmal kommt ein Musikstudent aus Wien, also der spielt wundervoll.»

«Ein Musikstudent aus Wien, so. Kennst du ihn?»

«Nein, natürlich nicht. Wir hören ihn nur, aber wir bekommen ihn nie zu sehen.» Sie lachte. «Die Oberin hat wohl Angst, wir könnten uns zu sehr für ihn begeistern.»

Eine Klosterschule, die nach alten Regeln geführt wurde – kein Mann, keine Männer, nur der alte Pater.

Sie saßen im Roten Salon im Sacher beim Essen, und dem Grafen kamen zum erstenmal Bedenken. War das die richtige Erziehung für ein Mädchen in dieser Zeit? Er hatte seit dem Krieg in einer Art Verbannung auf seinem Schloß gelebt, genauso seine Frau, genauso seine Tochter. Leonore und er würden ihr Leben so zu Ende leben. Aber Angèle? Ihr Leben begann erst, es war kaum anzunehmen, daß sie sich damit zufrieden gab, auf Bodenstein zu leben, bis sie achtzig war.

«Ich bin ein elender Egoist», murmelte er vor sich hin.

«Was sagst du, Vater?»

«Ach, nichts. Welche Mehlspeis möchtest du zum Abschluß?»

Angèle lächelte unbeschwert. «Das muß ich gut überlegen. Es schmeckt alles so wunderbar.»

Das Essen in der Klosterschule war kärglich und bescheiden, auch darum genoß Angèle die Abstecher nach Wien.

An der Klosterschule ließ sich nichts mehr ändern, das sah der Graf ein. Angèle war sowieso spät eingetreten, sie mußte noch eine Zeitlang ausharren. Aber dann – Paris, Florenz, die Uffizien, Salzburg, im Geist entwickelte er große Pläne. Es würde Freude machen, dieser schönen Tochter die Welt zu zeigen. Er bemerkte sehr wohl, daß die Blicke der Männer ihr folgten. Eine Art von Panik ergriff ihn, wer würde sie behüten, wer würde sich um sie kümmern, wer sie beraten, wenn... ja, wenn er nicht mehr lebte. Also mußte sie heiraten.

Wen? Wo? Er pflegte so gut wie keine Kontakte, er hatte keine Verwandten, ohne Geschwister aufgewachsen und die Freunde der Jugend im Krieg gefallen. In Wien gab es noch einen entfernten Cousin, und Angèle zuliebe versuchte der Graf, die Verbindung wieder herzustellen. Er traf nur eine uralte Tante.

«Der Ferdinand? Der ist nach Australien ausgewandert.»

«Nach Australien? Was macht er denn da?»

«No, Schafe züchten, was weiß ich. Sie haben ihm im neunzehner Jahr das ganze Mobiliar zertrümmert. Er war verwundet im Krieg, hatte nur noch einen Arm.»

«Und da züchtet er Schafe in Australien?»

«Waß i net. Vielleicht ist er tot. Hab nix mehr von ihm g'hört.»

Die Erbarmungslosigkeit des Alters. Die Tante wohnte in einem katholischen Heim, sie lachte mit zahnlosem Mund. Der Graf floh entsetzt.

Constanze, sie hatte doch Familie gehabt. Keiner war mehr aufzuspüren. Er gab sehr schnell auf. Seine Welt war untergegangen, in Wien waren sie sozialistisch oder etwas in dieser Art, Dollfuß hatten sie umgebracht in der vierunddreißiger Revolution, und was taten die Wiener jetzt? Das Sacher funktionierte und die Oper und das Burgtheater, das genügte. Was sie sonst noch taten, wußte der Graf Bodenstein aus dem Egerland nicht.

Angèle mochte am liebsten Opern von Verdi, mit Mozart konnte sie nicht viel anfangen. Aber dafür begeisterte sie sich an den Lipizzanern.

«So ein Pferd möchte ich haben, Vater.»

«Aber Tibor?»

«Du hast doch gesagt, er ist alt.»

Die Schulzeit war beendet, und sie waren in Wien, als die Deutschen im Frühjahr 1938 dort einmarschierten.

«Wer ist das denn eigentlich, dieser Hitler?» fragte Angèle naiv. Manches lernte sie in ihrer Klosterschule wirklich nicht.

«Der regiert jetzt in Deutschland. Ein Emporkömmling, von dem nichts Gutes zu erwarten ist.»

«Die Leute hier in Wien sind aber sehr begeistert.»

«Der Pöbel ist immer begeistert», sagte der Graf grimmig.

«Na ja, uns kann's ja egal sein, was die Deutschen machen», meinte die Komtesse gleichgültig. Womit sie sich täuschen sollte.

Bald darauf kehrte sie nach Bodenstein zurück.

Tibor war nun wirklich alt, nur noch für kurze Ritte zu gebrauchen.

«Ich wünsche mir einen Lipizzaner», erklärte sie ihrem Vater.

Er lächelte. «Wir werden sehen. Vielleicht fahren wir im nächsten Frühjahr nach Lipizza und schauen uns da um. Falls du bis dahin deine Meinung nicht geändert hast.»

«Was heißt das?»

«Es könnte sein, daß es dir zu langweilig wird.»

«Zu langweilig?»

«Wenn du den Winter hier verbracht hast.»

«Ich habe schon viele Winter hier verbracht.»

«Da warst du ein Kind. Jetzt bist du erwachsen. Es hat dir Spaß gemacht, in dem schönen Hotel zu wohnen und hübsche Kleider zu tragen, in die Oper zu gehen und bewundernde Blicke einzusammeln.»

«Bewundernde Blicke? Ich?»

«Du hast sie bemerkt, und ich habe bemerkt, daß du sie bemerkt hast.»

Sie lachte unbeschwert. «Das war ein schöner Satz, Vater.»

«Ja, finde ich auch. Immerhin bist du jetzt in einem Alter, daß dir solche Blicke wichtig sein könnten.»

«Ich verstehe schon, was du meinst. Du meinst nicht nur die Blicke.»

Sie drückten sich beide sehr vorsichtig aus. Es war ein heller Tag im Mai, die Luft sanft und schmeichelnd, sie standen im Garten, und obwohl es windstill war, blies wie immer ein wenig Wind vom Turm herab.

Angèle lachte, legte den Kopf in den Nacken, löste das aufgesteckte Haar, um es im Wind tanzen zu lassen. Es war immer noch mehr als schulterlang.

«Vor allen Dingen brauche ich eine moderne Frisur. Meinst du, ich könnte in Eger zum Friseur gehen?»

«Warum nicht? Wie soll die moderne Frisur denn aussehen?»

«Ach, ich weiß nicht. In Wien trugen sie die Haare so eingerollt.»

«Das gefällt mir nicht. So ist es besser.»

Der Graf lehnte sich an die Schloßmauer, sein Gesicht war fahl trotz der Frühlingssonne, seine Hüfte schmerzte höllisch.

«Du denkst, ich sollte Männer kennenlernen?» fragte Angèle kühn.

«Nun ja, es wäre an der Zeit. Hier gibt es keine Gesellschaften, keine Bälle. Das gab es früher in meiner Jugend.» Er wandte sich um, blickte ins Tal. Constanze war achtzehn, als er sie heiratete. Und seine Tochter würde im November zwanzig. Aber was konnte er ihr hier bieten? Nichts. Wenn sie das Palais noch hätten, könnten sie den Winter in Prag verbringen. Dort war die Stimmung zur Zeit sehr feindselig, wie er wußte.

«Vielleicht», sagte er, «könnten wir einige Wochen im Winter in Wien verbringen. Falls deine Mutter uns begleitet.»

«Mama?» fragte Angèle erstaunt. «Was soll sie denn in Wien?»

«Nun, ich denke...», begann der Graf und stockte. Wenn ein junges Mädchen in die Gesellschaft eingeführt wird, gehört die Mutter an seine Seite, so etwas hatte er sagen wollen und erkannte sofort, daß es Unsinn war. Was für eine Gesellschaft? Man schrieb nicht mehr das Jahr 1910. Und die arme Leonore, die ein so eintöniges, ereignisloses Leben an seiner Seite geführt hatte, was konnte man von ihr erwarten? Und er erkannte zugleich, wieviel er ihr schuldig geblieben war. Sie hatte nichts von der Welt gesehen, hatte sich widerspruchslos in das stille, einsame Leben ergeben. Nur weil für ihn 1918 die Welt, seine Welt, untergegangen war. Und wie sich jetzt zeigte, war er auch seiner Tochter manches schuldig geblieben, sie war in dieser Eintönigkeit aufgewachsen, dann hatte er sie in die Klosterschule gesteckt, wo sie ebenfalls vom wirklichen Leben ferngehalten wurde.

Der Einmarsch der Deutschen in Wien hatte sie kaum beeindruckt, und von der Unruhe hier im Land hatte sie keine Ahnung. Er mußte an das Gespräch mit Jiři denken.

«Wir könnten ja zum Opernball gehen», schlug Angèle vor.

«Zum Opernball? Wie kommst du denn darauf?»

«Die Mädchen haben davon gesprochen. Da wollten sie gern mal hingehen, es muß ganz toll sein.»

Der Opernball! Fast hätte er gelacht. Er noch einmal im Frack, um mit der schönen jungen Tochter zu tanzen. Er konnte gar nicht mehr tanzen. Er konnte gar nichts mehr, nicht einmal mit ihr nach Paris fahren, wie er es versprochen hatte, gerade mit Mühe und Not an der Schloßmauer stehen und ins Tal blicken.

«Wir können nicht mehr nach Wien», korrigierte er sich. «Da sind die Nazis.»

«Ja, ja, ich weiß», sagte Angèle leichtherzig. «Die kannst du nicht leiden, diesen Emporkömmling aus Deutschland.»

«Leider ist er ein Österreicher», seine Stimme klang bitter. «So etwas bringen auch nur die Deutschen zustande, sich einen heruntergekommenen Österreicher zum Staatsoberhaupt hochzujubeln. Und du solltest vielleicht noch wissen, daß diese Leute jetzt hier bei uns in der Gegend recht aktiv sind.»

Er wurde kaum davon belästigt, aber er wußte natürlich von der sudetendeutschen Bewegung, die es zwar schon lange gab, sich jedoch nun sehr mit Nazi-Deutschland verband. Gelegentlich sprach er mit Jaroslav darüber. Es gab mancherorts Aufruhr, es gab in der Fabrik Streitereien, auch Prügeleien zwischen Tschechen und Deutschen, Sudetendeutschen, wie sie sich jetzt nannten.

Angst vor morgen

Jiři war im Februar zu einem Besuch gekommen, noch vor dem sogenannten «Anschluß». Er hatte ihn ziemlich genau vorhergesagt.

«Die Deutschen holen sich Österreich. Und dann werden sie gefährlich für uns.»

«Für uns?» fragte der Graf hilflos. «Was gehen uns diese Nazis an? Wir sind hier in Böhmen.»

«Wir sind in der Tschechoslowakei», sagte Jiři Beranék kühl. «Wir stehen auf ihrer Liste. Erst die Österreicher, dann wir. Ich bezweifle nur, ob man es zulassen wird.»

«Wer ist man?»

«Die übrige Welt.»

«Und wer, bitte, ist die übrige Welt?»

Jaroslav saß bei ihnen, er sprach kein Wort.

«Ich nenne es Europa», sagte Jiři.» Der Teil von Europa, der schon einmal gegen Deutschland Krieg geführt hat.»

«Sie sprechen von Krieg, Herr Beranék?»

«Ich spreche von Krieg.»

«Der Krieg wurde nicht gegen Deutschland allein geführt, dort hat er nicht einmal seine Ursache gehabt. Anlaß war der Mord in Sarajevo, geführt wurde der Krieg in erster Linie um die Habsburger Monarchie, um das Reich Austria zu zerstören. Und um die Macht in Europa. Deutschland wurde in diesen Abgrund mit hineingerissen.»

Noch heute konnte sich Graf Bodenstein nicht dazu verstehen, Deutschland eine Hauptrolle in diesem Weltkrieg, wie man ihn nannte, zu gewähren.

«Immerhin war Europa damals noch einig, zumindest in seinem Haß auf uns. Was ist Europa heute? In Italien regiert einer, der mit diesem Hitler im Bündnis ist, nicht sehr gern, aber immerhin. Frankreich ist in einem desolaten Zustand. In Rußland herrschen die Kommunisten, darüber brauchen wir kein Wort zu verlieren. England? Die hatten vor kurzem einen abgedankten König. Abgedankt wegen einer geschiedenen Frau. Noch dazu eine Amerikanerin.»

Die Stimme des Grafen war voll Verachtung. «In Spanien gibt es einen Bürgerkrieg, in dem die Russen genauso wie die Deutschen mitmischen. Wer ist eigentlich Ihr Europa, Herr Beranék?»

«Früher haben Sie Jiři und du zu mir gesagt, Herr Graf. Ich wünschte mir, es wäre so geblieben.»

«Gut, Jiři. Wer oder was ist von deinem Europa, von der Allianz des letzten Krieges also, noch übrig?»

«Gegen die Deutschen könnte es sich wieder vereinigen. Gegen die Deutschen des Nationalsozialismus. Und es wird Österreich auch diesmal treffen, wenn es sich Deutschland anschließen sollte.»

«Niemals. Nicht mit diesem Emporkömmling da in Berlin.»

«Warten Sie ab, Herr Graf. Es dauert nicht mehr lange. Dieser Emporkömmling ist gefährlich. Er strebt nach der Weltherrschaft.»

«Weltherrschaft! Lächerlich! Das gibt es nicht.»

Nun lächelte Jiři. «Denken Sie an den von Ihnen so verehrten Kaiser Karl.»

«Das läßt sich ja wohl beim besten Willen nicht vergleichen», sagte der Graf ärgerlich. «Karl der Vierte ist zum Kaiser des Heiligen Römischen Reiches Deutscher Nation von den Kurfürsten gewählt worden. Die Kurfürsten gibt es längst nicht mehr, und das Reich auch nicht.»

«Seit Napoleon. Er hat die alte Ordnung endgültig zerstört. Nachdem sie zuvor durch die ewigen Kriege und die Reformation zerrüttet war.»

Der Graf wiederholte, was er schon öfter gesagt hatte: «Wann gab es je Frieden und Ordnung auf dieser Erde. Europa! Wer oder was ist dein Europa?»

«Wir gehören dazu», sagte Jiři leidenschaftlich.

«Wir? Was meinst du damit?»

«Die Tschechoslowakei.»

«Die Tschechoslowakei», sagte der Graf ungnädig. «Ein künstlich nach dem Krieg geschaffener Staat, in dem sich die Tschechen nicht mit den Slowaken vertragen und die Slowaken nicht mit den Tschechen und beide nicht mit den Deutschen, die in diesem Land von jeher gearbeitet haben und ihm zu Wohlstand und Ansehen verholfen haben, und Austria hat es bewahrt vor Not und Zerstörung. Friedlos war es immer, hier wie überall. Aber man wußte doch, wo man hingehörte. Und heute? Heute machen sie alle auf national, der Beneš in Prag genauso wie dieser Bursche da in Berlin. Kannst du mir sagen, was das ist, national? Früher hatte mein Vaterland einen Kaiser. Heute hat man nur noch Parteien, die endlos palavern und sich um jeden Schmarrn streiten, und wenn ihnen dann nichts mehr einfällt, sind sie national.»

Jaroslav und Jiři tauschten einen Blick. Es war schwierig, mit dem alten Grafen über die Welt von heute zu sprechen. Jaroslav war in der Donaumonarchie aufgewachsen, er war dafür in den Krieg gezogen. Jiři war zwar noch in der alten Zeit geboren, aber seit er denken konnte, lebte er in der Tschechoslowakischen Republik, das war für ihn Staat, Nationalität und Heimat zugleich. Heimat war hier, auch in diesem Schloß, bei diesem Mann, der sich von allem abgewandt hatte, der sich einen Böhmen nannte und nicht anders.

Plötzlich sagte Jiři: «Ich habe Angst vor der Zukunft.»

«Ein junger Mann sollte niemals Angst vor der Zukunft haben», verwies ihn der Graf. Und dachte gleich darauf, daß es töricht war, so etwas zu sagen. Als er jung war, hatte er keine Angst vor der Zukunft gehabt, möglicherweise war das die wirkliche Torheit gewesen. Falls sie denn heute klüger waren, hatten sie trotzdem Angst.

«Wovor hast du Angst?» fragte er.

«Haben Sie Hitler je gesehen, Herr Graf?»

«Ich? Wie sollte ich?»

«Sie gehen nie ins Kino, nicht wahr?»

«Gott soll mich bewahren.»

«Dort können Sie ihn oft genug sehen, in der Wochenschau, so nennt sich das. Ein Bild in der Zeitung vielleicht?»

«Das muß ich mir nicht ansehen.»

«Und seine Reden? Die haben Sie auch nicht gehört?»

«Wie kommst du mir vor? Wie und wann sollte ich mir sowas anhören.»

Es gab kein Radio im Schloß, wie Jiři wußte. Kein Radio und kein Telephon, die Zeit war hier wirklich stehengeblieben. Und Jiři dachte: Ich wünschte, es würde für ihn so bleiben, solange er lebt.

«Ich habe Hitler gesehen, ich habe ihn gehört. Ich war auf einer Kundgebung, ich war einmal in Nürnberg bei diesem Parteitag.»

«Warum tust du sowas?»

«Es gehört zu meinem Beruf. Man muß seine Feinde kennen.»

«Du sprichst also bereits von Feinden.»

«Nicht nur ich, hier im Land tun es viele.»

Der Graf sah ihn aus schmalen Augen an. «Und? Wie gefällt dir dieser Feind?»

«Er versteht es, die Massen mitzureißen. Er versteht es, sich in Szene zu setzen. Seine Auftritte sind gekonnt und hervorragend inszeniert. Dafür hat er einen Mann namens Goebbels, der ein gutes Stück klüger ist als der Führer.»

«Führer! So nennen sie ihn in Deutschland, ich habe das gelesen. Die Deutschen sind unfähig, mit sich selber fertig zu werden, ich sage das immer. Habe ich das nicht oft genug gesagt, Herr Beranék?» Damit wandte er sich direkt an Jaroslav, der immer noch schwieg.

«Gewiß, Herr Graf. Und Sie meinten damit nicht unsere Deutschen hier, sondern die Deutschen in Deutschland.»

«Die Deutschen hier, die Deutschen dort – ist das ein Unterschied?»

Jaroslav sah seinem Chef, den er liebte und verehrte, gerade in die Augen.

«Ich fürchte, es ist keiner mehr.»

Der Graf räusperte sich ungeduldig. «Gab es wieder mal Ärger in der Fabrik?»

«Immer wieder. Die Sudetendeutschen werden anmaßend und fordern die Tschechen heraus.»

«Sudetendeutsche! Das hat früher kein Mensch gesagt. Die Sudeten sind ein Gebirgszug. Warum nennen sie sich jetzt so?»

«Sie tun es schon seit einer ganzen Weile.»

«Aber es ist Unsinn. Es leben auch Deutsche in Prag und in Brünn und in Mährisch-Ostrau. Sind das denn nun auch Sudeten? Oder wie nennen die sich? Sind das Pragdeutsche oder wie auch immer? Erzähl mal, Jiři, von deinem Feind, diesem sogenannten Führer, wenn du ihn dir so genau betrachtet hast. Er reißt die Massen mit, sagst du. Das ist kein Kunststück, die Straße schreit immer Hurra.»

«Meiner Beobachtung nach», sagte Jiři, er sprach langsam und wählte seine Worte sehr bewußt, «geht ein Riß durch das deutsche Volk. Ich spreche von den Deutschen in Deutschland. Viele sind sehr angetan von ihrem Führer, um nicht zu sagen, begeistert. Man muß versuchen, das zu verstehen. Er hat ihnen Geltung wiedergegeben, Bedeutung, und um noch einmal das verpönte Wort zu gebrauchen, einen nationalen Stolz. Nach der Niederlage, nach der darauffolgenden Demütigung durch den Versailler Vertrag, nach der Inflation, den schweren wirtschaftlichen Jahren, der Arbeitslosigkeit, die vor Hitler das Schicksal von Millionen war, geht es ihnen unbestreitbar besser. Das muß man erkennen, um zu begreifen, warum die Leute ihm zujubeln. Sie sagen, die Straße schreit immer Hurra. Gewiß, das ist so. Aber es ist mehr. Es geht, wie ich schon sagte, ein Riß durch das Volk. Es sind auch recht ehrenhafte Leute dabei, die Hitler zustimmen. Man weiß jedoch nie genau, wie ehrlich es einer meint mit dem, was er sagt. Es ist halt, um es genau auszudrücken, eine Diktatur.»

«Hm, na ja, auch nichts Neues in der Weltgeschichte. Was ist denn das in Rußland? Das ist noch mehr als eine Diktatur, und das geht nun schon eine ganze Weile so. Soviel ich weiß, sind sie einander ja spinnefeind, diese Nazis und die Sowjets.»

«Ja, das sind sie. Und wenn ich die beiden betrachte, Hitler und Stalin, da habe ich halt Angst vor der Zukunft.»

«Früher hätte ich gesagt, sowas geht vorbei. Aber der Unfug in Rußland dauert ja nun schon ziemlich lange.»

«Er wird noch länger dauern. Und das unterscheidet meiner Ansicht nach die Deutschen von den Russen. Ich habe immer noch die Hoffnung, daß es in Deutschland...» Jiři verstummte. Er hatte eine Falte auf der Stirn. Er war jung, er war klug, er sah gut aus, er war selbstsicher, doch er kämpfte um Erkenntnis, um Einsicht, auch um Verständnis. Er würde, das wußte er nicht, das konnte sein Vater nicht ahnen, noch fünf Jahre zu leben haben. Seine Angst vor der Zukunft war berechtigt.

«Erzähl mal von Deutschland», forderte der Graf.

«In Berlin liebt man Adolf Hitler nicht besonders. Jedenfalls die Leute, mit denen ich zusammengetroffen bin, lieben ihn nicht.»

«Und was sind das für Leute, Jiři?»

«Wenn Sie mir erlauben, das zu sagen, Herr Graf, es waren kluge Leute. Presse, Schriftsteller, Künstler, gebildete Leute eben. Aber die machen das Volk nicht aus. Und sie sind zum großen Teil mundtot gemacht. Natürlich gibt es Opportunisten. Aber sie haben Angst.»

«Da hätten wir es wieder. Mit Angst können Menschen auf die Dauer nicht leben. Angst wirkt zerstörend, nicht nur auf einen Menschen, auch auf ein Volk. Dann sollen die Deutschen etwas unternehmen.»

«Eine Revolution? Das ist derzeit ganz und gar unmöglich.»

Dem Bodensteiner kam es vor, als habe er ein ähnliches Gespräch schon einmal geführt, und das war lange her. Dann fiel es ihm ein. Es lag gar nicht so weit zurück, nicht einmal zwei Dezennien. Der junge Mann aus Franken, mit dem er wegen einer Anstellung in der Fabrik gesprochen hatte. Wie hieß er doch gleich? Damals sprachen sie über den eben vergangenen Krieg. Den sinnlosen Krieg. Und nun sprach man also von einem bevorstehenden Krieg, der ebenso sinnlos sein würde. Molander hieß der Mann, und er hatte ihm Jaroslav empfohlen. Eine gute Empfehlung. Was mochte aus diesem Molander geworden sein, im Porzellangeschäft war ihnen der Name nicht begegnet. Vielleicht kannte Jaroslav ihn. Der Graf war versucht, eine Frage zu stellen, ließ es bleiben. Wozu? Es war eben doch zu lange her. Vielleicht war der Deutsche inzwischen ein begeisterter Nazi, vielleicht nicht.

Es war das letztemal, daß der Graf Jiři Beranék sah, der unter seinen Augen aufgewachsen war, mit seiner Tochter in die Wälder geritten war und mit ihr zusammen eine Schlucht entdeckt hatte, in der sie sich vor Verfolgern verstecken wollten.

Keinem nützte die Schlucht. Jiři kam ins Gefängnis nach dem Attentat auf Heydrich und wurde später erschossen. Komtesse Angèle bekam den Lipizzaner nicht und ritt nie mehr zu ihrer Schlucht. Sie hätte sich dort nicht verstecken können, als die Kommunisten sie aus dem Schloß vertrieben.

«Grüßen Sie bitte Angèle von mir», sagte Jiři, als er sich verabschiedete. Er reiste nach Prag und würde in wenigen Tagen seine erste Stellung bei einer tschechischen Zeitung antreten.

«Das will ich gern tun», sagte der Graf. «Und ich hoffe, du wirst uns bald wieder besuchen. Noch einen Monat, dann ist sie mit der Schule fertig. Hängt ihr sowieso zum Hals heraus.»

Nach dem Einmarsch von Hitlers Truppen in Wien erinnerte sich der Graf an dieses Gespräch. Das war also die Begeisterung, von der Jiři gesprochen hatte. Die Straße schreit immer hurra, dabei blieb es.

Um diese Zeit besuchte der Graf eine Vorstellung im Stadttheater zu Eger, man gab den Hamlet, zum letztenmal in dieser Spielzeit, wie er wußte. Er hatte die Aufführung schon gesehen, er war beeindruckt, er wollte sie noch einmal sehen; der Grund dafür war der junge Schauspieler, der den Hamlet spielte. Ein schöner Mensch, mit einer wunderbar klingenden Stimme, keine große Stimme, eher sanft im Tonfall, tragend auch im Piano, im Pianissimo, verständlich mit jedem Hauch. Auch das, neben der intensiven Darstellung, gefiel dem Grafen, denn mittlerweile hörte er schwer. Was ihn besonders ärgerte, denn er mochte es nicht, wenn jemand in seiner Gegenwart mit lauter Stimme sprach. Nach der Aufführung bat der Graf den Intendanten, ihn mit dem Schauspieler bekannt zu machen.

Es kam zu einem kurzen Gespräch in der Garderobe, der Graf lobte die Vorstellung, erzählte von früheren Aufführungen des Hamlet, an die er sich erstaunlich gut erinnerte. Schließlich sagte er: «Ich prophezeie Ihnen eine große Zukunft. In gewisser Weise erinnern Sie mich an den jungen Kainz. Sie werden bald in Wien oder in Berlin auf der Bühne stehen.»

«Das werde ich bestimmt nicht», sagte der Schauspieler. «Weder in Berlin noch in Wien. Ich bin Jude.»

«Dann eben in Prag. Wir haben dort ein sehr gutes Theater.»
Der Schauspieler lächelte. «Sein oder Nichtsein, das wird möglicherweise auch in Prag eines Tages die Frage sein.»
«Dann sage ich Ihnen folgendes: Sie sind nicht nur begabt, Sie sind außerdem jung. Sie können das abwarten. Allzu lange kann dieser Spuk nicht dauern.»
«Vielleicht. Vielleicht auch nicht. Sicher für manche dennoch zu lange. Ich bin siebenundzwanzig, ja, ich kann eine Zeitlang warten. Auf jeden Fall lerne ich zur Zeit englisch. Obwohl – «der Schauspieler hob resigniert die Schultern, «in England gibt es ausreichend begabte Kollegen, die Shakespeare machen können.»
«Er hat ja schon ein Engagement nach Prag», sagte der Intendant. «Ein wirkliches Talent kann ich sowieso nie lange behalten. Und wir wollen doch hoffen, daß Prag verschont bleibt.»
«Prag ist eine Weltstadt», sagte der Graf zornig. «War es schon, als an Berlin noch nicht zu denken war. Dieser Emporkömmling da drüben in Berlin wird es nicht wagen, sich an uns zu vergreifen. Das würde ihn teuer zu stehen kommen.»

Ludvika und Jaroslav, die mit im Theater gewesen waren, hatten im Auto auf den Grafen gewartet, um ihn nach Hause zu fahren. Er berichtete ihnen von dem Gespräch.
«Sind sie denn alle verrückt geworden, Jaroslav? Warum haben sie denn so viel Angst vor diesem Kerl in Berlin?»
«Tiere», meinte Jaroslav bedächtig, «haben auch diese Witterung, diesen Instinkt, der vor einer drohenden Gefahr warnt.»
«Wir sind keine Tiere.»
«Sind Menschen so viel dümmer?»
«Vielleicht doch. Was, zum Teufel, soll denn geschehen?»
«Da war Österreich, der sogenannte Anschluß. Sie haben die Begeisterung der Massen selbst gesehen. Und was kommt als nächstes dran? Wir? Oder die Polen?»
«Der hat doch genug bei sich zu Hause zu tun, da in Deutschland. Wenn er doch alles so großartig macht, und er hat jetzt – wie nennt er das? – ein Großdeutsches Reich, das kann ihm doch genügen.»

«Wir wollen es hoffen.»

«Hoffen! Hoffen! Leben wir bloß noch von der Hoffnung, daß dieser böhmische Gefreite uns nicht die Luft abschnürt.»

«Der böhmische Gefreite! Wie kommen Sie zu diesem Ausdruck, Herr Graf?»

«Das hat Basko mir erzählt. So soll ihn Hindenburg genannt haben.»

«Das habe ich auch gehört. Hindenburg ist tot.»

«Er ist zu spät gestorben», sagte Graf Bodenstein hart. «Er hätte niemals dulden dürfen, daß dieser Kerl an die Regierung kommt.»

«Er ist legal an die Regierung gekommen. Das ist möglicherweise der Nachteil einer Demokratie. Was Hindenburg von ihm hielt, weiß man. Und so lange er lebte, versuchte er wohl zu... nun ja, sagen wir, zu bremsen. Einen gewissen Einfluß zu haben.»

«Er war zu alt», beharrte der Graf. «Und verkalkt dazu, er wußte nicht einmal, wo Böhmen liegt.»

«Ob ein anderer, ein jüngerer, es besser gemacht hätte, ist die Frage. Soviel ich weiß, war Hindenburg bei den Deutschen sehr beliebt.»

«Und jetzt ist der Emporkömmling aus Österreich bei ihnen beliebt. Ich weiß noch genau, was Ihr Sohn erzählt hat, Jaroslav. Es geht ihnen gut da drüben. Und die übrige Welt schaut gebannt zu und klatscht Beifall. Das muß ihm ja in den Kopf steigen. Und wie heißt gleich dieser Pamadl, der sich hier bei uns so aufspielt?»

Jaroslav lächelte unwillkürlich auf die Straße zu seinem Scheinwerferlicht hinaus.

«Henlein heißt er, Konrad Henlein. Sie haben ihn in London sehr freundlich empfangen und reden lassen.»

«Die Engländer waren schon immer Schlappschwänze», knurrte der Graf.

«Da bin ich nicht so sicher», meinte Jaroslav.

Am Vormittag hatten sie sich in der Fabrik wieder geprügelt, die Tschechen und die Sudetendeutschen. Er war dazwischengefahren und hatte den Streit geschlichtet, so viel Autorität besaß er noch.

«Verdammte Idioten», hatte er geschrien, erst auf deutsch, dann auf tschechisch. «Was wollt ihr denn? Seid doch froh, daß ihr Arbeit habt. Raus mit euch! Sofort!»

Sie starrten ihn verbissen an, beide Seiten, doch sie gehorchten seinem Befehl. Wie lange noch? Es war schwer, es kostete Jaroslav Nerven und Kraft. Seine Hände, die das Steuer führten, zitterten.

Ludvika, die neben ihm saß, sah es.

«Jetzt heert's auf mit der bleeden Politik», sagte sie energisch. «Entschuldigen S', Herr Graf, aber ich kann's schon nicht mehr heern. Allweil machen s' an Wirbel. Die san doch bleed, bleed san die.»

Anlaß zum Streit war der Junge gewesen, der seit einiger Zeit in der Fabrik arbeitete. Jaroslav hatte ihn bei einer Ausstellung in Prag kennengelernt.

Er malte auf Porzellan, und er malte meisterhaft, seine Sujets waren Gestalten aus Märchen und Sagen. Jaroslav hatte ihn engagiert, und nun entwarf Gottlieb Bronski die Motive für die bunten Teller, die sich gut verkaufen ließen, vor allem im Export. Da gab es Schneewittchen mit den sieben Zwergen, auf den ersten Blick waren es nur sechs, nach dem siebenten mußte man suchen, er lugte, ganz klein, unter dem Tisch hervor. Dann gab es Rapunzel, die ihr langes Haar vom Turm herabließ, und natürlich Dornröschen hinter der Dornenhecke, an der gerade der Prinz emporkletterte. Meisterhafte Bilder, exakt gezeichnet, mit leuchtenden Farben, und doch in einem lässigen, modernen Stil. Doch jetzt war Gottlieb auf die unglückselige Idee gekommen, es mit den Nibelungen zu versuchen. Der blondgelockte Siegfried, wie er mit dem Drachen kämpfte, war das erste Motiv. Das hatte den Streit an diesem Tag entfacht. Einer der tschechischen Arbeiter schmetterte den ersten gebrannten Teller an die Wand.

«Den verfluchten deutschen Heldenmist brauchen wir hier nicht», schrie er auf tschechisch. «Und diesen Gottlieb schmeißen wir auch gleich mit raus.»

Die deutschen Arbeiter sammelten die Scherben auf und warfen sie den Tschechen an den Kopf, umringten den erschreckten Gottlieb, ein schmaler junger Mensch, der gar nicht begriff, was eigentlich los war. So fing das an und artete in eine handfeste Schlägerei aus, die Jaroslav beendete. Den verstörten jungen Künstler nahm er mit in sein Büro.

«Aber was wollen s' denn? Ist der Teller net gut?»

«Setzen Sie sich, Herr Bronski. Trinken Sie einen Slibowitz. Ihre Teller sind gut, und wir verkaufen sie erfolgreich.»

«Aber warum dann?» stammelte der Junge.

Er war noch ahnungsloser als der Graf Bodenstein. Er war zwar in Prag geboren, seine Mutter war eine deutsche Pragerin, doch sein Vater stammte aus St. Pölten, dort war er aufgewachsen, in Wien hatte er die Akademie besucht. Er sprach kein Wort tschechisch. Seine Welt war die Kunst, waren seine Bilder. In Prag hatte es ihm gefallen, man hatte ihn gefeiert, und nun hatte er eine Arbeit. Später würde er ganz große Bilder malen, so sah er sein Leben. Nationalität, das war für ihn ein Fremdwort. Und die Nibelungen kamen schließlich von der Donau her, wieso war das deutscher Heldenmist? So fragte er verwirrt, als Jaroslav ihm die Ursache des Streites zu erklären versuchte.

Jaroslav erzählte dem Grafen nichts von der üblen Szene, es genügte, wenn er sich damit herumärgern mußte.

Ludvika blickte wieder auf seine zitternden Hände auf dem Steuerrad, als sie nach Eger zurückfuhren.

Sie legte die Hand auf sein Knie. «Jetzt sei stad. Wir fahren heim, und du trinkst noch ein schönes Bier und einen Becherovka. Die san alle bleed, sag ich doch.» Sie wechselte in die tschechische Sprache. «Jiři hat geschrieben. Es gefällt ihm gut in seiner Zeitung. Er schreibt, er ist jetzt Lokalreporter. Wie findest du das? Er ist kaum ein paar Wochen da. Er wird bestimmt noch Chefredakteur.» Jaroslav mußte lachen, er entspannte sich.

«Chefredakteur, so.»

«Das ist das Größte, was man an einer Zeitung werden kann. Jiři wird das, bestimmt.»

Nun war es Ende Mai des achtunddreißiger Jahrs, die Stimmung war gespannt im Land. Hitler hatte die Befreiung der Sudetendeutschen gefordert, und der englische Premierminister verhandelte mit ihm über das Schicksal der Sudetendeutschen. Die Tschechen hatten mobilgemacht und die Grenze besetzt.

Graf Bodenstein war mittlerweile recht gut informiert. Selbst er konnte die Augen nicht mehr vor kommendem Unheil verschließen, der Emporkömmling da in Berlin war oben, ob er nun ein böhmischer Gefreiter war, ein Ausdruck, den er dem Hindenburg nie verzeihen würde, oder ein heruntergekommener Österreicher, was immer, er war oben. Und die übrige Welt, wie Jiři es genannt hatte, oder das verkommene Europa, wie der Graf es nannte, starrte gebannt nach Berlin oder auf einen Berg irgendwo da unten in Bayern, der sich Obersalzberg nannte, und hielt den Atem an.

Der Graf lehnte an der Schloßmauer, seine Hüfte schmerzte höllisch, er hatte das Gefühl, daß er nie mehr einen Schritt tun könnte. Doktor Anton Wieland in Eger, der einzige, der immer noch ein Mittel gewußt hatte, das die Schmerzen linderte, lebte seit einem Jahr nicht mehr. Seinem Nachfolger, einem jungen tschechischen Arzt, traute der Graf nicht. Ein junger Arzt, so befand er, konnte nie wissen, was einen alten Mann plagte.

Außerdem ging es ihm gegen den Strich, genauer gesagt gegen die Ehre, einem jungen Mann seine Schmerzen zu bekennen. Noch einmal nach Karlsbad in diesem Sommer? Im Hotel Pupp, gestützt auf einen Stock, durch die prächtigen Räume hatschen?

«Der alte Graf Bodenstein, kennen S' den noch? Ein rechtes Wrack ist er geworden.»

Hier an der Schloßmauer tot umfallen, das war es, was er sich wünschte.

Er hörte seine Tochter lachen. Sie kniete im Gras und spielte mit dem jungen Hund.

«Der ist süß», rief sie. «Wo hat sie den denn her?»

Der Graf legte die Hand auf den Kopf der Hündin Rena, die neben ihm an der Schloßmauer saß.

«Sie hat wohl mal einen Spaziergang durchs Dorf gemacht.»

«Und wo sind die anderen?»

«Jaroslav hat einen. Und einer ist beim Gärtner. Die anderen sind tot. Rena ist alt, sie konnte nicht mehr fünf Junge säugen.»

Angèle nickte. Sie kannte das. Auch im Wald, der zum Schloß

gehörte, gab es zu viele Tiere. Der Graf ging schon lange nicht mehr zur Jagd, auch Jagdgesellschaften gab es nicht mehr. Der Förster tat sein möglichstes, es wurde auch viel gewildert, der Graf wußte es, der Förster wußte es. Die Wilderer waren Tschechen und Deutsche, Sudetendeutsche, wie sie jetzt hießen. Der Tierbestand wuchs dennoch ins Unübersehbare.

«Wir müßten ein paar große Jagden machen», hatte der Förster vorgeschlagen, «die Treiber fragen sowieso, warum nichts mehr geht.»

Manchmal kam eine Jagdgesellschaft von Prag her, von der Regierung, aber sie durften im Gebiet des Grafen Bodenstein natürlich nicht jagen. Es war, als ob die Tiere das wüßten, der Bodensteinsche Wald war übervölkert.

«Du hast nie schießen gelernt?» fragte der Graf seine Tochter. Sie stand unter dem Turm, sie hatte den kleinen Hund im Arm, ihr Haar hatte sie gelöst, der sanfte Wind, der vom Turm herunterkam, ließ es tanzen.

«Aber, Vater! Du hast immer gesagt, Frauen sollen nicht schießen.»

«Ich habe keinen Sohn. Wenn du erst die Herrin bist hier auf dem Schloß, mußt du zur Jagd gehen. Und du mußt...»

«Was muß ich alles noch?» fragte Angèle, ihr Gesicht an die samtene kleine Schnauze des Hundes gepreßt.

«Ich habe es dir schon einmal gesagt, du mußt es lernen, dich um die Fabrik zu kümmern.»

«Aber das tut doch Jaroslav. Ich versteh' doch nichts davon.»

«Darum sage ich ja, du mußt es lernen.»

«Aber Vater, du hast dich selber nie um die Fabrik gekümmert.»

«Ich habe mich sehr wohl darum gekümmert, auch wenn Jaroslav die Arbeit gemacht hat», sagte der Graf ärgerlich.

«Ich weiß nicht, warum Jiři das nicht machen kann. Nein, der Herr muß in einer Zeitung rumschmieren.»

Angèle las niemals eine Zeitung. Am liebsten las sie Romane wie ihre Mutter.

Seit sie wieder zu Hause war, las sie gar nicht, trieb sich im

Schloß herum, im Garten, im Park, ritt ein wenig mit Tibor spazieren, wagte sich auch in den Wald, obwohl die Wildschweine wirklich zu einer Plage geworden waren. «Wenn Jiři hier wäre, könnte ich auch endlich wieder richtig große Ritte machen. Aber ich habe ja nicht mal ein Pferd», maulte die Komtesse. «Wann fahren wir denn nach Lipizza, Vater?»

«Nächstes Frühjahr», sagte der Graf mühsam.

«Und nach Paris?»

«Vielleicht im Herbst.»

Angèle sah ihren Vater an. Wie er da stand, auf die Schloßmauer gestützt, fahl und hager. Zum erstenmal begriff sie, daß alles nicht so sein würde, wie sie es sich vorgestellt hatte. Aber das war nicht wichtig, nur eins war wichtig: Sie war wieder daheim.

Sie ging zu ihm, den kleinen Hund im Arm, der eifrig ihr Kinn beleckte.

«Ist ja egal, Vater. Ein Pferd werden wir schon bekommen. Und nach Paris können wir immer noch fahren. Ich bin so froh, daß ich wieder hier bin. Ich möchte nie, nie, woanders leben. Nur hier bei dir, bei unserem Turm.»

«Und es wird dir nicht langweilig werden?» fragte der Graf, er sprach leise, eine unbekannte Angst würgte ihn im Hals. «Niemals», sagte Angèle entschieden. «Jetzt kommt der Sommer, ich werde mich um den Garten kümmern. Und wenn du willst, werde ich schießen lernen. Das bringt mir Kohlbach bei, nicht?»

Kohlbach war der Förster. «Und Jana hat gesagt, ich muß kochen lernen.»

«Und im Winter? Wird es dir da nicht langweilig werden?»

«Gewiß nicht. Dann wird mir Jaroslav erklären, was ich in der Fabrik lernen muß. Und vielleicht fahren wir mal nach Wien und gehen in die Oper. Und...», sie öffnete die Arme und ließ den kleinen Hund ins Gras gleiten, «dann wohnen wir wieder im Sacher. Das gefällt mir am besten. Wie heißt er denn?»

«Wer?» fragte der Graf, ganz verwirrt von ihren Plänen.

«Na, er.» Sie wies ins Gras. «Renas Sohn.»

«Er hat noch keinen Namen.»

Angèle überlegte eine Weile.

«Wir nennen ihn Ferdinand», sagte sie dann.
«Das ist ein Kaisername.»
Sie lachte unbeschwert. «Irgendwas muß ja noch an unsere Kaiser erinnern. Ich kann ihn ja Ferdi nennen.»
«Bitte sehr. Es ist dein Hund.»
Am 1. Oktober marschierten deutsche Truppen in das Staatsgebiet der Tschechoslowakei ein, besetzten das Sudetenland.

Der Tod

Den ganzen Sommer über hatte das übrige Europa, wie Jiři es nannte, mit dem machtvollen Mann in Berlin um eine Verständigung gerungen, hatte versucht, die Gefahr zu bannen, denn vom unmittelbar bevorstehenden Krieg sprach man nun überall. Das übrige Europa, in diesem Fall waren es allein Frankreich und England, hatte inzwischen erkannt, welches Unheil der Versailler Vertrag heraufbeschworen hatte, daß in ihm der Keim zum nächsten Krieg lag. Man wußte auch, besonders in England, wie brüchig die Verhältnisse in der Tschechoslowakei waren. Man konnte auf die Dauer den deutschen Bewohnern des Landes ihre Rechte nicht vorenthalten, denn daraus entstand der Unfrieden, daraus entwickelte sich Haß.

Der englische Premier Sir Neville Chamberlain war mehrmals mit Hitler zusammengetroffen, um einen Kompromiß zu finden. Doch Hitler verlangte die Abtretung des Sudetenlandes. Die Tschechen lehnten jede Vermittlung ab, ließen ihrerseits Truppen aufmarschieren. Frankreich hatte eine schwache Regierung und große wirtschaftliche Schwierigkeiten, kommunistische und sozialistische Gruppen und Parteien, eine «Volksfront», hatten den größten Einfluß auf das Volk. Was gingen sie die Tschechen an? Sie wollten nur eins nicht: Krieg. Spanien war noch mit dem Bürgerkrieg und seinen Folgen beschäftigt, Italien stand ohnedies auf Deutschlands Seite, vertragsgemäß, notgedrungen, keineswegs mit Begeisterung.

Aber vor allem und über allem war die große, unberechenbare Gefahr im Osten. Was würde der andere machtvolle Herrscher, der im Kreml, tun? Daß er nicht auf Hitlers Seite stand, wußte man. Würde er im Falle eines Krieges der Tschechoslowakei zu Hilfe kommen, dann war der große Krieg perfekt. Und alle Menschen in Europa, auch die Deutschen, schienen sich in einem Aufschrei zu vereinen: keinen Krieg! Um keinen Preis der Welt Krieg! Um jeden Preis Frieden!

Der Preis wurde bezahlt, und er war viel zu hoch. Er verschob den Beginn des Zweiten Weltkriegs gerade um ein Jahr: Am 29. September 1938 wurde das sogenannte ‹Abkommen von München› unterzeichnet, das Hitler für die Stunde freie Hand ließ und die Tschechoslowakei preisgab. Chamberlain, Daladier, Mussolini und Hitler unterschrieben, was der englische Premierminister ‹Peace for our Time› nannte. Es war weiter nichts als ein wackliger Friede für ein knappes Jahr, es gab Hitler Zeit, weiter aufzurüsten und ließ ihm die Möglichkeit, ungehindert im nächsten Frühjahr in Prag einzumarschieren.

Der Versailler Vertrag war annulliert, die Deutschen schienen auf dem Weg zur beherrschenden Macht in Europa.

Franz-Joseph Bodenstein starb im November 1938, genau zwanzig Jahre später, nachdem der Krieg sein Ende gefunden und seine Welt untergegangen war. Er starb zwei Tage vor dem zwanzigsten Geburtstag seiner Tochter.

«Laß uns nach Prag gehen», bat Gräfin Leonore ihre Tochter. «Wir können hier nicht bleiben.»

«Warum können wir hier nicht bleiben?»

«Sie werden uns Schwierigkeiten machen. Jetzt, da dein Vater nicht mehr lebt. Du weißt doch, wie sie sind.»

«Ich weiß, wie sie sind, aber sie werden mich nicht aus meinem Schloß vertreiben.»

Mein Schloß, sagte sie in aller Selbstverständlichkeit.

«Sie werden uns hinaustreiben.»

«Wir sind keine Tschechen.»

«Aber Jaroslav, das ist es doch.»

«Gerade wegen ihm muß ich bleiben.»

«Mila und David haben so ein schönes Haus in Prag. Es wird dir bestimmt gefallen. Er hat ein Geschäft aufgemacht und...»
«Ja, ja, ich weiß, du hast es mir erzählt.»
Leonore war im September in Prag gewesen, und es hatte ihr gefallen bei Mila und ihrem Mann, denn zum erstenmal in ihrem Leben hatte sie sich heimisch gefühlt, Mila war reizend zu ihr, eine lebendige hübsche Frau, ihre Schwester, der einzige Mensch, zu dem sie sich hingezogen fühlte. Und David hatte sie ausgeführt in gute Restaurants, ins Theater, in Konzerte, all das, was Leonore nie erlebt hatte.
«Prag ist eine wundervolle Stadt, du wirst sehen, Kind. Dort stören uns die Nazis nicht. Es ist wirklich ein großes, komfortables Haus, und ein Garten ist auch da. Du kannst die Hunde mitnehmen. Und dein Leben wird dort viel amüsanter sein. Du kannst ausgehen, David hat viele Bekannte, und du wirst...»
Und so ging es den ganzen Winter durch, bis Angèle verärgert sagte: «So fahr schon nach Prag. Ich komme hier sehr gut allein zurecht.»
«Aber Kind, ich kann dich doch nicht verlassen.»
«Bitte, Mama, hör auf, mich zu drängen.» Und schließlich, um das endlose Gespräch zu beenden, das war im Januar: «Du fährst jetzt nach Prag, Mama. Und wenn es dir immer noch so gut gefällt, komme ich nach.»
«Du versprichst mir das, Kind.»
«Ich verspreche es.»
Angèle dachte jedoch nicht im Traume daran, das Schloß zu verlassen und in Prag zu leben, bei dieser Tante und ihrem Mann, die sie gar nicht kannte.
David hatte sehr schnell Fuß gefaßt, er hatte ein kleines exquisites Modegeschäft eröffnet, hatte im Sommer in Paris eingekauft, und der Laden lief gut, nicht zuletzt, weil Mila sich mit großer Begeisterung dem Geschäft widmete; endlich konnte sie wieder tun, was ihr wirklich Spaß machte.
Leonore reiste nach Prag, unter Tränen und mit tausend Ermahnungen, Angèle blieb allein, und sie war froh, als sie die Tränen und Klagen ihrer Mutter los war. Sie war nicht allein, sie hatte das

Pferd, das sie nur noch im Park spazierenführte, sie hatte die Hunde, und das Personal im Schloß brachte ihr keine Feindseligkeit entgegen. Jana, zwar alt inzwischen, aber noch gut in Form, war solidarisch wie stets, Basko, der Tscheche, hatte keinen unfreundlichen Blick für sie, und Angèle ging jetzt sogar manchmal durch das Dorf, sie sprach mit den Leuten, was sie früher nie getan hatte. Sie sprach deutsch, denn tschechisch konnte sie immer noch nicht, aber sie traf auch hier auf keine Feindschaft. In gewisser Weise imponierte sie den Leuten, weil sie mit Haltung und Ruhe die Situation beherrschte. Was nur Maske war. Denn im tiefsten Inneren war sie verwirrt, verletzt und voller Angst. Doch das merkte ihr niemand an. Sie hatte ganz bewußt das Erbe ihres Vaters angetreten.

Manchmal empfing sie Herrn von Lengenfeld zum Tee, kühl, hochmütig, ein starres Lächeln im Gesicht.

Waldemar von Lengenfeld war zum erstenmal ins Schloß gekommen, etwa drei Wochen nach der deutschen Besetzung. Er hatte sehr formell einen Fahrer geschickt und um die Erlaubnis gebeten, am nächsten Tag einen Besuch machen zu dürfen. Der Graf hatte eingewilligt, und der Deutsche kam am nächsten Nachmittag, pünktlich zur angegebenen Stunde, Basko öffnete mit unbewegter Miene das Tor zum Park und das Portal zum Schloß.

Graf Bodenstein empfing ihn stehend in der Halle, neben ihm seine Tochter. Leonore hatte sich mit Kopfschmerzen zurückgezogen.

Der Deutsche war ein gutaussehender junger Herr, er trug keine Uniform, sondern einen korrekten dunkelblauen Anzug, er verbeugte sich vor dem Grafen, küßte Angèle die Hand und bedankte sich für die Einladung.

Der Graf zog ein wenig die Brauen hoch, eine Einladung konnte man es nicht nennen, aber er unterdrückte eine Bemerkung in dieser Richtung, er war gespannt, was ihn erwartete.

Sie tranken Tee in der Bibliothek, eines der Hausmädchen servierte, und der Gast bewunderte zunächst die Bücher, die in den Regalen standen, unter denen sich viele kostbare Erstausgaben befanden, die der Graf so wenig gelesen hatte wie Angèle. Dann betrachtete er die Bilder, von denen einige in der Bibliothek zu finden waren, und Graf Bodenstein sagte entgegenkommend: «Falls es Sie interessiert, Herr von Lengenfeld, können wir später durch die Gänge gehen, dort hängen so ziemlich alle meine Vorfahren. Dieses Schloß ist seit dem zwölften Jahrhundert im Besitz meiner Familie.»

«Ich habe davon gehört», sagte der junge Mann mit einem Neigen des Kopfes, «ein altes deutsches Geschlecht.»

«Wir sind Böhmen», sagte der Graf freundlich.

«Gewiß, die böhmische Geschichte ist mir wohlvertraut. Ihre Familie und viele andere haben diesem Land ihr Gesicht gegeben. Diese wundervollen Bauten! Diese Schlösser! Meine Familie stammt aus dem Rheinland. Sie hat eine sehr wechselvolle Geschichte erlebt, wie es die nahe französische Grenze bedingt. Meine Vorfahren wurden durch Napoleon vertrieben, aber», er lächelte, «aber es ändert sich so manches im Lauf der Jahre, wir sind zurückgekehrt.»

«Sehr richtig», erwiderte der Graf, «es ändert sich so manches im Lauf der Zeit.» Und nun lächelte er auch. «Napoleon ist ein gutes Beispiel.»

Herr von Lengenfeld schien ein wenig irritiert, er hob die Tasse, nippte an seinem Tee, das Gebäck, das Jana hatte servieren lassen, rührte er nicht an.

Angèle schwieg. Sie trug den Hochmut im Gesicht, der ihr so gut stand.

«Ich bedaure es sehr, daß ich Ihre Frau Gemahlin nicht kennenlerne», sagte der Gast.

«Meine Frau fühlte sich nicht sehr wohl.»

«Ein vorübergehender Zustand, wie ich hoffe. Und ich hoffe ebenfalls, daß wir in Zukunft öfter zusammentreffen.»

«So», sagte der Graf. «Und was ist der Anlaß für Ihren Besuch, Herr Lengenfeld?»

«Aber ich bitte Sie, Graf, kein besonderer Anlaß. Ich will mich mit dem Land vertraut machen, mit den führenden Familien zusammentreffen, damit wir in dieser bedeutenden Zeit gemeinsam die Zukunft meistern.»

«So», sagte der Graf wieder. «Die Zukunft meistern, das ist auf jeden Fall eine wichtige Aufgabe.» Nun klang ein wenig Spott in seiner Stimme.

«Sie haben eine Schule in der Ostmark besucht, Komtesse», sagte der Besuch zu Angèle.

«In Österreich», korrigierte ihn Angèle freundlich. «Nicht weit von Wien entfernt.»

«Ach, Wien», sagte Herr von Lengenfeld, «eine herrliche Stadt. Finden Sie nicht auch, Graf, daß es ein wunderbarer Zustand ist? Unser Land ist wieder zusammengewachsen, so wie es sich gehört von altersher. Gerade Ihnen muß es doch Genugtuung bereiten, daß der Führer unsere Völker wieder zusammenführte, unsere Völker, die von eh und je zusammengehörten.»

«Und nun, Herr von Lengenfeld, hat der Führer», der Graf betonte das Wort ironisch, «wohl die Absicht, das ganze habsburgische Reich wieder zusammenzuführen.»

Angèle legte den Kopf zur Seite und lachte nervös.

«Der Führer führt, zusammen und überhaupt. Wohin wollen Sie uns denn führen, Herr von Lengenfeld?»

«In eine bessere Zukunft, wie ich hoffe, Komtesse.»

«Und wie soll sie aussehen, diese bessere Zukunft?» fragte der Graf.

«Daß das ganze Reich in seiner alten Pracht wiederersteht», sprach Herr von Lengenfeld aus dem Rheinland nicht ohne Pathos. «Denken Sie nur an Kaiser Karl den Vierten, was für ein wundervolles Reich er regierte. Er hat die erste deutsche Universität in Prag gegründet, er hat Prag zur Hauptstadt dieses Reiches gemacht.»

Angèle warf einen raschen Blick zu ihrem Vater hinüber. Dieser Nazi aus dem Rheinland wußte offenbar, wer Kaiser Karl gewesen war.

«Karl war ein bedeutender Herrscher», sagte sie lebhaft. «Aber es ist lange her. Und ob sein Reich wieder erstehen kann...»

«Wir wollen es versuchen», sprach Herr von Lengenfeld bescheiden. «Wir werden den Osten erobern, und diesen dekadenten westlichen Staaten zeigen, wozu Deutschland fähig ist.»

Angèle sah wieder ihren Vater an. Sein Gesicht war totenblaß, und in seinen Mundwinkeln saß Schmerz.

«Das Reich, in dem ich gelebt habe, ist untergegangen», sagte der Graf. «Und Sie glauben nicht im Ernst, daß es wiedererstehen kann.»

«Warum nicht?» rief Herr von Lengenfeld lebhaft. «Die Geschichte ist lebendig. Und sie verändert sich ständig. Die Zeit ist reif für ein neues Großdeutsches Reich.»

Dann erfuhren sie, was Herr von Lengenfeld zur Zeit tat. Er war in Eger stationiert.

«Wir müssen unseren sudetendeutschen Freunden helfen, mit der neuen Lage fertig zu werden. Es wird sich vieles ändern, und das können sie nicht allein.»

Der Tee war ausgetrunken, der Graf fragte: «Einen Slibowitz? Oder lieber Becherovka?»

Becherovka kannte der Rheinländer nicht.

Der Graf drückte auf die Klingel, diesmal kam Basko mit ziemlich finsterer Miene.

«Becherovka», befahl der Graf.

Die Gläser kamen auf den Tisch, und mit ihnen die ganze Flasche. Angèle nippte nur aus Höflichkeit, und der Gast sagte: «Ich nehme an, daß Sie in der Klosterschule so etwas nicht bekommen haben, Komtesse.»

Die Klosterschule wußte er auch, er schien alles zu wissen. «Man trinkt das in Österreich nicht», sagte Angèle schnippisch. Nach dem zweiten Becherovka erfuhren sie, was der wirkliche Anlaß des Besuches war.

«Ihre Fabrik, Graf, wirklich, ein Musterunternehmen. Aber letzthin sehr von Streit und Auseinandersetzungen behindert, wie ich erfuhr. Meinen Sie nicht, Sie sollten dieser Fabrik einen anderen Leiter geben?»

«Sie haben die Fabrik besichtigt?»

«Gewiß.»

«Und Sie nannten es ein Musterunternehmen. Was sollte ich daran ändern?»

«Dieser Mann, wie heißt er gleich?»

«Er heißt Jaroslav Beranék.»
«So ist es. Er ist ein Tscheche.»
«Und?»
«Meinen Sie nicht, daß die Fabrik nun einen sudetendeutschen Direktor haben sollte?»
«Einen sudetendeutschen Führer», fragte der Graf, und nun war der Spott in seiner Stimme nicht zu überhören. Herr von Lengenfeld straffte sich. «Das meine ich.»
«Herr Beranék leitet die Fabrik seit nunmehr sechzehn Jahren, und das zu meiner Zufriedenheit. Ein Musterunternehmen. Warum sollte ich das ändern?»
«Nun, so wie die Dinge jetzt liegen, und Sie als Sudetendeutscher sollten das verstehen...»
«Ich bin kein Sudetendeutscher. Ich bin Böhme.»
So kam das Gespräch sehr schnell zu einem Ende, der dritte Becherovka wurde nicht ausgetrunken.
Herr von Lengenfeld besichtigte die Ahnenbilder in dem Treppenhaus und in den Gängen, er konnte nicht verhehlen, daß er beeindruckt war, dann rollte der Horch den Berg hinab durch das Dorf.
«Und was nun?» fragte Angèle.
«Sie wollen Jaroslav loswerden, das hast du ja gehört. Wir müssen ihn schützen. Und wir müssen...», und darauf sank der Graf, ohne einen weiteren Laut von sich zu geben, in sich zusammen und lag auf dem Boden der Halle.
Basko, der dabei war, kniete sich nieder und bettete den Kopf des Ohnmächtigen in seine Arme.
«Basko, was ist das?» rief Angèle aufgeregt.
«Ein Herzanfall», sagte Basko hilflos, «das kennen wir schon. Wir brauchen einen Arzt, Komtesse.»
«Einen Arzt? Wer denn? Ihr habt doch gesagt, Doktor Wieland lebt nicht mehr.»
«Es ist ein neuer da, Komtesse. Ich geh runter in die Wirtschaft und telephoniere.»
So kam Doktor Karl Anton Wieland ins Schloß.
Er kam eine knappe Stunde später, ein großer, blonder Mann, er

strahlte Zuversicht aus, er war gesund und kräftig, er war ein Arzt, in dessen Gegenwart man gar nicht krank sein konnte und in dessen Händen man, wenn es denn sein mußte, friedlich sterben konnte.

Sie hatten den Grafen auf das Sofa im großen Salon gebettet, er schien bei Bewußtsein, aber er rührte sich nicht, sprach kein Wort. Angèle, fassungslos vor Entsetzen, saß neben ihm, Leonore war da, Jana und der Gärtner Milan, den Basko zu Hilfe gerufen hatte, damit sie gemeinsam die reglose Gestalt des Grafen heben konnten.

«Herr Doktor Wieland», meldete Basko.

«Doktor Wieland?» fragte Angèle verwirrt. «Ich denke, der ist tot.»

«Ich bin nur der Neffe, Angèle», sagte Karl Anton Wieland, er sprach sie von Anfang an mit ihrem Vornamen an. «Nun wollen wir mal sehen.»

Angèle stand auf und trat zur Seite. Sie hatte begriffen, was ihr bevorstand. Ihr Vater würde sterben, und zwar bald. Sie hatte noch keinen Sterbenden gesehen, aber sie erkannte den Tod in seinem Gesicht. Alles würde anders werden als sie es erhofft hatte, keine Reise nach Paris, keine Oper in Wien, kein Aufenthalt im Sacher. Und der einzige Mensch, den sie liebte, ihr Vater, würde sie verlassen. Und sie allein im Schloß, allein mit der unbekannten Bedrohung, der sie sich gegenübersah.

Jaroslav kam kurz nach Doktor Wieland, Basko hatte ihn verständigt. Und Angèle dachte, als sie ihn sah, seine vertraute Stimme hörte: Ich gebe dich nicht her, Jaro. Die verdammten Nazis werden dich nicht von hier vertreiben. Verdammte Nazis, dachte sie, ganz plötzlich, denn bisher hatte sie kaum Notiz von der Veränderung genommen, die das Land betroffen hatte. Aber nun, ganz selbstverständlich, hatte sie sich die Gedanken und Gefühle ihres Vaters zu eigen gemacht.

Doktor Wieland und Basko brachten den Kranken ins Bett, Angèle war mit hinaufgelaufen, doch der Arzt sagte bestimmt: «Gehen Sie hinunter, Angèle. Wir sprechen uns später.»

Sie gehorchte schweigend, blickte ihren Vater an, ehe sie den

Raum verließ. Er sah schon aus wie tot, still und starr lag er da, er schien nichts zu sehen und zu hören.

«Was ist?» fragte Leonore, die in der Halle stand.

Angèle wandte sich zur Bibliothek, dem Lieblingsraum ihres Vaters. Dort stand sie eine Weile, ohne sich zu rühren. Hier hatten sie an diesem Nachmittag gesessen mit diesem seltsamen Besuch.

«Sag doch, Kind, was ist denn? Was sagt der Doktor?» bat Leonore.

Angèle blickte sie an wie erwachend.

«Er kommt gleich, er wird es uns erklären.»

Basko erschien unter der Tür, und Angèle deutete auf den Sessel, in dem vor wenigen Stunden der Lengenfeld gesessen hatte.

«Nimm diesen Stuhl da weg!» sagte sie.

Basko begriff, er räumte schweigend den Stuhl, in dem der Herr aus dem Rheinland gesessen hatte, beiseite.

Nach einer Weile kam der Arzt.

«Mein Gott, Herr Doktor, es wird doch nichts Ernstes sein?» jammerte Leonore.

Ehe er antworten konnte, fuhr Angèle gereizt die Mutter an: «Natürlich ist es ernst, Mama, das siehst du doch.»

«Ein Schlaganfall», sagte Doktor Wieland.

«Aber das ist ja entsetzlich», klagte Leonore. Sie neigte den Kopf. «Ich werde für meinen Mann beten.»

«Beten kannst du immer noch, Mama», sagte Angèle. «Jaroslav, was machen wir bloß?»

«Ihr habt Besuch gehabt heute nachmittag.»

«Sie wissen es?»

«Ich weiß es. Und ich weiß auch, was man von Ihnen verlangt, Komtesse.»

Angèle blickte zu Basko, der an der Tür stand. Sie dachte nicht daran, ihn hinauszuschicken. Jana war oben bei dem Grafen geblieben.

Basko, Jana, die Leute im Dorf, die Menschen in Eger – sie gehörten jetzt zu ihr. Und zu Jaroslav. Er war beliebt, das wußte sie. Die Fronten hatte es schon lange gegeben, sie waren fließend gewesen, jetzt waren sie hart geworden. Sie begriff das alles mit einem Schlag. Man mußte sich entscheiden, auf welcher Seite man stand.

«Mein Vater hält zu Ihnen, Jaroslav, das wissen Sie. Und ich auch.»

«Mein Gott, Kind», sagte die Gräfin, «wovon redest du eigentlich? Jetzt, in dieser Stunde?»

Ohne Scheu, trotz der Gegenwart des unbekannten Arztes, berichtete Angèle von dem Gespräch, das am Nachmittag stattgefunden hatte. Sie vertraute diesem Doktor Wieland, er war kein Fremder, er war ein Freund. Er, genauso wie Basko, sollten wissen, auf welcher Seite sie stand.

Auf welcher Seite? Sie war ein Kind gewesen bis jetzt, sie hatte keine Ahnung gehabt, was geschah, was geschehen würde, was für eine Rolle sie spielen sollte, sie war keine starke Natur, ihre Mutter würde keine Hilfe sein, aber die Männer, die jetzt um sie waren, Jaroslav, der Arzt, auch Basko, schienen ihr wie Schutz und Hilfe.

«Ich danke Ihnen, Komtesse», sagte Jaroslav gerührt. «Aber es wird nichts helfen. Ich bin ein Tscheche, und sie wollen mich loshaben.»

«Das werden wir ja sehen», Erbitterung klang in Angèles Stimme, «das werden wir sehen, ob ein altes böhmisches Geschlecht, das schon vor Kaiser Karl in diesem Lande lebte, sich von diesem Emporkömmling in Berlin befehlen läßt, was es zu tun hat.»

«Vorsicht», sagte Doktor Wieland. «Ich komme aus Berlin, ich weiß Bescheid, Angèle. Seien Sie vorsichtig mit Ihren Worten. Es ist gefährlich. Und ich fürchte, es kommt noch schlimmer.»

«Aber ich verstehe nicht...», begann Leonore.

«Schon gut, Mama», unterbrach Angèle. «Du wirst verstehen, früher oder später.»

«Ich schaue noch mal nach meinem Patienten», sagte Doktor Wieland und verließ die Bibliothek.

Kurz darauf kam Jana, sah sich aufmerksam um, betrachtete die jammervolle Miene der Gräfin, Angèles starres Gesicht.

«Ich bringe etwas zu essen», erklärte sie energisch.

«Aber nein», widersprach die Gräfin. «Doch jetzt nicht, doch heute nicht.»

«Ist sich schon neun Uhr», sagte Jana drohend, «der Doktor muß zurück nach Eger fahren. Und vorher muß er etwas essen.»

«Er muß wegfahren?» fragte die Gräfin.

«Er hat sicher noch andere Patienten», sagte Angèle. «Und selbstverständlich muß er vorher etwas essen und trinken. Und wir auch. Bring uns einen kleinen Imbiß, Jana. Und ein Glas Wein.»

Doktor Wieland kam nach einer Weile, setzte sich zu ihnen, und auf die Frage der Gräfin nach dem Befinden des Kranken erwiderte er ausweichend: «Darüber läßt sich noch nichts Genaues sagen. Die Lähmung wird zweifellos noch anhalten, das Herz ist nicht sehr gut. Aber ich werde versuchen...» Er blickte an ihnen vorbei, hinauf zu den Büchern.

«Ich weiß Bescheid», sagte Angèle. «Bitte, Herr Doktor, wollen Sie nicht einen Bissen essen? Ein Glas Wein? Oder lieber ein Bier?»

«Ich muß in die Stadt fahren», sagte er. «Ich bin telephonisch nicht zu erreichen, falls ich gebraucht werde.»

«Soll das heißen, Sie leben ganz allein in Eger?» fragte Leonore.

«Nein, Tante Magda ist da und schreibt auf, wer angerufen hat.»

Er sah Angèle an. «Wie man mir erzählt hat, haben sie hier in diesem Raum gesessen, Ihr Vater und mein Onkel, nachdem Sie geboren worden waren. Das ist jetzt fast zwanzig Jahre her.»

«Doktor Wieland ist... war Ihr Onkel?»

«Ja. Ich bin in Eger geboren, später zogen meine Eltern mit mir und meiner Schwester nach Pilsen. Mein Vater arbeitete bei den Škoda-Werken. Ich liebte Onkel Anton über alles. Alle Ferien, möglichst jeden freien Tag verbrachte ich bei ihm und Tante Magda. Er ist der Grund, warum ich Medizin studieren wollte. Er war ein guter Arzt, und ich wollte werden wie er, schon als Kind.»

Angèle sah ihn an, ihre hellen Augen waren ohne die gewohnte Kühle; Ruhe, Frieden gingen von diesem Mann aus, Angst und Schrecken verließen sie.

Er erzählte vom Tag ihrer Geburt, was bisher niemand getan hatte, ihr Vater und Doktor Wieland saßen in der Bibliothek, sicher hatten sie etwas gegessen und ein Glas Wein getrunken, so wie heute. Sie mußte Jana fragen.

Basko hatte Wein eingeschenkt, Doktor Wieland hob sein Glas, neigte den Kopf in Richtung Leonore, dann trank er Angèle zu. «Trotz allem, Angèle, auf das Leben. Ihres begann vor zwanzig Jahren, Sie sind sehr jung. Dann haben Sie sicher bald Geburtstag.»

«In vier Wochen», sie sah ihm in die Augen, und dann lächelte sie.

«Das Leben und der Tod», sagte der Arzt, «sie gehören nun einmal zusammen. Mein Vater starb vor vier Jahren und im vergangenen Jahr Onkel Anton. Ich hätte ihm gern noch gezeigt, daß ich ein Arzt sein möchte wie er.»

«Und Ihre Mutter?» fragte Leonore. «Sie ist doch hoffentlich noch am Leben?»

«Gott sei Dank, ja. Meine Mutter lebt in Deutschland, in Franken; meine Schwester hat dorthin geheiratet. In eine Brauerei. Das ist ja ganz plausibel, wenn man aus Pilsen stammt.»

Wieso Karl Anton Wieland sich gerade jetzt in Eger aufhielt und die Praxis seines Onkels übernommen hatte, erfuhren sie auch.

«Ich bin Chirurg», sagte er, «und habe in den letzten Jahren bei Sauerbruch in Berlin gearbeitet. Anfang nächsten Jahres gehe ich ans Allgemeine Krankenhaus in Prag. In Eger wollte ich nur ein wenig Urlaub machen, ich habe dort Freunde aus meiner Jugend, auch Freunde meines Onkels wollte ich treffen. Anschließend wollte ich zu meiner Mutter und meiner Schwester nach Franken fahren, über Weihnachten, das dachte ich mir so. Doch die Praxis in Eger war verwaist, Doktor Czesny, der die Praxis meines Onkels übernommen hatte, verschwand von heute auf morgen.»

«Er verschwand? Wieso?» fragte Leonore.

«Er verschwand, nachdem die Deutschen im Land waren», erklärte Jaroslav. «Und er hatte guten Grund dazu. Er ist ein guter Arzt, aber er ist Jude. Und er hat sich im Laufe des letzten Jahres sehr entschieden gegen die Deutschen, auch gegen die Sudetendeutschen, geäußert.»

Eine Weile schweigen sie.

«Ja, so ist das», sagte Doktor Wieland, «jetzt mache ich halt die

Praxis, solange ich da bin. Ich bin Sudetendeutscher, gegen mich kann keiner was haben. Man wird jedoch in nächster Zeit einen neuen Arzt finden müssen.»

«Sie sind Sudetendeutscher?» fragte Angèle erstaunt.

«Ja, sicher. Ich bin Egerländer, so können Sie es auch nennen. Für mich waren die Grenzen und die nationalen Unterschiede nie von Wichtigkeit. Ich habe in Erlangen studiert, in Prag und schließlich in Berlin. Für einen Arzt sollte es überhaupt keine Grenzen geben, keine Nationalität, keine Freunde und keine Feinde.»

«Und was also dann?» fragte Angèle.

«Menschen», sagte Doktor Wieland und schob sich nun doch ein Stück Brot, mit Schinken belegt, in den Mund. «Menschen, Angèle. Nur Menschen. Wenn es zum Krieg kommt, werden wir alle wieder lernen müssen, daß es Menschen sind, die leiden und sterben. Es wird dann ganz unwichtig sein, ob einer Tscheche ist oder Deutscher, oder Franzose oder meinetwegen auch Sudetendeutscher. Der letzte Krieg hat offenbar als Lehre nicht genügt.»

«Sie sprechen von Krieg?» fragte Leonore und zog wie fröstelnd die Schultern hoch.

«Nicht nur ich, Gräfin. Die Angst ist da, das habe ich auch in Berlin bemerkt. Alle haben Angst.»

«Und die Angst genügt nicht? Dieser Kerl da in Berlin...»

«Er ist ein Besessener. Er hat ein... na ja, wie soll man das nennen, so eine Art Sendungsbewußtsein. Ein dummes Wort, ich weiß. Aber ich fürchte, er ist nicht zu bremsen. Man hat ihm zu vieles durchgehen lassen, die Rheinlandbesetzung, Österreich, nun dies hier. Ich war in Berlin während der Olympischen Spiele. Die Welt hat ihm zugejubelt. Die Deutschen auch. Nicht jeder, aber doch viele. Für mich waren diese Spiele ein Wendepunkt. Wenn die übrige Welt die Spiele boykottiert hätte, aber das haben sie nicht getan.» Jaroslav dachte an das Gespräch Anfang des Jahres zwischen dem Grafen, ihm und Jiři.

«Die Deutschen haben ebenfalls Angst», sagte er.

«Ja», bestätigte Doktor Wieland, «sie haben auch Angst.»

«Aber um Gottes willen, warum tun sie nichts?» fragte Leonore.

«Da ist nichts mehr zu tun», erwiderte der Doktor hart. «Es sei denn...»

«Was könnte man tun? Ich habe einen Krieg erlebt, ich weiß, wie furchtbar das ist. Mein Bruder ist gefallen.»

«Hitler sitzt fest im Sattel. Vielleicht nicht so fest, wie es aussieht, er hat in den eigenen Reihen Gegner genug, zumindest bei der Wehrmacht. Aber die Deutschen putschen nicht, schon gar nicht machen sie eine Revolution. Und jetzt erst recht nicht mehr.»

«Warum nicht?» fragte Angèle.

«Erfolg schmeckt gut. Auch ihnen. So alt die Geschichte der Menschheit ist: Erfolg erzeugt Erfolg. Und Angst hat noch nie geholfen.»

Doktor Wieland stand auf.

«Ich werde noch einmal nach meinem Patienten schauen, dann fahre ich. Morgen komme ich wieder.»

An der Tür bei Basko blieb er stehen und dankte ihm für seine Hilfe und ordnete an, was zu tun sei. Er sprach tschechisch. Basko antwortete ihm, neigte den Kopf, in seinem Blick lag keine Feindseligkeit, nur das, wovon der Arzt gesprochen hatte: Angst.

«Die verdammte Schule», rief Angèle wild, als sie allein waren.

«Aber Kind», sagte Leonore erschrocken, «was für Ausdrücke.»

«Die verdammte Schule», wiederholte Angèle. «Sie hat mir so viele Jahre gestohlen, die ich hätte mit Vater...» Und dann begann sie endlich zu weinen.

Vier Wochen später starb der Graf. Dann kam der Winter, und Leonores ständiges Drängen wegen der Übersiedlung nach Prag. Angèle widerstand. Nicht nur wegen Jaroslav, auch Karl Anton Wieland war ein Grund zu bleiben. Das Schloß, die Leute darin, die Tiere. Gelegentlich empfing sie Herrn von Lengenfeld zum Tee, doch Anfang des Jahres wurde er abberufen, dann kam ein Mann in schwarzer Uniform. Angèle wehrte sich auch gegen ihn. Höflich, ein starres Lächeln im Gesicht.

«Ihre Mutter lebt bei einem Juden in Prag.»

«Meine Mutter kann tun, was sie will.»

«Eine Gräfin Bodenstein sollte wissen, wohin sie gehört.»

«Wollen Sie uns Vorschriften machen?» Und sie wiederholte die

Worte ihres Vaters. «Wir sind ein altes böhmisches Geschlecht. Wir leben hier seit dem zwölften Jahrhundert.» Der Mann in der schwarzen Uniform lächelte. «Sie sind so jung, Komtesse. Sie werden nicht immer hier leben wollen.»

«Ich lebe, wo es mir gefällt.»

Es war zweifellos der Höhepunkt im Leben der jungen Gräfin Bodenstein, sie würde nie wieder so viel Kraft und Mut aufbringen, es war, als hätte ihr Vater ihr diese Kraft und diesen Mut vererbt.

Tibor war tot, doch sie hatte Rena und den jungen Hund Ferdi, und sie bekam auch ein neues Pferd, das Basko ihr besorgte, kein Lipizzaner, eine junge braune Stute, aus unbestimmbarer Zucht. Sie hieß Jola, war munter, freundlich und gehorsam. Angèle ritt mit ihr durch das Dorf und in die Wälder, doch niemals mehr bis zu der Schlucht im tiefen Wald.

«Wenn Jiři kommt, Jola, du wirst sehen, dann reiten wir zu unserer Schlucht.»

Die Stute schnaubte fröhlich in der kalten Winterluft.

Der Krieg

Im März des nächsten Jahres heiratete Angèle Doktor Wieland, kurz nachdem die Deutschen Prag besetzt, die Unabhängigkeit der Slowakei proklamiert und die Resttschechoslowakei zum Protektorat Böhmen und Mähren erklärt hatten.

Diese Heirat rettete Jaroslav Beranék. Der so germanisch aussehende Egerländer, dieser sudetendeutsche Arzt, verehelicht mit der Tochter eines alten böhmischen Geschlechts, wurde mühelos mit den Nazis fertig. Auch nachdem er in Prag lebte und arbeitete, blieben Angèle und Jaroslav unbehelligt. Doktor Wieland war außerordentlich geschickt, er verkehrte mit Tschechen und mit Deutschen gleichermaßen freundlich, ohne sich in irgendeiner Weise festzulegen oder bloßzustellen, er war nicht in der Partei, in keiner ihrer Gliederungen, er war nichts als ein guter Arzt, für den alle Menschen den gleichen Wert besaßen. Er besaß eine Art, mit den Menschen und dem Leben in dieser komplizierten Situation umzugehen, die schlechthin entwaffnend war. Und jeden freien Tag, den er sich erlauben konnte, es waren nicht viele, verbrachte er auf dem Schloß. Er liebte seine schöne Frau, seinen Sohn Peter und seine kleine Tochter Blanca. Die Gräfin Bodenstein jedoch weigerte sich, ihren Schwiegersohn kennenzulernen. Sie war tief verärgert über diese rasche, formlose Heirat ihrer Tochter, eine unstandesgemäße Heirat, noch dazu mit einem geschiedenen Mann, was sie als fromme Katholikin strikt ablehnte. Es hatte keine kirchliche Trauung gegeben. Angèle hatte ihre Mutter verständigt, und Leonores Empörung mit einem kühlen: Wir brauchen dich nicht, Mama! beantwortet.

Leonore kehrte nie wieder auf das Schloß zurück. Sie lebte in Prag bei Mila und David und reiste mit den beiden kurz nach Ausbruch des Krieges über Stockholm nach London. Sie starb 1944, sehr allein, nachdem Mila und David nach New York gegangen waren, wo David noch gute Beziehungen von früher besaß und die ihm nun, als emigriertem Juden, von Nutzen sein konnten.

«Sobald wir Fuß gefaßt haben, kommst du nach», hatte Mila ihrer Schwester versichert. Doch Amerika war fern gerückt, es fuhr kein Schiff mehr, eine Reise wäre nur über Lissabon möglich gewesen. Doch zu solchen Transaktionen war Leonore total ungeeignet, abgesehen davon, daß es ihr an Geld fehlte. Sie lebte in einer kleinen Pension und drehte jeden Pence zweimal um. Auf die Hilfe einer jüdischen Organisation konnte sie nicht zählen, und daß sie eine böhmische Gräfin war, interessierte keinen Menschen.

Sie starb an Kummer, Einsamkeit und Hunger.

Ihr Leben endete so traurig, wie es begonnen hatte. Für viele Jahre Herrin auf einem Schloß in Böhmen, mehr geduldet als geliebt.

Wie wichtig ist Liebe in einem Leben? Sie kann nichts sein als eine Illusion, und sie kann alles an Erfüllung sein. Der Vater, der Bruder, die Schwester, der Mann, die Tochter – Menschen, Familie, doch niemand war da, als Leonore starb. Vielleicht hätte sie ihren Starrsinn bereuen sollen, was den unbekannten Schwiegersohn betraf, er wäre bestimmt für sie dagewesen. Doch das tat sie nicht. Im Glauben an ihren Gott unerschütterlich, ergeben in ihr Schicksal, starb sie ohne Widerwillen.

«Sie sind nicht da, sie sind nicht da», flüsterte sie in ihren letzten Stunden. Sie sprach deutsch, die Wirtin der Pension verstand sie nicht, legte ihr kühle Tücher auf die Stirn. Es war so lästig, wenn diese Frau hier starb. Die ersten V-Bomben fielen auf London. Wer war die eigentlich? Eine Deutsche? Eine Tschechin? Nur ein Mensch. Ein armseliges Menschenleben erlosch. Doch in dieser Zeit spielte das überhaupt keine Rolle; nicht in London, nicht anderswo.

Im Mai 1941 hatte Angèle eine Tochter geboren, die sie Blanca nannte, nach Blanca von Valois, oder Blanche de Valois, der ersten Frau des Kaisers, den Angèle seit ihrer Kindheit verehrte.

Angèle liebte ihren Mann und ihr Kind, soweit sie zu Liebe fähig war. Kein Mensch würde ihr jemals so nahe stehen wie ihr Vater.

Sie war eine scheue, zurückhaltende Geliebte, und Karl Anton ging sehr behutsam mit ihr um. Jung und so weltfremd aufgewachsen, es würde noch einige Zeit dauern, bis sie eine Frau war, zu Leidenschaft fähig. Er verstand es, er hatte Geduld, das abzuwarten. Vor allem bot er ihr, was sie am nötigsten brauchte: Schutz und Hilfe.

Nach Prag kam sie selten. Anfangs wohnte er in der Klinik, später im Haus eines Kollegen, den er noch von seiner Studienzeit in Prag her kannte. Doktor Mannstein übernahm die Praxis seines Vaters in der Stephansgasse, er lebte mit seiner Frau im gleichen Haus und bot Karl Anton eine kleine Wohnung an, die zufällig frei geworden war. Angèle hielt sich hier einige Male für wenige Tage auf, aber sie kehrte immer wieder wie befreit ins Schloß zurück.

Das Leben in Prag erschien normal, doch die deutsche Besatzung lag wie eine unsichtbare eiserne Klammer um die Stadt, man sah viele Uniformen auf den Straßen, besonders nachdem der Krieg begonnen hatte.

«Es ist wirklich Krieg?» fragte Angèle fassungslos.

«Ja», erwiderte Karl Anton, «eine böse Zeit hat begonnen, mein Herz.»

«Und du? Was wird mit dir?»

«Ich weiß es nicht. Kann sein, man wird mich eines Tages auch verpflichten.»

«Aber du bist Arzt.»

«Ärzte werden gebraucht. Ich habe nie gedient. Man muß es abwarten.»

«Vielleicht ist es bald vorbei. Kann doch sein, nicht? Wenn die Deutschen so schnell gesiegt haben...»

Es war nach dem Polenfeldzug. Zunächst einmal schien der Krieg beendet. Zumindest schien er eingeschlafen zu sein, die Welt hielt den Atem an, hoffte auf ein Wunder. Im Westen blieb es ruhig. In Polen begannen die Nazis ihr grausames Werk der Vernichtung.

Davon wußte Angèle nichts. Das Leben auf dem Schloß ging weiter wie zuvor. Nachdem sie schwanger war und später, als sie das Kind geboren hatte, fuhr sie nie wieder nach Prag. Sie lebte mit Hund und Pferd, mit ihren Leuten und den beiden Kindern, denn der Sohn ihres Mannes aus erster Ehe war nun bei ihr.

Karl Anton hatte in Berlin geheiratet, die Ehe war nach einiger Zeit geschieden worden, der Junge blieb bei ihm. Angèle war erstaunt gewesen, als sie davon erfuhr, aber weder empört, nicht einmal neugierig.

«Eine Studentenliebe», hatte Karl Anton gesagt, «wenn man jung ist, macht man halt ein paar Dummheiten. Als Brigitte ein Kind erwartete, haben wir geheiratet.»

Peter war knapp vier Jahre, als er aufs Schloß kam. Karl Anton war im Sommer, kurz vor Kriegsausbruch, nach Berlin gefahren, um ihn zu holen. Nachdem er nachdrücklich Angèle um ihre Meinung gefragt hatte.

«Ich will dich nicht mit der Verantwortung für ein fremdes Kind belasten. Bitte, mein Herz, überlege dir genau, ob du es willst.»

Wie Angèle wußte, war der Junge in Berlin in einem Heim untergebracht, und sie hatte verstanden, daß dies ihren Mann bedrückte.

«Er ist dein Kind und kein fremdes Kind. Wir haben Platz genug hier bei uns», erwiderte sie gelassen.

Peter war ein freundliches Kind, das jeder gern hatte. Jana, Basko, Milan und seine Frau, das übrige Personal, alle kümmerten sich um ihn, beteiligten sich gewissermaßen an seiner Erziehung. Er war intelligent und gutwillig, von den Leuten lernte er sehr schnell tschechisch sprechen, ganz von selbst, man mußte ihn nicht dazu zwingen.

«Wie heißt das? Und was ist das?» fragte er begierig, das machte allen Spaß. Das Schloß, der Park, die Gärtnerei waren seine Welt, er wollte überall helfen und war sehr stolz, wenn man ihm eine kleine Arbeit anvertraute. Seine größte Freude waren die Tiere, Rena und Ferdi, und vor allem das Pferd. Er führte mit ernster Miene die Stute am Zügel herum, und als er sieben war, fragte Angèle: «Möchtest du reiten lernen?» Sie gab ihm selbst Unterricht, und alle sahen wohlgefällig zu, wenn der Junge auf Jola durch den Park ritt, zunächst im Schritt, später im Trab.

«Aus dir wird einmal ein guter Reiter», sagte Angèle befriedigt.

Auch sie mochte den Jungen, der so heiter und unbeschwert bei ihnen lebte und der ihr weder Arbeit noch Ärger machte.

Später kam Peter mit der Stute zur Schloßmauer, er hatte sie abgesattelt und führte sie am Halfter, ließ sie grasen. Es war ein Sommertag, die kleine Blanca saß im Gras, stand dann auf und hampelte herbei, sie konnte schon ganz gut laufen, und patschte liebevoll an Jolas rechtem Vorderbein. Angèle sah den Kindern lächelnd zu. Sie war ganz gelöst, sie fühlte sich frei und glücklich.

Es war der Sommer des Jahres 1942. In Rußland starben die Menschen, im Westen war der Krieg wieder einmal vorbei. Deutsche Truppen waren bis zum Kaukasus vorgedrungen und waren an die Wolga gekommen, in eine Stadt namens Stalingrad. Deutsche Soldaten kämpften in Afrika, sie waren in Griechenland, und die Vereinigten Staaten von Amerika befanden sich nun dank Hitlers Kriegserklärung auch in diesem Krieg. Der Wind vom Turm herab spielte mit Angèles Haar. Der Junge schaute über die Schloßmauer hinab ins Tal.

«Es ist schön, auf den Fluß zu schauen», sagte er.

«Unsere Eger», sagte Angèle, «ja, ich mag sie auch.» Peter drehte sich herum.

«Du bist auch schön. Wie der Wind mit deinen Haaren tanzt.»
«Das ist der Wind vom Turm. Von unserem Turm.» Und sie wiederholte, was ihr Vater einst gesagt hatte: «Wo hohe Türme sind, da ist auch Wind.»

Ihr Haar war immer noch lang, sie trug es manchmal aufgesteckt, manchmal offen.

Was immer in der Welt geschah, Angèle Wieland, geborene Gräfin Bodenstein, war eine glückliche, zufriedene Frau. Es war, wie sie später erfahren sollte, die glücklichste Zeit ihres Lebens.

Jaroslav kam so oft wie möglich, Ludvika und der kleine Karel, zwei Jahre älter als Peter, begleiteten ihn meist. Die Fabrik arbeitete gut trotz des Krieges, sie hatte Heeresaufträge, keiner beanstandete mehr, daß Jaroslav sie leitete. Angèle Wieland war die Besitzerin. Obwohl ihr Vater verlangt hatte, sie möge sich um die Fabrik kümmern, möge lernen, wie man darin arbeitete, war es nie dazu gekommen. Jaroslav machte das, und alles geschah unter dem Schutz des Mannes, den Angèle geheiratet hatte.

Jaroslav betrachtete das Idyll im Schloß Bodenstein mit zwiespältigen Gefühlen. Er wußte genau, was in der Welt, was auf den Kriegsschauplätzen vor sich ging. Und er hörte von seinem Sohn Jiři, was in Prag, was im Land geschah. Aber er brachte es nicht übers Herz, Angèles Traumwelt zu zerstören.

«Gott möge sie beschützen», sagte er einmal zu Ludvika, als sie nach Eger zurückfuhren, immer noch in dem alten Skoda, an einen neuen Wagen war nicht zu denken, er war froh, daß man ihm den noch gelassen hatte.

Ludvika schwieg eine lange Zeit. Dann sagte sie: «Und was wird geschehen?»

«Ich weiß es nicht. Aber ich glaube, Furchtbares wird geschehen.»

«Du bist Tscheche, dir kann niemand etwas tun.»

«Es geht zunächst einmal darum, was die Deutschen mir tun können.»

Ludvika sagte heftig: «Sie können froh sein, daß sie dich haben. Was sollte Angèle mit der Fabrik anfangen?»

In diesem Jahr fiel Heydrich, der Reichsprotektor von Böhmen und Mähren in Prag einem Attentat zum Opfer. Jaroslav und Ludvika erfuhren lange nicht, was aus ihrem Sohn Jiři geworden war. Doch eines Tages wußten sie, daß er tot war. Von diesem Tag an wartete Jaroslav immer darauf, daß man ihn verhaften würde.

«Du brauchst einen Ort», sagte er zu Ludvika, «wo du dich mit Karel verstecken kannst.»

«Hör auf», schrie sie wild. «Ich sterbe, wie Jiři gestorben ist und wie du sterben wirst.»

«Du mußt an Karel denken», erwiderte er ruhig.

«Es war unsinnig, in meinem Alter noch ein Kind zu kriegen, ich habe das immer gedacht. Verstecken? Wo denn? Vielleicht in Angèles Hussiten-Schlucht?»

«Du weißt gar nicht, wo sie ist», antwortete er müde.

Doch er beschäftigte sich nun ständig damit, einen sicheren Ort für Ludvika und seinen Sohn zu finden. Im Laufe der Jahre hatten viele Menschen sein Leben begleitet, Arbeiter und Angestellte in der Fabrik, Geschäftsfreunde, Lieferanten, Kunden, irgendwo mußte ein sicherer Ort sein, nicht für ihn, doch für seine Frau und das Kind. Für sich selbst sah er keine Hoffnung, früher oder später würden die Deutschen ihn umbringen. Dessen war er sicher.

Noch eine Weile blieb Angèles Traumwelt erhalten. Manchmal, immer seltener, kam Karl Anton für einige Tage aufs Schloß. Er war angestrengt, überarbeitet, doch er umarmte seine schöne Frau, freute sich an den Kindern.

«Es geht euch gut? Ihr habt alles, was ihr braucht?»

«Aber ja. Und du? Gibt es wenig zu essen in Prag?»

«Für mich reicht es.» Er lachte. «Doktor Mannstein ist ausgereist. Ich habe jetzt das Haus und seine Praxis noch dazu. Aber dafür brauche ich einen anderen Arzt, ich werde demnächst Chefarzt in der Klinik.»

«Wie schön», sagte Angèle naiv.

«Nun ja», erwiderte Doktor Wieland. Er nahm seine Tochter auf den Arm, sie waren in der Bibliothek, draußen lag Schnee.

Es war im Februar 1943, die mörderische Schlacht von Stalingrad war geschlagen. Einige, die sich retten konnten, waren in seine Klinik verlegt worden. Das Ende war vorauszusehen, es war eigentlich nur noch eine Rechenaufgabe.

Doch auch Karl Anton Wieland brachte es nicht fertig, Angèles Traumwelt zu zerstören.

Er legte sein Gesicht an die zarte Wange der kleinen Blanca. «Ein bezauberndes Kind», sagte er.

Und auch er dachte, was Jaroslav gedacht hatte: Ich brauche einen sicheren Ort für sie.

«Du kennst doch meine Schwester Josefa. Hättest du nicht Lust, sie für einige Zeit zu besuchen?»

«Ich? Warum denn?»

«Ich dachte nur, damit die Kinder mal eine kleine Reise machen sollten.»

«Aber wozu denn? Es geht ihnen doch gut hier.»

«Ja, sicher, es geht ihnen gut.»

Er betrachtete seinen Sohn, der vor einem Tisch kniete und eifrig in einem Buch studierte.

«Was liest du da, Peter?»

«Die Geschichte von Karl dem Vierten. Angèle sagt, die muß man genau kennen. Er war der Kaiser.»

«Hm», brummte Karl Anton.

«Und Blanca war seine Frau.»

«Auch das. Kannst du denn so gut lesen?»

«Er liest großartig», sagte Angèle. «Und nicht nur auf deutsch, auch tschechisch.» Sie lachte. «Er kann mehr als ich.» Peter besuchte seit einiger Zeit die deutsche Schule in Eger. Basko fuhr ihn mit dem alten Wagen des Grafen in die Stadt hinein und holte ihn ab, es sei denn, Jaroslav kam sowieso am Nachmittag, dann brachte er Peter mit.

«Man weiß ja nicht, wie es weitergeht», sagte Doktor Wieland vorsichtig.

«Einmal wird der Krieg zu Ende sein», sagte Angèle leichtherzig. «Und bei uns fallen wenigstens keine Bomben. Die Deutschen wollen Böhmen nicht erobern.»

«Zur Zeit haben sie es sowieso», sagte Karl Anton. Er setzte sich, das Kind auf dem Schoß, Jana brachte Wein und fragte: «Wann kann ich das Essen servieren?»

«Was gibt es denn?» fragte Karl Anton.

«Ich habe ein Hirschgulasch gemacht und Knödeln. Und vorher gibt es Gemüsesuppe. Und dann Powidldatscherl.»

«Ihr lebt nicht schlecht hier. Wo kommt denn das Gemüse her um diese Zeit?»

«Aber, Herr Doktor», sagte Jana vorwurfsvoll, ihr Haar war grau geworden, ihr Gesicht zerfurcht, aber sonst war sie wie immer. «Das haben wir in der Gärtnerei. Und ich habe es eingemacht.»

Blanca kam ins Bett, Angèle, Karl Anton und Peter saßen zusammen im großen Speisezimmer des Schlosses an dem viel zu großen Tisch. Angèle störte es nicht, sie hatten immer nur zu dritt an diesem Tisch gesessen.

Peter aß mit großem Appetit, doch sehr manierlich. Er wischte sich jedesmal den Mund ab, bevor er sein Glas in die Hand nahm und Wasser trank.

Angèle und Karl Anton tranken Wein.

Einen alten französischen Bordeaux.

«Ein hervorragender Wein», sagte Karl Anton.

«Ja, Vaters Weinkeller ist immer noch gut ausgestattet. Da kommen wir noch viele Jahre damit aus.»

Später saßen sie wieder in der Bibliothek, Basko hatte Feuer im Kamin gemacht, es war still und friedlich, und Karl Anton dachte: Es ist wie auf einem anderen Stern. Wie kann ich sie bloß bewahren, vor dem, was kommen wird, sie und die Kinder? Er wußte es nicht, aber genau wie Jaroslav Beranék suchte er nach einem sicheren Ort, nach einem Versteck. Von der Hussiten-Schlucht wußte er nichts. Es war auch keine Zeit für Indianerspiele.

Unvermutet begann Karl Anton noch einmal von seiner Schwester Josefa zu sprechen. Seit ihrem Besuch auf dem Schloß, das war bald nach Blancas Geburt gewesen, hatte er sie nicht mehr gesehen.

«Ihr Mann ist gefallen», sagte er.

«Ja, du hast es mir erzählt», sagte Angèle gleichgültig.

«Aber das ist doch schon eine Weile her.»

«Es war im August '41. Überleg doch mal, Angèle, möchtest du nicht doch Josefa für einige Zeit besuchen? Mit den Kindern selbstverständlich. Nicht jetzt im Winter, aber im Frühling oder im Sommer.»

«Warum sollte ich das tun?» fragte Angèle belästigt.

«Sie hat es sehr hübsch dort. Du könntest dir das alles mal anschauen. Weißt du nicht mehr, wir waren doch damals nach unserer Heirat bei ihr.»

«Es interessiert mich nicht», sagte Angèle abweisend.

Sie wandte sich dem Buben zu, der wieder auf dem Teppich kniete und in sein Buch vertieft war.

«Willst du nicht schlafen gehen, Peter? Es ist neun Uhr, und du mußt früh aufstehen.»

Peter erhob sich bereitwillig, klemmte sein Buch unter den Arm und sagte ihnen gute Nacht, machte einen artigen kleinen Diener vor seinem Vater und küßte Angèle auf die Wange. «Du bist morgen noch da, Vater, wenn ich aus der Schule komme?»

«Ja, ja, ich bleibe bis zum Abend. Gute Nacht, Peter.»

«Ich bin so froh», sagte er, als sie allein waren, «daß du so gut mit Peter auskommst.»

«Ich habe ihn gern. Alle haben ihn gern. Ich denke mir manchmal, daß auch mein Vater Freude an ihm gehabt hätte. An seiner Aufgeschlossenheit, an seinem Verstand und an...ja, wie soll man das nennen, an seiner Warmherzigkeit, die er Menschen und Tieren entgegenbringt.» Sie lächelte ihren Mann an. «Ich glaube, er hat viel von dir.»

«Danke. Das muß ich ja als Kompliment auffassen. Wie kommst du jetzt auf deinen Vater?»

«Nun, er hatte zwei Söhne, die sind gefallen. Und dann hatte er ja nur mich, ein Mädchen. Und ich habe auch nur eine Tochter.»

«Du sagst nur? Du kannst ja noch einen Sohn bekommen, Angèle. Ich würde nur vorschlagen, wir warten damit, bis der Krieg zu Ende ist.»

«Er wird wohl nicht mehr so lange dauern.»

«Nein, ich denke nicht. Vielleicht ein Jahr noch.»

«Die Deutschen werden verlieren?»
«Ganz gewiß.»
«Und was wird dann?»
«Ich weiß es nicht, mein Herz. Sie werden russischen Boden verlassen müssen, Polen und die Tschechoslowakei räumen und...»
«Sie haben ja auch hier bei uns nichts verloren. Wirst du denn in Prag bleiben?»
Karl Anton lachte unwillkürlich. «Kaum. Sie werden mich rauswerfen.»
«Sie werden auch später noch gute Ärzte brauchen. Am besten kommst du hierher, zu mir. Und vielleicht kannst du die Praxis von deinem Onkel in Eger übernehmen.»
«Vielleicht», sagte er. «Darf ich dir noch ein Glas Wein eingießen?»
«Nur einen kleinen Schluck. Danke.»
«Übrigens Eger – wie kommt denn Peter mit der Schule zurecht?»
«Sehr gut. Sie macht ihm Spaß, und er lernt offensichtlich ganz leicht.»
«Es ist eine rein deutsche Schule, nicht?»
«Ja.» Und dann kam eine überraschende Frage: «Wie ist sie eigentlich, Peters Mutter?»
«Wie kommst du jetzt darauf?»
«Du hast nie von ihr gesprochen. Seid ihr denn im Streit auseinandergegangen?»
Karl Anton zögerte. Dann sagte er langsam: «Es gab da einen anderen Mann.»
«Sie hat dich betrogen, willst du sagen.»
«Ja, ich war noch sehr jung. Eine Studentenliebe.»
«So hast du es genannt.»
«Sie wollte das Kind abtreiben. Aber bei den Nationalsozialisten gibt es keine Abtreibung mehr, die Großzügigkeit der zwanziger Jahre ist vorbei. Wer jetzt bei Abtreibung erwischt wird, kommt ins Zuchthaus, Arzt wie Patient. Und darum wagt auch kein Arzt mehr eine Abtreibung.»

«Abtreibung!» wiederholte Angèle mit einem kleinen Schauder in der Stimme. «Die Kirche erlaubt es auch nicht.»

«Und ich als Arzt, als angehender Arzt, konnte auch nicht meine Zustimmung geben. Also haben wir geheiratet.»

«Aber warum kümmert sie sich nicht um das Kind? Warum fragt sie nicht nach ihm? Sie kann ja einen anderen Mann haben, das macht ja nichts. Sie... wie heißt sie eigentlich?»

«Sie heißt Brigitte. Das habe ich dir schon einmal gesagt.»

«Ja, das hast du.»

«Brigitte Maltzahn. Wie sie jetzt heißt, weiß ich nicht.»

«Du stehst also gar nicht in Verbindung mit ihr?»

«Aber nein! Das hätte ich dir doch erzählt.»

«Wie kann eine Mutter ihr Kind vergessen?»

«Ich sage dir ja, sie wollte das Kind nicht.»

Angèle schwieg eine Weile.

«So ein netter Bub. Ich hab' ihn richtig gern. Sie hat ihn also gewissermaßen nach der Geburt abgetrieben.»

«So kann man es nennen.»

«Und wie lange... ach, entschuldige, es geht mich nichts an.»

«Du wolltest wissen, wie lange wir zusammengelebt haben? Sie war im fünften Monat, als wir geheiratet haben, und nach Peters Geburt lebten wir noch ein Jahr und zwei Monate zusammen.»

«Aber dann muß sie doch... sie muß doch irgendeine Beziehung zu dem Kind entwickelt haben. Sie mußte es doch lieben.»

Karl Anton leerte das Glas mit mehreren langsamen Schlucken. Brigittes Tränen. Brigittes Verzweiflung. Du wirst ihn behüten. Du wirst auf ihn aufpassen. Du wirst ihn nie im Stich lassen. Versprich es mir! Versprich es mir, Karl!

«Was hat sie denn gemacht?» fragte Angèle, als er schwieg.

«Sie studierte Romanistik. Und sie wollte nach Paris. Ich nehme an, daß sie das getan hat.»

«Mit dem anderen Mann?»

«Vielleicht. Ich weiß es nicht.»

«Und sie weiß nichts von dir?»

«Ich gab ihr die Adresse meiner Eltern in Pilsen. Meine in Berlin kannte sie ja, ich blieb ja noch drei Jahre in Berlin.»

«Es tut mir leid, daß ich dich mit diesen dummen Fragen belästige», sagte Angèle. «Entschuldige, bitte.»

«Da ist nichts zu entschuldigen, mein Herz. Jede andere Frau hätte mir diese Fragen schon hundertmal gestellt.»

«Weißt du, warum es gut ist, Peter hier zu haben?»

«Warum?»

«Blanca wächst von vornherein mit einem großen Bruder auf.»

Karl Anton stand auf, trat hinter Angèles Sessel und legte die Hände auf ihre Schultern.

«Wenn der Krieg vorbei ist, bekommt sie noch einen kleinen Bruder.»

Angèle legte den Kopf an seinen Arm. Eigentlich wollte sie kein Kind mehr, die Schwangerschaft und die Geburt waren lästig gewesen. Und wenn diese Brigitte wirklich nicht mehr auftauchte, dann hatte sie ja einen Sohn. Ein Bodenstein würde es so oder so nicht sein.

Angèle war noch nicht fertig mit dem Thema.

«Sie muß eine lieblose, egoistische Person sein, diese Brigitte.»

«Sie weiß, daß ich Peter nie im Stich lassen werde», sagte Doktor Wieland ruhig. Seine Frau hatte das Recht, ihm diese Fragen zu stellen. Es war sowieso erstaunlich, daß sie in den vergangenen Jahren ziemlich uninteressiert an seiner Vergangenheit gewesen war. Aber das war ihre Art, gelassen, gleichgültig, ein Gefühl wie Eifersucht war ihr fremd. Daß sie nun auf einmal nach Peters Mutter fragte, bewies, wie gern sie den Jungen hatte.

«Was hättest du mit ihm gemacht, wenn wir nicht geheiratet hätten? Wäre er in Berlin geblieben?»

«Sicher nicht. Ich hätte ihn zu Tante Magda nach Eger gebracht. Sie ist noch sehr rüstig, und sie hat ein ordentliches Hausmädchen.»

«Das wäre eine Möglichkeit gewesen», gab Angèle zu. «Aber du sagst, sie hat eure Adresse in Eger.»

«Nein, die nicht. Sie hat die Adresse meiner Eltern in Pilsen. Und dort ist ja keiner mehr.»

«Wenn sie wollte, könnte sie erfahren, wo du jetzt bist. Sie könnte doch eines Tages sagen, daß sie Peter haben will.»

«Das wäre möglich.»
«Und was machst du dann?»
«Man müßte darüber reden. Ob Peter mit ihr gehen soll oder bei uns bleiben will.»
«Und das kannst du entscheiden?»
«Nein, nicht ich allein.»
«Ich versteh' diese Frau nicht», sagte Angèle.
«Zerbrich dir nicht den Kopf, mein Herz. Es gibt vieles auf dieser kranken Erde, was man nicht verstehen kann. Wir haben Krieg. Wer weiß, was aus ihr geworden ist. Es gibt viel verlorenes Leben.»

Angèle war nahe daran zu fragen: Hast du sie geliebt? Doch diese Frage unterblieb. Karl Anton legte beide Arme um ihre Schultern.

«Laß uns schlafen gehen. Ich habe nur noch diese eine Nacht, in der ich bei dir sein kann. Morgen abend fahre ich nach Prag zurück.»

Jola wurde von den Deutschen beschlagnahmt, was Angèle zutiefst erboste. Rena starb, und kurz nach dem Ende des Krieges Jana. Basko, Milan und dessen Frau kümmerten sich um Angèle und die Kinder, das andere Personal war fortgelaufen. Es gab wenig zu essen; die Gärtnerei versorgte sie, Milan hielt Hühner und Ziegen. Angèle verließ den Schloßpark nie. Die böhmische Familie Bodenstein lebte aber immer noch unbehelligt auf dem Schloß mit dem hohen Turm.

Einen Mann und Vater gab es nicht mehr. Karl Anton Wieland war seit der Einnahme Prags durch die Russen verschollen.

Die Vertreibung der Deutschen und der Sudetendeutschen hatte zusätzlich Millionen Tote gekostet; verprügelt, gemordet, zu Tode gequält, vertrieben aus dem Land, vertrieben vom Haß, den der Haß erzeugt hatte.

Im Februar 1948, als die Kommunisten die Herrschaft in der wiederhergestellten Tschechoslowakei übernahmen, vertrieb man auch Angèle Wieland, geborene Gräfin Bodenstein aus ihrem Schloß. Die Fabrik war enteignet worden, befand sich nun im Staatsbesitz, Jaroslav Beranék hatte eine Anstellung gefunden, jedoch nicht mehr als Direktor. Er versuchte, Angèle und die Kinder zu schützen. Vergebens.

Er wurde niedergeschossen als Verräter und Feind des neuen Staates. Angèle und die Kinder waren Flüchtlinge wie so viele andere.

Als hätten der Krieg und die Verbrechen der Nazis nicht genügend Opfer gekostet, mußten noch Millionen Menschen sterben, in Polen, in Jugoslawien, in Ungarn, in der Tschechoslowakei, in den Todeslagern der Russen. Nie wird man die Anzahl der Opfer erfahren.

1914, 1918, das Versailler Diktat, die Kommunisten, die Nationalsozialisten, der Mord an den Juden, der Mord an den Deutschen, der Mord an vielen unschuldigen Menschen, erst recht in diesem zwanzigsten Jahrhundert des Fortschritts. Was hatte sich eigentlich geändert seit Dschingis-Khan?

DIE BRAUEREI

Josefa

Josefa Bürger, geborene Wieland, sah ihrem Bruder sehr ähnlich, sie war groß, blond und kraftvoll wie er, nur sein harmonisches heiteres Naturell war ihr nicht eigen, oder besser gesagt, um ihr gerecht zu werden, nicht mehr. Als sie Lorenz Bürger mit einundzwanzig heiratete, war sie ein fröhliches, unbeschwertes Mädchen, eine begeisterte Tennisspielerin, eine unermüdliche Tänzerin.

Lorenz hospitierte damals in der berühmten Pilsner Brauerei; von Bier zu Bier verstand man sich gut, es gab keine deutsch-tschechischen Animositäten, jedenfalls noch nicht. Auf dem Tennisplatz hatten sie sich kennengelernt, wo Josefa einen Kreis vergnügter junger Leute um sich hatte, auch viele Verehrer, denn sie ging freigebig mit ihrem Lächeln um, flirtete gern, ließ sich auch küssen, mehr allerdings ließ sie nicht zu, denn wie jedes Mädchen ihrer Zeit hatte sie romantische Vorstellungen von der großen Liebe.

Und die begegnete ihr, als sie den jungen Mann aus dem Frankenland kennenlernte. Lorenz Bürger war von einem Kollegen aus der Brauerei mit in den Tennisclub genommen worden, es war ein heller Sommernachmittag, Lorenz sah den Spielern zu, und die schlanken Beine im kurzen weißen Röckchen, das wehende blonde Haar eines Mädchens gefielen ihm ganz besonders, und er gestand seinem Begleiter: «Die würde ich gern kennenlernen.»

«Die Seffi? Das wird sich machen lassen», bekam er zur Antwort.

Diplomatisch fügte der Brauersohn aus dem Fränkischen hinzu: «Es sind viele hübsche Mädchen hier, aber die ist ganz mein Typ.»

Später saßen die jungen Leute auf der Terrasse des Clubhauses, Josefa, ein Glas Limonade in der Hand, war bester Laune, denn sie hatte ihr Spiel gewonnen.

Lorenz Bürger war ihr vorgestellt worden, wie den anderen auch, und kurz darauf saß er neben ihr.

«Wenn ich Sie ansehe, Fräulein Wieland, möchte ich glatt auch Tennis spielen.»
«Na, dann tun Sie's doch», antwortete sie schnippisch.
«Ich kann es aber nicht.»
«Dann lernen Sie's halt.»
«Würden Sie es mir beibringen?»
«Ich?» Sie sah ihn mit ihren blauen Augen an, sagte dann: «Wir haben einen Trainer auf dem Platz.»
Aber da hatte sie ihn schon ein wenig zu lange angesehen, denn auch er hatte einen intensiven Blick, und auch er verfügte über ein strahlendes Lächeln. Es war wirklich die berühmte «Liebe auf den ersten Blick», die es manchmal gab, die man sich einbilden oder die sich als verhängnisvoller Irrtum erweisen konnte. Hier hatte sie stattgefunden, hier bewährte sie sich, führte zu einer glücklichen Ehe, brachte drei Kinder zur Welt.
Aber sie dauerte nicht länger als neun Jahre. Lorenz fiel im Sommer 1941, gleich zu Beginn des Rußlandfeldzuges, und kurz darauf starb sein Vater, Josefas Schwiegervater, bei einem Unfall, er stürzte die Treppe im Brauhaus hinab. Grund zu Trauer hatte es schon in den dreißiger Jahren gegeben. Josefas Vater, an dem sie sehr hing, starb 1936 an einem Herzanfall, und im Jahr darauf Onkel Anton in Eger, den sie, genau wie ihr Bruder, zärtlich liebte. Sie war manchmal zu ihm gefahren, ganz spontan, es war keine weite Reise nach Eger, die beiden Kinder auf dem Rücksitz, damit er sich überzeugen konnte, wie wohlgeraten sie waren. Die Geburt ihres jüngsten Sohnes erlebte der Onkel Doktor nicht mehr.
Das fröhliche Lachen verging Josefa, auch zum Tennis war keine Zeit mehr, denn sie mußte nun die Leitung der Brauerei übernehmen. Wenn sie auch im Laufe der Jahre einiges davon gesehen und gehört hatte, war es eine schwere Aufgabe, sich im Krieg und in der Nachkriegszeit als Chefin zu bewähren, zumal die Emanzipation der Frauen noch nicht bis Oberfranken, genauer gesagt bis in das Dorf Hartmannshofen, vorgedrungen war. Sie mußte sich Härte angewöhnen, um sich durchzusetzen, und daß sie aus der berühmten Bierstadt Pilsen kam, half ihr gar nichts, denn sie hatte mit Bier und Brauerei nicht das geringste zu tun gehabt.

Sie war eine behütete Tochter aus bürgerlichem Haus, ihr Vater bekleidete eine angesehene Position in der Rüstungsindustrie der Škoda-Werke, er kam mit Tschechen und Deutschen gleich gut aus, ein Fachmann, der gebraucht wurde, dem nationale Spannungen nichts anhaben konnten. So hatte auch Josefa nichts davon erfahren. Ihre Mutter war eine verträumte, ein wenig lebensfremde Schlesierin, sie verfaßte Gedichte und spielte mit Ausdauer Klavier. Und dann gab es noch den großen Bruder, den Josefa liebte und bewunderte. Nichts in ihrem Leben hatte sie darauf vorbereitet, die Leitung eines Betriebs zu übernehmen.

Ihr Mann und sein Vater verstanden sich gut mit den Nationalsozialisten, die Leute waren arm in diesem Teil Frankens, doch nun kam ein wenig Industrie und Wohlstand ins Land, das Bier verkaufte sich gut, und Josefa hatte erst in den Jahren ihrer Ehe erfahren, daß es Feindschaft auch zwischen Deutschen und Tschechen gab, besonders nach dem Einmarsch der Deutschen im Sudetenland, erst recht nach der Besetzung der Tschechoslowakei, ihre Umbenennung in ein «Protektorat Böhmen und Mähren», die zwar Grenzpfähle niederriß, aber eine neue, böse Grenze in den Herzen der Menschen entstehen ließ.

«Die Sudetendeutschen sind unsere Landsleute, der Führer hat recht, wir müssen ihnen helfen», hatte ihr Mann gesagt.

Josefa hatte das widerspruchslos zur Kenntnis genommen, ahnungslos, wie sehr dieser Führer die Welt und ihr Leben verändern würde. Als ihr drittes Kind geboren wurde, war schon Krieg. Mit der Zeit wurde ganz Franken überschwemmt von Evakuierten aus Berlin, aus dem Rheinland, aus allen bombengefährdeten Gebieten, und nach dem Krieg kamen die Flüchtlinge aus dem Osten.

Wie immer und wo auch immer sind heimatlose, mittellose Menschen nirgends willkommen, es gab immer wieder Streit zwischen den Einheimischen und den Fremden, die man einquartierte, wo es nur möglich war, dazu kam die Not der Nachkriegsjahre. Josefa wurde davon kaum berührt, sie mußte arbeiten, um die schwere Zeit zu überstehen, die Brauerei mußte durchkommen, das war sie der Familie schuldig, in die sie eingeheiratet hatte, das lag im Interesse ihrer Kinder.

In tiefe Verzweiflung jedoch stürzte sie der Verlust ihres Bruders. Seit dem Ende des Krieges war keine Nachricht mehr von ihm gekommen, und da man in Franken wußte, auf welch bestialische Weise sich die Tschechen für die Besetzung ihres Landes rächten, mußte sie befürchten, daß auch er nicht mehr am Leben war.

Die Männer der Familie waren ausgestorben.

Dafür bekam Josefa im Februar 1948, als die Tschechoslowakei kommunistisch wurde, ihre Schwägerin Angèle mit zwei Kindern ins Haus; eine hochmütige geborene Bodenstein, ein widerborstiges kleines Mädchen und einen netten Jungen, den Sohn ihres Bruders aus erster Ehe. Man hatte sie brutal von Schloß Bodenstein verjagt.

Selbstverständlich kannte Josefa die Frau ihres Bruders, er war kurz nach seiner überraschenden Heirat im Frühjahr 1939 mit ihr nach Franken gekommen, um sie mit seiner Mutter und seiner Schwester bekannt zu machen, und zweimal im Laufe der vergangenen Jahre war Josefa auf dem Schloß gewesen, immer, wenn ihr Bruder aus Prag gekommen war, um einige freie Tage bei seiner Familie zu verbringen. Das letztemal übrigens, nachdem Josefa ihren Mann und ihren Schwiegervater verloren hatte und sich vor einer fast unüberwindbaren Aufgabe sah.

Sie hatte Trost und Zuspruch von Karl Anton gebraucht. Er nahm sie in die Arme und sagte: «Du wirst das schon schaffen.»

«Wird der Krieg denn noch lange dauern?» war ihre Frage. Die Frage, die jeder stellte.

«Ich fürchte, ja. Und er wird ein schreckliches Ende nehmen.»

Zu Angèle hatte Josefa keinen Kontakt gewonnen, die lebte in einer anderen Welt, daran hatte ihre Ehe nichts geändert. Das Schloß war imponierend, wenn auch zu groß und zu öde für Josefas Geschmack, die Landschaft war schön, aber Josefa kam es vor, als lebe Angèle abseits jeder Wirklichkeit. Unsichtbar, doch uneingeschränkt herrschte der alte Graf Bodenstein in diesem Haus, den Karl Anton nur als Sterbenden gekannt hatte. Josefa hatte sich gewundert, warum Angèle nicht bei ihrem Mann in Prag lebte, nach ihrem ersten und erst recht nach ihrem zweiten Besuch fand sie es ganz normal.

Angèle war, was sie immer gewesen war, die Tochter ihres Vaters. Und in diesem Sinn erzog sie ihre Tochter. Blanca liebte ihren Vater, freute sich über seine Besuche, denn er war in all den Jahren nichts anderes als ein Besuch im Schloß, Einfluß auf ihre Erziehung hatte er nicht.

«Wenn du größer bist, kommst du mal mit mir nach Prag. Dann stehen wir auf der Brücke und schauen der Moldau nach. Und blicken hinauf zum Hradschin.»

«Ich bin doch schon groß.»

«Du bist noch nicht einmal vier Jahre alt. Sagen wir, wenn du sechs bist, hm?»

Als dieses Gespräch stattfand, hätte Karl Anton klug daran getan, Prag und seinen Chefarztposten in der Klinik zu verlassen. Als Blanca vier wurde, im Mai 1945, gab es keinen Vater mehr.

Blieb der Junge, Peter Wieland. Ein liebenswertes Kind, wie Josefa schon bei ihren Besuchen im Schloß festgestellt hatte und was sich bestätigte, als die drei schließlich bei ihr im Haus lebten.

Peter war zwölf, als die vertriebenen Bodensteins in der Brauerei einzogen. Er konnte den Hochmut seiner Stiefmutter dämpfen, er konnte den Trotz der kleinen Schwester lachend überspielen. Er war nicht blond und groß wie die Wielands, er war eher schmächtig, dunkelhaarig mit braunen Augen, doch Josefa dachte manchmal: Er hat Karl Antons Wesen geerbt, und äußerlich war er wohl ihrer Mutter nachgeschlagen. Die zwei verstanden sich außerordentlich gut, Peter lernte mit Begeisterung Klavier spielen, und er deklamierte alle Gedichte, die Clara Wieland ihm beibrachte.

Einmal sagte Josefa zu dem Braumeister Nick, mit dem sie gut zusammenarbeitete: «Jetzt habe ich die böhmische Sippe auf dem Hals. Und dazu die zwei alten Weiber.»

Der Braumeister lachte. «Keine Bange», sagte er. «Wir haben die Währungsreform hinter uns, nun gibt es Geld. Auch für uns; wir werden ganz groß rauskommen.»

«Es gibt sehr viele Brauereien hier im Land.»

«Wir machen das beste Bier. Und die Leute trinken wieder Bier, richtiges Bier. Nicht den Pansch, den wir in den letzten Jahren anbieten mußten. Die Pilsner sind keine Konkurrenz mehr für uns, die haben die Kommunisten.» Es gab mehr als genug Brauereien im Land; von Oberbayern her, über die Oberpfalz bis in den Frankenwald wurde Bier gebraut in kleinen, mittleren und großen Betrieben. Was sich nach Böhmen hineinzog und früher die enge Verbindung zu dem Nachbarland geschaffen hatte. Die großen Nürnberger Hopfenhändler waren alle mit Saaz liiert.

Die Bürger-Brauerei in Hartmannshofen war ursprünglich eine kleine Brauerei gewesen, seit hundertfünfzig Jahren im Familienbesitz, Josefas Schwiegervater hatte schon erweitert, ausgebaut, neue Kessel angeschafft, die Bank gewährte ihm Kredite, und da er in der «Partei» war, zählten der Bürgermeister und der Ortsgruppenleiter zu seinen Freunden, was sich nach Kriegsbeginn als nützlich erwies, er hatte zunächst keine Einschränkung bei der Lieferung des benötigten Rohstoffes, Hopfen, Gerste und Malz, zu befürchten. Daß Vater und Sohn Bürger den Nationalsozialisten nahe gestanden hatte, schadete Josefa nach dem Krieg nicht. Die Männer waren tot, und gegen sie konnte niemand etwas vorbringen. Die Besatzung im Land waren Amerikaner, die tranken erst recht gern Bier, gutes, kräftiges Bier, das in den Krügen schäumte und nicht so labbrig schmeckte wie ihr «Lager», das sie von zu Hause gewöhnt waren.

Josefa erweiterte und modernisierte den Betrieb von Jahr zu Jahr, sie hatte Kunden weit über das fränkische Land hinaus, ein Fachmann richtete ihr neben der Brauerei eine Schnapsbrennerei ein. Bürgergold und Bürgerklar wurden vielgekaufte Marken, und schließlich, viel später, baute Josefa ein Hotel auf ihrem Grund, sie hatte drei Kinder, dazu für die Kinder ihres Bruders zu sorgen, sie mußte in die Zukunft investieren. Sie war eine tüchtige moderne Geschäftsfrau geworden, eine erfolgreiche Frau, wohlhabend dazu, und als endlich ein Mann sie wieder im Arm hielt, wurde sie umgänglicher.

Alles in allem waren sie eine große Familie im Bürger-Haus, alle Generationen waren vertreten, die Kinder aus dem Böhmischen wuchsen gewissermaßen mit Geschwistern auf. Blanca war die Jüngste, und für sie existierte nur ein Freund, ihr Bruder Peter.

Josefas ältester Sohn Eberhard war fünfzehn, Gisela dreizehn und Ludwig, Lutz genannt, schon im Krieg geboren, acht, als die drei aus Bodenstein kamen, ohne Pferd und ohne Hund, verstört, verängstigt, von Haß erfüllt. Der Gedanke an Ludvika peinigte Angèle, sie wußte inzwischen, daß Jiři tot war, und nun also sinnloserweise auch noch Jaroslav, nachdem der Krieg seit drei Jahren zu Ende war und nach seinem Ende noch viel Blut geflossen war.

Sie hatte Ludvika nicht mehr gesehen, sie hatte keine Ahnung, wohin sie mit ihrem Sohn Karel geflüchtet war. Die Fabrik war enteignet, die Beranéks galten jetzt als Freunde der Deutschen, das Wort des Grafen Bodenstein: Wir sind Böhmen, galt nicht mehr.

Es war nicht nur Hochmut, der Angèle so abweisend erscheinen ließ, sie war zutiefst unglücklich. Das Schloß verloren, das sie nie hatte verlassen wollen, ihr Mann, den sie auf ihre Weise geliebt hatte, und es hatte nie einen anderen Mann in ihrem Leben gegeben, verschollen, die Leute vom Schloß, Jaroslav und Jiři tot, Ludvika für immer verloren – alle Menschen, die ihr Leben begleitet hatten, gab es nicht mehr. Mit dem Tod des Vaters hatte es angefangen. Mit ihm waren die Böhmen gestorben.

Angèle dachte: Wenn sie doch mich statt Jaroslav erschossen hätten, dann wäre alles vorbei, dann hätte ich Frieden. Sie war noch eine junge Frau, noch nicht einmal dreißig, als sie nach Franken kam, aber sie hatte sich vom Leben abgewandt, von den Menschen zurückgezogen.

Das war nicht so einfach, in einem Haus voller Menschen, voller Leben, voller Kinder, neben einem florierenden Betrieb mit einer resoluten Chefin.

Doch Angèle brachte dieses Kunststück fertig. Sie verließ selten die beiden Zimmer in dem alten fränkischen Hof, die man ihr überlassen hatte, sie kam manchmal zu den gemeinsamen Mahlzeiten, meist jedoch nicht, sie blickte über alle hinweg, sie war überschlank, blaß, starr. Sie kümmerte sich auch nicht um die Kinder, nicht einmal um ihre Tochter, die von Josefa und am erfolgreichsten von ihrem Bruder Peter erzogen wurde.

Nicht daß Blanca nicht mit Peter stritt, sie stritt mit jedem, aber am Ende galt sein Wort; seine Freundlichkeit, sein Charme, ja, man konnte es nicht anders nennen, sein angeborener Charme besiegten ihren Trotz.

Josefa beobachtete das oft mit stillem Staunen. Sie war es gewöhnt, mit Kindern umzugehen, sie war mit den eigenen, die auch wild und ungezogen sein konnten, immer fertig geworden, die Hand rutschte ihr leicht aus, doch mit dieser Blanca gab es keine Einigung und kein Verstehen. Ihre Kinder steckten eine Ohrfeige leicht weg, doch Blanca fuhr ihr mit gespreizten Händen ins Gesicht, als es sie eines Tages traf.

Zufällig kam Angèle in die Küche, um sich ein Glas Milch zu holen, dort fand der Auftritt statt.

«Aber um Gottes willen!» rief Angèle und drängte sich zwischen die Kämpfenden, Josefas Faust traf sie an der Schulter, und da auf einmal weinte Angèle.

Das bereitete dem Kampf ein Ende, Josefa, Blanca, die Köchin, alle starrten sie auf die weinende Frau. Keiner hatte sie je weinen sehen, seit sie im Haus lebte, und das waren nun schon zwei Jahre.

Da stand sie, sie trug ein langes weißes Kleid, das Knische, die Hausschneiderin, ihr gemacht hatte und das sie am liebsten anzog. Sie stand, ohne sich zu bewegen, ihr langes Haar reichte bis auf die Schultern, und die Tränen liefen über ihr blasses Gesicht.

Josefa dachte: Wie schön sie ist.

Sie war nahe daran, die Weinende in die Arme zu nehmen, da fuhr Blanca gereizt auf sie los, schon wieder mit erhobenen Fäusten.

«Da bist nur du schuld», schrie sie.

«Du Wildkatze», schrie Josefa zurück. «Mit dir werde ich auch noch fertig. Halt die Pappen!»

Angèle wandte sich um und verließ die Küche.

«Mami! Mami!» rief Blanca und lief ihr nach.

«Sie hat geflennt», sagte die Köchin beeindruckt. Die Köchin war ein Flüchtling aus Schlesien, sie kochte hervorragend, und sie weinte gern. Sie flennte, wie es auf schlesisch hieß. Mann und Sohn waren im Krieg gefallen, die vierzehnjährige Tochter war mehrmals von den Russen vergewaltigt worden und an den erlittenen Verletzungen gestorben.

Die Köchin, sie hieß Lene, hatte Grund zu weinen. Auch wenn sie im Bürger-Haus eine neue Heimat und Arbeit gefunden hatte und gut behandelt wurde.

Die Tränen der schönen schweigsamen Frau waren ihr so nahegegangen, daß auch ihre Augen jetzt voller Tränen standen. Dabei hatte gar kein Grund zum Weinen bestanden, der freche kleine Balg hatte eine Backpfeife bekommen und seiner Tante daraufhin ein paar Kratzer im Gesicht beigebracht, die Josefa gerade mit den Fingern betupfte.

«Der gehört der Hintern voll, gehört er», murmelte die Köchin.

«Was wollte denn meine Schwägerin in der Küche?» fragte Josefa. Sie betrat die Küche selten, dazu hatte sie keine Zeit.

«Ihre Milch wollte sie sich holen, denk' ich», sagte Lene.

«Milch, so. Ja, das wird gut für sie sein. Sie ist so dünn und so blaß.»

«Sie ißt ja auch so gut wie nichts. Und das mit der Milch, das hat die alte Frau Wieland bestimmt, hat sie. Du trinkst jetzt jeden Tag ein Glas Milch, hat sie gesagt. Es ist ja kaum mehr was von dir übrig, hat sie gesagt. Was soll der Karli denn denken, wenn er dich so sieht.» Die Köchin schnupfte, zog ihr Taschentuch aus der Schürzentasche. Leiser fügte sie hinzu: «Sie denkt ja immer noch, daß er wiederkommt, ihr Sohn.»

«Ja, ich weiß», sagte Josefa. «Ich will ihr auch diesen Glauben nicht nehmen. Wir wissen ja nicht, was aus meinem Bruder geworden ist. Da bleibt halt so a weng Hoffnung. Und was machen wir jetzt mit der Milch?»

«Ich bring' sie ihr», rief Lene eifrig. «Natürlich bring' ich sie ihr.»

Josefa nickte und verließ die Küche, ging hinüber in ihr Büro und setzte sich an den Schreibtisch. Ihre Wange brannte. Diese Wildkatze! Sie stand wieder auf und ging ins Badezimmer und betrachtete sich im Spiegel. Sie hatte wirklich zwei blutige Kratzer im Gesicht. Besser man desinfizierte das. Angefangen hatte der Streit damit, daß Josefa überraschend in die Küche kam und Blanca bei Lene sitzen sah, ein dick mit Butter beschmiertes Brot in der Hand. Es war Vormittag gegen elf.

«Wieso bist du nicht in der Schule?» fragte Josefa.

«Ich hatte heute keine Lust», bekam sie zur Antwort.

«So, du hattest keine Lust. Gestern vormittag habe ich dich in der Flaschenabfüllung gesehn. Da hattest du wohl auch keine Lust?»

«Nö.»

«Du schwänzt also die Schule, wie es dir paßt. Was sagt denn deine Mutter dazu?»

«Ach, Mami weiß das gar nicht. Und gestern hast du mich ja nicht erwischt.»

«Aber ich hab' dich gesehn.»

«Aber nicht gekriegt», triumphierte Blanca.

«Du bist ein ganz ungezogener Balg. Keiner schwänzt hier die Schule, nur du.»

«Hat sich heute nicht mehr gelohnt. Morgen ist Sonntag, und heute schreiben wir eine Klassenarbeit.»

«Über was?»

«Irgend so ein Schmarrn über das Vaterland.»

«Schmarrn über das Vaterland. Du willst damit sagen, du hast keins.»

«Nö, hab' ich nicht. Hier nicht. Mein Vaterland ist Böhmen.»

«Wer sagt das?»

«Mein Großvater.»

«Zu dir hat er das gesagt, wie? Denkst du, er wäre damit einverstanden, daß du so dumm bleibst, wie du bist.»

«So dumm wie du bin ich noch lange nicht.»

Daraufhin bekam Blanca die Ohrfeige.

Ich muß mit Angèle sprechen, überlegte Josefa, als sie wieder an ihrem Schreibtisch saß. Aber sie wußte gleichzeitig, daß sie sich jedes Wort sparen konnte. Angèle schrieb bereitwillig jede Entschuldigung für die Lehrer, Blanca sei erkältet, habe Nasenbluten, sich den Fuß verstaucht. Blanca diktierte die Entschuldigungsschreiben gewissermaßen. Josefa hatte kürzlich davon gehört, ihre Tochter Gisela, mit der sich Blanca ständig herumstritt, hatte es berichtet, und Josefa hatte es nicht ernst genommen. Klatschereien zwischen den Kindern ignorierte sie weitgehend. Gisela war vierzehn und besuchte die Realschule in Kulmbach, Blanca ging noch in die Volksschule in Kungersreuth. Also konnte Gisela das gar nicht wissen.

Sie schien es doch zu wissen, schließlich kannte sie die Lehrer und ehemalige Mitschüler aus der Volksschule, und so groß war Hartmannshofen nicht, daß sich solche Dinge nicht herumsprachen.

Es würde wenig Zweck haben, mit Angèle zu reden, darüber war sich Josefa klar. Besser war es, mit Peter zu sprechen, er ging ins Gymnasium in Bayreuth, verließ jeden Morgen sehr früh das Haus, um den Bus zu erwischen, und es wurde meist Nachmittag, bis er zurück war. Darum ahnte er nichts vom Treiben seiner kleinen Schwester.

Josefa seufzte. Warum mußte sie sich eigentlich mit dem ungezogenen kleinen Mädchen herumärgern, hatte sie nicht genug zu tun? Doch Blanca war die Tochter ihres Bruders, sein einziges Kind, und so fühlte sie sich verantwortlich. Sein einziges Kind? Gerade eben nicht. Peter war sein Sohn, mit ihm gab es überhaupt keine Probleme, alle hatten ihn gern, in der Schule war er einer der Besten, niemand mußte sich um seine Schularbeiten kümmern, keiner fragte nach seinem Tagesablauf. Er kam in die Brauerei und half, wo er konnte, er war geschickt und anstellig, freundlich zu jedermann, bereitwillig, jede Aufgabe zu übernehmen. Manchmal setzte ihn Josefa sogar in ihr Büro.

«Hier ist die Liste, Peter, wer heute angerufen werden muß. Die Lotschens sind mit ihrer Lieferung im Rückstand. Und der Fahrer, den Herbert empfohlen hat, ist unmöglich, ständig betrunken. Ruf ihn an, er soll uns einen neuen besorgen. Und der Mann, der sich neulich um Arbeit beworben hat, machte einen guten Eindruck. Ruf ihn an, er soll morgen mal herkommen, ich will ihn mit dem Braumeister bekannt machen.»

Josefa wußte so wenig über die erste Frau ihres Bruders wie Angèle.

«Eine Studentenliebe», das hatte er auch zu ihr gesagt. Wo, zum Teufel, war die Mutter dieses Kindes, das so wohlgeraten war? Ihr Bruder hätte Freude an ihm gehabt, ihr Vater und auch Onkel Anton in Eger.

Alle Männer waren tot. Sie war allein mit der Brauerei, mit der Arbeit, mit der Familie, mit den Kindern, mit den alten Weibern, wie sie manchmal lieblos dachte.

Das war ungerecht, wie sie sich selbst eingestand. Gerade mit ihrer Mutter gab es keinen Ärger, sie kümmerte sich liebevoll um die Kinder, sogar Blanca benahm sich einigermaßen manierlich bei ihr. Nur verfügte Clara Wieland leider über gar keine Autorität.

Elsa

Mit ihrer Schwiegermutter jedoch, Elsa Bürger, hatte es immer Schwierigkeiten gegeben, von Anfang an. Sie war gegen die Heirat ihres Sohnes mit der Tschechoslowakin, und wenn Lorenz Bürger ihr auch tausendmal erklärte: «Sie ist eine Sudetendeutsche, Mutter», blieb sie bei ihrer Ablehnung. Für Elsa war das Mädchen aus Pilsen eine Tschechin, nur die Enkelkinder konnten sie mit der Zeit ein wenig milder stimmen.

Dann fiel der Sohn, der Mann starb, Josefa führte Brauerei und Haus, sie war die beherrschende Persönlichkeit, Elsa mußte es hinnehmen, die saure Miene blieb. Sie selbst hatte keine Ahnung von dem Betrieb, hatte sich nie dafür interessiert. Bier trank sie sowieso nicht, denn Bier war schuld daran, daß sie keine Karriere gemacht hatte. So sah sie es, so würde sie es sehen bis zum letzten Tag ihres Lebens.

Elsa Bürger, geborene Wagner, stammte aus Bayreuth. Sie war gewissermaßen im Schatten des Meisters aufgewachsen, und sie bestand noch heute darauf, daß ihre Familie mit Richard Wagner verwandt sei. Was Unsinn war, wie jeder wußte, denn Richard Wagner stammte doch aus Leipzig.

Jedoch war die gesamte Familie stolz, den berühmten Namen zu tragen, obwohl keiner etwas von der Musik Wagners verstand. Immerhin bekam die einzige Tochter den Namen Elsa, nach Lohengrins Schwanenbraut, nachdem der Pfarrer gegen Brünnhilde gestimmt hatte, das klang ihm zu heidnisch. Als das Kind geboren wurde, gab man gerade den «Ring des Nibelungen» im Bayreuther Festspielhaus, zum erstenmal übrigens, Brünnhilde und Sieglinde waren die Namen, die man kannte. Der Pfarrer meinte, Richard Wagner habe schließlich auch noch andere Opern geschrieben, es gebe da eine Elisabeth, eine Eva und eine Elsa. Sie überlegten angestrengt, der Pfarrer sprach schließlich das entscheidende Wort, ihm gefiel Elsa am besten, Eva erinnere an das Alte Testament und an die etwas fragwürdige Rolle, die die erste Eva gespielt hatte, Elisabeth klinge ziemlich katholisch, aber Elsa sei klangvoll und höre sich hübsch an.

Der Pfarrer spielte eine wichtige Rolle bei den Wagners, er trank manchmal sein Bier bei ihnen und ließ sich gern zu einem Rahmbraten mit fränkischen Klößen einladen. Vater und Mutter Wagner betrieben eine kleine Gastwirtschaft im Schatten der Stadtkirche, ihr gutes Essen war bekannt, und in späteren Jahren kamen auch während der Festspiele manche der von weither angereisten Gäste zum Essen. Denn während der frühen Jahre der Festspiele ging es ziemlich chaotisch in der überforderten Stadt zu, und die Besucher mußten froh sein, überhaupt etwas zu essen zu bekommen.

Vater und Mutter Wagner hatten alles von Anfang an miterlebt. Wie Richard Wagner ihre Stadt erkor, um dort ein Festspielhaus für seine Opern zu erbauen, wie der Grundstein gelegt und das Richtfest gefeiert wurde, wie der Meister seine prachtvolle Villa Wahnfried bezog und als schließlich die ersten Festspiele stattfanden.

König Ludwig II. kam zu der Generalprobe höchstpersönlich, und zu den Vorstellungen des «Ring» kamen zum Erstaunen der Bayreuther allerhöchste Herrschaften aus aller Herren Länder, sogar Kaiser Wilhelm aus Berlin.

Zwar war dann wieder Pause für einige Jahre, denn Richard Wagners Optimismus, daß sich das alles für wenig Geld gestalten ließe, erfüllte sich nicht. Die ersten Aufführungen hatten ein Defizit ergeben, und der Meister erlebte sechs Jahre später nur noch einen Festspielsommer, in dem man den «Parsifal» uraufführte, bevor er 1883 starb. Seitdem hatten sich die Festspiele etabliert, auch wenn sie nicht in jedem Jahr stattfanden, ihr

Weltruf war gefestigt, immer mehr Menschen strömten sommers in das staunende Bayreuth, und zu verdanken hatte das die Stadt einer tüchtigen und selbstbewußten Frau: Cosima Wagner, die das Erbe ihres Mannes mit Geschick und Verstand verwaltete.

Elsa hatte es, genau betrachtet, auch von Anfang an miterlebt, denn 1876, als das Festspielhaus eröffnet wurde, war sie zur Welt gekommen. Dies sei, so sagte ihre Mutter, doch wohl als eine Fügung des Himmels zu betrachten.

Von Richard Wagner begleitet wuchs Elsa auf, ohne jedoch nur einen Takt seiner Musik gehört zu haben. Der erste war ein begeisterter Lehrer in der Schule, der den Kindern auf dem Klavier Motive und Melodien vorspielte, und einmal, nach vielem Räuspern, sang er sogar «O du, mein holder Abendstern...»

Manche Kinder grinsten, manche bohrten in der Nase, Elsa lauschte fasziniert. Sie stand immer oben auf dem Grünen Hügel, wenn die illustren Gäste in ihren Kutschen den Berg herauf rollten, sie lauschte mit heißen Wangen, wenn sich gelegentlich einer der Künstler in ihrer Kneipe einfand, während der Probenzeit oder später nach den Vorstellungen, um bei ihnen zu essen. Und als sie achtzehn war, bescherte ihr einer der Sänger, der ab und zu bei ihnen einkehrte, eine Karte für die Festspiele, natürlich für den «Lohengrin». Von diesem Tag an stand für sie fest, daß sie Sängerin werden wollte.

Zu dieser Zeit sang sie bereits im Kirchenchor, und die stolzen Eltern bewilligten ihr Gesangsunterricht, zunächst bei einem hiesigen Gesangslehrer, später sogar auf dem Konservatorium in Nürnberg. Wobei es sich gut traf, daß der Bruder von Frau Wagner in Nürnberg, gleich hinter dem Hauptmarkt, eine Gastwirtschaft betrieb, in dessen Familie Elsa Unterkunft fand.

Skalen rauf und runter, ein wenig Gluck, Händel und Mozart, Elsa besaß eine kleine, ganz hübsche Stimme, aber viel war daraus nicht zu machen. Sie würde niemals die Elsa oder eine der anderen Wagner-Partien singen können. Dazu kam, daß sie ziemlich unmusikalisch war, ihr Klavierspiel war mehr als unbegabt, sie konnte Dur nicht von moll unterscheiden. Es langte nicht einmal zu einem Engagement an einem halbwegs ansehnlichen Stadttheater, und wenn, dann immer nur für Nebenrollen. Die größte Solopartie, die sie erlebte, war in Regensburg die Schwester Ida der Adele in der «Fledermaus». Schließlich blieb ihr nur der Chor der Operette. Sie war ein recht hübsches Mädchen, und sie hielt durch, bis sie dreißig war, dann kam es zu keinem Engagement mehr, und sie gab auf.

Sie landete wieder in der elterlichen Gastwirtschaft und blickte nun mit scheelen Augen auf die Festspielgäste und die berühmten Sänger. Kamen das Jammern der Mutter und das verbissene Schweigen des Vaters dazu, die sich schon als die Eltern einer großen Diva gesehen hatten, und obendrein die Schadenfreude der Nachbarn und der Hohn ehemaliger Schulfreundinnen. Elsa hatte nur noch einen Wunsch: Fort von Bayreuth!

Was blieb denn noch außer einer Heirat? Der einzige greifbare Kandidat war Alfons Bürger, der eine Brauerei in einem Nest namens Hartmannshofen besaß und der schon seit jeher das Bier für die Wagners lieferte. Schon früher, wenn er unterwegs war, um Kunden zu besuchen, hatte ihm die junge Elsa gefallen. Sie gefiel ihm immer noch.

Elsa hatte ihn nie beachtet, ein Bierbrauer, was konnte das schon für sie bedeuten! Nun, reichlich zwölf Jahre später, sah es anders aus. Alfons war zehn Jahre älter als sie, und ihr verknatschtes Gesicht störte ihn nicht. Er fand sie immer noch hübsch, und so etwas wie eine Künstlerin war sie eben doch.

Elsa hatte einige Affären hinter sich, auch eine Abtreibung, wirkliche Liebe war ihr nie begegnet. Hier war einer, der ihr unermüdlich den Hof machte und der die Gelegenheit bot, der nun verhaßten Stadt zu entfliehen. Und der elterlichen Wirtschaft dazu, denn ihr Vater hatte beschlossen, daß sie kochen lernen sollte, um später die Wirtschaft zu übernehmen. Das gab Elsa den Rest. Hier ihr Leben lang zu sitzen und für die berühmten Kollegen die Klöße zu formen, war eine entsetzliche Aussicht.

Also heiratete sie Alfons Bürger, was die Eltern gar nicht so schlecht fanden, die Wirtschaft wurde später verkauft, Elsa wechselte von der Oper zum Bier.

Sie hatte es nicht schlecht getroffen, Alfons liebte und bewunderte sie unermüdlich bis zu dem Tag, an dem er sich das Genick brach. Sie gebar in dieser Ehe ein einziges Kind, ihren Sohn Lorenz.

Alles in allem hätte sie mit ihrem Leben zufrieden sein können, doch sie war es nie. Sich von unerfüllten Träumen zu befreien, ist eine schwere Aufgabe. Dazu gehörten Einsicht, Kraft und ein gewisser Bruchteil Humor. All das besaß Elsa nie. Sie war beleidigt, mit sich selbst, mit ihrem Schicksal, mit der Ungerechtigkeit des Lebens. Alfons ertrug das mit stoischer Gelassenheit und mit unveränderter Liebe zu dieser Frau. Seinetwegen hatte sie ihre Karriere aufgegeben, so sah er es, und darum fühlte er sich ewig in ihrer Schuld.

Er freute sich über die hübsche Schwiegertochter, noch mehr über die Kinder, und er war zutiefst verzweifelt über den Tod seines Sohnes. An Atemnot und leichten Schwindelanfällen litt er schon seit einiger Zeit, doch niemand wußte davon, Elsa schon gar nicht. Der Kummer über den Sohn steigerte die Beschwerden, Kopfschmerzen plagten ihn, vor seinen Augen wurde es schwarz, als er die Treppe zum großen Sudkessel hinabstieg, er stürzte. So endete sein Leben, aber auch seine Trauer, und es blieb ihm erspart, die Niederlage Deutschlands zu erleben. Denn er hatte an Adolf Hitler geglaubt und an den Sieg.

Elsa hatte sich um die Arbeit in der Brauerei nie gekümmert, das verlangte kein Mensch von ihr, Alfons gewiß nicht. Freunde hatte sie weder im Betrieb noch in Hartmannshofen gewonnen, Freunde aus der Jugendzeit mied sie. Doch sie hatte außer ihrem Sohn Lorenz eine Aufgabe gefunden, die ihr Leben ausfüllte: Sie baute um.

Das Wohnhaus, das auf dem Gelände der Brauerei stand, war ein schöner alter Fachwerkbau, mit vielen, jedoch karg eingerichteten Räumen, von denen die meisten nicht benutzt wurden und die, als Elsa einzog, noch genau so aussahen wie vor zweihundertdreißig Jahren, als das Haus erbaut wurde. Die Zimmer waren kalt und ungemütlich, die Küche verfügte nur über einen uralten Holzofen, die Toilette war auf dem Hof, ein Plumpsklo.

Der Umbau zog sich hin, denn dazwischen bekam Elsa das

Kind, doch sobald sie wieder auf den Beinen war, ging es weiter. «Was soll denn der Unsinn? Das kostet doch einen Haufen Geld», schimpfte der alte Bürger. Doch sein Sohn sagte: «Wir leben in einer modernen Zeit, Vater. Im zwanzigsten Jahrhundert. Es wird Zeit, daß sich auch bei uns einiges verändert. Und wir können uns das leisten.»

Das konnten sie wirklich, denn Handwerksarbeit war im armen Oberfranken in der Zeit vor dem Krieg, dann später im Krieg, mehr als preiswert.

Das Haus bekam ordentliche Öfen, eine gut eingerichtete Küche, zwei Wasserklosetts in der weiten Tenne und sogar ein Badezimmer, das durch einen Kupferofen beheizt wurde. Nach und nach wurden die Räume neu ausstaffiert, es wurde warm und gemütlich im Haus, es war nicht mehr nur von außen ein hübscher Anblick, es wurde auch innen angenehm bewohnbar. Personal, das Elsa jede Arbeit abnahm, war ausreichend vorhanden, die Leute waren froh um jede Mark Lohn.

Dies war Elsas erste Umbauphase. Sie beschäftigte sie einige Jahre und verschaffte ihr, was man ein Erfolgserlebnis nennt. Möglicherweise hätte sie lieber statt zu singen Innenarchitektin werden sollen, aber ein Beruf dieser Art stand zu jener Zeit für eine Frau nicht zur Debatte. Die zweite Umbauphase folgte Anfang der dreißiger Jahre, Alfons ertrug sie wiederum geduldig, sein Vater mußte sie nicht mehr erleben.

Wieder war es eine günstige Zeit, die Leute waren ärmer denn je, die Weltwirtschaftskrise tat das ihre dazu, jeder Handwerksmeister im weiten Umkreis war dankbar für den kleinsten Auftrag. Elsa konnte sehr geschickt mit ihnen verhandeln, sie drückte erbarmungslos die Preise. Schließlich besaß das Haus eine Zentralheizung, einen elektrischen Herd in der Küche, neu bezogene Sessel und prächtige Gardinen. Als sie erfuhr, daß ihr Sohn heiraten wollte, ließ sie flugs ein zweites Badezimmer einbauen.

Man bewunderte und beneidete die Bürgers rundum, manche kamen aus reiner Neugier ins Haus, um dessen Pracht aus der Nähe zu sehen, und Elsa empfing nun auch Kunden und Lieferanten in ihrem feinen Wohnzimmer, sie saß dann zufrieden in dem samtbezogenen Sessel, die Zigarette in der Hand, denn sie hatte sich mittlerweile das Rauchen angewöhnt. Bier verschmähte sie nach wie vor, sie trank Wein oder Likör, sie war mit zunehmendem Alter hübscher geworden und etwas rundlicher.

Die Brauerei betrat sie nie, der Malzgeruch war ihr zuwider, und Alfons schluckte auch dies mit einem Lächeln. Eine Künstlerin, an den Geruch der Kulissen, der Schminke und des Parfums gewöhnt, wie sollte sie sich in einem Brauhaus wohlfühlen? Er sah es bis zuletzt so, daß er es war, der ihre Karriere verhindert hatte.

«Du hast für mich alles aufgegeben», sagte er gerührt, «wie kann ich dir je dafür danken.»

Ihren Sohn hatte Elsa mit großer Sorgfalt aufgezogen; daß er ihr allerdings dann die Schwiegertochter aus der Tschechei ins Haus brachte, gefiel ihr nicht. Obwohl gegen Josefa mit ihrem strahlenden Lächeln und ihrem guten Willen, sich zurechtzufinden, wirklich nichts einzuwenden war. Dann kamen die Kinder, die für Elsa ein neuer Lebensinhalt wurden, kam der Krieg, fiel ihr Sohn, dann der Tod ihres Mannes. Zuvor schon war die Frau aus Pilsen ins Haus gezogen, und schließlich kam die böhmische Sippe von irgendeinem Schloß. Wie segensreich erwiesen sich nun Elsas Umbauten!

Für Politik hatte sich Elsa nie interessiert, die Weimarer Republik, Hitler und seine Nazis, was darüber geredet wurde, war ihr völlig gleichgültig. Ärgerlich waren die Evakuierten und die Flüchtlinge, die das Land überschwemmten und von denen sie zeitweise auch welche aufnehmen mußten. Nicht während des Krieges, da war sie von unliebsamer Einquartierung verschont geblieben, und nach dem Krieg war es dann Josefa, die energisch dafür sorgte, daß sie die ungebetenen Gäste wieder los wurden, die Familie war groß genug, sie benötigten den Wohnraum selbst, und da die Brauerei zunehmend ein wichtiger Wirtschaftsfaktor wurde, kamen die Behörden Josefas Wünschen entgegen. Hingegen gefielen Elsa die amerikanischen Offiziere, die bei ihr im Wohnzimmer saßen, Bier tranken und denen sie von ihrer Karriere als Sängerin erzählen konnte. Sie sprach ein wenig englisch, zuerst hatte sie es in der Schule gelernt, dann von einem englischen

Kollegen in Mannheim, mit dem sie ein Verhältnis hatte. Er sang den Tannhäuser, sie immerhin einen der Edelknaben.

«Wagner ist ein Nazi, is'nt he?» sagte ein hübscher Captain, und Elsa lächelte mitleidig.

«Wagner hat im vorigen Jahrhundert gelebt, da gab es keine Nazis.»

«But Winifred is a Nazi.»

«Winifred Wagner hatte eine große Aufgabe zu erfüllen. Sollte sie das Festspielhaus anzünden, nur weil Hitler manchmal in einer Vorstellung saß?»

«Aber sie hatte ihn gern.»

Elsa hob die Schultern und zog an einer der Zigaretten, die die Gäste reichlich mitbrachten.

«Viele Leute hatten ihn gern», sagte sie mit ruhiger Miene. Sie war unangreifbar, die Nazis hatten sie nicht interessiert, als sie das Land regierten und jetzt schon gar nicht mehr.

Sie redeten halb deutsch, halb amerikanisch miteinander, und die Amerikaner wurden mit der Zeit immer freundlicher. Das hatte man einem Mann namens Stalin zu verdanken, der zwar den Krieg gewonnen hatte, sich aber danach reichlich unbeliebt machte. Auch für ihn interessierte sich Elsa nicht. Sie lebte in dieser schweren Zeit in einer erstaunlich heilen Welt, das wiederum hatte sie ihrem Mann und ihrer Schwiegertochter Josefa zu verdanken. Aber sie war weit davon entfernt, das anzuerkennen. Lästig waren ihr die Leute, die ihr schönes Haus bevölkerten, Josefas Mutter, die drei vom böhmischen Schloß, die schweigsame, hochmütige Frau, das ungezogene kleine Mädchen und der Junge Peter, gegen den sogar sie nichts einzuwenden hatte.

Nur eben, daß die alle da waren, störte sie.

Clara

Clara Wieland, zierlich, großäugig, dunkelhaarig, lebte seit dem Tod ihres Mannes im Haus. Sie spielte viel besser Klavier als Elsa, was diese ärgerte, denn schließlich war das Klavier auf ihren Wunsch ins Haus gekommen. Doch Clara war einfach lieb. Keiner konnte sie ärgern oder ihren Zorn erregen, sie tat, was man von ihr verlangte, gutwillig und mit einem Lächeln. Elsas Biestigkeit zerbrach an diesem Lächeln.

Clara spielte Schubert, Schumann und Chopin, manchmal auch Lieder aus Operetten. Sie konnte es sogar ohne Noten. Elsa fragte indigniert: «Stört dich das Geklimpere nicht?» «Nein, warum?» meinte Josefa. «Klingt doch hübsch.» Sie war es seit ihrer Kindheit gewöhnt, ob in Eger oder in Pilsen, ihre Mutter hatte immer Klavier gespielt. Und wenn sie nicht Klavier spielte, dichtete sie. Hübsche Gedichte, sie reimte nicht nur Herz auf Schmerz, meist kam die Landschaft darin vor, Wald und Tal, Baum und Blume, Sonne, Mond und Sterne. Und sie bedichtete ihre verlorene Heimat, Schlesien, das Riesengebirge.

Karl Wieland hatte sie 1905 auf einer Wanderung durch das Riesengebirge kennengelernt, da war sie siebzehn. Das heißt, die Wanderung hatte er schon hinter sich, er kam nach Hirschberg, ein Student der Karlsuniversität in Prag, und er hatte keine Krone mehr in der Tasche. Viel Geld hatte er sowieso nicht auf die Tour mitgenommen, weil er wenig besaß, und nun war alles verbraucht. Er stand unter den Arkaden am Ring und überlegte, wie er nach Prag zurückkommen könne, denn die Eisenbahn kostete Geld. Also mußte er laufen. Auch gut, doch zunächst knurrte sein Magen, es war später Nachmittag, und wie und wo er die Nacht verbringen sollte, war ein Rätsel. Nicht, daß es ihn besonders bedrückte. Die Schlesier waren freundliche, vor allem gastfreundliche Leute, er hatte bisher immer ein Nachtlager gefunden auf den Bauden. Wenn man es mochte, spielte er ein Stück auf seiner Laute, die er immer bei sich trug, er sang auch sehr hübsch dazu, er war ein wohlgebauter junger Mann, dem man Sympathie entgegenbrachte. Und er schaute immer gern einem hübschen Mädchen nach.

Da stand er also unter den Arkaden, zupfte ein wenig auf der Laute, und dann kam diese kleine Dunkelhaarige vorbeigeträllert, ja, sie trällerte wirklich, das Lied vom Riesengebirge «Blaue Berge, grüne Täler...», und Karl nahm die Melodie auf seiner Laute auf, als sie näherkam.

Sie lachte, als sie bei ihm war, sie blieb stehen, sie war ganz unbefangen, in ihrem Leben hatten Scheu und Zickigkeit keinen Platz.

Clara war für die damalige Zeit ein sehr frei erzogenes Mädchen, ihr Vater war der Rektor des Gymnasiums, sein Unterricht war modern und fortschrittlich, er war ein Anhänger der Emanzipation der Frauen, was man bis dato nur von England her kannte, ein Land, das der Studiendirektor aus Hirschberg sehr bewunderte, obwohl er es nie gesehen hatte. Dazu war er als Anhänger von Pestalozzi der Meinung, ein junger Mensch, gleich ob Knabe oder Mädchen, soll möglichst viel lernen und viel wissen und sich niemals vor der Obrigkeit ducken.

Sie unterhielten sich also, der Student aus Prag und das Mädchen aus Hirschberg, und nachdem Clara wußte, warum er hier stand, nahm sie ihn einfach mit nach Hause. Die Eltern nahmen ihn freundlich auf, er bekam ein Nachtessen und ein Nachtlager, und die Familie, Clara hatte noch einen jüngeren Bruder, ließ sich von Prag erzählen.

Zwei Jahre später heirateten sie, es wurde eine glückliche Ehe, Clara wohnte zuerst in Eger, später in Pilsen, sie war eine gute Ehefrau, eine fürsorgliche Mutter, sie spielte Klavier und dichtete, doch dann kam der Krieg.

Ihre Tochter Josefa verlor den Mann, was aus ihrem Sohn Karl Anton, von ihr heiß geliebt, geworden war, wußte man nicht. Obwohl sie noch immer die Hoffnung nicht aufgab, Jahr für Jahr, er käme doch zurück.

Die Brauerei in Franken war nun wohl die Endstation ihres Lebens, so sah sie es ganz nüchtern. Josefa war eine tüchtige, erfolgreiche Frau. Elsa mußte ertragen werden, und die Kinder, die das Haus bevölkerten, waren alle ihre Freunde. Was immer sie hatten, Streit untereinander, Ärger in der Schule, später Kummer mit erster Liebe, sie kamen zu ihr. Sie liebte sie alle, und am meisten liebte sie ihren Enkel Peter Wieland. Nicht nur weil Josefa immer sagte: «Er ist ganz nach dir geschlagen, Mutter. Alle sind wir nach Vater geschlagen, aber Peter sieht aus wie du.»

«Und die Kleine?» fragte Clara. «Findest du nicht, daß sie mir ähnlich sieht?»

Die Kleine war Blanca.

«Doch, sicher», sagte Josefa. «Sie ähnelt weder ihrem Vater, noch mir, noch unserem Vater. Sie hat deine Augen.»

«Na ja», meinte Clara friedlich, «das kann sich ja mischen.»

«Was meinst du damit, kann sich mischen?»

«Was aus Menschen wird, ihr Wesen, ihre Art und eben auch ihr Aussehen. Wir sind doch alle eine Mischung. Ich fand das immer so dumm, was diese Hitler-Leute gesagt haben, das von der reinen germanischen Rasse. Mein Vater hätte darüber gelacht. Die Germanen, das waren ja auch verschiedene Stämme und Rassen. Mein Vater hat immer gesagt, aus der Mischung kommen die klügsten Köpfe her. Ja, das hat er gesagt.»

Josefa mußte unwillkürlich lachen. Sie saß an diesem Nachmittag im Zimmer ihrer Mutter, das kam selten vor, aber sie wollte ihr etwas erzählen.

«Du kannst dich wohl kaum an deinen Großvater erinnern, wie?»

«O doch, ich sehe ihn noch in unserem Wohnzimmer in Pilsen sitzen. Und er sagte, daß unser Bier ihm sehr gut schmeckt.»

«Er hat ja den Hitler nicht mehr erleben müssen, so wie wir. Er wäre da bestimmt anderer Meinung gewesen, mein Vater. Wir in Schlesien waren immer gemischt. Da waren Polen bei und die Österreicher, und auch die Tschechen oder die Böhmen, wie Angèle es nennt. Und so war das auch in der Tschechoslowakei.»

«Sicher. Mit Slawen und Germanen fing es an. Und vor allem die Juden, die in Prag und im ganzen Land eine wichtige Rolle spielten. Vater hatte viele jüdische Freunde, das weißt du ja noch, das kam schon durch seinen Beruf. Er mochte den Hitler gar nicht. Ich erinnere mich, wie er einmal hier war, das muß so fünfunddreißig gewesen sein. Ja, genau fünfunddreißig, Gisela war da gerade zwei Monate alt. Vater und mein Schwiegervater redeten über Hitler, und Vater sagte, ich hoffe, daß die Deutschen bald zur Vernunft kommen. Sie stritten nicht, aber es war doch ein unerfreuliches Gespräch. Sie dachten hier halt anders darüber. Lorenz sagte nicht viel dazu, aber es war ihm unangenehm. Ich weiß noch, daß ich sagte, ach, laßt doch die blöde Politik. Und Vater sagte, sie ist nicht nur blöd, sie ist auch gefährlich. Im Jahr drauf ist er dann gestorben, er hat nicht mehr erlebt, wie es weiterging und wie recht er hatte, als er es gefährlich nannte.»

«Siehst du! Wir haben es erlebt. Und daß es nicht nur gefährlich war, sondern den Tod von Millionen Menschen bedeutete. Alle Grenzen sind Torheit. Man soll glauben, daß Menschen jenseits einer Grenze andere Menschen sind. Aber alle Menschen sind gleich. Ihre Körper sind gleich, ihr Geborenwerden und ihr Tod. Was sie unterscheidet, ist ihre Herkunft, ihre Erziehung, ihre Intelligenz. Und das Wissen, das sie sich erwerben können, egal auf welchem Gebiet.»

Josefa blickte ihre Mutter nachdenklich an. Sie fühlte sich an ihre Kindheit erinnert, an die Geborgenheit, an das harmonische Zusammenleben mit den Eltern und ihrem Bruder. «Mein Vater besuchte uns mal in Pilsen», sprach Clara weiter, «da warst du noch sehr klein. Du weißt ja, daß mein Bruder Franz im Krieg gefallen ist, in dem vorigen Krieg. Und mein Vater sagte: Der Tod macht die Menschen endlich gleich. Ob Franzosen, ob Russen, ob Deutsche, wenn sie sterben sind sie nur noch Menschen. Warum, in Gottes Namen, können sie es nicht vorher sein?» Und dann, ohne Übergang, kam die Frage, die Josefa kannte. «Denkst du, daß Karl Anton lebt? Daß er wiederkommt?»

Josefa nickte, nickte ihrer Mutter zuliebe. Man schrieb das Jahr 1952.

«Ja, Mutter, ich hoffe es.»

Clara sagte: «Ich habe ein Gedicht gemacht. Willst du es hören?»

Josefa nickte wieder.

«Mein Sohn, hörst du meine Stimme?
Sie ruft dich, komm zurück!
Mein Sohn, sieh mich an!
Siehst du meinen Blick?
Er holt dich, er bringt dich mir.
Mein Sohn, dein Leben ist mein Glück.
Mein Sohn, komm zurück!»

Josefa war nicht die Frau, die leicht weinte, doch nun würgte es sie im Hals.

«Ein schönes Gedicht, Mutter. Ich wünschte, wenigstens *er* käme zurück. Einer noch von uns.»

«Ich weiß ganz gewiß, daß er wiederkommt», sagte Clara. «Ich fühle, daß er lebt.»

Clara war dreiundsechzig Jahre alt. Möglicherweise blieb ihr noch ein wenig Zeit, um auf ihren Sohn zu warten.

«Wir haben seine Kinder hier, das ist doch gut, nicht? Und was du von Blanca gesagt hast, sie ist eben eine Mischung. Sie hat meine Augen, sie ist nicht blond wie ihr, sie hat hellbraunes Haar, und das hat sie von meiner Mutter.»

«Sie ist ein schwieriges Kind.»

«Halb so wild. Sie hat nichts von Angèle und nichts von Karl Anton. Vielleicht ist es der Großvater, der muß ja ein sehr eigenwilliger Herr gewesen sein.»

«Woher willst du denn das wissen?»

«Angèle erzählt manchmal von ihm.»

«So! Mit dir spricht sie also.»

«Ja. Und am liebsten von ihrem Vater. Oder von dem Kaiser.»

Josefa seufzte: «Kaiser Karl der Vierte. Als ich nach Blancas Geburt bei ihnen zu Besuch war, hatte sie mir das genau erklärt. Sehr gesprächig war sie ja nicht, aber darüber konnte sie reden. Kaiser Karl, der eigentlich Wenzel hieß und am französischen Hof erzogen wurde, genau wie diese Blanca, die, mit der er als Kind schon vermählt wurde. Ich muß ein ziemlich dummes Gesicht gemacht haben. Kann sein, ich habe das mal in der Schule gelernt. Hast du es gewußt, ehe sie davon sprach?»

Clara nickte. «Karl der Vierte, Kaiser des Heiligen Römischen Reiches Deutscher Nation. Doch, ich wußte schon, wer das war. Dafür hat mein Vater schon gesorgt.»

«Na gut, ich wußte es nicht. Oder ich hatte es vergessen. Sie erklärte mir das sehr genau, mit großem Nachdruck. Wir sind ein altes böhmisches Geschlecht, sagte sie. Kaiser Karl hat Böhmen und Prag zum Mittelpunkt der Welt gemacht. Und darum heißt meine Tochter Blanca. Karl Anton saß dabei und lachte. Das ist Thema Nummer eins in diesem Haus, Seffi, sagte er. In diesem Schloß regiert immer noch Kaiser Karl. Und darum ziehen wir jetzt eine Blanca groß, auch wenn sie weder Königin noch Kaiserin werden kann. Angèle sagte ärgerlich, du kannst dir deinen Spott sparen, ich wünschte, wir hätten heute so einen Mann wie Karl. Heute haben wir nur noch diesen Emporkömmling aus Berlin.»

«Emporkömmling aus Berlin», wiederholte Clara beeindruckt. «Wieso Berlin? Ich denke, der kam aus Österreich.»

«Angèle zitierte ihren Vater. Denn Karl Anton sagte darauf, und er lachte nicht mehr: Bitte, mein Herz, du sollst das nicht immer wieder sagen, es ist gefährlich. Was dein Vater gesagt hat, gilt heute nicht mehr. Und sie darauf: Es wird immer für mich gelten.»

«Sie denkt heute noch so.»

«Und jetzt werde ich dir erzählen, was dann geschah. Ich blieb nur ein paar Tage auf dem Schloß, ich wollte nach Hause, denn Lorenz würde auf Urlaub kommen. Doch genau fünf Tage später fing der Krieg mit Rußland an. Lorenz kam nicht, und ich habe ihn nie wiedergesehen.»

Sie schwiegen eine Weile. Dann sagte Clara: «Ich hatte einen Bruder, einen Mann, einen Sohn. Ich bin allein übriggeblieben.»

«Du hast mich, Mutter», sagte Josefa heftig.

«Ja, ich habe dich. Und die Kinder. Genug, was man lieben kann. Denn ohne Liebe zu leben, ist schlimmer als der Tod. Ich bin also noch ganz gut dran, wenn man bedenkt, wie es vielen Menschen heutzutage geht.»

Josefa stand auf. «So ist es nun mal», sagte sie hart, ganz

wieder sie selbst. «So war es doch immer, nicht? Ob nun dieser Kaiser Karl oder Hitler, sie haben immer Menschen getötet in ihren blöden Kriegen. Ob wir jetzt in Frieden leben können? Oder denkst du, ich habe Kinder geboren, damit sie im nächsten Krieg sterben müssen?»

«Früher oder später wird es wieder Krieg geben», sagte Clara traurig. «Wenn du die Zeitung liest...»

«Früher oder später», sagte Josefa wütend, «wird es immer so bleiben auf dieser verfluchten Erde?»

Es gab nun die Bundesrepublik Deutschland, und in einem Ort namens Bonn regierte ein Kanzler namens Adenauer. Deutschland jedoch war nur noch ein halbes Land.

In einem fernen Land namens Korea fand ein Krieg statt. Clara streckte die Hand nach ihrer Tochter aus.

«Du wolltest mir etwas erzählen, Kind.»

«Ach ja, wir haben uns in ein sinnloses Gespräch verirrt. Hilft ja alles nicht mehr. Nein, ich wollte dir nur erzählen, daß ich heute abend Besuch bekomme, und es wäre nett, wenn du mit uns essen würdest. Nur wir drei, ohne Elsa und die Kinder.

«Drei?»

«Es ist ein Landsmann von dir, ein Schlesier. Ich habe ihn in Kulmbach bei der Brauertagung kennengelernt. Er hat mir einen Vorschlag gemacht.»

«Was für einen?»

«Er meint, wir sollten hier auf unserem Gelände eine Schnapsbrennerei einrichten. Er ist Fachmann auf dem Gebiet.»

«Unser guter schlesischer Korn. Aber das kostet doch eine Menge Geld.»

«Darüber wollen wir reden. Gelegentlich. Heute essen wir erst mal zusammen. Und du siehst dir den Mann mal an. Lene macht Schweinebraten mit Klößen.»

«Ich mag doch am Abend nicht so viel essen.»

«Du brauchst ja nicht viel zu essen. Lene macht auch noch böhmisches Kraut dazu.»

«Da müßte man wirklich hinterher einen Korn trinken», sagte Clara trocken.

«Wir haben ein gutes Zwetschgenwasser im Haus. Es wäre mir lieb, wenn du dir den Mann ansiehst. Und dir mal anhörst, wo er herkommt.»

Clara wunderte sich ein wenig. Ihren Rat in geschäftlichen Dingen hatte Josefa noch nie gebraucht. Und wie sollte sie einen fremden Mann beurteilen, auch wenn er aus Schlesien kam. Freilich, eine gute Menschenkennerin war sie immer gewesen.

«Da wird Elsa aber beleidigt sein.»

«Warum?»

«Na, wenn du sie vom Essen ausschließt.»

«Sie essen alle zusammen wie immer. Lene deckt für uns in dem kleinen Zimmer neben meinem Büro. Elsa hat sich noch nie dafür interessiert, was ich arbeite. Angermann übernachtet dann in Kungersreuth im Gasthaus, morgen kommt er wieder, und ich zeige ihm den Betrieb.»

«So», machte Clara, noch mehr verwundert. «Angermann heißt er.»

Warum hatte Josefa ihm nicht den Betrieb gezeigt, ehe sie ihn zum Abendessen einlud?

«Ja, Josef Angermann.»

«Da heißt er ja wie du.»

Josefa lachte. «Ja, komisch, nicht?»

Angèle

Als die drei aus Böhmen, damals im Februar 1948, ins Bürger-Haus kamen, gedemütigt, geschlagen, vertrieben, hungrig und halb erfroren, war auch Josefa zunächst stumm vor Schreck, als sie im Morgengrauen vor der Tür standen. Josefa war schon auf den Beinen, sie stand immer sehr früh auf, sie frühstückte allein, denn in der stillen Morgenstunde, wenn alle im Haus noch schliefen, konnte sie in Ruhe überlegen, was der neue Tag von ihr verlangte. Sie hatte gerade die Hunde herausgelassen, die sich bellend auf die drei jammervollen Gestalten stürzten.

«Wer ist denn da?» rief sie, und dann begriff sie sofort, wer gekommen war.

Sie pfiff die Hunde zurück, ging auf die drei zu, Angèle lehnte an der Hauswand, Blanca saß zu ihren Füßen im Schnee, doch Peter kam ihr entgegen, die Hand auf den Kopf des großen schwarzen Hundes gelegt, der nicht mehr bellte, sondern sich vertrauensvoll streicheln ließ.

«Ihr seid das», sagte Josefa, nicht einmal allzusehr erstaunt. Denn eigentlich hatte sie in den vergangenen Jahren immer damit gerechnet, daß sie kommen würden.

Sie hatte schon einige Male geschrieben, seit die Post wieder einigermaßen funktionierte, hatte angefragt, was sie machten, wie es ihnen ginge. Und natürlich immer mit der Frage, ob sie etwas von ihrem Bruder gehört hätten. Und sie schrieb jedesmal dazu: Ihr seid jederzeit bei mir willkommen.

Einmal war eine Antwort von Bodenstein gekommen mit der kurzen Mitteilung, man lasse sie in Ruhe, sie lebten ungestört auf dem Schloß.

Das war auch so, es gab zwar Feindseligkeit im Dorf, aber sie galten nicht als Deutsche, noch immer nicht, sie waren Böhmen, die immer hier gelebt hatten.

Josefa meisterte mit gewohnter Tatkraft die Situation. Lene war schon auf, auch das Hausmädchen erschien.

«Heißer Kaffee», orderte Josefa. «Und sofort die Badezimmer heizen.»

Denn die Badezimmer, die in der Tenne lagen, waren immer noch nicht an die Zentralheizung angeschlossen.

Josefa nahm das kleine Mädchen in die Arme, drückte es an sich. «Armes Kind, wie siehst du aus. Zieh erst mal die nassen Sachen aus, ich steck' dich gleich in die Badewanne.»

Blanca stand steif und stumm, das Kindergesicht blaß und voll Entsetzen, keine Regung darin.

«Du kennst mich gar nicht mehr. Ich bin deine Tante Seffi.» Angèle zu umarmen wagte sie nicht, doch sie streifte ihr den nassen Mantel vom Leib, drängte sie in einen Sessel, zog ihr die Schuhe von den Füßen.

«Oh, nicht doch», murmelte Angèle, das waren die ersten Worte, die sie sprach. «Es geht schon.» Und dann: «Entschuldige bitte, daß wir hier so hereinplatzen.»

«Aber ich bitte dich! Es ist doch selbstverständlich, daß ihr zu mir kommt. Was ist denn geschehen? Nein, laß, du kannst es mir später erzählen.»

Angèle erzählte nicht, von Peter erfuhren sie im Laufe des Tages, was sich ereignet hatte.

Ein Tscheche aus Eger hatte sie gerettet. Er hieß Vladimir, er hatte viele Jahre in der Fabrik gearbeitet, war Jaroslav treu ergeben, kannte auch den Grafen Bodenstein noch. Jaroslav, der gewußt hatte, was geschehen würde, hatte Vladimir mit zum Schloß gebracht, um das Schlimmste zu verhindern.

Ihm gelang es nicht, doch Vladimir zerrte Angèle aus dem Schloß, durch den Park, zum Tor und stopfte sie in den alten Wagen, der dort stand. Die Kinder liefen hinterher.

«Weg, weg, wir müssen weg. Sonst erschießen sie uns alle.»

Angèle sprach kein Wort, sie zitterte nur, doch Peter sagte: «Wir müssen uns um Jaro kümmern.»

«Zu spät, ist zu spät. Komm bloß weg hier!»

Vladimir war mit einer Deutschen verheiratet, doch er war Mitglied der Kommunistischen Partei und genoß einige Privilegien. Er würde, so hatte man ihn wissen lassen, nun der Leiter der Fabrik werden.

Er brachte die drei zunächst zu seiner Frau, doch die sagte: «Hier können sie nicht bleiben. Sie werden sie hier suchen, und dann bist du dran.»

«Was haben sie denn verbrochen?» rief Vladimir verzweifelt.

«Sie sind, was sie sind. Und du solltest deine Genossen kennen», erwiderte seine Frau kühl.

Vladimir brachte Angèle und die Kinder aus der Stadt und nachts über die Grenze.

«Die letzte Nacht haben wir in einer Scheune verbracht. Es war sehr kalt. Aber wir waren jedenfalls in Deutschland», berichtete Peter. «Gestern hat uns dann ein Lastwagen ein Stück mitgenommen und uns erklärt, wie wir weitergehen sollen.»

«Aber das ist doch unerhört, der hätte euch doch herbringen können.»

«Er hatte keine Zeit, er war von drüben, aus der russischen Zone, und mußte weiter nach Berlin.»

«Und dann?» fragte Josefa.

«Wir sind gelaufen. Aber wir haben uns auch mal verirrt. Mama blieb dann am Boden liegen und wollte nicht weitergehen. Aber ich hab' sie schließlich überredet. Und dann war es gar nicht weit. Jetzt sind wir da, Tante Seffi.»

Und nun sah sie zum erstenmal sein Lächeln. «Danke, daß wir hier sein dürfen, Tante Seffi. Das Bad war wunderbar, und das Frühstück auch. Vielleicht können wir bei dir bleiben, ehe wir wissen, wo wir hin sollen.»

«Schmarrn», rief Josefa. «Ihr bleibt natürlich hier bei mir. Darüber brauchen wir gar nicht mehr zu reden.»

Clara und Elsa saßen bei ihnen, Lene und das Hausmädchen standen im Hintergrund, später kam auch der Braumeister. «Spitzbuben, elendigliche», sagte er, nachdem er die Geschichte kannte. «Hat der Krieg denn nicht genügt?»

Angèle hatte fast nichts gegessen, nur den Kaffee getrunken, sie klagte nicht, sie weinte nicht, sie sah aus wie ein Gespenst, obwohl sie nun in Josefas Bademantel gehüllt war. Auch Blanca schwieg, noch benommen von dem, was sie erlebt hatte. Doch dann fing sie an zu weinen.

«Meinen Ferdi! Sie haben meinen Ferdi totgemacht», schluchzte sie.

Josefa nahm das Kind wieder in die Arme. «Weine ruhig ein bißchen, meine Kleine.» Ihr Herz war voll Erbarmen, doch ihr Kopf plante schon. Sie würde das richten, sie würde alles, alles richten, sie, wie immer.

Blanca hob den Kopf und sah sie aus verweinten Augen an. «Wer bist du denn?»

«Nenn mich Tante Seffi, Kind.» Sie tupfte die Tränen von Blancas Wangen. «Psch, Psch», machte sie und wiegte das Kind sacht in ihren Armen. «Jetzt wirst du erst mal schlafen. Und dann gibt es ganz was Gutes zum Essen, wirst du sehen.»

Lene, die an der Tür stand, nickte heftig mit dem Kopf, «ganz was Gutes», echote sie.

Es war noch vor der Währungsreform, doch im Bürger-Haus litten sie keine Not. Josefa, die man allgemein die Bürgerin nannte, war beliebt in der ganzen Gegend. Außerdem wollte man von ihr das Bier. Das stärkere, bessere Bier, das auch gebraut und unter der Hand verkauft wurde. Oder gegen Lebensmittel eingetauscht wurde.

Josefas Kinder fanden das Ganze sehr spannend, sie beschauten neugierig die Fremden. Flüchtlinge, Heimatlose, Fremde waren sie gewöhnt, erst vor kurzem waren die bei ihnen Einquartierten aus dem Haus verschwunden, Josefa hatte sie anderweitig untergebracht, und Elsa sagte: «Endlich haben wir wieder mehr Platz für uns.»

Josefa überlegte, wie sie die drei unterbringen würde.

Elsa bewohnte das ganze Haus, Clara ihr Zimmer, Josefa ihr Büro, die Brauerei und nachts ihr Schlafzimmer.

Die beiden Buben hatten ein Zimmer gemeinsam, Gisela ein Zimmer für sich.

In Giselas Zimmer konnte ein zweites Bett aufgestellt werden, bestimmte Josefa. Peter bei Eberhard und Lutz? Das wurde zu eng. Eberhard war achtzehn, mit der Schule fertig, er machte seine Lehre in der Brauerei.

Also mußte Peter in einem der kleinen Räume schlafen, die von der Tenne ausgingen. Sie hatten früher als Vorratsräume gedient, zuletzt hatten die Flüchtlinge dort geschlafen. Und Angèle? Josefa entschied, daß Angèle zwei Räume zur Verfügung haben mußte, sie war schließlich an ein Schloß gewöhnt.

«Du bist a weng blöd», meinte Elsa dazu.

Das alles ließ sich nicht an einem Tag bewerkstelligen. «Ich hab' in dem kleinen Zimmer neben meinem Büro ein Sofa stehen, Angèle», sagte Josefa. «Da kann ich sehr gut übernachten. Du schläfst erst mal in meinem Zimmer. Mit Blanca, denke ich. Es stehen zwei Betten darin. Bis wir alles eingerichtet haben.»

Angèle wollte Josefas Schlafzimmer nicht, sie könne sowieso nicht schlafen.

«Bis morgen abend steht das alles. Laß mich nur machen.»

«Es tut mir leid, daß ich dir so viel Mühe mache», sagte Angèle abwesend.

«Das ist doch keine Mühe. Das ist doch selbstverständlich.» Und nun fiel schon der verhängnisvolle Satz. «Wir Sudetendeutschen müssen doch zusammenhalten.»

Angèle blickte an Josefa vorbei. «Ich bin keine Sudetendeutsche. Wir sind Böhmen.»

Sie hörte noch den Schuß, sie sah den sterbenden Jaroslav, seinen Blick. Sie kannte ihn ein Leben lang. Sie hörte das Jaulen des getroffenen Hundes, sie sah das Blut im Gesicht des alten Basko, der einen Fußtritt ins Gesicht bekommen hatte, als er sich zu Jaroslav beugte. Diese Bilder wichen nicht, diese Geräusche verstummten nicht, machten sie für Tage, Wochen, Monate unansprechbar. Und obwohl sie nicht wußte, was geschehen war, kam auch ihr Mann in diesen Bildern vor. Wie mochten sie ihn getötet haben? Langsam, grausam, bestialisch?

Noch lange nach Ende des Krieges hatte sie gehofft, daß er eines Tages auftauchen würde, einfach zum Tor hereinkäme, sie in die Arme schloß, mit ihr unter dem Turm stand. Keine Nachricht, nicht das kleinste Lebenszeichen kam von ihm. Jaroslav hatte versucht, in Prag etwas zu erfahren, erfolglos. Karl Anton Wieland war vom Erdboden verschwunden. Er war Chefarzt des Krankenhauses gewesen, er gehörte nicht der Partei an, doch er war ein Sudetendeutscher, er hatte in Berlin studiert. Genug für ein Todesurteil.

In den vergangenen Jahren hatte Angèle das Schloß nicht mehr verlassen. Der Garten ernährte sie, Milan hatte Geflügel, manchmal ging Basko zum Einkaufen, falls es etwas zum Einkaufen gab. Einmal kam er mit einem blau geschlagenen Auge zurück, aber er wollte nicht darüber sprechen, was passiert war.

Die Fabrik arbeitete lange nicht, dann kam sie stockend wieder in Betrieb. Jaroslav kam, so oft es ihm möglich war. «Sie wollen mich hinauswerfen», sagte er. «Ich bin ein Deutschenknecht, heißt es.»

«Aber warum denn? Wir sind doch Böhmen», sagte Angèle.

«Das gilt nicht mehr», antwortete er traurig.

Manchmal brachte er Ludvika und den kleinen Karel mit. Angèle wußte nun auch, daß Jiři hingerichtet war, man hatte es ihr lange verschwiegen.

Ludvika saß bei ihr und weinte.

Sie sagte: «Ich hasse die Deutschen.»

Angèle nickte.

«Sie sind Mörder.» Und leiser fügte Ludvika hinzu: «Und nun sind wir es auch geworden.»

Angèle schwieg.

«Du hast Jiři doch auch gern gehabt?»

«Er war mein Freund. Wir sind zusammen zu unserer Schlucht geritten. Warum mußte er nach Prag gehen? Konnte er nicht hierbleiben, bei uns?»

Nach Janas Tod hatte Milans Frau die Küche übernommen, wenn auch unlustig, sie war alt und träge, sie sprach nur noch tschechisch, der Haß, der das Land vergiftete, hatte auch sie angesteckt. Das Hausmädchen war längst davongelaufen. Die Räume des Schlosses waren verwahrlost, Schmutz nistete in allen Ecken, ihre Kleider waren ungepflegt, und wenn sich nicht Ludvika immer wieder energisch um alles gekümmert hätte, wären sie wohl so langsam im Bodensteiner Schloß verschimmelt.

Das alles mußte man bedenken, wenn man die Angèle von heute sah, die Komtesse vom Schloß.

Der einzige, der Kontakt zur Außenwelt hatte, war Peter. Er war schon während des Krieges in Eger zur Schule gegangen, und als die Schule wieder anfing, wohnte er bei Jaroslav und Ludvika, später verkehrte dann ein Bus.

Mit Karel, der zwei Jahre älter war, verstand er sich gut. Er sprach perfekt tschechisch, und wenn die Kinder ihn angriffen, ihn einen Deutschen schimpften, dann wehrte sich Peter zwar, aber er kämpfte nicht. Er steckte Püffe und Schläge weg und sagte lachend: «Ich bin sogar aus Berlin.»

«Dann bist du ein Russe.»

«Bin ich nicht. Und nimm deine Pfoten weg, sonst hau' ich zurück.»

«Tust du nicht.»

«Tu ich doch.»

Doch er schlug sich nicht mit den anderen, nur wenn es unbedingt sein mußte, und dann war er meist der Unterlegene. Bei alledem war er ein guter Schüler, er verschaffte sich Respekt durch seine Leistung und seine Freundlichkeit. Auch die Lehrer mußten das anerkennen. Kinder konnten fair sein, und Lehrer lernten es von ihnen.

Das Bürger-Haus, sauber, ordentlich und dank Elsa gemütlich eingerichtet, war nach den öden Jahren im Schloß ein Paradies. Peter gewöhnte sich schnell ein, er kam mit allen gut aus, mit Josefa, mit den alten Damen, mit den Leuten von der Brauerei. Er war lernbegierig, und das schuf ihm Freunde.

Blanca jedoch sagte, nachdem sie fünf Tage mit Gisela in einem Zimmer geschlafen hatte: «Ich will ein Zimmer für mich allein.» Sie sagte ich will. Nicht, ich möchte. Josefa mußte es einsehen. Die beiden Mädchen stritten unentwegt. Zwar war Gisela schon dreizehn und hätte so vernünftig sein müssen, sich schwesterlich des kleinen Mädchens anzunehmen. Doch sie dachte nicht im Traum daran. Poplige, armselige Verwandtschaft, mit denen mußte sie sich nicht abgeben.

«Ich schmeiß' diese blöde Böhmin raus. Ich brauch' mein Zimmer allein», giftete sie.

Also bekam Blanca auch eine der kleinen Kammern auf der Tenne, gleich neben Peters Kammer.

«Da ist es aber kalt», warnte Josefa. «Willst du nicht lieber bei deiner Mami schlafen? Da ist Platz genug.»

«Mama braucht ihre Zimmer allein», erwiderte Blanca entschieden. «Mir ist nicht kalt. Und wenn mir kalt ist, gehe ich zu Peter ins Bett, der wärmt mich.»

Angèle bewohnte die Zimmer von Josefas Schwiegervater, die bisher nicht benutzt worden waren und auch ihre altmodische Einrichtung behalten hatten. Ein Bett, ein Schrank, ein Tisch und ein paar Stühle. Und daneben war ein zweites Zimmer, in dem der alte Bürger seine Geschäftsbücher aufbewahrt hatte, seine Bilder, seine Erinnerungen, speziell über die Geschichte der Brauerei. Hier gab es einen Schreibtisch, einen alten Sekretär, ein Sofa und wieder einen Tisch mit vier Stühlen. Manchmal hatte der alte Bürger hier seine Freunde und Parteigenossen empfangen, um mit ihnen, ungestört von der Familie, ein Bier zu trinken.

Elsa hatte diesen Raum nie betreten, doch nun sagte Josefa: «Meinst du nicht, wir sollten die Räume für Angèle etwas hübscher einrichten? So etwas kannst du doch.»

Dem konnte Elsa nicht widerstehen. Und mit der Zeit, besonders als es wieder etwas zu kaufen gab, als Handwerker wieder arbeiteten, wurden Angèles Zimmer wirklich angenehm bewohnbar.

Doch Angèle verließ diese Zimmer kaum.

Josefa sagte: «Wir dürfen sie nicht so allein lassen. Ich habe viel zu tun. Aber du könntest schon manchmal zu ihr gehen, Mutter.»

Das tat Clara sowieso. Sie brachte ihr Gedichte mit, oder sie sagte: «Komm doch mit ins Wohnzimmer. Ich spiel' dir was vor.» Und: «Ich weiß ja, daß du traurig bist, Angèle. Er ist doch mein Sohn. Warum ißt du denn nicht? Wie willst du denn aussehen, wenn er wiederkommt? Du bist ja nur noch ein Schatten.»

Mit der Zeit kamen auch Antworten von Angèle.

«Er wollte noch ein Kind haben, wenn der Krieg vorüber ist. Einen Sohn.» Aber auch: «Der Tod war von Anfang an da. Ich lernte ihn kennen, als mein Vater starb.»

Hatte sie ihren Mann geliebt? Wußte sie überhaupt, was Liebe zwischen Mann und Frau bedeutete?

Sie war so wenig mit Karl Anton zusammengewesen. Der Gefährte ihres Lebens war ihr Vater gewesen, seine Gedanken waren ihre Gedanken, seine Worte ihre Worte.

Von ihm sprach sie am liebsten. Und Clara hörte geduldig zu.

Doch Clara sprach auch über die Kindheit ihres Sohnes, und Angèle lernte ihn besser kennen, den Mann, der ihr Mann gewesen war.

«Peter erinnert mich an ihn», sagte Clara. «Karli war auch so ein lieber, verständiger Junge. Weißt du, ich habe ihn Karli genannt, als er klein war. Und als er dann schon groß war und studierte, kam er mal wieder nach Pilsen, und ich sagte immer noch Karli. Da hat er gelacht. Ach, Mütterchen, ich werde wohl Karli für dich bleiben, bis ich Großvater bin.»

Angèle lächelte, hörte zu.

Doch es befreite sie nicht aus ihrer Isolation. Es wäre so wichtig gewesen, wenn es irgend etwas für sie zu tun gegeben hätte. Aber was sollte sie tun? Der Haushalt lief, die Brauerei sowieso, Josefa war so tüchtig, alles stand unter ihrem Kommando. Die Kinder gingen ihre eigenen Wege, sie hatten sich schnell eingewöhnt.

«Du könntest dich um den Garten kümmern», sagte Josefa. Hinter dem Bürger-Haus befand sich ein großer Garten, und natürlich war einer da, der darin arbeitete. Während der Kriegs- und Nachkriegszeit war es lebensnotwendig gewesen, was darin wuchs. Jetzt nicht mehr.

Angèle stand im Garten und sah die Blumen an. Dann reiften die Sauerkirschen.

«Wir könnten mal einen schönen Kirschkuchen backen», schlug Josefa vor.

Angèle hatte nie in ihrem Leben einen Kuchen gebacken. Lene konnte das.

Doch Angèle stieg sogar auf die Leiter, um Kirschen zu pflücken, und fiel prompt von der Leiter. Peter kam dazu und hob sie auf.

«Aber Mama, laß das doch. Hast du dir auch nichts gebrochen?»

«Du müßtest mal etwas zum Anziehen haben», sagte Josefa.

«Fahr doch mit mir nach Kulmbach. Oder nach Bayreuth. Da kaufen wir ein schickes neues Kleid.»

Angèle wollte kein neues Kleid. Knische, die Hausschneiderin, auch ein Flüchtling aus Schlesien, kam und nähte ihr die Kleider. Alle gleich, lang und schmal, einfarbig, am liebsten weiß.

«So 'ne tolle Figur», sagte Knische, die mit der Zeit etwas rundlich geworden war. «Die könnte glatt ein Mannequin sein.»

Was Angèle am meisten quälte, war der Gedanke an Ludvika und ihren Sohn Karel. Was mochte aus den beiden geworden sein? Jaroslav gemordet, die Fabrik enteignet, wo lebte Ludvika, wie lebte sie?

Hat man sie auch umgebracht, sie und Karel?
Meinetwegen, dachte Angèle. Weil sie meine Freunde waren, meine Familie.
Sie konnte nur mit Peter darüber sprechen, Blanca interessierte es nicht.
«Wir werden einfach mal schreiben», sagte Peter.
«Wohin?»
«Na, an den Bürgermeister von Eger. Irgendwann müssen sie ja wieder normal werden. Oder an den Direktor von meiner Schule. Karel ging ja auch dort in die Schule. Wenn sie nun auch Kommunisten sind, müssen sie doch wissen, was aus den Menschen geworden ist.»
«Kommunisten sind fürchterlich.»
«Sicher», sagte Peter. «Aber auch ein kommunistischer Staat braucht Ordnung, eine Polizei und Behörden. Und die Zeit ist wohl vorbei, wo Menschen einfach verschwinden. Hatte Ludvika denn Verwandte?»
«Davon weiß ich nichts.»
«Und Jiři, dein Jugendfreund, muß ja nun so etwas wie ein Held sein, nicht? Ich kann mir nicht denken, daß man seiner Mutter und seinem Bruder etwas Böses getan hat.» Und Peter schrieb.
Doch es kam keine Antwort von Ludvika.

Die Kinder

Eberhard Bürger hatte mit sechzehn die Schule beendet, seitdem arbeitete er in der Brauerei. Das Sudhaus war schon zuvor seine eigentliche Heimat gewesen; sobald er stehen, sehen und begreifen konnte, fand man ihn dort. Es gab keinen Ort der Welt und es würde nie einen geben, den er der Bürger-Brauerei vorziehen würde.

Josefa konnte mit diesem Sohn zufrieden sein. Er würde der Familientradition treu bleiben, ihre jahrelange Mühe hatte sich gelohnt.

Außerdem war Eberhard ein großer, gutaussehender Bursche, der sehr bald den Mädchen gefiel, er war unkompliziert, gutmütig und verläßlich.

Mit Neunzehn verließ er das Haus, um für einige Jahre in anderen Brauereien zu arbeiten; so war sein Vater seinerzeit nach Pilsen gekommen. Eberhard volontierte zunächst in einer Brauerei in der Nähe von Regensburg.

Auch Gisela war ein hübsches Mädchen, blond und gutgewachsen, Josefa ähnlich sehend, doch nicht von Josefas Art. Sie war streitsüchtig, hinterhältig, in der Schule faul. Sie schaffte nur mit Mühe die Mittlere Reife, nachdem sie einmal sitzengeblieben war. Doch da hatte sie schon ihre erste Affäre, peinlicherweise mit dem Sohn des Bürgermeisters aus einem nahegelegenen Kurort. Josefa hatte keine Ahnung davon gehabt, bis der Bürgermeisterssohn eines Nachts in angetrunkenem Zustand mit dem Wagen seines Vaters gegen eine Friedhofsmauer prallte. Gisela saß neben ihm, ebenfalls nicht ganz nüchtern.

Sie überlebten beide, kamen zunächst in das Krankenhaus von Bayreuth, der Jüngling mit einem gesplitterten Arm und zwei gebrochenen Rippen, Gisela mit einer Gehirnerschütterung und bösen Schnittverletzungen im Gesicht.

Das Ganze war ein Skandal, der Bürgermeister beschuldigte Josefas Tochter der Unmoral, Josefa dessen Sohn der Verführung und Trunkenheit.

Die nähere und weitere Umgebung nahm regen Anteil an der Auseinandersetzung, der Bürgermeister war ein bekannter Mann, Mitglied der SPD, und strebte nach einem Sitz im Münchner Landtag. Die Bürgerin war auch eine bekannte Persönlichkeit, eine erfolgreiche Geschäftsfrau, sie hatte nicht nur Freunde, auch Neider.

Josefa hatte ihre Tochter schon des öfteren ermahnt, sich für einen Beruf zu entscheiden, doch dazu zeigte Gisela nicht die geringste Lust, sie interessierte sich für gar nichts außer für ihre eigene Person. Sie konnte Stunden vor dem Spiegel verbringen, schminkte sich sehr gekonnt und fand sich selbst sehr hübsch.

«Du hast auch keinen Beruf gehabt», sagte sie bockig.

«Das war eine andere Zeit. Und jetzt habe ich gerade Beruf genug, das weißt du schließlich sehr genau.»

«Ich möchte überhaupt weg von hier, ich möchte nach München.»

«Wenn du etwas gelernt hast und dein eigenes Geld verdienst und einundzwanzig bist, kannst du von mir aus in München leben.»

«Geld verdienst! Wir haben schließlich Geld genug.»

«Wer sagt das denn? Ich muß ständig in den Betrieb investieren, damit wir konkurrenzfähig bleiben. Und wenn wir jetzt erweitern und ein neues Produkt einführen wollen, kostet das eine Menge.»

«Du mit deinem blöden Schnaps! Vater wäre bestimmt nicht damit einverstanden.»

Josefa sah ihre Tochter fassungslos an.

«Hab' ich richtig gehört? Du sprichst von deinem Vater? Von Lorenz?»

«Na ja, warum denn nicht? Er ist doch mein Vater. Er hätte sicher keinen Schnaps verkauft.»

Es fehlte nicht viel, und Josefa wäre noch einmal die Hand ausgerutscht. Doch sie wandte sich um und ließ ihre Tochter stehen. Sie konnte sich denken, woher Giselas Worte kamen. Das war Elsa. Die hatte es noch immer nicht aufgegeben, gegen ihre Schwiegertochter zu stänkern, und ebenso zweifellos hatte Gisela manches vom Wesen ihrer Großmutter geerbt.

Als Gisela dann aus dem Krankenhaus kam, das Gesicht voller Narben, war mit ihr nicht auszukommen, von einem Beruf war keine Rede mehr.

«Du siehst wirklich heiter aus», sagte Blanca gehässig, als sie eines Abends in den Garten kam. Zwischen ihr und Gisela bestand eine Dauerfehde.

«Ich werde operiert, sobald die Narben abgeheilt sind», konterte Gisela, «so häßlich wie du werde ich nie sein.»

Blanca war zur Zeit schlaksig, noch unentwickelt, und gelegentlich hatte sie Pickel im Gesicht.

«Du hast eine Nase wie der Jude Salomon», setzte Gisela noch eins drauf.

«Gegen Juden darf man nichts mehr sagen, das weißt du ja. Nachdem ihr sie alle umgebracht habt. Und die Nase habe ich von meinem Großvater.»

Blanca hatte wirklich eine große, leicht gebogene Nase, die ihrem Gesicht die Kindlichkeit nahm.

«Dein Großvater! Du kannst gar nicht wissen, wie der ausgesehen hat. So ein dekadenter Graf aus der Tschechei. Fehlt bloß noch, daß du dir einbildest, du hast die Nase von deinem verknurzten Kaiser.»

Verknurzt war ein Lieblingswort von Gisela. Alles, was ihr nicht gefiel, nannte sie verknurzt.

Kaiser Karl war eine bekannte Größe im Bürger-Haus, dafür hatte Angèle gesorgt und vor allem Blanca, seit sie wußte, wem sie ihren Namen verdankte.

«So verknurzt wie du kann sonst niemand aussehen.»

Und schon ballten sie die Fäuste und wollten aufeinander losgehen.

Zum Glück kam gerade Peter, um sich zwischen Arbeit und Abendessen ein wenig auszuruhen. Er hatte in diesem Jahr Abitur gemacht und arbeitete zur Zeit in der Brauerei. «Werdet ihr euch wohl benehmen», rief er und schob sich zwischen die Mädchen. «Ihr seid doch keine kleinen Kinder mehr.»

«Ihr gefällt meine Nase nicht», sagte Blanca mürrisch und setzte sich unter den Apfelbaum. «Die hat es nötig, so wie sie aussieht. Und sie nennt meinen Kaiser verknurzt.»

Peter lachte und legte den Arm um Gisela.

«Eigentlich bist du wirklich schon zu groß, um dich mit meiner Schwester herumzuschlagen.»

«Mein Kaiser war ein schöner Mann», schrie Blanca. «Mit einem prachtvollen Bart.»

«Ja, das stimmt», gab Peter zu. «Auf den Bildern sieht er sehr gut aus.»

«Ha, auf den Bildern!» schrie Gisela zurück. «Das haben die sich damals so zurechtgeschmiert. Sie konnten ja nicht mal photographieren.»

«Es gab Künstler», sagte Peter freundlich. «Kann ja sein, sie haben ihm ein bißchen geschmeichelt auf den Bildern und Skulpturen. Später fahre ich mal nach Prag und sehe mir die Büsten im Veitsdom an.»

«Du fährst da nicht hin», knurrte Blanca. «Hast du vergessen, wie sie uns behandelt haben?»

Gisela fing an zu weinen. «Ach, ihr mit eurem blöden Kaiser! Was wird denn aus mir? Ich bin entstellt mein Leben lang.»

Peter, immer noch den Arm um sie gelegt, nahm sein Taschentuch und trocknete ihr die Tränen von der Wange.

«Bist du nicht. Du wirst so hübsch wie du vorher warst.»

«Hübsch!» schrie Blanca. «Hübsch war die nie. Das hat sie sich nur eingebildet. Laß sie los!»

Gisela in Peters Arm zu sehen, machte sie wütend. «Und weißt du was? Sie bildet sich ein, man wird ihr Gesicht operieren. Das gibt's gar nicht. Da kann ich nur lachen.»

«Dann lachst du halt. Sie geht nach München zu einem Spezialisten, und da wird das gemacht.»

«Ein Gesichtsschneider, was!»

«Ein Chirurg. Was denkst du denn, wievielen Menschen im Krieg das Gesicht zerstört wurde? Viel schlimmer als so ein paar Schnitte. Und man kann ihnen helfen. Und hat ihnen schon geholfen. Es gibt Fachärzte, die das können.»

«Du lügst!» Blanca sprang mit einem Satz auf und lief aus dem Garten.

«Sie ist eine verknurzte Hexe, deine Schwester», schluchzte Gisela und lehnte sich noch enger an Peter. «Bös ist sie.»

«Sie ist noch ein Kind. Du solltest nicht mit ihr streiten.»

«Ein Kind? Ein ekelhaftes Biest ist sie. Das sagt jeder.»

Lutz, Josefas Jüngster, Lutzala genannt, kam in den Garten geschlendert. «Die heult», stellte er befriedigt fest. «Und Blanca heult auch, 'n richtig schöner Sommerabend.» Er spitzte die Lippen und pfiff, blickte hinauf in den Apfelbaum, von dem die ersten Äpfel heruntergefallen waren. «Heute gibt es Apfelstrudel. Und wißt ihr, was es noch gibt? Forellen. Wird wieder so ein Gewärch. Und wißt ihr auch warum? Weil der Angermann zum Essen kommt, und der ißt angeblich so gern Forellen.»

«Ist ja auch was Gutes», sagte Peter friedlich.
«So'n Gewärch, sag' ich ja.»
«Ich hab' dir gezeigt, wie man Forellen ißt.»
«Ach du! Du weißt alles, und alles besser», sagte Lutzala, doch nicht ohne Respekt. Er mochte diesen großen Bruder, und er nahm auch manche Lehre von ihm an, er war ein gutmütiges, verträgliches Kind, immer gut gelaunt und sehr verfressen.

Er ging nun auch ins Gymnasium in Bayreuth, seine Leistungen waren bescheiden. Meist kam er mit seinen Hausaufgaben zu Peter und sagte: «Hilf mir mal.»

Josefa bezweifelte, ob er das Abitur schaffen würde. Ihre Kinder waren offensichtlich nicht sehr intelligent. Sie hatte schon seit längerer Zeit angefangen, sie mit Peter zu vergleichen.

«Ist das nun Vererbung?» fragte sie einmal ihre Mutter. «Karl Anton war ja auch sehr gescheit. Und vielleicht war es seine Studentenliebe auch. Warum lernen meine Kinder nicht?»

«Weil sie nicht wollen», sagte Clara. «Lernen lernt man vom lernen.» Dann lachte sie selbst über ihren Satz. «War wohl nicht gut ausgedrückt, wie? Aber sowas Ähnliches hat mein Vater gesagt. Du weißt ja, daß er Lehrer war.»

Josefa nickte. Clara wiederholte sich jetzt oft, das kannte sie schon.

«Ich weiß es, Mutter. Und was hat er also gesagt, dein Vater?»
«Na, eben ungefähr das. Lernen kommt von lernen. Man muß es üben. Und man muß die Kinder dazu antreiben.»
«Und das habe ich versäumt, willst du sagen.»
«Du tust gerade genug, Seffi. Und über Eberhard brauchst du dich doch nicht zu beklagen.»
«Tu ich ja nicht. Er lernt, was er lernen muß. Natürlich kann die Brauerei auch Lutzala ernähren. Und Gisela dazu. Sie wird ja vielleicht heiraten.»

Es war nach dem Unfall, und Clara sagte: «Bestimmt.»
«Wenn wir ihr Gesicht wieder reparieren können.»
«Eine Frau hat nicht nur ein Gesicht.»
«Ach komm, Mutter. Du weißt doch, wie die Männer sind.»
Clara wußte, wie Männer sind.

«Du wirst sie nach München bringen zu diesem Spezialisten. Sie ist jung. Es wird vielleicht eine Weile dauern, aber es wird schon wieder.»

«Gott gebe es», seufzte Josefa.

«Gott kann es nicht geben», sagte Clara nüchtern. «Aber Geld.»

Josefa mußte lachen. «Das klingt komisch aus deinem Mund, Mutter.»

«Wieso? Gott kann sich nicht um alles kümmern. Das haben wir ja ausführlich erlebt. Er hat den Unfall nicht verhindert, und nun kann er Giselas Gesicht nicht reparieren. Das kann nur ein Arzt, der es versteht; und das muß man bezahlen.»

«Ich bin manchmal so müde», sagte Josefa.

An diesem Abend, Anfang September, als sie mit Josef Angermann die Forellen aßen, war sie es nicht mehr. Es gab zuerst eine kräftige Suppe und nach den Forellen den Apfelstrudel, eine Spezialität von Lene.

Es schmeckte allen gut, auch Blanca, doch ihrem Bruder gönnte sie keinen Blick. Er hatte Gisela umarmt, das vergab sie nicht so schnell. Peter war ihr Bruder, er gehörte ihr, nur ihr. Die anderen gingen ihn nichts an, die waren bestenfalls Verwandte. Und wenn er wirklich fortging, dann wollte sie auch nicht mehr im Bürger-Haus bleiben. Sie wollte bei ihm sein, das hatte sie ihm schon sehr energisch klargemacht. Auf Angèle, auf alle anderen sowieso, konnte sie leicht verzichten. Sie war so eigenwillig, so egoistisch wie je, allerdings nicht launisch, wie Josefa behauptete. Sie wußte genau, was sie wollte. Und was sie nicht wollte.

Über den Tisch hinweg beobachtete sie Herrn Angermann und Tante Seffi.

Herr Angermann war ein lebhafter Mittfünfziger, sein Haar lichtete sich zwar über der Stirn, aber sonst war er noch ganz ansehnlich.

Die Vierzehnjährige hatte einen Blick für Männer, auch ein Gefühl für das Fluidum, das von einem Mann ausging. Im Gegensatz zu Angèle war ihr das angeboren, sie würde immer ihrem Instinkt und ihrer Neigung folgen. Wenn sie einen Mann wollte, bekam sie ihn. Und wenn sie ihn nicht mehr wollte, legte sie ihn ab wie ein unmodernes Kleidungsstück.

Ihre Mutter, ihr Vater, ihr Großvater, die arme Leonore? Clara hätte in diesem Fall wieder einmal über die Mischung philosophieren können. Doch sie hatte die erste Angèle, die Mutter des Grafen Bodenstein nicht gekannt. Aber kannten sie eigentlich Angèle Wieland, geborene Bodenstein?

Sie lebte immer noch in einem Glashaus. Eine verwunschene Prinzessin. Doch sie hatte einmal, nach dem Tod ihres Vaters, Mut und eigenen Willen bewiesen. War nichts davon geblieben?

An diesem Abend war sie nicht dabei, sie habe Kopfschmerzen, lautete wie so oft ihre Entschuldigung. Und sie werde Gisela Gesellschaft leisten, die auch nicht am Tisch erschien, sie mochte ihr verunstaltetes Gesicht nicht zeigen.

«Es ist alles auf dem besten Wege», sagte Herr Angermann befriedigt.

Damit meinte er die Schnapsbrennerei, die noch in diesem Jahr die Arbeit aufnehmen sollte. Die Genehmigung, alle behördlichen Gänge waren erledigt, eine genaue Kostenaufstellung lag vor.

Josefa hatte sie auf dem Schreibtisch, heute sollte das Geschäft begossen werden. Herr Angermann konnte alles, wußte alles, hatte alles, was dazu gehörte, nur kein Geld.

«Ich bin ja verrückt, mir noch mehr Arbeit aufzuladen», sagte Josefa, doch sie lächelte dabei.

«Die Arbeit werde ich haben, Frau Bürger», sagte Herr Angermann. «Sie die Finanzierung. Den Erfolg werden wir uns teilen. Denn ich bin sicher, daß es einer werden wird.»

Er legte seine Hand auf Josefas Hand, sie wandte sich ihm zu. Sie saß an ihrem Platz an der Schmalseite des Tisches, er saß links neben ihr, sie sahen sich an, und Josefa lächelte immer noch.

Die wird sich doch nicht auf ihre alten Tage verliebt haben, waren Blancas Gedanken. Sie mußte nachher unbedingt mit Peter darüber sprechen. Nein, mit dem sprach sie überhaupt nicht mehr.

Elsa dachte Ähnliches. Und natürlich war sie gegen Herrn Angermann und seine Aktivitäten. So ein schlesischer Schwindler, das würde er wohl sein, ein Hergelaufener, ein Flüchtling, der ihre

Schwiegertochter für dumm verkaufte. «Wo wohnen Sie denn, Herr Angermann? Wieder in dem Gasthof drent?» fragte sie.

Drent war der Gasthof, weil sich Kungersreuth unterhalb des Hügels befand, wo Hartmannshofen siedelte.

«Nein», sagte Herr Angermann, «ich habe ein Zimmer im Haus von Doktor Lankow bekommen.»

Josefa wußte es schon, Elsa staunte.

«Nein, sowas», sagte sie. «Der hat das Haus doch voll mit seinen Patienten und der Entbindungsstation.»

«Es ist noch kein Zimmer, es soll erst eins werden», erklärte Herr Angermann. «Es ist der alte Schuppen hinter dem Doktorhaus. Ich habe die Erlaubnis, ihn umzubauen und einzurichten nach meinem Belieben. Damit geht es morgen los. Bisher ist nur ein Lager darin und ein Tisch mit einer Waschschüssel.»

«Können Sie das denn allein?» fragte Elsa lüstern. Sie war jetzt achtundsiebzig, aber wenn sie etwas von Umbauen und Einrichten hörte, wurde sie hellwach.

Josefa lachte. «Meine Schwiegermutter könnte Ihnen helfen, sie hat ein großes Talent, eine Wohnung umzubauen und auszustatten.»

«Wird dankend angenommen. Wenn Sie erlauben, gnädige Frau, fahren wir morgen mal hinaus zum Doktorhaus, und Sie schauen sich den Raum an. Er ist nämlich gar nicht klein.»

Herr Angermann hob die Hände und begann seine zukünftige Wohnung zu gestalten. «Man könnte den Raum unterteilen, in einen Wohnraum und einen Schlafraum. Vielleicht durch einen Vorhang getrennt. Die Möbel werde ich mir so nach und nach anschaffen.»

«Alte Möbel stehen bei uns genug herum», sagte Josefa. «Meine Schwiegermutter wird sich den Schuppen ansehen und dann die passenden Möbel heraussuchen.»

«Ja, ja, ich werde mir das morgen ansehen», sagte Elsa mit einer gewissen Begeisterung in der Stimme.

Sie fand Herrn Angermann auf einmal sehr sympathisch, und die Sache mit dem Schnaps, die sie bisher strikt abgelehnt hatte, war vielleicht doch nicht so übel. Eigentlich war es ja ganz erfreulich, wenn wieder ein Mann zur Familie gehörte. Und wenn er Josefa gefiel – na ja, warum denn nicht?

Clara dachte das schon längst, sie hatte Herrn Angermann schließlich als erste kennengelernt. Und er gefiel ihr. Er war kein Schnorrer oder Betrüger, auf ihre Menschenkenntnis konnte sie sich verlassen.

Josefa war zweiundvierzig, immer noch eine hübsche Frau, besonders wenn sie, wie an diesem Abend, öfter lächelte und entspannt wirkte.

Und Blanca dachte, während sie die letzten Bissen des Apfelstrudels in den Mund schob, daß sie morgen Doktor Lankow besuchen würde. Wenn der diesen Angermann bei sich aufnahm, mußte er ja etwas von ihm wissen.

Ihr Blick streifte Peter. Sie würde zu Doktor Lankow gehen, ohne diesem verräterischen Bruder davon zu erzählen.

Peter fing ihren Blick auf und lächelte ihr zu. Doch Blanca drehte den Kopf zur Seite.

«Wir können uns jetzt ins Wohnzimmer setzen und noch ein Glas trinken», schlug Josefa vor.

Zum Essen hatte es diesen Abend wegen der Forellen Wein gegeben.

«Es hat wunderbar geschmeckt», sagte Herr Angermann. «Wo bekommen Sie die prächtigen Forellen her?»

«Aus dem Fränkischen Jura», antwortete Josefa. «Dort leben sie noch richtig in den Bächen, wie es sich gehört.»

«Mögen sie sich in Gesundheit vermehren», sprach Herr Angermann und bot ganz altfränkisch Josefa den Arm.

Blanca folgte dicht auf, und ehe sich alle in Elsas Samtsesseln niedergelassen hatten, zupfte sie Josefa am Arm. «Darf ich noch ein bißchen bleiben?» fragte sie ganz bescheiden.

«Natürlich, wenn du willst.»

Blanca legte den Kopf schief. «Der gefällt mir gut, der Herr Angermann.»

Josefa gab ihr einen scharfen Blick.

«Freut mich», sagte sie.

Peter war an der Tür stehengeblieben.

«Ich wollte eigentlich zu Mama gehen», sagte er zögernd.

«Bleib noch eine Weile», sagte Josefa. «Ich nehme an, du wirst Herrn Angermann helfen in nächster Zeit. Jedenfalls solange du noch hier bist.»

«Ich finde», sagte Blanca, «er soll sich vor allem um Gisela kümmern. Ob ihr das Abendessen geschmeckt hat.»

Josefa ersparte sich die Antwort, sie kannte die Kabbelei zwischen Gisela und Blanca gut genug.

Blanca schlenderte zur Tür und flüsterte: «Findest du es nicht komisch, daß sie es so wichtig hat mit diesem Schnapsbrenner?»

Peter sagte: «Du benimmst dich kindisch.»

Und Blanca darauf erbost: «Du kannst mich mal, du Ekel.»

Mit Peter gab es nicht nur Ärger wegen Gisela, viel schlimmer war es, daß er sie verlassen wollte. Sie konnte sich ein Leben ohne ihn nicht vorstellen. Darum gab es jetzt oft Streit zwischen ihnen.

Das heißt, sie stritt, er beruhigte sie.

«Ich kann doch nicht mein ganzes Leben lang hier in dem Dorf herumsitzen. Ich muß doch einen Beruf haben.»

«Und ich? Ich kann in dem blöden Dorf herumsitzen.»

«Du gehst ja noch in die Schule.»

«Und wer kümmert sich um meine Schularbeiten? Du weißt genau, daß das keiner hier kann.»

«Du wirst eben etwas fleißiger sein und deine Schularbeiten allein machen.»

«Und Lutzala? Der kommt schon gar nicht ohne dich aus. Der bleibt bestimmt beim nächstenmal sitzen. Und ich auch.»

«Schön, bleibst du eben sitzen. Dauert die Schule bloß länger, das ist alles, was du davon hast.»

«Dann nimm mich doch mit!»

«Ganz was Neues. Ein Student, der mit seiner kleinen Schwester zum Studieren kommt.»

«Ich kann auch in München in die Schule gehen.»

«Ich weiß noch nicht, ob es München wird. Am liebsten möchte ich nach Berlin.»

«Zu den Kommunisten? Das ist ja großartig. Dann hättest du gleich in Eger bleiben können.»

«Es gibt nicht nur Kommunisten in Berlin.»
«Die haben dort das meiste zu sagen. Hast du die Blockade vergessen? Wenn es denen paßt, machen sie den Laden wieder dicht.»
Sinnlose, törichte Redereien, die sich wiederholten.
«Warum denn ausgerechnet nach Berlin?»
«Ich bin dort geboren.»
«Na und? Davon weißt du doch nichts mehr. Das war vor dem Krieg.»
«Gerade darum», sagte Peter, nun auch verärgert.
«Dann komme ich mit nach Berlin.»
«Und wovon sollen wir leben?»
«Wovon wirst du denn leben? Es ist doch besser, ich sorge für dich.»
Darüber mußte er lachen.
«Ausgerechnet du! Du kannst nicht mal Kartoffeln kochen. Ich werde höchstens ein kleines Zimmer in Untermiete haben. Falls ich überhaupt eins bekomme. Und was machen wir dann mit dir?»
«Wir stellen noch eine Couch ins Zimmer. Und wie man Kartoffeln kocht, wird mir Lene noch zeigen.»
Daß Peter studieren wollte, war seit langem bekannt. Als er zu Angèle im vergangenen Winter davon sprach, hatte sie gefragt: «Willst du Medizin studieren wie dein Vater?»
«Nein. Geschichte. Ich finde, man kann die Gegenwart nicht verstehen, wenn man die Vergangenheit nicht kennt.»
«Das hat mein Vater auch gesagt. Aber Peter, wir haben kein Geld. Ein Studium ist teuer. Und du mußt ja von irgend etwas leben.»
Geld besaß Angèle so wenig wie früher. Sie hatte auf dem Schloß gelebt, ohne je eine Krone in der Tasche zu haben, und sie brauchte auch in Hartmannshofen keine Mark, für ihren Unterhalt war gesorgt. Für sie ein ganz normaler Zustand.
«Ich werde mir mein Studium verdienen. Das tun viele. Doktor Müller hat als Werkstudent gearbeitet in den zwanziger Jahren.»
Dr. Müller war sein Deutsch- und Geschichtslehrer, mit dem er sich gut verstand.

«Und nach dem Krieg», fuhr er fort, «haben sich die meisten Studenten ihr Geld verdienen müssen. Sieh mal, die Männer, die aus dem Krieg oder aus der Gefangenschaft kamen, da waren manche schon über Dreißig, bis sie überhaupt anfangen konnten zu studieren. Ich schaffe das schon, Mama, da kannst du ganz beruhigt sein. Doktor Müller meint, ich soll Germanistik dazunehmen, und Philosophie. Wenn ich fleißig bin, bekomme ich vielleicht später ein Stipendium.»

«Und was kann man werden, wenn man das alles studiert?»

«Ich weiß es noch nicht, Mama. Vielleicht auch Lehrer. Oder Journalist, wie dein Jugendfreund.»

«Wie Jiři. Hätte er lieber nicht studiert und wäre bei uns geblieben! Dann lebte er noch.»

«Meinst du nicht, sie hätten ihm das gleiche angetan wie Jaroslav?»

«Nein, warum denn? Er war Tscheche.»

Mit Peter sprach sie manchmal über Jaroslav, auch über Jiři hatte sie viel erzählt. Immer wieder bewegte sie die Frage, was aus Ludvika und dem kleinen Karel geworden war.

«Ich sehe ihn immer noch als kleinen Buben. Er ist ja nicht viel älter als du. Was mag aus ihnen geworden sein?»

Die Briefe, die Peter nach Eger geschrieben hatte, waren ohne Antwort geblieben.

Auch Josefa fand es in Ordnung, daß Peter studieren wollte. «Wir werden schon für dich sorgen, Peter», sagte sie.

«Du hast schon so viel für uns getan, Tante Seffi. Ich will mein Studium selbst verdienen.»

Er meinte das ganz ernst, nur hatte er keine Vorstellung, wie er das machen sollte.

Seit er mit der Schule fertig war, arbeitete er voll in der Brauerei und in Josefas Büro, er hatte seinen Führerschein gemacht und fuhr einen Lieferwagen. Außerdem transportierte er auf Abruf die Patienten von Doktor Lankow. Er verdiente ganz gut und legte jede Mark beiseite für die kommende Zeit.

«Wenn du wenigstens Arzt würdest wie Vater oder Doktor Lankow», maulte Blanca, «das könnte ich ja noch verstehen.»

Und die neueste Version lautete: «Dann könntest du deine geliebte Gisela operieren.»

«So lange wird sie wohl nicht warten können», sagte Peter.

Tatsächlich kümmerte sich Peter viel um Gisela, sie hatte Kummer, und darum wollte er sie trösten.

«Das mußt du doch verstehen», versuchte er seiner Schwester klarzumachen. «Sie ist ein hübsches Mädchen, und es muß sie doch deprimieren, wie sie jetzt aussieht.»

«Die und hübsch! Du mußt blind sein.»

«Sehr richtig, mit ihren Augen hätte auch was passiert sein können. Erst gestern habe ich ihr klargemacht, wie schlimm das wäre.»

«Du solltest lieber Pfarrer werden», sagte Blanca böse.

«Auch eine Möglichkeit», erwiderte er gutmütig.

Die Konfessionen im Bürger-Haus waren gemischt. Angèle und Blanca waren katholisch, und obwohl Blancas Vater ein geschiedener Mann war, hatte der Pfarrer aus Eger sie in der Schloßkapelle getauft, er hatte den Grafen gut gekannt, hatte ihm die Sterbesakramente gebracht, die Gräfin war sowieso eine fromme Frau gewesen, und Angèle kannte er, seit sie zehn Jahre alt war. Für den Priester von St. Nikolaus in Eger war Gott für alle Christen da. Während der Besatzung, während des Krieges war man ohnedies großzügiger geworden. Im Bürger-Haus waren sie alle evangelisch, auch Peter war in Berlin evangelisch getauft worden, und in die Kirche gingen sie allesamt selten, halt zu Weihnachten oder zu Ostern, Josefas Kinder waren ordentlich konfirmiert worden, und Blanca hatte die Kommunion empfangen.

Clara war ihre Patin, denn auch sie war Katholikin. Es gab nicht nur die Mischung der Erbanlagen, es gab in ihrem Leben auch die Mischung der Religionen, was Clara nie Schwierigkeiten bereitet hatte. Ihr Vater war ein freidenkender Mann gewesen, und Karl Wieland, den sie heiratete, ebenfalls. Nach wie vor, wie in ihrer Kindheit, betete Clara jeden Morgen und jeden Abend, ganz allein für sich. Sie betete für alle, mit denen sie lebte, und am inbrünstigsten betete sie um das Leben ihres Sohnes.

«Behüte ihn, Gott. Und bring ihn zurück. Laß ihn nicht leiden,

Gott. Laß es ihn ertragen.» Und dann, auf den Knien: «Laß es mich ertragen, Gott. Gib mir die Kraft.»

Von diesen Gebeten wußte keiner im Bürger-Haus.

Nun kam mit Josef Angermann ein anderer schlesischer Katholik ins Haus. Schnaps oder nicht Schnaps, Angermann war ein frommer Mann. Er betete für die Seelen der Verstorbenen, Vater, Mutter und seine Frau, die jung an Tuberkulose gestorben war. Glücklicherweise, ehe sie ein Kind geboren hatte.

Und er betete für den Erfolg der Brennerei.

Es war ihm lange Zeit ziemlich schlecht gegangen. Im Krieg war er verwundet worden, nicht allzu schwer, und nach der Invasion geriet er in amerikanische Gefangenschaft, was er nicht bedauerte, denn es rettete ihm vermutlich das Leben. Und er bedauerte es zweimal nicht, denn er verbrachte zwei Jahre in einem Gefangenenlager in Kentucky, wo es ihm gar nicht schlecht ging. Er war freundlich, hilfsbereit, aufgeschlossen, er lernte es, sich ganz gut zu verständigen, und daß seine Frau eine Jüdin aus Breslau gewesen war, schuf ihm Sympathien. Nachdem er den verhörenden Offizieren verständlich gemacht hatte, daß er sich nicht hatte scheiden lassen und daß nicht die Nazis sie umgebracht hatten, sondern daß sie schon 1935 an TB gestorben war. Unter Tränen berichtete er davon, und das war kein Theater, er war jung damals, und er hatte seine Frau geliebt. Sogar ein Bild von ihr trug er in seiner Uniformjacke.

«Du hast sie nicht verraten?»

«Wir haben sogar daran gedacht, nach Amerika auszuwandern. Aber sie war so krank.»

Als er nach Deutschland zurückkam, war er ein Nichts und ein Niemand. Schlesien verloren, von seinen Eltern keine Spur mehr. Eine Zeitlang lebte er in Berlin, teils vom Schwarzen Markt, teils von Gelegenheitsarbeiten, nach der Blockade trampte er nach Süden, landete in Bamberg und fand dort Anstellung in einer Brauerei.

So lernte er Josefa Bürger kennen, so kam es zu neuen Plänen, denn in einer Brennerei hatte er als junger Mann gearbeitet. Die Pläne nahmen Gestalt an. Immer öfter kam er mit seinem alten

Opel von Bamberg herüber, er war nicht mehr jung, aber noch nicht alt. Der stürmische Wiederaufbau, der Sog des beginnenden Wirtschaftswunders ermutigten auch ihn.

Selbstverständlich war Berechnung im Spiel, aber keine unredliche, keine betrügerische. Er wollte Fuß fassen, wollte das Leben noch einmal anpacken. Und wer konnte ihm besser helfen als diese herzhafte, energische Frau aus Oberfranken. Außerdem gefiel ihm Josefa.

Sein Mut und sein Vertrauen wurden belohnt. Bürgerklar, der Korn, und Bürgergold, der Likör, fanden mit steigendem Wohlstand guten Absatz.

Doch das war erst viel später.

Doktor Lankow

Am nächsten Vormittag radelte Blanca hinaus zum Doktorhaus, nachdem sie sich vergewissert hatte, daß der Opel von Herrn Angermann auf dem Hof stand. Sie mußte sich diesen Schuppen doch mal ansehen.

Sie konnte sogar hinein, die Tür war nicht abgeschlossen. Der Raum war wirklich ziemlich groß, ein wenig dunkel, er bekam nur Licht durch zwei kleine Fenster, die über Kopfhöhe lagen. Einzurichten gab es viel. Bisher standen da nur ein flaches Lager mit einer grauen Wolldecke und einem Kissen darauf und der Tisch mit der Waschschüssel, genau wie Angermann es beschrieben hatte. An einem Haken in der Wand hingen eine Hose und ein Hemd, an einem anderen, ordentlich auf einem Bügel, der feine graue Anzug, den er am Abend zuvor getragen hatte. Blanca strich vorsichtig mit der Hand über den Ärmel, guter Stoff, weich und leicht anzufühlen. Sie liebte schöne Stoffe von jeher.

In einer Ecke standen ein Koffer und zwei Pappkartons, in der anderen Ecke lagen noch ein paar Hemden, offensichtlich schmutzig. Sie stöberte mit dem Fuß darin herum. Wer ihm die wohl wusch? Die dicke Berta vom Doktorhaus? Die hatte gerade genug zu tun mit der Wäsche von der Entbindungsstation. Aber da kam es ja wohl auf ein paar Hemden nicht an.

Ob das alles war, was er besaß? Vermutlich. Sie rümpfte die große Nase, ging zur Tür zurück, knipste am Schalter. Immerhin, Licht war da, eine nackte Birne hing von der Decke herab.

Sehr angestrengt hatte sich der Doktor nicht mit der Einrichtung, da gab es noch viel zu tun für Elsa.

Trotzdem anständig von Doktor Lankow, daß er Angermann hier wohnen ließ, fast war das ja schon ein kleines Haus.

Sie machte das Licht aus, schloß die Tür und schlenderte um die Ecke herum zum Eingang des Doktorhauses. Von innen her kam ein Quäken, da war wohl wieder mal ein Kind geboren worden. Komisch, daß die Leute immer Kinder bekamen.

Auch das Doktorhaus war ein schöner alter Fachwerkbau. Früher war es ein Bauernhof gewesen, Haus und Grund gehörten der Gemeinde, und als der Bauer, total verschuldet, die Pacht nicht mehr bezahlen konnte, verließ er mit Frau und Kindern Hartmannshofen und ging nach Nürnberg, um sich dort Arbeit zu suchen. Das war noch vor dem Krieg. Das Haus stand lange leer, zu verkaufen war es nicht. Dann wohnten Evakuierte, später Flüchtlinge darin, seit fünf Jahren hatte Doktor Lankow hier Praxis und Wohnung.

Blanca hatte den Doktor gern, in seiner Gegenwart wurde sie freundlich, zutraulich, ohne Widerspruch.

Sie ging ins Haus hinein, blieb abwartend stehen. Wenn das Kind nun da war, hatte er vielleicht ein wenig Zeit für sie.

Die Treppe herab kam jedoch Hilde, Schwester und Hebamme zugleich. Im Eiltempo, wie immer.

«Ja, wen haben wir denn da?» rief sie. «Die Königin von Böhmen. Bist du denn nicht in der Schule?»

«Sind doch Ferien.»

«Stimmt. Ist was?»

«Nö, uns geht's allen gut. Ist der Herr Doktor zu sprechen?»

«Warum denn, wenn es euch gut geht?»

«Nur so.»

«Keine Zeit. Wir kriegen ein Kind.»

«Ich dachte, es wäre schon da. Ich hab's doch schreien gehört.»
«Das ist heute ein erfolgreicher Tag. Wir kriegen noch eins.»
Und damit verschwand sie um die Ecke, in Richtung Küche. Blanca setzte sich in einen der knarrenden Korbstühle, die hier standen, denn der Raum hinter dem Eingang diente als Wartezimmer.

Ich hätte ja sagen können, ich habe Halsschmerzen, überlegte sie, da käme er vielleicht.

Sie hätte gern mit ihm, so ganz nebenbei, über Angermann gesprochen. Außerdem unterhielt sie sich überhaupt gern mit ihm. Er behandelte sie nicht wie ein Kind, er sprach ganz vernünftig mit ihr. Und er hatte gleich gewußt, wer Karl IV. war.

Blanca lauschte ins Haus. Aus der Küche hörte man die Stimmen von Hilde und Berta, das Kind von oben hörte man nicht mehr. Hoffentlich kam Renate nicht gerade, Blanca traf nicht gern mit ihr zusammen.

Angèle mochte den Doktor Lankow auch. Sie war selten krank, mal eine Erkältung und vor zwei Jahren der verstauchte Fuß, als sie neben dem Gärkessel ausgerutscht war.

Sie ging manchmal über das Gelände der Brauerei, auch in die Gebäude hinein, immer still bestaunt von den Gesellen und den Lehrlingen. Eine so schöne Frau sah man sonst nur im Kino.

Der Braumeister, der sie ebenso still verehrte und sie nicht aus den Augen ließ, erwischte sie gerade noch am Arm, ehe sie hinfallen konnte.

«Haben Sie sich auch nicht weh getan, Frau Wieland?» fragte er besorgt.

«Nein, nein, danke. Gar nicht.» Sie lächelte ihm zu, und der Braumeister blickte ihr nach, mit einem verträumten Ausdruck in den Augen. Er gehörte so gut wie zur Familie, diese schöne Frau kam ihm vor wie ein Engel, eigentlich zu gut für diese Welt. Er hatte ihre Ankunft miterlebt, er kannte ihre Geschichte. So viel Leid, so viel Verlassenheit berührte sein Herz.

Angèle hatte sich wohl weh getan, doch sie ging gerade aufgerichtet, unterdrückte das Hinken. Später schwoll der Knöchel an, und Doktor Lankow wurde geholt.

Er war Gynäkologe, doch mit der Zeit war er in Hartmannshofen der Arzt für alles geworden, denn weit und breit gab es keinen anderen Arzt mehr.

Schwester Hilde kam wieder vorbei.

«Ist noch was?» fragte sie im Vorbeigehen.

«Nein. Ich sitze hier nur eine Weile.»

Und dann kam Doktor Lankow doch.

«Ich habe gehört, daß du hier bist. Fehlt dir was?»

«Nö, ich kam nur eben so vorbei.»

«Ist langweilig ohne Schule, was?»

«Ich kann gut ohne Schule leben.»

«Versteh' ich. Hätten wir alle gekonnt.»

«Und warum will dann einer noch studieren?»

Der Doktor lachte. «Ärgerst du dich immer noch über deinen Bruder?»

Er wußte Bescheid, denn ihm vertraute Blanca ihre Sorgen und ihren Kummer an.

«Ist doch wahr. Jetzt ist er endlich mit der Schule fertig, und nun will er noch weiter lernen.»

«Das müssen wir alle. Das mußte ich auch. Was stellst du dir denn vor, was Peter tun soll?»

«Er tut doch eine Menge.»

«Ich weiß, ich habe gerade vorhin bei euch angerufen. Er kommt nachher und fährt Mutti Plasch mit ihrem Baby nach Hause. Aber das ist nur eine Tätigkeit und kein Beruf. Ist dir der Unterschied klar? Er muß einen Beruf haben. Und du eines Tages auch.»

«Na ja», sagte Blanca.

«Oder möchtest du auf die Dauer hier herumnölen?»

Das wollte sie bestimmt nicht, und am liebsten hätte sie gesagt, daß sie gleich mit Peter fortgehen würde, aber so dumm war sie nicht, dem Doktor mit so albernen Gedanken zu kommen.

«Ich werde später Medizin studieren», erklärte sie großartig.

«Das ist ja ganz was Neues.»

«Habe ich mir überlegt.»

Sie hatte es sich nicht überlegt, es war ihr gerade eingefallen.

«Dann mußt du noch lange in die Schule gehen und dann lange

studieren. Aber es ist keine schlechte Idee. Eine Frau kann eine gute Ärztin sein.»

Blanca nickte mit Nachdruck. «Ja, das werde ich sein.» Und dann übergangslos: «Wie finden Sie denn Herrn Angermann?»

«Herrn Angermann? Wie kommst du denn auf den?»

«Na, er wohnt doch jetzt hier bei Ihnen.»

«Soviel ich weiß, war er gestern bei euch zum Abendessen eingeladen. Wie findest du ihn denn?»

Blanca legte den Kopf schief. «Er gefällt mir eigentlich ganz gut.»

«Erklär mir, was dir an ihm gefällt.»

Das war typisch für Doktor Lankow. Sie wollte seine Meinung hören, und er fragte nach der ihren.

«Na ja», begann sie zögernd, «er sieht ganz nett aus. Obwohl er schon ziemlich alt ist.»

«Vielen Dank. Er ist ungefähr so alt wie ich.»

Blanca lächelte. «Und ich finde, er benimmt sich gut.»

«Aha.»

«Und richtig dumm ist er nicht.»

«Was ist denn unrichtig dumm?»

«Na, ich meine nur so. Es gibt ja Leute, die reden lauter dummes Zeug.»

«Hast du recht. Er redet geradeaus und zur Sache. Und tüchtig und zielstrebig ist er auch.»

«Sie meinen die Sache mit dem Schnaps.»

«Das ist von dir dumm ausgedrückt. Er will eine Schnapsbrennerei aufbauen, was sich ganz gut mit einer Bierbrauerei verträgt. Das gibt es öfter...»

«Er ist sehr arm, nicht?»

«Er hat ein schweres Leben hinter sich. Der Krieg, die Nachkriegszeit – du müßtest doch sehr genau wissen, was das bedeutet. Auch dein Leben ist davon beeinflußt. Und verändert worden. Nur du bist jung. Du hast dein Leben vor dir.»

Und mit erhobener Stimme fügte er hinzu: «Genau wie dein Bruder.»

Blanca hob unbehaglich die Schultern. Und mit einem gewissen

Trotz in der Stimme sagte sie: «Aber Herr Angermann ist eben nicht mehr jung.»

«Nein. Aber genauso wie ich mir hier ein ganz neues Leben aufgebaut habe, versucht er es auch.»

«Tante Seffi kann ihn gut leiden, glaube ich.»

«Das ist eine gute Voraussetzung für ihre Zusammenarbeit. Hoffen wir, daß es gelingt. Ja, meine Kleine, ich muß dann wieder. Es wird bald soweit sein.»

Und wie verabredet kam von oben die Stimme der Schwester Hilde.

«Herr Doktor, ich glaube, es geht los.»

«Siehst du! Also mach's gut.»

Blanca blieb noch eine Weile sitzen, dann öffnete sich die Tür seitwärts, langsam, ganz langsam, nur einen Spalt, und sie fuhr auf und sauste hinaus. Auf ein Gelaber mit Renate hatte sie keine Lust.

Gelaber hatte sie von Lene, der Köchin, gelernt. Mit Renate konnte man nur labern.

Blanca schwang sich auf ihr Rad und fuhr kreuz und quer auf Feldwegen entlang. Der Hund vom Doktorhaus begleitete sie, er hatte gern Gesellschaft auf seinen Spaziergängen.

Sie warf nach einer Weile das Rad in eine Wiese, setzte sich an den Wegrand und kraulte den Hund.

«Du bist ein ganz liebes Bürscherl, Hektor. Weißt du, ich habe auch mal einen Hund gehabt. Den haben sie totgeschossen. Menschen sind böse. Hunde sind gut, willst du mitkommen? Du kannst mit Bonzo spielen.»

Hektor, ein großer Schäferhund, wollte nicht. Er hatte die Pflicht, das Doktorhaus zu bewachen, und mehr als einen kleinen Spaziergang über die Felder erlaubte er sich nicht. Bonzo, der Mischling aus der Brauerei, interessierte ihn schon gar nicht. Eher schon die Hündin von Bauer Mock. Aber zur Zeit war das auch nicht so dringlich. Zumal der Bauer Mock ihn ziemlich rüde vom Hof jagte, seit die Hündin im vergangenen Jahr sechs Junge geworfen hatte, Hektorianer, wie Doktor Lankow sie nannte, als der Bauer Mock sich bei ihm beschwert hatte.

Hektor trabte nach Hause, Blanca radelte weiter.

Ärztin werden, überlegte sie dabei, das mußte doch eine tolle Sache sein. Schließlich war ihr Vater auch Arzt gewesen.

Doktor Lankow stammte aus Berlin, er war Frauenarzt und im Krieg zur Sanitätstruppe eingezogen worden. Er geriet kurz vor Stalingrad in russische Gefangenschaft, ein deutscher Stoßtrupp befreite ihn und die anderen Gefangenen bald darauf. Der Kessel von Stalingrad blieb ihm erspart, aber er wurde schwer verwundet. Eine Granate riß ihm die rechte Seite auf, vom Fuß über die Hüfte bis zum Brustkorb, ein anderer Treffer traf ihn ins Gesicht. Dann fehlte ein Jahr in seinem Leben, wie er es nannte. Ein Bein mußte man amputieren, die gefürchtete Erblindung blieb ihm erspart.

Seine Wohnung und seine Praxis in Berlin waren durch Bomben zerstört, von seiner Frau und seiner Tochter fehlte zunächst jede Spur. Man hatte ihn als vermißt gemeldet.

Er fand seine Frau im Dezember '44 in Dresden wieder, sie lebte mit einem anderen Mann zusammen, und sie war schwanger. Seine Tochter Renate war sieben Jahre alt und ging in Dresden zur Schule.

Nach allem, was Jürgen Lankow erlebt hatte, trug er die Situation mit Fassung. Es war ein Wunder, daß er noch lebte, ein Wunder, daß Frau und Kind lebten, die Zeit war nicht dazu geeignet, ein Eifersuchtsdrama zu inszenieren.

«Die Zeit ist aus den Fugen», zitierte er seinen geliebten Prinzen und tröstete die weinende Frau.

Sie wollte um keinen Preis nach Berlin zurück, sie und das Kind hatten nicht vergessen, wie das Haus über ihnen zusammenstürzte. In Dresden lebe man sicher, sagte sie, hier gebe es keine Bombenangriffe.

«Warum eigentlich nicht?» fragte Doktor Lankow.

Der Mann, mit dem seine Frau zusammenlebte und von dem sie ein Kind erwartete, antwortete: «Dresden ist Deutschlands schönste Stadt. Darum wird sie verschont.»

Doktor Lankow kehrte nach Berlin zurück, eine mühselige Fahrt, der Beinstumpf schmerzte, der Kopf dröhnte, und nun dachte er, daß es besser gewesen wäre, die Granate hätte ihn fertiggemacht. Er war ein Krüppel, er hatte keine Arbeit und kein

Auskommen, so würde es wohl bleiben, der Krieg war verloren, das Ende würde entsetzlich sein, und warum sollte er der Frau, die er liebte, nicht ein besseres Leben und vielleicht ein wenig Zukunft gönnen.

Er fand Unterkunft bei einem Kollegen, die Tage und Nächte in Berlin waren fürchterlich, und wenn er nicht in Rußland umgekommen war, würde er nun hier sterben.

Mitte Februar machte er sich wieder auf den mühsamen Weg nach Dresden. Von Luftangriffen auf die verschonte Stadt war die Rede gewesen, das ganze Ausmaß des Schreckens, des Infernos, das über die Stadt gekommen war, sah er erst, als er dort war. Es dauerte lange, bis er sie fand. Sie waren in einem Lager im Frankenwald. Sie waren verschüttet gewesen, zum zweitenmal, der Mann war tot, die Frau hatte eine Fehlgeburt gehabt, sie blutete immer noch, und sie verblutete genau an dem Tag, an dem er sie gefunden hatte.

«Verzeih mir», flüsterte sie, «verzeih mir.»

Er hielt sie im Arm, als sie starb.

Renate, seine Tochter, redete wirr, ihr Geist war zerstört, es wurde ein wenig besser mit den Jahren, doch ganz normal reagierte sie nie wieder.

Das wußte Blanca nicht, das wußten die Leute in Hartmannshofen nicht. Eines Tages war er aufgetaucht, er bekam den alten Bauernhof zur Miete, das war kurz nach der Währungsreform, er hatte kein Geld, keine Instrumente, und seine Praxis bestand lange nur aus ihm allein. Inzwischen schworen die Frauen auf ihn, keine ging mehr nach Kulmbach oder nach Bayreuth, wenn sie schwanger war.

Schwester Hilde hatte schon früher in Berlin bei ihm gearbeitet, er hatte die Adresse ihrer Eltern in der Mark, sie kam sofort mit Begeisterung, sie wollte wieder bei ihm arbeiten, und vor allem wollte sie der russischen Besatzung entfliehen.

Er war ein guter Arzt, er war geduldig und verständnisvoll, er beherrschte seinen kranken Körper und seine Schmerzen, die Frau war tot und die Tochter krank, er trug keine Orden und keine Auszeichnungen, er war ein Opfer der Zeit geworden, in der er lebte. Und er war eigentlich ein Held, ein echter Held, weil er es verstanden hatte, Leid und Bitternis zu bekämpfen, ein Freund und Helfer der Menschen zu sein, die ihm vertrauten. Er würde das Land und das Dorf nicht mehr verlassen, denn er hatte, was er nicht mehr erhoffte, hier ein erfülltes Leben gefunden. Kein vollkommenes Leben, doch wo gab es das schon, wem wurde es zuteil? Doch aus dem Rest, der ihm geblieben war, hatte er einen Erfolg gemacht.

Blanca fuhr langsam zwischen den Stoppelfeldern entlang, es war sehr warm, von Westen kam ihr leichter Wind entgegen. Das Gespräch mit dem Arzt hatte sie beruhigt, und sie sah ein, daß er recht hatte. Peter mußte einen Beruf haben, er konnte nicht sein Leben lang in Hartmannshofen herumsitzen. Und das wollte sie auch nicht. Sie konnte später mit ihm zusammenleben, vielleicht schon in zwei Jahren, wenn sie mit der Schule fertig war. Sie brauchte kein Abitur, und studieren wollte sie sowieso nicht, schon gar nicht Medizin. Das dauerte viele Jahre. War nur die Frage, was sie machen könnte, um möglichst selbständig zu sein, eigenes Geld zu verdienen und nebenbei für Peter zu sorgen, wenn er denn jahrelang studieren mußte.

Berlin, München – es mußte toll sein in einer großen Stadt zu leben, Theater und Kino so viel man wollte, Läden mit schicken Kleidern, abends tanzen gehen. In München gab es Fasching, darüber hatte sie in den illustrierten Blättern gelesen, da wollte sie unbedingt mal hin. Und in die Oper. Mama sprach manchmal von den Opern, die sie gesehen hatte. In Bayreuth, ganz in der Nähe, gab es das auch. Festspiele, darüber stand viel in der Zeitung. Und davon erzählte Elsa hin und wieder. In den Illustrierten waren Bilder von hübschen Mädchen, von Filmschauspielerinnen, von Pariser Mode und englischen Pferderennen. Das war das wirkliche Leben. Hier auf dem Dorf gab es nichts davon.

Ins Kino ging sie schon manchmal, in Bayreuth oder in Kulmbach, mit Gisela oder Peter. Aber Gisela setzte keinen Fuß mehr in die Stadt, nicht in diese, nicht in jene. Und wenn Peter fort war, wer ging dann mit ihr aus?

Es war ganz klar, und sie entschloß sich in diesem Augenblick, daß sie so bald wie möglich Hartmannshofen, die Brauerei und Tante Seffi verlassen würde. An ihre Mutter verschwendete sie keinen Gedanken.

Wie kam ein Mensch zu Geld und Freiheit?

Blanca warf zum zweitenmal das Rad an den Feldrand, wenn sie doch schon älter wäre! Es war gräßlich, ein Kind zu sein. Und sie war kein Kind mehr, sie hatte seit zwei Jahren ihre Periode, ein wenig, sehr wenig zwar, Busen war auch schon da. Und vor allem mußte sie schön sein, das war wichtig. Sie strich mit der Hand über ihre Wangen, dann über die Nase. Die war wirklich zu groß. Wie machte man es, so schön zu werden wie Mama?

Nun dachte sie doch an ihre Mutter. Sie war einfach schön, und sie schminkte sich nicht einmal, wie Gisela das immer getan hatte. Vorher, ehe das passiert war. Jetzt, Blanca verzog spöttisch den Mund, konnte sie sich das Zeug nur noch in ihre Narben schmieren. Und schön war Gisela für ihre Begriffe sowieso nicht. Ganz hübsch vielleicht, höchstens. Aber ziemlich gewöhnlich. Und so was, was Gisela getan hatte, kam gar nicht in Frage. Mit so einem dummen Jungen durch die Gegend fahren und sich im Auto herumknutschen.

Und plötzlich wußte sie, was sie tun würde: heiraten. Einen reichen Mann, der ihr alles gab, was sie haben wollte. Dazu mußte sie auch noch ein paar Jahre warten, aber nicht allzu viele. Blanca war schon als Kind mit Karl vermählt worden. Das machten die damals so. Als er dann in Prag war, ließ er sie aus Frankreich kommen, da war sie achtzehn. Sie war die Königin von Böhmen, bekam zwei Kinder, und als er zum Kaiser gekrönt wurde, lebte sie schon nicht mehr, und er heiratete eine andere.

Also besonders lustig war das Leben zu jener Zeit auch nicht gewesen. Immerhin, sie war einige Zeit die Königin von Böhmen, und mit zweiunddreißig war man schon so alt, da konnte man ruhig sterben.

Auf jeden Fall wußte sie jetzt genau, was sie vorhatte. In einer großen Stadt leben, schöne Kleider haben und einen reichen Mann heiraten. Das mußte sie fertigbringen. Und Peter mußte sie eben doch mitnehmen.

Sie stand auf, blickte zurück in Richtung Hartmannshofen. Sie hatte nicht die geringste Lust, heimwärts zu radeln. Kam sie eben zu spät zum Mittagessen. Lene war Unregelmäßigkeiten gewöhnt. Wenn die Schule erst wieder angefangen hatte, kam sie oft auch erst später. Tante Seffi war oft nicht da, wenn sie in der Stadt zu tun hatte. Nur abends legte sie Wert darauf, daß alle am Tisch saßen.

Hartmannshofen lag auf einem langgestreckten Hügel, von Kungersreuth her stieg der Weg sanft an, aber hier weiter nach Westen fiel der Weg steil ab, unten war ein Wald und hinter dem Wald der Fluß, dort konnte man eine Weile die Füße ins Wasser stecken.

Blanca stieg wieder auf ihr Rad und ließ es dann in vollem Tempo den Hügel hinabrollen. Ihr Haar wehte im Wind, sie riß die Arme hoch und stieß einen hellen Schrei aus. So mußte das Leben sein, rasch und wild.

Beinahe wäre sie gestürzt, das Rad schlingerte, und sie griff rasch mit festen Händen nach der Lenkstange, hielt sie fest, ließ das Rad bis zum Waldrand auslaufen.

Peter

Peter kam am Nachmittag zu Angèle.
«Ich habe jetzt eine Lieferung nach Wirsberg zu machen, Mama. Und dann muß ich ein paar Sachen in Kulmbach einkaufen. Brauchst du etwas?»

Er fragte sie das jedesmal, wenn er von Josefa einen Einkaufszettel bekommen hatte, und Angèle war es jedesmal peinlich. Sie hatte kein Geld, was sollte sie sich mitbringen lassen? Und er brachte ihr fast immer etwas mit, auch wenn sie keinen Wunsch äußerte, eine Tafel Schokolade, eine Illustrierte oder ein Buch. Seit es Taschenbücher gab, war das eine Ausgabe, die er sich leisten konnte.

«Was mußt du denn alles einkaufen?» fragte sie ausweichend.
«Ein paar Sachen in der Apotheke. Und für Lene einen neuen

Kochtopf. Sie hat mir genau beschrieben, wie er aussehen muß. Hoffentlich erwische ich den richtigen. Und Gläser zum Einkochen für das Apfelmus.»

«Sie hat doch schon so viele Gläser.»

«Es gehen wohl immer ein paar kaputt. Ja, und Gisela braucht ein Röllchen Nähgarn. Sie hat mir eine Stoffprobe mitgegeben.»

Er zog das Fetzchen Stoff aus seiner Jackentasche. «Diese Farbe muß es sein. Sie will an einem Kleid etwas ändern.»

«Ich habe schon gehört, sie näht jetzt manchmal. Ganz etwas Neues.»

«Was soll das arme Mädchen auch machen? Sie geht ja kaum mehr aus dem Haus. Also, wie ist es mit dir? Was zum Lesen?»

«Das wäre fein», antwortete Angèle. «Und wenn du sowieso in die Apotheke gehst, bitte ein paar Kopfschmerztabletten.»

«Ich habe dir doch neulich erst welche mitgebracht. Du nimmst zuviel Tabletten, Mama.»

Angèle zog die Brauen hoch. «Das ist meine Sache.»

«Entschuldige. Aber warum gehst du nicht ein wenig spazieren? Oder wenigstens in den Garten. Es ist so schön draußen.»

Er sah den Unmut in ihren Augen. Dann senkten sich die langen dunklen Wimpern.

«Schade, daß du gestern abend nicht mit dabei warst. Es war ein netter Abend.»

«Clara hat es mir erzählt. Sie sind ja offenbar alle sehr angetan von diesem Herrn Angermann. Sogar Elsa.»

«Ich hätte auch gern deine Meinung gehört», sagte er eifrig.

«Wen interessiert schon meine Meinung? Die ganze Sache geht mich schließlich nichts an.»

Er hätte sagen mögen: Sie geht uns alle an. Tante Seffi investiert vermutlich eine ganze Menge Geld in das Unternehmen.

Er sagte: «Hoffen wir, daß was draus wird.»

Er stand neben ihrem Sessel, sie blickte nicht mehr auf, das schmale Gesicht war blaß und ausdruckslos. Er hätte gern noch etwas gesagt, um sie aufzumuntern.

«Vorher gab es einen Streit im Garten zwischen Gisela und Blanca», erzählte er. «Du weißt ja, die kabbeln sich immer. Aber

Blanca könnte ja jetzt wirklich etwas freundlicher zu Gisela sein. An mir meckert sie auch ständig herum. Weil ich studieren will.» Und als Angèle schwieg: «Du kennst das ja auch. Sie kann sich einfach nicht damit abfinden, daß ich fortgehe. Sie muß das doch einsehen. Eines Tages wird sie ja auch...»

Angèle hob den Kopf und blickte zu ihm auf.

«Sie wird auch fortgehen.»

«Sie kann ja nicht für alle Zeit von Tante Seffi leben.»

Und er empfand sofort, was für eine törichte Bemerkung das gewesen war, ihr gegenüber.

«Von dem Bier. Und von dem Schnaps, der kommen wird», sagte Angèle, die Stimme voll Hohn.

«Wenn er gelingt, der Schnaps», sagte Peter unsicher.

«Und ich?» fragte Angèle.

Mit einer einzigen gleitenden Bewegung stand Angèle auf, stand dicht vor ihm, sie war so groß wie er.

«Und ich?» wiederholte sie, laut diesmal, es war ein Schrei, ein Aufschrei.

«Aber Mama, bitte! So war das nicht gemeint.»

«So war das nicht gemeint! Red nicht solchen Unsinn. Du hast nichts gemeint und nichts gedacht. Keiner von euch hier denkt sich irgend etwas. Oder denkst du, ich werde für immer hier sitzen bleiben in diesem Zimmer und in diesem Haus? In diesem verfluchten Haus! Abhängig von deiner Tante Seffi. Und nun auch noch von ihrem Schnapsbrenner. Und dann von ihren Kindern, denkst du das wirklich? So dumm kannst du doch gar nicht sein. Daß ich hierbleibe, bis ich so alt bin wie Elsa und Clara. Ich werde noch früher fortgehen als du.»

Ihre Stimme war laut, ihr Mund verzerrt und die hellen Augen voller Wut.

«Aber Mama! Um Gottes willen! Reg dich doch nicht auf.»

«Sag nicht immer Mama zu mir! Ich bin nicht deine Mutter. Ich habe genug. Verstehst du *das* wenigstens? Genug von allem hier. Und von euch. Und von dir. Du wirst für dich selber sorgen, hast du gesagt. Also bitte, tu es. Ich kann es sowieso nicht. Und was aus Blanca wird, ist mir egal. Sie kann nämlich auch sehr gut für sich selber sorgen. Das wirst du ja schon bemerkt haben. Ich will euch alle nicht mehr sehen. Ich habe genug!»

Jetzt schrie sie.

Peter stand fassungslos. Hysterisch hatte er sie nie erlebt, in all den Jahren nicht.

«Aber Mama – Angèle! Bitte!»

Er griff mit beiden Händen nach ihren Armen, sie wich zurück. Wandte ihm den Rücken zu.

«Geh jetzt!»

«Aber ich kann dich doch so jetzt nicht allein lassen. Angèle, bitte!»

Sie wandte sich wieder um. «Ich habe gesagt, du sollst gehen.»

«Aber ich kann doch jetzt nicht...»

«Erledige deine Aufträge. Verdiene dir die paar Kronen, die du brauchst.» Ihre Augen waren wieder kalt wie Eis. «Ich bleibe nicht länger in diesem Haus. Du hast es gehört.»

«Wo willst du denn hin? Wovon willst du leben?» fragte er hilflos.

«Leben? Wer sagt denn, daß ich leben muß? Und nun geh endlich, ich will allein sein.» Sie legte die Fingerspitzen an die Schläfen, eine Geste, die er kannte. «Ich habe Kopfschmerzen.»

Er belud den Wagen wie im Traum, er fuhr wie im Traum, erst nach Wirsberg, lud die Kästen mit dem Bier ab, dann fuhr er nach Kulmbach hinein, erledigte die Einkäufe, und dann stand er auf dem Marktplatz und starrte in die Luft.

Und nun wich der Bann.

Wie dumm er war! Wie konnte man so dumm sein!

Er begann zu laufen, lief wie gehetzt, wurde immer schneller, lief zur Plassenburg hinauf, unter den Linden entlang, er sah und hörte nichts, droben am Scharfen Eck blieb er atemlos stehen, sah sich um wie erwachend.

Dann stand er am Rondell, blickte hinab auf die Stadt, auf den Fluß, auf die grünen Höhen, er sah alles, und er sah nichts. Im Westen sank die Sonne, es war ein schöner Spätsommertag gewesen, der Tag war zu Ende, sein Leben war zerbrochen, er stand vor den Trümmern, er war an diesem Tag erwachsen geworden.

Selbstgespräch

Ich bin ein gedankenloser Egoist. Ein gedankenloser, widerlicher Egoist. Ich bin ein Mensch ohne Verstand, ohne Gefühl. Ohne Augen und ohne Ohren. Ich bin so gut wie blind und taub. Und ich habe doch alles miterlebt. Und ich war doch alt genug, es zu verstehen. Man hat ihr Leben zerstört. Man hat sie weggejagt. Man hat ihr alles genommen, die Heimat, das Schloß, den Mann. Das Pferd und den Hund. Ihren Park und ihren Garten. Ihr Bett, ihre Kleider, ihre Bücher. Alles hat man ihr genommen. Das einzige, was ihr geblieben ist, sind wir, zwei dumme egoistische Kinder. Blanca war noch klein, sie konnte das nicht verstehen. Aber ich! Ich! Mir ist es gut gegangen. Großartig ist es mir gegangen. Sie ist nicht meine Mutter. Nein. Von meiner Mutter weiß kein Mensch etwas. Ich war sechzehn, als ich mich endlich dafür interessiert habe, wer oder was oder wo meine Mutter ist. Dann hat sie mir erzählt, was mein Vater gesagt hat. Geheiratet, ein Kind bekommen, dann wieder geschieden und weg.

Das Kind war in einem Heim in Berlin. Irgendwie habe ich da noch eine blasse Erinnerung. Es waren keine Pflegeeltern, es waren viele Kinder da. Es war vor dem Krieg. Wo hat man denn damals elternlose Kinder hingebracht? In ein Waisenhaus. Aber ich war keine Waise, ich hatte einen Vater. Er hat mich ja dann auch geholt. Er wollte nicht, daß ich dort bleibe. Er holte mich und brachte mich zu ihr. Lud ihr ein Kind auf den Hals. Sie hatten ja gerade erst geheiratet, und sie war so jung. Und er bringt ihr einfach ein Kind ins Haus. Warum habe ich eigentlich darüber nie nachgedacht? Das war doch eine Zumutung. Das war ganz schön rücksichtslos von ihm. Sie war so jung. Sie stand unter dem Turm, und der Wind tanzte in ihren Haaren. Dann bekam sie selbst ein Kind, und ich hatte eine kleine Schwester. Ich hatte ein Zimmer für mich allein. Ich hatte ein Bett. Ich hatte Sachen zum Anziehen. Alles ganz selbstverständlich. Jana kochte für uns. Und ein Mädchen räumte die Sachen auf. Und Basko paßte auf mich auf. Ich hatte ein Schloß, einen Park, einen Garten. Eine Mutter und eine Schwester.

Manchmal kam mein Vater. Er war ein schöner großer Mann. Ich bin nicht so wie er. Meine Großmutter sagt, ich sehe ihr ähnlich. Später haben sie meinen Vater umgebracht, wir wissen nicht, wie und wo und warum. Nur weil er ein Deutscher war. Ein Sudetendeutscher, wie sie das nannten. Sie sagt, wir sind Böhmen. Das Komische daran ist, ich bin heute noch ein Tscheche.

Das war ich, als ich in Eger zur Schule ging. Die Kinder nannten mich manchmal einen Deutschen. Von der Nationalität her bin ich ein Tscheche. In meinem Ausweis steht das ja auch. Kein Böhme, kein Deutscher, ein Tscheche. Das ist doch einfach verrückt. Ludvika kümmerte sich um uns, sie war eine Tschechin. Mein Freund Karel auch. Jaroslav war auch ein Tscheche, aber sie haben ihn ermordet. Und Ludvika und Karel vermutlich auch. Das kann doch kein Mensch begreifen. Wie dumm bin ich eigentlich, daß ich nie darüber nachgedacht habe? Aber wie dumm ich auch bin, ich hatte immer ein Heim. Erst auf dem Schloß und dann hier. Ich bekam zu essen und Sachen zum Anziehn. Das war alles selbstverständlich. Was für ein widerlicher elender Egoist ich bin!

Habe ich je darüber nachgedacht, wer für mein Leben bezahlt? Erst war sie es, dann Josefa. Alles ganz selbstverständlich für solch einen minderwertigen Menschen wie mich.

Und nun stelle ich mich hin und sage großartig, ich will studieren. Einfach so. Und große Töne dazu. Ich werde mein Studium selbst verdienen. Was bin ich doch tüchtig! Was bin ich doch klug! Große Töne, ja, das kann ich. Ich gehe nach München oder nach Berlin. Da bin ich. Sie haben nur auf mich gewartet. Irgendwo muß ich wohnen, irgendwas muß ich essen. Was verdient man denn gleich? Tante Seffi wird mir schon was geben. Ganz klar. Was für ein widerlicher, elender, minderwertiger Egoist ich doch bin!

Und sie? Habe ich denn nicht bemerkt, was sie für ein Leben führt? Ein Leben? Sie lebt nicht, sie vegetiert. Sie ist so schön. Und ich liebe sie so sehr. Mama sage ich zu ihr. Wie lächerlich! Sie ist nicht meine Mutter. Ich liebe sie. Sie kann nicht so weiterleben wie bisher. Sie ist noch jung. Sie kann doch nicht einfach in dem Dorf alt werden wie Clara und Elsa. Ich bin zwanzig Jahre alt, ich muß endlich anfangen zu denken. Nein. Ich muß anfangen zu handeln.

Ich bringe ihr ein kleines Buch mit oder eine dumme illustrierte Zeitung und die schrecklichen Tabletten. Ich bilde mir ein, ich tue etwas für sie. Ich ekle mich vor mir selber. Angèle, ich liebe dich. Ich muß etwas tun. Was muß ich tun? Das ist ganz klar, es gibt nur eins, was ich tun muß, ich muß Geld verdienen. Viel Geld. Damit sie leben kann, wie es zu ihr paßt. Sie kann uns alle nicht leiden, ganz klar. Ihren Vater hat sie geliebt. Ein böhmischer Graf. So etwas gibt es nicht mehr. Früher hat sie manchmal von ihm gesprochen. Jetzt schon lange nicht mehr. Er würde mich verachten, der böhmische Graf. Jeder muß mich verachten, der mich kennt. Er kennt mich ja nicht. Aber sie verachtet mich. Geh jetzt, hat sie gesagt. Geh jetzt und fahr deine lächerlichen Bierflaschen fort. Bring mir Tabletten mit. Und ein kleines Buch. Ich habe Kopfschmerzen. Geh!

Ich bin zwanzig Jahre alt und dümmer als ein kleines Kind. Es ist noch gar nicht so lange her, zehn Jahre, zwanzig Jahre, da sind sie gestorben, als sie zwanzig waren. Millionenfach sind sie getötet worden in diesem Krieg. Doktor Müller sprach manchmal vom Krieg. Er hat nur noch ein Auge. Und Doktor Lankow hat nur noch ein Bein. Ist ja ganz selbstverständlich für mich, da war eben Krieg. Aber mir geht's gut. Ich habe zu essen und ein Bett und Sachen zum Anziehn. So wie es immer war. Für mich. Ganz von selbst. Ich habe nichts dazu getan. Wenn mein Vater mich in dem Heim in Berlin gelassen hätte, wäre ich von Bomben erschlagen worden. Vielleicht hätten sie die Kinder irgendwohin aufs Land evakuiert. Und als der Krieg zu Ende war, und ich hätte noch gelebt, was wäre dann aus mir geworden? Es gab wenig zu essen und sicher kein Zuhause für so ein Kind, das weder Vater noch Mutter hatte. Ja, stell dir doch mal vor, was aus dir geworden wäre! Vielleicht hätte ich bei einem Bauern arbeiten müssen. Kein Gymnasium, kein Abitur, wozu denn auch? Wovon denn? Was ist denn aus den heimatlosen, elternlosen Kindern geworden? Habe ich je danach gefragt?

Ich hatte ein kleines Zimmer für mich, ich hatte ein Bett, zu essen und Sachen zum Anziehn. Und ich hatte Familie. Brüder, Schwestern, eine Tante, eine Großmutter, Lene, die mein Essen kochte, ein Mädchen, das meine Sachen aufräumte. Mir saubere Hemden hinlegte. Habe ich je danach gefragt, warum das so war? Wieso ich das verdiene? Hat es mir der liebe Gott beschert?

Eine Eins in Latein. Na, fabelhaft. Und nun will ich studieren. Das dauert viele Jahre. Acht Semester mindestens. Das sind vier Jahre. Dann verdiene ich immer noch nichts. Aber ich komm' mir wichtig vor. Ach ja, und promovieren muß ich natürlich auch noch. Genau das denke ich. Was bin ich doch tüchtig! Was für ein kluges Köpfchen. Ich, Peter Wieland, ein Junge ohne Vater und ohne Mutter. Für den aber immer gesorgt wird.

Staatsexamen, mach' ich mit links. Referendarzeit, gehört dazu. Lehrer an einem Gymnasium. Da bin ich mindestens dreißig. Das sind zehn Jahre. Das sind zehn Jahre, Angèle. Und du bist zehn Jahre älter. Du gehst fort, hast du gesagt. Du denkst das schon lange, das habe ich heute gemerkt. Vielleicht hast du bloß meinetwegen so lange gewartet. Bilde ich mir ein. Du willst lieber sterben, als dieses leere Leben länger ertragen. Das begreife ich auf einmal. Das verstehe ich sogar. Du denkst das schon lange. Und ich bin so dumm und weiß das nicht.

Herr Dr. Peter Wieland ist der dümmste Mensch, der je auf dieser Erde gelebt hat. Nun weiß ich das, Angèle.

Aber wie fange ich es an, Geld zu verdienen? Viel Geld. Das habe ich auf dem Gymnasium nicht gelernt. Es ist vollständig unbrauchbar, was ich da gelernt habe. Einen Lieferwagen fahren kann man auch ohne Abitur. Tante Josefa ist tüchtig, sie ja. Der Mann tot und drei Kinder, und sie schmeißt den Laden. Habe ich eigentlich nie bemerkt, wieviel sie arbeitet? Und unser Braumeister und alle anderen in der Brauerei, sie fangen früh an und hören spät auf. Ich faß' da mal mit an, oder ich sitze im Büro, und ich fahre den Lieferwagen. Nicht die großen Lastwagen, nur den kleinen Wagen. Was denken die eigentlich von mir? Sie müssen mich doch für einen Idioten halten. Und gestern dieser Angermann, der hat Schweres mitgemacht. Vom Krieg hat er was gesagt und von der Gefangenschaft. Nicht viel, nur mal so nebenbei. Der war auch mal jung. Nun ist er es nicht mehr, aber er fängt neu an. Und dabei hat er Angst vor der Zukunft. Es wird alles gutgehn, hat er gestern gesagt, Hauptsache, es kommt nicht wieder ein Krieg. Die Wirtschaft floriert, hat er gesagt. Man spricht von einem Wirtschaftswunder. Es ist wirklich ein Wunder, was hierzulande alles geleistet wird in Deutschland, und das, nachdem wir den Krieg verloren haben. Aber die Russen, die Sowjets, das ist eine ständige Bedrohung. Die Sowjetzone ist nicht weit von hier. Wenn sie wollen... Und Tante Seffi hat gesagt, die Amerikaner haben die Atombombe, die werden das schon verhindern.

Und ich? Ich habe dabei gesessen und habe gesagt, der Kalte Krieg rettet uns vor dem endgültigen Untergang. Und ich kam mir wichtig dabei vor. Dabei stammt das nicht mal von mir, das hat Doktor Müller gesagt. Was bist du für ein dummer Mensch, Peter Wieland. Am besten stürze ich mich hier von der Burg hinab, da muß ich nicht mehr weiterdenken. Denken! Du hast bisher überhaupt nichts gedacht, Peter Wieland. Eine Eins in Latein. Ich habe ihr das damals erzählt, und sie hat gelächelt. Ich glaube, sie war noch nie hier auf der Plassenburg. Wo ist sie denn überhaupt gewesen in all den Jahren? Die Burg, die zuletzt den Hohenzollern gehörte. Die Kurfürsten, die Könige, die Kaiser, o ja, ich habe das alles in der Schule gelernt. Alles vorbei. Vorbei wie Kaiser Karl in Prag. Aber uns geht's schon wieder gut, das lesen wir in der Zeitung, und falls die Russen nicht kommen und uns besetzen, aber da passen die Amerikaner ja auf. Und was soll ich jetzt tun? Angèle! Was soll ich denn bloß tun?

Er hatte zuletzt laut gesprochen. Ein Mann stand schon eine Weile neben ihm, es war einer der Burgwärter.

«Fehlt Ihnen etwas?» fragte er. «Die oberen Tore werden jetzt geschlossen.»

Peter sah ihn an, wie erwachend.

«Nein, danke. Nein, danke vielmals. Ich geh' schon.»

Torkelnd, wie betrunken lief er den Burgberg hinab, lief durch die Gassen bis zum Holzmarkt. Er tauchte die Hände in das Wasser des Brunnens, dann neigte er den Kopf und ließ das Wasser über sein Gesicht laufen.

Es war alles vorbei.

Er haßte sich selbst, er verachtete sich. Und es gab keinen, der ihm helfen konnte.

Er hatte vergessen, wo der Wagen stand, er fand ihn dann in einer Nebenstraße, die Einkäufe waren darin, der Topf für Lene, Giselas Nähgarn, die Tabletten für Angèle, das Buch hatte er vergessen.

Es war schon spät, als er heimkam.

«Wo bleibst du denn, Peter?» kam ihm Lene entgegen. «Ich habe dir dein Essen warm gestellt.»

«Danke. Ja, danke, ich komme gleich. Laß es in der Küche, ich esse dort.»

Angèle saß in ihrem Sessel.

«Entschuldige bitte, es hat lang gedauert. Hier sind deine Tabletten.»

«Danke, Peter. Wo warst du denn so lange? Wir haben beim Abendessen auf dich gewartet.»

Sie sah aus wie immer, ein langes Kleid, heute war es grau.

«Du siehst aus wie eine Nonne», sagte er.

Sie lachte leise. «Das bin ich ja auch.»

«Hast du heute mit den anderen gegessen?» fragte er.

«Ja, sicher», sagte sie. «Immer kann ich mich ja nicht verkriechen. Das erlaubt Clara nicht.»

Ohne ein weiteres Wort stürzte er vor ihr nieder, vergrub den Kopf in ihrem Schoß.

«Das sollst du nie mehr», flüsterte er. «Nie mehr. Du sollst ein anderes Leben haben.»

Angèle strich sacht über sein Haar.

«Und wie stellst du dir das vor? Ich habe dich erschreckt heute. Das tut mir leid. Vergiß, was ich gesagt habe.»

Er sah sie an.

«Ich vergesse es nicht. Ich werde es nie vergessen. Denn du hast recht. Du hast viel für mich getan. Und jetzt bin ich dran.»

Sie stand auf. «Tut mir leid», wiederholte sie. «Ich habe kein Recht, so zu reden. Ich weiß ja, wie alles ist und wie alles war. Wir sind nun einmal Opfer dieser Zeit. Ich. Du nicht.»

Er legte, wie an diesem Tag schon einmal, die Hände auf ihre Arme, und als sie nicht widerstrebte, zog er sie näher an sich.

«Ich bin ein Narr, Angèle. Das ist mir heute klargeworden. Ich liebe nichts und niemand auf der Welt so sehr wie dich. Hab ein wenig Geduld, bitte, ein wenig noch. Ich habe keine besonderen Talente, ich bin mir klar darüber, wie dumm ich bin. Weißt du, es hat vielleicht einmal eine Zeit gegeben, in der ein Mensch etwas erreichen konnte. Aber heute – heute ist alles vorbei.»

«Nicht für dich. Ich lese immer sehr genau die Zeitungen, die ins Haus kommen. Dieses Land, in dem wir jetzt leben müssen, dieses Deutschland, bietet den Menschen offenbar große Chancen, wie man das nennt. Es *ist* deine Zeit, Peter. Und es liegt an dir, sie zu nutzen.»

«Es liegt an mir. Ja. Und ich will nichts für mich. Ich will alles nur für dich. Alles, alles will ich für dich.»

Angèle lächelte. «Für mich kommt alles, alles zu spät.»

«Nein», rief er heftig. Er hielt sie immer noch an den Armen, und nun zog er sie an sich und küßte sie.

Angèle widerstrebte nicht. Sie war überrascht und gerührt. Was hatte sie angerichtet mit ihrem Ausbruch am Nachmittag! Ihre Lippen waren zart und fest zugleich, sie öffneten sich ein wenig unter seinem Kuß. Ein scheuer, ungeschickter Kuß zunächst, doch dann wurde er sicherer, hielt sie fester, küßte sie wie ein Mann.

Bis sie sich zurückbog, die Hände auf seine Schultern legte und ihn wegschob.

Seine dunklen Augen waren feucht. Verwirrung, Erstaunen, Angst und ein seltsames Glücksgefühl erfüllten ihn. Er brachte kein Wort über die Lippen, die soeben ihre Lippen berührt hatten.

Angèle legte ihre Wange an seine Wange. Resignation, Trauer, Erinnerung, das waren ihre Gefühle. Seit Karl Anton das letztemal auf dem Schloß gewesen war, hatte keines Mannes Mund ihren Mund berührt, hatten keines Mannes Hände sie mehr gehalten. Wie im Traum nahm sie die Hände von seinen Schultern und legte sie um seinen Hals. Und dann küßte sie ihn, zärtlich, liebevoll, nicht wie eine Mutter, wie eine Frau.

«Angèle!» rief er außer sich, als sie sich von ihm löste.

«Sei still! Sag nichts!» bat sie leise. «Das war heute ein seltsamer Tag. Laß mich jetzt allein.»

«Angèle, bitte!»

«Du sollst still sein. Es gibt Dinge, über die soll man später nicht mehr reden. Nie mehr. Verstehst du?»

«Nein, ich verstehe nicht. Gar nichts verstehe ich. Ich weiß nur, daß etwas geschehen muß. Daß ich etwas tun muß. Ich! Aber ich weiß nicht...»

Blanca rettete ihn. Sie klopfte zwar kurz an die Tür, das hatte Angèle ihr beigebracht, aber gleichzeitig mit dem Klopfen stürmte sie herein.

«Wo bleibst du denn?» rief sie. «Lene möchte wissen, wie lange sie dein Essen noch warmhalten soll? Es ist schon gleich neun. Und Tante Seffi will auch was mit dir besprechen und...», sie stutzte, blickte von einem zum anderen. «Ist was passiert?»

«Was soll passiert sein?» fragte Angèle. «Peter hat mir gebracht, was er für mich eingekauft hat. Und jetzt nimm ihn mit, daß er endlich zu Abend ißt.»

«Los, komm», Blanca griff nach Peters Hand und zog ihn aus dem Zimmer. Über die Schulter rief sie zurück: «Ich komm' gleich wieder, Mami.» Und draußen fragte sie ihn: «Ist Mami krank? Sie sah so komisch aus?»

«Sie hat Kopfschmerzen», antwortete Peter mechanisch.

Er hatte nicht nur Kopfschmerzen, in seinem Kopf dröhnte es, vor seinen Augen tanzten dunkle Schatten, seine Hände zitterten, so daß er kaum die Gabel halten konnte, als er endlich vor dem gefüllten Teller saß, den Lene ihm hingestellt hatte. Er sah nicht, was drauf war, er schmeckte nicht, was er in den Mund schob. Er aß nur, weil Blanca ihm gegenübersaß, die Arme aufgestützt. Weil Lene neben ihm stand und schimpfte, daß er so spät gekommen war.

«Nun schmeckt alles aufgewärmt», sagte Lene bekümmert.

«Wir haben schon gedacht, du bist gegen eine Mauer geknallt, wie Gisela und Bodo», sagte Blanca genüßlich.

Und dann kam auch noch Josefa in die Küche und stellte ein paar Fragen.

Am liebsten hätte er den Teller genommen und an die Wand geschmissen. Am liebsten hätte er sie angebrüllt: Raus! Raus mit euch! Laßt mich in Ruhe! Ich muß denken. Ich muß nachdenken. Das war ein seltsamer Tag, hat sie gesagt. Das war überhaupt der erste Tag meines Lebens. Meines neuen Lebens.

Und es war der letzte Tag. Der letzte Tag meines alten Lebens.

Er legte Messer und Gabel nieder, blickte sie an, ohne sie zu sehen, die Tante, die Köchin, die Schwester.

«Entschuldigt bitte!» Er stand auf. «Mir ist nicht gut. Ich muß ein wenig an die Luft.»

«Dir ist nicht gut?» fragte Josefa. «Was fehlt dir denn?»

Und mißtrauisch: «Hast du getrunken?»

«Nein», antwortete er ruhig. «Nicht einmal ein Glas Wasser.»

«Bist du doch an eine Mauer geknallt?» fragte Blanca hoffnungsvoll. «Ich werde mir gleich mal den Wagen ansehn.»

Er ließ das Glas mit dem Bier stehen, das Lene neben seinen Teller gestellt hatte, ging zum Küchenschrank, nahm sich ein anderes Glas, füllte es am Wasserhahn, leerte es bis zum Grund, füllte es wieder und trank es aus.

Und ohne ein weiteres Wort verließ er die Küche.

Eine Stunde später stand er vor dem Doktorhaus.

Die Tür öffnete sich nach einer Weile, Doktor Lankow kam heraus mit Herrn Angermann und Hektor.

«Na, dann schlafen Sie mal gut in dem neuen Bett, und passen Sie auf, was Sie träumen, mein Lieber, und dann...»

Hektor schoß bellend ins Freie, auf die dunkle Gestalt zu, die unter den Bäumen stand. Dann erkannte er Peter, bellte nicht mehr und legte den Kopf an Peters Knie.

«Wer ist denn da?» fragte Doktor Lankow.

Peter trat ins Licht, das aus dem Haus fiel.

«Nur ich», sagte er.

«Willst du zu mir? Ist einer bei euch krank?»

«Nur ich», wiederholte Peter.

«So. Du. Na, dann komm herein. Also gute Nacht dann, lieber Angermann. Bis morgen.»

Als sie im Haus waren, sagte Doktor Lankow: «Deine Leute

haben heute schon tüchtig gewirkt in meinem Schuppen. Deine Tante Elsa... nee, deine Tante ist sie ja wohl nicht, na egal, die alte Frau Bürger und Blanca und der Lutz und noch ein Junge aus der Brauerei haben allerhand Sachen angeschleppt. Ordentliches Bett hat er jetzt, der Angermann. Richtig weiß bezogen. Und einen Tisch und zwei Stühle. Sieht schon ganz gemütlich aus. Morgen kommt noch mehr, haben sie gesagt. Na, komm schon rein. Was fehlt dir denn?»

Im Wohnzimmer saß Renate und spielte mit ihren Puppen.

Peter stand an der Tür und schwieg. Sein Haar hing wirr in die Stirn, seine Augen waren gerötet.

Der Doktor musterte ihn prüfend.

«Also! Was fehlt dir?»

«Nichts. Es ist nur... Können Sie mir sagen, was ich tun soll?» Seine Stimme brach.

Doktor Lankow ging zu seiner Tochter, legte die Hand auf ihre Schulter.

«Geh rauf, mein Mäuschen. Geh dann schlafen. Schwester Hilde ist oben. Sie wird dir eine warme Milch bringen.»

Renate stand widerspruchslos auf, nahm ihre Lieblingspuppe in den Arm und ging zur Tür. Sie war immer artig, immer folgsam, sie machte niemals Schwierigkeiten, ein leises Kind von achtzehn Jahren.

«Setz dich», sagte Doktor Lankow, als sie allein waren. «Und dann erzähl mir, was los ist!»

Peter setzte sich, sah zu dem Arzt auf, der vor ihm stand.

«Was soll ich denn tun? Was soll ich denn bloß tun?»

«Sag mir erst, was du angerichtet hast. Wenn du Hilfe brauchst, muß ich erst wissen, was geschehen ist.»

«Ich kann nicht studieren. Nein, ich kann nicht studieren.»

Peter legte die Hände vor sein Gesicht. Und dann begann er zu weinen.

DIE GALERIE

Auch Ludvika Beranék wurde aus dem Haus verjagt, in dem sie seit mehr als zwanzig Jahren mit ihrem Mann gelebt hatte, in dem ihr Sohn Karel geboren worden und aufgewachsen war. Graf Bodenstein hatte seinerzeit, nachdem Jaroslav Leiter der Fabrik geworden war, dieses Haus gekauft, es gehörte also immer noch den Bodensteins, worüber sich keiner Gedanken gemacht hatte, so selbstverständlich war es das Haus der Beranéks gewesen.

In den Jahren der Besatzung, während des Krieges und besonders nach Jiřis Tod, der in irgendeiner Weise, genaue Tatsachen erfuhren sie nie, in das Attentat auf Heydrich verwickelt war, hatte sich Jaroslav einer Bedrohung gegenüber gesehen, die allein durch den Mann, den Angèle Bodenstein geheiratet hatte, von ihnen ferngehalten wurde. Nach dem Krieg hatte er sich keine Sorgen mehr gemacht. Sie lebten in einem demokratischen Staat, Eduard Beneš hatte in Prag wieder die Regierung übernommen, nachdem er aus der Emigration zurückgekehrt war, es gab zwar seit den zwanziger Jahren eine kommunistische Partei, die allerdings gewachsen war, denn die Russen waren als Befreier begrüßt und gefeiert worden, doch Jaroslav sah darin keine Gefahr, Prag würde wieder wie einst eine Weltstadt werden, und in Eger war man sowieso, wie eh und je, dem Westen zugewandt.

Im vergangenen Jahr hatte er wieder einmal seinen Bruder in Prag besucht, der sah die Lage nicht so optimistisch. Denn Pavel wußte, wie sich die Stimmung im Land entwickelte, wie die Kommunisten an Einfluß und Macht gewannen. Und nicht zuletzt erlebte er es hautnah durch seinen Schwiegersohn Ivan, der bei ihm in der Wohnung lebte und ein fanatischer Kommunist war.

«Das wird sich beruhigen», hatte Jaroslav gesagt. «Die Tschechen sind ein pragmatisches Volk. Wir werden den Anschluß an die übrige Welt wieder gewinnen. Die Nazis haben uns nicht verändert. Wenn du es mal nüchtern betrachtest, wir sind doch ganz gut mit ihnen fertig geworden. Der Tscheche ist ein Überlebenskünstler. Das hat unsere Geschichte uns beigebracht.»

Pavel sagte: «Eger ist nicht Prag. Die Sowjetunion hat einen starken politischen Einfluß in allen Ländern, die sie besetzt hat. Oder befreit, wie man es auch nennt. Sie ist dabei, einen starken kommunistischen Block in den Ländern Osteuropas aufzubauen. Teils mit Verführung, teils mit Gewalt. Auch das ist nichts Neues in unserer Geschichte.»

«Wir gehören zu Europa», widersprach Jaroslav. «Kommunismus in unserem Land? Das ist undenkbar. Das will Beneš bestimmt nicht. Da hätten wir auch die Nazis behalten können. Diktatur ist Diktatur, ob rot oder braun, ich sehe da keinen Unterschied.»

Diese seine Meinung hatte er auch in Eger vertreten, und damit hatte er sich Feinde geschaffen, auch durch seine Treue zum Haus Bodenstein und seine Entschlossenheit, die Fabrik unter dem alten Namen weiterzuführen, als sie langsam wieder ein wenig lukrativ zu arbeiten begann.

Ludvika brach zusammen, als sie von seinem elenden Tod erfuhr. Erst ihr Sohn, dann ihr Mann, der eine von den Nazis getötet, der andere von den Kommunisten.

«Sie sollen mich umbringen. Sie sollen mich auch umbringen. Jetzt gleich. Ich warte darauf», schrie sie. Sie blieb vor ihrem Haus auf der Straße liegen und weigerte sich, noch einen Schritt zu tun.

Eine mitleidige Nachbarin schleppte sie in ihr Haus, sagte aber gleichzeitig, bebend vor Angst: «Hier könnt ihr nicht bleiben.»

Karel nickte. «Ich hole erst mal den Doktor.»

Während des Krieges hatte ein junger sudetendeutscher Arzt die Praxis von Doktor Wieland übernommen, jetzt führte sie ein Tscheche, ein älterer, freundlicher Mann, er kannte die Beranéks, er hatte Ludvika bei einer Blasenentzündung behandelt, und Karel vor zwei Jahren, als er Scharlach hatte. Und im Doktorhaus lebte immer noch Magda Wieland, die Witwe des alten Doktors.

Bei ihr brachte man die beiden zunächst unter. Ludvika lag apathisch im Bett, sie sprach nicht, sie weinte nicht, sie wünschte sich nur den Tod. Sie ging nicht zur Beerdigung ihres Mannes, Karel mußte alles allein erledigen. Es waren nicht viele Leute gekommen, einige der Arbeiter aus der Fabrik, ein alter Buchhalter, längst im Ruhestand, ein paar Frauen aus der Nachbarschaft.

Karel betrachtete ihre Gesichter genau. Es war nichts in ihnen zu lesen, nur der alte Mann weinte, die anderen schwiegen verbissen, man sah ihnen nicht an, was sie dachten, sie hatten nur eins: Angst. Der Pfarrer machte es kurz, auch sein Gesicht war verschlossen, auch er hatte Angst.

Karel war vierzehn, ein großer, hübscher Junge. Auch er weinte nicht. Und keiner sah ihm an, was er dachte. Oder besser gesagt: was er empfand. Es war Haß. Er haßte von diesem Tag an die Kommunisten, die mächtige Sowjetunion aus tiefstem Herzen. Er war zu keinem Kompromiß bereit. Er würde es auch in seinem späteren Leben nicht sein. Er hatte von diesem Tag an nur einen Gedanken, nur einen Wunsch: Ich will weg.

Er würde sich an keinem Attentat beteiligen wie sein Bruder, er wollte kein Held sein und kein Märtyrer, er wollte in Freiheit leben.

Das war ein weiter Weg für ihn. Noch konnte er weglaufen, die Grenze war nah und noch nicht dicht. Aber er würde seine Mutter nicht im Stich lassen.

Er saß neben Ludvika und überlegte, was er tun konnte. Tun mußte. Auch er war von einem Tag zum anderen erwachsen geworden. Er hatte beides geerbt, die ruhige Tatkraft seines Vaters und das leidenschaftliche Temperament seiner Mutter.

«Wir müssen fort von hier, Maminka», sagte er.

«Was werdet ihr tun?» fragte der Arzt.

«Ihr könnt bei mir bleiben», sagte Magda Wieland.

«Ich will sterben», stöhnte Ludvika.

Wieder dachte Karel an die Grenze, die nicht weit entfernt war. Doch er sagte: «Wir fahren nach Prag. Da lebt mein Onkel.»

«Könnt ihr bei ihm wohnen?» fragte der Arzt.

«Das weiß ich nicht. Aber ich werde für meine Mutter sorgen.»

Der Arzt betrachtete den Jungen nachdenklich. Er war reif für sein Alter, kein Selbstmitleid in den dunklen Augen, doch Entschlossenheit um den Mund, der nicht mehr lachte. Und gelacht hatte Karel viel, er hatte nicht nur das Temperament seiner Mutter geerbt, auch ihr fröhliches Wesen.

«Und wie?» fragte der Arzt.

«Ich weiß es nicht», sagte Karel.

Er wußte nur eins ganz genau. Oder besser gesagt, er begriff es jeden Tag mehr: Ich will weg.

«Ich muß doch irgendwo, ich muß doch...», sagte Magda Wieland, «ich muß doch die Adresse von Karlis Schwester haben.»

Von Karli hatte sie oft geredet in den letzten Tagen, und Karel wußte, wer damit gemeint war.

«Wir wollen nicht zu den Deutschen», sagte er abweisend.

Pavel Beranék hatte nicht die Karriere seines Bruders gemacht, er war nicht Direktor einer Fabrik geworden, nur mittlerer Beamter bei der Stadtverwaltung, nun pensioniert. Doch er war zeit seines Lebens ein heiterer, ausgeglichener Mensch gewesen, ziemlich uninteressiert an politischen Ereignissen, er wollte gut essen und sein Bier trinken, und er lebte in einer friedlichen Ehe mit einer Frau, die gut kochen konnte und keine großen Ansprüche stellte. Auch seine Tochter Lenka hatte ihm keine Sorgen gemacht, ein Mädchen mit Idealen, nicht besonders hübsch, sie wurde Krankenschwester, ein Beruf, der sie befriedigte. Es gab eine Affäre mit einem jungen Assistenzarzt, aus der nichts wurde, was sie verunsicherte, aber dann lernte sie in den Wirren der Befreiung Ivan kennen, das war eine stürmische Zeit, sie heirateten sehr schnell, und auf einmal hatte Pavel Beranék einen überzeugten Kommunisten in der Familie.

Die Wohnung in der Altstadt war nicht sehr groß, sie hatten zuvor zu dritt darin gewohnt, nun waren sie vier, und als Ludvika und Karel eintrafen, waren sie sechs. Zudem erwartete Lenka ein Kind.

Zu der Beerdigung war Pavel nicht gekommen, man hatte ihn vom Tod seines Bruders gar nicht verständigt.

Diese neue, nicht gerade sehr angenehme Situation, in der sie sich befanden, brachte Ludvika wieder sehr schnell zu sich selbst zurück.

Sie hatte viele Jahre sehr gut und bequem gelebt, nun mußte sie bei Verwandten unterkriechen, die gar keinen Platz für sie hatten. Das erinnerte sie an die ersten Jahre ihrer Ehe, damals im Krieg, als sie bei Jaroslavs Eltern wohnte, erst mit ihm, dann, als er eingezogen wurde, mit dem kleinen Jiři. Nur hatten sie nicht so beengt gelebt, und sie war liebevoll aufgenommen worden. Nicht daß Pavel und seine Frau nicht freundlich zu ihr waren, aber lästige Eindringlinge blieben sie doch. Dazu kamen die Sticheleien des Schwiegersohns, bis es schließlich eines Abends zu einer bösen Auseinandersetzung kam.

Ivan beschimpfte den Grafen Bodenstein und Angèle, und Ludvika widersprach energisch. Sie, ihr Mann und ihre Söhne hätten dem Grafen Bodenstein ein gutes Leben zu verdanken, und Angèle liebe sie wie eine Tochter.

«Eine schöne Tochter, das dekadente Kapitalistenpack», höhnte der Schwiegersohn. «Gut, daß sie jetzt auf der Straße sitzt.»

«Das wird sie gewiß nicht», sagte Ludvika bebend vor Zorn. «Die Komtesse hat reiche Verwandte in Deutschland.»

Sie nannte Angèle absichtlich Komtesse, und wenn sie von Angèles Vater sprach, nannte sie ihn mit Nachdruck Herr Graf.

«Ja, wenn sie nach Deutschland gekommen ist, diese verdammte aristokratische Ausbeuterin. Höchstwahrscheinlich ist sie an der Grenze geschnappt und aufgehängt worden.»

Nachts lag Ludvika auf dem schmalen Sofa in der Wohnstube wach und dachte nach, sobald ihre Wut sich gelegt hatte. Die Wut war heilsam. Sie war wie Medizin.

«Schläfst du?» fragte sie ihren Sohn, dem man auf dem Boden ein Lager auf einer alten Matratze bereitet hatte.

«Nein», antwortete Karel.

«Kennst du die Adresse der Verwandten von Angèle?»

«Tante Magda hat sie nicht gefunden. Es sind nicht ihre Verwandten, es ist eine Schwester von Peters Vater. Aber da können wir nicht hin.»

«Nein. Ich möchte nur wissen, ob sie gut hinübergekommen sind.»

«Ich hoffe es, Maminka. Aber darüber können wir uns jetzt nicht den Kopf zerbrechen. Wir müssen überlegen, was wir tun werden.»

«Du hast recht. Hier können wir nicht bleiben. Sonst begehe auch ich einen Mord.»

Karel verzog den Mund. «Das hilft uns nichts. Wir müssen eine andere Bleibe finden. Und ich muß Geld verdienen.»

«Wie willst du das denn machen? Du mußt in die Schule gehen.»

«Ich gehe nicht mehr in die Schule. In eine höhere Schule lassen sie mich sowieso nicht.»

«Dann mußt du etwas lernen.»

«Ja.»

«Jiři hat studiert.»

«Ich weiß es, Maminka. Aber daran ist nicht zu denken. Kennst du denn gar keine Leute in Prag?»

«Gar nicht weit von hier bin ich aufgewachsen. Das waren Deutsche. Sie holten mich aus dem Waisenhaus und waren immer gut zu mir. Aber sie leben schon lange nicht mehr.»

«Hatten sie keine Familie?»

«Doch. Meine Mutter hatte eine Schwester in Olmütz. Aber die war noch älter. Nein, da ist keiner mehr da. Ich war sieben, als ich zu ihnen kam. Sie hatten auch Jaroslav sehr gern, sie machten eine richtig schöne Hochzeit für uns. Dann kam bald der Krieg.»

«Der alte Krieg.»

Karel nannte es immer so, der alte Krieg und der neue Krieg.

«Im Krieg lebte ich dann mit Jiři bei den Eltern von Jaroslav. Später, als wir in Eger waren, besuchten wir sie manchmal. Seine Eltern. Meine Eltern. Sie sind alle tot. Es ist keiner mehr da.»

Ludvika richtete sich mit einem Ruck auf. «Es ist sinnlos, von früher zu reden. Wir müssen jetzt etwas tun. Ich muß Arbeit finden, Karel.»

«Und ich auch.»

«Du mußt etwas lernen.»

«Ich werde von selber genug lernen. In Prag gibt es viel zu lernen und zu sehen. Das können nicht einmal die Kommunisten verbieten.»

«Was möchtest du denn lernen?»

«Ich weiß noch nicht. Etwas mit den Augen.»

«Mit den Augen?»

Aus dem Nebenzimmer kamen Geräusche, eine ärgerliche Stimme war zu hören.

«Pst!» machte Ludvika. Sie stand auf, das Licht einer Straßenlaterne, die durch das Fenster kam, erhellte das Zimmer ein wenig. Sie schlich zu Karels Lager und kniete bei ihm nieder. «Wir müssen ganz leise sprechen. Ivan ist aufgewacht. Wie meinst du das, mit den Augen?»

«Ich möchte malen», flüsterte Karel. «Oder photographieren.»

Das tat er schon seit einiger Zeit mit Begeisterung. Jaroslav hatte ihm einen kleinen Photoapparat geschenkt, den er fast ständig mit sich herumtrug.

«Es gibt so viel zu sehen in Prag. Ich war heute wieder auf dem Hradschin und habe mir alles angesehn. Und wenn man hinunterschaut auf die Stadt, die Moldau, die Türme, die Häuser, das ist wunderschön. Ich mußte denken, wie gut es ist, daß bei uns keine Bomben gefallen sind. Ich habe Bilder gesehen, wie zerstört die Städte in Deutschland sind.»

«Das ist die Vergeltung für ihre Schuld», sagte Ludvika hart.

«Nicht alle Menschen sind schuldig. Es gibt auch schuldlose Opfer.»

Ludvika schluckte. Sie schwieg eine Weile.

«Das hat dein Vater gesagt.»

«Ja, ich weiß. Und darum sage ich es auch. Und nun geh wieder in dein Bett, Maminka, du wirst dich erkälten.»

«Das macht nichts. Ich will sterben.»

«Man stirbt nicht an einem Schnupfen. Wir müssen überlegen, was wir tun. Morgen. Weißt du, ich sehe nicht nur die Burg oder den Dom, ich sehe die Gesichter der Menschen. Ich sehe sie alle an und versuche herauszukriegen, was sie denken.»

«Das kann man nicht.»

«Doch, das kann man. Denk nur mal an heute abend. Ich konnte genau sehen, was Onkel Pavel denkt. Und Lenka. Sie ist ziemlich dumm, aber es war ihr peinlich. Und er? Dem hast du doch auch angesehn, was er denkt.»

«Er hat es ja laut genug gesagt.»

«Ich habe auch gesehn, was du denkst. Deine Augen funkelten vor Zorn. Du wolltest nicht sterben. Du wolltest kämpfen. Du hattest sogar die Fäuste geballt.»

«Das hast du gesehen?» Ihre Stimme war nur ein Hauch.

«Ich sehe das alles. Die Augen der Menschen, ihren Mund, ihre Hände. Du wolltest kämpfen, Maminka. Nicht sterben. Und du kannst mich doch nicht verlassen. Ich habe doch nur noch dich.»

«Ja, du hast recht. Und mir ist auch jetzt etwas eingefallen, weil du sagst, du willst malen.»

Karel hatte sich aufgerichtet, ihr Mund war nahe an seinem Ohr.

«Herr Bronski. Kannst du dich an den noch erinnern?»

«Der die schönen Märchenbilder gemalt hat?»

«Ja, der. Er hat Teller für die Fabrik entworfen. Und als du klein warst, hat er für dich immer Bildchen gemalt. Du warst ganz begeistert davon. Weißt du das noch?»

«Natürlich weiß ich das. Onkel Gottlieb.»

«Gottlieb Bronski. Anfang des Krieges ging er nach Prag. Jaroslav hat ihn manchmal besucht.»

«Weißt du, wo er wohnt?»

«Er wohnte auf der Kleinseite, das erzählte Jaroslav. Aber wo genau... Das weiß ich nicht. Er wird auch nicht mehr hier sein.»

Karel küßte seine Mutter auf die Wange.

«Schlaf jetzt, Maminka. Wir reden morgen weiter. Nicht hier. Morgen kommst du mit mir.»

Seit sie in Prag waren, hatte Karel jeden Tag die Wohnung verlassen und war in der Stadt herumgestromert, ziellos, planlos, aber mit seinen wachen Augen. Er kannte sich schon recht gut aus, wanderte hierhin und dorthin, der Hunger trieb ihn irgendwann nach Hause.

Ludvika hingegen war nie fortgegangen, vergraben in ihren Kummer, schweigsam ganz gegen ihre Art. Sie räumte auf, putzte, half ihrer Schwägerin in der Küche, die viel Mühe hatte, die Familie zu ernähren. Sie redete viel und laut, über die Schwere der Zeit, die fehlenden Lebensmittel, und das war für Ludvika eine zusätzliche Demütigung. Sie hatte kein Geld, nur gerade das, was sie in der Tasche getragen hatte. Und Geld war das erste, worüber sie nachdachte. Jaroslav hatte ein Bankkonto gehabt. War das beschlagnahmt? Konnte sie darüber verfügen? Und wie fing sie das an?

Sie hatte mit Pavel darüber gesprochen, und der hatte gesagt: «Das kannst du vergessen.»

Ludvika vergaß es nicht. Irgendwann mußten die Verhältnisse doch wieder normal werden, Kommunisten her oder hin. Und sie hatte auch darüber nachgedacht, was für Leute ihr Mann in Prag gekannt hatte. Kunden, Lieferanten, Leute, die er besucht hatte, wenn er nach Prag fuhr. Aber in den Nachkriegsjahren war er selten nach Prag gefahren. Die Fabrik arbeitete nur mühselig, mit eingeschränkter Produktion.

«Wir verdienen jetzt nichts», hatte Jaroslav gesagt, vor kurzem erst. «Das wird sich ändern. Bald. Wir leben in einer Demokratie, und die Wirtschaft wird wieder in Schwung kommen.»

War noch Geld auf dem Konto? Wieviel? Und wem gehörte es jetzt?

Am nächsten Morgen verließ sie mit Karel schon in den frühen Vormittagsstunden die Wohnung, sie gingen hinab zur Moldau, dann über die Karlsbrücke.

Mitten auf der Brücke blieb Ludvika stehen.

«Es geht so nicht weiter, Karel. Wir können so nicht weitermachen.»

Karel sah sie an, er las in ihrem Gesicht.

«Pavel hat nur eine kleine Pension. Ich weiß gar nicht mal, wie das jetzt ist. Ich meine, ob er das Geld richtig bekommt. Ivan verdient. Wenn du es genau betrachtest, leben wir von seinem Geld.»

Ivan war Vorarbeiter in einer Maschinenfabrik. Ludvika hatte keine Ahnung, was er verdiente.

«Es ist für mich ein unerträglicher Gedanke, daß wir von seinem Geld essen. Und Lenka verdient auch. Aber sie ist im vierten Monat, irgendwann wird sie aufhören zu arbeiten. Was sollen wir bloß tun, Karel?»

«Komm weiter», sagte er ruhig.

«Du bist doch noch ein Kind. Ich muß für dich sorgen. Ich kann weiter nichts als kochen. Und ... und was man so tut in einem Haushalt. Ich habe nie etwas gelernt, Karel. Aber ich werde dir sagen, was ich tun werde. Ich gehe in eine Wirtschaft und frage, ob sie niemand brauchen zum Kartoffelschälen. Und zum Tellerwaschen. Und vielleicht kann ich auch bedienen. Was meinst du?»

«Komm jetzt.» Sie gingen langsam weiter. Es war ein kalter Tag, der Wind blies heftig über den Fluß.

«Ich glaube, es suchen sehr viele Leute Arbeit», sagte Karel. «Ich war gestern in einer Werkstatt und habe gefragt, ob sie mich nicht brauchen können.»

«Was für eine Werkstatt?»

«Für Autos. Ich habe gesagt, ich könnte die Autos waschen. Und vielleicht noch lernen, was es da zu tun gibt.»

«Und?»

«Sie haben mich ausgelacht. Dafür könnten sie so viele Leute bekommen, wie sie wollten. Nicht so einen Knirps wie mich.» Er richtete sich gerade auf. «Findest du, daß ich ein Knirps bin?»

Unwillkürlich mußte Ludvika lachen. «Du bist heute schon größer als ich. Aber darum geht es wohl nicht. Wirklich, Karel, ich möchte, daß du in die Schule gehst.»

«Die Kommunisten lassen mich nicht in eine Schule gehen. Ich will weg von hier.»

«Weg? Aber du hast gesagt, es gefällt dir in Prag.»

«Es gefällt mir in Prag. Aber du hast recht, ich muß erst etwas lernen, ehe ich eine Arbeit finde. Und solange ich lerne, verdiene ich kein Geld. Gestern war ich auch auf dem Bahnhof. Und habe mich angeboten, Koffer zu tragen. Hier», er griff in die Tasche seiner dünnen Jacke, «nur fünf Kronen. Und dann kamen andere, die dort immer Koffer tragen, und haben mich weggejagt. Wir können hier nicht bleiben. Ich will weg.»

«Wo willst du hin?»

Ja, wo wollte er hin? Rundherum waren Grenzen. In das zerstörte Deutschland, in das besiegte Österreich, Polen, Ungarn, wo überall Kommunisten waren?

Sie waren auf dem anderen Ufer der Moldau angelangt. Karel blieb stehen und blickte hinauf in den klaren Vorfrühlingshimmel.

«Die Welt ist so groß. Wir hatten in der Schule einen Globus. Und wir mußten immer die Länder suchen und erklären, was es dort gibt. Am meisten hat er immer von Rußland gesprochen.»

«Wer?»

«Unser Lehrer, der Kovacs. Rußland ist ein Paradies, hat er gesagt. Und es ist unvorstellbar groß. Aber da will ich nicht hin. Ich möchte nach Amerika.»

«Nach Amerika?»

«Die haben den neuen Krieg gewonnen. Rußland hat ihn auch gewonnen. Aber da will ich nicht hin. Und rund um uns sind nur Länder, die den Krieg verloren haben.»

«Wir haben keinen Krieg verloren.»

«Aber bei uns ist es so wie verloren. Eines Tages werde ich nach Amerika gehn.»

«Mein Gott, Karel!»

Karel griff nach ihrer kalten Hand.

«Komm», sagte er, «denk jetzt mal an Herrn Bronski. Denk mal nach, was Vater erzählt hat. Wir sind jetzt auf der Kleinseite. Wo hat er gewohnt?»

«Ich weiß es nicht. Und er ist bestimmt nicht mehr da. Er ist Österreicher.»

«Österreicher?»

«Ja. Nur seine Mutter ist Pragerin. Und sie war manchmal bei ihm, hat Jaroslav erzählt. Er hat nicht schlecht verdient bei den Nazis.»

«Was hat Vater gesagt?»

Sie gingen langsam die Mostecka hinauf.

«Er hat keine Teller mehr bemalt. Nur noch Bilder von Prag. Von allen Ecken und Plätzen, von Häusern und Kirchen. Und die Deutschen haben das gekauft. Jaroslav sagte, sie nehmen das mit nach Deutschland und zeigen ihnen dort, wie schön unser Prag ist. Schöne Bilder, hat er gesagt. Und die Deutschen haben sie gekauft. Herrn Bronski ging es gut.»

«Na ja, wenn er Österreicher ist, haben sie ihm nichts getan. Und du weißt wirklich nicht, wo er gewohnt hat?»

«Ich weiß es nicht, Karel», sagte Ludvika verzweifelt.

Sie standen auf dem Platz vor der Niklaskirche. Irgendeine Kundgebung fand gerade statt, rote Fahnen wehten, Fetzen einer Rede schollen über den Platz, Gejohle.

«Jiři hatte ihn auch gern, er hat ihn manchmal besucht.»

«Er hat Bilder für die Deutschen gemalt», sagte Karel voll Verachtung.

«Dein Vater hat gesagt, für einen Künstler gelten eigene Gesetze, und er hat seine eigene Moral. Die Politik darf sein Leben nicht verderben. Sein Leben ist sein Werk.»

«Ich bin nicht dieser Meinung», sagte Karel finster.

«Er ist bestimmt nicht mehr hier», sagte Ludvika nach einer Weile.

Sie gingen langsam die Nerudova hinauf. Karel betrachtete jedes Haus, jedes Tor, jedes Fenster.

«Österreich hat den Krieg auch verloren. Aber wenn er für die Nazis Bilder gemalt hat, ist er ganz bestimmt nicht mehr hier.» Und dann, nachdenklich: «Für einen Künstler gelten eigene Gesetze und eine eigene Moral. Das hat Vater wirklich gesagt? Ich möchte auch ein Künstler werden.»

In der Tasche trug er die kleine Leica, die sein Vater ihm geschenkt hatte. Nur konnte er keine Bilder mehr machen, er hatte kein Geld für Filme. Falls es überhaupt welche gab.

«Schau dich genau um, Maminka. Wir gehen jetzt durch alle Gassen. Vielleicht fällt es dir ein, wo Herr Bronski gewohnt hat.»

«Graf Bodenstein hat hier früher ein Palais gehabt. Er hat es verkauft.»

Das demütigende Leben in der Wohnung von Pavel Beranék ging weiter, doch dann, Gott ist mit den Verlorenen, es war etwa drei Wochen später, entdeckte Karel bei seinen Streifzügen durch die Stadt die kleine Galerie hinter dem Carolinum. Er blieb überall stehen, wo er Bilder sah, doch hier war es das Bild einer Frau, das ihn stocken ließ. Er stand und starrte, minutenlang, ohne sich zu rühren.

Es war ein ziemlich großes Bild, es stand in der Mitte des ebenerdigen Raumes hinter dem breiten Fenster auf einer Staffelei. Ein ernstes, schmales Gesicht, schmalgeschnittene Augen unter hohen Brauen, ein verschlossener Mund ohne die Spur eines Lächelns, langes dunkles Haar. Und vage angedeutet dräute hinter diesem Gesicht der Schatten eines Turmes.

Ohne zu wissen, was er tat, hob Karel die geballte Faust an den Mund, als müsse er einen Schrei festhalten. Die Frau auf dem Bild sah aus wie Angèle Bodenstein. Sie sah nicht genauso aus, aber sie ähnelte ihr. Die Haltung des Kopfes, die Abwehr im Blick, der kühle Hochmut – seltsam, alles erinnerte ihn an die Komtesse, wie seine Mutter Angèle nannte. Erst nach einer Weile gelang es ihm, die anderen Bilder zu betrachten. Sie waren kleiner, etwas in den Hintergrund gerückt. Es waren Ansichten von Prag, vieles kannte er nun schon, den Pulverturm, den Altstädter Ring, die Teynkirche, die Fassade eines alten Hauses, voll von Ornamenten, Tieren und Blüten aus Stein, so sahen viele Häuser drüben auf der Kleinseite aus. Und ganz im Hintergrund ein düsteres Bild, eine dunkle drohende Gestalt, riesig und gebückt zugleich, wie ein Schemen in einer gespenstisch leeren Gasse: der Golem. Und dieses Bild erinnerte Karel an die Märchenbilder, die er einst geschenkt bekommen hatte, bei denen er manchmal zusehen konnte, wie sie entstanden.

Er stand und schaute von einem Bild zum anderen, dann wieder haftete sein Blick wie gebannt auf dem Gesicht der schönen, stolzen Frau, die aussah wie Angèle Bodenstein.

Endlich riß er sich zusammen, betrachtete nun die Tür neben dem Fenster. Er hatte noch nie eine Galerie betreten. Er mußte da hinein. Diese Bilder hatte Gottlieb Bronski gemalt, kein Zweifel. Doch was sollte er sagen, wenn er da hineinging?

Er zögerte, ging ein paar Schritte weiter, kehrte wieder um. Stand wieder vor dem Fenster.

Sah sie ihn an, die schöne Unbekannte, die ihn an die Komtesse erinnerte?

Geh doch, schien sie zu sagen, trau dich doch!

Aber sie sah ihn gar nicht an. Sie sah keinen an.

Dann griff er nach der Klinke, öffnete die Tür, tat einen Schritt ins Innere, blieb stehen.

Ein alter Mann, der an einem Tisch saß und las, blickte auf. Karel stand und rührte sich nicht.

«Na, Genosse», fragte der Mann, «was kann ich für dich tun?»

Karel wagte einen zweiten Schritt.

«Das ist...», seine Stimme wollte ihm nicht gehorchen, er räusperte sich. «Ich meine, das ist ein schönes Bild.»

Der Mann stand auf und lächelte freundlich.

«Welches Bild meinst du?»

«Sie», sagte Karel mit einer Kopfbewegung zu der Staffelei hin.

«Da hast du recht. Willst du es kaufen?»

Karel lachte verlegen. «Ich habe ja kein Geld.»

«Es ist gar nicht zu verkaufen», sagte der Mann. Er kam näher, stellte sich neben Karel. Man konnte auch von hier aus das Bild gut sehen.

«Wir verkaufen es nicht», wiederholte der Mann. «Wir stellen es nur aus, damit Kenner kommen und die anderen Bilder kaufen. Aber leider, den meisten Leuten geht es wie dir, sie haben kein Geld. Ein schönes Bild, ja. Es ist die Königin von Prag. Falls du weißt, was eine Königin ist.»

«Die gibt es im Märchen», sagte Karel, schon mutiger geworden.

«Die gab es früher auch in Wirklichkeit. Lang, lang ist's her. Aber ich sehe, du hast Kunstverstand. Komm nur herein und schau dir die anderen Bilder an.»

Doch da hatte Karel bereits das Plakat im Hintergrund entdeckt. Eine eher futuristische Zeichnung, und darunter stand groß der Name G. Bronski.

«Ich habe gleich gesehen, daß es Bilder von Herrn Bronski sind», sagte Karel glücklich.

«So, das hast du gesehen. Ich sage ja, du hast Kunstverstand. Kennst du denn Bilder von ihm?»

«Er hat sogar welche für mich gemalt.»

«Nein? Das mußt du mir erzählen. Komm, setz dich. Willst du einen Becher Kaffee? Ist nur so dünnes Zeug, aber was soll man machen. Man muß froh sein, überhaupt etwas im Topf zu haben. Übrigens, ich bin Johann Cipka.»

«Ich heiße Karel Beranék», sagte Karel und setzte sich auf die Kante des Stuhls am Tisch von Herrn Cipka.

Der füllte einen Becher aus der großen Kanne, die seitwärts unter einer großen Kaffeemütze stand.

«Ein paar Kekse habe ich auch noch, Karel. Gehst du denn öfter in eine Galerie?»

«Es ist heute das erstemal», gestand Karel. «Weil ich das Bild von der Königin gesehen habe. Die kenne ich auch.»

«So. Die kennst du auch. Du bist ja ein toller Bursche. Das mußt du mir mal der Reihe nach erzählen.»

Doch nun wurde Karel vorsichtig. Das hatte er schon gelernt, daß man zur Zeit nicht immer und überall und vor allem nicht jedem erzählen konnte, was man wußte. Und schon gar nicht, was man dachte.

Er nahm einen kleinen Schluck von dem Kaffee und sagte: «Der Kaffee schmeckt sehr gut.»

«Freut mich. Es beweist, wie jung du bist. Ich bin noch an anderen Kaffee gewöhnt.»

Herr Cipka lächelte freundlich. Er hatte ein rundes Gesicht, erstaunlich blaue Augen unter dem weißen Haar und ein verschmitztes Lächeln. Er stellte eine Dose mit Keksen auf den Tisch.

«Die sind auch nicht mehr so wie früher. Aber probier mal!»

Karel nahm mit spitzen Fingern einen Keks aus der Dose, biß ein Stück davon ab. Ein trockner Keks, dem es an Süßigkeit fehlte.

Herr Cipka sah ihm abwartend zu.

«Du wirst kaum behaupten, daß du den Keks auch gut findest.»

Nun lachte Karel.

«Wie es eben heute so schmeckt», sagte er.

«Du hast es genau getroffen. Wie es heute eben so schmeckt, die Kekse, der Kaffee, und das Leben überhaupt. Bessere Kekse hast du auch schon gegessen, so jung wie du bist. Früher hat meine Frau so was gebacken, das schmeckte natürlich anders.»

«Meine Mutter hat auch gebacken.»

«Und das schmeckte besser, denke ich mir. Und jetzt bäckt sie nicht mehr.»

«Na ja, schon. Wenn sie kann.»

«Es fehlen die Zutaten», Herr Cipka nickte mit Nachdruck. «Immerhin entnehme ich deinen Worten, daß es deine Mutter noch gibt.»

«Ja», sagte Karel. «Sie ist jetzt auch in Prag.»

Herr Cipka nickte wieder. «Aha. Sie ist jetzt auch in Prag. Siehst du, meine Frau, die früher bessere Kekse gebacken hat, lebt nicht mehr. Also bist du besser dran als ich. Und dann entnehme ich deinen Worten außerdem, daß deine Mutter noch nicht lange in Prag ist. Und du?»

Karel lernte rasch. Wieviel ein kluger Mann aus Worten schließen konnte.

«Wir sind seit ungefähr zwei Monaten hier», sagte er.

Seine Augen, die so gut sehen und erkennen konnten, forschten in Herrn Cipkas Gesicht. Es war der erste Mensch außerhalb der Familie, mit dem er ein Gespräch führte, seit er in Prag war. Ein erstaunliches Gefühl von Ruhe, von Entspannung erfüllte ihn.

«Wir kommen aus Eger», sagte er.

Herr Cipka nickte. «Verstehe. In Eger war Herr Bronski früher auch. Kennst du ihn daher?»

«Mein Vater...», begann Karel, dann stockte er. «Ja, ich kenne Herrn Bronski aus Eger. Als ich noch klein war, malte er für mich Bilder. So aus Märchen.»

«Die Porzellanteller», sagte Herr Cipka befriedigt. «Nun kommen wir der Sache schon näher.»

Karel erzählte. Von Eger, von früher, von den Bildern, die Gottlieb Bronski für ihn gemalt hatte, als er ein kleiner Junge war. Und dann sprach er auch von seinem Vater.

«Das wird Herrn Bronski tief betrüben», sagte Herr Cipka, «er hat mit großer Hochachtung von deinem Vater gesprochen.»

Nun kam der große Kummer zurück, den Karel in letzter Zeit verdrängt hatte. Seine Augen standen voller Tränen, als er an Herrn Cipka vorbei auf das Plakat an der Wand blickte. Herr Cipka stand auf, ging durch den Raum, rückte hier und da an den Bildern.

«Ja», sagte er dabei, «so ist das. Da habe ich vorhin gesagt, du bist jung, und da macht es dir nichts aus, daß der Kaffee und die Kekse nichts mehr taugen. Aber Jungsein bedeutet heutzutage nicht, daß man von Leid verschont wird. Soll ich Herrn Bronski erzählen, daß ich dich getroffen habe?»

«Ist er denn in Prag?»

«Ja, er ist in Prag.»

«Und er malt?»

«Ununterbrochen. Das sind alles ältere Bilder, die hier hängen. Wir hoffen halt, gelegentlich eins davon zu verkaufen.»

«Und warum...», Karel deutete auf das Plakat, «warum hängt das nicht draußen? Und warum sieht man seinen Namen nicht im Fenster?»

Herr Cipka kam zurück und blieb vor Karel stehen.

«Du bist ein kluger Junge, Karel. Man muß das abwarten, weißt du. Man muß erst mal sehen, wie das weitergeht.»

Karel fand sich nun jeden Tag in der Galerie ein, er bekam dünnen Kaffee und trockene Plätzchen, und am vierten Tag traf er Gottlieb Bronski.

Viele Jahre waren vergangen, seit Gottlieb Bronski Eger und die Bodensteinsche Fabrik verlassen hatte, aber er sah noch genauso aus wie damals.

Er umarmte Karel.

«Ich habe alles schon gehört. Wie groß du geworden bist! Ach Karel, dein Vater!»

Gottlieb Bronski kam tagsüber nie in die Stadt herunter, nur am Abend schaute er in der Galerie vorbei, und Cipka hatte ihm von Karel erzählt.

«Wie geht es deiner Mutter?»

«Wie soll es ihr schon gehen», sagte Karel abwehrend. Diesmal weinte er nicht. Zu groß war die Freude, daß er, und nur er, Gottlieb Bronski gefunden hatte.

Sie bekamen Kaffee und trockne Kekse, später standen sie vor dem Fenster, und Karel fragte: «Ist das die Komtesse Bodenstein?»

«Sie hat mir nicht Modell gesessen. Ich habe sie nur zweimal kurz gesehen, und dann habe ich das aus dem Gedächtnis gemalt. Erst Skizzen, und vor fünf Jahren das Bild. Findest du, daß es ihr ähnlich sieht?»

«Ich habe sie gleich darauf erkannt.»

«Ich hatte das Bild damals auf einer Ausstellung und hätte es gut verkaufen können. Aber ich verkaufe es nicht.»

Schon am nächsten Tag kam Ludvika mit in die Galerie. Karel hatte ihr von den Bildern erzählt, und als er Gottlieb Bronski gesprochen hatte, sagte er triumphierend: «Er kommt morgen wieder, und du sollst auch kommen.»

«Aber, Karel? Ich?»

Sie blickte an sich hinunter, sie hatte nicht mehr viel anzuziehen, denn sie hatte ja nichts mitnehmen können, als man sie aus dem Haus trieb. Das Kleid, der Mantel, das waren die einzigen Sachen, mit denen sie nach Prag gekommen war, und das Kleid paßte sowieso nicht mehr, sie war sehr dünn geworden. Vor einigen Tagen hatte ihr Lenka großzügig ein paar Sachen spendiert, die sie selbst nun nicht mehr anziehen konnte. Es war Frühling geworden inzwischen, und Lenka sagte schüchtern: «Ich meine, du müßtest mal was anderes anzuziehen haben.»

Und als sie Ludvikas abweisende Miene sah, fügte sie hinzu: «Entschuldige bitte, ich wollte dich nicht beleidigen. Mir passen die Röcke nicht mehr, aber ...»

Ludvika küßte Lenka auf die Wange. «Schon gut, du beleidigst mich nicht. Es ist sehr lieb von dir, danke.»

Bisher hatte sie die Sachen nicht angerührt, doch nun zog sie einen hellbraunen Rock an, eine grüne Bluse und eine lose beigefarbene Jacke darüber. Sie kämmte sorgfältig ihr dichtes, dunkles Haar, in das sich die ersten grauen Strähnen mischten, und kramte in ihrer Handtasche nach dem Lippenstift. Sie hatte ihn nicht benützt, seit sie in Prag waren.

Karel betrachtete sie genau.

«Du siehst sehr fesch aus, Maminka.»

«Wenn du es sagt, wo du alles so gut sehen kannst ...» Ludvika lächelte, dann wurde ihr Gesicht ernst, und dann sagte sie, geradezu leidenschaftlich: «Ich möchte mir noch einmal im Leben neue Sachen kaufen. Ein Kostüm. Ein helles Kostüm und passende Schuhe dazu. Soll es das denn nie mehr für mich geben? Und du? Du bist längst herausgewachsen aus diesen Hosen.»

«Also die waren schon längst ziemlich kurz, nicht? Du wolltest mir schon lange neue Hosen machen lassen. Es gab nur keinen Stoff.»

«Du wächst auch so schnell», sagte Ludvika vorwurfsvoll.

«Auf keinen Fall werde ich Hosen von Ivan anziehen», sagte Karel mit Nachdruck.

«Die würden dir auch zu kurz sein. Und über dem Popo zu weit. Er hat einen dicken Hintern und kurze Beine, unser Held der Sowjetunion.»

Sie lachten beide. Das konnten sie schon wieder, zusammen lachen.

«Und weißt du, was ich tun werde?» fuhr Ludvika energisch fort. «Ich schreibe jetzt einfach mal an unseren Bürgermeister. Der kennt mich schließlich. Er soll mir mal mitteilen, was aus den Sachen in unserem Haus geworden ist. Die Kleider und die Schuhe und die Bücher und das alles. Ob sich das die Genossen unter den Nagel gerissen haben. Und morgen gehe ich auf die Bank hier und frage, wie das eigentlich mit dem Geld ist, das auf unserem Konto war. Man muß sich ja nicht alles gefallen lassen.»

Karel nickte. «Gut, das machst du. Und jetzt gehen wir erst mal zu Herrn Bronski.»

«Wo geht ihr denn hin?» rief Pavels Frau ihnen nach.

«Nur spazieren», rief Ludvika zurück. «Es ist so schönes Wetter heute.»

Das war es wirklich, leuchtend blau der Himmel über den Türmen, warm und weich die Luft.

«Eigentlich», sagte Ludvika, «wollte ich keinen Frühling mehr erleben. Einen Frühling ohne Jaro, nein, den wollte ich nicht haben.»

«Du wirst noch den Frühling in Amerika erleben.»

«Ach, du mit deinem Amerika. Kann ja sein, daß du mal hinkommst. Eine alte Frau brauchen sie dort bestimmt nicht.»

«Das werden wir ja sehen. Und ich gehe nicht nach Amerika, bevor du nicht dein Kostüm und die neuen Schuhe hast.»

Gottlieb Bronski küßte Ludvika die Hand, genau wie er es früher getan hatte, wenn er ins Haus der Beranéks kam.

«Liebe gnädige Frau, Sie machen sich keine Vorstellung, wie tief mich der Tod Ihres Mannes erschüttert. Er hat mir geholfen, ihm hab' ich's zu verdanken, daß ich das erstemal im Leben Geld verdient hab'.» Er sprach deutsch, tschechisch hatte er noch immer nicht gelernt. Zu Johann Cipka gewandt, fuhr er fort: «Du weißt es eh, ich hab's dir erzählt. Ich hab' mal in Wien a bißerl studiert, aber dann gab mir der Papa kein Geld mehr. Er wollt', daß ich einen anständigen Beruf erlern'. Die Mama war auf meiner Seite, sie ist mit mir nach Prag gefahren, weil sie hier noch Freunde aus ihrer Jugendzeit hat. Einer hatte eine ganz ansehnliche Galerie, der Mohr Ferdl, den mußt doch noch kennen.»

«Den kannte ich gut», sagte Herr Cipka. «Er war Jude und verschwand dann von heute auf morgen, als die Deutschen hier einrückten.»

«Der war's. Er hat eine kleine Ausstellung arrangiert von meinen Bildern, viel waren's eh noch net. Alles so Märchenbilder. Die hat der Herr Beranék gesehen und mich dann mitgenommen nach Eger. Und dann war das eine gute G'schicht mit den Tellern.»

«Teller machen Sie nun nicht mehr, Herr Bronski, wie ich sehe.»

«Naa, das ist vorbei. Ich will ja eines Tages dem Herrn Papa beweisen, daß ich wirklich malen kann.»

«Das Bild von der Komtesse ist wunderschön», sagte Ludvika befangen.

Denn ehe sie die Galerie betraten, hatte ihr Karel das Bild im Fenster gezeigt.

«Finden S' das wirklich, gnädige Frau? Das freut mich aber sehr. Es ist nur so aus dem Gedächtnis gemalt. Ich hab' sie ja nicht gekannt, nur gesehen. Eine so schöne Frau. Müßt man net nachforschen, was aus ihr geworden ist?»

«Das täte ich gern. Ich weiß nur nicht, wie.»

«Bitte schön, gnädige Frau, nehmen Sie Platz», sagte Herr Cipka, er sprach nun auch deutsch. «Darf ich Ihnen eine Schale Kaffee anbieten? Ist ja nur so dünnes Zeug, aber was soll man machen, man muß froh sein...», und so weiter, das kannte Ludvika schon aus Karels Erzählung.

«Darf ich mir erst die Bilder ansehen?» fragte Ludvika höflich.

Gottlieb Bronski führte Ludvika von Bild zu Bild und gab ausführliche Erörterungen dazu, von Jaroslav und Angèle war nicht mehr die Rede. Wie jeder Künstler war Bronski ein Egoist, hauptsächlich mit sich selbst und seiner Arbeit beschäftigt. Ludvika war keine Kennerin, die Bilder gefielen ihr. Sie waren auf konventionelle Art gemalt, zweifellos von geübter Hand und gut beobachtet. Jedoch vom Impressionismus über Expressionismus, geschweige denn Futurismus war Gottlieb Bronski unberührt geblieben.

Herr Cipka verzichtete heute auf die Kanne unter der Haube und brühte frischen Kaffee auf, und Karel entdeckte, daß seit dem vergangenen Tag zwei neue Bilder dazugekommen waren, Frauengesichter. Besser gesagt, ein Gesicht. Nicht so schön wie das der Königin von Prag, aber ein gutgeformtes, lebendiges Gesicht einer nicht mehr ganz jungen Frau.

Ehe sie sich zu Kaffee und Keksen niedersetzten, wies Bronski mit großer Geste auf die Rückseite der Königin.

«Das habe ich ihr zu verdanken. Ich konnte früher nie Porträts malen. Die Märchenbilder, sowas hab' ich schon als Bub gemalt. Und in den letzten Jahren hab' ich Prag gemalt, nix als Prag. Doch dann habe ich mit der Königin angefangen. Just grad a so. Ich hatt' ihr Bild im Kopf. Zunächst waren es nur Skizzen, viele, viele Skizzen, immer wieder von vorn. Doch dann machte ich das Bild. Es war wie... wie... no, wie soll ich das nennen? Wie ein Schlag auf den Kopf. Bums. Nun kann ich Frauen malen. Die neuen Buildln, das ist eine Nachbarin von da, wo ich wohn'. Bei den Nazis war sie eing'sperrt, und ihr Mann ist fortgangen und hat nie mehr nach ihr gefragt. Jetzt ist sie eine Kommunistin, aber schon so eine. Muß auch geben.»

«Sie kann dir sogar nützlich ein», sagte Herr Cipka trocken. «Für den Fall, sie gefällt sich auf den Bildern.»

«Doch, das tut sie. Und nun mal' ich sie noch groß, so ungefähr...»

Bronski hob beide Hände und deutete den Umfang des geplanten Bildes an. «Sie muß mir richtig Modell sitzen, versteht ihr? Das ist das Neue dran. Ich habe noch nie nach einem Modell gemalt. Ich mein, nach einem Frauengesicht.»

Er setzte sich zu ihnen an den Tisch, schob einen Keks in den Mund, schüttelte den Kopf.

«Weißt, Johann, an deinen Platzerln kann man sich einen Zahn ausbeißen.»

«Wenn ich es essen kann mit meinen alten Zähnen, wirst du es auch noch schaffen», sagte Herr Cipka beleidigt.

Bronski lächelte Ludvika an.

«Ich stell' mir vor, daß Sie bessere Platzerln backen, gnädige Frau.»

Ludvika lächelte auch. «Wenn ich die Zutaten habe –»

«Ich erinnere mich an Ihre Powidldatscherln. Das waren die besten, die ich je gessen hab'.»

«Ach ja», seufzte Ludvika.

«Es kommen auch wieder bessere Zeiten», sagte Bronski zuversichtlich.

«Das bezweifle ich», sagte Herr Cipka. «Ich bin zu alt. Vielleicht für dich.»

«Für mich bestimmt», erklärte Bronski selbstzufrieden. «Ohne Kunst können die Menschen nicht leben. Auch die Kommunisten nicht. Die Nazis konnten es auch nicht, und der Krieg hat schon gar nichts daran geändert.»

Er sprach vom Krieg wie von einem fernen Ereignis, das ihn nicht berührt hatte. Und die politischen Veränderungen der Gegenwart nahm er mit Gelassenheit hin. Doch dann zeigte sich, daß er so unbelehrt denn doch nicht war.

«Schaun S', gnädige Frau, ich weiß schon, daß ich ein bisserl altmodisch bin. Ich mal' halt die Dinge so, wie sie aussehen. Für mich ist das ganz kommod, aber ich weiß eh, daß es unmodern ist. Ein Picasso wird aus mir nicht werden. Aber die Leut', mit denen wir's zu tun haben», er hob dozierend den Finger, «ob's die Nazis san oder die Kommunisten, die mögen die Bilder net so exaltiert. In Deutschland haben sie das die Entartete Kunst genannt und verboten. Meine Bilder haben's nicht verboten, sondern gekauft. Also?» Er sah sie der Reihe nach an.

Herr Cipka schüttelte den Kopf und legte den angebissenen Keks neben seine Kaffeetasse.

«Du machst es dir sehr leicht», sagte er.

Karel dachte: Ich möchte alle diese Bilder sehen, diese und jene, die altmodischen und die modernen, die entarteten, die verbotenen, und den Picasso auch.

Ludvika sagte: «Mir gefallen Ihre Bilder sehr gut, Herr Bronski.»

«No ja, das ist eben die Frage. Soll'n Bilder gefallen oder soll'n s' die Leut ärgern. Wissen Sie was, gnädige Frau, ich werde Sie auch malen.»

Ludvika lachte. «Um Gottes willen. Eine alte Frau wie mich.»

«Warum sagen Sie das? Sie sind keine alte Frau. Sie sind sehr lebendig. Und Ihre Augen leuchten. Wissen Sie das nicht?»

Karel sah seine Mutter an und nickte. «Sag' ich auch immer.»

«Ich seh' auch noch Ihr Gesicht von damals. So lang ist es ja noch nicht her. Zehn Jahre. Ihr Gesicht heut und Ihr Gesicht vor zehn Jahr ist für mich ein Gesicht. Wenn ich mit meiner Kommunistin fertig bin, kommen Sie dran, Frau Beranék. Werden Sie mich mal besuchen?»

«O ja, natürlich, gern», sagte Ludvika und blickte ihren Sohn an. «Wo wohnen Sie eigentlich, Herr Bronski?»

«Drüben. Auf der Kleinseite. Ich wohn' da sehr hübsch, was sagst, Johann?»

«Geradezu pompös», bestätigte Herr Cipka.

«Einer draußen vom Barrandov-Studio, der hat mir die Wohnung verschafft. Ich hab' nämlich auch eine Zeitlang für den Film gearbeitet.»

«Bei den Deutschen», warf Ludvika ein.

«Freilich. Die haben ja draußen die schönsten Filme gedreht während des Krieges. Überhaupt nachdem in Deutschland immer mehr kaputtgegangen ist durch die Bomben, da waren sie froh, daß sie hier in Ruhe haben arbeiten können. Große Hallen haben sie gebaut, da profitieren die heute davon. Gedreht wird ja wieder fleißig. Filme sind gut fürs Volk, da vergißt es den Hunger.»

«Und was haben Sie gemacht beim Film, Herr Bronski?» fragte Ludvika.

«Verschiedenes. Angefangen hat es mit einem Märchenfilm, ganz klar, net? Da hab' ich die Kulissen gemalt. Und dann die Übergänge von Innen- zu Außenaufnahmen gepinselt. Das war wirklich ganz lustig. Mir hat's Spaß g'macht, und bei den Filmleuten war ich dann hochangesehen. Es gab da immer wieder mal was für mich zu tun. Und vor allem haben sie meine Bilder gekauft, meine Prag-Bilder. Schad, daß ich die Frauen da noch nicht konnte. Bei den ganzen hübschen Madln vom Film, das wär' ein G'schäft gewesen. Aber wißt ihr was? Ich werd' mich mal wieder in den Filmstudios blicken lassen.»

«Ist das nicht gefährlich?» fragte Ludvika. «Wenn Sie doch in der Nazizeit für die Deutschen gearbeitet haben.»

«Ka Spur. Die Leut vom Film san net so politisch. Die drahn sich immer nur um sich selber.»

Dies erste Treffen mit Gottlieb Bronski in Herrn Cipkas Galerie war unterhaltsam und hatte Ludvika wieder ein Stück aus ihrer Lethargie herausgeführt. Zu Hause verschwiegen sie die Begegnung. Dem Pavel hätte es Ludvika erzählt, aber die anderen brauchten es nicht zu wissen.

Für Karel wurde das Leben jetzt sehr abwechslungsreich. Er besuchte regelmäßig Herrn Cipka in seiner Galerie, und nachdem er das erstemal bei Bronski gewesen war, fand er sich öfter dort ein.

Gottlieb Bronski wohnte in einem der alten Häuser auf der Kleinseite, gleich hinter dem Waldstein-Palais. Verwinkelte Gassen bergauf und bergab, Treppen und romantische Ecken, verschwiegene Gärten und Veranden, unverändert, unzerstört, wie sie im Laufe der Jahrhunderte gebaut worden waren; die Fassaden und Türen der Häuser verziert mit Steinfiguren und Ornamenten, mit Bildern und Allegorien, viele der Häuser trugen einen Namen.

Im Erdgeschoß des Hauses wohnte und arbeitete der Schneidermeister Kohlstadt, im ersten Stock bewohnte Gottlieb Bronski mehrere Räume, davon ging einer nach Norden mit einem großen breiten Fenster.

«Aber das ist ja ein richtiges Atelier», staunte Ludvika, als sie das erstemal Karel begleitete, der mehrmals eine Einladung von Herrn Bronski überbracht hatte.

«Drum paßt mir das Haus auch so gut», sagte Bronski. «Ich hab' ja schon erzählt, es war ein Freund draußen von den Filmstudios, der das gebandelt hat.»

«Da hat er Ihnen aber einen großen Gefallen damit getan», sagte Ludvika diplomatisch.

Karel warf ihr einen raschen Blick zu. Er hatte gelernt. In den Filmstudios waren die Deutschen gewesen, und die Deutschen waren die Nazis gewesen, aber wie Herr Bronski erst kürzlich erklärt hatte, nahmen es die Künstler nicht so genau mit der Politik. Eigene Gesetze und eigene Moral, und am besten war es, man regte sich nicht mehr darüber auf.

Aber wie sie gleich erfuhren, war sich Herr Bronski sehr klar über die Situation.

«Ich hab' ja drauf gewartet, daß man mich wieder rauswirft. Früher hat das Haus einem Juden gehört, und der hat auch gemalt. Der ist so gescheit gewesen, gleich im achtunddreißiger Jahr zu verschwinden. Der hat das Fenster hier einbauen lassen. Und der Kohlstadt erzählt, daß der wunderschöne Madln hier gehabt hat.» Und mit einem Blick auf Karel fügte er hinzu: «Als Modelle, sagt der Kohlstadt. Also konnt' er wohl gut Frauen malen.»

«Und was wurde aus dem Haus, als dieser Maler fort war?»

«Erst hat einer von den Deutschen hier gewohnt, der ist bald wieder zurück nach Berlin. Und dann wohnten immer abwechselnd die Filmleute hier, Regisseure oder Schauspieler, wer halt grad im Barrandov draußen zu tun hatte. Und wie ich dann für den Film gearbeitet hab' und mich mit denen ganz gut angefreundet hab' – no ja, dann konnt' ich hier einziehn. Ich hab' damals in der Neustadt gewohnt, ziemlich dunkles Loch, zum Malen gar nicht geeignet. Offen gestanden, hab' ich dacht, sie setzen mich wieder raus. Aber da denkt keiner dran.»

«Da haben Sie Glück gehabt, Herr Bronski», sagte Ludvika. «Man kann nur hoffen, daß es so bleibt.»

«Hätt ja sein können, der Jud kommt wieder, net wahr? Aber bei den Kommunisten will der wohl auch nicht leben.»

«Zuerst nach dem Krieg war es ja nicht so kommunistisch.»

«Schon. So halb und halb aber doch. Vielleicht ist er in Amerika, der Kollege.»

«In Amerika?» fragte Karel gespannt.

«Könnt' ja sein.»

«Da möchte ich auch hin.»
«Ah geh? Im Ernst? No, ich weiß net. Du bist jung, freilich. Was möchst denn machen in Amerika?»
«Ich möchte zum Film», platzte Karel heraus.
«Zum Film?» wunderte sich Bronski. «Als a Schauspieler? Bist ja ein ganz hübscher Bursch. Aber das ist ein hartes Brot, glaub mir's.»
«Nicht als Schauspieler. Ich möchte...», Karel wurde verlegen. «Ich möchte das Photographieren lernen.»
«Ja, das hast du mir schon erzählt. Das ist keine schlechte Sach. Aber ein paar Jahre wirst du da wohl noch abwarten müssen.»
«Lernen halt», sagte Ludvika und seufzte. «Wenn ich nur wüßte, wie man das anfängt.»

Sie nahm die Tasse und trank, es gab auch hier Kaffee, er schmeckte nicht viel anders als bei Herrn Cipka. Es war eine schöne alte Tasse, nur hatte sie einen Sprung, und ein wenig staubig war sie auch. Herr Bronski hatte sie vor ihren Augen aus einem Wandschrank genommen, hinter dessen Glasscheibe kostbares Porzellan aufgebaut war. Altes Porzellan, dafür hatte Ludvika einen Blick.

«Sie haben das alles so übernommen, wie es hier steht», sagte sie und trat vor den Schrank.

«Jedes Stück», erwiderte Bronski fröhlich. «Im Grund gehört mir gar nix hier.»

«Schöne Sachen», sagte Ludvika. «Nur sollte man gelegentlich Staub wischen.»

Bronski lachte. «Das sollt' meine Mama hören. Das sagt sie jedesmal, wenn sie kommt. Jetzt war sie lang nimmer da, mein kleiner Bruder daheim ist sehr krank. Ich hab' da eine Frau, die kommt zweimal in der Woche. Aber wie Sie sehn, sehr ordentlich ist sie net.»

Ludvika wandte sich um, sie lächelte. «Sie sind mir nicht böse, daß ich das gesagt habe?»

«Woher denn? Sie haben ja recht. Früher hat's ja die Frau Kohlstadt gemacht, aber die ist im vorigen Jahr gestorben.»

«Und Herr Kohlstadt wohnt allein da drunten?»

«Er hat eine Tochter, doch die hat nach Brünn geheiratet. Ja, er ist ganz allein. Wie ich.»

«Und er wohnt schon so lang da wie Sie?»

«Aber gehn S'! Er ist hier geboren.»

«In diesem Haus?»

«Freilich. Sein Vater war Schneider, und sein Großvater war Schneider, und vermutlich waren's schon Schneider bei dem Wallenstein.»

«Dann gehört also ihm das Haus?»

«Es gehört ihm net, aber er darf da wohnen.»

«Aber irgend jemand muß es doch gehören. Das müßte man wissen.»

Gottlieb Bronski betrachtete Ludvika mit Verwunderung.

«Sie sind eine gründliche Person, Frau Beranék. Also, ich weiß es nicht. Aber ich werd' den Kohlstadt fragen. Halt dem Juden wird es gehören, denk ich. Jetzt fällt mir auch ein, wie er geheißen hat. Löwenstein. Simon Löwenstein. Wenn S' nachher gehn, schaun's Ihnen die Tür an. In der oberen Hälfte ist ein Löwenkopf. Und rechts und links darunter sieht man Scheren und so lange Bänder, kann sein, das soll Nähgarn sein.»

«Also hat die Familie Löwenstein schon lange in dem Haus gewohnt, und ein Schneidermeister auch.»

«Ich hab' das schon gesehen», sagte Karel begeistert. «Ich hab' bloß nicht gewußt, was es bedeuten soll.»

«Ich mach' Sie gern mit Herrn Kohlstadt bekannt. Er ist ein sehr guter Schneider. Was glauben S' denn, was der für Geschäfte mit den Deutschen gemacht hat. Drei Gesellen hat er hier sitzen gehabt, er ist gar net nachkommen mit der Arbeit. Alle sind sie mit Anzügen vom Kohlstadt nach Deutschland zurückgefahren. Die hatten ja keinen gescheiten Stoff mehr.»

«Und Herr Kohlstadt hatte?»

«Aber klar, er hat soviel Stoff gehabt, wie er gebraucht hat.»

Plötzlich saß Ludvika ein Lachen in der Kehle. Sie mußte daran denken, was Jaroslav gesagt hatte.

Die Tschechen sind ein pragmatisches Volk.

Und: Wir sind Überlebenskünstler.

Wem mochte das Haus gehören? Wem hatte es gehört? Angenommen, die Deutschen hatten es beschlagnahmt, dann mußte man fragen, wer war jetzt der Besitzer. Am Ende doch der Schneider im Parterre. Oder niemand. Tschechische Kommunisten waren eben doch Tschechen und gingen offenbar der Sache nicht auf den Grund.

Ludvika sprach mit Karel auf dem Heimweg darüber.

«Wenn sie das Haus enteignet hätten, dann wüßten sie das doch. Ich kann das nicht verstehen. Die beiden wohnen dort wie die Vögel im Baum. Das kann es ja gar nicht geben. Wenn du es dir genau überlegst, ist dieser Schneider ganz gerissen, und ihm gehört das Haus doch.»

Adolf Kohlstadt war nicht nur gerissen, er war klug.

«Wissen Sie», sagte er zu Ludvika bei ihrem nächsten Besuch, «damals hat es mich geärgert, daß ich Adolf heiße.» Er grinste, ausgesprochen vergnügt. «Aber ganz praktisch war es auch.»

Zur Zeit beschäftigte er keinen Gesellen, aber er hatte dennoch gut zu tun, meist waren es Änderungen, keine Neuanfertigungen. Er saß in einem recht großen Raum gleich neben dem Eingang, bei schönem Wetter auch mal vor der Tür, und schneiderte fleißig vor sich hin. Wem das Haus gehörte, darüber konnte er nicht viel sagen.

«Vielleicht dem Staat, vielleicht dem Herrn von Löwenstein, wenn er eines Tages wiederkommt. Mein Vater hat ihm das Haus verkauft, aber wir dürfen für alle Zeit darin wohnen bleiben.»

Er grinste wieder. Ein paar Zähne fehlten ihm, aber das beeinträchtigte seine gute Laune nicht.

«Ich bin ein werktätiger Mensch, nicht? Kein Kapitalist. Mich können sie nicht auf die Straße setzen.» Und voll Verachtung fügte er hinzu: «Die schon gar nicht. Mein Schwiegersohn ist in der Partei.»

«Aha», sagte Ludvika. Offenbar gab es zur Zeit viele Schwiegersöhne in der Partei.

Kummer machte Herrn Kohlstadt nur sein Bein, genauer gesagt, sein Knie. Er war gestürzt, im kalten Winter nach dem Krieg, wie er erzählte, und seitdem konnte er schlecht laufen.

«Es ist der Menikus oder wie das Ding heißt. Aber ich halt's aus. Nähen kann ich auch im Sitzen.»

Das wiederum bedeutete für Karel eine neue Hose und manchmal ein paar Kronen. Er brachte die fertige Ware zu Herrn Kohlstadts Kunden, und mit der Zeit übernahm er auch die Einkäufe für Kohlstadt und Bronski. Das war kein Beruf und keine Ausbildung, aber immerhin besser als gar nichts.

Auch Ludvika konnte Erfolge verbuchen. Von Eger erhielt sie drei große Pakete mit Garderobe und Büchern, nachdem sie wirklich an den Bürgermeister geschrieben hatte. Geld kam nicht. Sie fand auch für einige Zeit Arbeit, in einer Kneipe in der Nähe, wo jemand krank geworden war. Sie durfte leere Bierkrüge und leere Teller in die Küche bringen und manchmal auch, wenn Not am Mann war, volle Teller und Krüge servieren. Pavel paßte das nicht.

«Was hätte mein Bruder gesagt, daß du so etwas tust. Ich kann dich ernähren.»

«Das kannst du», erwiderte Ludvika freundlich. «Aber so kann ich doch ein wenig zum Haushalt beitragen.»

«Arbeit», tönte Ivan, der Schwiegersohn, «hat noch keinem Menschen geschadet.»

Nach wie vor waren die Verhältnisse in der Wohnung beengt. Lenka, im fortgeschrittenen Zustand ihrer Schwangerschaft, ging nicht mehr in ihre Klinik und war meistens schlecht gelaunt. Und in diesem Sommer begannen auch Pavel Beranéks Magenschmerzen.

Der Schneider Kohlstadt, nicht nur gerissen, sondern auch klug, hatte dann die beste, die richtige Idee.

Es war Sommer, es war sehr warm, eigentlich schon heiß, Adolf Kohlstadt saß vor der Tür, er nähte an einem grauen Jackett auf den Knien, Ludvika, immerhin jetzt im Besitz eines Sommerkleides, lehnte an der Tür, Gottlieb Bronski war eben nach Hause gekommen, höchst beflügelt von einem Auftrag, den er gerade in den Barrandov-Studios erhalten hatte.

«Sie machen einen Zeichentrickfilm», berichtete er. «So was wie der Disney in Amerika. Das können sie nämlich gut hier bei uns.

Bisserl anders als die Amerikaner. So mit Marionetten und Pantomimen und mit Artisten, also wirklich ganz komisch. Und da sind noch genug Leut von damals, die kennen mich. Ich krieg' da einen Job.»

«Einen – Job?» fragte Ludvika. «Was ist das?»

«So heißt das jetzt. Hi, Adolf!» Er schlug Kohlstadt auf die Schulter. «Wir werden wieder Kronen verdienen.»

«Sag mal, du Genie», Adolf Kohlstadt blinzelte in die Sonne, «denkst du auch mal an was anderes als an dich?»

«Wie meinst das denn?»

Gottlieb Bronski blinzelte nun auch in die Sonne und zündete sich eine Zigarette an.

«Was ist eigentlich mit den Zimmern da ober dir?»

«Ober mir?»

«Da sind ein paar Zimmer, und die stehn leer. Ist's nicht so? Die Frau Beranék könnte dort wohnen, und der Karel auch. Gefällt ihnen doch nicht, da, wo sie jetzt sind.»

«Geh!» sagte Bronski. «Da hat seit hundert Jahren keiner mehr g'wohnt.»

«Da haben dem Herrn von Löwenstein seine Dienstboten gewohnt. So lang ist das auch noch nicht her. Keine hundert Jahr.» Und zu Ludvika gewandt fügte er hinzu: «Entschuldigen Sie, Frau Beranék, daß ich von Dienstboten spreche. Er hatte ein Dienstmädchen und einen Chauffeur, denn er konnte nicht Autofahren. Kann doch nicht so verkommen sein da oben.»

Es war nicht verkommen, es war nur staubig und schmutzig, nicht viel mehr als Bronskis Wohnung, denn die Frau, die bisher zum Aufräumen gekommen war, hatte stillschweigend den Dienst quittiert.

«Aber, das ist ja großartig, gnädige Frau», rief Bronski, nachdem sie die Räume besichtigt hatten. «Das ist just das, was ihr braucht. Sie ziehn hier ein und machen mir wieder mal Powiderldatscherl. Wenn ich jetzt beim Film arbeite, verdiene ich Geld. Mehr als genug. Die brauchen mich.»

Gottlieb Bronski war begeistert. Ludvika sah sich die Räume an, und genaugenommen war sie auch schon begeistert. Es war gar nicht klein und eng da oben, und gegen das Notlager in Pavels Wohnung war es geradezu fürstlich. Mit dem Schmutz einiger Jahre würde sie leicht fertig werden.

«Ich werde nicht nur Powiderlndatscherl backen», sagte Ludvika. «Ich werde auch bei Ihnen Ordnung machen, Herr Bronski. Wenn Sie das wirklich wollen. Und wenn es Ihnen nicht lästig ist, Herr Bronski.»

«Ob ich das will! Ich find's großartig. Der Kohlstadt ist doch ein Schatz.»

Noch ehe Lenka ihr Kind bekam, zogen Ludvika und Karel in das Haus auf der Kleinseite um, in das Haus mit dem Löwenkopf und den Scheren.

Pavels Frau, Brosja, sagte ärgerlich: «Wo wollt ihr denn da hin? Bei so einem windigen Künstler wohnen?»

«Aber die Teller gefallen dir doch auch», sagte Ludvika und wies auf die beiden Teller, die an der Wand hingen, die hatte Jaroslav damals seiner Schwägerin geschenkt. Auf dem einen sah man den Froschkönig auf dem Brunnenrand sitzen, vor ihm die Prinzessin mit langem blondem Haar. Und der andere zeigte Hänsel und Gretel, nachts im Wald schlafend, umgeben von dem Engelsreigen. Das war Humperdincks Oper nachempfunden, die Bronski mal als Bub gesehen hatte.

«Sie sind doch immer noch hübsch», sagte Ludvika.

«Schon. Aber wer kauft denn heute bemalte Teller? Dafür hat doch kein Mensch mehr Geld.»

Vorsichtshalber hatten sie nichts erzählt von Herrn Bronskis Erfolgen während der Besatzungszeit, nichts von der Galerie und der Königin. Sie mißtrauten nicht Pavel und seiner Frau, nur dem Schwiegersohn. Sie hätten Herrn Bronski bei einem Spaziergang auf der Straße getroffen, ganz zufällig, so hatten sie es ausgemacht.

Ivan verzog nur verächtlich den Mund, als er hörte, daß die beiden ausziehen würden.

«Gut, daß wir dann wieder mehr Platz haben», knurrte er.

Für Kunst und Künstler interessierte er sich nicht, von einem

Gottlieb Bronski hatte er nie gehört, die Teller fand er blöd, und wer in den Filmstudios gearbeitet hatte, vor und während des Kriegs, war ihm egal. Ins Kino ging er selten, Parteiversammlungen waren wichtiger, da verbrachte er viele Abende.

«Wie sieht's denn überhaupt aus?» wollte Brosja wissen. «Wird ein rechtes altes Loch sein da drüben auf der Seiten.»

«Wir kriegen nur eine kleine Kammer», sagte Ludvika. «Aber es wird schon gehn. Wir können nicht ewig in eurem Wohnzimmer hausen. Und ihr braucht doch wirklich mehr Platz, wenn Lenka erst das Kind hat.»

«Ist sowieso Blödsinn, in so einer Zeit ein Kind zu kriegen», sagte Brosja unwirsch. Sie hatte nicht die geringste Lust, Großmutter zu spielen und für ein Baby zu sorgen, denn darauf würde es ja hinauskommen, wenn Lenka wieder arbeiten ging. Sie war schon gegen die Heirat gewesen, dieser Ivan hatte ihr nicht gefallen, gefiel ihr nicht und würde ihr nie gefallen. Für sie war er ein Prolet, und daß er nicht einmal in seiner kommunistischen Partei Karriere machen würde, dessen war sie sicher.

Pavel selbst enthielt sich jeden Kommentars. Er kannte seine Schwägerin als eine praktische und gescheite Frau. Daß sie nicht gern so unbequem und eng weiterleben wollte, leuchtete ihm ein. Und daß sie nicht in ein Loch ziehen würde, glaubte er zu wissen.

Trotzdem sagte er: «Du wirst mir fehlen, Ludvika. Mit dir und Karel war immer noch ein Stück Jaroslav bei mir.»

«Du wirst uns besuchen», sagte Ludvika.

Pavel sah schlecht aus, sein Magen hatte in letzter Zeit schon öfter gestreikt, jetzt hatte er Schmerzen, und das Essen schmeckte ihm nicht mehr. Und er hatte immer so gern gegessen.

Ludvika und Karel kamen sich vor wie im Paradies. Sie bewohnten drei Zimmer im obersten Stockwerk, die sehr gemütlich wurden, nach dem Ludvika saubergemacht hatte, denn sie fand unter dem Staub schöne alte Möbel. Auch Bronskis Wohnung wurde ein Schmuckstück, und zu essen bekamen sie alle drei recht gut, die Versorgung besserte sich mit der Zeit, und seit Bronski in den Studios arbeitete, hatte er sowieso manchen Vorteil, er konnte bevorzugt einkaufen, Wein und Schnaps kamen ins Haus. Das wurde auch benötigt, denn mit der Zeit kamen Besucher, und vor allen Dingen kamen die Frauen, die Gottlieb Bronski malte.

Es gab auch einige Tage der Angst. Ludvika und Karel wohnten ungefähr ein halbes Jahr da, als eine Anfrage der Behörde sich für den Besitzer des Hauses interessierte.

«Na also, jetzt ham wir den Salat. Jetzt schmeißen's mich naus.»

«Laß mich das machen», sagte Kohlstadt. «Ich kann nachweisen, wie lange wir hier wohnen. Und daß der Löwenstein meinem Vater das Haus abgekauft hat, und daß der Löwenstein es mir zurückgegeben hat, als er verschwand. Daß ich aufpaß, falls er wiederkommt.»

Es gab ein paar Hin- und Herschrebereien, dann schlief die Angelegenheit wieder ein. Möglicherweise nur vorübergehend; immerhin war es möglich, daß früher oder später ein besonders eifriger Beamter mit Nachforschungen unbestimmter Wohn- und Besitzverhältnisse betraut wurde. Aber so eifrig waren tschechische Beamte nicht, sie wurden schlecht bezahlt, und in der Stadt gab es mehr als genug ungeordnete, unklare Verhältnisse, was Besitz und Wohnraum betraf. Manche Unklarheit ging noch zurück auf den alten Staat, war durch Besatzung und Krieg nicht durchsichtiger geworden; die Flucht der Juden und der Nazigegner, das unübersichtliche Kommen und Gehen während des Krieges, dann die Vertreibung der Deutschen hatten ausreichend Verwirrung bewirkt. Jedoch waren nicht nur Menschen gegangen, es waren auch Menschen gekommen, die sich in der Stadt verbargen, in ihren Gassen und Winkeln, ihren Durchhäusern und Kellern. Keiner, der Prag kannte, mochte sich wundern über die dunkle Herrschaft des Golem.

Für das Haus mit dem Löwenkopf jedoch brachen freundliche Zeiten an, und dies war Bronskis Kunst zu verdanken, ihrer neuesten Entwicklung, daß er nun, wie er es nannte, Frauen malen konnte.

Es begann damit, daß die Filmstars im Studio, dann die Schauspielerinnen und Sängerinnen der Theater sich von ihm porträtieren ließen, dann wünschten sich auch die Damen des herrschenden Regimes ihr Konterfei. Das Geschäft blühte, es wurde Mode, sich von Gottlieb Bronski malen zu lassen, er wurde berühmt und verdiente gut. Er kam sehr gut aus mit den Herren der Nomenklatura und erst recht mit ihren Damen, sein scheuer Charme, sein unschuldsvolles Lächeln gewannen ihm die Herzen. Er wurde eingeladen und verkehrte in führenden Kreisen des neuen Staates.

«Was soll man machen», erklärte er Ludvika. «Man muß leben, net wahr? Das wird wohl diesmal etwas länger dauern als die Nazis. Die Sowjets regieren jetzt unsere Welt. Mir ist es wurscht, solange mir keiner was tut. Auf jeden Fall wollen sie zeigen, daß sie keine Kanaken sind. Daß sie was von Kunst verstehn. Das tun sie in Moskau auch.»

Er malte ihre Frauen, und er malte sie schön. Keine war so schön wie die Königin von Prag, aber doch fast. Leuchtende große Augen, einen lockenden Mund und wunderschönes Haar verpaßte er jeder. Es ging ihm leicht von der Hand wie einst die Porzellanmalerei, doch er besaß genügend Selbstkritik, um sich ein wenig darüber lustig zu machen.

«Rembrandt hat auch schöne Frauen gemalt. Und der Rubens erst. Mich wird man nicht ins Museum hängen. Wenn die Welt wieder einmal offen ist, wird man über mich lachen. Vielleicht mache ich dann den nächsten Schritt.»

«Wenn die Welt wieder einmal offen ist?» fragte Ludvika. «Was meinen Sie damit, Herr Bronski?»

«Wenn sich die Gefängnistüren öffnen, meine ich. Es wird net immer so bleiben, wie's jetzt ist. Es hat sich immer und zu jeder Zeit alles geändert. Das haben wir doch erlebt, oder net? Der Hitler sprach von einem Tausendjährigen Reich, zum Lachen finden wir das heut. Die Kommunisten sprechen von der Weltherrschaft. Können Sie sich vorstellen, daß man eines Tages auch darüber lachen wird?»

«Pst!» machte Ludvika unwillkürlich und blickte sich um.

Das Gespräch fand im Atelier statt, und sie waren allein.

Bronski lachte. «Sehng S'? Das Pst! haben wir von den Nazis übernommen. Paßt immer noch. Da hat sich nix geändert.»

«Hoffentlich sind Sie vorsichtig mit solchen Äußerungen», warnte Ludvika.

«So red' ich nur zu Ihnen, Frau Beranék.»

Ludvika war gerührt. Er vertraute ihr, er war ihr Freund, der schüchterne Junge, den ihr Mann eines Tages ins Haus gebracht hatte und dem ihre Powidldatscherln so gut schmeckten.

«Wenn Sie da raufschaun zur Burg, da kann man sich an alles erinnern, was sich geändert hat im Lauf der Zeit. Da hat der Kaiser residiert, von dem Ihr Mann immer gesprochen hat. Das heißt, er hat ja die Burg erst gebaut. Und später haben sie dort die Stadträte oder wie man das damals nannte aus dem Fenster geworfen, und dann gab's wieder mal Krieg, der dauerte dreißig Jahre. Worüber beschweren wir uns denn? Und ein paar Jahre vorher haben sie den armen Nepomuk in der Moldau ersäuft. Und wir? Wir sind heut stolz auf die Brücken. Und dann gab's auch mal den Hus, der hat alles auf den Kopf gestellt, bis sie ihn dann in Konstanz verbrannt haben.»

Ludvika mußte lächeln. Der gute Gottlieb wirtschaftete kreuz und quer in der Geschichte herum, und unwillkürlich mußte sie an den Grafen Bodenstein denken, der das alles so genau und auf Jahr und Tag gewußt hatte.

«Und was haben wir jetzt? Nun ist der Stalin der große Kaiser und regiert die halbe Welt, und die Amerikaner regieren die andere Hälfte. Wird sich alles mal ändern. Es geht so viel kaputt, doch es geht weiter. Das beweisen die Deutschen. Hätten Sie je gedacht, daß die Amerikaner den Deutschen helfen? No, schau, sie tun's.»

Es war das Jahr nach der Währungsreform in Deutschland, die Zeit der Berliner Blockade.

«Erst sind sie hingeflogen und haben ihre Städte kaputtgeschmissen, und jetzt fliegen sie hin und bringen ihnen zu essen. Hätten Sie sowas vor ein paar Jahren noch für möglich gehalten?»

«Die Deutschen sind selber schuld an ihrem Untergang», sagte Ludvika.

«Ich hab' ganz nette Deutsche kennenlernt», sagte Gottlieb Bronski friedlich. «Es gibt solche und so'ne. Ich hatte mich mit einem Berliner ganz gut angefreundet, er war Aufnahmeleiter, und hatte vorher in Babelsberg gearbeitet. Von dem stammt der Spruch. Der war bestimmt kein Nazi, und er hat mir etwas bei-

beigebracht für alle Zeit. Mensch, Bronski, hat er gesagt, man muß das abwarten. Du bist jung, du kannst das spielend abwarten. Ich bin schon fünfzig, aber du wirst lachen, Mensch, ich kann das auch noch abwarten. Der Hitler verliert den Krieg, und dann geht's uns an den Kragen. Doch irgendwie kriegen wir die Chose hin.»

«Die Chose hin?» wiederholte Ludvika.

«Die Preußen reden so. Der mochte die Juden. Mensch, Bronski, sagte er, was haben wir für dolle Filme mit den Juden gemacht. Und unsere Zeitungen in Berlin und unser Theater. Haste mal was von Elisabeth Bergner gehört? Nee, haste nicht. Das war vielleicht 'ne Schauspielerin. Und der Kortner. Und der Pallenberg. Hach, und die Fritzi Massary. Na, die hat doch sicherlich mal bei euch gastiert. Aber da warste noch zu klein zu. Und wo er einen Juden fand, hat er ihm geholfen, hat ihm zu essen gebracht und so. Das war auch ein Deutscher. Und was machen die Amerikaner jetzt? Sie helfen den Deutschen. Und der gute Onkel Joe, der Stalin, ist auf einmal ihr Feind. Ist doch eine verrückte Welt. Es wird auch mal anders hier bei uns. Man muß das abwarten, wie der Fritz sagte.»

«Und wenn es hier anders wird, was machen Sie dann, Herr Bronski?»

«Das wird sich finden», sagte Gottlieb Bronski leichtherzig. «Ein Maler ist ein Mensch ohne Politik. Laß sie doch machen, was sie wollen. Ich kann überall in der Welt malen.» Er war sehr selbstsicher geworden, Gottlieb Bronski, der die Teller für die Bodensteinsche Fabrik entworfen hatte. Die Tschechoslowakei von vorgestern, die Nazis von gestern, die Kommunisten von heute, das warf er bunt in einen Topf.

Er malte die Frauen, schöne und weniger schöne, bei ihm waren sie alle schön. Herr Cipka konnte seine Galerie erweitern, und nun stand der Name Bronski groß im Fenster.

So kam ein wenig Frieden in Ludvikas Leben, eine fröhliche Frau wurde sie nie wieder. Manchmal kam Pavel zu Besuch, er saß lange bei Ludvika, nur essen mochte er nicht, egal, was für Leckerbissen sie ihm vorsetzte. Sein Magengeschwür quälte ihn. Zu Hause gefiel es ihm nicht mehr.

«Die beiden Weiber sind hysterisch, jede auf ihre Art. Und das Kind brüllt Tag und Nacht. Und dazu der Ivan, das ist mehr, als ein Mensch ertragen kann.»

Mit Karel ging es voran. Durch Herrn Cipkas Vermittlung bekam er eine Lehrstelle bei einem Photographen, und später besuchte er die státní grafická škola, die graphische Gewerbeschule, und als er siebzehn war, bekam er eine Anstellung als Laborant in den Barrandov-Studios.

Doch er vergaß nie, was er wirklich wollte: Er wollte weg. Die Grenzen waren dicht, die Menschen eingesperrt wie in allen kommunistischen Ländern. Und genau wie anderswo gab es den grünen Grenzverkehr, Fluchthelfer die daran verdienten, unwillige Bürger des Nachts aus dem Land zu bringen. Daran dachte Karel immer. Aber genauso dachte er, daß er seine Mutter nicht im Stich lassen und nicht in Gefahr bringen durfte. Denn Sippenhaft gab es auch.

Mit der Zeit durfte man sogar ins Ausland reisen, wenn man eine Einladung vorweisen konnte. Denn Devisen gab es selbstverständlich nicht. Aber auch das kam für Karel nicht in Frage, ehe er seinen Militärdienst abgeleistet hatte.

1953 starb Klement Gottwald, der erste Präsident der kommunistischen Tschechoslowakei. Zapotocky wurde der neue Präsident. Bis zum Jahr '68, bis zum Prager Frühling war es noch lange hin. Davon träumte man, viele jedenfalls, wie in all den eingesperrten Ländern. Aber auch 1968 war zu früh.

Karel hatte Arbeit, und er machte sie gut. Seiner Laufbahn in diesem Staat stand nichts im Wege. Er hatte Freunde und eine erste Liebe, eine zierliche kleine Statistin aus dem Studio. Es gab viele Statisten, sie waren festangestellt und wurden relativ gut bezahlt. Alles war im Lande nun einigermaßen geregelt, es war die Ordnung der Unfreiheit, die viele, die damit einverstanden waren, gut fanden, die manche verabscheuten, an die sich die meisten gewöhnt hatten.

Nicht Karel. Er suchte den Weg in die Freiheit, und je erwachsener er wurde, um so sehnsüchtiger suchte er diesen Weg. Doch was wurde dann aus Ludvika?

«Um mich brauchst du dir keine Sorgen zu machen», sagte sie. «Mir geht es doch gut hier. Ich möchte nur nicht, daß du nachts über die Grenze gehst. Es kann schiefgehen, nicht wahr?»

«Alles im Leben kann schiefgehen», sagte Karel finster. «Aber ich möchte nicht, daß man dich einsperrt.»

«Das werden sie schon nicht tun. Herr Bronski hat gute Beziehungen, wie du weißt. Und wenn man mich verhört, werde ich sagen, du warst schon immer ein ungehorsamer Sohn, der mir nur Kummer gemacht hat.»

«Ach, Maminka», sagte Karel und nahm sie in die Arme. «Du bist doch das Einzige, was ich habe in diesem Leben.»

«So ganz stimmt das ja nicht», sagte Ludvika trocken.

Karel war ein ausgesprochen hübscher junger Mann geworden, die kleine Statistin blieb nicht die einzige, die nächste war schon eine junge Schauspielerin, und dann kam eine junge Pragerin aus guter alter Familie, die eine große Rolle in seinem Leben spielte, er sprach sogar von Heirat.

«Du bist noch so jung», sagte Ludvika.

«Sicher. Aber Maresa würde mit mir fortgehen. Ihr Vater haßt das Regime. Er hätte sicher nichts dagegen, wenn wir fliehen.»

Fliehen! Das war das Wort, das Ludvika erschreckte. Wenn die Flucht mißlang, bedeutete es Tod für Karel. Oder zumindest jahrelange Haft.

«Maresa ist ein sehr hübsches Mädchen», gab Ludvika zu. «Weiß sie, worauf sie sich einläßt?»

«Maminka, wenn man immer Bedenken hat, kann man nie etwas tun.»

Gottlieb Bronski, schließlich um Rat befragt, sagte: «Tu's nicht. Der Preis ist zu hoch. Wir werden Olga fragen.»

Olga war seine Mutter, die gelegentlich zu Besuch kam, immer nur für wenige Tage. Immer drängte sie ihren Sohn, Prag zu verlassen und heimzukehren nach Österreich.

«Es geht mir doch gut hier», sagte Gottlieb. «Was soll ich in St. Pölten. Kommunisten und Russen habt ihr doch auch.»

«Wir haben Amerikaner», widersprach Olga. «Und mit denen kommen wir sehr gut aus.»

«Fragt sich nur, wie lange noch. Der Krieg ist noch kalt, aber es wird nicht lange dauern, dann ist er wieder heiß.»

«Nicht bei uns», sagte Olga. «Wir sind und bleiben ein neutrales Land.»

«Da kann ich nur lachen. Und kannst mir sagen, was ich in St. Pölten machen soll? Die Frau vom Bürgermeister malen?»

«Es ist nicht weit nach Wien.»

«In Wien kennt mich kein Mensch. Und sind da vielleicht nicht die Russen?»

«Da sind sie alle vier.»

«Das muß eine Hetz sein.»

Anfang '54 starb Pavel, dessen Magenschmerzen zu Magenkrebs geworden waren.

Brosja zog kurz darauf in ein Altersheim. Sie hatte genug von Lenka, von Ivan und dem Kind.

Es gab keine Familie Beranék mehr in Prag.

Bei seinem letzten Besuch brachte Pavel eine Überraschung mit: einen Brief aus Eger. Er kam von dem Arzt, in dessen Haus Ludvika und Karel für einige Tage Obdach gefunden hatten. Er teilte mit, daß Magda Wieland gestorben sei und fragte, ob er ihr Eigentum, die Möbel, die Bücher und die Garderobe nach Prag schicken lassen solle. Außerdem habe man in ihrem Nachlaß die Adresse gefunden, nach der damals gefragt worden sei, es handle sich, soviel er wisse, um eine Nichte von Frau Wieland.

Hatte Ludvika in ihrem neuen, nun doch recht abwechslungsreichen Leben Angèle Bodenstein und die Kinder vergessen?

«Kannst du dich noch an Peter erinnern?» fragte sie ihren Sohn.

«Natürlich», sagte Karel. «Wir haben uns ja sehr gut verstanden.» Er las die Adresse laut vor. «Josefa Bürger, Hartmannshofen, Post Kungersreuth, Kreis Kulmbach. Das ist eine Verwandte von der Komtesse?»

«Das ist die Schwester ihres Mannes, eine geborene Wieland. Eine Nichte von Magda Wieland. Mein Gott, sie muß ja uralt geworden sein.»

«Und was machen wir nun?»

«Das ist sechs Jahre her. Wenn sie je dort hingegangen ist, ich meine, wenn ihr nichts passiert ist, kann sie dort kaum noch sein. Das muß nur ein kleines Dorf sein. Soviel ich weiß, war es eine Brauerei.»

«Bier?»

«Sicher. Was sonst?»

«Komisch, daß sie in Deutschland auch Bier brauen.»

Ludvika lachte. «Das ist naiv, Karel. Sie haben alles in Deutschland, und es geht ihnen auf jeden Fall viel besser als uns. Denke daran, dein Vater hat das Porzellan-Geschäft in Deutschland gelernt. Das muß auch dort in der Gegend sein. Franken nennt sich dieser Teil von Deutschland, und von Eger aus ist es ein sehr kurzer Weg hinüber. Die Komtesse hat einmal ihre Schwägerin besucht. Kann sein, es geht ihr dort sehr gut. Und diese Frau Bürger, ja, es fällt mir ein, sie war auch einige Male auf dem Schloß.»

«Und was machen wir? Schreiben?»

«Ach, ich weiß nicht. Diese Adresse hier möchte ich nicht angeben, man weiß ja nie, wie die Briefe ins Ausland kontrolliert werden. Und dem Pavel seine Adresse, das gefällt mir auch nicht. Wegen Ivan. Ich werde dem Doktor ein paar Zeilen schreiben, werde mich bedanken, nur so, ohne die Adresse zu erwähnen. Und mit den Sachen von Frau Wieland kann er machen, was er will, wir brauchen sie nicht.»

Nein, Ludvika brauchte den alten Kram aus Eger nicht. Sie wohnte in hübschen Möbeln, und Garderobe besaß sie nun, dank Herrn Kohlstadt, ausreichend.

«Da kann ich ja als Absender Pavels Adresse angeben, es ist ein Inlandsbrief, eine Antwort wird sowieso nicht kommen. Ich kann auch gar keinen Absender draufschreiben. Aber das ist vielleicht erst recht verdächtig.»

Es gab so viel zu bedenken, auch wenn es sich nur um einen Brief von Prag nach Eger handelte.

«Hast du gesehen, wie schlecht Pavel aussieht? Er ist ganz gelb im Gesicht. Und so dünn geworden.»

Nach Hartmannshofen sandte Ludvika keinen Brief, jetzt nicht, erst ein Jahr später, von St. Pölten aus.

Olga Bronski kam gelegentlich zu Besuch, immer nur für wenige

Tage. Ihr jüngster Sohn, Gottliebs Bruder, war schwer verwundet aus dem Krieg heimgekehrt. Zwar war der Krieg für ihn nur kurz gewesen, nur wenige Monate, doch es hatte genügt, ihn zu zerstören. Er war achtzehn, als er zurückkam, mit einer schweren Kopfverletzung, die ihn für alle Zeit hilflos machte.

«Es ist ein Wunder, daß er überhaupt noch lebt», sagte Olga. «Und sicher nicht mehr lange.»

«Da siehst du, wie gut es ist, daß ich hier war. Da haben sie mich glatt übersehen», sagte Gottlieb.

Olga hatte sich gut mit Ludvika angefreundet, und eines Tages sagte sie: «Sie sollten uns einmal besuchen, Frau Beranék.»

«Ach, ich. Wozu soll ich denn verreisen?»

«Mal zur Abwechslung. Sie kennen Wien nicht?»

«Nein.»

«Es ist immer noch eine schöne Stadt. Von St. Pölten aus ist es nicht weit.»

«Was sollen die zwei Männer hier tun ohne mich?»

«Sie sind ja beide erwachsen. Und sie werden dann merken, was sie an Ihnen haben.»

«Du könntest dich umsehen, Maminka», sagte Karel. «Auch in Wien werden Filme gedreht. Vielleicht können sie mich da brauchen.»

«Und wie soll ich das anstellen? Und du weißt, daß sie dich nicht hinauslassen.»

«Zwei Jahre Militärdienst stehen mir bevor», sagte Karel finster. «Ich mache das nicht. Ich mache das auf keinen Fall.»

Sie befanden sich oben auf dem Hradschin, Olga, Ludvika und Karel und blickten hinab auf die schöne, geknechtete Stadt.

«Er hat recht», sagte Olga. «Warum soll er seine Jugend opfern für die Kommunisten? Wir werden bald frei sein von jeder Besatzung und jeder Bevormundung. Das sagt jeder. Und schaun Sie sich an, wie gut es denen in Deutschland schon wieder geht. Sie sind frei, sie haben Geld, sie können reisen, wohin sie wollen. Sie fahren bei uns mit großen Autos herum und sitzen in der Oper, als sei nichts gewesen.»

«Der eine Teil von Deutschland», sagte Karel.

«Der Teil, der nicht von den Russen beherrscht wird. Hier wird sich nie was ändern. Ich kenne doch meine Tschechen.»

Sie sprachen wie immer, wenn Gottlieb nicht dabei war, tschechisch.

«Mein schönes Prag», sagte Olga. Sie hob die Hand und wies auf die Stadt hinunter. «Wir haben in der Neustadt gewohnt. Am Wenzelsplatz hatte mein Vater einen Laden. Delikatessen vom Feinsten und Besten. Und wir hatten auch die feinste und beste Kundschaft. Was hat man früher gut gegessen in Prag! Wie schön hat man gelebt in dieser Stadt. Ich bin immer so gern in die Oper gegangen. Von klein auf. Glauben Sie mir, ich hätte so ziemlich in jeder Oper mitsingen können. Mein Vater hat mich immer aufgezogen, aber er ging auch gern in die Oper.»

«Und dann haben Sie nach Österreich geheiratet.»

«Ja. Leonhard hat hier studiert. Seine Familie kam auch aus Prag. Ganz früher mal, schon sein Urgroßvater ging nach Wien. Na ja, aber darum wollte er hier studieren, einige Semester wenigstens. Er ging auch gern in die Oper. Und er war ein guter Tänzer. Das gefiel mir, ich tanzte auch so gern. Und ich war so verliebt.»

«Wie schön», sagte Ludvika leise.

«Wir lieben uns heute noch», sagte Olga. Und legte ihre Hand auf Ludvikas Hand, die auf der Mauer lag.

«Ja. Das gibt es. Eine Liebe, die lange währt. Wenn Jaroslav noch lebte, ich glaube, wir hätten uns bis zum Ende geliebt.» Ludvika blickte auf Karel, der ein wenig seitwärts stand.

«Mein ältester Sohn ist tot. Ich habe nur noch Karel. Darum habe ich auch so Angst um ihn.»

«Ich werde auch bald nur noch einen Sohn haben. Und ich weiß, daß es gut sein wird für Gabriel, zu sterben. Es ist schrecklich, daß ich das sage, Ludvika. Aber sein Leben ist ein einziges Elend. Für ihn, für mich, für meinen Mann. Ach, dieser Krieg! Ich kann mich noch gut an den Tag erinnern, als die Deutschen bei uns einmarschierten. Die Leute schrien sich heiser und jubelten wie verrückt. Nicht alle, aber viele. Leonhard sagte damals, die machen das nun schon seit fünf Jahren in Deutschland, jeder sollte doch wissen, was uns blüht. Aber die Verhältnisse waren ja seit der Vierunddreißigerrevolution, als sie den Dollfuß ermordeten, bei uns so schwierig. Sie kennen das ja alles.»

Ludvika nickte, ein wenig unsicher. Sie wußte eigentlich nichts über Dollfuß und die Revolution '34, konnte sein, Jaroslav hatte mal davon gesprochen.

«Mit Gottlieb gab es Ärger. Er wollte nicht mehr in die Schule gehen, Maler wollte er werden. Leonhard sagte, ich kenne deine Pinselei, da wird nicht viel draus.» Olga lachte leise. «Er hat auch gemalt. Damals, hier in Prag, als ich ihn kennenlernte, hat er immerzu Bilder von Prag gemalt. Wenn ich Gottliebs Bilder anschaue, kommt es mir vor, als ob ich die alle schon kenne.»

«Also hat er das Talent von seinem Vater geerbt», sagte Ludvika.

«Na ja, schon. Aber Leonhard war sehr kritisch. Es war keine gute Zeit zwischen den beiden. Ich bin dann mit Gottlieb hierhergefahren, ich hatte noch viele Freunde in Prag. Seine Bilder wurden ausgestellt, die Märchenbilder. Sie wissen ja, wie es weiterging.»

«Nun ist er ein berühmter Maler geworden.»

Olga schwieg eine Weile. Dann sagte sie: «Ich weiß nicht. Er verkauft sich zu billig. All diese Frauen, die er nun malt, es sieht eine aus wie die andere. Es sind schöne Bilder. Aber genügt das?»

Darauf schwieg Ludvika. Sie verstand nicht viel von Malerei, und ihr gefielen Gottliebs Bilder wirklich. Er hatte auch sie schon gemalt, ihr Gesicht unter dem Löwenkopf an der Haustür. Sie war keine schöne junge Frau, ihr Haar war grau, das Gesicht voller Falten. Aber irgendwie schön war es eben doch. Genau wie bei den Märchenbildern damals war sein Pinsel liebevoll, zwar realistisch, doch immer voll Harmonie.

Sie wiederholte, was sie von Gottlieb gehört hatte.

«Vielleicht ist er kein Picasso. Aber warum sollen alle Künstler heute auf die gleiche Art malen. Wenn wir da hineingehen in den Veitsdom», sie wies mit der Hand über die Schulter, «und die Bilder und die Skulpturen ansehen, die sind doch eigentlich auch alle ganz schön dargestellt. Man weiß ja nicht, ob sie so ausgesehen haben.»

«Das ist richtig, was Sie sagen. Wer damals Kaiser und Könige gemalt hat oder sie in Stein gehaun hatte, der durfte sie nicht entstellen.»

Karel hatte lange geschwiegen, jetzt sagte er: «Ich kenne genügend Bilder, zum Beispiel von den Habsburgern, die sind auf alte Art gemalt. Aber nicht geschmeichelt.»

«Einer Königin werden sie wohl immer geschmeichelt haben», meinte Olga.

Karel hatte dem Gespräch nur mit einem Ohr zugehört. Neben ihnen an der Mauer standen zwei Soldaten in Uniform. Sie kamen irgendwoher aus der Provinz, und sie waren das erstemal in Prag, soviel hatte er mitgekriegt. Sie waren jung und ahnungslos, sie brachten alles durcheinander, und manchmal lachten sie albern. Er war versucht, sich einzumischen, ihnen Türme, Gebäude und Brücken genau zu erklären.

Aber wozu? Wenn sie den Drill hinter sich hatten, kehrten sie zurück in ihre Dörfer, und was sie von Prag behalten würden, waren die Kneipen, die Mädchen und das Bier.

Ich bin ungerecht, dachte er zugleich. Ich habe gelernt zu sehen, und ich lerne es jeden Tag mehr. Die Gesichter der Menschen, darauf kommt es an. Wird es nicht auch eine wichtige Erfahrung sein, zwei Jahre zu verbringen mit Burschen wie diesen beiden?

Er wandte sich heftig um.

«Geh'n wir», sagte er. «Mir gefallen die Bilder von Herrn Bronski auch. Aber ich mache andere Bilder. Mit meinem Apparat. Darf ich die Damen bitten?»

Olga und Ludvika wandten sich um, da hatte er sie schon geknipst. Und dann noch einmal, als sie über den Platz vor dem Hradschin gingen.

«Ich muß gehen», sagte Ludvika, «sonst bekommen wir kein Mittagessen.»

«Früher hätte ich gesagt, geh'n wir halt einfach essen», sagte Olga. «Aber es gibt ja wohl heute nichts Besonderes in den Kneipen.»

Ludvika fuhr dann wirklich nach St. Pölten, eine formelle Einladung lag vor, für ihren Unterhalt würde gesorgt sein.

«Und du schaust dich um in Wien», lautete der Auftrag von Karel. «Und in den Ateliers auf dem Rosenhügel.»
«Mein Gott, Karel, wie stellst du dir das vor? Wie soll ich das denn machen?»

Karel wußte inzwischen, was er werden wollte: Kameramann. «Das ist es», sagte er. «Ihre Gesichter, ihre Gestalten, ihre Hände. Nicht jeder ist ein großer Schauspieler. Aber die Kamera kann zaubern, ich hole es aus ihnen heraus. Der Regisseur natürlich auch, klar. Aber was kann ich aus ihnen machen. Irgendein hübsches, dummes Gesicht von einem hübschen dummen Mädchen. Und dann schneidest du das Gesicht richtig an, von der Seite, von unten oder von oben, und auf einmal ist es ein Gesicht von geheimnisvoller Schönheit. Das kann ich machen. Wenn du die großen Filmstars der Amerikaner siehst, dumm waren sie vermutlich alle, aber du kannst zaubern mit der Kamera. Ich lerne das.»

Karel war beliebt in den Studios, und besser noch, man hielt ihn für begabt. Er wurde Assistent bei einem Kameramann, sein Eifer, seine Begeisterung brachten ihm Anerkennung.

«Du solltest bald in die Partei eintreten», sagte der, bei dem er lernte.

«Ja, ja, sicher», sagte Karel, «aber ich muß trotzdem zum Militär. Zwei Jahre lang. Und das paßt mir nicht.»

Der Kameramann, ein alter Hase, berühmt in seinem Fach, lachte.

«Das kann ich gut verstehen, Karel. Ich kann vielleicht erreichen, daß man dich ein Jahr zurückstellt, wenn ich nachdrücklich sage, ich brauche dich für diesen Film noch und für den nächsten auch. Aber länger geht es nicht. Da kriegen wir beide Ärger.» Er seufzte. «Ich bin ja nun auch in der Partei, was soll man machen? Man hat es leichter dadurch.»

Er war kein Kommunist, das wußte Karel sehr gut. Der Ton in den Studios war verhältnismäßig frei, abgesehen von den oberen Chargen. Man paßte sich an, man machte mit, man hatte Vergünstigungen, denn für die Filme war immer Geld da, mochte es auch ansonsten bescheiden zugehen. Sie lebten in einem Freiraum, auch hier galten für Künstler andere Gesetze. Bis zu einem gewissen Grad. Bis zu einer gewissen Grenze. Und damit hatten sie gelernt zu leben.

Und Karel dachte, daß es in Deutschland, damals bei den Nazis, wohl auch so gewesen sein mochte.

«Ich gehe nicht zum Militär», erklärte er Ludvika entschieden. «Zwei Jahre, und dann nehmen sie mich sicher wieder draußen in den Studios. Ich will trotzdem weg, Maminka.»

«Nach Amerika, ich weiß. Und dort in Hollywood, denkst du denn, sie haben dort auf dich gewartet?»

«Verstehst du mich denn nicht?»

«Doch. Ich verstehe dich. Ich hasse die Kommunisten auch. Aber sie sind stark. Die Russen haben nun auch die Atombombe. Jeder sagt, daß es wieder Krieg geben wird. Und wir sind mitten drin.»

«Wir sind auf der Seite der Russen. Und was stellst du dir vor, was hier passieren wird?»

Ludvika konnte und wollte es sich nicht vorstellen. Sie hatte nur immer Angst, daß Karel etwas Unbesonnenes unternehmen würde. Sie wollte nicht diesen Sohn auch noch verlieren.

Zunächst aber machte Ludvika die erste Auslandsreise ihres Lebens, sie fuhr nach St. Pölten, um die Bronskis zu besuchen, und sie tat es nicht zuletzt für Karel. Denn wenn er es wirklich eines Tages wagen würde, über die Grenze zu gehen, dann würde St. Pölten wohl sein erstes Ziel sein, dort würde er Aufnahme finden, ehe er wußte, wie es weiterging.

Es war aufregend, eine Reise zu machen. Immerhin besaß Ludvika nun das helle Kostüm, und ein graues noch dazu. Sehr elegante Kostüme, denn die tschechischen Schneider waren seit eh und je Könner gewesen. Auch Karels Hosen saßen.

Die Bronskis bewohnten ein kleines Haus in St. Pölten, Leonhard Bronski, Gymnasialprofessor, war älter als Ludvika erwartet hatte, ein müder, resignierter Mann, und es war verständlich, wenn man Gabriel Bronski sah. Er war ein junger Mann von geradezu erstaunlicher Schönheit, das Gesicht glatt wie das eines

Achtzehnjährigen, die Krankheit hatte sein Gemüt zerstört, sein Gesicht nicht altern lassen. Er saß in einem Sessel, aus dem er nur mühselig aufstehen konnte, er lallte unverständlich, der Blick aus den großen Augen war abwesend. Olga fütterte ihn wie ein Kind.

«Wenn er tot gewesen wäre, hätte ich geweint», sagte Olga. «Nun weine ich nicht, wenn er stirbt. Ich werde Gott dafür danken.»

«Man hat zwei Söhne», sagte Leonhard Bronski. «Man freut sich, wenn sie geboren werden, man versucht, sie zu ordentlichen Menschen zu erziehen. Und dann fragt man sich, warum sie eigentlich zur Welt gekommen sind.»

«Gottlieb geht es doch gut», sagte Ludvika hilflos.

«Gottlieb fragt nicht nach uns. Er hat seinen Bruder seit vielen Jahren nicht gesehen. Gabriel war zehn, als Gottlieb uns verlassen hat.»

Gottlieb war ein Egoist, das wußte Ludvika sehr wohl, ein egoistischer Künstler mit Charme und einem gewinnenden Lächeln, doch sie hatte bestimmt keinen Grund, sich über ihn zu beklagen, durch ihn hatte sich das Stück Leben, das ihr geblieben war, verbessert. Aber warum kam er nicht und besuchte seine Eltern und den kranken Bruder? Vielleicht wäre das etwas Neues, das er malen konnte, keine Märchenteller, keine Ansichten von Prag, keine schönen Frauen, sondern einen zerstörten Menschen.

Gleichzeitig dachte sie, wozu das nützen sollte. Die Menschen brauchten die Märchen, gerade in einer Zeit wie dieser.

Sie erzählte von Karels Wunsch, die Tschechoslowakei zu verlassen, um nach Amerika zu gehen.

«Er hat recht», sagte Leonhard Bronski. «Was soll aus uns hier noch werden? Sicher lebt man in Amerika besser. Wenn ich jung wäre...»

«Ach, geh», sagte Olga, «du wärst nie nach Amerika ausgewandert. Und wenn wir den Staatsvertrag kriegen, dann wird es auch bei uns wieder besser.»

«Es muß ja nicht gleich Amerika sein. Er kann auch hier bei uns Filme machen. Oder besser noch in Deutschland, denen geht es ja schon wieder recht gut.»

«Karel will nicht nach Deutschland», sagte Ludvika abweisend.

Doch Karel würde schon drei Jahre später in München bei der Bavaria arbeiten und wenige Jahre später ein anerkannter, gut bezahlter Kameramann beim deutschen Film sein.

Wieder einmal änderte sich die Welt in diesen hektischen fünfziger Jahren auf ungeahnte Weise. 1953 starb der andere große Verbrecher in Moskau, und die Hoffnung keimte auf, unter einem neuen Herrn im Kreml könnte eine friedliche Welt entstehen. In Berlin beispielsweise hatte man es geglaubt, es kam im Ostteil der Stadt zu einem Aufstand gegen das kommunistische Regime, der mit Hilfe der Russen blutig niedergeschlagen wurde. Eine Lehre für die anderen Staaten, die von den Sowjets beherrscht wurden, doch schon drei Jahre später kam es zu einer Revolution in Ungarn, die genauso ergebnislos verlief und blutig von sowjetischen Panzern niedergerollt wurde. Zur gleichen Zeit endete der Krieg in Korea, nichts war erreicht, vergebens hatten Menschen ihr Leben verloren, ein neuer geteilter Staat war entstanden, diesmal nicht geteilt in Ost und West, sondern in Nord und Süd, Kommunismus und freie Welt standen sich nach wie vor unversöhnlich gegenüber. Und die Angst vor einem neuen, großen, diesmal weltweiten Krieg lastete auf den Menschen, hier wie dort.

Die Deutsche Bundesrepublik profitierte von der Teilung der Welt, die Amerikaner erwiesen sich mehr und mehr als Freunde, der rabiate, für die Nachkriegszeit geplante Morgenthauplan hatte sich stillschweigend in den Marshallplan verwandelt, die Demontage der deutschen Industrie war eingestellt worden, sie erwies sich sogar als Vorteil, denn nun wurde in der Industrie modernisiert, die Ruinen verschwanden, und es wurde wieder gebaut. Fabriken, Geschäfte, Kaufhäuser, schon groß und protzig, entstanden, Wohnungen vor allem wurden gebraucht, Geld wurde verdient, die Wirtschaft boomte, Geld wurde ausgegeben, was die Wirtschaft weiter gedeihen ließ. Die Menschen in Deutschland brauchten viel. Möbel, Kleidung, Autos, neue Straßen und vor allem gut und reichlich zu essen, die dünnen Jammergestalten der Nachkriegszeit verschwanden, die Wangen rundeten sich, die Bäuche kehrten zurück, Selbstbewußtsein machte sich breit, Auslandsreisen wurden selbstverständlich.

Löhne und Gehälter waren noch gering, doch das Leben war nicht teuer. Die Flüchtlinge, die Vertriebenen und Ausgewiesenen, sofern sie überlebt hatten und nicht zu alt gewesen waren, wurden mühelos in den deutschen Wiederaufbau, in das Wirtschaftswunder, wie man es nannte, «integriert».

Anders sah es im Osten des geteilten Deutschland aus.

Hier waren die Menschen unfrei, unzufrieden, hungrig nach wie vor. Immer mehr machten sich auf den Weg in den goldenen Westen. Das war gar nicht so schwer, die Fluchthelfer waren eine gut funktionierende Organisation, und in Berlin fuhr immer noch die S-Bahn und die U-Bahn von Ost nach West. Er war nicht zu ändern, aber die meisten Menschen wollten um nichts in der Welt in einem kommunistischen Paradies leben.

Im Jahr 1955 reiste Konrad Adenauer, der deutsche Bundeskanzler, zum erstenmal nach Moskau. Der Empfang war kühl, aber korrekt. Adenauer hatte einen speziellen Grund, der ihn zu dieser Reise veranlaßt hatte: Er bat um die Freilassung der Kriegsgefangenen, die noch in der Sowjetunion festgehalten wurden. Man erwiderte abweisend, es gebe keine Kriegsgefangenen mehr, was jetzt noch in den Lagern jenseits des Urals darbte und starb, seien Kriegsverbrecher, Spione, Kriminelle.

In Deutschland wußte man es besser. Gegen Ende des Jahres, zu Beginn des nächsten, kehrten viele der Unglücklichen, zehn Jahre nach Ende des Krieges, in die Heimat zurück.

Sie hatten mehr als gebüßt für Hitlers Größenwahn, sie und die Verstümmelten und Zerstörten, jene, von denen man nie erfuhr, auf welche Weise sie ihr Elend ertragen und beendet hatten.

Im September verließ Karel Beranék seine Heimat auf sehr gewagte Weise, aber länger zögern konnte er nicht mehr, die Einberufung zum Militärdienst lag vor.

Im Sommer war wieder einmal Olga zu einem kurzen Besuch gekommen, da hatte man den Plan geschmiedet. Österreich hatte nun den Staatsvertrag, war ein selbständiger Staat, befreit von der Besatzung der Siegermächte.

Und zum zweitenmal war es Johan Cipka, der Karel zu einem neuen Leben verhalf. Ihm hatte er sich anvertraut, mit ihm konnte er offen sprechen. Gottlieb verschwiegen sie ihre Pläne, nicht aus Mißtrauen, aber da von ihm sowieso kein guter Rat kommen würde, war es besser, er wußte von nichts.

Sie saßen zusammen in der Galerie, Ludvika, Olga, Johan Cipka und Karel.

«Wir haben die neuen Pässe», sagte Olga.

«Schon», sagte Johan Cipka. «Aber ein Paß genügt nicht. Sie wissen selber, daß Sie ein Visum brauchen zur Einreise und zur Ausreise.»

«Das weiß ich auch», sagte Karel. «Ich werde einen von diesen Fluchthelfern finden, der mich halt nachts über die Grenze bringt. Ohne Paß und ohne Visum. Und wenn ich dann zu dir kommen darf, Olga...»

«Schmarrn», widersprach Johan Cipka. «Es betätigen sich eine Menge Halunken als Fluchthelfer. Die nehmen dein Geld und lassen dich sitzen. Oder sie verpfeifen dich. Oder kannst du mir sagen, wo du einen zuverlässigen Mann herbringen willst?»

Karel konnte es nicht. Da er mit keinem Menschen außer diesen drei über seine Pläne sprach, nicht in den Studios, nicht bei den Freunden, die er mittlerweile besaß, auch nicht mit Maresa, dem Mädchen, das er liebte, konnte er auch von keinem einen brauchbaren Tip bekommen.

«Aber von mir», sagte Johan Cipka listig. «In so eine Galerie wie die meine kommen diese und jene Leut'. Künstler, oder solche, die es werden wollen, solche, die es mal gewesen sind. Und manche, die dringend Geld brauchen.»

«Und?» fragte Olga.

«Na ja, ich kenne so einen Burschen. Er ist ein anständiger Mensch, malen kann er nicht besonders gut, und so geschickt wie Gottlieb ist er auch nicht. Derzeit ist er in Wien.»

«Was nützt uns das?» fragte Olga.

«Er hat noch Familie in Prag. Er hat eine Schwester und deren Mann, und bei denen lebt sein kleiner Sohn, den er zärtlich liebt. Die Frau ist ihm weggelaufen, sie ist in Deutschland. Er bekommt in Wien ein Visum, er bleibt eine Weile, er reist auch wieder aus, und manchmal schleust er Leute hinüber.»

«Und wie macht er das, dieses Hin und Her?» fragte Karel.

«Das macht er so wie du mit dem Film. Er malt nicht mehr, er spielt kleine Rollen, mal im Barrandov draußen, mal am Rosenhügel, er ist ein bildhübscher Bursch', da kriegt er immer mal wieder ein Engagement. Und allen, die es hören wollen oder nicht, erzählt er, daß er eines Tages ein großer Star in Hollywood sein wird.»

«Das trifft sich gut», sagte Karel trocken.

«Mein' ich ja. Ich gebe Ihnen die Adresse, Frau Olga, Sie treffen sich mit ihm, und reden mal darüber.»

«Das kann man doch nicht machen», widersprach Ludvika energisch. «Mir wird schon schlecht, wenn ich nur daran denke, wie gefährlich das ist.»

«Ich sag' ja nur, man redet mal drüber», sagte Johan Cipka.

«Hierbleiben kannst du immer noch, Karel.»

«Nein», sagte Karel finster.

«Sie werden dich umbringen wie deinen Vater und deinen Bruder», Ludvika weinte.

Karel reiste mit einem österreichischen Paß und einem Visum, das auf den Namen Gabriel Bronski lautete, zusammen mit seiner Mutter Olga. Eine Woche vorher war Olga mit einem anderen jungen Mann und denselben Papieren eingereist, der junge Mann hatte dunkelbraunes Haar und dunkle Augen, wie Karel, wie Gabriel.

Es war ein riskantes Unternehmen, Karel war sich der Gefahr bewußt, Ludvika und Olga auch. Gabriel war zwar wesentlich älter, doch sein zerstörter Geist hatte sein Gesicht nicht altern lassen.

«Wenn sie dir was antun», sagte Ludvika, «nehm' ich mir das Leben.»

«Die Einladung für dich liegt vor, die Reise ist genehmigt», sagte Olga, «du fährst in drei Tagen, genauso wie du gefahren bist, als du uns das letztemal besucht hast. Und bitte keine Abschiedsszenen vor dem Haus, wir machen einen kleinen Ausflug.»

Olga war genau wie das letztemal mit dem Wagen gekommen, Karel saß neben ihr, seine Hände waren feucht, sein Blick lag starr auf der Straße.

Wenn es schiefging, war es aus mit ihm.

Der Himmel war blau, ein heller Tag im September, ein Tag des Anfangs oder des Endes.

Keiner von beiden sprach ein Wort, als sie von Budweis aus auf die Grenze zurollten.

Als sie über eine Brücke fuhren, sagte Olga: «Nimm Abschied von der Moldau. Du wirst sie nie wiedersehen.»

Am Grenzübergang standen Lastwagen, die durchsucht wurden, ein paar Autos mit österreichischen Nummern, und gleichzeitig mit ihnen wollte eine Theatertruppe hinüber zu einem Gastspiel nach Wien, die machten viel Lärm, lachten und scherzten mit den Grenzern, eine berühmte Schauspielerin aus Prag war dabei, sie mußte Autogramme geben.

Sie waren schneller drüben, als sie erwartet hatten. Die Österreicher nahmen es genauer, sie wußten schließlich, wie viele die Flucht versuchten. Sie besahen die Pässe genau, Olga lächelte ein wenig, dann seufzte sie.

«Gut, daß wir wieder da san», sagte sie.

«Sie sind in Prag geboren?» fragte der österreichische Grenzbeamte mißtrauisch.

«Ja. Aber das ist schon lang her. Ich werd' froh sein, wenn ich wieder in St. Pölten bin. Und mein Sohn auch. Ich wollt' ihm meine Heimat zeigen. Macht keinen Spaß mehr.»

Dann waren sie draußen, dann waren sie drüben, dann war Karel in der Freiheit, an die er sieben Jahre lang ununterbrochen gedacht hatte.

«Halt an», sagte er nach einigen Kilometern.

Olga hielt am Straßenrand, Karel legte den Kopf auf die Rücklehne seines Sitzes.

«Herrgott!» stöhnte er. «Herrgott! Es kann nicht wahr sein!»

Olga blickte in sein junges Gesicht, sah die Fassungslosigkeit darin. Tränen stiegen ihr in die Augen.

Gabriel, mein armer Sohn, das dachte sie in diesem Moment.

Wenn du begreifen würdest, was wir getan haben in deinem Namen.

«Wie soll ich dir das je danken», sagte Karel, als er wieder sprechen konnte.

«Das kannst du gar nicht», sagte Olga. «Vielleicht damit, daß du ein glückliches Leben haben wirst.»

Gabriel Bronski starb fünf Wochen später.

Ein Mann kommt aus Amerika

Der Mann hatte Deutschland im Herbst 1923, auf dem Höhepunkt der Inflation, verlassen, er hatte sein letztes Geld, mehrere Billionen oder so ähnlich, für die Passage auf einem alten Dampfer ausgegeben, er kam mittellos in den Vereinigten Staaten an, saß eine Weile in Long Island herum, wußte nicht, was aus ihm werden sollte.

Aber der Trübsinn, die Trauer, die ihn aus der Heimat vertrieben hatten, wichen sehr bald, als er sich einem harten Lebenskampf gegenüber sah. Er fand sich selbst, er war intelligent, mutig, selbstbewußt, doch zweifellos war es neben dem Verstand auch ein bißchen Glück, daß er in die richtige Laufbahn geriet.

Nach einigen unbrauchbaren Versuchen, unnötig, sie hier aufzuzählen, bekam er einen Job bei der RCA in New York, wechselte dann zur Westinghouse Corporation in Pittsburgh, kehrte später zur RCA zurück, nun schon in leitender Position, denn inzwischen hatte er alles gelernt, was es für ihn in diesem neuen Beruf zu lernen gab. Er wurde einer der führenden Manager in dieser Welt immer neuer Erfindungen, des atemberaubenden Fortschritts, in dieser Wachstumsbranche der zwanziger und dreißiger Jahre; nicht einmal die Wirtschaftsflaute Ende der Zwanziger behinderte den rapiden Aufstieg dieses wundersamen neuen Spielzeugs der Menschenkinder.

Sie stellten Radioapparate, Autoradios, Transistoren, später Fernsehapparate her, es gab keinen Rückschritt, immer nur ein Voran. 1920 hatte so gut wie kein Mensch gewußt, was ein Radio sein sollte, im Jahr 1938 besaßen achtzig Prozent der Haushalte in den USA ein Radio.

Abgesehen von den Erfindern des vorigen und zu Beginn dieses Jahrhunderts, die sich mit Wellen, Röhren, Übertragungen beschäftigt hatten, war alles neu für den Menschen der Zwanziger und der darauf folgenden Jahrzehnte. Und wie so oft hatte der Krieg fördernd gewirkt; die Funktelegraphie spielte eine große Rolle an und hinter den Fronten, das bittere Muß brachte unglaubliche Ergebnisse, das war in der Chemie, in der Technik, im Ersatzstoff, in der Industrie so, und es hatte sich in dem neuen Krieg, wie Karel Beranék gesagt hätte, genauso abgespielt wie in dem alten. Zurückblickend auf die Geschichte der Menschheit, waren die Ernährung und der Kampf immer die Gebiete des Fortschritts gewesen, die der später im Frieden lebende Mensch nutzen und genießen konnte. Solange man ihm Zeit dazu ließ.

Der Mann, der jetzt mehr als dreißig Jahre später nach Deutschland kommt, denkt während des Fluges darüber nach. Und auch über sein Leben. Was er lange, wie ein Psychiater es nennen würde, verdrängt hat. O nein, er hat sich nie auf die Couch gelegt, obwohl es in seiner neuen Heimat üblich ist, so weit ist er ein Europäer geblieben, daß er selbst mit sich sprechen kann. Und was ihm nicht paßte, was ihn ärgerte, was ihn grämte, auch was er nicht verstand, schob er beiseite. Da war die neue Welt, die neue Arbeit, die neue Familie – besser man vergaß, was einmal war. Natürlich konnte man nicht vergessen, nur vergraben. Verdrängen eben, wie der Fachausdruck hieß.

Ist das der Grund, daß der Mann es so lange vermieden hat, nach Deutschland zurückzukehren, wenigstens für einen Besuch? Nicht einmal das. Es war einfach keine Zeit dafür.

Der zunächst schwierige, dann erfolgreiche Weg in dem neuen Beruf, die Ehe, die Kinder, dann wieder Krieg in Europa, die prosperierende Nachkriegszeit, das Studium der Söhne, der Krebstod der Frau vor zwei Jahren; er hatte mit ihr nach Deutschland reisen wollen, dazu war es nicht mehr gekommen. Nun also fliegt William Molander nach Europa, und er weiß eigentlich gar nicht, was er da soll.

Die übliche Route, erst London, dann Paris, und schließlich landet er in Berlin, wo er das letzte Jahr gelebt hat, ehe er die Reise nach Amerika antrat.

Er besieht sich die veränderte Stadt, sie ist zerstört, aber sie ist nicht mehr ganz das hoffnungslose Trümmerfeld, wie man es aus dem Kino, aus dem Fernsehen kennt, es wird gebaut, es ist Leben in der Stadt, auf dem Kurfürstendamm sieht es ganz normal aus, ein Laden neben dem anderen, die Theater spielen, die Leute sind gut gekleidet, die Frauen geschminkt, Autos fahren die Menge, doch es gibt ein Hier und Dort, ein Hüben und Drüben, eine unsichtbare Mauer trennt bereits die Stadt.

Unter den Linden sind die Leute ärmlich gekleidet, sie sehen nicht nur anders aus, sie blicken auch anders. Auf ihn zum Beispiel, als er an einem hellen Julitag in einem für seine Verhältnisse ganz normalen grauen Anzug mit einer hübschen reinseidenen Krawatte, dort entlang schlendert. Irgendwie vergeht einem das Schlendern, was man auf dem Kurfürstendamm ohne weiteres kann.

Das Schloß ist nicht mehr da. Der Mann, der jetzt im Osten dieses Land regiert, er heißt Ulbricht, hat es sprengen lassen. Dabei soll es gar nicht so sehr zerstört gewesen sein.

Der Mann aus Amerika steht dort und fragt sich, warum. Hat es nicht genug Trümmer gegeben?

Aber er weiß schließlich, daß man sich schon wieder mitten in einem Krieg befindet. Dieser, etwas Neues, nennt sich der Kalte Krieg. Und man erwartet, daß er sich bald zu einem heißen Krieg entwickelt. In den Staaten regiert Eisenhower, er hat schon einen Krieg gewonnen, er wird auch den nächsten gewinnen.

Vielleicht.

Neu ist auch, daß diese so vielfältige Welt nun präzise in zwei Hälften geteilt ist: den Westen, den Osten.

Hier in Berlin läßt sich das wie unter einem Vergrößerungsglas erkennen. Berlin besteht aus zwei Hälften, so wie Deutschland aus zwei Hälften besteht. Der Westen, der Osten. Der Westen hat seit nunmehr sechs Jahren einen Staat gegründet, der sich Bundesrepublik nennt und von einem kleinen Ort namens Bonn aus regiert wird. In Amerika weiß kein Mensch, wo dieses Bonn liegt.

Der Osten nennt sich Deutsche Demokratische Republik und wird, wie sich das gehört, von Berlin aus regiert.

Fragt sich der ahnungslose Mensch draußen in der weiten Welt, wieso nicht beide Staaten von Berlin aus regiert werden können. Warum es überhaupt nicht ein Staat sein kann, dieses winzigkleine Deutschland.

William zweifelt, ob zum Beispiel ein Farmer im Mittelwesten der USA das überhaupt kapieren kann. Genaugenommen ist es sogar für ihn schwer zu verstehen. Nur – es ist eben so. Die Erde besteht aus zwei Teilen, Osten und Westen. Westen und Osten. Anders gesagt, Freiheit oder Diktatur. Kommunismus oder – na ja, Demokratie. Nicht an jedem Ort der Welt geht es so demokratisch zu, wie man sich das in seinem Land vorstellt.

Zum Beispiel nennt sich dieser Teil Deutschlands, an dem er sich gerade befindet, auch demokratisch. Es ist ein wohlfeiles Wort geworden, das jeder benutzt, wie es ihm paßt. Die Welt ist geteilt, Deutschland ist geteilt, Berlin ist geteilt. Und der westliche Teil, die Bundesrepublik Deutschland, kann nicht von Berlin aus regiert werden, weil dieser westliche Teil Berlins eine Insel ist. Eine Insel in dieser anderen deutschen demokratischen Republik, die sich kurz DDR nennt.

Wenn man sich hier befindet, in dieser Stadt, dieser einst so lebendigen, weltoffenen Stadt, wird einem das erst so richtig klar.

Und wenn es dem Ostteil dieser Stadt, diesem DDR-Staat, so gefällt, streckt er die Hand aus, macht schnapp und holt sich die Insel als Beute.

Und dann? Ganz einfach, dann hat man den nächsten heißen Krieg.

Da war vor zwei Jahren ein Aufstand in dieser Oststadt. Ein Aufstand gegen den Kommunismus, gegen diese sich demokratisch nennende Regierung. Er wurde blutig niedergeschlagen, die westliche Welt hat den Kopf eingezogen, hat sich gedacht, er wird schon vorübergehen. Bloß keinen Krieg. Nicht schon wieder.

Das alles weiß man, das liest und hört und sieht man jeden Tag. Denn das Fernsehen, das er mitentwickelt hat, ist inzwischen so verbreitet, daß sich keiner ihm entziehen kann. Television – wunderbare neue Welt. Es wird sich zum größten Übel entwickeln, seit die Schlange Eva im Paradies verführt hat.

Das denkt William nicht. Noch nicht. Es ist schließlich sein Geschäft, sein Erfolg. Doch er steht vor dem leeren Platz, auf dem sich das Schloß der Hohenzollern befand, und fragt sich: Ist diese Welt eigentlich verrückt?

Seltsam, er hat es zu Hause nie gedacht, nicht in seinem Haus in

Montclair, nicht in seinem Sommerhaus an der Beach, nicht wenn er seine Söhne besuchte, die in Harvard studieren. Er denkt es hier und jetzt.

Offenbar kann man diesen Gedanken nicht entgehen, wenn man sich in dieser Stadt befindet. Irgendwie, so findet er, ist das Leben auf diesem Kontinent schizophren. Zwei Staaten, der eine wird mehr oder weniger von Rußland aus regiert, der andere ist frei und demokratisch. Fragt sich nur, wie lange er das bleiben kann. Bis jetzt geht es ihnen gut, sie haben einen Kanzler namens Adenauer, der in der westlichen Welt anerkannt wird, sie haben diesen erstaunlichen Wirtschaftsminister Erhard, der ihnen dieses sogenannte Wunder verschafft hat. Zunächst gegen den Willen der einstigen Feinde, der jetzigen Verbündeten. Ein Wirtschaftswunder. Hat es so etwas je gegeben? Wie ist es möglich nach dieser vernichtenden Niederlage? Der Mann aus Amerika hat schon einen Krieg und eine Niederlage erlebt. Da gab es den Versailler Vertrag, diesmal gab es den Marshallplan. Ist es doch möglich, daß Menschen, daß Völker aus der Geschichte lernen?

Keineswegs. Der Mann aus Moskau hat das Wunder geschaffen. Es begann mit der Berliner Blockade.

Man kann nicht sagen, daß der Aufenthalt in Berlin fröhlich stimmt. Er gibt zu denken.

William sitzt abends in der Bar in seinem Hotel, dann geht er ins Restaurant, um zu essen, dann sitzt er wieder an der Bar.

Er bekommt hier alles zu essen und zu trinken, was er sich wünscht. Er sieht gutgekleidete Frauen und smarte Männer. Sie sehen alle vergnügt und saturiert aus, keineswegs scheinen sie belastet von den Gedanken, die er sich macht.

Und er denkt: Das Dümmste, was Stalin machen konnte, war die Blockade. Er hat viel Dummes gemacht, der große Führer der Sowjetunion, er hat Millionen seines Volkes umgebracht, er hat die Kornkammer Ukraine vernichtet, er hat seine alten Genossen ermorden lassen. Und was hat er sich eigentlich gedacht, als er den Pakt mit Hitler schloß? Er war genauso dumm wie der Führer der Deutschen, dieser Hitler, beide sprachen sie von Aufbau, von goldenen Zeiten für ihr Volk, beide schufen Vernichtung und Elend.

Nur hat dieser Führer in Deutschland nicht so viel Zeit gehabt wie der in Rußland. Er hat dieses deutsche Volk nicht verändert. Sie sind genauso tüchtig wie früher, sie gehen vorwärts, sie bauen auf, Krieg hin oder her, sie arbeiten, sie wollen. Ja, sie wollen.

Das denkt William Molander, und es kommt in gewisser Weise so eine Art Stolz in ihm auf. Er war ja auch einmal ein Deutscher. Er hat schon längst die amerikanische Staatsbürgerschaft, er fühlt sich schon lange nicht mehr als Deutscher. Aber da ist so ein Gefühl...

Da sitzt er nun also an der Bar, inzwischen genervt von den Gedanken und Gefühlen, die ihn bedrängen. Wie ist das eigentlich in der Sowjetunion, dem einstigen Verbündeten, dem heutigen Feind? Stalin ist tot, dort regiert jetzt ein Mann namens Bulganin? Oder ist es Chruschtschow? oder Molotow? Man kennt sich bei denen nie aus. Nur eins weiß man: Auf beiden Seiten wird gerüstet, auf beiden Seiten droht man mit der Atombombe. Und davor haben sie alle Angst, der Westen und der Osten. Ist das eine Hilfe, oder ist es Torheit?

William Molander hat die Nase voll. Von Berlin, von der Politik, von der Weltgeschichte überhaupt.

Er nickt dem Barkeeper zu und weist auf sein leeres Glas. Er bekommt einen neuen Scotch und schaut sich um. Schaut direkt in die blauen Augen der jungen Frau, die neben ihm auf dem Barhocker sitzt. Sie hat langes, blondes Haar, ist schlank und graziös, trägt ein knappes schwarzes Kleid mit einem tiefen Décolleté.

«You are all alone here?» fragt sie.

Sie hat ihn offenbar als Amerikaner erkannt und versucht, ihn näher kennenzulernen.

Das ist genau das, was er braucht.

«Ganz allein», erwidert er auf deutsch.

«Oh, Sie sprechen deutsch?» Ihr Lächeln ist strahlend.

«Ein wenig», sagt er. «Darf ich Sie zu einem Drink einladen?»

Er darf. Er hat keinerlei Hemmungen, er weiß, daß er gut aussieht, daß er den Frauen gefällt, er ist groß und schlank, er hat attraktives graumeliertes Haar. Und lächeln kann er auch ganz gut.

Seine Ehe war nicht schlecht; Jane stammte aus gut puritanischem Haus in New Jersey, sie war hübsch, lieb und geduldig, manchmal ein wenig langweilig, eine gute Frau, eine perfekte Mutter, eine Frau mit festen moralischen Grundsätzen. Er hat sie gelegentlich betrogen, immer sehr diskret, er hat sie nicht brüskiert, seine Söhne nicht verärgert.

Nun macht er an diesem Abend die Bekanntschaft einer attraktiven jungen Berlinerin, die sich einen Amerikaner anlachen will. Man kennt das aus den Berichten der Nachkriegszeit, die Fräuleins, an denen die Amerikaner so viel Gefallen fanden, weil sie so anders sprachen und handelten als die Frauen daheim. Offenbar gilt das immer noch.

Die Blonde, sie heißt Annemarie, verbringt die Nacht in seinem Zimmer. Er ist noch gut in Form, es macht Spaß, mit einer jungen Frau zu schlafen. Eine Ehe, ein paar Seitensprünge, ein Mädchen aus der Bar. Hat er jemals eine Frau wirklich geliebt?

Ein einziges festes Ziel, einen einzigen bestimmten Termin hat sein Trip nach Europa: die Bayreuther Festspiele.

Man hat drüben erstaunliche Dinge über die Wagner-Enkel gehört, die nun die Festspiele leiten, von Inszenierungen, die höchst sensationell sein sollen. Das muß er erleben.

Er liebt die Musik, er liebt die Oper, ist ein ständiger Besucher der Met, der Konzerte in der Carnegie Hall, und natürlich hört er in seinem prächtigen großen Radioapparat jedes bedeutende Konzert, wenn es seine Zeit erlaubt.

Unvergessen für ihn, für jeden in seinem Geschäft, die Live-Übertragung von «Tristan und Isolde» aus Bayreuth im Jahr 1931, Furtwängler am Pult. Das war ein ungeheures Ereignis, das Gütesiegel gewissermaßen auf dem neuen Medium.

Er hat von Amerika aus das ganze Programm gebucht, leider ist der «Tristan» in diesem Jahr nicht dabei, aber er hat den Ring, den Parsifal, den Tannhäuser und den Holländer.

Die Musik, die Sänger sind atemberaubend herrlich, die Inszenierungen befremdlich in ihrer Kargheit, beim Parsifal langweilt er sich ein wenig, es ist meist so dunkel auf der Bühne, daß man nichts sieht, und das ist bei einer so langen Oper ermüdend.

Er kennt Wagners Musik aus seiner Jugend, sein Vater konnte ganze Stellen auswendig singen und sich dabei auf dem Klavier begleiten. Ohne Noten. Sein Vater – dieser seltsame Mensch, von dem er bis heute nicht weiß, ob er ein Genie war oder ein Versager. Und er bekam auch manchmal Karten für Bayreuth, von Selb aus war es kein weiter Weg. 1912 hatte er ihn das erstemal mitgenommen in die «Meistersinger», da war er fünfzehn, und dann noch einmal zwei Jahre später, da hatte der Krieg schon begonnen, in den Holländer und in den Parsifal.

Es hatte ihn beeindruckt, dank seinem Vater, der ihm Handlung, Personen, Motive genau erklärte.

Er verbringt zwei Wochen in Bayreuth, lernt die Stadt in jedem Winkel kennen, das Alte Schloß, das Neue Schloß, den Park und die Villa Wahnfried. Er sieht auch die berühmte Winifred Wagner, die Engländerin, die Wagners Schwiegertochter wurde und nach dem Tod von Wagners Sohn Siegfried viele Jahre souverän die Festspiele leitete.

Genau wie einst Wagners Frau Cosima es tat. Die Frauen dieser Wagner-Männer sind offenbar höchst kongenial. Nun allerdings ist Winifred in Verruf geraten, weil Adolf Hitler so gern bei ihr im Festspielhaus saß, ihr die Hand küßte und den Hof machte, wie es heißt. Pech für Wagner, daß Hitler ihn mochte. Für eine Weile haben die Deutschen sich von Richard Wagner abgewandt, wollten seine Werke nicht sehen und hören, erst vor vier Jahren gab es wieder Festspiele nach dem Krieg. Das ist so typisch für die Deutschen, denkt der Mann aus Amerika, sie übertreiben immer, nach jeder Seite. Sie schreien Heil! oder Nieder! Sie finden nie den maßvollen Mittelweg.

Die Ausländer übrigens haben sich an dem Boykott Wagners nicht beteiligt. Sie lieben seine Werke, sie hören die Musik, und ob Hitler das ebenfalls tat, ist *ihnen* egal. Das Publikum auf dem Grünen Hügel ist international, erstaunlich viele Franzosen sind da, die schon immer ein Faible für Wagner hatten. Das Publikum ist elegant, die Herren im Smoking oder im Dinnerjacket, die

Damen in prachtvollen Roben, alle lang. Es gibt keinen Unterschied zwischen deutschem und ausländischem Publikum, sie sind alle hervorragend gekleidet.

An einem Abend, in der zweiten Pause, sitzt Molander auf der Terrasse, er trinkt ein Glas Champagner und ißt eine Kleinigkeit, es ist sehr heiß im Theater, und man genießt die jeweilige Stunde der Pause, um sich zu erholen. Von der Hitze im Theater, von der Macht der Musik.

An seinem Tisch sitzt ein älteres Ehepaar, die Dame trägt schwarze Spitze mit Silber unterlegt, ihr Haar ist bläulich silbern getönt und wundervoll frisiert, er trägt einen gutsitzenden Smoking. Sie haben höflich gegrüßt, als sie an dem Tisch Platz nahmen.

Der Herr wischt sich diskret den Schweiß von der Stirn.

«Ist wieder ziemlich heiß, nicht?» sagt er.

Molander nickt. «Yes, very hot», antwortet er gedehnt amerikanisch.

Das nützt ihm nichts, die beiden sprechen perfekt englisch, Oxford-Englisch, und sind imstande, kenntnisreich über die Aufführung zu sprechen, es ist der Tannhäuser an diesem Tag; er erfährt, daß sie jedes Jahr hier sind, seit die Festspiele wieder stattfinden.

Molander sagt schließlich, und er bemüht sich nun auch, nicht zu amerikanisch zu klingen, daß er zum erstenmal hier ist und wie sehr er es bedauert, daß es keinen Tristan gibt. Vor zwei Jahren, sagt der Herr, hat Karajan den Tristan dirigiert, das war überhaupt das größte Erlebnis, das man sich vorstellen kann. Die Dame bestätigt es.

Dann wird das Essen serviert, man entspannt sich ein wenig. Molander beobachtet inzwischen die Leute, für die der Tisch nebenan reserviert ist. Es sind zwei junge Paare, die Männer in den Dreißigern, die Damen jünger, eine hübscher als die andere, die eine blond, die andere brünett. Die Blonde trägt ein wehendes Gewand aus blauem Chiffon, die Brünette ist in Rosa, beide zeigen die gebräunten Schultern nackt. Sie stehen erst eine Weile, ehe sie sich setzen. Sie sehen aus wie einem Modejournal entstiegen, sie sind lässig, locker, die Frauen anmutig, die Männer selbstsicher.

Wie haben sie das bloß gemacht, denkt Molander. Der Krieg ist vor zehn Jahren zu Ende gegangen, mit einer jämmerlichen Niederlage, mit unvorstellbarem Elend. Ausgebombte, Flüchtlinge, Vertriebene, ganz zu schweigen von den Toten und Verstümmelten. Ihr Land war verwüstet, ihre Häuser zerstört, es gab wenig zu essen, wir haben ihnen Care-Pakete geschickt. '48 war die Währungsreform, dann die Berliner Blockade.

Wie haben sie das bloß gemacht? Zehn Jahre seit Kriegsende, sieben Jahre, seit es das neue Geld gibt. Wie haben sie das geschafft? Diese jungen Männer da am Nebentisch befinden sich in einem Alter, von dem man annehmen muß, daß sie in irgendeiner Form an diesem Krieg teilgenommen haben.

Die jungen Frauen müssen ihre Kindertage zum Teil im Luftschutzbunker verbracht haben, bedroht von Bomben, in Angst und Schrecken lebend. Denn er hat inzwischen mitbekommen, sie sprechen ziemlich laut, daß das eine Paar aus Berlin kommt, das andere aus München, sie sprechen von Aufführungen am Münchner Prinzregententheater, kennen die Sänger, den Dirigenten, an diesem Abend ist es Joseph Keilberth, der auch in München dirigiert.

Nach München müßte ich eigentlich auch noch fahren, denkt Molander irritiert. Das kenne ich nicht. Die Stadt der Wittelsbacher, Ludwig II., neunzehnjährig auf den Thron gekommen, Wagner verdankte ihm die Sicherung seiner immer schwankenden Existenz. Ludwig der Zweite, der so ein elendes Ende nahm. Seine Schlösser gehören eigentlich auch in das Programm einer amerikanischen Europareise. Damals hat man ihn verdammt, daß er die Schlösser bauen ließ, heute sind sie eine Anziehung für die Touristen und eine stattliche Einnahmequelle für den bayerischen Staat. Er weiß sehr gut über Bayerns unglücklichen König Bescheid, denn er und sein Leben waren ein Lieblingsthema seines Vaters.

«Es gibt so Fälle in der Weltgeschichte, über die man nie die Wahrheit erfährt», hatte sein Vater gesagt. «Ludwig ist ein gutes Beispiel dafür. Oder nimm Mayerling. Das ist jüngste Vergangenheit. Früher haben sie vermutlich noch mehr gemogelt. Vergiftet, hinterrücks ermordet, umgebracht wurden sie stets und ständig.

Oder kannst du mir genau sagen, wie das mit Karl dem Fünften geschah?»

Wilhelm Molander, Willy genannt, damals elf, konnte es nicht.

«Er ging doch ins Kloster oder sowas», sagte er unsicher.

«Oder sowas! Richtig! Es gäbe viel zu erforschen in der Geschichte.»

Immerhin weiß man heute, wie Hitler ums Leben gekommen ist. Obwohl es immer wieder Gerüchte gibt, er sei gar nicht tot. Dieses verdammte Deutschland! Dreißig Jahre lang hat sich William Molander nicht mit solchen Gedanken beschäftigt, und schon gar nicht mochte er an seinen Vater denken. Es war ein Blödsinn, nach Europa zu reisen. Zumindest hätte er es mit Paris bewenden lassen sollen. Da mußte man ja wohl mal gewesen sein. Dort regiere jetzt auch so eine Kultfigur, Charles de Gaulle mit Namen, und wie es hieß, verstand er sich bestens mit dem deutschen Kanzler.

In Amerika ist das viel einfacher. Wir wissen, daß Lincoln ermordet wurde, und wir wissen auch wie. Aber da war doch noch ein anderer Präsident, der ein gewaltsames Ende nahm. Wie hieß er doch gleich?

Molander schiebt seinen Teller beiseite, er hat jetzt keinen Appetit, er wird nach der Vorstellung im Hotel essen. Er verabschiedet sich höflich von dem Paar an seinem Tisch, wünscht ihnen einen ergötzlichen dritten Akt.

«Oh, ja», sagt der alte Herr. «Die Romerzählung. Das ist noch eine harte Nuß für einen Sänger.» Diesmal spricht er deutsch.

Molander nickt und lächelt, gibt nicht zu verstehen, ob er verstanden hat.

Tauscht noch einen Blick mit der Brünetten in Rosa. Sie sitzt ihm gegenüber, und sie haben sich schon ein paarmal angesehen. Sie kann höchstens dreiundzwanzig oder vierundzwanzig sein. Zweiundzwanzig ist das Mädchen, das sein ältester Sohn im nächsten Jahr heiraten will.

Er muß damit rechnen, bald Großvater zu werden.

Er geht hinunter in den Park, von dort weht ein wenig kühle Luft herauf.

Er freut sich auf den dritten Akt, anschließend wird er essen im Hotel, vielleicht noch einen Rundgang durch die Stadt machen. Der Park auf dem Grünen Hügel ist wundervoll, hohe alte Bäume, Blumenrabatten, ein Springbrunnen plätschert. Wie mag es ausgesehen haben, als Wagner hier ging, wo er jetzt geht? Als die ersten Festspiele stattfanden? Was für Gedanken hat er gehabt, was für Pläne, was für Sorgen? Wie schwer, wie unendlich schwer ist es, ein Genie zu sein. Es ist nur für die Zeitgenossen, noch mehr für die Nachgeborenen eine Freude. Es gibt mehr Beispiele: Bach, Mozart, Beethoven, Schubert, Schumann, Brahms. War denn eigentlich ein einziger glücklicher, zufriedener Mensch darunter?

Man kann es nicht wissen. Vielleicht waren sie glücklich, als sie die Matthäus-Passion, den Figaro, die fünfte Symphonie, die Winterreise, das Klavierkonzert, das Requiem geschrieben hatten. Vielleicht waren sie zufrieden mit dem, was sie geschaffen hatten. Vielleicht unzufrieden, weil gequält von dem Gedanken, daß sie es hätten besser machen können. Einsam im Grunde waren sie alle, ausgeliefert, verlassen von Gott und der Welt. Die einzige kleine Hilfe konnte eine Frau an der Seite sein, die Verständnis hatte. Wagner hatte diese Hilfe in Cosima gefunden nach schwierigen Umwegen, doch das hatte ihn gleichzeitig die Zuneigung des Königs gekostet. Ganz hatte ihn der König trotzdem nicht im Stich gelassen, er kam zur Generalprobe der ersten Festspiele, und er gab, was wichtiger war, Geld. Es vergingen sechs lange Jahre, bis die zweiten Festspiele stattfanden, zu groß war das Defizit gewesen. Ob sie das bedenken, die heute hier auf der Terrasse sitzen oder im Park spazierengehen?

Wie lang sind sechs Jahre!

Ob einer daran denkt, der heute im Abendkleid oder im Smoking hier flaniert und fachmännisch die Vorstellung beurteilt?

Sechs Jahre, Ludwig war nicht mehr ansprechbar, und dann war es endlich der Parsifal.

Im Jahr darauf starb Richard Wagner. Zweimal hat er die Vorstellungen in seinem erträumten Festspielhaus erlebt. Nein, man kann sagen, was man will, William Molander verlebt keine lustige, aber eine gedankenvolle Zeit in good old Germany.

Mit dem Hohenzollern-Schloß in Berlin und mit den Bayreuther Festspielen ist es nicht erledigt, nun geht es erst richtig los.

Er ist in Franken, in Oberfranken. Er hat das ganze Programm und bleibt über eine Woche. In Nürnberg hat er einen Wagen gekauft, einen schönen großen Opel Kapitän, und mit dem fährt er durch das Land. Die nähere Umgebung, die weitere Umgebung, die Eremitage, die Fantaisie, Bad Berneck, Wirsberg, das Fichtelgebirge, das ist vertrautes Gelände, der Fränkische Jura, den man albernerweise Fränkische Schweiz nennt, obwohl dieses zauberhafte romantische Wald- und Tälerland nicht das geringste mit der Schweiz zu tun hat. Alte Burgen, alte Kirchen, hübsche Kneipen, wo er endlich auch gut zu essen bekommt, was in Bayreuth nicht immer der Fall ist, er trinkt den Streitberger Bitter, und nickt dem Wirt anerkennend zu, er spricht manchmal deutsch, manchmal amerikanisch, er ist alles in allem sehr allein. Er kann alles, was er sieht und denkt, keinem Menschen erzählen. Im Hotel sind sie höflich und nett, fragen nach seinen Wünschen, das Zimmer ist für amerikanische Verhältnisse, besser gesagt für seine Verhältnisse, bescheiden, aber er hält sich wirklich nur zum Schlafen darin auf.

Er kehrt noch einmal zurück in den Gasthof in Streitberg, der Wirt erkennt ihn, gibt ihm einen guten Tisch, fragt, ob der Gast aus Amerika besondere Wünsche hat.

Etwas stockend äußert er diese Wünsche, sicher, daß sie hier keiner erfüllen wird.

«Böhmische Knödel, böhmisches Kraut und eine kroß gebratene Ente», schmunzelt der Wirt, «das sollen Sie haben, Mister. Sie müssen uns nur ein bißchen Zeit geben», a weng a Zeit, sagt er, «damit wir es gut machen können. Gehen Sie spazieren, oder lesen Sie die Zeitung? Und einen kleinen Aperitif?»

William entscheidet sich für die Zeitung und den Aperitif. Heute abend ist der «Holländer», er hat Zeit.

Es ist sehr schwierig, seine Gefühle zu beschreiben, mal ist er heiter, mal traurig, meistens durcheinander.

Er befindet sich in seiner Heimat, doch er hat Selb bis jetzt vermieden. Aber er ist einsam. Der Wirt kommt an den Tisch, nachdem er gegessen hat, und William sagt, daß es großartig geschmeckt hat. Hat es wirklich. Und er sagt, was er eigentlich keinem Menschen gesagt hätte.

«Ente mit böhmischen Knödeln und böhmischem Kraut, das ist eine Kindheitserinnerung.»

«Ach, wärkla?» fragt der Wirt erstaunt. «Ich dachte, Sie sind Amerikaner.»

William lacht. «Hätte ich mir das sonst bestellt?»

Der Wirt lacht. «Das ist wahr.»

«Setzen Sie sich doch.»

Der Wirt setzt sich an den Tisch. Er findet diesen Amerikaner interessant. Und so viele internationale Gäste haben sie in der Fränkischen Schweiz nun doch noch nicht. Das Wirtschaftswunder ist bisher an ihnen vorübergegangen, die Festspielgäste finden selten den Weg hierher. Sie haben nur Wanderer, die kaum Geld ausgeben. Nun ist es soweit, daß William Molander mal sprechen möchte, nicht über sich, über das Land.

«Dies ist eine wundervolle Landschaft hier», sagt er. «Diese Burgen, die Kirchen.»

«Ja, ja», sagt der Wirt. «Wir sind auch viel bedichtet worden. Früher mal. Heute fahren die Leute ja am liebsten ins Ausland, nach Italien und nach Jugoslawien. Schöne Gegend zu Hause bedeutet ihnen nichts mehr. Bei uns kommen halt meist die Leit von Nürnberg her oder von Erlangen, zum Essen am Sonntag oder zum Kaffeetrinken.»

Neugierig ist der Wirt nun doch, er fragt: «Sie kennen die Gegend von früher her?»

«Diese Gegend hier nicht so gut, mehr das nördliche Oberfranken. Den Frankenwald, das Fichtelgebirge, Kronach, Kulmbach, und dann vor allem das Egerland. Ich bin in Selb aufgewachsen.»

«Ah, sowas!» staunt der Wirt. «In Selb. Beim Porzellan. Und das Egerland, das kenne ich auch gut. Jetzt sind da die Kommunisten, kann man nicht mehr hin.»

Das ist das Stichwort. William beschließt noch am selben Abend, ein Visum für die Tschechoslowakei zu beantragen. Das wäre ja gelacht, wenn er da nicht hinfahren könnte, er als Amerikaner.

Anfangs hat er noch geschrieben, bekam auch Antwort. Später schlief der Briefwechsel ein. Die Nazis im schönen Egerland, der Krieg... hätte er sich nicht wenigstens nach dem Krieg erkundigen können, was aus ihnen geworden war? Tante Margarete, Gretl genannt, Rudolf, ihr Mann, Walter, sein Cousin, vier Jahre älter als er, und Mathilde und Traudl, die beiden Mädchen, Traudl ungefähr in seinem Alter, eigentlich seine erste Liebe. Konnten sie in Eger bleiben, hat man sie vertrieben, hatte nicht Gretls Mann diese hübsche jüdische Tante in Prag, bei der man immer wohnte, wenn man in Prag war? Möglicherweise war Rudolf ein Halbjude und die Nazis hatten ihm etwas angetan? Warum hat er darüber nie nachgedacht?

Das erstemal war er mit Tante Gretl und Walter in Prag, da war er... ja, natürlich, da war er zwölf. Und dann im Jahr darauf mit Rudolf und Walter. Von Prag war er begeistert. Es gefiel ihm ja schon in Eger viel besser als daheim.

Als er das nächste Mal nach Prag kam, war sein Vater dabei und die niedliche Traudl, die ihm so gut gefiel.

Sein Vater wie immer groß in Form, er küßte der schönen Jüdin die Hand und machte ihr Komplimente, er wußte alles über Prag, über die Geschichte des Landes und der Stadt, er kannte die berühmten Bauten und die Skulpturen von Parler im Veitsdom, er konnte von dem Rabbi Löw erzählen, daß einem der Atem stockte, und natürlich kannte er jedes Theater dieser Stadt in- und auswendig.

Sie gingen in die Theater, und sein Vater zitierte am nächsten Tag die wichtigsten Monologe oder sang die Champagnerarie.

«Dein Vater ist wirklich ein phantastischer Schauspieler», sagte die schöne Rajina zu dem sechzehnjährigen Willy.

Er nickte. Was blieb ihm anderes übrig, als das zu glauben? Er hatte ihn nie auf der Bühne gesehen und würde ihn nie sehen.

Sein Vater, der charmante Causeur, der weltgewandte Alleswisser, der unerwünschte Schwiegersohn, der nicht imstande war, den Lebensunterhalt für Frau und Kind zu verdienen. Konnte er nicht? Wollte er nicht?

Annette ist achtzehn, als sie ihn kennenlernt, und so süß wie ein

Praliné vom Café Zauner in Bad Ischl. Das sagt der Schauspieler Franko Molander, dem stets ein passendes Wort einfällt. In Bad Ischl hat er schon oft gastiert, er hat den Don Carlos dort gespielt, den Ferdinand und natürlich den Romeo, das war überhaupt sein größter Erfolg, und sogar Kaiser Franz Joseph war begeistert. Das erzählt er bereitwillig und zitiert: «Der Liebe leichte Schwingen trugen mich, kein steinern Bollwerk kann der Liebe wehren.»

Folgt ein langer Blick in die unschuldsvollen Augen des Mädchens aus Selb, darauf: «Und Liebe wagt, was irgend Liebe kann.»

Das geschieht im Hotel Pupp in Karlsbad. Gretl ist mit ihrer kleinen Schwester, die bei ihr in Eger zu Besuch weilt, nach Karlsbad gefahren, weil dort eine Theatertruppe mit ‹Lady Windermeres Fächer› gastiert. Das muß Gretl unbedingt sehen, Theater ist ihre große Leidenschaft.

Die Vorstellung ist großartig, in der Pause trifft Gretl Bekannte aus Eger, die sie auffordern, noch für eine Stunde mit ins Pupp zu kommen, da findet eine Redoute statt.

Da, dort begegnet Annette ihrem Schicksal, sie lernt diesen wunderschönen Schauspieler mit den langen dunklen Locken kennen, der den Darlington gespielt hat.

Natürlich lernen sie ihn beide kennen, die Schwestern, Gretl brilliert mit ihren Kenntnissen vom Theater, Annette, das Annerl aus Selb, macht nur große erstaunte Augen. Im Theater ist sie noch nicht oft gewesen, sie ist eine brave Tochter, die man streng behütet.

Dieser lockige Romeo, der viel zu alt ist, um noch den Romeo zu spielen, und die kleine Unschuld aus Selb werden die Eltern von William Molander, der bis heute die Vorgeschichte dieser Ehe nicht kennt, nicht genau jedenfalls. Tante Gretl hat ihm das zwar später mal erzählt, etwa geschönt, denn sie hat ein Leben lang ein schlechtes Gewissen, daß sie daran schuld ist.

Denn es geht dann Schlag auf Schlag. Kaum ist das Annerl wieder in Selb, taucht der Schauspieler dort auf. Mit einem wundervoll formulierten Heiratsantrag. Er hat sich zuvor kundig gemacht, daß die Verhältnisse recht wohlhabend sind. Georg Ortner, kaufmännischer Direktor und Prokurist bei der berühmten Porzellanfirma Hutschenreuther, ist keineswegs davon begeistert, daß seine Tochter einen hergelaufenen Schauspieler heiraten will. Er lehnt rundweg ab.

Was heißt, sie will. Er will sie heiraten. Denn das Annerl hat keinen Willen mehr. Sie ist so tief in die Liebe hineingefallen, klaftertief, wie es bei Shakespeare heißt, sie ist so versunken in dieser Liebe, daß sie gar keinem vernünftigen Argument mehr zugänglich ist. Sie sagt: Ich geh' mit ihm, wohin er will. Ich trenne mich nie von ihm. Ich will lieber sterben, als ohne ihn leben.

Aber sie soll nicht sterben, sie muß auch nicht mit ihm durchbrennen, denn er will sie ja ganz ordentlich und bürgerlich heiraten, mit weißem Kleid und Schleier, denn er liebt sie ja auch ganz unbeschreiblich.

Und damit ja nichts dazwischenkommt, verführt er sie vorsorglich in seinem Zimmer in dem kleinen Hotel in Selb, in dem er sich einquartiert hat, nachdem er die Truppe von heute auf morgen verlassen hat.

Aus Liebe, wie er sagt. Was keiner weiß, keiner je erfahren wird, Annette nicht, die Eltern nicht und erst recht nicht William Molander, man hat ihm sowieso gekündigt, besser gesagt, ihn hinausgeworfen. Erstens weil er dem Darsteller des Lord Windermere die Uhr gestohlen hat, denn wie immer hat er Schulden, und zweitens hat er versucht, die Gattin des Prinzipals zu vernaschen, um erstens durch zweitens aus der Welt zu schaffen. Doch der Prinzipal wird rechtzeitig gewarnt, von Lady Windermere, die eifersüchtig ist, denn der Lockenkopf hat mit ihr ein Verhältnis gehabt. Die beinahe verführte Gattin, auch eine gute Schauspielerin, tönt laute Empörung und verlangt den Hinauswurf dieses Schurken.

Wie man sieht, nicht nur auf der Bühne, gibt es auch im Leben des Schauspielers Molander dramatische Szenen.

Er darf noch das Gastspiel in Karlsbad mitmachen, denn der Ersatz für Darlington wird erst in Marienbad zu ihnen stoßen.

Dann sitzt er auf der Straße, ohne Engagement, ohne Bleibe, ohne Geld.

Wenn man es in Eger oder in Selb wüßte, wenn Annettes Eltern es gewußt hätten – es hätte nichts genützt. Das Annerl liebt ihn, er könnte vor ihren Augen einen Mord begehen, sie würde für immer und ewig bei ihm bleiben.

Die Heirat findet also statt, das Annerl ist ausreichend kompromittiert, und schwanger ist sie auch. Es gibt kein großes Fest, die Eltern sind steif und stumm, Gretl und ihr Mann aus Eger sind da, und die Mutter der Braut sagt mit wutglitzernden Augen zu ihrer ältesten Tochter: «Daran bist nur du schuld mit deinem Theaterfimmel.»

Gretl schweigt schuldbewußt, sie sieht es ein. Mal einen Abend tanzen und plaudern, das kann sie als verheiratete Frau, sie kann auch ihre kleine Schwester mitnehmen, die unter ihrem Schutz steht, aber den Filou heiraten –? Das hat sie erkannt. «Er ist ein Filou», sagt sie zu ihrem Mann. «Die Mama hat recht. Ich bin schuld, daß sie ihn kennt. Außerdem ist er viel zu alt für sie.»

Franko Molander, der selbstverständlich Franz heißt, ist zum Zeitpunkt seiner Verehelichung zweiundvierzig.

Gretl hat eine recht gute Partie gemacht, ihr Mann ist Deutscher, hat eine Baufirma in Eger und ein großes, prächtiges Haus am Marktplatz, geerbt von seinen Eltern. Und was wird aus der Ehe mit dem Filou?

Es geht besser als vermutet. Jedenfalls was die Liebe betrifft. Annerl liebt ihren Mann bis zum Tag ihres Todes im September 1922, und in all den Jahren gibt es keinen Tag, an dem er sie nicht geliebt hat.

Irgendwann, mein süßes Praliné, wird's mich zerreißen vor lauter Liab.

Er spricht sämtliche Dialekte, sächsisch, schwäbisch, bayerisch, österreichisch, doch er stammt aus Luckenwalde, und nie wird jemand erfahren, ob er ein guter Schauspieler ist. Denn er hat dem Theater von heute auf morgen ade gesagt.

Warum? Wieso?

Wie kann ich durch die Welt zigeunern ohne dich, mein Engelsangesicht? Jeden Tag in einer anderen Stadt, und du hier allein, ich könnte es nicht ertragen.

So begründet er es, und Annerl hört es gern. Auch ist der

Gedanke lästig, daß er dann mit schönen Schauspielerinnen täglich und abendlich Umgang hat. Er versäumt nicht, darüber einiges zu erzählen.

Da er nicht arbeitet, verdient er nichts. Na schön, Flitterwochen, sie wohnen in dem schönen gepflegten Haus mit großem Garten von Annerls Eltern. Franko versucht es mit seinem bewährten Charme, hilft nichts, sein Schwiegervater beachtet ihn nicht, seine Schwiegermutter hat offenen Haß im Blick. Dann entwickelt sich Annerls Schwangerschaft in geradezu fürchterlicher Form, sie erleidet alle nur denkbaren Qualen. Franko entflieht dem vorübergehend, er sagt seinem Schwiegervater mit ernstem Blick und sonorer Stimme, er müsse für einige Tage nach Prag fahren, es bestehe die Möglichkeit, daß er ein Engagement bekomme. Ob er vielleicht höflichst um das Fahrgeld bitten dürfe.

Georg Ortner gibt es ihm gern, gibt es ihm reichlich, in der stillen Hoffnung, den Kerl nie wiederzusehen.

Annerl und Franko nehmen tränenreich Abschied, er muß schwören, so bald wie möglich wiederzukommen. Wozu brauchst du ein Engagement, jammerte sie, du hast doch mich, und dir geht es doch gut hier.

Ich kann nicht ständig von deinen Eltern leben, mein Herzensglück.

In Prag hat er eine ehemalige Freundin, die jetzt am Deutschen Theater engagiert ist, aber von ihm nichts mehr wissen will. Macht nichts, er geht in einen Puff, solange das Geld reicht, dann kommt er zurück.

Sie sind alle froh, daß er kommt, auch die Eltern, denn die werdende Mutter hat sich in eine beängstigende Hysterie hineingesteigert. Sie wird sich im Main oder in der Eger ertränken, wenn er nicht wiederkommt, und wenn man ihren flackernden Blick sieht, glaubt man ihr sogar.

Dann wird das Kind geboren, der Arzt versucht es mit der Zange, dann muß er schneiden. Sie wird kein Kind mehr haben können, eröffnet er den Eltern.

Gott sei Dank, sagt Annerls Mutter böse.

Der junge Vater sitzt Tag und Nacht am Bett seiner Frau, er hält ihre Hand, er schluchzt und flüstert: «Bleib bei mir! Verlaß mich nicht, mein Engel!»

Wenn man nur wüßte, wann er eine Rolle spielt, wann er echt ist.

Für Annerl stellt sich diese Frage nie, ihre Liebe und ihr Vertrauen sind unerschütterlich.

Der kleine Willy hat eine glückliche Kindheit. Eine liebevolle, etwas kränkliche Mutter, und einen Vater, der immer für ihn Zeit hat. Der bereit ist, ihm alles zu zeigen und zu erklären, nicht zuletzt Mozart, Schubert und Wagner.

Soll sich ein Kind darüber den Kopf zerbrechen, warum sein Vater stets und ständig mit ihm spielen, mit ihm spazierengehen kann?

Schau, das ist eine Birke. Und da drüben am Waldrand stehen Eschen. So eine Esche, wie der Wotan hat. Wo er den Speer daraus geschnitzt hat. Und horch, da singt eine Amsel. Und es dauert nicht lange, im Juni hörst du den Kuckuck rufen. Aber jetzt kommen Wolken.

Bedecke deinen Himmel, Zeus, mit Wolkendunst und übe, dem Knaben gleich, der Disteln köpft, an Eichen dich, und Bergeshöhn.

Damit wächst Willy auf.

Später gehört noch ein Hund zu den Molanders, ein kleiner schwarzer Pudel, den Willy zärtlich liebt.

Und sein Vater: Knurre nicht, Pudel. Zu den heiligen Tönen, die jetzt meine ganze Seele umfassen, will der tierische Laut nicht passen.

Anfangs findet der kleine Willy das zum Lachen, später hört er genau zu.

Der Schauspieler Molander kann das alles auswendig, nicht nur Goethe, auch Schiller, Shakespeare, Grillparzer, Kleist – er hat alles auf der Pfanne, wie er sagt.

Warum nur will dieser Mann nicht mehr in seinem Beruf arbeiten, den er doch mit jeder Zeile beherrscht? Hat es nie gelangt zu einem richtigen Engagement, oder ist es nur sein angeborener Sinn für das Nichtstun?

Annerl, nachgerade auch genervt von der Feindseligkeit ihrer

Eltern, sagt: Du könntest ja vielleicht ein Engagement an einem Stadttheater annehmen. Dann könnte ich bei dir sein, und wir müßten uns nicht trennen.

«Gefällt es dir hier nicht, mein Rautendelein? Sieh doch, wie schön die Sonne scheint. Du legst dich jetzt in den Liegestuhl, und ich lese dir vor. Etwas ganz Modernes. Ibsen.»

Da liegt sie, blaß und süß, etwas älter inzwischen, und er liest den «Baumeister Solneß».

«Das wäre eine wunderbare Rolle für dich», sagt sie.

«Ja, da hast du recht. Weißt du was? Ich fahre wieder mal nach Prag und werde mich umhören.»

Kann er es bequemer haben?

Ob er ein guter oder ein schlechter Schauspieler ist, ein Darsteller oder nur ein Schmierenkomödiant, keiner wird es je erfahren. Seine schwarzen Locken werden grau, eine Weile färbt er sie noch, dann läßt er es bleiben, in grau sieht er noch attraktiver aus. Ein Eheleben findet längst nicht mehr statt, Annerl vermißt es nicht, und er verreist gelegentlich, es muß nicht immer Prag sein, er findet auch in den Bädern einsame Frauen, die ihn eine Zeitlang aushalten, denn von seinem Schwiegervater bekommt er längst kein Geld mehr.

Georg Ortner wird alt und vergrämt durch die Ehe seiner jüngsten Tochter, seine Frau wird immer biestiger, das bekommt auch Willy zu spüren. Gretl kommt ungern zu Besuch in ihr Elternhaus, aber sie nimmt den Jungen mit nach Eger. «Es ist kaum zum Aushalten bei denen», sagt sie zu ihrem Mann. «Annerl spinnt immer mehr, und dieser Filou – also der Bub muß mal in einer normalen Familie leben.»

Willy ist gern in Eger. Dort gibt es eine normale Familie, Gretl ist fröhlich, ihr Mann arbeitet viel, aber wenn er daheim ist, wird gut gegessen und viel geredet und gelacht, und seinen Cousin und seine Cousinen mag er gern. Aber, das muß man gerechterweise zugeben, er mag auch seinen Vater. Er hört nie ein unfreundliches Wort von ihm, er wird geliebt und verwöhnt und er lernt viel von ihm, Dinge, die er in der Schule nicht lernt. Er kann viele Gedichte auswendig und ganze Monologe klassischer Theaterstücke.

In der Deutschstunde ist er immer der Beste. Er ist aber auch ein guter Lateiner, und er lernt französisch, leider nicht englisch, das war noch nicht Mode.

Lateinisch und französisch kann sein Vater nicht. Endlich etwas, was er nicht kann. Lateinisch interessiert ihn nicht, aber französisch lernt er mit Begeisterung von seinem Sohn. Den Riccaut de la Marlinière hat er mal gespielt, den hat er auch noch auf der Pfanne, und radebrecht ihn zum vergnügten Lachen seines Sohnes fehlerlos her.

«Zuletzt», sagt er, «zuletzt hab' ich den mal gespielt. Vorher war ich immer der Tellheim.»

Das ist so, wie es ist. Die Eltern haben resigniert.

Was sollen sie machen? Die Tochter kränkelt, sie ist so lieb und so dankbar. Dieser hergelaufene Komödiant ist auch lieb und dankbar. Man kann ihn nicht hinausschmeißen, ohne die Tochter zu gefährden.

William Molander, wenn er also nun im Jahr 1955 durch Selb kurvt, kann weniger denn je verstehen, was damals geschah. Er weiß nur, was er erlebt hat. Eine glückliche Kindheit, 1915 Notabitur, die Ausbildung, kurz und hart, der Krieg. Aber er hat damals schon Glück gehabt, es passiert ihm nichts, Anfang '17, im Osten, bekommt er Typhus, nur halb genesen schicken sie ihn nach Hause, er wird gesund gepflegt. Dann haben sie ihn offenbar vergessen. Die Revolution in Rußland, das mühselige Ende des Krieges, alles findet ohne ihn statt.

Nun bestimmt der Großvater sein Leben. Er muß etwas lernen. Was er lernt: Porzellan.

Er arbeitet in der Firma, geht durch sämtliche Sparten, besucht die Fachschule.

Der Großvater ist hart und streng, die Großmutter lieblos, verhärtet durch das, was sie erlebt hat.

Wenn er anfängt, von der Winterreise zu schwärmen, unterbricht sie ihn.

«Hör auf! Das hast du nur von ihm.»

Natürlich hat er es von ihm. Er hat alles von ihm. Den Mozart, den Schubert, den Wagner und die Geschichte von dem unglücklichen Bayernkönig. Aber auch die Geschichte von dem französischen Sonnenkönig, von Karl dem Vierten und den Habsburgern. Wo und wann hat er das alles gelernt? Wieso hat es ihn interessiert? Der erfolglose Schauspieler, der Nichtstuer, der bis zum Ende seines Lebens vom Geld seines Schwiegervaters lebt. Er hat viel gelesen, daran erinnert sich William genau, er hat auch vorgelesen, seiner Frau und seinem Sohn. Auf seine Weise hat er sein Leben erfüllt. Und das seiner Frau. Und das seines Sohnes.

Vielleicht kann man ihm auf diesem Weg, auf diese Weise gerecht werden.

Daß er kein Geld verdient hat, daß er genaugenommen das ist, was man einen Schnorrer nennt, hört Willy nach dem Krieg ziemlich unverblümt von Tante Gretl.

Wilhelm Molander hat also den Krieg unbeschadet überlebt. Mit dem Porzellan und seinen Großeltern wird er dennoch nicht glücklich. 1921 versucht er zum erstenmal einen Ausbruch.

Er ist wieder einmal in Eger, nun ist es geradezu eine Zuflucht geworden. Seine Mutter liegt nur noch und welkt vor sich hin, sein Vater redet wie eh und je, und auch das geht ihm jetzt, erwachsen, auf die Nerven.

In Eger erfährt er von Onkel Rudolf, daß der Graf Bodenstein einen Leiter für seine Fabrik sucht. Es sind im ganzen drei Begegnungen mit dem Grafen, und bei der letzten bekommt er eine Absage. Er sieht es ein. Es gibt einen neuen Staat, die Tschechoslowakei, und es wird besser sein, wenn die Fabrik von einem Tschechen geleitet wird. Er ist auch gar nicht mehr so scharf auf das Porzellan, sein Großvater hat es ihm verleidet. Er empfiehlt dem Grafen einen Tschechen, Jaroslav Beranék. Den hat er noch vor dem Krieg kennengelernt, er hat in Selb gelernt, und er kam manchmal ins Haus, höflich, freundlich und, wie der Großvater erwähnte, tüchtig in seiner Arbeit. Auch Franko Molander mochte ihn. «Wir müssen», sagte er hochtrabend, «die Slawen und die Deutschen versöhnen. Wir haben eine gemeinsame Geschichte. Und Wien ist der Mittelpunkt. Ach, Wien! Was habe ich da für wunderbare Rollen gespielt. Aber Prag! Prag ist die schönste Stadt der Welt. Die Königin der Städte. Der Mittelpunkt Europas.»

Es beginnt der Zwiespalt in dem jungen Willy. Er sieht und hört nun besser, er hat Freunde in der Schule, die sich offen über seinen Vater lustig machen.

«Spielt er nicht bald wieder mal den Romeo?» fragt einer, und Willy prügelt sich mit ihm.

Molander gehen nun auch die grauen Locken langsam aus, er ist alt, aber er redet immer noch, und er redet zuviel und immer dasselbe.

Willy kommt ohne Anstellung aus Eger zurück, arbeitet wieder bei Hutschenreuther, er ist rastlos, unzufrieden.

Dann stirbt seine Mutter, ganz still und ohne Widerstand geht sie. Das Herz, sagt der Arzt. Und wenige Tage darauf nimmt sich sein Vater das Leben. Er hängt sich auf. Das ist so fürchterlich wie unverständlich.

Oder versteht man es doch?

«Dieser Bastard», sagt die Großmutter. «Hätte er das doch bloß schon vor zwanzig Jahren getan. Dieser Nichtsnutz hat meine Tochter umgebracht.»

Das treibt Wilhelm Molander fort. Es ist der umgedrehte Fall: ein Sohn kommt aus dem Krieg unversehrt zurück, dann sterben die Eltern.

Er will nichts mehr hören und sehen, nicht die Großeltern, nicht das Porzellan, er geht einfach fort. Nicht nach Eger, nicht in den neuen Staat. Er weiß genau, was sie in Eger sagen werden. Er will sie alle nicht mehr sehen.

Er geht nach Berlin, er lebt dort ein halbes Jahr in kläglichen Verhältnissen. Eine Hure ernährt ihn. Sie ist über Vierzig, sie hat geradezu mütterliche Gefühle, denn Geld bekommt sie von ihm nicht.

«Die Welt ist groß», sagt sie. «Und du bist jung. Deutschland ist kaputt. Det wird nischt mehr. Geh fort!»

«Und du? Was machst du?»

Sie lacht. «Eine Weile geht das schon noch. Das, was ich mache, geht immer. Ob's rauf geht oder runter, sowas wie mich brauchen sie immer.»

Sie gibt ihm die Billionen für die Überfahrt.

«Kannst mir ja mal 'n paar Piepen schicken, wenn du welche hast, Jungelchen.»

Amerika!

Er hat ihr nichts geschickt, er hat sich um nichts und niemand mehr gekümmert, er begann ein neues Leben.

Ein erfolgreiches Leben. Und nun ist er da und sucht die Spuren der Vergangenheit. Auf die nachdenklichen, auch schwermütigen ersten Wochen, nach den immerhin erbaulichen Tagen in Bayreuth kehrt seine Aktivität zurück.

Was ist da noch? Wer ist da noch?

Er tut es zuerst zögerlich, er weiß nicht genau, ob er es eigentlich will, es kommen Stunden, in denen er daran denkt, mit dem Wagen nach Frankfurt zu fahren, eine Maschine nach New York zu besteigen und sich nach wie vor um nichts zu kümmern.

Und dann fährt er nach Eger.

Er findet viel mehr, als er erwartet hat. Die niedliche kleine Traudl, ein knappes Jahr jünger als er, wohnt nach wie vor in dem Haus am Marktplatz, die Baufirma besteht auch noch, sie hat einen Mann geheiratet, einen Architekten aus Nürnberg, der sie nun leitet. Ihr Vater, Williams Onkel Rudolf, allerdings lebt nicht mehr.

Die anderen sind in München. Zuerst ist die Mathilde, Traudls Schwester, nach München gezogen, das war so um die Zeit, als er nach Amerika ging. Sie hat als Verkäuferin in einer Drogerie gearbeitet und dann den Drogisten geheiratet, sie hat zwei Kinder zur Welt gebracht, es geht ihr gut.

Später folgte ihr Bruder Walter nach München, und er hat, William hört es mit Erstaunen, ein Lokal aufgemacht, mit böhmischer Küche und in bester Lage.

«Das gibt es ja nicht», wundert sich William.

«Er hat doch Koch gelernt. Weißt das nicht mehr?» Er hat es vergessen.

«Die Leut' in München essen gern böhmische Knödel. Und er brät die beste Ente in ganz München, da kannst sicher sein. Du wirst es sehen.» Sie lacht übermütig, sie hat immer noch das Grübchen im Kinn.

«Ich werde es sehen?» fragt er ein bißchen dumm.
«Na, ich meine, du wirst es schmecken. Du wirst sie doch sicher besuchen.»
«Sure. Ich werde sie in München besuchen.»
Denn Tante Gretl ist auch in München, bei ihrem Sohn, seiner Frau und den Kindern, Walter hat drei Töchter.
«Gott sei Dank keinen Sohn», meint Traudl. «Wer weiß, ob der den Krieg überlebt hätte. Aber die Mädels sind auch schon verheiratet und haben Kinder, also die Mama ist ausreichend beschäftigt. Ich hätt' ihr nicht so viel zu bieten.»
Denn Traudl hat keine Kinder, worüber sie sehr traurig ist, wie er erfährt.
«Es war halt nichts», sagt sie.
William denkt an die Ente mit den böhmischen Knödeln, die er in Streitberg gegessen hat. Muß wohl so eine Art Vorahnung gewesen sein.
«Und es ist euch die ganze Zeit nichts passiert?»
«Was soll uns denn passiert sein?»
«Na, die Besetzung durch die Deutschen. Und dann der Krieg. Und jetzt die Kommunisten.»
«Mit den Nazis sind wir leicht fertig geworden. Und da auch ich keinen Sohn habe, was ja in diesem Fall nur gut ist, konnte uns auch der Krieg nichts antun. Wir haben im Gegenteil gut verdient. Und jetzt?» Sie zuckt die Achseln. »Der Bastian ist halt in der Partei, verstehst? Da kriegt er keinen Ärger, und gebaut wird jetzt auch. Kann sein, wenn wir noch ein bissel älter sind, verkaufen wir den Laden und gehen auch nach München, da sind wir alle wieder beieinander. Wenn wir eingeladen werden, dürfen wir ausreisen, und dann kommen wir halt einfach nicht wieder. Die können schon für uns sorgen in München. In Deutschland geht es ja allen wieder recht gut, und ich kann dem Walter in dem Lokal helfen. No?»
William sieht sie an, seine kleine Traudl mit den lustigen rotblonden Zöpfchen. Es ist über dreißig Jahre her, daß er sie zuletzt gesehen hat, aber er ist sicher, wenn sie ihm in New York auf der Straße begegnet wäre, er hätte sie sofort erkannt.

«Das klingt ja alles wunderbar», sagt er. «Und ich habe Angst gehabt, was für Elend ich hier antreffen werde.»

«Das gibt es», sagt sie, ernst jetzt. «Und das hat es reichlich gegeben. Wir sind halt so einigermaßen glücklich durchgekommen. Die anderen waren ja eh nicht mehr da, es waren bloß ich und Bastian. Und es ist vielleicht halt doch ganz gut, daß wir keine Kinder haben, net? Kann sein, der liebe Gott hat sich was dabei gedacht.»

Er hört auch die traurigen Geschichten, so vom Tod des Jaroslav Beranék, nach dem er sich erkundigt.

«Wir haben ihn gut gekannt, ihn und seine Frau. Später war es ihnen dann schon peinlich, den Genossen. Bastian hat ihnen deutlich gesagt, was er von ihnen hält. War zu spät. Und den Jiři, den Sohn vom Beranék, haben die Nazis umgebracht. Grad darum war es eine doppelte Schand', was sie mit dem Jaroslav gemacht haben.»

«Und Beranéks Frau?»

«Sie ist nach Prag gegangen mit ihrem Buben. Sie hat ja noch ein Kind bekommen, das weißt du sicher nicht.»

«Und was ist aus ihnen geworden?»

«Das weiß ich nicht.» Traudl schüttelt bekümmert den Kopf. «Da hätten wir uns wohl mal darum kümmern müssen, wie? Na ja, so leicht war es hier für uns auch nicht. Vielleicht weiß es der Doktor. Der Beranék hatte ja einen Bruder in Prag.»

«Was für ein Doktor soll es wissen?»

«Der jetzt die Praxis hier schräg gegenüber hat. Die früher der Doktor Wieland hatte. Den mußt du doch kennen. Du hast dir mal ziemlich bös das Knie aufgeschlagen, als du hier warst. Weißt es nicht mehr? Da hat er dich behandelt.» Es ist eine Reise in die Vergangenheit, die der Mann aus Amerika unternimmt, und es gibt viel mehr Vergangenheit, als er vermutet hat.

Er bleibt ein paar Tage in Eger, wohnt in dem gleichen Zimmer in dem Haus am Marktplatz, in dem er schon als Kind gewohnt hat. Es sieht auch genau noch so aus wie damals. Auch das Bett muß dasselbe sein, es ist ziemlich durchgelegen und für einen verwöhnten amerikanischen Rücken nicht sehr angenehm.

Er geht durch die Stadt, steht vor der Burg, betrachtet mißtrauisch die kommunistischen Menschen, die auch nicht anders aussehen als früher. Sie sitzen abends in den Kneipen wie früher und trinken ihr Bier.

Eigentlich, findet er, sehen sie nicht so verbiestert aus wie die Menschen in Ostberlin. Die Tschechen haben sich ja immer ganz gut mit ihrem wechselvollen Schicksal abgefunden. Mit Traudls Mann versteht er sich gut, und daß der in der kommunistischen Partei ist, findet der Mann aus Amerika nach einigen Tagen gar nicht mehr so bedeutsam. Man arrangiert sich halt. So denkt man hier, so hat man immer hier gedacht.

«Es wird sich wohl so schnell nichts ändern», sagt Bastian. «Dafür habt ihr ja gesorgt.»

«Wir?» fragt William erstaunt.

«Ihr habt den Stalin groß gemacht und ihm halb Europa in den Rachen geschmissen.»

«Es ging schließlich gegen die Nazis.»

«No ja, sicher. Ob Nazis oder die Kommunisten, da dreh' ich die Hand nicht um. Ich seh' da keinen Unterschied.»

«Das sagst du, obwohl du...»

«Weil ich dabei bin? Man muß leben.»

«Wir bekämpfen den Kommunismus», sagt William steif.

«Mit Worten. Und mit Rüstung. Zum Kämpfen seid ihr zu feig.»

«Und Korea?»

«Ist ein geteiltes Land. Ihr habt nur halbherzig dort gekämpft.»

William ärgert sich, aber er denkt auch nach. So aus der Nähe betrachtet sieht alles etwas anders aus. Hitler war der große Feind, den es zu vernichten galt, good old Joe in Moskau war ein Verbündeter.

«Vielleicht ändert sich etwas, nun, da Stalin tot ist», sagt er.

«Es ändert sich nichts. Und der nächste Krieg kommt bestimmt, früher oder später.»

William weiß, daß auch in den Staaten viele Leute so denken.

«Und die Deutschen?» fragt er.

«Die holt sich der Iwan als erstes. Die sind nur ein Happen für ihn.»

«Und trotzdem wollt ihr nach Deutschland gehen?»

«Wir sind so und so mittendrin», sagt Bastian müde. «Für uns gibt es keine friedliche Welt mehr.»

«Ach, hört's auf!» fährt Traudl dazwischen. »Seit ich auf der Welt bin, ist Krieg. Erst der eine, dann der andere. Und jetzt redet ihr von dem nächsten. Kann denn nicht mal ein Ende damit sein? Ist doch sinnlos.»

Plötzlich muß William an sein letztes Gespräch mit dem Grafen Bodenstein denken. Er war jung damals, der Graf alt. Und sie haben eigentlich auch nichts anderes geredet, als über die Sinnlosigkeit des Krieges. Vielleicht auch über die Sinnlosigkeit menschlichen Lebens.

«Habt ihr eigentlich den Graf Bodenstein gekannt?» fragt er.

«Mein Vater kannte ihn. Bastian kann ihn gar nicht kennen, der Graf ist schon lang tot. Wart mal, das war gleich nachdem die Nazis gekommen sind. Seine Tochter, die haben sie ja vertrieben. Also nicht die Nazis, die Kommunisten, '48. Wie sie den Beranék erschossen haben. Er wollte sie beschützen.» Damals, als er über die Stellung in der Porzellanfabrik vom Bodensteiner verhandelte, hat er einmal die Tochter gesehen, sie war ein Kind.

«Und was ist aus ihr geworden?»

«Weiß ich nicht. Sie war eine hochmütige Person. In die Stadt kam sie so gut wie nie. Aber sie hatte einen netten Buben. Und eine kleine Tochter. Sie hat den Neffen vom Doktor Wieland geheiratet. Der ist auch umgekommen.»

Traudl erzählt, was sie darüber weiß, viel ist es nicht. Auf die Dauer sind die Verhältnisse in Eger denn doch deprimierend. Tot, vertrieben, erschossen – die Nazis, die Kommunisten, zwei Kriege in diesem Jahrhundert und der nächste vor der Tür.

Doch dann, obwohl er eigentlich genug von allem hat, gibt sich William einen Ruck und besucht den Arzt, schräg gegenüber auf dem Marktplatz.

Er stellt sich vor, erklärt, was ihn hergeführt hat. «Ich habe gehört, Frau Beranék und ihr Sohn haben bei Ihnen gewohnt, ehe sie von hier fortgingen.»

«Nicht bei mir», sagt der tschechische Arzt, er hat ein müdes

zerfurchtes Gesicht. «Bei Frau Wieland, die oben gewohnt hat.»
«Sie wissen nicht zufällig die Adresse von Frau Beranék in Prag?»

Denn noch etwas ist seltsam, Prag ist für ihn ein Zauberwort. Er möchte da hin, Kommunisten oder nicht.

«Sie hat da Verwandte. Doch, ich habe die Adresse. Ich habe ihr geschrieben nach dem Tod von Frau Wieland und ihr eben auch die Adresse von Frau Wielands Nichte mitgeteilt. Eine geborene Bodenstein, die der Neffe von Frau Wieland geheiratet hat.»

«Ja, ich weiß davon», sagt der Mann aus Amerika.

Als William Molander wieder über den Marktplatz geht, hält er einen Zettel in der Hand, darauf die zittrige Schrift einer alten Frau. Josefa Bürger steht darauf, Hartmannshofen, Post Kungersreuth, Landkreis Kulmbach.

Dort war er eben erst in dieser Gegend.

Aber das geht ihn nichts an, das interessiert ihn nicht. Er fährt nach Prag, er findet weder Ludvika Beranék noch ihren Sohn Karel, alias Gabriel Bronski, sie haben vor wenigen Wochen die Tschechoslowakei verlassen.

Von Gottlieb Bronski weiß William natürlich nichts.

Das einzige, was er hat, ist die Adresse in Oberfranken.

Finale Hartmannshofen

Die Stimmung im Bürger-Haus war zwiespältig. Es gab glückliche Menschen, unglückliche Menschen und einen verständnislosen.

Glücklich waren Josefa Bürger und Josef Angermann. Der Aufbau der Brennerei ging gut voran, Herr Angermann war viel unterwegs, um die notwendige Ausstattung zu besorgen, er war voller Schwung und Unternehmungsgeist, und es war ihm gelungen, mit dem Personal der Brauerei, das ihm zunächst mißtrauisch gegenüberstand, Einvernehmen, dann Mitarbeit und sogar Freundschaft zu erreichen.

Der Braumeister Nick, von Haus aus ein gutmütiger Mensch, sagte: «Na ja, so mal einen Schnaps zwischenrein zu kippen, kann ja nicht schaden.» Das war für einen Mann des Biers immerhin ein enormes Zugeständnis.

Noch war es Zukunftsmusik, doch Angermanns Begeisterung, mit der er die Sache anging, und sein freundliches Wesen erleichterten ihm den Beginn.

Peter fuhr Angermann, wohin er wollte, und Angermann sagte: «Nächstes Jahr habe ich auch einen Wagen.»

«So», machte Peter wortkarg.

Wortkarg war er, still, verschlossen und, ganz gegen seine Art, mißmutig. Vom Studium in Erlangen, München oder Berlin war nicht mehr die Rede. Er arbeitete wie ein Wilder, er nahm jeden Auftrag an, den er kriegen konnte. Er war unglücklich. Angèle ging ihm aus dem Weg, vermied jedes Alleinsein mit ihm, wich seinem Blick aus, sprach kaum mit ihm.

Blanca merkte es sehr wohl, verstand es nicht, fühlte sich ihrerseits unsicher. Und wie immer, wenn sie etwas nicht begriff, wurde sie trotzig, aggressiv.

Peter war der einzige Mensch, den sie liebte, und er hatte sich von ihr abgewandt. Sie mußte nun wieder jeden Tag zur Schule fahren, ungern wie immer, doch er kümmerte sich nicht einmal mehr um ihre Schularbeiten.

«Mach deinen Kram allein», sagte er unfreundlich.

Josefa, bei der sie sich beschwerte, sagte gleichgültig: «Langsam bist du doch groß genug, um mit deiner Arbeit fertig zu werden. Siehst du nicht, wieviel Peter arbeitet? Kannst du das bißchen Schularbeiten wirklich nicht allein machen? Aber nein, faul warst du ja immer.»

«Aha, faul war ich immer. Ich weiß schon, was du meinst. Wir fallen dir alle auf die Nerven.»

Josefa lachte. «Keineswegs. Höchstens du. Peter ist erwachsen und hat Probleme. Du bist nur ein dummer Fratz.»

«Probleme! Was verstehst denn du von Problemen? Du machst dir nur ein lustiges Leben.»

Sie hatten sich nie sehr gut verstanden, Blanca und die Bürgerin, doch nun bestand offene Feindschaft zwischen ihnen.

«Sehr lustig», sagte Josefa. «Ein Leben voll von Arbeit. Und du kannst nicht mal die paar Schularbeiten machen. Was soll eigentlich aus dir werden?»

«Das kann dir doch egal sein. Du mit deinem blöden Angermann.» Josefa hob die Hand, und es sah aus, als erhalte Blanca nach sechs Jahren die zweite Ohrfeige.

Doch dann lachte Josefa.

Denn Josefa war seit neuestem eine glückliche Frau. Besser gesagt: eine Frau.

Es begann damit, daß Herr Angermann eines Tages sagte: «Wollen Sie sich nicht einmal ansehen, wie vornehm ich jetzt wohne?»

Josefa zierte sich ein bißchen, doch Angermann sagte: «Doktor Lankow würde sich auch freuen, wenn Sie mal vorbeikämen.» Doktor Lankow hatte sogar eine Flasche Sekt im Kühlschrank, zu dritt besichtigten sie den Schuppen hinter dem Doktorhaus. Elsa hatte ganze Arbeit geleistet.

«Aber das ist ja richtig gemütlich hier», staunte Josefa. Ein ordentliches, weißbezogenes Bett, Tisch und Stühle, ein Schrank aus Alfons' Zimmer mit Büchern, zwar meist Bücher über Brauereigeschichte, aber Bücher waren Bücher und gaben was her, dann ein anderer Schrank aus einem verborgenen Arsenal, das nur Elsa kannte, darin hing nun Herrn Angermanns Anzug, lag seine Wäsche. Schmutzige Hemden befanden sich nicht mehr auf dem Boden.

«Ihre Schwiegermutter ist ein Schatz», sagte Angermann.

«Ja, wirklich.»

«Wollen Sie bitte Platz nehmen», sprach Herr Angermann feierlich.

Sie setzten sich auf die Stühle, die um den Tisch standen, hübsche Stühle mit einem grünen Seidenpolster. Josefa kamen sie bekannt vor. Waren die nicht vollkommen verdreckt in irgendeinem Abstellraum gelandet? Und wie sahen sie jetzt aus!

Angermann öffnete die Flasche, füllte die Gläser, richtige Sektgläser, sie stammten auch aus dem Doktorhaus.

«Die brauchen wir», sagte Doktor Lankow, «daraus trinken wir manchmal mit einem glücklichen Vater.»

Sie hoben die Gläser zueinander und tranken.

«So gesehen», sagte Herr Angermann, «befinden wir uns ja erst in den Wehen.» Dann sah er Josefa an, wurde verlegen. «Das heißt, soweit es mich betrifft.»

«Na, mein Lieber, da hoffen wir mal auf gutes Gelingen und viel Erfolg», sagte Doktor Lankow.

Angermann hatte auf einmal Tränen in den Augen.

«Nein», stammelte er, «das hätte ich nie gedacht. Nie hätte ich das gedacht.»

«Was denn?» fragte Josefa weich.

«Daß ich noch einmal ein glücklicher Mensch werde. So eine hübsche Wohnung, und Arbeit, und und rundherum alle Menschen so... so...», die Stimme versagte ihm.

«Alle Menschen rundum so lieb und nett zu Ihnen. Nicht wahr, das wollten Sie sagen?» Doktor Lankow nahm noch einen kleinen Schluck. «Das ist nämlich das Allerwichtigste dabei.»

«Ja, ja, das meine ich. Erst der Krieg. Und das, was vorher war, und dann die Gefangenschaft, und jetzt die letzten Jahre so heimatlos, so... so leer war das alles. Kein Mensch, der zu einem gehörte.» Er sah erst den Doktor an, dann Josefa. «Das können Sie vielleicht nicht verstehen.»

«Ganz so beschränkt sind wir denn doch nicht», sagte Doktor Lankow ernst: «Mein Leben weist gewisse Parallelen auf, und vermutlich gibt es heutzutage viele Leben, die ähnlich sind. Heimatlos, leer, kein Mensch, der zu einem gehört. Gewiß keine Seltenheit in unseren Tagen. Mir hat dieser Ort hier Glück gebracht, weil er ein Heim und eine Aufgabe für mich hatte. Ich hoffe, lieber Angermann, es wird bei Ihnen auch so sein. Ja, ich denke eigentlich», sein Blick ging zwischen den beiden Menschen, mit denen er am Tisch saß, hin und her, er lächelte, «ich denke eigentlich, daß Sie ganz gut hier gelandet sind. Tja», er stand auf, «nun muß ich leider.»

«Oh, schon», sagte Josefa. «Warum denn?»

«Wir haben einen Fall im Haus, der heute abend, vielleicht auch erst in der Nacht dran ist. Eine sehr junge Frau, Erstgeburt. Könnte schwierig werden, sie hat schon seit Stunden Wehen. Auch ein armes heimatloses Kind, als sie 1945 hierherkam. Wohlgemerkt noch vor mir. Eine Sudetendeutsche. Ihre Eltern wurden von den Tschechen erschlagen. Sie hatten einen kleinen Hof im Gebirge, der wurde in Brand gesetzt. Eine Nachbarin rettete die Kinder, das heißt, es gelang ihr nur bei Maria, ihr kleiner Bruder verbrannte.»

«Gott, wie schrecklich», flüsterte Josefa.

«Vae victis», sagte der Doktor, «das gilt wohl für alle Zeit. Irgendwann landete sie mit einem Flüchtlingstreck hier in der Gegend. Sie hat mir das erzählt, und dann weinte sie. Nur mir wollte sie es erzählen, sagte sie, sonst spricht sie nicht darüber. Und nun bekommt sie ein Kind, und es liegt mir viel daran, daß alles gut geht.»

«Ist sie denn... ich meine, hat sie denn....»

«Ja, ja, sie hat einen sehr netten Mann. Sie ist ganz ordentlich verheiratet, zwar erst seit fünf Monaten, weil die Schwiegereltern zunächst Menkenke gemacht haben. Das ist offenbar auch so ein unveränderliches Gesetz, daß ein armes Flüchtlingsmädchen nicht den Sohn eines großen Hofes heiraten darf. Na, ich habe mich da mal eingemischt und meine Meinung dazu gesagt. Nachdem sie beide bei mir waren, nicht nur Maria, auch der junge Mann. Er werde fortgehen und in der Stadt Arbeit suchen, erklärte er mir finster. Ich sprach dann mit den Eltern, ziemlich deutlich, und dann ging es auf einmal. Sie müßten die Leute eigentlich kennen, Frau Bürger. Sie haben den großen Hof, westwärts von Kungersreuth, ehe man in das nächste Dorf hineinfährt.»

«Ach, die Frenkls! Doch, die kenne ich. Wir beziehen Gerste von dort.»

«Also ich hoffe, es wird ein hübsches Kind, und das wird den Frieden herstellen. Ein Baby kann das nämlich. Dann geh' ich mal. Schwester Hilde ist nicht da.»

«Ach herrje, und da sitzen Sie hier so ruhig.» Josefa stand unwillkürlich auf.

«Berta ist oben und paßt auf. Schwester Hilde ist heute nach Kulmbach ins Kino. Es gibt da einen Film mit einer jungen Schauspielerin, die heißt Maria Schell, von der ist sie ganz begeistert. Außerdem kennt die Hilde sich aus. Vor ein oder zwei Uhr nachts wird das nichts, hat sie gesagt, und bis dahin bin ich längst wieder da.»

Während des Doktors Erzählung hatte Angermann sein Gleichgewicht wiedergefunden.

Er hob die Flasche. «Dann trinken Sie doch noch ein Glas, Herr Doktor.»

«Einen kleinen Schluck, ja. Danke. Peter hat übrigens Schwester Hilde in die Stadt gefahren, da wird er wohl mit ins Kino gegangen sein. Hat er es Ihnen nicht erzählt, Frau Bürger?»

«Nein. Er ist überhaupt so komisch in letzter Zeit. Er spricht fast kein Wort, das über die Arbeit hinausgeht. Ich weiß auch nicht, was mit ihm los ist.»

«Hm», machte der Doktor.

«Auch von seinem Studium ist nicht mehr die Rede. Der Bub hat sich irgendwie verändert. So als wenn er einen Kummer hätte. Ich hab' ihn vor ein paar Tagen gefragt, fehlt dir was, ist etwas nicht in Ordnung, hast du Schwierigkeiten? Aber er hat nur den Kopf geschüttelt und ist aus dem Büro gegangen.»

«Ja», sagte der Doktor. «Das ist nun einmal so. Es ändert sich immer mal etwas, und dann verändert sich der Mensch. Oder es scheint so. Und Schwierigkeiten gibt es immer, besonders wenn man jung ist.»

«Sicher», sagte Josefa. «Und ich glaube, ich weiß worin seine Schwierigkeiten bestehen.»

«Würden Sie mir verraten, was Sie glauben?»

Doktor Lankow stand auch auf und sah Josefa fragend an. Er kannte Peters Schwierigkeiten, es war drei Wochen her, daß der junge Mann drüben bei ihm gesessen und geweint hatte. «Das Geld. Es ist ihm einfach peinlich, daß ich ihm zunächst einmal Geld geben muß, wenn er studieren will. Später wird er verdienen, sagt er. Aber erst muß er ja anfangen. Und er muß irgendwo wohnen, und er muß von etwas leben. Ich habe das Gefühl, das ist ihm jetzt erst so richtig klar geworden. Solange er in die Schule ging, war es selbstverständlich, daß ich für ihn sorge. Er ist schließlich der Sohn meines Bruders. Und gearbeitet hat er immer neben der Schule, und sehr fleißig.»

«Ja», bestätigt Angermann, «das kann ich auch sagen. Er ist umsichtig und intelligent.»

«Und jetzt ist es doch schon zu spät. Wir haben Mitte Oktober, das Semester beginnt ja bald. Am liebsten wollte er nach Berlin. Aber jetzt spricht er nicht mehr davon.»

«Es ist gut, daß wir davon sprechen, Frau Bürger», sagte der Doktor. «Sie sehen das absolut richtig. Es geht um das Geld. Peter ist bewußt geworden, daß er erst einmal nach Berlin kommen muß, dann muß er eine Unterkunft haben, er braucht Studiengebühren, und ein Stipendium bekommt er frühestens nach vier Semestern. Darüber hat er früher nie nachgedacht. Wie ich schon sage, es hat seine Schwierigkeiten mit dem Erwachsenwerden.»

«Sie wissen also davon?»

«Ich kann es mir denken», wich der Arzt aus. Über den Kummer, der Peter außerdem noch bedrückte, brauchte man nicht zu sprechen.

«Aber warum redet er dann nicht mit mir offen darüber?»

«Wozu? Sie wissen ja Bescheid. Wie Sie ganz richtig sagen, ist es für das Wintersemester sowieso zu spät. Aber ich habe mir schon Gedanken gemacht, wie ich Peter helfen könnte!»

«Sie denken auch an – Geld?»

«Nein, ich denke nicht an Geld. Oder sagen wir mal, nicht in erster Linie. Wie Sie wissen, stamme ich aus Berlin. Ich habe dort studiert, ich habe dort eine Praxis gehabt, und es gibt dort noch einige Leute, die ich kenne. Freunde. Ich stehe schon seit längerer Zeit mit dem einen oder anderen in Verbindung. Das war ja in der ersten Nachkriegszeit alles etwas mühsam. Doch nicht alle sind tot, die ich kannte. Es geht manchen schon wieder ganz gut. Ich werde auch gefragt, ob ich nicht zurückkehren will.»

«Das können Sie uns doch nicht antun», rief Josefa.

«Nein, nein. Ich bleibe hier. Ich bin mit meinem Leben hier sehr zufrieden. Nein, die Großstadt wäre für mich nicht mehr geeignet. Und», er neigte den Kopf, «wohl auch für meine Tochter nicht. Ich möchte ihr jede Veränderung ersparen. Hier kennt sie sich aus, hier kann sie im Garten sitzen und sich mit dem Hund oder ihren Puppen unterhalten. Schwester Hilde kümmert sich um sie. Berta umsorgt sie. Nein, hier ist es schon besser für uns.»

Josefa nickte, und Herr Angermann sagte: «Berlin ist ja auch ein sehr wackliges Pflaster. Ich möchte da auch nicht gern leben. Wenn es den Russen paßt, machen sie die Faust zu, und Berlin ist verloren. Das haben wir ja bei der Blockade erlebt.»

«Peter könnte in Erlangen studieren», sagte Josefa. «Da ist er nicht so weit weg. Er bekommt den alten Lieferwagen von mir, da kann er jedes Wochenende zu Hause sein.»

«Das eben gerade nicht, Frau Bürger. Er muß sich trennen.»

«Von mir?» fragte Josefa befremdet.

«Von uns allen hier. Damit er richtig erwachsen werden kann.» Doktor Lankow betrachtete Josefa nachdenklich. Eine kluge Frau, das war sie. Aber nicht so klug, daß sie erkannt hatte, was Peter für Angèle empfand. Die Verwirrung in Peters Leben konnte nur durch Trennung gelöst werden. Vielleicht. «Ja, ich muß jetzt wirklich gehen. Wir werden gelegentlich darüber reden.» Doktor Lankow leerte sein Glas. «Es war ein hübscher Abend mit euch. Da! Hört ihr was? Das dürfte der junge Frenkl sein. Jetzt muß ich den erst mal beruhigen. Er hat sie nämlich sehr lieb, die kleine Maria. Haltet mir den Daumen, daß wir ein gesundes Kind bekommen.»

«Zweifeln Sie daran?» fragte Josefa erschrocken.

«Die Sorge macht man sich immer, nicht wahr? Das Mädchen hat viel Böses erlebt. Ein gesundes Kind wird für sie endlich ein neues Leben bedeuten. Ja, also denn. Und trinkt mal schön die Flasche aus.»

«Ich glaube, ich kenne das Mädchen», sagte Josefa, als sie mit Angermann allein war. «Sie geht immer in Kungersreuth in die Kirche. Ich hab' sie vor zwei oder drei Wochen mal gesehen, und da sah ich, daß sie schwanger war. Ein sehr hübsches Mädchen.»

«Gehen Sie auch in die Kirche?»

«Nein, eigentlich nie. Aber gegenüber von der Kirche ist der Gasthof. Den kennen Sie doch, Sie haben ja da gewohnt. Das ist ein Kunde von uns, den besuche ich ab und zu.»

«Na klar, der Balthasar. Dem hab' ich schon von unserem Schnaps erzählt.»

«Balthasar Kunze, ein tüchtiger Wirt. Man kann auch gut bei ihm essen. Wollen Sie glauben, daß manchmal Leute während der Bayreuther Festspiele bei ihm wohnen?»

«Er hat es mir erzählt. Er meint, es gibt Leute, die wollen den Rummel in der Stadt nicht und wohnen lieber auf dem Land. Und zu der Oper fahren sie dann hinein. Ist ja nicht weit, zwanzig Minuten, Viertelstunde.»

«Sehen Sie!» sagte Josefa mit bedeutungsvoller Miene.

«Was soll ich sehen?»

Er war nun auch aufgestanden und stand dicht vor ihr.

«Wenn das so weiterläuft mit den Festspielen», sagte Josefa, «und es läuft ja offenbar gut, und es kommen immer mehr Leute...»

«Ja und?»

«Sie wissen doch Bescheid über die Bayreuther Festspiele?» fragte sie sicherheitshalber.

«So doof bin ich auch nicht», antwortete er und sah sie liebevoll an. «Direkt vom Mond komme ich nicht. Außerdem hat mir Ihre Schwiegermutter sehr genau davon berichtet.»

«Na ja, jetzt spricht sie wieder davon. Hätte nicht viel gefehlt, und sie hätte dort die Elsa gesungen.»

«Ja, weiß ich auch. Ihr Vater ist schuld, er hat ihre Karriere verdorben.»

«Ja, so lautet ihre Geschichte.»

Angermann griff vorsichtig nach Josefas Hand.

«Und was ist also mit den Festspielen?»

«Ach, das sind nur so Gedanken. Der Balthasar hat ja nur so einen einfachen Gasthof.»

«Ja, und?»

«Wenn alles gutgeht hier bei uns – also, ich denke ja nur. Die Brauerei steht gut da. Und einen Bankkredit bekomme ich allemal...»

«Ja, und?»

«Dem Balthasar seine Zimmer sind ziemlich klein, nicht?»

«Ja, stimmt, klein sind sie. Mir hat sein Zimmer genügt, aber jetzt freilich», er hielt immer noch Josefas Hand und beschrieb mit der anderen Hand einen Kreis über den Raum, «meine Wohnung hier gefällt mir besser.»

«Die Leute haben ja Gepäck, wenn sie nach Bayreuth kommen. Abendkleider und so. Und sie haben auch gern eine Dusche und ein eigenes Klo. Das bezahlen sie ja dann auch.»

Angermann ließ ihre Hand los und sah sie starr an.

«Sie meinen...?»

«Später mal, in einigen Jahren», sagte Josefa tapfer, «wenn alles gut klappt und wenn es so weitergeht wie bisher.»

Sie stockte wieder, sah ihn an, vollendete dann energisch: «Dann baue ich ein Hotel.»

«Ein Hotel!» wiederholte Angermann fassungslos.

«Ein hübsches kleines Hotel. Mit allem Komfort. Auf dem Gelände hinter dem Garten, das gehört mir ja auch. Das ist weit genug vom Malzgeruch entfernt. Schauen Sie mich nicht so entsetzt an, Herr Angermann. Ich habe drei Kinder, und mit Peter und Blanca sind es fünf. Und Angèle ist auch noch da. Und die alten Damen. Bedenken Sie doch mal, für wieviel Leute ich sorgen muß.»

«Josefa!» sagte Herr Angermann hingerissen. Und dann nahm er sie in die Arme und küßte sie.

Er küßte sie gut, denn er wünschte sich schon lange, sie im Arm zu halten und zu küssen. Er hatte sich schon oft ausgemalt, wie das sein müßte.

Und wie lange hatte Josefa kein Mann mehr geküßt? Ein langes, unerfülltes Frauenleben lang. Kein leeres Leben, ein erfülltes Leben, Arbeit und Familie, und, wie sich zeigte, neue Pläne, aber kein Mann.

Anschließend waren sie beide verlegen.

«Ich muß jetzt gehen», sagte Josefa.

«Aber – der Herr Doktor hat angeordnet, wir sollen die Flasche austrinken.»

«Da kriege ich ja einen Schwips.»

«Eine Frau, die Bier braut und demnächst ihren eigenen Schnaps und dann auch noch ein Hotel baut, kriegt keinen Schwips von zwei Gläsern Sekt.»

Er sah sie an, wie er sie oft in letzter Zeit angesehen hatte, Zärtlichkeit im Blick, Verlangen. Josefa hatte es längst verstanden.

Sie lachte unsicher. «Also gut, trinken wir noch ein Glas. Aber dann muß ich gehn.»

«Ich bringe Sie nach Hause.»

«Die paar Meter kann ich schon allein gehn.»

Sein Blick ging zu dem schönen weißbezogenen Bett.

«Nein, wirklich. Das geht nicht», sagte sie.

Herr Angermann füllte ihre Gläser, sie nahm das Glas, trank, gab es ihm zurück. Sehr behutsam stellte er die Gläser auf den Tisch.

«Darf ich Sie noch einmal küssen?» fragte er.

«Das ist eine Frage!» sagte Josefa und blickte hinauf zum niederen Dach des Schuppens.

«Eine unverschämte Frage? Finden Sie, Frau Bürger? Ein hereingeschneiter Nichts und Niemand wie ich.»

«Ach, Unsinn», sagte Josefa und hielt still, als er sie küßte. Es war wirklich seltsam, nach so langen Jahren wieder von einem Mann geküßt zu werden. Es lag nahe, an den ersten Kuß zu denken, den sie damals, vor undenklicher Zeit in Pilsen bekommen hatte, ein Kuß, ein Mann, Liebe, drei Kinder. Und dann nichts mehr.

Fünfzehn Jahre. Eine lange Zeit im Leben eines Menschen. Im Leben einer Frau.

Sie trank hastig das letzte Glas.

«Ich muß jetzt gehen», sagte sie zum drittenmal.

«Bitte, bleib.»

«Nein. Es könnte jemand hereinkommen.» Das war so gut wie eine Zusage.

«Die Tür hat einen Schlüssel», sagte er und lachte heiser. «Außer Blanca streunt hier keiner herum.»

«Das sieht ihr ähnlich. Nein, laß uns gehen.»

Herr Angermann half ihr höflich in die Jacke, legte sein Gesicht an ihr Haar.

«Ach, Josefa», sagte er. «Ich bin so froh, daß du da bist.»

Vor der Tür blieb Josefa stehen, blickte hinauf zum Doktorhaus, ein alter Fachwerkbau, genau wie ihr eigenes Haus. Vor der Tür stand ein Auto. Im Doktorhaus waren oben und unten die Fenster erleuchtet. «Hoffentlich geht es gut», sagte Josefa. «Da oben liegt sie und wartet auf das Kind.»

«Und er sitzt unten und hat Angst. Sekt bekommt er wohl noch nicht.»

«Ich werde mich morgen erkundigen, wie es gegangen ist.» Josefa zog fröstelnd die Schultern zusammen. Es war Oktober, die Nächte schon kühl.

Angermann legte die Hand auf ihre Schulter.

«Du willst mich verlassen?» fragte er.

Josefa lachte leise. «Verlassen! Was für ein Wort? Ich verlasse dich doch nicht. Ich gehe doch nur die paar Schritte nach Hause.»

«Ich bin so froh, daß es dich gibt. Kannst du nicht bei mir bleiben?»

«Jetzt?»

«Jetzt.»

Er legte beide Arme um sie, hielt sie ganz fest.

Es war ein seltsames Gefühl, den Körper eines Mannes zu spüren. Nach so langer Zeit.

«Ich weiß gar nicht mehr, wie das geht», sagte sie.
«Vielleicht werde ich dich enttäuschen», sagte er. «Aber – laß es uns doch versuchen.»

Mit der einen Hand hielt er sie fest, mit der anderen öffnete er die Tür wieder, und sie gingen hinein in Elsas hübsch eingerichteten Schuppen.

Unglücklich war auch Angèle. Auf andere Art als Peter. Zunächst hatte sie sich geärgert, daß sie die Situation nicht besser beherrscht hatte. Ließ sich küssen von dem Jungen und küßte ihn dann selbst. Sie mußte verrückt gewesen sein an jenem Tag. Aber auch für sie hatte sich etwas verändert. Es wäre übertrieben, zu sagen, dieser Kuß sei wie der Kuß des Prinzen, der Dornröschen nach hundert Jahren wachküßte. Sie war schon vor einiger Zeit erwacht und hatte über sich und ihr Leben nachgedacht. Immer wieder, erfüllt von Angst, mit wachsender Unzufriedenheit. Peters Kuß hatte sie nun endgültig aus ihrer Lethargie aufgerüttelt.

Sieben Jahre waren eine lange Zeit, in der sie gelebt hatte wie in einem Gefängnis.

Clara hatte einmal gesagt: «Du lebst in einer Traumwelt. Wie eine verwunschene Prinzessin, deren Fuß den Boden nicht berührt. Ich kenne ja dein Schloß nicht, aber ich glaube, da gehörst du hin, auch heute noch. Das hat Karli gesagt, als ich ihn einmal fragte, warum du nicht bei ihm in Prag bist. Sie muß in ihrem Schloß bleiben, hat er gesagt, da gehört sie hin.»

Schloß! Es gab kein Schloß mehr.

Angèle stand wütend auf und warf das Buch auf den Boden, in dem sie gelesen hatte. Sie lebte nicht in einer Traumwelt, sie lebte in einem Gefängnis. Es gab nichts mehr zu träumen. Karli! Wer war Karli? Ihr Mann, und er war tot wie alle anderen.

Sie stand am Fenster und blickte hinaus in den Garten, es war ganz still, ganz sacht fiel ein goldenes Blatt auf die Erde. Das war der einzige Traum, der blieb: so zu fallen wie dieses Blatt. Befreit aus dem Gefängnis. Warum kam Jiři nicht und befreite sie, entführte sie in die Hussiten-Schlucht? Sie konnte nicht länger in diesem Gefängnis leben.

Die Gefangene

Wann habe ich begriffen, daß ich in einem Gefängnis lebe? Vor einem Jahr, vor zwei Jahren, so nach und nach. Plötzlich war der Wunsch da, wegzulaufen. Frei zu sein. Diesem Gefängnis zu entfliehen.

Ich bin ungerecht. Josefa hat uns aufgenommen, sie hat für uns gesorgt, die Kinder sind hier friedlich aufgewachsen, sie konnten in die Schule gehen, und sie hatten Familie.

Geschwister, zwei Großmütter, eine Köchin, ein Mädchen, das ihre Sachen aufräumte und für saubere Wäsche sorgte, und wenn sie den Bus verpaßt hatten oder es lag Schnee, dann fuhr einer von der Brauerei sie in die Schule, und seit Peter den Führerschein hatte, fuhr er selbst.

Ein Auto stand ihm jederzeit zur Verfügung.

Josefa, die sie Tante nennen, hat ihnen das prachtvolle Leben beschert. Nur etwas hatten die Kinder nicht: eine Mutter. Ich habe mich zurückgezogen in eine vergangene Welt, ich lebe noch in meinem Schloß, bei meinem Vater, bei meinen Pferden, meinen Hunden, bei Jaroslaw, bei Jana, bei Jiři. Ich lebe unter den Toten. Mein Vater ist tot, Jaroslav ist tot, Jiři, Jana, die Pferde, die Hunde, alle sind tot. Ich sitze in Gedanken auf meinem Platz unter dem Turm, spüre den Wind, der mir die Haare streichelt, atme den Wind und die Luft, die aus den Wäldern kommt. Wer mag denn jetzt dort sitzen, auf meinem Platz unter dem Turm? Vielleicht gibt es ihn nicht mehr, vielleicht haben sie den Turm und das Schloß gesprengt, um alles zu vernichten, was an uns Böhmen erinnert. Sie tun so etwas. Ein Mann namens Ulbricht hat das Schloß in Berlin gesprengt. So etwas kann man nur aus Angst tun. Warum haben sie denn so viel Angst, da sie doch nun die halbe Welt beherrschen. Sie haben Angst, weil sie feige sind. Sie haben Angst, weil die Menschen sie hassen. Die Menschen wollen dieses Paradies nicht, von dem sie reden. Das Paradies ist vor allem ein Gefängnis. Wenn sie die Menschen nicht einsperren, laufen sie weg. Unser Böhmen, Vater, ist zugenagelt und verriegelt. Man hat mir erzählt, wie die Wege aussehen, die nach Böhmen führen, Zäune, Stacheldraht, und Türme haben sie auch hingestellt, hohe Wachtürme, auf denen Posten mit Maschinengewehren stehen. Das sind die Türme von heute, Vater, von denen herab man auf Menschen schießt, die kommen oder gehen wollen. Du bist tot, Vater, du hast es gut. Wenn sie mich erschlagen hätten statt Jaroslav, ginge es mir besser, ich brauchte nicht darüber nachzudenken, wie ich mein Leben beenden soll. Sieben Jahre sind vergangen, sieben Jahre lang habe ich in einem Gefängnis gelebt.

Anfangs war ich wie ein Stein, stumm, gedankenlos, gefühllos. Wie ein Stein aus unserer Mauer, auf der ich so gern saß. Und du lehntest an der Mauer, deine Hüfte schmerzte, ich wußte es, auch wenn du nicht davon gesprochen hast. Wir blickten hinab ins Tal, auf unseren Fluß, auf die Straße, und ich sagte, vielleicht ist der Kaiser da unten entlanggeritten. Mein Kaiser, der meine Kindheit, meine Jugend behütet hat. Er hat mich auch verlassen, wie alle mich verlassen haben, ich bin allein in meinem Gefängnis; ich habe einen Mann geheiratet, nein, mich hat ein Mann geheiratet, er war sanft und zärtlich, er hielt mich im Arm wie ein Kind. Er ist tot wie alle, die zu mir gehörten. Deine Mutter nennt dich Karli. Wie bist du gestorben, Karli? Haben sie dich gequält? Gefoltert? Geschlagen?

Ich weiß, wie Vater starb, ich habe gesehen, wie Jaroslav getötet wurde. Ich weiß nicht, wie du gestorben bist. Und ich weiß nicht mehr, wie du ausgesehen hast. Groß und blond, doch ich kann deine Augen nicht wiederfinden. Du hast mich doch angesehen. Warum spüre ich diesen Blick nicht mehr? Du hast mich bei meinem Turm gelassen, und ich war damit zufrieden. Wenn du mich mitgenommen hättest nach Prag, wäre ich auch tot. Gemordet wie du. Auch dein Sohn. Auch deine Tochter. Dein Sohn, der nicht mein Sohn ist. Sein Blick folgt mir, wo ich stehe und gehe. Aber er hat nicht deine Augen. Es sind die Augen eines Fremden, vor denen ich fliehen möchte. Fliehen will ich. Ausbrechen aus diesem Gefängnis. Und da es keinen Ort auf dieser Erde gibt, wohin ich fliehen könnte, bleibt nur der Tod. Ich weiß nicht, wie es sein wird. Keiner weiß es. Ein stummes, dunkles Nichts. Oder Gottes geöffnete Hand. Nicht für mich, wenn ich es selbst tue.

Dann wird es eine Höllenfahrt sein, sagt meine Kirche. Ich habe keine Angst davor. Und ich glaube nicht, daß Gott mich strafen wird. Er weiß, daß ich ein nutzloses Geschöpf bin, nur gut dazu, unter einem Turm zu sitzen und zu träumen, von Reisen mit meinem Vater, von einem Lipizzaner, von meinem Kaiser, der da unten ritt. Ich bin unfähig, Geld zu verdienen für mich, für die Kinder, ich bin ja auch nicht in die Porzellanfabrik gegangen, wie mein Vater es wollte, ich kann nur sitzen bleiben in diesem Gefängnis, bis ich so alt bin wie deine Mutter. Ich will frei sein. Und nur der Tod kann die Freiheit sein. Es wird auch gut sein für die anderen. Auch für dich, Peter. Du wirst frei sein, wenn ich nicht mehr da bin, wenn ich frei sein werde. Ich muß nur genau überlegen, wie ich es tue. Und wo. Nicht hier vor ihren Augen. Ich muß es woanders tun, ich muß einen Grund finden, fortzugehen. Es muß aussehen wie ein Unfall. Vielleicht brauchen sie es gar nicht zu wissen. Ich gehe an diese Grenze, gehe einfach da hinüber, dann schießen sie herunter von ihren Türmen. Vielleicht verletzen sie mich nur und bringen mich in ein anderes Gefängnis. Ich gehe auf eine Straße und lasse mich überfahren. Oder ein Zug.

Wie schrecklich werde ich dann aussehen. Dann wissen sie, daß es Absicht war. Warum kann ich nicht einfach krank werden? Ich könnte mich im Winter nachts in den Garten setzen. Ich bekomme eine Lungenentzündung, dann kommt Doktor Lankow und macht mich wieder gesund. Ich esse nichts mehr, ich sage, ich habe Magenschmerzen. Warum ist es denn so schwer, ein nutzloses Leben zu beenden? Ich kann Josefa um Geld bitten, ich will verreisen, dann fahre ich in eine fremde Stadt, sie finden dort eine Tote, keiner weiß, wer sie ist. Das wäre der beste Weg. Ich muß fort von hier. Für immer. Und dann wirst du mich vergessen, Peter.

So kreisten die Gedanken in ihrem Kopf, immer wieder von vorn. Um aus dem Gefängnis zu entfliehen, mußte sie sterben. Der Weg in die Freiheit konnte nur der Tod sein.

Seltsamerweise war sie jedoch zunehmend lebendiger geworden. In den Jahren der Erstarrung war sie abweisend gewesen, stumm, verschlossen, war allen aus dem Weg gegangen.

Nun war sie freundlich, fand sich bei den Mahlzeiten ein, beteiligte sich am Gespräch. Keiner sollte merken, was sie plante. Keiner sollte erkennen, wie unglücklich sie war. Kam hinzu, daß sie nicht mit Peter ohne die Gegenwart der anderen zusammentreffen wollte. Sie wußte, daß sie ihn damit quälte, Qual für sie, Qual für ihn.

Das Mittagessen spielte keine große Rolle, Josefa aß, wenn sie Zeit oder Lust hatte, manchmal gar nicht, die Kinder, wenn sie aus der Schule kamen. Aber am Abend aßen sie gemeinsam, und am Sonntag gab es eine ausgedehnte Mittagstafel, und Josefa wünschte, daß alle am Tisch saßen. Dazu gehörte nun auch Herr Angermann.

Was sich zwischen Josefa und Herrn Angermann abspielte beziehungsweise, daß sich etwas abspielte, konnte der Familie nicht verborgen bleiben. Wie weit es ging, erforschte Blanca, die den Schuppen beschlich, Kommen und Gehen aus sicherem Versteck im Gebüsch beobachtete.

«Willst du mal wissen, was deine Mutter so treibt?» fragte sie Gisela.

«Wenn ich es wissen will, frage ich sie selber», bekam sie zur Antwort.

«Wie findest du es denn, daß Josef und Josefa ein Verhältnis haben?» Diese Frage war an Peter gerichtet, als sie ihn auf dem Hof erwischte.

«Ich finde, du solltest dein dummes Maul halten und mir aus dem Weg gehen», war die grobe Antwort.

Das machte Blanca wirklich sprachlos. Solche Ausdrücke war sie von Peter nicht gewöhnt.

Sie reagierte mit Wut. Und die richtete sich gegen Josefa, denn einem mußte sie schuld geben.

Kurz darauf erschien sie bei Angèle.

«Ich kann sie nicht ausstehen, die Tante Seffi. Tante Seffi!» wiederholte sie höhnisch. «Blöde alte Biertunte, die sich mit dem Schnapsheini herumtreibt.»

Angèle betrachtete ihre Tochter eine Weile schweigend. «Deine Ausdrucksweise gefällt mir nicht», sagte sie ruhig. Dann stand sie auf und blickte auf ihre Tochter herab, das konnte sie noch immer gut, obwohl Blanca inzwischen fast so groß war wie sie.

«Keiner in diesem Haus, auf diesem Hof, in diesem Betrieb hat so schlechte Manieren wie du, nicht der jüngste Lehrbub in der Brauerei. Ich verbitte mir», nun wurde ihre Stimme scharf, «daß du dich in meiner Gegenwart so ungehörig benimmst und so üble Worte gebrauchst.»

«Aber Peter hat auch...», begann Blanca.

«Und wenn es dir im Haus von Josefa nicht paßt, kannst du gehen. Hör mit der Schule auf, viel taugt es ja doch nicht, was du leistest, weil du faul und dumm bist. Geh woanders hin und such dir eine Arbeit! Und nun mach, daß du rauskommst, ich will dich nicht mehr sehen.»

Das war die dritte Abfuhr an diesem Nachmittag. Blanca rannte aus dem Zimmer, aus dem Haus, schmiß ihr Mathematikheft, das sie unter dem Arm trug, einfach in die Gegend und lief in den Wald.

Es war kühl, Ende Oktober, später fing es an zu regnen.

An diesem Tag hatte Josefa Geburtstag, Lene briet Enten, alle schauten gelegentlich in die Küche, sogar Angèle, und sie fand dort erstaunlicherweise Gisela.

«Ich helfe Lene a weng», sagte Gisela verlegen.

«Das finde ich sehr gut. Irgendwann solltest du kochen lernen. Wenn du mal heiratest, brauchst du das. Ist ja nicht gesagt, daß du eine Lene zur Hochzeit bekommst.»

«Ach, ich! Wer soll mich denn schon heiraten.»

«Das werden wir ja dann sehen. Soll ich vielleicht auch helfen?» Lene lachte, die Wangen hochrot. «Aber gnä' Frau, das ist doch nix für Sie. Aber wollen Sie mal schaun?»

Sie zog das Bratblech aus dem Rohr, die Enten waren braun und knusprig.

«Sieht ja prächtig aus», sagte Angèle. Sie hatte nie kochen gelernt, sie hatte Jana nicht einmal zugesehen. Und Lene wollte nun von ihrer Hilfe auch nichts wissen. Nutzloser als sie konnte wirklich kein Mensch sein.

Clara, die auf einem Stuhl neben dem Küchentisch saß, sagte:

«Ich wollte auch helfen. Aber Lene konnte mich nur zur Beratung bei den Knödln gebrauchen. Es gibt nämlich heute keine Klöße, sondern böhmische Knödl.»
Lene lächelte. Sie wußte genau, wie böhmische Knödl gingen, sie wollte der alten Frau nur eine Freude machen.

Blanca war naß und schmutzig, als sie zurückkam. Sie rannte in die versammelte Familie hinein, die in der Diele vor dem Eßzimmer stand und Sekt trank. Offenbar hatte Angermann gerade etwas Lustiges erzählt, denn sie lachten alle.
«Mein Gott, Blanca, wie siehst du denn aus?» rief Josefa. «Wo warst du denn? Es regnet schon seit einer Stunde.» Blanca machte eine unbestimmte Handbewegung hinter sich. «Draußen. Irgendwo.»
Sie sah Peter an, dann Angèle.
Peter sah gleichgültig an ihr vorbei. Doch Angèle wies herrisch mit dem Kopf zur Tür.

Als sie mit Blanca allein war, sagte sie: «Falls du die Absicht hast, mit uns zu Abend zu essen, erwarte ich, daß du dich zuvor bei mir für dein Benehmen entschuldigst.»

Und das war nun wieder typisch für Blanca, sie konnte weder Wut noch Trotz lange aufrechterhalten. Sie senkte den Kopf, erschreckt von der Eiseskälte in den Augen ihrer Mutter.

«Entschuldige, Mami», flüsterte sie. Und noch einmal kamen Tränen.

Angèle wandte sich um und ließ sie stehen.

Peter sah ihr entgegen, als sie wieder zu den anderen trat. «Was hat sie denn?» fragte er.

«Nichts weiter. Wir hatten eine kleine Auseinandersetzung heute nachmittag.»

Er versuchte ihren Blick festzuhalten, doch sie wandte sich wieder Angermann zu.

«Wir haben Sie unterbrochen», sagte sie liebenswürdig. «Ich habe das Ende der Geschichte nicht gehört.»

Angermann lächelte geschmeichelt. Daß die schöne Gräfin seinen Bericht von dem belanglosen Erlebnis, das er an diesem Tag im Bahnhofsrestaurant von Bayreuth gehabt hatte, hören wollte, freute ihn. Bei sich nannte er sie immer die schöne Gräfin, seit er ihre Herkunft kannte.

Vorsichtshalber erzählte er alles noch einmal von vorn. Josefa und Clara tauschten einen amüsierten Blick.

Lutzla krähte: «Ich hab' Hunger.»

Lene kam von der Küche her angeschusselt. «Ist alles schon fertig, schon fertig.»

«Also los», kommandierte Elsa. «Wir brauchen ja wohl nicht auf deine Tochter zu warten, Angèle. Ich hab' auch Hunger.» Blanca kam kurz darauf, gewaschen, in einem hübschen Kleid. Sie sagte: «Entschuldigt!» und setzte sich artig, mit gesenktem Blick, auf ihren Platz. Sie fühlte sich gedemütigt, sie verstand die Welt nicht mehr. Keiner liebte sie, keiner verstand sie.

Es war unbegreiflich, was ihre Mutter gesagt hatte. Geh woanders hin und such dir Arbeit!

Doch sie begriff an diesem Tag zum erstenmal ihre Situation. Noch nicht, als sie heulend im Wald saß. Nicht, als sie das Haus betrat, als sie alle da stehen sah. Tante Seffi! Dieser Angermann. Ihr liebloser Bruder, ihre herzlose Mutter. Doch jetzt, als sie an der festlich gedeckten Tafel saß, das Gespräch an ihrem Ohr vorbeiglitt, der Toast, den Angermann auf Josefa ausbrachte, nicht wie sonst ihre Mundwinkel spöttisch herabzog, sie als einzige lustlos an der Ente kaute, wußte sie auf einmal, wer sie war. Welche Rolle sie hier spielte.

Sie war nichts als eine arme Verwandte aus Böhmen. Eine gnädig geduldete Verwandte aus Böhmen. Und das war ihre Mutter ebenso wie ihr Bruder.

Nur daß Peter immer dafür wenigstens gearbeitet hatte. Und es war ganz klar, warum er nicht studieren konnte: weil er kein Geld dafür hatte.

Die erste Hälfte ihres bisherigen Lebens hatte Blanca auf dem Schloß zugebracht, allerdings zählten höchstens die letzten drei Jahre, vorher war sie zu klein gewesen, um genaue Erinnerungen zu haben. Aber mit fünf, mit sechs, mit sieben, da verstand man genug, um sich mit vierzehn noch daran zu erinnern. Das Schloß, der Park, der Garten, die Tiere und die Armut, in der sie gelebt hatten.

Sie erinnerte sich sehr gut an die Flucht, an die erste Zeit. «Nenn mich Tante Seffi, Kind!»

Sie hatte alles als selbstverständlich hingenommen, was ihr geboten wurde. Sie gehörte zu einer Familie, und sie wurde behandelt wie die Kinder, die wirklich in die Familie gehörten. Sie durfte die höhere Schule besuchen, sie bekam neue Kleider, denn sie hatte es immer strikt abgelehnt, etwas Abgelegtes von Gisela zu tragen, das Essen hatte ihr immer geschmeckt, bis auf diese Ente heute abend. Tante Seffis Kinder hatten ein Recht, an diesem Tisch zu sitzen. Sie blickte zu Eberhard, der ihr schräg gegenüber saß, er war extra wegen des Geburtstages seiner Mutter aus Regensburg gekommen, er würde über das Wochenende bleiben, es war ein Freitag. Er war ein großer, hübscher junger Mann und unterhielt sich gerade angeregt mit Herrn Angermann, als Blanca ihn betrachtete. Also! Auch Eberhard schien sich gut mit diesem Angermann zu verstehen, und was ging es sie an, die arme geduldete Verwandte, wenn Tante Seffi sich in Angermann verliebt hatte.

Einen Dreck geht es mich an, dachte Blanca. Und Mami hat ganz recht, wenn sie mir den Mund verbietet. Wenn es Josefa Bürger so gefällt, kann sie mich morgen vor die Tür setzen. Geh woanders hin und such dir Arbeit!

Auch wenn es Eberhard zuviel wurde, daß die ganze böhmische Sippe hier durchgefüttert wurde, wenn Gisela, mit der sie sich sowieso nicht vertrug, mit dem Finger auf die Tür zeigte, selbst wenn es Herrn Angermann nicht paßte, daß sie nachts um seinen Schuppen strich, jeder konnte sie hinausschmeißen.

Wer war sie denn? Ihr Vater war der Bruder von Tante Seffi. Und ihr Vater war seit zehn Jahren tot, und nicht eine Mark für den Lebensunterhalt von Frau und Kindern war von ihm gekommen.

Also! Sie konnten genauso seine Frau und seinen Sohn hinausschmeißen. Nur Angèle benahm sich anständig, und Peter sowieso, außerdem arbeitete er. Und sie war unverschämt. Also! Also! Begreifst du endlich, Blanca Wieland, Frau des Königs von Böhmen, des Kaisers, wer du bist?

Du bist nichts. Du bist eine Null.

Zum Nachtisch gab es ein Soufflé mit eingemachten Sauerkirschen, ein Meisterwerk von Lene. Blanca starrte auf den Teller, Tränen verdunkelten ihren Blick. Josefas dreiundvierzigster Geburtstag war ein Trauertag für sie. Allerdings auch ein Tag der Erkenntnis, ein Tag der Veränderung.

Es begannen die Jahre der Schwermut, der Depression, sie zog sich in sich selbst zurück, ihr freches Mundwerk verstummte, ihr Trotz, wohl noch vorhanden, blieb stumm. Nicht, daß sie nun um die Liebe, die Freundschaft der anderen warb, nicht, daß sie besonders lieb und verständig wurde, sie verschloß sich, ein wenig übernahm sie die Rolle ihrer Mutter, die sie ja lange mit angesehen hatte. Traurige Augen, ein bitterer Zug um den Kindermund, die schwierigen Jahre des Heranwachsens, der Pubertät mochten es erklären, miterklären; sie tat sich selbst bei alledem sehr leid, denn sie wußte nun, daß ihr ein tragisches Leben bestimmt war.

In der Woche nach dem Geburtstag hatte Angermann einiges in Nürnberg zu erledigen, Josefa wollte ihn begleiten, und am Abend vorher sagte sie zu Angèle: «Möchtest du nicht mitkommen?»

«Ich?»

«Du bist seit Jahr und Tag nirgends gewesen. Josef hat zu tun, und wir beide könnten uns in der Stadt umsehen. Vielleicht kaufen wir ein bißchen ein.»

Erstaunlicherweise sagte Angèle: «Ich komme gern mit.»

Sie fuhren mit dem Mercedes, den Josefa vor kurzem gekauft hatte, sie kamen schnell voran, die Autobahn war leer.

«Früher», berichtete Josefa, «war das eine vielbefahrene Strecke. Es ging direkt nach Berlin. Jetzt endet die Welt an der Zonengrenze.»

«Ein herrlicher Wagen», lobte Angermann. «Der fährt sich von selbst.»

Josefa lächelte zufrieden. Sie war eine gute Autofahrerin, doch sie überließ ihm gerne das Steuer, seine Freude war ihre Freude.

Sie wollten in Nürnberg übernachten. Sie hätten leicht am Abend zurückfahren können, doch Josefa hatte Zimmer im Hotel bestellt, aus dem einzigen Grund, weil sie einmal mit diesem Mann eine Nacht zusammensein wollte. Bisher war sie stets nach den Stunden im Schuppen nach Hause gegangen, wegen der Kinder, wie sie sagte.

Am Tag nach dem Geburtstag hatte sie sehr offen mit ihrem ältesten Sohn gesprochen.

«Ich weiß nicht, ob du mich verstehst.»

Eberhard, ebenfalls verliebt, nahm das Geständnis seiner Mutter ohne Staunen entgegen. Gisela hatte ihn schon aufgeklärt, und er hatte am Abend zuvor seine Beobachtungen gemacht.

«Ich verstehe dich sehr gut, Mutter. Du hast ein Recht darauf, einen Mann zu haben. Alles, was du hier geleistet hast», sie standen im Hof vor dem Brauhaus, und er wies mit einer Handbewegung über die Gebäude, «ist einfach großartig. Du hast es schließlich nicht gelernt. Aber inzwischen habe *ich* gelernt, was alles dazu gehört, Vater war tot, und der Krieg, dann die Zeit nach dem Krieg, ich war noch zu dumm, um zu verstehen, was das für eine Riesenaufgabe war. Herr Neumeier» – das war der Besitzer der Brauerei, in der er arbeitete – «hat mir das mal so richtig erzählt. Wie das war. Die ganzen Auflagen während des Krieges, und dann die Schwierigkeiten mit der Besatzung. Deine Mutter ist zu bewundern, wie sie das hingekriegt hat, hat er gesagt. Und wir haben eigentlich gar nichts davon mitgekriegt, wir Kinder. Uns ist es gutgegangen. Wenn man bedenkt, wie schwer das Leben für viele Menschen in Deutschland war. Und stell dir mal vor, die Grenze wäre nur ein Stück weiter verrutscht, und wir säßen jetzt bei den Russen.»

«Das ist nicht mein Verdienst», sagte Josefa gerührt.

«Du hättest aufgeben können. Verkaufen. Aber du hast es durchgestanden. Ich weiß sehr wohl, wieviel du gearbeitet hast. So dumm war ich nun wieder auch nicht. Willst du ihn denn heiraten?»

«Nein. Das muß nicht sein. Das wird dann vielleicht kompliziert. Ihr seid schließlich die Erben eures Vaters.»

«Ach, das», sagte Eberhard leichtherzig. «Wenn ich Evchen heirate, habe ich selber eine Brauerei. Sein Sohn ist ja gefallen.»

«Langsam», sagte Josefa. «Du bist jung, du liebst Eva Neumaier, wie du mir schon Pfingsten erklärt hast, als du mit ihr hier warst. Sie ist ein nettes Mädchen. Aber lege dich nicht zu früh fest. Du kannst einheiraten, na gut. Notfalls kannst du auch zwei Brauereien leiten. Du hast noch einen Bruder und eine Schwester, an die mußt du auch denken. Nein, ich muß nicht heiraten. Davon ist keine Rede. Und so lange kenne ich ihn ja noch nicht.»

Vor dem Krieg war Josefa oft mit Lorenz nach Nürnberg gefahren, sie hatten dort auch Kunden, und Lorenz liebte die Stadt. Er war mit ihr zur Burg hinaufgestiegen, er hatte ihr das Dürer-Haus, das Hans-Sachs-Haus, den Schönen Brunnen und die Kirchen gezeigt. Im Sommer war die Stadt überschwemmt von Touristen, meist Amerikaner, die eifrig photographierten. «Und dann haben sie mit ihren verdammten Bomben alles zerstört. Ich kann dir nur noch erzählen, Angèle, wie es da und dort ausgesehen hat. Sie versuchen aufzubauen, sicher, aber es ist nicht mehr echt, es ist Kulisse.»

«Hier haben doch diese Parteitage der Nazis stattgefunden», sagte Angèle.

«Schon. Wir waren einmal da, Lorenz, sein Vater und ich. Aber wir sind wieder geflüchtet, es war ein gräßlicher Rummel.»

Irgend etwas, überlegte Angèle, hatte auch der Kaiser mit Nürnberg zu tun gehabt. Aber sie hatte es vergessen, was es war, und ihren Vater konnte sie nicht mehr fragen.

Sie trennten sich von Josef, als sie den Wagen geparkt hatten.

«Und nun gehn wir einkaufen», sagte Josefa vergnügt. «Sehen wir uns mal die neue Herbstmode an.»

Angèle lächelte. Noch nie hatte Josefa von Mode gesprochen. Die Kleider, die die Hausschneiderin anfertigte, genügten ihr, gelegentlich brachte sie einen Rock oder eine Bluse aus Bayreuth mit.

Am Ende der Karolinenstraße blieb Josefa vor den Schaufenstern eines Modehauses stehen.

«Den Laden kenne ich, da habe ich schon mal eingekauft. Sieh mal, die haben doch hübsche Sachen.»

Josefa probierte einige Kleider und Kostüme, sie hatte immer noch eine gute, feste Figur, zum Dickwerden war keine Zeit gewesen. Es ging bei ihr rasch, sie wußte, was sie wollte, wählte bestimmt und mit Geschmack. Sie bestand darauf, daß auch Angèle einige Sachen probierte.

«Aber ich brauche doch nichts», wehrte Angèle ab.

«In den schlabbrigen Gewändern von der Knische habe ich dich jetzt lange genug gesehen. Los, zieh das mal an. Das ist hübsch. Mir war es ein wenig eng um die Hüften.»

Angèle hatte die Figur eines jungen Mädchens, Größe 38 saß ihr wie angegossen, ihre Beine waren schlank und schön geformt.

«Du siehst fabelhaft aus», sagte Josefa neidlos. «Man sieht doch gleich, was gute Rasse ist.»

Angèle mußte lachen. «Das hätte euer verflossener Führer sagen können.»

«Nur meinte der etwas anderes damit. Nicht gerade eine Dame aus altem böhmischen Adel. Also ich würde sagen, du nimmst das beigefarbene Jerseykleid und das Grünseidene.»

«Aber Josefa! Wann soll ich das denn anziehn?»

«Zum Beispiel heute abend, wenn wir mit Josef essen gehen.»

Zunächst einmal aßen sie die berühmten Nürnberger Schweinswürstl im Bratwurstglöckl, und dann sagte Josefa. «Weißt du, was wir jetzt machen? Wir gehn zum Friseur.»

Josefa ließ sich etwa jedes halbe Jahr in Kulmbach Dauerwellen machen, manchmal fummelte sie sich selbst ein paar Wickel ins Haar, meist fehlte ihr die Geduld dazu.

Sie hatte dichtes blondes Haar, und als sie ausgekämmt war, betrachtete sie sich befriedigt im Spiegel. Ein fescher kurzer Schnitt, leicht gelockt, sie sah um zehn Jahre jünger aus.

«Ob Josef das gefällt?» fragte sie lachend.

«Du siehst wundervoll aus. Wie aus einer dieser Frauenzeitschriften.»

«Du aber auch.»

Angèles Haar, dunkel und weich, war ebenfalls gekürzt worden und fiel ihr sanft um die Wangen und lockte sich an den Spitzen.

Der Friseur und die Friseuse, die sie bedient hatten, lachten auch. Zufriedene Kundinnen hatte man gern.

«Wir kommen vom Dorf», sagte Josefa fröhlich. «Da macht es halt Spaß.»

«Ich hoffe, die Damen werden in Zukunft öfter kommen», sagte der Friseur.

Mit ihren Kleidertüten schlenderten sie über den Hauptmarkt. Angèle blickte hinüber zur Frauenkirche. Sie war so lange in keiner Kirche mehr gewesen. Die Kapelle im Schloß, die schöne alte Kirche in der Klosterschule, in der sie täglich gewesen war. Wie lange das her war! Am schönsten war es im Stephansdom in Wien, da begleitete ihr Vater sie sogar.

Für die Kirche blieb keine Zeit.

«Jetzt gehen wir noch Schuhe kaufen», bestimmte Josefa. «Du gibst eine Menge Geld aus», sagte Angèle.

«Ich komme selten genug dazu. Josef wird staunen, wenn er uns heute abend sieht. Hoffentlich erkennt er uns noch. Du machst ihn mir doch nicht abspenstig?»

«Gewiß nicht», antwortete Angèle. «Er gehört dir.»

Der kleine Zug von Hochmut in ihrem Gesicht entging Josefa. Angèle in ihrer verlorenen Traumwelt dachte nie an einen Mann und gewiß nicht an Herrn Angermann. Obwohl Peters Kuß, und mehr noch ihr Kuß, seltsame Gefühle in ihr erweckt hatte. Der Gedanke an den Tod, mit dem sie schon so lange spielte? Nur ein Spiel? Eine Flucht sollte es sein, aus einem Leben, das ihr plötzlich unerträglich erschien. Neue Kleider änderten nichts daran.

Josefa erzählte von den Einkäufen, und Gisela wollte die Kleider sehen.

«Nein», sagte Angèle ärgerlich.

«Bitte, Angèle, zeig sie mir. Ich werde ja wohl niemals mehr ein neues Kleid brauchen.» Der resignierte Ton, den sie nun schon kannten.

«Ich brauche keine neuen Kleider. Aber du wirst sie sehr bald wieder bekommen.»

«Zeig sie mir», sagte Gisela eigensinnig.

Und Clara, die, wie oft jetzt, bei Gisela war: «Ich möchte sie auch gern sehen.»

Also zog Angèle, widerstrebend, die Kleider an.

«Du siehst wundervoll aus», sagte Gisela ohne Neid. «Deine Haare, und dieses fahle Grün. Du müßtest eigentlich...» Sie sprach nicht weiter, doch Clara vollendete den Satz für sie: «Sie müßte öfter mal ausgehn, nicht wahr?»

Mit Josefa und ihrem Angermann in eine Weinstube in Nürnberg. Falls sie mich wieder mal mitnehmen, das dachte Angèle. Und ein seltsamer Zorn stieg in ihr auf. Sie hatte genug von allem, von Josefa, von Clara, von jedem in diesem Haus. «Ich möchte dich mal zurechtmachen», sagte Gisela eifrig. «Darf ich? Du weißt doch, wie ich es vorher getan habe.»

«Ich habe mich nie geschminkt», wehrte Angèle ab.

«Das gehört dazu. A weng. Du würdest jede Frau ausstechen.»

«Welche denn zum Beispiel?» fragte Angèle spöttisch.

«Karli sollte dich so sehen», sagte Clara hingerissen.

Das genügte. Angèle drehte sich auf dem Absatz herum und ging. In ihrem Zimmer zog sie das grüne Kleid aus und warf es achtlos aufs Bett.

Eine Woche später traf William Molander in Hartmannshofen ein.

Er kam aus München.

Er hatte es nicht übers Herz gebracht, Traudl zu enttäuschen, schließlich hatte er es ihr versprochen.

Als er am späten Nachmittag von Eger kommend in München eintraf, regnete es. Er quartierte sich in einem Hotel ein, nahm ein Bad und betrachtete sodann mißmutig seine Anzüge. Es waren nun schon seit Wochen die gleichen, und er hatte genug von ihnen. Der Smoking hing wie ein schwarzer Rabe dazwischen, den würde er sowieso nicht mehr brauchen. Die Hemden gab er dem Zimmermädchen zum Waschen, blieb gerade noch ein sauberes für diesen Abend. Morgen mußte er sich einen Anzug, Hemden und Wäsche kaufen. Es sei denn, er vergaß den Rest der Familie und begab sich auf direktem Weg nach Frankfurt. Oder noch besser bestieg er eine Maschine in München-Riem, die ihn nach Frankfurt brachte. Ob sich der Wagen so schnell verkaufen ließ, wie das in Amerika üblich war?

Später nahm er ein Taxi und ließ sich zu dem Restaurant «Egerland» fahren. Stand davor, betrachtete die Leuchtschrift über dem Eingang, studierte die Speisekarte, auf der wirklich alle böhmischen, tschechischen und mährischen Spezialitäten aufgeführt waren. Ein amerikanischer Ignorant würde aber auch ein schlichtes Steak bekommen. Und es gab Karpfen, die hatte es bei den Böhmen, bei den Tschechen und bei den Franken immer gegeben, er hatte sie als Kind schon gern gegessen.

Er gab sich einen Ruck, ging die drei Stufen zur Tür hinauf und betrat das Lokal. Er konnte ja wieder gehen, ohne daß ihn einer erkannte.

Das Restaurant war gut besucht, er bekam nur einen Platz an einem kleinen Tisch nahe dem Eingang, und der Kellner entschuldigte sich, daß er ihm keinen besseren Platz anbieten könne. Er hatte ihn auch sofort als Amerikaner erkannt, sagte: «Excuse me, Sir. We are...», er stockte, suchte das passende Wort, «we are occupied, you see.»

William nickte, seine Laune besserte sich. Er hatte kaum das Pilsner vor sich stehen, erschien der Wirt im Lokal. William beobachtete ihn, wie er von Tisch zu Tisch ging, immer wieder stehenblieb, die Gäste begrüßte, einige Worte mit ihnen wechselte. Offenbar gab es viele Stammgäste, das sprach für die Küche, noch ehe man gegessen hatte. Und zweifellos war dies sein Cousin Walter, unverkennbar, obwohl mehr als dreißig Jahre vergangen waren.

William blickte vor sich auf das Tischtuch, als Walter sich ihm näherte, machte eine verschlossene Miene. Mal sehen, was passierte.

«Mensch, Willy», rief Walter. «Da bist du ja endlich!»

William hatte kaum Zeit aufzustehen, da wurde er schon umarmt und auf beide Wangen geküßt.

Er lachte jungenhaft. «Wieso erkennst du mich?»

«Soll ich dich nicht erkennen! Schau doch mal in den Spiegel! Du siehst doch aus wie wir. Außerdem hat Traudl dich angemeldet.»

Er wurde umquartiert an den Stammtisch, viel Ruhe zum Essen hatte er nicht. Zunächst kam Tante Gretl, die Augen voller Tränen, und da sie lebhaft war wie früher, konnten alle Gäste an diesem Wiedersehen Anteil nehmen.

William war es ein wenig peinlich, aber im Laufe des Abends gewöhnte er sich daran, denn als nächstes kam Walters Frau, die er zwar nicht kannte, doch sie stammte auch aus Eger und behauptete, sie habe ihn als kleines Mädchen oft gesehen. Dann kam, telephonisch herbeigerufen, Tilly, die er noch als Mathilde kannte, mit ihrem Mann, und später zwei Töchter von Walter mit ihren Männern, die dritte wohnte glücklicherweise nicht in München, sondern in Augsburg, dazu noch einige Jugendliche, Kinder der Töchter, die es hochinteressant fanden, auf einmal einen Onkel aus Amerika zu haben.

Um den großen runden Tisch wurde es gerammelt voll, denn nach und nach erschienen auch Walters Freunde, die sonst an diesem Tisch ihren Platz hatten und nun an dieser Wiedersehensfeier teilnahmen, zum größten Teil stammten sie auch aus dem Egerland oder aus Prag.

Es war wie eine Rückkehr in die Jugend; dieses Weißt-du-Noch, das es für William nie gegeben und das er in Eger zum erstenmal erlebt hatte, besiegte seine Zurückhaltung, mit der er das Lokal betreten hatte. Aber auch die Fremden, die er nicht kannte, die ihn nicht kannten, seien es Familienmitglieder oder Freunde des Hauses, schienen über sein Auftreten eine Riesenfreude zu empfinden. Es war erstaunlich, es erweckte ein nie gekanntes Gefühl der Zusammengehörigkeit in ihm.

Es wurde eine lange Nacht, und als William, nicht mehr ganz nüchtern, ein Taxi bestieg, sagte er zu Walter: «Man könnt meinen, ihr freut euch alle, daß ich da bin.»

«Na, du bist gut. Du machst mir einen Spaß. Du weißt doch, daß wir uns freun. Und wie wir uns freun. Morgen geht's weiter. Schlaf erst mal eine Runde.»

William schüttelte den Kopf und wunderte sich während der kurzen Fahrt zum Hotel.

Sie freuten sich, daß er da war. Wieso eigentlich? Sie hatten doch gar nicht gewußt, ob es ihn noch gab. Sie hatten vermutlich so wenig an ihn gedacht wie er an sie. Und nun war es eine Freude für sie, ihn wiederzusehen. Eine ehrliche Freude, daran bestand kein Zweifel. Hatte er die böhmische Herzlichkeit vergessen?

Am nächsten Vormittag fragte er den Portier nach Einkaufsmöglichkeiten.

«Wir lassen Ihnen auch gern eine Auswahl ins Hotel bringen», sagte der Mann.

«Nein, nein, ich schau mich gern ein wenig in München um. Ich kenne mich nur nicht aus, wo ich in der Nähe einkaufen kann.»

«Da gibt es verschiedene Möglichkeiten», sagte der Portier und nannte einige Namen. «Am bequemsten wäre es hier schräg gegenüber beim Lodenfrey. Da bekommen Sie alles, was Sie brauchen, Sir.»

Das stimmte. William kleidete sich von Kopf bis Fuß neu ein, was ihm einen geradezu kindischen Spaß bereitete. Das heißt, für die Füße mußte er ein Stück um die Ecke gehen, zu einem Schuhgeschäft, das man ihm empfahl. Den Hut bekam er noch beim Lodenfrey, einen feschen weichen Borsalino, und der war der Höhepunkt, denn er hatte seit Jahren keinen Hut mehr getragen.

Den Hut unternehmungslustig schräg aufgesetzt, erschien er bereits mittags im «Egerland», das hatte Walter empfohlen. «Da kriegst deinen Karpfen und kannst ihn in Ruhe essen.» Er saß allein am Stammtisch diesmal, und er aß mit Genuß. Keiner störte ihn, Walter kam erst, als der Kellner abgeräumt hatte.

«Die Mama hat auch Lokalverbot für Mittag bekommen, sonst hättest dich am End noch an einer Gräte verschluckt. Hat's geschmeckt?»

«Nicht zu beschreiben, wie gut. Ich glaube, in meinem ganzen Leben hat mir noch nie etwas so gut geschmeckt.»

Walter lachte zufrieden. «Wart nur, bis du meine Ente gegessen hast. Den Kaffee trinkst du oben bei der Mama, das war die Bedingung, damit sie dich nicht beim Essen stört. Heute abend wird's eh wieder turbulent, da kommt die Sabine aus Augsburg mit ihrem Mann.»

William nickte ergeben. «Wieviel Kinder hat sie denn?»

«Gar keine. Sabine hat erst im vergangenen Jahr geheiratet, sie ist meine Jüngste. Außerdem will sie keine Kinder, sagt sie. Werden wir leben, werden wir sehen. Sie ist übrigens die einzige, die in München geboren ist.»

«Ganz schlau bin ich ja bis jetzt aus deiner Geschichte nicht geworden. Wieso du überhaupt nach München gegangen bist.»
«Daran ist die Tilly schuld. Die hat uns schon im vierundzwanziger Jahr verlassen. Von München war sie restlos begeistert. Ich hab' sie dann mal besucht und fand es hier auch sehr schön. Eine richtige große Stadt eben. Die vielen Geschäfte und die Oper und Theater, und die Bayern sind nette Leute, mit denen kam ich gleich gut aus. Ich hab' in Eger damals beim Polack Franzl am Markt gearbeitet, da hab' ich auch gelernt. Der Papa wollt ja, daß ich Schreiner werd'. Aber gegessen hab' ich immer gern, also wollt' ich kochen lernen. Und dann wollt' ich was von der Welt sehen. Erst hab' ich natürlich an Prag gedacht. Aber du weißt ja, wie feindselig die Tschechen damals waren. Ich bin nicht so weit gekommen wie du, nicht bis nach Amerika. Nur bis München halt. Aber hier gefällt es mir immer noch. Es ist gemütlich hier.»
«Trotz allem, was dann geschehen ist?» fragte William vorsichtig.
«Du meinst den Hitler und den Krieg? Die Nazis haben mir nichts getan, als Sudetendeutscher war man fein heraus.»
«Aha», machte William.
«Franziska gefiel es auch in München. Geheiratet hatten wir schon längst, meine beiden Großen sind noch in Eger geboren. So nach und nach ging es voran. Erst hab' ich als Kellner gearbeitet in einer Schwabinger Künstlerkneipe, war eine hübsche Zeit. Dann wurde ich Kellner in einem Hotel.» Walter grinste. «Im Bayerischen Hof, wo du jetzt wohnst. Und dann konnte ich endlich dort auch wieder als Koch arbeiten.»
«Da habt ihr wenigstens nicht gehungert», sagte William mit Gönnermiene.
«Gehungert? Gehungert haben wir nie. Die Amis machen sich eine falsche Vorstellung, wie wir in Deutschland gelebt haben. Sicher, Hunger gab's für viele Menschen in der Nachkriegszeit. Für uns nie. Auch wenn ich wieder von vorn anfangen mußte.»
«Du hattest ja vor dem Krieg schon ein Lokal, wie Traudl mir erzählt hat.»
«Als wir geerbt haben. Das heißt, als der Papa geerbt hat, da gab

er mir so viel Geld, daß ich ein kleines Beisl aufmachen konnte. Du erinnerst dich an die fesche Radjina in Prag?»

«Freilich. Deine Tante, bei der wir gewohnt haben, wenn wir in Prag waren. Sie hatte eine prachtvolle Wohnung. Ich habe als Bub ihre Möbel und ihre Bilder so bewundert. Sie war Jüdin. Hoffentlich haben die Nazis ihr nichts getan.»

«Ich erzähl' doch grad, daß sie gestorben ist, schon in den dreißiger Jahren. Das war sechsunddreißig, da gab's in Prag noch keine Nazis. Und sie ist nicht meine Tante, sie ist eine Jugendliebe vom Papa. Und das ist das Tolle an der Geschichte, alle ihre Liebhaber erbten von ihr. Es müssen nicht wenige gewesen sein, aber sie war unermeßlich reich. Sie war nie verheiratet, und sie hatte keine Kinder. Aber ihre Männer waren ihr lieb und wert, sie hat keinen vergessen.»

«Also hast du ihr dein erstes Lokal zu verdanken.»

«Richtig. Die Mama machte zwar ein finsteres Gesicht, doch der Papa freute sich über das Geld. Einen Teil steckte er ins Geschäft, das kam Traudl und ihrem Mann zugute, einen Teil bekam Tilly, die daraufhin ihre Drogerie in eine feine Parfümerie verwandelte. Tillys Mann ist doch ein netter Kerl, findest du nicht?»

William nickte und überlegte, welcher wohl Tillys Mann gewesen war am Abend zuvor an diesem Tisch.

«Ich bekam das meiste», fuhr Walter fort, «und machte ein kleines Beisl in Schwabing auf. Ging von Anfang an recht gut.»

«Ein bewegtes Leben», sagte William anerkennend.

«Wie wir alle, nicht? Du bist nach Amerika gegangen, das war ja noch viel mutiger. Und mit dem Radio bist du schließlich auch nicht auf die Welt gekommen.»

«Nein», sagte William, «das war auch ein weiter Weg.»

Er blickte sich um, die Mittagszeit war vorüber, die Gäste gegangen, sie saßen allein im Lokal.

«Bist du wirklich Amerikaner?» fragte Walter.

«Amerikaner ist ein weiter Begriff. Ich bin ein Bürger der Vereinigten Staaten von Amerika.»

Walter nickte. «Das mein' ich ja.» Er blickte auf die Uhr, eine große altmodische Kastenuhr, die an der Wand hing. «Ich schicke jetzt meine Leute heim. Wir schließen nämlich am Nachmittag und machen erst um sechs wieder auf. Bis vor zwei Jahren haben wir den ganzen Tag aufgehabt, aber das rentiert sich nicht. Und dann gehn wir hinauf zur Mama, die wird wohl jetzt mit ihrem Mittagsschlaf fertig sein. Wenn sie heute überhaupt geschlafen hat vor lauter Aufregung.»

«Wieso kam deine Mutter nach München?»

«Das war kurz vor dem Krieg, als Papa gestorben war. Einerseits wollte sie Traudl nicht im Stich lassen, andererseits war es hier amüsanter. Die Besatzungszeit daheim war ja nicht so angenehm. Und hier waren die Kinder, ich hatte drei, Tilly hatte zwei, und das Beisl machte ihr auch Spaß, da konnte sie mitwirken. Sie kam immer mal auf Besuch, und dann blieb sie halt da. Na, und dann kam der Schlamassel. Entschuldige mich. Ich bin gleich wieder da.»

Walter verabschiedete seine beiden Kellner und den Lehrling, die mittlerweile die Tische für den Abend gedeckt hatten, dann verschwand er in die Küche.

William blickte durch das breite Fenster hinaus auf die Straße, es war lebhafter Verkehr, es regnete nicht mehr, eine fahle Herbstsonne schien, schräg gegenüber befand sich auch ein Lokal, ein italienisches.

Schlamassel nannte er den Krieg, der Europa erschüttert und die Welt in zwei Hälften geteilt hatte. Das war nicht deutsche, das war böhmische Mentalität. Mit Schlamassel lebten sie seit Jahrhunderten und waren immer damit fertig geworden. Blieb die Frage, ob sie auf die Dauer den Kommunismus auch nur als vorübergehenden Schlamassel ansehen würden. William dachte an seine Söhne. Konnte er ihnen beschreiben, erklären, wie man in Deutschland lebte und dachte? Und speziell, wie man als Böhme in diesem Deutschland lebte? Das konnte er nicht. Und selbst wenn sie an diesem Abend mit an diesem Tisch sitzen würden, wäre doch das meiste für sie unverständlich.

William fühlte sich in gewisser Weise nun doch überfordert; am liebsten hätte er sich ins Hotel zu einem kleinen Mittagsschlaf zurückgezogen. Aber man durfte Tante Gretl nicht enttäuschen.

Eine Stunde, nahm er sich vor. Dann ins Hotel, ein wenig Ruhe brauchte er, denn abends würde es ja doch wieder spät werden.

Walter kam zurück, und William stand auf.

«Der Schlamassel, wie du es nennst, hat dich immerhin dein erstes Lokal gekostet.»

«Hauptsache, wir haben überlebt.»

«Aber der Krieg war doch furchtbar für euch.»

«Die ersten Jahre nicht, da ging das Leben weiter wie zuvor. Und bei mir gab's immer noch gut zu essen. Auf Marken halt, aber so eng hab' ich das nicht gesehn. Ich hatte ein paar gute Quellen. Der Oswald, der Mann von der Tilly, der hat einen Onkel mit einem großen Hof in Niederbayern, da konnte ich allerhand herbeischaffen. Enten und Ganserl und ein anständiges Gulasch, das hat's bei mir bis zum Schluß gegeben. Bis uns die Amerikaner die Bomben auf den Kopf schmissen, da war eines Tages mein Beisl futsch. Weißt, was ich find? Die Bomben sind etwas ganz Gemeines. Krieg hat's immer gegeben, und wenn die Männer kämpften, ob nun mit dem Schwert oder mit einem Gewehr, das ist schon schlimm genug. Aber Bomben aus der Luft zu schmeißen, auf Frauen und Kinder, ihre Häuser zu zerstören, das ist die größte Barbarei, die es je gegeben hat. Ganz zu schweigen von eurer Atombombe.»

«Mittlerweile», sagte William, «ist es nicht mehr unsere allein. Und soviel ich weiß, haben deutsche Flugzeuge auch Bomben abgeworfen. Auf Warschau, auf Belgrad, auf englische Städte.»

«Schon», gab Walter zu, «aber nicht so viele wie ihr und die Engländer.»

«Wir mußten Hitler und seine Nazis vernichten.»

«Das ist euch ja gelungen. Und dann habt ihr die Kommunisten stark gemacht. Und was ist jetzt? Es wird mehr gerüstet als je zuvor.»

Sie fuhren hinauf in den zweiten Stock.

«Den Lift habe ich extra voriges Jahr einbauen lassen», sagte Walter stolz. «Für die Mama. Das Treppensteigen fällt ihr jetzt ein bißl schwer.»

William nickte und schwieg. Es war und blieb eine verrückte Welt. Amerika verbündete sich mit den Kommunisten, mit Stalin, um Hitler zu vernichten. So hatte es Roosevelt bestimmt. Die Nazis wurden geschlagen und vernichtet, Deutschland zerstört. Und auf einmal kam dann die McCarthy-Zeit, als man die Kommunisten und jene, die man dafür hielt, sehr peinlich verfolgte.

«Eine verrückte Welt», murmelte er, als sie aus dem Lift stiegen.

«Was sagst?» fragte Walter, mit den Gedanken schon ganz woanders. «Jetzt bekommst du einen guten Kaffee. Und ich nehme an, daß die Mama was gebacken hat.»

«O nein, nicht schon wieder essen», wehrte William ab.

«No, das bißl Karpfen. Hast eh kein Dessert gehabt.»

Bei Tante Gretl wurde noch einmal alles gründlich durchgesprochen, speziell die Errichtung des neuen Lokals nach der Währungsreform, diesmal in der Innenstadt.

William gähnte.

«Bist müd?» fragte Tante Gretl. «Willst dich nicht ein bißl hinlegen, da auf die Couch?»

«Wenn du erlaubst, gehe ich ins Hotel. Ich muß noch telephonieren. Wir sehen uns dann heute abend.»

Diesmal ging er zu Fuß, er kannte den Weg schon, es war nicht weit. Wie auf dem Herweg mittags kam er über den Marienplatz, offensichtlich ein Herzstück der Stadt. Wie schon zuvor betrachtete er das erstaunliche Gebäude, das die eine Seite des Platzes einnahm. Das Rathaus, wie er erfragt hatte. Aber viel Möglichkeit zum Schauen blieb nicht, der Verkehr auf dem Platz war atemberaubend, Auto an Auto in beiden Richtungen, und dazwischen rauschte eine Straßenbahn nach der anderen, die man hier Trambahn nannte, heran, hielt, fuhr wieder an, dann kam schon die nächste.

Die Menschen drängelten und hasteten kreuz und quer an ihm vorbei, und William fragte sich, wieso Walter behauptete, München sei eine gemütliche Stadt.

Im Hotel zog William sich aus und warf sich aufs Bett.

Familie war anstrengender als jede Arbeit. Er schlief fest eine Stunde lang, dann duschte er und sah sich in der Lage, den bevorstehenden Abend mit Fassung zu ertragen.

Am nächsten Tag kam endlich zur Sprache, was William am meisten interessierte: Was aus Ludvika Beranék geworden war.

Diesmal waren die Damen beim Mittagessen zugelassen, Tante Gretl und Franziska, Walters Frau.

«Es ist eine Schande», sagte Tante Gretl, «den Jiří haben die Nazis umgebracht, und die Kommunisten den Jaroslav. So ein anständiger Mann. Er war oft bei uns, wir alle hatten ihn gern. Und Ludvika war immer so fröhlich, sie konnte so herzlich lachen. Ich kenne auch den Bruder vom Jaroslav, den Pavel. Der lebt nicht mehr, sagst du?»

«Nein, der ist vor einiger Zeit gestorben. Ich war bei der Adresse, die ich in Eger bekommen habe. Das war wohl der Schwiegersohn vom Pavel, und der war sehr unfreundlich. Er wisse nicht, was aus Frau Beranék geworden sei, und es interessiere ihn auch nicht. Nun habe ich als einziges nur noch dies hier.» Er zog den Zettel aus der Tasche.

«Traudl meint, das sei eine Verwandte von Doktor Wieland.» Gretl setzte ihre Brille auf und studierte, was die alte Frau Wieland aufgeschrieben hatte.

«Freilich, das ist die Nichte von unserem alten Doktor. Und die Schwester vom jungen Doktor, den die Komtesse geheiratet hat. Kulmbach – das ist doch irgendwo da hinten.»

«Das ist in Oberfranken, gar nicht weit entfernt von meiner Heimat.»

Heimat sagte er jetzt, es ging ihm leicht über die Lippen.

«Und du meinst, die Ludvika könnte dort sein?»

«Keine Ahnung. Als ich von Eger fortfuhr, hatte ich eigentlich die Absicht, den Ort zu suchen. Aber es kam mir dann doch ziemlich unsinnig vor.»

«Man kann ja mal anrufen», schlug Walter vor. «Das ist lang her, sieben Jahre.»

William nahm den Zettel aus Gretls Hand und steckte ihn wieder ein. Er hatte soeben einen Entschluß gefaßt, doch er sprach nicht darüber.

Am Nachmittag gelang es ihm endlich, einen seiner Söhne zu erreichen.

«Why, Daddy! Will you ever come back?»

William erzählte kurz, wo er sich befand, wen er hier getroffen hatte. Den Junior interessierte es nicht sonderlich. «And now I'm going to Vienna», sagte William zu seinem eigenen Erstaunen.

«That's fine», sagte Bruce. «Couldn't you bring a Sachertorte for Vivian?»

William lachte. Ob die Sachertorte einen Transport nach New York überstand? Möglich war es.

«I'll try.»

Der letzte Tag in München, es gab einen langwierigen Abschied von der Familie.

«Und du versprichst, daß du bald wiederkommst», sagte Tante Gretl.

«Wie wär's, wenn du mich mal besuchst.»

«Ach, ich! Ich bin eine alte Frau. Ich fahr' doch nicht mehr nach Amerika.»

«Du sollst nicht fahren, du sollst fliegen, Mama», sagte Walter.

«Ich bin in meinem ganzen Leben noch nicht geflogen. Ich tät sterben vor Angst.»

Es war ein später, goldener Oktobertag, als William die Strecke zurückfuhr ins Frankenland. Er hatte es keinem gesagt, und er nannte sich selbst einen Narren. Wien, na gut, das wäre verständlich. Doch was wollte er bei den fremden Leuten. Ludvika Beranék, falls sie noch lebte, war bisher ohne ihn ausgekommen.

Er ging in das gleiche Hotel, in dem er während der Festspiele gewohnt hatte, und sie waren entzückt, ihn wiederzusehen, er bekam das beste Zimmer, nur ein paar Vertreter wohnten im Hotel.

In Bayreuth war es still und friedlich, er spazierte gegen Abend über den Grünen Hügel, buntes Laub bedeckte den Boden, nur eine Dame begegnete ihm, die ihren Setter spazierenführte. Er lächelte sie an und grüßte, sie erwiderte seinen Gruß, eine Frage im Gesicht. Sie mochte darüber nachdenken, wer er sei und ob sie ihn kenne.

Er stand vor dem Festspielhaus und blickte hinab auf die Stadt, auf die fernen Hügel. Was für ein schönes Land! Wußten die Deutschen eigentlich, wie reich sie waren? Solch eine Stadt, solch ein Land und ein Mann, der solche Musik geschaffen hatte. Würden sie es endlich bewahren können, würden sie endlich begreifen, wo ihre Kraft, ihre Aufgabe, ihre Bestimmung lag?

Er wandte sich um und blickte am Festspielhaus empor. Es hatte den Krieg überstanden. Aber er hatte die Wunden in Berlin, München und Nürnberg gesehen. So eifrig man jetzt auch wieder dabei war, sie zu verdecken, zu heilen waren sie nie wieder.

«Nie wieder», sagte er laut zu der Fassade des Hauses, «soll es in diesem Land einen Krieg geben.» Er lauschte den Worten nach und fügte rasch hinzu: «Auf der ganzen Erde nicht.» Und verstummte beschämt. Er stand hier und sprach laut mit wem? Mit dem Geist Richard Wagners? Mit dem Geist dieses Hauses?

Langsam ging er unter dem dunkelnden Himmel durch den Park zurück.

Die Ruhe an diesem Abend war wohltuend. Auch hier freute man sich offensichtlich, daß er da war, es bedurfte dazu keiner Familie; der Hotelbesitzer, der Portier, der Oberkellner im Restaurant ließen es ihn merken, und er mußte dazu keine stundenlangen Gespräche führen. Er ging an diesem Abend früh zu Bett, konnte endlich einmal ausschlafen.

Am nächsten Morgen erkundete er, wo Hartmannshofen lag. Keine weite Fahrt also. Eine Brauerei sei es, erfuhr er.

Wann am besten kam er dort an mit seinen merkwürdigen Fragen nach verschollenen Menschen?

Er ging durch die Stadt, die ein normales Alltagsleben führte, stand vor dem Markgräflichen Opernhaus, das er vor einigen Wochen besichtigt hatte.

Was für ein wunderschöner Bau! Und die Preußen waren auf einmal nahe, die Markgräfin Wilhelmine, die Schwester Friedrichs des Großen, hatte es erbauen lassen. War dieses Haus vielleicht auch ein Grund für Richard Wagner gewesen, daß er an diesem Ort *sein* Festspielhaus bauen wollte?

William kam kurz nach vier in Hartmannshofen an, hielt, stieg aus und betrachtete einen schönen alten Fachwerkbau. Doktor Lankow saß vor dem Haus auf der Bank, neben sich seine Tochter Renate, vor ihnen der Hund Hektor, der mit gespitzten Ohren den Fremden betrachtete.

Keine Geburt an diesem Tag.

«Ist das nicht ein wunderschöner Tag heute?» hatte der Doktor vor einer Minute zu seiner Tochter gesagt.

Renate legte den Kopf auf seine Schulter.

«Hast du nicht Angst, Vati?»

«Warum soll ich Angst haben, Renate?»

«Die Sonne verbrennt uns.»

«Aber nein, Renate. Das ist eine ganz milde Herbstsonne. Die tut nicht weh. Die streichelt uns.»

«Die Sonne ist böse.»

«Das kann sie sein. Sie kann böse sein, und sie kann gut sein. Wenn du in Afrika bist, da kann sie böse sein, denn da ist sie immerzu da. Doch der Mensch braucht beides, Sonne und Regen, um gesund leben zu können.»

«Ich hasse die Sonne», sagte Renate.

«Du darfst nicht hassen.»

Doktor Lankow wunderte sich, woher sie den Ausdruck hassen kannte. Dabei betrachtete er den großen fremden Mann mit dem grauen Haar. Ein Patient?

Er stand auf. Hektor gab keinen Laut von sich, er war daran gewöhnt, daß Leute ins Haus kamen.

«Excuse me», sagte William und verbesserte sich sofort. «Entschuldigen Sie bitte. Ich suche eine Brauerei. Der Name ist Bürger.»

«Die Straße hier entlang, dann nach rechts, dann nach links, und wo sie aufhört ist die Bürger-Brauerei.»

«Danke», antwortete William.

«Please», antwortete der Doktor. Mehr englisch konnte er nicht.

«Wer war das, Vati?» fragte Renate, als der Wagen weggefahren war.

«Ein Amerikaner», erklärte ihr Vater. «Ein Rest von der Besatzungsmacht, scheint es. Ein sympathischer Mann, findest du nicht?»

«O ja», sagte Renate und barg ihr Gesicht wieder an seiner Schulter, damit sie die Sonne nicht sehen mußte.

William fiel zunächst Elsa in die Hände.

Das neue Hausmädchen, gerade sechzehn, verstand nicht, was er wollte. Was verständlich war, denn William wußte es selber nicht.

Er sagte: «Kann ich den Chef der Firma sprechen?» Worunter sich die Kleine nichts vorstellen konnte.

Also ging sie zu Elsa, die in majestätischer Ruhe im Wohnzimmer saß, Kaffee trank und eine Zigarette rauchte.

«Da ist jemand», sagte das Mädchen.

«Was heißt jemand?» fragte Elsa ungnädig. «Wer? Du mußt doch fragen, wie jemand heißt, du Trampel.»

«Er will zum Chef der Firma, hat er gesagt.»

«Bring ihn rein.»

Die Begegnung zwischen Elsa und William war höchst erfolgreich. Sie verstand zwar auch nicht, was er wollte, der Name Beranék kam ihr irgendwie bekannt vor, sie mußte ihn mal gehört haben, aber sie wußte nicht mehr, wer das sein sollte. William bekam Kaffee angeboten, und dann gelangten sie sehr schnell zu den Bayreuther Festspielen. Ein Amerikaner, der das ganze Programm gesehen hatte und sogar etwas davon verstand, imponierte Elsa gewaltig.

Sie erzählte, was sie für Partien gesungen hatte, die Elsa, die Elisabeth, die Sieglinde.

«Ich hätte es gern noch bis zur Brünnhilde geschafft, aber dann habe ich geheiratet. Die Liebe hat so manche Karriere schon beendet.»

Wenn man sie so da sitzen sah, gut ausgepolstert und mit dem im Alter schöner gewordenen Gesicht, traute man ihr die Brünnhilde zu.

Und dann kam Angèle. Sie trug wieder eins von den Kleidern der Knische, lang, weit, in zartem Blau. Sie sah wirklich aus wie Tannhäusers Engel Elisabeth.

«Meine Nichte», sagte Elsa. «Die Gräfin Bodenstein.»

Sie nannte Angèle immer ihre Nichte, und die Gräfin paßte gut in diesem Augenblick.

William war fassungslos. War er also doch auf der richtigen Spur? Das war demnach die sagenhafte Komtesse, mit der keiner je gesprochen hatte, hier stand sie vor ihm. Ein schmales blasses Gesicht, helle Augen unter dunklen Wimpern, kein Hochmut im Gesicht, nur ein kleines Lächeln.

Er stand auf, trat auf sie zu, neigte den Kopf.

«Ich bin William Molander.»

Sie reichte ihm die Hand, und er tat, was er seit undenklichen Jahren nicht getan hatte, er beugte sich über diese Hand und hauchte einen Kuß darauf.

Das hatte er auch von seinem Vater gelernt.

Angèle hatte den Namen Molander nie gehört.

«Ich habe Ihren Vater gekannt, Gräfin.»

Das Erstaunen in diesem Gesicht, eine fragende Angst in den Augen, die schmale Hand, die sich wie in Abwehr hob.

«Meinen Vater?»

«Ich kenne auch Sie, Gräfin. Sie waren ein kleines Mädchen, als Ihr Vater mich Ihnen vorstellte.»

«Sie waren bei uns? Auf dem Schloß?»

Elsa lehnte sich zufrieden in ihrem Sessel zurück. Wenn das kein interessanter Besuch war! Und sie begriff vielleicht als erste, denn so viel Musik war immer noch in ihr, daß hier ein Akkord erklang, wie ihn nur Musik ohne Worte verständlich machen kann. Kein Liebestrank wurde überreicht, und die Isolde hatte sie ja nie gesungen, daran dachte sie nicht, sie empfand nur etwas, etwas Unbestimmtes und doch Vorhandenes. Wußte es William auch schon?

Erstaunen stand in seinen Augen.

«Ja, auf dem Schloß», sagte er stockend. «Ich traf Ihren Vater noch zweimal in Eger. Es ging um eine Anstellung in der Porzellanfabrik.»

Er berichtete kurz, was damals geschehen war, stand immer noch vor ihr, gebannt von diesen Augen, diesem Gesicht.

«Setzt euch doch», sagte Elsa freundlich. «Willst du Kaffee, Angèle? Oder lieber einen Likör?»

«Ja, danke», sagte Angèle.

«Sie auch einen kleinen Likör, Herr...»

«Molander.»

«Ein Amerikaner, Angèle», sagte Elsa bedeutungsvoll. «Er war bei den Festspielen. Er hat alles gesehen. Und er versteht etwas davon.»

«Ein Amerikaner aus Franken. Ich bin in Selb geboren.»

«Ach so», Angèle lächelte. «Darum das Porzellan.»

William erzählte, wie es durch seine Verwandten in Eger zu der Empfehlung an den Grafen Bodenstein gekommen war. Er hatte es schon erzählt, er wiederholte sich. Er hätte es auch ein drittesmal erzählt, um nur weiter in diese Augen sehen zu können. Gedankenlos griff er nach dem Glas, das Elsa vor ihn auf den Tisch gestellt hatte. In seinem ganzen Leben hatte er noch keinen Likör getrunken, er schmeckte gar nicht, was er trank.

«Ich habe Ihrem Vater damals Jaroslav Beranék empfohlen. Ich kannte ihn von Selb her, er war Lehrling bei Hutschenreuther und kam manchmal zu uns ins Haus. Nach dem Krieg schrieb er an meinen Großvater, es war 1920, er fragte nach unserem Ergehen und ob er vielleicht wieder in Selb arbeiten könne. Daher wußte ich, daß er in Prag lebte und ohne Arbeit war.» Er erklärte es so umständlich wie möglich, er konnte sie ansehen, und sie sah ihn an und hörte ihm aufmerksam zu.

«Es war eine gute Empfehlung», sagte Angèle. «Er gehörte zu uns, bis...», sie stockte.

«Ich weiß, was geschehen ist. Ich war in Eger, es gibt immer noch Verwandte von mir dort. Ja, ich habe von dem ganzen Unglück gehört. Und ich möchte gern wissen, was aus seiner Frau geworden ist. Und aus seinem Sohn.»

«Er hatte zwei. Jiři ist tot. Darum sind Sie hier?»

Er erzählte weiter, wie er zu der Adresse gekommen war und dann in Prag nach Ludvika gesucht hatte.

«Sie ist in Prag. Und Karel auch. Karel ist ihr Sohn. Sie wohnen bei Gottlieb Bronski, und es geht ihnen gut. Aber Sie wissen natürlich nicht, wer Gottlieb Bronski ist. Er hat auch für die Fabrik gearbeitet.» Angèle lachte. «Das ist wirklich eine lange Geschichte. Ludvika hat mir aus St. Pölten geschrieben.»

«Aus St. Pölten?»

«Das ist in der Nähe von Wien, und sie hat dort jemand besucht. Das heißt nicht jemand, sondern die Mutter von Gottlieb Bronski. Sie war eingeladen... Wenn man eine Einladung hat, darf man offenbar die Tschechoslowakei verlassen, aber sie mußte zurückkehren wegen Karel. Es ist eine ziemlich verwirrende Geschichte. Am besten zeige ich Ihnen den Brief.» Elsa begann sich zu langweilen.

«Ja, zeige Mister Molander den Brief, dann kann er selber lesen, was drinsteht. Noch einen Likör, Herr Molander?»

«Bitte? Ja, gern», sagte William abwesend. Und dann zu Angèle: «Haben Sie geantwortet auf den Brief von Frau Beranék?»

«Selbstverständlich. Aber ich sollte nicht nach Prag schreiben, sondern an diese Frau Bronski in St. Pölten. Ich schrieb, daß wir hier sind, daß wir überlebt haben, daß es den Kindern gutgeht. Und daß ich hoffe, wir würden uns eines Tages wiedersehen.»

«Und haben Sie noch einmal etwas gehört von Frau Beranék?»

«Nein. Nur diese Frau Bronski schrieb mir kurz, daß Ludvika sich bestimmt melden würde, wenn sie wieder einmal einen Besuch bei ihr mache. Und dann stand noch ein seltsamer Satz in diesem Brief. Vielleicht würde auch Karel eines Tages einen Gruß aus St. Pölten schicken. Aber davon dürfe man nicht sprechen, daran dürfe man nur denken.»

«Wirklich eine komische Geschichte», sagte Elsa.

«Und ich habe daran gedacht, nach Wien zu fahren», sagte William nachdenklich.

«Da gibt es auch eine gute Oper», kam Elsa zu einem Thema zurück, das sie interessierte. «Was machen Sie eigentlich in Amerika, Herr Molander? Sind Sie Künstler?»

William wandte sich höflich Elsa zu. Er hätte gern noch länger über die seltsamen Briefe gesprochen, noch gern länger in die Augen der Gräfin gesehen. Nun berichtete er kurz von seinem Beruf.

Das fand Elsa viel unterhaltsamer als die Briefe von dieser Frau Sonstwas aus Prag oder aus St. Pölten.

«Wir haben auch ein erstklassiges Radio hier im Haus», sagte sie. «Und einen großen Plattenspieler. Dafür habe ich schon gesorgt. Und demnächst bekommen wir auch Fernsehen.» Zunächst kam Blanca, ein Schulheft unter dem Arm.

«Wo ist eigentlich Peter? Ich kann ihn nirgends finden.»

Sie blieb stehen. «Ach, Entschuldigung. Ich wußte nicht, daß ihr Besuch habt.»

William stand wieder auf.

«Meine Tochter Blanca», sagte Angèle. «Und dies ist Mister Molander.»

«Blanca!» sagte der Mann aus Amerika nach der Begrüßung. «Ich glaube, ich weiß, woher Sie diesen Namen haben. Die erste Frau von Karl dem Vierten.»

«Er hat nur die erste geliebt», sagte Blanca mit Bestimmtheit. «Die anderen waren so Pflichtehen. Ein Kaiser muß nun mal eine Frau haben.»

«Du kommst wohl wieder mal mit deinen Schularbeiten nicht zurecht?» fragte Elsa.

«Ich komme immer zurecht», erklärte Blanca großartig. «Und wenn nicht, dann könntet ihr mir ja doch nicht helfen.»

Sie machte Anstalten, sich niederzusetzen, doch Angèle hob ärgerlich das Kinn.

«Dann würde ich mich jetzt damit beschäftigen, wenn ich du wäre», sagte sie.

Blanca hatte eine patzige Antwort auf den Lippen, doch dann besann sie sich auf ihr verpfuschtes Dasein. Sie neigte demutsvoll den Kopf und verließ das Zimmer.

Eine Weile erging sich Elsa über zweite und dritte Ehen, natürlich mußte wieder Wagner herhalten als Beispiel, wieviel bedeutender Cosima doch für sein Leben gewesen sei als die arme Minna.

«Womit ich keineswegs der Fürsprecher einer Scheidung sein will, Gott behüte, nein. Das wird ja bedauerlicherweise heute immer mehr zur Gewohnheit. In Amerika ist es ja wohl überhaupt an der Tagesordnung, nicht?»

William nickte mit ernster Miene, ja, das müsse er wohl bestätigen, in gewissen Kreisen jedenfalls. Was für welche ließ er offen.

«Aber nun soeben», sagte er etwas steif, «ich erzählte ja von den Besuchen bei meinen Verwandten in Eger und in München, habe ich zufriedene, haltbare Ehen angetroffen.» Elsa wollte es genau wissen.

«Und Sie, Mr. Molander, leben auch in einer zufriedenstellenden Ehe?» fragte sie gespreizt.

«Nun ja...», sagte er vage.

«Ihre Frau hat Sie nicht auf dieser Reise nach Europa begleitet?» Am liebsten hätte er geantwortet: Das ging nicht, sie muß zu Hause auf die Kinder aufpassen.

Er antwortete trocken: «Das war leider nicht möglich. Sie ist vor zwei Jahren gestorben.»

«Oh, das tut mir aber leid. Oh, verzeihen Sie, daß ich davon sprach. Oh, aber wirklich...», und so ging es eine Weile weiter.

William schwieg, Angèle schwieg auch, sie sahen sich an, und Angèle lächelte ein wenig.

Er hielt ihren Blick fest. Die kleine Tochter des Grafen Bodenstein. Er mußte wissen, wie es ihr ergangen war, wie sie hierhergekommen war, wie sie hier lebte. Und was mit ihrem Vater geschehen war, wie sie die Nazizeit und den Krieg überstanden hatte. Das interessierte ihn auf einmal viel mehr als Ludvikas Schicksal. Obwohl Jaroslav und Ludvika in ihre Geschichte hineingehörten, von Jiři war auch die Rede gewesen.

Er wollte alles über sie wissen. Irgendwie mußte man die Sängerin loswerden, damit er in Ruhe mit ihr sprechen konnte. «Darf ich Ihnen noch einen Likör einschenken?» beendete Elsa die Tirade.

William blickte sie leicht verzweifelt an, und Angèle sagte: «Dieses Haus ist berühmt für sein Bier. Vielleicht möchte Herr Molander lieber ein Bier trinken.»

Sie war ganz gelöst, der Besucher gefiel ihr, und allein die Tatsache, mit einem Menschen zu sprechen, der den engen Rahmen sprengte, in dem sie lebte, war anregend. Und der zudem noch ihren Vater gekannt hatte.

«Ich würde gern ein Bier trinken», sagte William.

«Unsere Amerikaner waren immer begeistert von unserem Bier», erzählte Elsa. «Ich mache mir nichts aus Bier. Das hat meinen Mann schon immer sehr bekümmert.» Sie hob die kleine Messingglocke, die neben ihr auf dem Tisch lag, und bimmelte heftig damit.

«Was für eins soll's denn sein? Wir haben verschiedene Sorten, helles und dunkles und Pilsner und na, ich weiß nicht so genau. Was meinst du, Angèle?»

Das kleine Hausmädchen erschien auf der Schwelle, und Elsa befahl: «Bring mal 'n Bier.»

Die Kleine blickte etwas hilflos von einem zum anderen.

«Nein, laß es, Christl», sagte Angèle entschieden. «Ich hab' eine bessere Idee. Wir haben so eine kleine Trinkstube, Mr. Molander, gleich hinter dem Brauhaus. Da wird Bier aus dem Hahn gezapft. Ich denke, daß Ihnen das besser schmecken wird.»

«Christl kann ja einen Krug herbringen», entschied Elsa. So schnell ließ sie sich nicht ausbooten, und die Trinkstube betrat sie nie, eben weil sie zu intensiv nach Bier roch. Und ihr die Gesellschaft nicht behagte; dort saßen Kunden, Lieferanten, mal ein Durstiger aus der Nachbarschaft, auch der Braumeister oder die Gesellen hatten Zutritt. Fremde kamen selten her, Hartmannshofen lag zu abseits von den großen Straßen.

Doch nun kam zuerst einmal Josefa, von Blanca alarmiert. «Wir haben Besuch, wie ich höre», sagte sie liebenswürdig, und nun begann die Geschichte von vorn, wer Mr. Molander war, wo er herkam, warum er hier war, den Bericht übernahm zum großen Teil Elsa, William brauchte nicht viel dazu zu sagen.

Angèle unterbrach sie schließlich energisch. «Wir wollten gerade in die Trinkstube gehen, ein Bier trinken.»

Josefa blickte auf die Likörgläser. «Das kann ich mir denken. Ich komme gern auf einen Schluck mit.»

Elsa blickte ihnen mißmutig nach, goß sich noch einen Likör ein und herrschte das Mädchen an: «Was stehst du denn noch hier herum, du Trampel? Räum die Kaffeetassen ab.»

Dann kam Gisela. Sie hatte das Auto vorfahren sehen, den Besucher vom Fenster aus beobachtet.

«Ein toller Mann», sagte sie. «Sieht aus wie einer, den ich neulich im Kino gesehen habe. Wie hieß der doch gleich? Wer ist denn das?»

«So'n Amerikaner. Kein ganz echter. Eigentlich stammt er von hier.» Auf diese Weise wurde sie den Bericht über den Besuch noch einmal los.

«Ich nehme an, wenn sie das Bier getrunken haben, kommen sie wieder», schloß sie.

«Dann muß ich verschwinden. Ich werde es der Oma erzählen. Vielleicht hat er auch ihren Karli gekannt.»

«Davon war nicht die Rede.»

«Bleibt er denn zum Abendessen?»

«Kann sein.»

«O verflucht! Und ich muß in meinem Zimmer bleiben.»

«Hab dich nicht so wichtig mit deiner Visage», sagte Elsa unwirsch. «Er interessiert sich viel mehr für Angèle als für dich.»

William hatte resigniert. Es schien unmöglich, mit der Gräfin allein zu sprechen, denn kaum saßen sie in der Trinkstube, kam Angermann, nach einer Weile steckte Blanca die Nase zur Tür herein, und als keiner sie wegschickte, schob sie sich auf die Bank neben Angèle. Und schließlich, es war nun Feierabend, erschien der Braumeister zu seinem gewohnten Abendtrunk.

Schließlich packte William den Stier bei den Hörnern.

«Gräfin», sagte er. «Ich denke, es gibt noch einiges zu besprechen. Würden Sie mir die Freude machen, heute abend in Bayreuth mit mir zu essen?»

Ohne zu zögern antwortete Angèle: «Ja, gern.»

Josefa, die gerade überlegt hatte, ob sie den Amerikaner zum Abendessen einladen sollte, schwieg verblüfft. Blanca blickte ihre Mutter erstaunt von der Seite an, und Angermann sagte, nur um etwas zu sagen: «Na, in Bayreuth ist es ja zur Zeit ziemlich langweilig. Ich meine, wenn keine Festspiele sind.»

«Das ist ja das Angenehme», sagte William freundlich. «Ich hoffe, ich werde die Gräfin nicht allzusehr langweilen.»

Gisela kam in Angèles Zimmer, als Angèle gerade ihr Haar bürstete.

«Du gehst mit dem tollen Mann aus? Das ist ja enorm.»

Angèle lachte. «Na, ob es so enorm ist, wenn man mal zum Essen geht!»

Doch in ihrem Fall war es enorm, da hatte Gisela durchaus recht.

«Was ziehst du denn an?»

«Ich dachte dieses», antwortete Angèle und wies auf das neue Jerseykleid.

«Ja, das ist fesch. Das steht dir gut. Meinst du, ich könnte dich so ein bißchen...»

Angèle lächelte in den Spiegel.

«Na gut, ein kleines bißchen. Dann bring mal deine Töpfchen.» Sie hätte kein Make-up gebraucht, ihr Gesicht lebte, ihre Augen glänzten, als William ihr den Schlag aufhielt und sie in den Wagen stieg.

Es war genaugenommen das erstemal in ihrem Leben, wenn man von ihrem Vater absah, daß ein Mann sie zum Essen ausführte. Von dem Grafen sprachen sie auch zuerst. Angèle erzählte von Wien, vom Sacher, von der Oper, von den Lipizzanern. «Es war das schönste an meiner Schulzeit, wenn mein Vater mich abholte. Ich bin so ungern von daheim weggegangen. Von ihm. Er kam oft, und ich bekam dann einige Tage frei. Es war eigentlich nicht üblich, die Oberin war sehr streng. Ich glaube, sie tat es meinem Vater zuliebe. Er war schon ziemlich alt. Sie verstand wohl, daß ich ihm fehlte. Und... daß ich ihn wohl nicht mehr lange haben würde.»

Keiner, der die Angèle der letzten Jahre kannte, hätte sie an diesem Abend wiedererkannt. Sie zählte auf, welche Opern sie gesehen hatte, was sie im Sacher gegessen hatten, durch welche Straßen sie gegangen waren, wie wunderschön die Pferde waren.

«Die Amerikaner haben sie vor den Russen gerettet. General Patton hat sie nach Wien zurückgebracht, das habe ich gelesen.»

William hätte ihr stundenlang zuhören können. Wie schön sie war, diese Augen, dieser Mund, wie sie den Kopf auf dem langen schlanken Hals drehte, wie anmutig die Bewegung ihrer Hände.

«Ich wünschte, Sie würden mich nach Wien begleiten, Gräfin», sagte er. «Wir würden die Pferde bewundern, zusammen in die Oper gehen, und Sie würden mir alles zeigen, was Ihnen gefallen hat.»

«Sie fahren wirklich nach Wien?»

«Ich habe es vor. Eigentlich gehört es zu einer Europareise. Ich war nie in Wien.»

«O ja, dann müssen Sie unbedingt hinfahren. Und sagen Sie nicht immer Gräfin zu mir. Ich bin jetzt einfach Frau Wieland.»

«Ich habe es gehört. Wollen Sie davon sprechen, wie es zu dieser Ehe kam? Ihr Mann lebt nicht mehr?»

Sie bog den Kopf abwehrend zur Seite.

«Lassen Sie uns noch von Wien sprechen. Und nennen Sie mich einfach Angèle.»

«Das tue ich gern.»

Er nahm ihre Hand und küßte sie, diesmal berührten seine Lippen ihren Handrücken.

Der Oberkellner, der sie bediente, hatte die Gräfin übernommen.

«Noch etwas Gemüse, Frau Gräfin?»

Oder dann: «Was darf es sein zum Dessert, Frau Gräfin?»

Draußen hatten sie sich schon darüber unterhalten, wieso Mr. Molander auf einmal zu einer Gräfin kam. Hatte er die bei den Festspielen kennengelernt? Warum hatte man sie nie mit ihm zusammen gesehen? Und war er ihretwegen zurückgekehrt?

«Wieso, zum Donnerwetter, kennen wir sie nicht, wenn sie aus der Gegend stammt», sagte der Portier.

«Eine bemerkenswerte Frau», sagte der Oberkellner.

«Sie müssen es einem schlichten Amerikaner nachsehen, wenn er sich gern mit einer Gräfin unterhält», sagte William. «Für den ist das etwas Seltenes. Und wie immer Sie auch jetzt heißen, Angèle, für mich sind Sie die Gräfin Bodenstein. Das ist für mich...», er stockte, wurde verlegen, «ich weiß nicht, wie ich es ausdrücken soll, wie ein wiedergefundener Schatz.»

Was rede ich für einen Unsinn, dachte er. Sie hat mich verhext mit diesen Augen, ein helles Grau, ein helles Blau, und um die Iris ein schwarzer Ring.

«Es hängt wohl noch mit Ihrem Vater zusammen», fügte er hinzu.
«Es ist lange her, daß Sie mit ihm gesprochen haben.»
«Sehr lange. Ein ganzes Leben ist seitdem vergangen. Und trotzdem – ich weiß noch genau, was wir gesprochen haben.»
«Ein ganzes Leben, ja. Wie kamen Sie nach Amerika, Mr. Molander?»
«William.»
Sie lachte leise.
Wußte er schon, ahnte sie, daß an diesem Tag ein neues Leben begann, für ihn, für sie?

Peter kam gegen neun nach Hause, das Abendessen hatte Lene wieder einmal für ihn warm gestellt.
«Wer ist das? Ein Amerikaner? Ihr könnt sie doch nicht einfach mit ihm wegfahren lassen.»
«Er hat sie zum Abendessen eingeladen, was ist denn dabei so schlimm?» fragte Josefa.
«Das dürft ihr doch nicht zulassen.»
«Warum schreist du denn?»
«Ein toller Mann», so Gisela.
«Ihr wißt doch gar nicht, was für ein Kerl das ist.»
«Er kennt meinen Großvater», sagte Blanca mit Nachdruck.
«Wenn er unseren Großvater kennt, dann muß er doch schon uralt sein», sagte Peter.
«Wirklich ein toller Mann», wiederholte Gisela. «Er sieht richtig gut aus.»
«Mit einem Auto? Wo sind sie denn hingefahren?»
«Das wissen wir nicht», sagte Josefa entschieden, obwohl sie es genau wußte. «Und nun benimm dich nicht hysterisch. Deine Mutter ist kein kleines Kind.»
«Er ist eifersüchtig», kicherte Blanca.
Peter schob den Teller zurück, stand auf und verließ das Eßzimmer ohne ein weiteres Wort.
«Was hat er denn?» fragte Josefa. «Er benimmt sich so komisch in letzter Zeit.»

«Sag ich ja», bestätigte Blanca. «Doch mir glaubt ja keiner. Zu mir ist er auch so eklig.»

«Er ist halt erwachsen», sagte Clara begütigend.

«Das ist kein Grund, sich schlecht zu benehmen», sagte Josefa. «Gerade von ihm bin ich das nicht gewöhnt.»

Es war nach Mitternacht, als Angèle zurückkam. Zuletzt hatten sie ganz allein im Restaurant gesessen.

«Ich glaube, wir müssen gehen», sagte Angèle. «Wegen uns können sie nicht Schluß machen.»

William wußte es besser. Man betrachtete ihn an der Seite der schönen Frau mit Wohlgefallen, auch wenn es spät wurde. Außerdem war bekannt, daß er gute Trinkgelder gab.

«Ich könnte die ganze Nacht mit Ihnen hier sitzen. Sie ansehen, Angèle. Ihnen zuhören.»

Angèle lächelte nicht, sah ihn nur an.

«Es ist auch für mich ein schöner Abend», sagte sie aufrichtig. «Ich lebe jetzt seit vielen Jahren da draußen in dem kleinen Ort. Viel Abwechslung gibt es da nicht.»

«Aber es war doch gut, daß Sie zu Ihrer Schwägerin kommen konnten.»

«Ja, natürlich. Ich hätte nicht gewußt, wohin ich soll. Mit den Kindern. Ohne Geld. Nur das, was wir auf dem Leibe trugen. Doch, ich bin Josefa sehr dankbar.»

«Und Sie haben Familie um sich, sie waren nicht allein.»

Clara hatte er noch kennengelernt, auch Lutzala. Von Gisela und Peter hatte sie erzählt.

Er hatte keine Ahnung, wie allein sie war. Wie verlassen. Und wie sie sich verhalten hatte in all den Jahren, wie fremd sie in dieser Familie geblieben war.

Es war eine schöne, sternklare Nacht, kühl, fast schon kalt. Sie gingen ein paar Schritte durch die stillen Straßen, kein Mensch war zu sehen.

«Sie haben keinen Mantel, Angèle. Ist Ihnen nicht kalt?»

Sie besaß keinen Mantel, der ihr für das neue Kleid geeignet erschienen war. Es gab nur den alten Pelz, mit dem sie auf die Flucht gegangen war, er stammte noch von ihrer Mutter und war vor sieben Jahren schon altmodisch gewesen. Von Josefa trug sie manchmal einen etwas tristen grauen Mantel. Für Hartmannshofen genügte das. Heute hatte sie nur den Schal umgenommen, warm und mollig, den Clara für sie gestrickt und ihr vor zwei Jahren zu Weihnachten geschenkt hatte.

Sollte sie ihm sagen, ich habe keinen Mantel. Ich brauche keinen Mantel, ich gehe ja kaum aus dem Haus.

Sie hatte ihm viel erzählt an diesem Abend, es kam ihr vor, sie habe in ihrem ganzen Leben noch nicht soviel gesprochen. Aber er wußte längst nicht alles. Er wußte auch nicht, daß sie sich gern erkälten wollte, daß sie sich eine Lungenentzündung wünschte, um daran zu sterben.

Wünschte sie es sich wirklich noch?

«Gehen wir zum Wagen», sagte er. «Es muß Ihnen kalt sein ohne Mantel.»

«Sie haben doch auch keinen Mantel an.»

Er trug den neuen anthrazitfarbenen Anzug, den er in München gekauft hatte, aber ihm konnte gar nicht kalt sein, wenn sie an seiner Seite war. Er legte vorsichtig den Arm um ihren Rücken, die Hand auf ihren rechten Oberarm.

«Vielleicht wärmt Sie das ein wenig», sagte er unbeholfen.

«Doch, das tut es.»

Sie schwiegen beide, bis sie zum Wagen kamen. Er, weil es überwältigend war, diesen schmalen Rücken, diese zarte Gestalt im Arm zu haben. Und sie, weil es überwältigend war, den Arm eines Mannes um sich zu fühlen.

Er war nahe daran stehenzubleiben, sie ganz in die Arme zu nehmen und zu küssen.

Er wagte es nicht. Sie war so kostbar, keine Frau, die man einfach küßte und dann nach Hause brachte.

Sie schwiegen auch auf der Heimfahrt, keine Berührung mehr, keine körperliche jedenfalls.

Doch, einmal. Ein Reh lief über die Straße, verhielt, geblendet von den Scheinwerfern.

«Oh!» machte Angèle erschrocken und legte ihre Hand auf seinen Arm.

Er hatte behutsam gebremst, sie waren sowieso nicht schnell gefahren.

«Es gab sehr viel Wild in unseren Wäldern», sagte sie, als er wieder anfuhr. «Ich bin nie auf die Jagd gegangen, ich habe nie schießen gelernt. Mein Vater wollte eines Tages, daß ich es lerne. Er ging selbst nicht mehr zur Jagd, er hatte Schmerzen in der Hüfte.»

Davon hatte sie schon gesprochen an diesem Abend.

«Als er starb», fuhr sie fort, «war für mich alles zu Ende.» Sie schwieg, überlegte und fügte dann, selbst erstaunt, hinzu: «Ja, alles zu Ende. Damals schon...»

«Aber Ihre Mutter lebte doch noch.»

«Ach, Mama, ja. Mein Vater und ich, das war eine ganz besondere Beziehung. Meine Mutter ging später mit ihrer Schwester nach Amerika.»

Sie lachte leise. «Seltsam. Sie ging nach Amerika. Daran habe ich gar nicht mehr gedacht. Ich denke eigentlich nie an sie. Das ist schwer zu erklären, nicht wahr? Ich kann es auch nicht erklären. Sie war empört über meine Heirat.»

«Warum?»

«Es gab mehrere Gründe. Mein Mann war schon einmal verheiratet gewesen, und meine Mutter ist eine gläubige Katholikin. Sie begriff nicht, daß ich nach dem Tod meines Vaters einen Halt brauchte. Einen Menschen, der mir half. Es war ja bald nach der Besatzung durch die Deutschen.»

«Und darum haben Sie Herrn Wieland geheiratet?»

«Nein, so ist es nicht. Ich hatte ihn sehr gern. Er war ein guter Mensch.» Sie hörte sich selbst zu und lachte ärgerlich. «Das klingt dumm, was ich gerade gesagt habe. Ein guter Mensch. Aber er war es wirklich. Und ein liebenswerter Mann. Ich hatte ja keine Ahnung vom wirklichen Leben. Und nicht von Männern. Ich kannte nur meinen Vater. Und mein Leben hatte auf dem Schloß stattgefunden und in der Klosterschule. Ich war wohl sehr weltfremd. Clara sagt immer, du lebst wie in einer Traumwelt. Clara ist meine Schwiegermutter. Sie haben sie kennengelernt.»

«Damit meint sie aber nicht nur die Vergangenheit.»

Angèle zögerte, dann gab sie zu: «Ja, damit meint sie nicht nur die Vergangenheit.»

William versuchte, sich vorzustellen, wie sie ausgesehen hatte mit Neunzehn, mit Zwanzig. Vermutlich kaum anders als heute.

«Sie sprachen von der Besatzung durch die Deutschen. Sie fühlen sich nicht als Deutsche?»

«Ich bin keine.»

«Aber auch keine Tschechin.»

«Wir sind Böhmen», sagte sie mit Bestimmtheit.

William erinnerte sich, daß der alte Graf sich genauso ausgedrückt hatte. Er mochte tot sein, aber er hatte das Leben und Denken seiner Tochter geprägt.

«Wann ist Ihr Vater gestorben, Angèle?»

«Im November 1938.»

Noch nicht einmal zwanzig Jahre war das her, dachte William. Die Besatzung, der Krieg, die Vertreibung, ein Mann, der nicht wiederkehrte, eine fremde Familie, ein fremdes Land. Nicht weit von ihrer Heimat entfernt zwar, doch ein fremdes Land für sie. Ihre Welt war untergegangen, sie war heimatlos geblieben.

Das Auto schlich nach Hartmannshofen hinein. Im Haus von Doktor Lankow waren mehrere Fenster erleuchtet.

«Da hat er wohl noch einen Patienten so spät in der Nacht», sagte Angèle. «Hier wohnt ein Arzt. Er stammt aus Berlin. Im Krieg war er schwer verwundet.»

«Ich glaube, ich habe ihn heute kennengelernt. Ich fragte ihn nach dem Weg.»

«Auch er hat Böses erlebt. Seine Frau und seine kleine Tochter wurden bei dem Bombenangriff auf Dresden verschüttet. Seine Frau starb bald darauf. Und seine Tochter ist seitdem ein wenig... nun ja, gestört. Sie wissen von den furchtbaren Angriffen auf Dresden, noch kurz vor Kriegsende?»

Klang Vorwurf in ihrer Stimme? William mußte daran denken, was Cousin Walter gesagt hatte: Bomben auf Frauen und Kinder zu schmeißen, das ist die größte Barbarei, die es je gegeben hat.

«Wir waren es nicht», sagte er. «Es waren die Engländer.»

«Macht das einen Unterschied? Dresden soll eine wunderschöne

Stadt gewesen sein, hat man mir erzählt. Doch das war Nürnberg auch. Es ist schade um alles, was zerstört wurde.»

«Sinnlos zerstört, wie Ihr Vater gesagt hätte, Angèle. Bei unserem letzten Zusammentreffen sprachen wir über die Sinnlosigkeit des Krieges. Damit war allerdings der Erste Weltkrieg gemeint. Der zerstörte keine Städte und tötete nicht Frauen und Kinder mit Bomben, aber er zerstörte Europa. Weil er das Habsburger Reich zerstörte. So sah es jedenfalls Ihr Vater.»

«Sie wissen heute noch, was Sie damals gesprochen haben?»

«Ich begreife jetzt erst richtig, was er meinte... Dieser zweite Krieg war nichts anderes als die Fortsetzung des ersten. So würde es Ihr Vater nennen, wenn er noch lebte.»

«Er nannte es so. Wir wußten ja, daß Krieg kommen würde.»

Da war die Brauerei. Er mußte anhalten, sie würde aussteigen. Und warum redeten sie ausgerechnet jetzt vom Krieg. Gab es nichts anderes, über das sie sprechen konnten?

«Sie haben nie mehr von Ihrer Mutter gehört, Angèle?»

«Nein. Ich weiß nicht, wo sie ist, und sie weiß nicht, wo ich bin. So seltsam ist das heute. Aber ich denke, es geht ihr gut. Sie verstand sich sehr gut mit ihrer Schwester. Sie hatten ein Geschäft in Prag, Mila und ihr Mann. Und früher waren sie schon in Amerika, also wird er sich dort zurechtgefunden haben.»

Sie wußte nicht einmal seinen Namen. Genausowenig wie sie wußte, daß er Jude war. Davon hatte ihre Mutter nie gesprochen.

Der Wagen stand. Im Bürgerhaus war es dunkel, nur vor der Haustür brannte die alte Barocklaterne, ein Prachtstück. Ein Fund von Elsa, sie hatte sie billig bei einem Antiquitätenhändler in Coburg erstanden, Anfang der dreißiger Jahre, als das Inventar eines Schlosses versteigert wurde. Einer der amerikanischen Besatzungsoffiziere hatte sie unbedingt kaufen wollen, er bot Zigaretten, Nescafé, und Geld. Elsa hatte nur mitleidig gelächelt. Wir haben alles, was wir brauchen, hatte sie gesagt.

Und später: Der Ami versteht was von schönen Dingen, wie? Wäre es ein Russe, hätte er die Latichte einfach mitgenommen.

«Eine schöne Lampe», sagte William.

«Ja.»

Angèle blickte hinauf zu der Laterne, die vielfarbiges Licht versprühte. Seltsam, sie hatte sie noch nie so spät in der Nacht gesehen. Da kam sie erst richtig zur Geltung. Und vielleicht tat man Elsa unrecht, sie hatte wirklich einen Sinn für schöne Form, nicht nur für Musik.

Wie seltsam auch, daß sie nie an Mama dachte. Immer nur an ihren Vater. Wie konnte sie behaupten, es gehe ihr gut, sie wußte nichts über sie, vielleicht war sie längst tot. Gestorben in Amerika.

Und der nächste Gedanke. Wird es Blanca auch so gleichgültig sein, wenn ich sterbe?

Was war das nur für ein seltsamer Tag? Was für ein Abend, was für eine Nacht!

«Wann fahren Sie nach Wien, Mr. Molander?»

«William.»

«Wann reisen Sie ab, William?»

«Ich weiß nicht. Wenn Sie wieder mit mir zu Abend essen, bleibe ich noch hier. Oder wir machen einen Ausflug in den Fränkischen Jura. Waren Sie schon einmal dort?»

«Nein.»

«Ich kenne ein Lokal in Streitberg, da bekommen wir gut zu essen. Ente mit böhmischen Knödeln zum Beispiel.»

«Die bekomme ich hier auch.»

«Nun, dann vielleicht Karpfen. Den gibt es dort bestimmt auch.»

«Reisen Sie lieber ab, William.»

«Warum? Bin ich Ihnen lästig, Angèle?»

«Nein. Es ist nur... Werden Sie diese Frau in St. Pölten aufsuchen?»

«Ganz bestimmt.»

Ludvikas Brief hatte er gelesen, die Adresse von Olga Bronski aufgeschrieben.

«Wäre es nicht gut, wenn Sie mich begleiten?»

Sie öffnete die Wagentür und stieg schnell aus, ehe er ihr helfen konnte.

Er kam um den Wagen herum.

«Soll das heißen, nein?»

«Sie können mir ja schreiben, wenn Sie etwas von Ludvika und Karel erfahren haben. Gute Nacht, William. Und danke für den schönen Abend.»

Sie reichte ihm die Hand, er beugte sich darüber und küßte sie, lange diesmal.

«Darf ich wenigstens vorbeikommen zu einem Abschiedsbesuch?»

«Ja, natürlich.»

«Vielleicht haben Sie morgen doch Lust zu einem Ausflug.»

Sie antwortete nicht, er begleitete sie die wenigen Schritte zur Haustür, die wie immer unverschlossen war, und sie ging schnell hinein.

Er blieb stehen und starrte auf die geschlossene Tür. Warum hatte er sie nicht geküßt? Warum hatte er es nicht gewagt, sie zu küssen?

Ein Stück entfernt, hinter dem Gartenzaun, an den Stamm der Linde gepreßt, stand Peter. Er trug nur Hemd und Hose, er war eiskalt von Kopf bis Fuß. Er zitterte, aber nicht vor Kälte.

Angèle ging leise durch das Haus, sie lauschte. Es konnte sein, Gisela kam noch mit neugierigen Fragen. Aber sie wollte mit keinem sprechen. Hoffentlich schlief Blanca. Morgen würde man ihr sowieso Fragen stellen.

In der Tenne brannte wie immer ein fahles Licht. Sie schlich auf Zehenspitzen, damit die Absätze der neuen Schuhe kein Geräusch machten, und atmete auf, als sie ihr Zimmer erreichte. Sie warf den Schal auf das Sofa, hob mit beiden Händen ihr Haar und lachte. Sie benahm sich wie ein junges Mädchen, das sein erstes Rendezvous gehabt hatte. Nur hatte sie nie ein Rendezvous gehabt. Gisela zum Beispiel war sehr unbefangen gegangen und gekommen. Damals, ehe der Unfall passierte.

Sie ging in ihr Schlafzimmer, streifte das Kleid ab, ließ es zu Boden fallen, hob es wieder auf und hängte es über eine Stuhllehne. Wie gut, daß sie dieses Kleid besaß! Wenn er noch einmal mit ihr ausging, konnte sie das Grüne anziehen. Nein, er fuhr nach Wien. Aber sie würde lange an diesen Abend denken.

Sie betrachtete sich in dem kleinen Spiegel, der über dem Tischchen hing, der ihr als Toilettentisch diente. Mehr als Kamm und Bürste und eine Cremedose standen nicht darauf. Und nun noch das kleine Töpfchen, aus dem Gisela ein wenig Make-up in ihrem Gesicht verschmiert hatte, daneben die Puderdose und der Lippenstift.

Den Lippenstift hatte sie vergessen, ihre Lippen waren blaß. Als wenn er sie geküßt hätte. Sie wußte, daß er es gern getan hätte.

Sie nahm die Puderquaste und fuhr sich spielerisch übers Gesicht. Dann leckte sie mit der Zungenspitze über ihren Mittelfinger und strich damit über die Wange. Nichts zu sehen von Giselas Anstrich. Auf alle Fälle würde sie sich das Gesicht gründlich waschen.

Sie schlüpfte aus dem Hemdhöschen, zog vorsichtig die Strümpfe herunter. Keine Laufmasche? Gott sei Dank nicht, sie hatte außer diesen nur noch ein Paar.

Der Morgenrock, ein Weihnachtsgeschenk von Josefa, lag auf dem Fußende des Bettes, das von Christl ordentlich aufgeschlagen war.

Sie war nicht müde, sie hatte nicht die geringste Lust schlafen zu gehen.

Sie öffnete leise die Tür, lehnte sie an und schlich ins Badezimmer.

Gut, daß es so spät war. Sie hatte keine Lust, Fragen zu beantworten.

Als sie in ihr Zimmer zurückkam, stand Peter darin.

«Wo kommst du denn her?» fuhr sie ihn an.

«Ich habe auf dich gewartet.»

«Hat man dir nicht gesagt, wo ich bin?»

«Man hat mir nur gesagt, daß du mit einem fremden Mann weggefahren bist.»

«Ein Freund meines Vaters.»

«Ein Amerikaner. Sind sie nicht genug hinter dir hergewesen?»

«Ich verbitte mir deine unverschämten Bemerkungen.»

«Entschuldige. Aber ich weiß noch genau, wie sie dir nachgestarrt haben.»

«Da weißt du mehr als ich. Mit den Offizieren der Besatzung habe ich kaum ein Wort gesprochen.»

«Und jetzt gehst du einfach abends mit einem aus.»

«Hörst du schlecht? Herr Molander ist ein Freund meines Vaters. Er kannte ihn, ehe er nach Amerika ging. Er hat mit den Amis, die hier waren, nichts zu tun.»

«Angèle! Ein fremder Mann. Ein Mann, den du nicht kennst.»

«Sei nicht albern. Ich bin wieder da, wie du siehst. Es besteht kein Grund, daß du dir Sorgen um mich machst. Du solltest längst schlafen. Soviel ich weiß, warst du heute in Hof und bist schon früh um sechs aufgestanden. Und ich möchte jetzt meine Ruhe haben.»

«Angèle! Ein fremder Mann.»

«Fang nicht noch einmal damit an. Ich sage dir doch, ein Freund meines Vaters.»

Sie ärgerte sich über die lächerliche Art, sich zu verteidigen; ihr Vater war lange tot, und es war ein fremder Mann, mit dem sie ausgegangen war.

«Ich habe so Angst um dich gehabt.»

Sie lachte nervös. «Also wirklich! Wir sind hier nicht in Chikago.»

«Ist er aus Chikago?»

«Himmel, nein, aus New York.»

Wie kam sie bloß auf Chikago, davon war keine Rede gewesen. Er trat dicht vor sie hin, griff mit beiden Händen nach ihren Armen.

«Angèle! Wer ist dieser Mann! Woher kennst du ihn?»

«Wenn du mit Elsa oder mit Josefa gesprochen hast, wird man dir gesagt haben, daß ich ihn so wenig kannte wie sie.»

«Ich denke, er ist ein alter Freund.»

«Er kannte meinen Vater. Und nun Schluß. Laß mich los! Und hör auf, mir Fragen zu stellen. Es geht dich überhaupt nichts an, was ich tue.»

«Es geht mich nichts an?» Seine Stimme wurde laut.

«Sei still! Du weckst das ganze Haus.»
«Angèle!» Er riß sie an sich, preßte seine Wange an ihr Gesicht.
«Du bist eiskalt. Wo warst du denn?»
«Ich habe draußen auf dich gewartet. Ich habe gesehen, wie du gekommen bist.»
Angèle schob ihn zurück.
«Angèle, ich liebe dich.»
«Bitte, übertreib nicht so. Du hast mich lieb, und ich habe dich auch lieb. Und nun –»
«Und nun geh schlafen. Nein!»
Er preßte sie an sich, fest und ungeschickt, und dann fand er wieder ihre Lippen, wie vor Wochen schon.
Angèle hielt still, das war alles so verwirrend, so unverständlich. Dieser Junge, den sie so lange als Sohn betrachtet hatte.
Sie bog den Kopf zurück, seine Lippen glitten an ihrem Hals herab, in die Beuge ihres Halses, saugten sich da fest. Ihr wurde schwindlig. Dieser Abend, dieser fremde Mann – Gedanken, Gefühle, Erinnerungen. Warum hatte sie nie an ihre Mutter gedacht? Warum dachte sie nicht an Karl Anton, nicht vorhin, nicht jetzt?
Peter streifte ihr den Morgenrock von den Schultern, er war nicht mehr kalt, er war heiß von Kopf bis Fuß.
«Laß mich los!»
«Ich liebe dich Angèle.»
Er hob sie hoch, trug sie auf das Bett, sie wehrte sich nicht, sie war starr und doch voller Leben.
Er war auf ihr, und dann in ihr, sie würde später nie begreifen, wie es geschehen konnte. Sie war bereit für einen Mann, mehr als bereit, auch für diesen, den sie als ihren Sohn betrachtet hatte. Mehr als sie es je für den Mann gewesen war, den sie geheiratet hatte.
Es war nicht Lust, was sie empfand, es war Erlösung. Es ging sehr schnell. Der Junge stöhnte, sein magerer Körper lag auf ihrem, kaum ein Gewicht, dann schluchzte er. Er war kein erfahrener Liebhaber, seine Erlebnisse waren bescheiden. Ein Mädchen aus der Schule, frühreif und keck, die es ihm gezeigt hatte, wie sie es

nannte. Dann für einige Zeit eine Kellnerin aus der Kneipe, in die sie manchmal nach der Schule gingen, um etwas zu trinken. Er war nicht der einzige, wie er gewußt hatte.

Er kam kaum wieder zu sich, da war ihm klar: Ich habe sie beschmutzt. Ich habe sie entehrt.

Sie.

«Verzeih mir!» schluchzte er. «Verzeih mir!»

Angèle war erstaunlich ruhig. Weder entsetzt noch empört, nur erschrocken. Nicht über ihn, nur über sich selbst. Und nicht imstande zu begreifen, was geschehen war.

Das erste, was sie klar dachte: Die Tür ist nicht abgeschlossen. Jeder konnte hereinkommen. Die neugierige Gisela, die besorgte Clara, die naseweise Blanca.

Türen wurden niemals abgeschlossen in diesem Haus.

Der zweite Gedanke: So ist das. Ich wußte gar nicht mehr, wie schön das ist.

Und das schlimmste war der dritte Gedanke: Er soll es noch mal tun.

Sie bog sich zur Seite, schob ihn weg.

«Verzeih mir! Verzeih!»

«Ach, hör auf zu weinen», sagte sie erstaunlich ruhig. Er stemmte sich auf den Armen hoch, blickte mit verweinten Augen auf sie nieder.

«Ich liebe dich so sehr.»

«Ja, es ist gut, ich glaube es dir. Aber du hättest wenigstens die Tür abschließen können.»

«Ich hätte die Tür...»

Er war fassungslos.

Sie war nahe daran zu lachen. Doch das ging schnell vorbei. Langsam kroch das Entsetzen in ihr hoch, die Scham. Wie sollte sie damit fertig werden? Wie sollte er damit fertig werden? Morgen, am hellen Tag.

«Ich wollte das doch nicht tun», sagte er verzweifelt.

«Laß mich los und steh auf.»

Er stand vor ihrem Bett, kein Mann, ein verstörter Junge.

«Gib mir meinen Morgenrock.»

Sie hüllte sich fest in das wattierte rosa Ding, strich sich das Haar aus dem Gesicht.

«Ich wollte das doch nicht tun.»

«Du hast es getan, und nun sprechen wir nicht mehr darüber.»

«Wir sprechen nicht mehr darüber?»

«Jedenfalls nicht mehr heute nacht. Ich möchte jetzt, daß du gehst. Es ist zwei Uhr. Und es ist ja immerhin möglich, daß im Haus noch jemand wach ist. Oder wach geworden ist. Soviel ich weiß, fährst du morgen Elsa zum Zahnarzt. Also solltest du vorher ein paar Stunden schlafen.»

Sie war ganz ruhig, ganz gelassen, so schien es jedenfalls.

«Schlafen? Ich kann nie mehr im Leben schlafen.»

«Es ist mir egal, ob du schläfst oder nicht. Ich will, daß du jetzt hier verschwindest.» Und die Augen, auf einmal funkelnd vor Wut: «Raus!»

Sie stand eine lange Weile regungslos im Zimmer, nachdem er gegangen war. Von Minute zu Minute wurde es schwieriger zu begreifen, was geschehen war. Sie versuchte, zurückzudenken an den Abend mit dem Mann aus Amerika, aber das war unmöglich. Diese heitere, gelöste Stimmung, mit der sie heimgekehrt war, verloren, vergangen.

Sie ging durch die offene Tür in ihr kleines Wohnzimmer, dort zur Tür. Es gab keinen Schlüssel. Das war ihr nie aufgefallen. Niemand schloß in diesem Haus eine Tür ab. Darum ging Josefa nachts in den Schuppen zu Angermann. Es war zum Lachen. Josefa und Angermann im Schuppen, und sie schlief mit ihrem Stiefsohn.

Sie stand, die Hand auf die Tür gepreßt, als könne sie sie nachträglich versperren. Es war kein Gefängnis mehr. Sie war in eine Falle geraten. In eine tödliche Falle.

William Molander kam am nächsten Vormittag um elf Uhr. Clara stand vor dem Haus. Josefa war gerade mit dem Braumeister im Lagerkeller verschwunden, am Tank war ein Defekt. Angermann war in Kulmbach, Peter mit Elsa nach Nürnberg gefahren, zum Zahnarzt. Unter Nürnberg tat sie es nicht, auf keinen Fall wollte sie in Bayreuth zum Arzt gehen, auch heute noch nicht.

«Sie wollen sicher zu Angèle», sagte Clara freundlich. «Kommen Sie doch herein.»

Angèle kam ihm entgegen, kaum daß er im Haus war. Sie hatte auf ihn gewartet, die ganze Nacht, den ganzen Morgen. Wenn einer sie retten konnte, dann er.

«Es ist schönes Wetter», sagte er. «Ich dachte, wir könnten nach Streitberg fahren. Wir sprachen doch gestern davon. Es gibt da einen hübschen Gasthof und...»

«Ja, ja, ich erinnere mich», sagte Angèle hastig. «Kommen Sie doch bitte einen Moment herein.»

In ihrem Zimmer schloß sie die Tür.

«Herr Molander, ich möchte nicht nach Streitberg fahren. Nehmen Sie mich mit nach Wien. Bitte... Machen Sie nicht so ein entsetztes Gesicht, ich...»

«Ich mache doch kein entsetztes Gesicht. Ich bin nur... nur überrascht, das werden Sie verstehen, Gräfin.»

Sie registrierte, daß er wieder Gräfin zu ihr sagte. «Ich werde Ihnen nicht zur Last fallen. Ich habe noch Freundinnen in Wien von der Klosterschule her.»

Das war gelogen. «Und ich werde Josefa bitten, mir etwas Geld zu geben. Nehmen Sie mich mit?» Ihr Blick irrte an ihm vorbei.

«Selbstverständlich, gern. Wann wollen Sie fahren?»

«Sofort.»

«Sofort?»

«Ich meine, in der nächsten Stunde. Ich habe nicht viel zu packen. Wissen Sie, ich hatte sowieso vor, in nächster Zeit zu verreisen. Ich...», ihre Stimme brach, «Sie können natürlich nein sagen.»

«Angèle! Was ist mit Ihnen? Ich freue mich, wenn Sie mit mir fahren. Ich habe mir nichts anderes gewünscht seit gestern.»

«Also gut», sagte sie nervös. «Ich sage Josefa Bescheid. Und Clara. Ich werde sagen, ich komme bald wieder. Bitte, wollen Sie so lange im Wohnzimmer Platz nehmen.»

«Aber Ihre Tante...»

«Sie ist nicht da. Sie und mein... mein Sohn sind in Nürnberg. Und Blanca ist in der Schule, wenn wir uns beeilen, dann...»

Sie legte in einer verzweifelten Geste die Hand um den Hals. Er streckte die Hand nach ihr aus.

«Angèle! Was ist mit Ihnen?»

«Fassen Sie mich nicht an. Bitte! Ich kann es nicht erklären. Ich möchte nur endlich von hier weg.»

Eine knappe Stunde später fuhren sie vom Hof, Josefa sah ihnen kopfschüttelnd nach. Sie mußte daran denken, wie sich Peter am vergangenen Abend aufgeführt hatte. Sein Instinkt war besser gewesen. Ein fremder Mann kam ins Haus, am Tag darauf fuhr Angèle mit ihm fort.

Clara sagte vergnügt: «Ist doch nett, daß sie mal verreisen kann, sie ist doch jahrelang nirgends hingekommen.» Und als Josefa nachdenklich schwieg: «Da wird Elsa aber staunen.»

Und Peter erst, dachte Josefa. Und Blanca.

Wie sollte sie das erklären? Welche Lügen mußte sie erfinden? Denn lügen mußte sie.

Sie blickte seitwärts auf ihre Mutter. Sie brauchte sich keine Lügen auszudenken, Clara würde es genauso erzählen, wie es sich abgespielt hatte.

«Wie lange wird sie denn bleiben, was meinst du? Eine ganze Woche vielleicht?»

«Ich weiß es nicht, Mutter.»

Angèle kam niemals nach Hartmannshofen zurück.

Il CASTELLO

Berlin 1961

Am Wittenbergplatz war Blanca ausgestiegen, schleppte die ausgebeulte Reisetasche und die zwei schweren Tüten noch bis in die Passauer Straße, dann ließ sie alles aufs Pflaster plumpsen. Sie hatte Kreuzschmerzen, der Leib tat ihr weh, der Kopf sowieso. Sie konnte keinen Schritt mehr weitergehen, und den ganzen Kram ließ sie einfach hier liegen.

«Verehrtes Fräulein, dürft' ich's wagen, euch meine Hilfe anzutragen?»

Vor ihr stand der junge Mann, der sie schon in der U-Bahn angelächelt hatte.

Sie hatte es übersehen.

«Na, das hinkt ja ziemlich», sagte sie mürrisch. «Und besonders galant sind Sie auch nicht.»

Er kapierte sofort. Zählte an den Fingern den Reim ab.

«Vielleicht ein bißchen. Und bin ich ungalant, wenn ich Sie verehre? Was haben Sie denn da drin?»

«Das geht Sie gar nichts an.»

«Richtig. Ich dachte nur, wenn ich Ihnen tragen helfe, kann ich auch mal 'ne dusslige Frage stellen. Helf ich Gretchen tragen, stell' ick ihr ooch Fragen. Na, wie ist das? Besser?»

Blanca blickte himmelwärts. «Zugegeben, es ist ziemlich warm. Aber so warm auch nicht, daß es für einen Sonnenstich reicht.»

«Ich wußte, daß wir uns verstehen würden.» Er griff nach der Tasche und nach einer Tüte. «Beim Zeus, das ist ja wirklich schwer. Frag ich nochmal, was Sie denn da rumschleppen. Ihre Wohnungseinrichtung?»

«Ich hab' keine Wohnung und keine Einrichtung. Da ist nur was drin zu essen.»

«Zu essen? Sie müssen einen guten Appetit haben.»

«Ich führe meinem Bruder den Haushalt. Und das muß für einige Zeit reichen.»

«Aha. Ein Bruder, so, so. Na, ich lieg' doch wieder goldrichtig. Heißt er zufällig Valentin?»

«Heißt er nicht, und hören Sie auf, mir Goethe vorzuquatschen. Wenn Sie mir wirklich helfen wollen, dann schieben wir los.» Sie hievte die andere schwere Tüte hoch, trug sie jetzt mit beiden Armen an den Leib gepreßt. Die Schmerzen waren kaum mehr auszuhalten.

«Bin schon unterwegs. Sagen Sie mir bloß wohin. Wird es eine längere Tournée?»

«Nein, gleich um die Ecke, in der Augsburger Straße.»

Sie gingen langsam nebeneinander her die Straße entlang.

«Nur bloß noch mal so 'ne dusslige Frage. Die letzte, ich schwöre es. Woher bringen Sie denn das Happenpappen für das Brüderlein? Sie haben doch das KaDeWe hier vor der Tür und jede Menge Läden dazu.»

«Ich hole es im Osten. Da kann ich billiger einkaufen.»

«Eine sparsame Hausfrau. Wacker, wacker.»

«Wir sind arme Leute.»

«Armut schändet nicht. Mir geht's auch ziemlich mager.»

«Ist nicht direkt ein Trost für mich.»

Das Haus war ein alter vierstöckiger Bau, es sah grau und verwahrlost aus, doch es hatte den Bomben getrotzt. Rechts war eine Baulücke, keine Trümmer mehr, und links hatte man auf dem stehengebliebenen Erdgeschoß zwei glatte schmucklose Stockwerke draufgesetzt.

Blanca lehnte sich einen Moment an die Hauswand.

«Es ist im dritten Stock. Und der Fahrstuhl ist kaputt.»

«Das kann doch einen Seemann nicht erschüttern. Los, beginnen wir den Aufstieg.»

Sie stieß die Tür auf, er sah in ihr blasses Gesicht, sah die Ringe unter ihren Augen.

«Wissen Sie was, Gretchen? Sie lassen Ihre Tüte hier unten stehen, und ich hol' sie dann nachher, wenn ich wieder Luft bekomme.»

«Damit sie einer klaut, was? Nee, ich kann schon.»

«Ist das Brüderlein noch klein?» fragte er beim Treppensteigen.

«Ziemlich.»

Vor der Wohnungstür ließ sie einfach die Tüte auf den Boden fallen, klappernd rollte der Inhalt heraus.

«Menschenskind, Gretchen! Das sind ja lauter Büchsen. Wenn das nun Eier gewesen wären.»

«Die Eier sind in der Tasche, die Sie tragen, Heinrich.»

Sie kramte den Schlüssel aus der Tasche und schloß die Tür auf. Von Gebhard las er auf dem Messingtürschild.

«Was machen Sie denn mit den ganzen Büchsen?» Er stellte prustend die Last ab und ging daran, die Büchsen aufzusammeln.

«Na, Mittagessen. Ich kann nicht kochen.»

«Aber, aber. Wie wird mir denn! Wie soll das Brüderchen da groß und stark werden.»

«Ich sag' doch, da sind noch Eier drin. Vorsicht, langsam. Tragen Sie das in die Küche. Hier.» Sie ging den dunklen Gang entlang und öffnete die Tür zur Küche. Die war groß, wie oft in alten Häusern, und erstaunlich ordentlich aufgeräumt.

«Das hätten Sie mir vorher sagen müssen, Fräulein von Gebhard», sagte er. «Da wär' ich viel vorsichtiger mit der Tasche umgegangen.»

Sie bückte sich nach der Tasche, nahm die Eier heraus, die einzeln in Zeitungspapier eingewickelt waren.

«Das sind also Eier von Zonenhühnern. Schmecken die denn?»

«Sehr gut.»

«Und da gibt's denn Rühreier zu dem Büchsenzeug.»

Sie richtete sich auf und stöhnte dabei.

«Sie haben sich überanstrengt, Fräulein von Gebhard», sagte er, jetzt ganz ernst.

«Ja, ziemlich. Frau von Gebhard gehört die Wohnung hier. Wir wohnen bloß in Untermiete.»

Sie stöhnte wieder, ihr Gesicht wurde weiß, sie schwankte. Er griff nach ihr, stützte sie.

«Lassen wir mal die Eier und die Büchsen. Wollen Sie sich nicht ein wenig hinlegen?»

«Ja, gleich. Ich muß das erst wegräumen. Frau von Gebhard kann es nicht leiden, wenn in ihrer Küche Unordnung ist.»

«So sieht die Küche aus. Wenn Sie mir sagen, wo ich die Sachen hintun soll... Vorsicht!» Er hielt sie jetzt mit beiden Armen, sie sank in sich zusammen.

«Wo ist Ihr Zimmer?»

«Die zweite Tür rechts. Die Eier kommen dort in den weißen Schrank. Und die Büchsen auf das Regal hinter dem Vorhang. Und die Wurst...»

Sie lag schwer in seinen Armen.

«Ich mach' das schon. Ich finde mich zurecht. Immer und überall. Jetzt zeigen Sie mir bloß noch die zweite Tür rechts.»

Er stützte sie bis zu ihrem Zimmer, legte sie vorsichtig aufs Bett.

«Soll ich Ihnen vielleicht ein Glas Wasser bringen?»

«Ja, bitte. Und räumen Sie die Sachen weg. Wenn Frau von Gebhard kommt...»

«Ich mach' das schon. Muß ja ein schöner Drachen sein. Ist das Brüderchen noch in der Schule?»

Sie gab keine Antwort, hatte die Augen geschlossen.

Er sah sie kurz an. Ein gutgeformtes Gesicht, schmal mit hohen Backenknochen und hohen Brauen, eine edel geformte Nase. Das war ihm in der U-Bahn schon aufgefallen. Er hatte einen Blick für ausdrucksvolle Gesichter. Ob sie krank war? Oder bloß die übliche Frauenschwäche an gewissen Tagen? Er verschwand in der Küche, räumte geschickt und schnell die Einkäufe weg. Nahm dann ein Glas aus dem Küchenschrank und füllte es mit Wasser. Ein edles, geschliffenes Glas, gehörte sicher Frau von Gebhard. Fraglich, ob man so einfach daraus trinken konnte.

Er brachte es ihr, stützte ihren Kopf, während sie trank.

«Danke», sagte Blanca. «Es geht mir schon besser. Und sie ist kein Drachen. Eben nur sehr ordentlich. Sie sagt, nachdem soviel kaputt gegangen ist, weiß man erst, wie wertvoll die Dinge sind, die man besitzt.»

«Ist sicher ein Standpunkt. Man könnte es eigentlich umgedreht sehen.»

«Wie denn?»

«Nachdem man erlebt hat, wie schnell alles im Eimer sein

kann, sollte man sich um Besitz jedweder Art keine Sorgen machen. Geht's wirklich besser?»

Sie war totenbleich, die Augen umschattet, das Gesicht wie eine Maske.

«Ja, danke. Und vielen Dank für Ihre Hilfe.» Sie ließ sich zurücksinken.

«Ja, dann geh' ich wohl besser jetzt, damit Sie sich ausruhen können. Übrigens, mein Name ist Wenk. Sebastian Wenk.»

«Wir heißen Wieland, mein Bruder und ich. Wenn Sie an der Tür nochmal hinschauen, werden Sie eine kleine Karte entdecken, da steht der Name drauf.»

«Darf ich mich gelegentlich nach Ihrem Befinden erkundigen, Fräulein Wieland?»

«Ja, danke. Ja, bitte. Und ziehen Sie die Tür fest hinter sich zu, sie klemmt manchmal.»

Sie schloß die Augen, er strich leicht mit der Hand über das blasse Gesicht.

«Gute Besserung», sagte er.

Ehe er ging, sah er sich noch kurz im Zimmer um. Es war mit hübschen alten Möbeln eingerichtet, das Bett paßte nicht hinein. Frau von Gebhard war demnach eine ältere Dame, die bessere Zeiten gesehen hatte und nun Zimmer vermieten mußte. Dann schaute er nochmal in die Küche, ob er auch ordentlich alles weggeräumt hatte, ging den dunklen Gang entlang und zog die Wohnungstür fest hinter sich zu.

Blanca, als sie das Geräusch hörte, ließ sich aus dem Bett rollen und lag schweratmend auf dem Boden, sie wollte das Bett nicht beschmutzen, das bedeutete nur unnötige Arbeit. Sie spürte, wie das Blut aus ihr herausrann, sie spürte es schon seit einer Weile, es hatte sacht begonnen, nun strömte es.

Ein ungeheures Gefühl der Erleichterung erfüllte sie. Die Schlepperei heute hatte sich gelohnt, die hatte den Rest besorgt.

Sie rollte sich weiter seitwärts, auch der Teppich durfte nicht schmutzig werden. Sie lag auf dem blanken Boden, ihr Höschen, ihr Rock waren durchblutet, ein Blutfleck zeigte sich auf dem Boden. Sie berührte ihn mit dem Finger.

Gott sei Dank. Gott sei Dank.
Danke, lieber Gott.
Und wenn sie jetzt verblutete, machte es auch nichts. Eine Abtreibung hätte sie sich nicht leisten können.

Als Peter gegen Abend kam, ging es ihr besser. Sie war noch blaß, hatte Ringe unter den Augen, doch die Blutung hatte aufgehört. Sie hatte den ganzen Nachmittag gelegen, entspannt und befreit. Nur einmal war sie kurz aufgestanden und hatte das Blut vom Boden aufgewischt. Später hörte sie, wie Frau von Gebhard nach Hause kam, sie rührte sich nicht, sie wußte genau, Frau von Gebhard würde auf keinen Fall unaufgefordert in ihr Zimmer kommen, egal, ob sie da war oder nicht. Peter klopfte an die Verbindungstür zwischen ihren Zimmern, sie rief forciert lebhaft: «Ja!» und er kam herein. Sie saß in dem alten Lehnstuhl am Fenster, die Füße auf dem braunen Nähtisch aus Nußbaum, den Frau von Gebhard ihr sicher nicht ohne Absicht vor einiger Zeit ins Zimmer gestellt hatte. Am Morgen desselben Tages hatte sie nämlich vorwurfsvoll gesagt, als Blanca das Frühstücksgeschirr in die Küche brachte: «Ihr Bruder ist heute wieder mit einem großen Loch in einem Socken aus dem Haus gegangen.»

Jetzt sagte Blanca: «Ich hab' dir im KaDeWe neue Socken gekauft, ein Paar braune und ein Paar schwarze. Die mit dem Loch habe ich weggeschmissen. Denke ja nicht, daß ich fürderhin deine dämlichen Socken stopfe, das tut heutzutage kein Mensch mehr.»

«Das hast du mir bereits vor einigen Tagen mitgeteilt. Ich habe mir auch welche gekauft, dunkelgrüne. Rudi kennt da einen Laden, da sind sie ganz billig.»

«Ich weiß, daß Rudi ein Genie ist. Und vermutlich handelt es sich um Woolworth, das ist ja gleich bei euch um die Ecke.»

«Erraten. Ich habe übrigens Rudi und Sylvie zum Geburtstag eingeladen.»

«Mir bleibt auch nichts erspart. Wer hat Geburtstag?»

«Du. In drei Tagen.»

«Hab' ich ganz vergessen. So, du hast also deine süße Sylvie eingeladen. Und den tollen Rudi. Ist ja sehr sinnig, Schwesterlein und Brüderlein, Brüderlein und Schwesterlein. Wohin hast du sie eingeladen? Zu Kempinski?»

«Frau von Gebhard ist so freundlich und wird uns bewirten. Sie macht Kalbsbraten. Und vorher Blumenkohlsuppe.»

«Und hinterher Schokoladenpudding. Warum machst du die gute Luise mobil mit meinem blöden Geburtstag?»

Blanca haßte Blumenkohlsuppe, Frau von Gebhards faden Kalbsbraten kannte sie, und Pudding konnte sie nicht ausstehen.

«Sie sprach zuerst davon. Ihr Fräulein Schwester hat ja nun bald Geburtstag, sagte sie, was machen wir denn da?»

Blanca schüttelte den Kopf. «Sie ist ja wirklich rührend. Woher weiß sie denn, wann ich Geburtstag habe?»

«Also erstens haben wir ja Meldezettel ausgefüllt, als wir hier einzogen, und da stand das drauf, und zweitens...»

«Hat sie das gleich auswendig gelernt.»

«Und zweitens habe ich voriges Jahr deinen Geburtstag vergessen, und du hast dich bitterlich beklagt, auch bei ihr. Übrigens wirst du zwanzig. Das ist schon beinahe erwachsen.»

«Das spielt bei so einem armen Waisenkind keine Rolle.»

Peter lachte, beugte sich zu ihr und küßte sie auf die Schläfe. Dann ließ er sich auf das braune Ledersofa fallen, das sich wie immer mit einem gequälten Knirschen beklagte. Er streckte die Füße weit von sich, er trug grüne Kordhosen, dunkelgrüne Socken und ein sauberes, hellgrünes Hemd.

«Aha», sagte Blanca, mit einem Blick auf seine Füße, «die dunkelgrünen Socken. Und das Hemd habt ihr auch gewaschen.»

«Ich hab's heute früh dort gelassen.»

«Und wer hat's gebügelt?»

«Sylvie.»

«Das gute Kind. Wo sie das bloß gelernt hat?»

«Wo man so was lernt, bei ihrer Mutter.»

«Na, sieh mal an. Ich hab's bei meiner Mutter nicht gelernt.»

Es klang herausfordernd. Es war ein Tabuthema. Über Angèle konnte man mit Peter nie sprechen. Dabei hätte Blanca gern über sie gesprochen, möglichst oft und möglichst viel. Denn es war ein ständig bohrender Schmerz, daß sie Angèle verloren hatte. Auch daß sie sich so gleichgültig und endgültig, wie es schien, von ihr abgewandt hatte. Blanca hatte früher nie gewußt, wie sehr sie ihre Mutter liebte. Immer wieder beschwor sie sich Angèles Bild: die hochmütige Haltung des Kopfes, die Kühle in den hellen Augen, das gleitende Gehen, eine sparsame Liebkosung der Hand, selten genug.

«Warum hat sie uns eigentlich nicht lieb gehabt?» hatte sie Peter einmal gefragt.

Er hatte barsch geantwortet: «Wir reden nicht mehr von ihr.»

Blanca wollte von ihr reden. Aber mit wem? Auch in Hartmannshofen hatte man zuletzt nicht mehr von ihr gesprochen. Sie starrte aus dem Fenster, ein heller Juniabend, der Himmel von einem blassen Blau.

«Du siehst schlecht aus», sagte Peter. «Fehlt dir was?»

«Mir geht's gut. Mir ist es selten so gut gegangen wie heute. Bei Josefa hätte ich es auch nicht lernen können.»

«Was?»

«Wie man Hemden bügelt. Oder hast du sie jemals an einem Bügelbrett gesehen?»

«Du bist albern. Sie hatte anderes zu tun. Und schließlich hatte sie Personal.»

«Siehst du, das ist es. Personal muß man haben. Und wieso hat deine doofe Sylvie Zeit, dein Hemd zu bügeln? Ich denke, sie studiert.»

«Jetzt hör auf mit dem Hemd. Dir geht's wirklich gut?»

«Prima geht es mir.»

Ganz allein war sie gewesen mit der Angst, mit der Verzweiflung der letzten Wochen. Zehn Wochen, dann die alte Frau mit der Spülung, der Schmerz, und dann war es immer noch nicht erledigt.

Erledigt war es jetzt. Heute. Hier und heute. Nie mehr sollte ihr ein Mann nahekommen.

Sie machte die Augen schmal und betrachtete ihren Bruder. Auch ein Mann. Er würde so wenig begreifen wie jeder andere, was es bedeutete, unter diesem Fluch zu leben. Wie hatte der Mann aus der U-Bahn sie heute genannt? Gretchen. Na, wenn der wüßte, wie nahe er der Wahrheit gekommen war. Er war eigentlich ganz nett gewesen. Und er hatte sich ihr vorgestellt, doch sie hatte den Namen vergessen.

«Willst du was essen? Ich kann dir Rühreier machen und Bratkartoffeln.»

«Danke, ich habe in der Mensa gegessen. Eine Stulle genügt. Wir wollen später noch einen Bummel über den Kudamm machen. Es ist so schönes Wetter. Da essen wir vielleicht an einer Bude noch ein Paar Würstchen.»

«Das ist ja ganz was Neues, daß du abends einen Bummel machst. Auf welchem Mist ist denn das gewachsen?»

«Es war Sylvies Idee. Sie sagt, den ganzen Tag in der Uni und dann noch an der Waschmaschine, das kann auf die Dauer nicht gesund sein. Wir müssen mal an die Luft, sagt sie.»

«So, sagt sie. Wirklich ein gutes Kind.»

«Kommst du mit?»

«Nee.»

«Warum nicht? Rudi würde sich freuen.»

«Glaub' ich gern. Ich war heute schon an der Luft, ich war einkaufen. Drüben.»

«Du sollst da nicht immer rüberfahren.»

«Warum nicht? Besser man gewöhnt sich rechtzeitig an das Leben dort.»

«Sie kriegen uns nicht.»

«Das denkst du.»

«Wie viele waren denn wieder mit grünen Gesichtern dabei, als du zurückgefahren bist?»

«Jede Menge.»

«Das Lager Marienfelde soll proppenvoll sein.»

«Siehst du! Und da sagst du, sie kriegen uns nicht. Wenn sie uns nicht schnappen, ist es da drüben bald menschenleer.»

«Gestern habe ich Karel getroffen. Er dreht zur Zeit einen Film bei Brauner. Er sagt, Berlin ist ihm unheimlich. Er wird froh sein, wenn er wieder in München bei der Bavaria ist.»

«Siehst du.»

«Ihm steckt die Furcht vor den Kommunisten immer noch in den

Knochen. Am liebsten möchte er ganz von Deutschland fort. Nach Amerika.»

«Siehst du!»

«Sag nicht immer, siehst du. Ich verstehe ihn ja.»

«Und sag du nicht immer Karel. Er heißt jetzt Gabriel Bronski. Hat er was von Ludvika erzählt?»

«Sie ist immer noch in St. Pölten bei seiner Quasimutter, der Olga Bronski. Der Mann ist gestorben, und Ludvika bleibt bei ihr.»

«Und Gottlieb?»

«Gottlieb Bronski ist in Wien und malt die schönsten Frauen von Wien.»

«Das hätte Mami amüsiert. Gottlieb war ja noch ganz jung, als er nach Eger kam und für uns Teller malte. Wir hatten im Schloß auch ein paar, weißt du nicht mehr?»

«Doch», sagte er widerwillig.

«Jana hat mal einen kaputtgeschmissen, und Mami sagte, o weh, das war Rapunzel mit dem langen Haar. Und Jana sagte, macht nix, Herr Bronski malt sich uns neues Rapunzel. Den Teufel wird er tun, er malt die Damen vom Burgtheater.»

«Woher willst du das wissen?»

«Denk ich mir so. Als Karel voriges Jahr hier war, hat er doch erzählt, wie Gottlieb immer die Frauen in Prag gemalt hat. Am liebsten die vom Theater und vom Film. Wieso hast du ihn denn getroffen?»

«Zufällig. Sie drehten vor der Schwangeren Auster, war ein großer Menschenauflauf. Ich kam da zufällig vorbei, irgend etwas klappte nicht, die Aufnahmen wurden unterbrochen, und Karel, ich meine, Gabriel, kam mit einem anderen etwas abseits, um eine Zigarette zu rauchen. Da habe ich ihm gewinkt, wir haben uns nur ganz kurz gesprochen, dann ging es weiter.»

«Hast du gar nicht erzählt, wie kamst du denn zur Kongresshalle?»

«Ich war mit Sylvie im Tiergarten spazieren.»

«Ach, wie goldig. Und mir erzählst du immer, wieviel du arbeiten mußt.»

«Wie ich vorhin schon sagte, man muß auch mal an die Luft gehn...»

«Ich hab' den Film geseh'n, den sie voriges Jahr gedreht haben. Richtiger Kitsch. Reicher Mann kommt aus Amerika, verliebt sich in braves deutsches Mädchen, will sie mitnehmen, aber sie bleibt bei armem bravem deutschem Mann. Doofe Geschichte, nicht?»

Peter schwieg.

«Wenn sie ein kluges Mädchen wäre, wäre sie mit nach Amerika gegangen und lebte dort in Saus und Braus. Eigentlich kann eine Frau doch nichts Besseres machen, als mit einem netten Mann nach Amerika zu gehen, nicht?»

Der letzte Satz klang herausfordernd.

Peter stand auf.

«Da sage ich Frau von Gebhard mal eben guten Abend und nehme mir eine Stulle. Du willst wirklich nicht mitkommen?»

«Mir ist nicht gut.»

«Eben hast du gesagt, es geht dir prima.»

«Das gibt es. Mir geht es prima, und mir ist trotzdem nicht gut. Außerdem ist mir deine Sylvie zu doof, und Rudi fällt mir auf den Wecker mit seinen siebenundachtzig Plänen. Und dich hasse ich sowieso.»

«Auch gut. Also denn, bis morgen.»

«Falls ich morgen noch da bin», rief sie ihm nach.

Sie seufzte erleichtert, stand auf und zog das Kleid aus, das sie nur seinetwegen angezogen hatte, schlüpfte wieder in den rosa Morgenrock. Angèles Morgenrock. Sie hatte ihn mitgenommen, und es gab kein Kleidungsstück, das sie lieber trug.

Was hätte Angèle wohl gesagt, wenn sie die letzten Wochen miterlebt hätte?

Vermutlich wäre das alles nicht passiert, wenn sie alle drei noch in Hartmannshofen lebten. Wohlbehütet von Tante Seffi und ihrem Angermann.

Blanca hatte Verständnis dafür, daß Angèle geflohen war. Denn daß es eine Flucht war, hatte sie sehr bald begriffen und auch verstanden.

Sie kam aus der Schule, und Clara sagte vergnügt: «Deine Mutter ist mit dem Amerikaner nach Wien gefahren. Ist doch nett, daß sie mal eine kleine Reise macht, nicht?»

Josefa hatte es bestätigt und sonst nicht viel dazu gesagt. Reichlich Kommentar kam von Elsa, doch Peter sagte gar nichts. Stand stumm und erstarrt und lief aus dem Haus. Bis heute, fast sechs Jahre später, sprach er nicht von Angèle. Es kam dann eine Karte aus Wien mit dem Bild eines wunderschönen Lipizzaners. Dann kam ein Brief aus St. Pölten, da hatten Ludvika und Karel unterschrieben. Weihnachten kam eine Karte aus Paris.

«Wann kommt sie denn wieder?» fragte Clara ängstlich.

«Vermutlich gar nicht», sagte Josefa scharf.

Das nächstemal kam ein Brief aus New York, er war an Blanca gerichtet. Es gehe ihr gut, schrieb sie, und sie würde für einige Zeit in Amerika bleiben.

Schreib mir doch bitte, wie es Euch geht, so endete der Brief.

Sie lief mit dem Brief in die Brauerei, wo Peter gerade arbeitete, und er nahm ihr den Brief aus der Hand, las ihn mit zusammengepreßten Lippen, dann zerriß er ihn.

«Aber die Adresse», schrie Blanca. «Ich muß doch die Adresse haben, wenn ich ihr schreiben will.»

«Du brauchst ihr nicht zu schreiben. Sie will von uns nichts mehr wissen.»

«Gib das sofort her.» Sie wollte ihm die Fetzen aus der Hand reißen, doch er stopfte sie in seine Jackentasche, lief weg, ließ sie stehen.

Seitdem konnte man mit Peter nicht mehr über Angèle sprechen. Nicht friedlich und nicht in Wut. Es war schwer zu verstehen. Nein, es war gar nicht zu verstehen. Nicht sehr viel später verließ auch er Hartmannshofen.

Eine schwere Zeit für Blanca. Allein, verlassen, verstoßen, Clara jammerte, Elsa spottete, Josefa schwieg.

Blancas einziger Freund in dieser Zeit war Doktor Lankow. Und dann im Mai, kurz vor Blancas sechzehntem Geburtstag, der Brief aus Sibirien, in dem sie erfuhren, daß Karl Anton Wieland am Leben sei.

«Ich hab's doch gewußt, ich hab's doch gewußt», schluchzte

Clara. «Ich hab's euch doch immer gesagt.» Und dann: «Ihr müßt sofort an Angèle schreiben. Sie muß jetzt wiederkommen.»

«Ja, Mutter», sagte Josefa. «Wir werden ihr schreiben.»

Es dauerte noch fünf Jahre, bis Karl Anton sich in Hartmannshofen sehen ließ, und auch das nur für einen Besuch. Clara erlebte es nicht mehr. Das Warten auf seine Rückkehr hatte sie so zermürbt, hatte auch ihren Geist verwirrt, sie starb lange vor seiner Heimkehr.

Und dann kam die Zeit, in der Blanca völlig durchdrehte. Heute, mit zwanzig Jahren, konnte sie mit einiger Gelassenheit daran zurückdenken. Zumal das, was gerade mit ihr passiert war, das Vergangene verdrängte.

Sie reckte sich vorsichtig. Ein Ziehen noch im Bauch, Schmerzen im Rücken. Sie würde sich jetzt ins Bett legen und möglichst nie wieder aufstehen. Sie mußte nur irgend etwas finden, am besten holte sie einfach das große Badetuch aus dem Badezimmer, das sie ins Bett legte, falls es in der Nacht noch einmal anfing zu bluten.

Frau von Gebhard würde sie sagen ... zum Teufel, sie würde gar nichts sagen. Es war ihr Badetuch, das stets eine Woche lang benutzt wurde, dann nahm es Peter mit in die Wäscherei. Wenn es diese Nacht nicht im Badezimmer hing, würde die Welt auch nicht untergehen.

Einmal eine eigene Wohnung haben, ein eigenes Badezimmer, das ganz für sie allein da war, das mußte der Himmel auf Erden sein.

Peter kam noch einmal herein.

«Frau von Gebhard läßt dir sagen, sie hat Nudelsuppe gemacht und du ... was hast du denn da wieder an?»

«Was ich anhabe! Meinen Morgenrock. Da ich nicht mehr ausgehe, kann ich es mir ja bequem machen.»

«Ich kann dieses rosa Ding nicht ausstehen, das habe ich dir schon gesagt.»

«Du hast es mir gesagt. Tut mir leid, wenn er dir nicht gefällt, aber ich ziehe ihn gern an. Außerdem», betont und mit Nachdruck, «erinnert er mich an Mami. Ob dir das nun paßt oder nicht.»

Sie maßen sich eine Weile mit feindseligen Blicken, dann kam er zu ihr.

«Entschuldige! Ich bin etwas überarbeitet.»

«So.»

«Ich sollte dir nur ausrichten, daß ein Teller Nudelsuppe auf dich wartet.»

«Ich habe keinen Hunger.»

«Was ist eigentlich los mit dir?»

«Mit mir? Frag dich doch mal, was mit dir los ist. Und nun hau endlich ab.»

«Ich hab' gedacht, du beschwindelst mich wieder.»

«Ich beschwindle dich wieder.» Sie betonte das wieder. «Was soll denn das heißen?»

«Du bist in letzter Zeit öfter mal abends weggegangen, ohne mir zu sagen, wohin.»

«Bin ich nun erwachsen oder nicht?»

«Noch nicht ganz. Ich bin für dich verantwortlich.»

«Daß ich nicht lache. Du bist eines Tages verschwunden, ohne dich einen Dreck um mich zu kümmern. Alle habt ihr mich im Stich gelassen. Alle.»

Nun kamen die Tränen. Die Anspannung der letzten Wochen, die Schmerzen und nun die Aufregung dieses Tages ließen sie die Fassung verlieren.

«Aber Blanca!»

Er nahm sie in die Arme, drückte sie an sich.

«Wein doch nicht. Du weißt doch, wie durcheinander ich war, als sie weg war. Und ich hab' dich doch nicht allein gelassen, du warst doch zu Hause, die ganze Familie war für dich da.»

«Ich spuck' auf die Familie. Ich wollte Mami. Und ich wollte dich.»

«Komm, reg dich nicht so auf. Du zitterst ja. Also gut, ich bleibe hier, und wir...»

«Nein, nein, bitte geh. Ich werde die Suppe essen und mich dann hinlegen. Ich fühl' mich wirklich nicht so wohl heute. Morgen geht es mir besser.»

Er küßte sie auf die Wange, und sie wandte den Kopf, bis ihre

Lippen sich berührten. Er ließ sie sofort los, sie wußte, das wollte er nicht.
«Ich hasse dich nicht», flüsterte sie. «Ich hab' dich sehr lieb, das weißt du auch.»
«Ja, ich weiß.» Er trat zurück von ihr. «Ich komme nicht so spät nach Hause.»
Sie lächelte, in ihren Augen glänzten noch Tränen.
«Damit wird Sylvie wohl nicht einverstanden sein. Viel Spaß. Hat Rudi eigentlich noch die Blonde mit dem dicken Hintern?»
«Kann ich dir nicht sagen. Er hat immer mehrere Karten im Spiel, wie er das nennt.»
«Sehr gescheit von ihm. Dann grüß mal die doofe Sylvie und den tollen Rudi von mir. Und sag ihnen, es freut mich sehr, wenn sie mit mir Geburtstag feiern wollen.»
«Es ist ein runder Geburtstag, und den muß man immer besonders feiern, meint Rudi. Ein Geburtstag mit einer Null dran. Je älter man wird, sagt er, um so wichtiger ist das.»
Während er die Treppe hinablief, fiel ihm ein, was er ihr zum Geburtstag schenken würde. Einen neuen Morgenrock. Damit er das verdammte rosa Ding nicht mehr sehen mußte. Denn immer noch sah er Angèle darin, in jener Nacht.
Anfangs hatte er in der Motzstraße gewohnt. Das hatte Doktor Lankow vermittelt, der Internist war ein Studienfreund von ihm.
«Es wird Zeit, daß du von hier wegkommst», hatte Doktor Lankow gesagt. «Sie kommt so bald nicht wieder. Und sie hat recht. Gönne ihr doch endlich ein besseres Leben. Soll sie denn hier alt werden, bloß weil du dich an sie klammerst? Du bist ein ganz schöner Egoist, mein Junge.»
Er war der einzige, mit dem Peter über Angèle sprechen konnte. Allerdings nicht über das, was in der letzten Nacht vor ihrer überstürzten Abreise geschehen war. Darüber würde er niemals sprechen können, zu keinem Menschen und zu keiner Zeit seines Lebens. Mit dieser Scham und Schande mußte er allein fertig werden. Falls das je möglich sein würde.
«Dieser Amerikaner ist doch ein recht sympathischer Mann. Ich habe ihn ja kurz kennengelernt. Kam ein bißchen plötzlich, zuge-

geben. Aber ich kann mir denken, sie hatte schon lange den Wunsch, auszubrechen. Fehlte eben bloß der richtige Anlaß.»

Wenn du wüßtest, dachte Peter, der Anlaß bin ich. So ein mieses Schwein wie ich hat sie vertrieben.

Über den Amerikaner wußte Doktor Lankow alles, was Elsa wußte, die auch zu seinen Patienten gehörte. Zwar verfügte Elsa über eine eiserne Gesundheit, nur manchmal schmerzten sie die Gelenke.

«Sie sollten einen Orthopäden in Bayreuth aufsuchen», empfahl er ihr. «Oder in Nürnberg.»

«Ich brauche keinen Orthopäden, mir fehlt weiter nichts», erwiderte Elsa eigensinnig. Also verschrieb er ihr Tabletten oder etwas zum Einreiben, damit war sie zufrieden.

Sie war nun achtzig, und Doktor Lankow sagte zu Angermann: «Sie wird uns alle überleben. Singen ist offenbar sehr gesund.»

«Aber sie singt doch schon lange nicht mehr», sagte Angermann naiv.

«Na ja, eben», sagte der Doktor. «Das ist ja das Erstaunliche.»

Über Angèles Verschwinden, ob nun für kurze oder längere Zeit, wurde nicht viel gesprochen, Elsa ausgenommen.

«Sie könnte den Amerikaner heiraten», überlegte sie. «Er ist Witwer. Sie müßte nur erst ihren Mann für tot erklären lassen. Wie macht man das?»

Doktor Lankow wußte es nicht und hatte auch nicht die Absicht, sich darüber den Kopf zu zerbrechen.

Erstaunlich war für ihn Blancas Schweigen. Er hatte Klagen und Tränen erwartet. Doch sie sprach nicht über ihre Mutter. Sie war überhaupt so still und artig, wie man sie nie erlebt hatte, erklärte sich sogar bereit, das Abitur zu machen.

«Meine Kinder haben es nicht geschafft», sagte Josefa, «Lutz ganz gewiß nicht. Aber du kannst, wenn du willst.»

Sie wurde noch stiller, als im Frühjahr Peter nach Berlin ging. Sie gab Doktor Lankow die Schuld daran, womit sie recht hatte. Sie kam nicht mehr zu ihm, kümmerte sich nicht mehr um Angermanns Schuppen und was darin geschah. Sie war abweisend gegen alle, fast ähnelte nun ihr Betragen dem ihrer Mutter.

Bei Lankows Kollegen in Berlin wurde Peter freundlich aufgenommen, er bekam das Zimmer des Sohnes, der in München Assistenzarzt an einer Universitätsklinik war, er mußte nicht einmal etwas dafür bezahlen. Doch das dauerte nur ein knappes halbes Jahr, dann übergab der Internist die Praxis an einen jungen Arzt, er und seine Frau verließen Berlin. Sie hatten während des Krieges, als die Luftangriffe immer schlimmer wurden, ein Haus am Tegernsee gekauft, dort wollten sie nun wohnen, in der Nähe ihres Sohnes, entfernt von der gefährlichen Situation Berlins.

«Sie könnten doch auch in München studieren», riet ihm der Arzt, doch Peter wollte nicht.

Es gefiel ihm vom ersten Tag in Berlin, die Stadt faszinierte ihn, die Berliner, ihr Wesen, ihr Lebensmut halfen ihm, aus seiner Isolation herauszufinden. Er wollte zu ihnen gehören. Er war in dieser Stadt geboren und hatte die ersten Jahre seines Lebens hier verbracht. Er wohnte dann sehr primitiv in einem Kellerloch in Moabit, später in einer Laube in Rixdorf, da kannte er Sylvie und Rudi schon, denn die Laube gehörte ihrem Onkel.

Sein Leben wurde abwechslungsreicher, nachdem er die beiden kannte, seine Verklemmung löste sich. Das war zunächst Sylvie zu verdanken, sie studierte auch an der FU, und nachdem sie ihn kannte, machte sie keinen Hehl daraus, daß er ihr gefiel. Von ihr ging die Initiative aus, daß sie sich näherkamen, seit drei Jahren schlief er mit ihr, es war ein unkompliziertes Verhältnis, das sie Liebe nannte, ohne irgendeine Art von Dramatik mit diesem Begriff zu verbinden. Sie war keineswegs doof, sondern ein helles Berliner Kind. Das Beste an ihr war ihr Bruder. Denn Rudi war wirklich, wie Blanca es spöttisch nannte, ein Genie. Er hatte das Studium nach zwei Semestern aufgegeben, fand es überflüssig, er «machte Mäuse», wie er es ausdrückte. Erst fuhr er ein Taxi, dann gründete er ein eigenes Taxiunternehmen, bei dem auch Peter zeitweise beschäftigt wurde, nachdem er sich in der Stadt auskannte. Dann kam Rudi auf die Idee mit der Wäscherei. Oder Waschsalon, wie er das Unternehmen großspurig nannte. «Die Leute haben wieder Geld und wollen ihre Wäsche nicht mehr selber waschen. Wirste sehen, das haut hin.»

Er kaufte Waschmaschinen auf Kredit, mietete den ersten Salon in einem Hinterhof, der zweite befand sich schon, groß und breit, in der Kantstraße, der dritte in der Nürnberger Straße.

«Rudi wäscht schnell, sauber und gründlich», stand über den Türen. Zur Zeit war er auf der Suche nach geeigneten Räumen in Wilmersdorf.

Rudi machte jede Menge Mäuse, denn das Taxiunternehmen gab er nicht auf. Zeitweise beschäftigte er die ganze Familie, auch Peter lernte es, eine Waschmaschine und eine Mangel zu bedienen. Oft übernachtete er nun im Büro der Wäscherei in der Kantstraße, eine Couch stand darin, der Weg hinaus zur Laube, der Weg zur FU kostete Zeit.

«Und hör auf mit deiner dußligen Germanistik», sagte Rudi, «wenn du schon studierst, dann mach Betriebswirtschaft wie Sylvie. Da haste später was von. Da gibt's 'ne Menge Möglichkeiten, was man damit anfangen kann. Sylvie jedenfalls muß Steuerberater werden. In zehn Jahren sind wir reiche Leute, da brauchen wir sowas in der Familie.»

Er überlegte kurz. «Und heiraten sollte sie am besten 'nen Anwalt, den kann man auch immer brauchen.»

Sylvie lachte dazu. «Wen ich heirate, das bestimme ich. Und das hat noch 'n paar Jahre Zeit. Erst will ich was von meinem Leben haben.»

Bei den Eltern der beiden war Peter gern gesehen, bekam dort gut zu essen, lebhaft und vergnügt waren sie alle.

Es gab noch einen kleinen Bruder, der zur Schule ging, es gab Onkel, Tanten und Kinder dazu. Peter wurde nun auch manchmal ins Theater eingeladen, ins Schillertheater, ins Theater des Westens und in die Boulevardbühnen auf dem Kurfürstendamm. Interesse und Verständnis für Theater kam durch den Vater, er war ehemals Bühnenarbeiter drüben am Deutschen Theater gewesen, Kulissenschieber, wie Rudi es nannte. Überzeugter Kommunist war er auch mal gewesen, leidenschaftlicher Gegner der Nationalsozialisten. Von der Kommune geheilt war er aus Rußland zurückgekehrt, zudem noch mit erfrorenen Zehen. Er hielt sich gern in den Wäschereien auf, da war es immer warm.

«So warm kann et jar nich sein, det et mir zu warm wird», sagte er.

Außerdem konnte er wunderbar erzählen, hatte einen unerschöpflichen Fundus an Theateranekdoten, und da manche Kunden nicht nur die schmutzige Wäsche abgaben, sondern auch unterhalten sein wollten, war Vater Reisch eine zusätzliche Attraktion der Waschsalons.

«Gratis mach ick det nich mehr lange, ick verlange Honorar», erklärte er.

Inzwischen beschäftigte Rudi ausreichend Angestellte, ein Flüchtlingsehepaar aus Ostpreußen unter anderem, auch eine Ungarin, die nach dem Aufstand 1956 geflohen war, und als neuesten Zuwachs einen schwarzlockigen Türken, mit dem man zwar nicht reden konnte, da er kein Wort deutsch sprach, der aber ungeheuer fleißig war.

Alles in allem war es eine geglückte Konstellation, in die Peter geraten war, oder genau gesagt, die ihm Sylvie beschert hatte, weil sie ihn, wie sie es nannte, an Land gezogen hatte. Er fühlte sich freier, die Spannung, die Verkrampfung löste sich, er lebte wie ein normaler junger Mann, das Studium machte ihm Freude, Arbeit hatte er mehr als genug, und er verdiente auch ganz gut.

In diese entspannte Atmosphäre platzte Blanca. Ohne Abitur und mit Krach hatte sie Hartmannshofen verlassen und kam in aller Selbstverständlichkeit zu Peter. Das Reisegeld hatte ihr Josefa gegeben mit den Worten: «Ich werde froh sein, wenn ich dich nicht mehr sehen muß.»

«Beruht auf Gegenseitigkeit», patzte Blanca zurück.

Eines Tages erschien sie in der Wäscherei in der Kantstraße, ziemlich kleinlaut, die Reise im Interzonenzug war strapaziös gewesen, die große Stadt schüchterte sie ein.

Da stand sie also, einen Koffer und die alte Reisetasche in der Hand, die schon die Flucht aus Böhmen mitgemacht hatte, sie hatte sich ein Kopftuch umgebunden. Es war kalt, und es regnete an diesem Tag in Berlin.

«Was bist du denn für 'n komisches Landei? Suchst du 'ne Stellung?» So wurde sie von Rudi begrüßt.

Diesen Empfang verzieh sie ihm nie, so sehr sich Rudi in Zukunft auch hilfreich erwies.

Zuerst brachte man sie in einer Pension in der Nähe unter, doch dann sorgte Rudi dafür, daß Peter und Blanca zu einer anständigen Bleibe kamen. Es war schon seit einiger Zeit die Rede davon gewesen, daß man für Peter ein Zimmer besorgen müsse, denn auf die Dauer war weder die Laube noch das Büro der Wäscherei zum Wohnen, geschweige denn zum Studieren geeignet. Gelegentlich übernachtete er auch bei Sylvie, die Eltern übersahen es großzügig, aber Peter genierte sich. Rudi, das Genie, kam sehr schnell auf die richtige Fährte. Die Wäsche Frau von Gebhards wurde in dem Geschäft in der Nürnberger Straße gewaschen, und da Rudi mit seinen Kunden individuell umging, wurde die Wäsche bei ihr abgeholt und in sauberem Zustand wieder zugestellt. Denn in Rudis Augen war sie nicht nur eine ältere Dame, sondern auch eine wirkliche Dame.

Daß sie eine große Wohnung besaß und Zimmer vermietete, wußte er auch.

Es traf sich gut, daß einer ihrer Untermieter nach Hamburg umzog, das bedeutete ein Zimmer für Blanca. Peter blieb vorerst in der Kantstraße, doch dann kündigte Frau von Gebhard ihrerseits einem ihrer Mieter, der immer wieder ein Mädchen mitbrachte und über Nacht da behielt.

Zudem noch wechselten die Mädchen häufig.

«Meine Wohnung ist kein Bordell», sagte sie zu Rudi, und der nickte mit ernster Miene.

«Woher sie bloß diesen Ausdruck kennt», sagte er später zu Sylvie und Peter, als er von dem Gespräch berichtete.

«Das paßt doch absolut in ihre Zeit», fand Sylvie. «Ein Mensch von heute würde sagen Puff.»

«Haste ooch wieder recht.»

Frau von Gebhard stammte von einem Gut aus Pommern, 1916 hatte sie ihre Jugendliebe, den Oberleutnant Friedrich von Gebhard geheiratet, 1917 hatte sie einen Sohn geboren und war Witwe. Sie blieb mit dem Kind auf dem Gut, das nach dem Tod ihres Vaters von ihrem Bruder geleitet wurde. Ihr Sohn ging später in Stralsund aufs Gymnasium, und da er ein kluger Junge war, sollte und wollte er studieren. Ihr Bruder hatte selbst drei Söhne, auf dem Gut gab es keine Zukunft für den Jungen.

1936 übersiedelte Frau von Gebhard mit ihrem Sohn nach Berlin und bezog die Wohnung in der Augsburger Straße. Sie bekam eine schmale Witwenpension, vom Gut reisten Möbel nach Berlin, mit denen sie die Wohnung einigermaßen einrichten konnte, von ihrem Bruder erhielt sie zunächst fünftausend Mark, ein erster Teil ihres Erbes, außerdem übernahm er die Kosten für das Studium seines Neffen. Später würde er ihr wieder Geld schicken, versprach er. Dafür mußte sie dankbar sein, sie wußte schließlich, wie sparsam man auf einem pommerschen Gut leben mußte. Da die Wohnung groß genug war, vermietete sie von Anfang an zwei Zimmer. Die Lage war günstig, die U-Bahn in der Nähe, die Tauentzien um die Ecke, zum Bahnhof Zoo, zum Kurfürstendamm war es nicht weit.

Jürgen von Gebhard immatrikulierte sich an der Humboldt-Universität, der Arbeitsdienst blieb ihm erspart, die Wehrmacht holte ihn zur Ausbildung Mitte 1938, übergangslos kam er in den Krieg, überstand den Polenfeldzug unversehrt, bekam Studienurlaub und lebte wieder bei seiner Mutter.

Für Frau von Gebhard war dies in der Erinnerung die schönste Zeit ihres Lebens, das Jahr 1940, die ersten Monate 1941, der Sohn bei ihr, klug, verständig, liebevoll, er ließ sie teilnehmen an seinen Plänen, sie gingen in die Oper und in Konzerte, in die Philharmonie, in den Beethovensaal, sie verehrten beide Wilhelm Furtwängler, hörten mit geschlossenen Augen zu, wenn Franz Völker sang, und das schönste von allem war die Zauberstimme von Erna Berger. Sie gingen auch in die Theater, Berlin bot ja so ungeheuer viel, der Krieg war in keiner Weise hinderlich, wenn auch die Straßen dunkel waren, in der U-Bahn war es hell. Was Erna Berger in der Oper bedeutete, das war für die beiden Käthe Gold am Gendarmenmarkt. Doch da war noch die Dorsch, da war Hermine Körner mit ihrer atemberaubenden Stimme, und natürlich Gründgens als Mephisto, Paul Hartmann als Faust, als Egmont und der unvergleichliche Werner Krauss. Jürgen entzückte sich an der scheuen Anmut von Angela Salloker, die sah man bei Hilpert im Deutschen Theater, wo ebenfalls ein vielseitiges Programm geboten wurde, Bernhard Shaw und vor allem die Stücke von Tschechow.

Das alles hatte Luise im heimischen Pommern nicht gekannt, es war eine ganz neue Welt, die sie vorsichtig betrat und die sie mehr und mehr in Bann zog. Und ihr zusätzlich die ersten Freunde ihres Lebens bescherte.

Natürlich kostete das Geld, sie konnten sich nur billige Plätze leisten, überdies waren die Karten schwer zu bekommen. Am Kurfürstendamm gab es einen der vielen Läden, in denen man Theater- und Konzertkarten im Vorverkauf bekam; es war ein schmaler, länglicher Raum, und da Luise von Gebhard dort so oft wie möglich erschien, um nach Karten zu fragen, vor allem auch Jürgen zuliebe, er bekam ja als Student verbilligte Karten, war sie schließlich den Damen aufgefallen, die den Laden betrieben. Zwei Schwestern, die sich sehr ähnlich sahen und im gleichen Tonfall sprachen, mit denselben Bewegungen hantierten. Unterscheiden konnte man sie nur daran, daß die eine graue Haare hatte, die andere ihre goldblond färbte, jene immer einfache dunkle Kleider trug, die andere modisch flott gekleidet war.

Später, als sie sich angefreundet hatten, erklärte die Blonde: «Das war in unserer Kindheit schon so. Ilse war die Klügere und machte immer auf einfach und bescheiden, mir blieb gar nichts anderes übrig, als mich aufzutakeln.»

Eine der beiden war immer im Laden, der Vorverkauf war von früh am Morgen bis spät in die Nacht geöffnet, meist waren sie beide zusammen da, sie hatten viele Stammkunden, und Luise gehörte dann auch dazu und hatte nun weniger Mühe, an Karten zu kommen.

Scheinbar eine schöne Zeit, die Anfangsjahre des Krieges, in Berlin lebte man ganz normal, nicht nur Theater und Konzerte waren ausverkauft, es gab ausreichend Lokale in allen Stadtteilen, von Horcher bis zu Aschinger bekam man zu essen, man hatte zwar Lebensmittelmarken, doch die gab es ausreichend. Es kam dazu, daß manche Leute den Krieg nicht ganz ernst nahmen,

Dänemark und Norwegen waren besetzt, dann der Blitzkrieg in Frankreich mit seinem überwältigenden Sieg. «Sie werden sehen, jetzt ist bald Schluß», sagte die Frau in der Molkerei, bei der Frau von Gebhard die Milch holte. «Offen jestanden hab ick det dem Hitler nich zujetraut. Is ja ooch nich sein Verdienst, sind unsere Jungs, die machen det.»

Später, im Kartenbüro, erzählte sie den Schwestern von diesem Gespräch; es war Ende Juni 1940.

«Da wird sich die Bolle wohl täuschen», sagte Jette, die Blonde. «Ich hab schon' mal einen Krieg erlebt. Wie wir alle drei, nicht? Damals hieß es, Weihnachten sind wir wieder zu Hause. Ging ein bißchen früher los als diesmal, aber ungefähr so um die Zeit auch. Weihnachten sind wir wieder zu Hause. Ja, denkste, Puppe!»

«Diesmal hat das keiner behauptet», sagte Ilse.

«Das haben sie sich nicht getraut. Dabei sind sie diesmal ja wirklich viel weiter gekommen als damals. Aber mir ist nicht ganz geheuer dabei. Was heißt das, unsere Jungs machen das? So viele Jungs haben wir gar nicht. Ich habe mir neulich mal im Atlas angesehen, wo dieses Narvik liegt. Wißt ihr, wie weit weg das ist? Wie sollen die Jungs denn das alles besetzen und bewachen? Frankreich und Belgien und Holland, ja, wie wird mir denn, wenn ich mir das vorstelle. Tschechoslowakei ist auch noch dabei. Nee, ich seh da schwarz, und wenn die Engländer den Dünkirchen-Schock überwunden haben, bin ich ja mal gespannt, was die dann machen. Flugzeuge haben die nämlich auch.»

«Ja, das kommt noch dazu, was unsere Jungs machen müssen. In der Luft und auf dem Wasser sind sie auch, und nicht zu knapp. Gott, bin ich froh, daß wir keine Kinder haben.» Daraufhin sahen sie beide Luise an und verstummten.

Sie saßen in dem winzig kleinen Raum hinter dem Laden und tranken Kaffee. Richtig starken Bohnenkaffee, davon hatten die Schwestern immer genug, denn wer Theaterkarten wollte, brachte immer mal eine kleine Aufmerksamkeit mit.

Es war abends, nach neun, im Laden war es ruhig, ein warmer Sommerabend, auf dem Kurfürstendamm flanierten die Leute, in den Vorgärten der Cafés und Lokale saßen sie, es war dunkel,

verdunkelt, es war still, denn es fuhren kaum Autos, nur ab und zu bimmelte die blau verschleierte Straßenbahn vorbei. Die Luft war rein und klar wie auf dem Land, das Reden der Promenierenden, das Lachen einer Frau klang zu ihnen in das kleine Zimmer.
«Ist sie denn wenigstens niedlich?» fragte Jette.
«Doch», sagte Luise, «ein nettes Mädchen.»
Jürgen war an diesem Abend mit einer Kommilitonin in der «Macht des Schicksals», auf Studentenkarten.
«Er muß ja auch mal mit einem Mädchen ausgehen», fügte Jette tröstend hinzu.
«Nicht nur mit seiner alten Mutter», nickte Luise.
«Alt möchte ich überhört haben. Wir sind noch nicht alt. Ich werd' nächstes Jahr fünfzig. Das ist doch kein Alter für eine Frau. Ilse ist zwei Jahre älter. Na, und Sie, Frau von Gebhard, Sie sind überhaupt die Jüngste.»
Luise lächelte. Das Gespräch mit den beiden Frauen wirkte belebend auf sie. Sie hatte nie eine Freundin gehabt, mit ihrer Schwägerin hatte sie sich nicht besonders gut verstanden, und in Berlin war sie zunächst sehr einsam gewesen. Die Herzlichkeit der beiden Berlinerinnen, die Leichtigkeit von Wort und Lächeln, die Heiterkeit, doch auch die wache Intelligenz ihrer Ansichten waren für Luise etwas nie Erlebtes, stimmten auch sie heiter.
Darum lachte sie, als sie sagte: «Demnach bin ich wirklich die Jüngste. Ich werde in zwei Jahren fünfzig.»
«Warum haben Sie eigentlich nicht wieder geheiratet, Frau von Gebhard?» fragte Ilse.
«Wen denn? Nach dem Krieg gab es ja keine Männer mehr. Und eigentlich wollte ich auch nicht. Ich war sehr froh, daß ich Jürgen hatte. Er füllt mein ganzes Leben aus.»
Die Schwestern tauschten einen Blick; glücklicherweise rührte sich draußen im Laden etwas, es war schon fast zehn, doch es kamen zwei Kunden, und der Mann wollte um jeden Preis für den nächsten Abend Opernkarten.
«Da sind Sie ja früh dran», hörten sie Jette sagen.
«Ich sitz' in Holland an der Küste, Tag und Nacht. An einem Flakgeschütz. Damit keiner reinfliegt und euch hier was tut, klar?

Wir sind da viel zu wenig. Wissen Sie, wieviel wir schlafen? Eine Nacht zwei Stunden, die nächste Nacht vier Stunden. Immer abwechselnd.»

«Und nun haben Sie Urlaub, und statt zu schlafen, wollen Sie in die Oper gehen.»

«Will ich. Und richtig schlafen kann ich sowieso nicht mehr.»

«Na, da wollen wir mal sehen...», murmelte Jette und begann in ihrem Geheimfach zu kramen.

Als sie nach einer Weile wiederkam, sagte sie: «Habt ihr's gehört? Die armen Jungen können nicht mal schlafen. Dabei findet zur Zeit gar kein Krieg statt.»

Frau von Gebhard trank den Rest ihres Kaffees aus.

«Ja, da will ich mal nach Hause gehen, ich hab' Kartoffelsalat gemacht und Buletten. Ich habe gesagt, wenn sie nach der Oper Hunger haben, kriegen sie bei mir was.»

«Junge Leute haben immer Hunger», sagte Jette. «Kartoffelsalat und Buletten, hätte ich jetzt auch Appetit drauf. Was haben wir denn noch da, Ilse?»

«Eine Käsestulle kannst du haben.»

«Will ich nicht. Weißt du was, ich geh mal um die Ecke nach Emil. Da krieg' ich bestimmt was.»

Emil war ein Boudiker in der Augsburger Straße, kurz vor der Rankestraße. Da bekam man ausgezeichnet zu essen, und konnte sich bei Bedarf auch etwas mitnehmen.

«Ich bin nur froh, daß wir diesmal keinen Krieg mit Rußland haben. Mit dem Hitler bin ich ja nicht so einverstanden, euch kann ich das sagen...», Luise von Gebhard stockte. «Ist auch keiner im Laden?»

«Nee, ich höre es, wenn die Tür geht. Bist nicht einverstanden mit unserem großen Führer, das ist ja sehr milde ausgedrückt. Ich würd ihn am liebsten in der Havel ersäufen, dort wo sie am tiefsten ist. Nicht einverstanden! Der Kerl hat uns einen Krieg eingebrockt. Und wenn sie auch immerzu gesiegt haben, sind doch genug Leute gefallen und verstümmelt worden, nicht?»

«Und was das Siegen angeht», sagte Ilse. «Wollen wir mal abwarten, wer zuletzt siegt. Ich hab' einen Kunden hier, du kennst ihn auch, Jette, der Professor. Der sagt, wir verlieren den Krieg genauso beschissen wie den vorigen. Ja, tut mir leid, er drückt es so aus. Und er sagt, wir müssen den Krieg schon deswegen verlieren, damit wir den Hitler loswerden.»

«Sie führen ja sehr gefährliche Gespräche hier im Laden.»

«Ich weiß schon, mit wem ich reden kann. Und in Berlin reden viele Leute so, das weiß ich auch. Aber ich habe Sie unterbrochen, Frau von Gebhard. In welchem Punkt sind Sie denn mit Hitler einverstanden?»

«Na, dieser Vertrag mit Stalin. Es ist doch gut, daß wir nicht auch noch mit Rußland Krieg haben. Finden Sie das nicht auch?»

Dann ging Luise nach Hause, zu den Buletten und dem Kartoffelsalat und wartete auf ihren Sohn und das nette Mädchen, mit dem er in der Oper war.

Ein milder Sommerabend war es, als sie das kurze Stück zu ihrer Wohnung spazierte, sauber die Luft, in ihrer Hand klickte die Taschenlampe. Ein warmer Sommerabend, Ende Juli 1940.

Im Frühjahr 1941 mußte Jürgen sein Studium unterbrechen und wieder einrücken. Im Herbst 1941 war er tot. Gefallen in Rußland.

1945, als der Krieg zu Ende war, war auch das Gut in Pommern verloren. Luises Bruder und zwei seiner Söhne gefallen, ihre Schwägerin auf der Flucht umgekommen. Nur einer der Neffen überlebte, ausgerechnet derjenige, der ein begeisterter Anhänger Hitlers gewesen war und die schwarze Uniform der SS getragen hatte. Luise von Gebhard sah ihn das letztemal im Winter 1944, als Berlin schon ein Trümmerhaufen war. Das bauen wir alles wieder auf, erklärte er großartig. Über Spanien verschwand er in Richtung Südamerika, doch das wußte sie nicht, sie hörte nie wieder von ihm und nahm an, er sei schließlich auch ein Opfer des Krieges geworden.

Es war ihr nichts erspart geblieben. Ein Frauenschicksal in diesem fortschrittlichen zwanzigsten Jahrhundert. Als einzige Freundlichkeit des Schicksals konnte sie es ansehen, daß ihre Wohnung den Krieg unbeschadet überstanden hatte. Eine Aufgabe allerdings war ihr zugefallen, die sie täglich mit großer Hingabe erfüllte: Von den Schwestern hatte nur Ilse den Krieg überlebt, Jette war bei einem Luftangriff ums Leben gekommen. Ilse war gehbehindert, sie konnte nur mühsam laufen, ein stürzender Balken hatte sie ins Kreuz getroffen und ihr Rückgrat beschädigt. Luise besuchte sie jeden Tag, kaufte für sie ein, kochte für sie und, was am wichtigsten war, unterhielt sich mit ihr. Das Gespräch war wichtig, für beide, und besonders für die Kranke. Ilse las jede Zeitung von vorn bis hinten, war genau informiert, was in Berlin, in Bonn, in Paris und New York vor sich ging. Und in Moskau. Seit einiger Zeit hatte sie auch einen Fernseher, der sie mit weiteren Nachrichten versorgte. Sie hatten erwogen, ob Ilse zu Luise von Gebhard ziehen sollte, aber es wäre unpraktisch im dritten Stock, mit dem meist defekten Fahrstuhl. Die beiden Zimmer am Steinplatz, die Ilse bewohnte, lagen im Parterre, und der Hinterhof, von den umliegenden Häusern umschlossen, erholte sich nach dem Krieg, begrünte sich wieder, auch Bäume wuchsen, die man angepflanzt hatte. Hier konnte Ilse an warmen Tagen sitzen, konnte die wenigen Schritte gehen, zu denen sie noch imstande war. Und vor allen Dingen fühlte sich die Katze hier wohl, ihre Gefährtin.

Haß

Ich will keine Nudelsuppe. Ich habe keinen Hunger. Ich will überhaupt nie mehr etwas essen. Ich will nicht mehr leben. Ich hasse dich, Peter. Dich und deine Sylvie und deinen Rudi. Dich und die Universität und die Waschsalons. Ich hasse dich, Tante Seffi, und deinen Angermann und Gisela sowieso und Eberhard mit seinem dämlichen Evchen. Und Lutzla... nein, den kann ich nicht hassen. Und Lene nicht. Und Clara nicht, die meine Großmutter war. Aber es war euch allen egal, was aus mir wird. Doch, ich kann auch Clara hassen. Die dachte nur an ihren Karli. Wenn mein Karli wiederkommt. Jetzt ist sie tot, und sie hat ihren Karli nicht mehr gesehen. Aber sie hat gewußt, daß er lebt. Sie hat sich eingebildet, daß er lebt. Mein Vater, den ich auch hasse, denn er ist nie mit mir über die Brücke der Moldau gegangen. Ich habe Jaroslav geliebt und Jana und Ludvika, und jetzt weiß ich auch, was ich tun werde. Ich spreche nicht von Mami. Sie hat mich verlassen. Ich kann sie nicht hassen, und ich will sie nicht mehr lieben. Peter hat mich auch verlassen, und ich bin ihm nachgelaufen. Dabei will er mich gar nicht haben. Er braucht mich nicht. Ich sehe es ein. Ich bin nur Ballast für ihn. Ein Mädchen, das sich sonstwas einbildet, das nichts kann und nichts ist und nie was sein wird. Ich habe mich geweigert, weiter die Wäsche zu machen, und Peter hat gesagt, das ist nichts für Blanca. Erstaunlicherweise hat Rudi nichts dazu gesagt, hat nur so mit den Schultern gezuckt. Ich weiß aber, was er gedacht hat. Er hat gedacht, sogar dazu ist sie zu dumm, die eingebildete Ziege. Er weiß nicht, wer Karl der Vierte ist, und mein Name sagt ihm gar nichts. Ist auch total unwichtig. Ich habe es nie erwähnt, ich werde mich hüten, dem so etwas zu erzählen. Und ich bin sicher, auch Peter hat nie davon gesprochen. Rudi und Sylvie bedeuten ihm mehr als ich, ich bin nur lästig. Er merkt nicht einmal, wenn ich ihn belüge. Und das ist mein Bruder. Ich habe keinen Bruder mehr. Ich will ihn nie wiedersehen. Ich gehe fort. Ich gehe wieder fort. Ich mache das nochmal. Ich werde froh sein, dich nicht mehr zu sehen, hat die liebe Tante Seffi gesagt. Keiner konnte mich dort leiden. Seit Gisela ihr Gesicht wieder herzeigen kann, war sie genauso frech zu mir wie früher. Und dieses alberne Evchen hat mich von Anfang an betrachtet wie eine Aussätzige. So, eine Böhmin, sagte sie mit ihrer Piepsstimme. Gibt's doch gar nicht mehr. Die ist zu dumm, um gradaus zu gucken. Und was für ein Getue mit der Hochzeit. Eberhard grinste wie ein Mondkalb. Man hätte meinen können, ein Prinz heiratet, das ganze Dorf und die umliegenden Dörfer waren da, alle Leute von der Brauerei und von allen sonst noch vorhandenen Brauereien. Der Pfarrer salbaderte, und beim Wirt in Kungersreuth gab es das Hochzeitsessen. Auch Doktor Lankow, dieser Verräter, war dabei. Peter nicht, den hatten sie gar nicht eingeladen. Die Reise macht ihm nur unnötige Kosten, sagte Tante Seffi scheinheilig. Mir gab sie das Geld gern, damit sie mich loswurde. Angermann war verlegen, als er mich in Bayreuth in den Zug setzte. Nun mach es gut, meine Kleine, sagte er. Dieser hergelaufene Schnapsheini, ich bin nicht dem seine Kleine. Hätte ja sein können, Eberhard schmeißt ihn raus, als er zurückkam. Aber nein, Tante Seffi sagte gerührt zu den Leuten in der Brauerei: unser Juniorchef. Und dann kam die Hochzeit. Und nun kriegt die dumme Nuß ein Kind. Alles ganz nach Fahrplan. Bei dieser Hochzeit ging es los. Da wußte ich, daß ich sie alle hasse. Und dann kam der Brief aus Rußland. Vor lauter Glück starb meine Großmutter. Bei der Beerdigung drehte ich durch. Ich lief aus der Kirche, als der Pfarrer wieder salbaderte. Gott hat ihr noch ihren Sohn geschenkt, sagte er. Was hat sie denn davon? Ein verlauster Gefangener aus Sibirien, der behauptet, mein Vater zu sein. Wo ist er denn? Ist er gekommen? Er ist nicht gekommen. Ein Lügner und Betrüger, der behauptet, mein Vater zu sein.

Das sagte ich, als sie aus der Kirche kamen. Auf dem Friedhof war ich gar nicht dabei. Mein Vater ist tot, und er soll auch tot sein. Er ist tot, schrie ich, und ihr seid darauf reingefallen, daß jemand seinen Namen benutzt. Tante Seffi war ganz weiß im Gesicht. Mach, daß du rauskommst, schrie sie mich an.

Am nächsten Tag habe ich in der Schule meine Bücher genommen und die Fenster im Klassenzimmer kaputtgeschmissen, und als Studienrat Berger sagte, was ist denn mit Ihnen los, Fräulein Wieland, habe ich das letzte Buch ihm an den Kopf geschmissen. Darauf bin ich aus der Schule geflogen. War nicht anders zu erwarten, daß es mit dir ein böses Ende nimmt, sagte die liebe Tante Seffi. Du bist genau wie deine Mutter, eingebildet und unberechenbar. Ich ging auf sie los, Eberhard hielt mich fest, und Evchen quietschte, was kann man von einer sogenannten Böhmin anderes erwarten, sie hätte bei den Kommunisten bleiben sollen, da paßt sie hin.

Dann gaben sie mir gern das Reisegeld. Doktor Lankow, als er es erfuhr, kam und wollte mit mir reden.

Ich habe mit Ihnen nichts zu reden, Herr Doktor, sagte ich. Ich habe mit keinem mehr etwas zu reden in diesem verdammten Kaff. Was er wohl gesagt hätte, wenn er mich in den letzten Wochen erlebt hätte? Er ist ja vom Fach. Vermutlich hätte er gesagt, aber es ist doch schön, ein Kind zu bekommen. Sieh mal, Blanca, ich habe oft genug erlebt, daß Frauen kein Kind wollen, und dann sind sie glücklich, wenn sie es haben. Das habe ich mal miterlebt, als ein Mädchen aus Kungersreuth ein uneheliches Kind bekam. Sie hat einen Selbstmordversuch gemacht, hat sich die Pulsadern aufgeschnitten, so ein Quatsch, er hat sie gerettet und belabert, und sie bekam das Kind und war glücklich. Behauptet er. Das war sie keineswegs, sie ließ das Kind bei ihren Eltern, arme Bauern aus Kungersreuth, und ging auf und davon. Wir werden uns um das Baby kümmern, salbaderte der Doktor, und Tante Seffi nickte freundlich dazu. Die Leute wollten das Kind nicht, und dann haben sie es der Maria vom Frenkl-Hof gebracht, die hatte schon ein Kind und hat gesagt, sie wird es gern behalten. Alles so eine Verlogenheit. Oh, ich hasse sie alle, alle hasse ich.

Und ich habe Fieber, ich mag keine Nudelsuppe. Aber ich habe Durst, ich möchte etwas trinken. Heute mittag war ich doch so glücklich, so glücklich wie noch nie in meinem Leben. Vielleicht sterbe ich doch noch, das wäre das beste, was mir passieren könnte. Liebe! Ich liebe niemanden. Keinen. Und ich werde nie wieder jemand lieben. Den schon gar nicht. Als ich sagte, ich glaube, es ist etwas passiert, lachte er. Da kann man ja was dagegen tun, sagte er. Ich gebe dir eine Adresse. So etwas können sie hier in Berlin. Eine Adresse haben sie. Da bei uns zu Hause hätten sie keine, da haben sie nur den Lankow. Der macht das nicht. Hier gibt es sicher viele Adressen. Er wußte das, ich bin zu doof, ich weiß es nicht. Erledige die Chose, sagte er, ich will keinen Ärger haben mit meiner Frau. Hier liege ich jetzt, und ich hasse ihn genauso wie alle anderen. Seine Frau, die aufgepuderte Ziege. Sie machen das schon sehr nett, Fräulein Wieland, sagte sie. Sehr nett habe ich das gemacht, Frau Nordheim. Und ihr Mann erst, wie nett hat der das erst gemacht... Und wie großartig hat er sich getan, als Liebhaber. Ich bin der erste, juchzte er. Der erste, bei so einem schönen Mädchen. Was hätten Sie wohl gesagt, teure Frau Nordheim, wenn ich gekommen wäre und gesagt hätte, ich kriege ein Kind von Ihrem Mann. Sie hat keines, und sie kriegt keines. Von mir?, hat er ganz erstaunt gefragt.

Ich wünsche ihm die Pest an den Hals. Ich hasse ihn. Es gibt keinen Menschen auf dieser Welt, den ich nicht hasse. Nein, Mami, dich hasse ich nicht. Du hast mich verlassen, aber du hast recht gehabt, daß du gegangen bist. Es geht dir gut, schreibst du. Es soll dir gutgehen. Immer. Du hast ein Pferd und einen Hund und einen Mann. Ein toller Mann, wie Gisela gesagt hat; was die schon davon versteht. Ich bin froh, daß du jetzt bei Peter bist, schreibst du. Peter! Du hast keine Ahnung, wie der jetzt ist. Ich hasse ihn. Ich hasse alle.

Geburtstag

Sie lag auf dem Bett, sie blutete nicht mehr, aber sie hatte Fieber und war krank vor Durst. Der Mund und der Hals waren ausgetrocknet.

Sie schob die Füße aus dem Bett, stand langsam auf. Ging ja. Alles war gut, und alles war vorbei. Und sie war glücklich, daß es vorbei war.

Sie zog den rosa Morgenrock an und ging in die Küche. Aber sie hatte das Gas noch nicht angezündet, da kam Frau von Gebhard.

«Guten Abend, Fräulein Wieland. Ihr Bruder sagt, es geht Ihnen nicht so gut.»

«Ich bin ein bißchen erkältet. Ich wollte mir gerade einen Tee machen.»

«Ja, Sie sehen auch nicht gut aus. Wollen Sie nicht einen Teller Suppe essen? Was haben Sie denn heute gegessen? Ich sehe, Sie haben eingekauft.»

«Ich habe nichts gegessen, und ich will nichts essen. Ich möchte nur Tee.»

«Gehen Sie in Ihr Zimmer. Ich bringe es Ihnen.»

«Aber Frau von Gebhard, das ist doch nicht nötig, ich...», sie schwankte, vor ihren Augen wurde es dunkel, ihre Hand krampfte sich um die Kante des Küchentisches.

«Sie müssen sich hinlegen. Kommen Sie, Kind.»

Die freundliche Stimme, die Anrede Kind trieb Blanca Tränen

in die Augen. Kind, das hatte Frau von Gebhard noch nie zu ihr gesagt. Ein Mensch, der es gut mit ihr meinte. Der gut zu ihr war.
«Es geht schon, danke. Ja, ich lege mich wieder hin.»
Nach einer Weile kam Frau von Gebhard mit einer großen Kanne Tee und natürlich mit einem Teller Nudelsuppe. «Sie sollten doch etwas essen, Fräulein Wieland. Versuchen Sie es.»
«Danke, vielen Dank.»
Sie aß dann wirklich die Suppe, trank den Tee, drei Tassen waren es, aber er war dünn wie immer bei Frau von Gebhard, er würde sie am Schlafen nicht hindern.
Aber sie schlief nicht, die Orgie von Haß, die sie überfallen hatte, hielt sie wach. Und dann wieder, überwältigend, das Gefühl der Erleichterung. Ist ja gut, ist gut. Alles war vorbei. Sie weinte. Und dann schlief sie ein.
Am nächsten Tag fühlte sie sich besser, noch ein bißchen wacklig auf den Beinen. Und am Morgen ihres Geburtstages ging es ihr wieder gut.
Peter sagte am Morgen, als sie frühstückten: «Du willst nicht mehr hingehen zu den Nordheims?»
«Soviel ich weiß, habe ich dir vor einer Woche schon erklärt, daß ich gekündigt habe.»
«Na ja, gekündigt. Du warst da zur Ausbildung.»
«Was braucht man schon groß für eine Ausbildung, um ein paar Pullover zu verkaufen? Diese Anni, die dort arbeitet, war vorher Bedienung bei Aschinger, als sie von drüben kam, und nebenbei geht sie auf den Strich, da kommt sie ganz gut über die Runden.»
Peter blickte sie bekümmert über die Kaffeetasse an. «Ich habe es nicht gern, wenn du so redest.»
«Ich gebe ja bloß weiter, was sie erzählt hat. Der Mensch lebt, um zu lernen. Das ist doch immer deine mir mitgeteilte Weisheit. Also, ich habe einiges dort gelernt in dem Laden. Frau Nordheim konnte mich nicht leiden. Warum? Darum. Weil Herr Nordheim mich pausenlos angesehen hat, und wenn ich ins Lager ging, kam er mir nach. Dreimal darfst du raten, warum. Dann schickte sie mir Anni nach, zur Hilfe, wie sie behauptete. Das sogenannte Lager ist ein kleiner Raum im Keller, Anni ging mit bis zum Vorraum, setzte

sich da auf den Schemel und zündete sich eine Zigarette an. Wirste wohl finden, Kleene, sagte sie. Größe 36 ist vorn links, und denn immer hübsch der Reihe nach.» Sie ahmte gekonnt Annis heisere Stimme nach, die schleppende Redeweise. «Es sei denn, es war gerade eine Kundin da. Da mußte einer im Laden bleiben. War es eine elegante Kundin, dann machte sie das selbst. Oder er. Wir waren vier Leute in der Bude. So viele Kunden kommen da auch nicht.»

«Es ist eine gute Lage am Kurfürstendamm.»

«Sicher. Nur gibt es da einen Laden neben dem anderen. Und bezahlt haben sie mir nur ein paar Kröten.»

«Du bist noch in der Ausbildung.»

«Hör auf, mir so einen Schwachsinn zu erzählen. Da ist nicht viel auszubilden. Und es ist nicht mein Ehrgeiz, Verkäuferin zu werden.»

«Ja, das sehe ich ein. Aber...», er trank den letzten Schluck Kaffee, faltete dann sorgfältig seine Serviette zusammen.

«Aber meine liebe Blanca», machte sie, nun in seinem Ton, «was soll eigentlich aus dir werden? Jeder Mensch muß schließlich einen Beruf haben. Und sein eigenes Geld verdienen.»

«Das habe ich nie gesagt.»

«Aber gedacht.» Sie lachte plötzlich. «Ich sehe ja ein, es ist eine Zumutung, daß ich mich von dir ernähren lasse. Aber sieh mal, ich esse ja nicht viel. Es ist gerade nur die Miete für das Zimmer hier. Wenn ich so viel verdiene, daß ich das bezahle, kannst du mich dann noch eine Weile ertragen?»

«Red nicht so einen Quatsch. Du weißt selber, wie schwer ich mich hier durchgeschlagen habe. Dank Rudi geht es mir jetzt ganz gut.»

«Rudi, der Retter aus der Not. Wenn wir ihn nicht hätten!»

«Du weißt, daß du jederzeit bei ihm arbeiten kannst. Wenn er jetzt den neuen Laden aufmacht, der wird ganz groß. Du sollst ja keine Waschmaschinen bedienen, nur die Kunden empfangen und so.»

«Die Kunden und ihre dreckige Wäsche. Guten Morgen, gnädige Frau, ist das nicht ein prächtiger Tag heute?» Übergangslos

fragte sie: «Denkst du noch manchmal an unser Schloß?»
«Nein», antwortete er abweisend und stand auf.
«Dann denkst du auch nicht an Mami?»
Er schwieg. Drehte sich dann um, suchte seine Bücher auf dem Schreibtisch zusammen und steckte sie in die alte, zerfledderte Aktentasche.
«Du hast sie doch gern gehabt. Und du kannst ihr nicht verzeihen, daß sie uns im Stich gelassen hat.»
«Müssen wir jetzt darüber reden?»
«Man kann nie mit dir über sie reden.»
«Nein.»
«Ich weiß, wie empört du warst, als sie fort war. Sie hat recht gehabt. Und ich wünsche, daß es ihr gut geht.»
«Das wünsche ich auch.»
«Ob sie wohl daran denkt, daß ich Geburtstag habe?»
«Das weiß ich nicht. Vielleicht kommt sie nachher, um dir zu gratulieren.»
«Du bist gemein.»
«Ich muß jetzt los», sagte er. «Heute abend feiern wir deinen Geburtstag.»
«Im trauten Familienkreis. Ich freue mich schon. Und nochmals vielen Dank für den Morgenrock. Er ist wirklich entzückend. Aber es wär' nicht nötig gewesen, daß du so viel Geld ausgegeben hast.»
«Mach dir keine Sorgen», sagte er brutal, «er war nicht sehr teuer. Rudi kennt da einen Laden, sowas wie deine Nordheims, die haben Konkurs gemacht, da konnte man sehr günstig aus der Masse einkaufen.»
«Ich sage ja immer, Rudi ist ein Genie.»
«Er hat noch verschiedenes sonst günstig eingekauft, Unterwäsche und Nachthemden und so. Sylvie wird heute abend ein paar von den Sachen mitbringen. Vielleicht kannst du was davon gebrauchen.»
«Es ist so günstig, wenn man Betriebswirtschaft studiert.»
Er blieb an der Tür stehen und sah sie an.
«Und ich bin abscheulich», sagte sie reuevoll.

«Du bist, wie du immer warst.»
Als sich die Tür hinter ihm geschlossen hatte, murmelte sie: «Tante Seffi aus der Seele gesprochen.»
Mit spitzen Fingern nahm sie den Morgenrock hoch. Er war aus hellgrüner Seide mit dicken lila Blumen drauf. Der Rosa, einst von Josefa besorgt, war auch kein modisches Kunstwerk, er war praktisch und warm.
Sie wußte genau, wie der Morgenrock aussehen mußte, den sie sich kaufen würde, sie kannte schließlich die Auslagen auf dem Kurfürstendamm.
Es gab nur eins auf der Welt, was wichtig war; viel Geld zu haben.
Bei Nordheims hatten sie schicke Sachen, keinen Ramsch. «Wir verkaufen keinen Ramsch», sagte Frau Nordheim immer. «Wir legen Wert auf gute Kundschaft.»
Dank Herrn Nordheim besaß Blanca ein paar hübsche Pullover und Blusen und den plissierten Rock, den würde sie heute abend anziehen. Manche Stücke hatte er aus dem Lager abgesahnt, für sie. Frau Nordheim dachte vielleicht, Anni hätte sie geklaut. Das tat sie hin und wieder.
Daß ich nicht klaue, weiß sie, dachte Blanca, so klug ist sie.
Manchmal hatte er auch Fehler an einer Ware entdeckt. «Das können wir nicht verkaufen», hatte er gesagt. «Was verstehst du denn davon?» fragte Frau Nordheim dann kühl.
Sie war vom Fach, sie hatte in der Damenkonfektion gearbeitet, und sie hatte Geschmack. Der Laden ging ganz gut. Herr Nordheim hatte keine Ahnung von der Mode, er war aktiver Offizier gewesen, und jetzt hatte er keinen Beruf mehr. Im Krieg hatten sie geheiratet, und der Hauptmann Nordheim war wirklich ein schöner Mann gewesen, Blanca kannte Bilder von ihm in Uniform. Er sah auch heute noch gut aus, und seine Frau liebte ihn.
Ob sie ahnte? Oder gar wußte?
Blanca stand am Fenster und blickte hinab in den Hinterhof, die hochstehende Junisonne kam gerade über die Dächer. Wenn sie ehrlich war, mußte sie zugeben, daß es ihr auch Spaß gemacht hatte. Seine ersten Küsse im Lager, seine Hand an ihrem Körper.

Und dann war sie mitgegangen in das kleine Hotel in der Lietzenburger Straße. Sie hatte gewußt, worauf sie sich einließ. Sie war neugierig, sie wollte es wissen. Tante Seffi und Angermann, sie hatte gelauscht. Mami und der Mann aus Amerika. Gisela und ihr Jüngling. Peter und die doofe Sylvie.

Sie wollte es endlich wissen. Herr Nordheim war schlank und rank, er konnte reiten und fechten, und er ging regelmäßig in seinen Sportclub. Das durfte er, und das waren die Stunden, in denen seine Frau nicht kontrollieren konnte, was er tat. Und zum Skatspielen mit alten Kameraden ging er abends auch. Da war sie nicht mit dabei. In dem Hotel kannte man ihn, das hatte Blanca registriert. Aber er war ein guter Liebhaber. «Das hätte ich nicht gedacht, daß du noch Jungfrau bist», sagte er nach dem erstenmal hochbefriedigt.

Jungfrau! Was für ein Wort!

«Du bist sehr süß», sagte er beim nächstenmal. «Ich bin ganz verrückt nach dir.»

Und dann: «Ich habe mich richtig in dich verliebt, mein Schätzchen.»

Liebe! Was hatte das mit Liebe zu tun?

Was hatte überhaupt das Gewälze im Bett mit Liebe zu tun? Sie stand, das Ohr an die Wand des Schuppens gepreßt, hörte Stöhnen, kleine japsende Schreie, das war Tante Seffi, hörte Prusten, das war Herr Angermann.

Gesehen hatte sie es nicht, nur gehört. Einmal hatte sie versucht, sich an einem der Fenster hochzuangeln, aber die Fenster des Schuppens lagen hoch. Und dann kam Hektor und bellte sie an. Da war sie schnell fortgelaufen, Hektor übermütig springend mit ihr, er hielt es für ein Spiel.

Dann ihre Empörung, als Angermann ins Haus zog und die Zimmer von Angèle bekam.

«Du kannst doch dem nicht einfach Mamis Zimmer geben!»

«Wenn sie wiederkommt, werden wir sie schon unterbringen», erwiderte Josefa herablassend.

Blanca hob mit beiden Händen ihr Haar. Es war die gleiche Bewegung, wie Angèle ihr Haar gehoben hatte.

Einmal hatte sie gesagt: «Früher tat es der Wind von unserem Turm. Kannst du dich an den Turm erinnern, Blanca?»

«Natürlich, Mami. Ich werde ihn nie vergessen.»

Und da sagte diese Biertante: Wir werden sie schon unterbringen.

Blanca preßte die Lippen zusammen, dann drehte sie sich entschlossen um.

Es war gut und richtig, daß sie Hartmannshofen verlassen hatte. Sie konnte die Leute dort nicht mehr ertragen, nicht nachdem sie annähernd erwachsen war. Und vorher hatte sie auch keinen geliebt.

Die Sache mit Nordheim war erledigt, sie würde nicht mehr daran denken. Schluß! Vorbei!

Irgendeinen Job würde sie schon finden. Sie wußte, wie sie aussah und wie sie wirkte auf gewöhnliche Menschen. Blanca, die Frau des Königs und des Kaisers. Sie hob den Kopf und straffte die Schultern, so wie Angèle es getan hatte.

Ich möchte ein Schloß, ein Pferd und einen Hund.

Sie räumte das Frühstücksgeschirr auf das Tablett und brachte es in die Küche.

Auf dem Tisch lag schon der Blumenkohl für die Geburtstagssuppe.

Frau von Gebhard hatte ihr am Morgen einen kleinen Blumenstrauß überreicht, und nun rührte sie in einer Schüssel. «Ich backe einen Kuchen für Sie und Ihre Freunde», sagte sie.

«Aber Frau von Gebhard! Das wäre doch wirklich nicht nötig.»

«Zum Geburtstag gehört ein Kuchen. Wie gefällt Ihnen denn der Morgenrock?»

«Er ist sehr hübsch.»

Frau von Gebhard sagte nichts darauf, lila Blumen auf grünem Grund waren wohl nicht ihr Geschmack.

«Und was wünschen Sie sich sonst noch, Fräulein Wieland?»

«Ich wünsche mir ein Schloß, ein Pferd und einen Hund.»

Frau von Gebhard ließ den Rührlöffel sinken und betrachtete ihre Untermieterin, gar nicht mal sehr erstaunt.

«So», sagte sie.

«Es ist nur das, was ich früher einmal hatte.» Blanca überlegte. «Was wir hatten. Meine Mutter, mein Bruder und ich.»

«Ich hatte das auch. Früher», sagte Frau von Gebhard. «Es war nicht gerade ein Schloß, aber ein schönes großes Gutshaus. Und wir hatten viele Pferde. Und drei Hunde. Zwei für die Jagd. Einen zum Schmusen für uns Kinder.»

«Sind Sie auch geritten?»

«Selbstverständlich.»

«Ich konnte noch nicht reiten, ich war noch zu klein, als meine Mutter das Pferd hatte. Sie haben mich nur mal so draufgesetzt. Peter konnte reiten. Und wir hatten ein richtiges Schloß. Mit einem hohen Turm.»

«Das ist alles vorbei», sagte Frau von Gebhard und rührte wieder den Kuchenteig.

«Unser Schloß stand in Böhmen.»

«Sie haben es schon einmal erwähnt.»

«Ich weiß noch genau, wie es aussah. Ich könnte es malen. Aber ich kann nicht malen. Ich kann gar nichts.» Sie blickte auf die Schüssel. «Ich kann nicht mal Kuchen backen.»

Frau von Gebhard lächelte. «Das kann man lernen.»

«Als Sie damals noch auf Ihrem Gut waren, haben Sie da selber Kuchen gebacken?»

«Nein. Dafür gab es die Mamsell.»

«Sehen Sie! Bei uns machte es Jana. Und da, wo ich später war, machte es Lene. Meine Mutter kann es auch nicht. Und wann haben Sie es gelernt?»

«Als ich mit... mit meinem Sohn nach Berlin kam. Da gab es keine Mamsell mehr. Und als dann mein Sohn nicht mehr da war, habe ich keinen Kuchen mehr gebacken. Viele Jahre lang nicht. Manchmal habe ich für Ilse einen Kuchen gemacht.»

«Und Sie backen ihn heute für mich?» fragte Blanca.

«Ja. Für Sie, Fräulein Wieland.»

«Danke. Das ist ein schönes Geburtstagsgeschenk.»

Blanca ging zurück in Peters Zimmer, sah sich um. Es war alles ordentlich aufgeräumt, bis auf seinen Schreibtisch, da durfte sie nichts anrühren.

Dann ging sie in ihr Zimmer, blickte zerstreut auf das ungemachte Bett.

Wo sollte denn heute abend das Geburtstagsessen stattfinden? In diesem Zimmer stand kein Tisch, an dem man essen konnte. Also dann bei Peter. Sein Tisch war auch nicht besonders groß. Zu trinken würden sie ja wohl etwas mitbringen.

Sie schob wieder die Hände unter ihr Haar. Jetzt würde sie zur Feier des Tages zum Friseur gehen. Und nächster Tage würde sie zu Nordheims in den Laden gehen und ein Zeugnis verlangen. Das konnte er ja schreiben. Ein hervorragendes Zeugnis. Es gab noch mehr Läden auf dem Kurfürstendamm. Es gab allerdings auch viele Arbeitslose in Berlin. Die Zonengänger, die tagsüber im Westen arbeiteten und abends zurückfuhren in den Osten, waren weniger geworden, offenbar erschwerte man ihnen diesen Weg. Denn manche fuhren nicht zurück, ließen sich als Zonenflüchtlinge registrieren, gingen ins Lager und wurden später ausgeflogen. Viele tauchten einfach unter, sie hatten Verwandte oder Bekannte, einen Freund, eine Freundin. Ganz zu schweigen von denen, die schwarz über die Grenze kamen. Die große Stadt nahm sie gnädig auf, konnte sie leicht verbergen, jedenfalls für einige Zeit. Wenn sie irgendwann wieder wie normale Menschen leben wollten, mußten sie Berlin verlassen. Und was taten sie im goldenen Westen? Sie mußten Arbeit finden, eine Unterkunft, ein ganz neues Leben beginnen. Und es wurden mehr, immer mehr.

Als Blanca vom Friseur kam, beschloß sie, gleich zu den Nordheims zu gehen. Ihm würde es ziemlich zweierlei werden, wenn er sie sah, denn er wußte ja nicht, wie die Chose ausgegangen war.

«Die Chose», murmelte sie vor sich hin, als sie den Kurfürstendamm entlangging.

So hatte er das genannt. Also diese Chose müssen wir aus dem Weg räumen, Schätzchen.

Sie würde kein Wort über die Chose verlieren, nur um ein Zeugnis bitten.

Sie waren beide da. Herr Nordheim sagte wie erwartet nichts, Madame jedoch begrüßte Blanca strahlend.

«Sie haben mir richtig gefehlt in dieser Woche, Fräulein Wieland.» War es möglich, daß sie wirklich keine Ahnung hatte? «Ein Zeugnis? Ja, selbstverständlich sollen Sie ein Zeugnis bekommen. Aber wollen Sie es sich nicht nochmal überlegen? Sie haben sich doch wirklich gut eingearbeitet. In einem Geschäft wie dem unseren braucht man eine hübsche Verkäuferin.» Lächeln. «Zumal Ihnen unsere Sachen so gut stehen.»

Die zartblaue Bluse mit dem weißen Kragen und den weißen Manschetten mußte sie kennen, und den blauen plissierten Rock auch. Und sie mußte wissen, daß Blanca diese Stücke nicht gekauft hatte.

Ein furchtbarer Verdacht kam Blanca in den Sinn: Sie ahnte nicht, sie wußte, und sie hatte nichts dagegen. Sie war ganz einfach eine Kupplerin. Oder es war ihr lieber, daß sie wußte, mit wem ihr Mann sie betrog. Möglicherweise war die bewußte Adresse von ihr gekommen.

Blanca lächelte auch. «Ach, ich weiß nicht... ich habe eigentlich andere Pläne.»

«Darf man fragen?»

«Mehr so familiärer Art.»

Gespanntes Schweigen. Herr Nordheim, der hinten im Laden am Pfosten lehnte, wo die Röcke hingen, hob die Brauen. Frau Nordheims Lächeln schwand.

Na, das wär' doch ein Ding, dachte Blanca, wenn ich jetzt sagen würde, ich kriege ein Kind.

Sie blickte lässig von einem zum anderen, sah sich dann um. «Ach, die sind aber hübsch. Neue Ware?» Sie wies auf einen Ständer mit seidenen Blusen, die ein zartes Muster auf hellem Grund hatten.

«Ja», sagte Frau Nordheim. «Sie sind heute vormittag gekommen. Wir haben sie gerade ausgepackt. Paris. Sieht man gleich, nicht?»

«Ja, wirklich, ganz entzückend. Dieses Türkis auf dem Elfenbeingrund, sehr hübsch.»

«Ja, finde ich auch. Was meinen Sie denn damit?»

«Zu den Blusen? Sie sind ganz entzückend, ich sagte es ja schon.»

«Nein, mit der familiären Art.»
«Ach so. Mein Bruder. Er macht ja bald Examen. Und später will er promovieren. Da gibt es eine Menge Arbeit. Ich mache gerade einen Kursus in Maschineschreiben, dann kann ich ihm helfen.»

Frau Nordheim lächelte wieder, und Herr Nordheim ließ die Hand vom Pfosten des Regals sinken und nahm eine Packung Zigaretten aus der Jackentasche.

«Ich bitte dich, Heinz, du sollst doch im Laden nicht rauchen. Es bleibt so ein Dunst in den Sachen hängen.»

«Ja, natürlich, ich weiß. Entschuldige!» Herr Nordheim steckte die Zigaretten wieder ein.

«Ja, wie ist es denn jetzt mit meinem Zeugnis?» fragte Blanca.

«Wollen Sie nicht wenigstens noch eine Weile hier arbeiten?» Frau Nordheim lächelte jetzt richtig süß. «Sie haben gut verkauft. Ich weiß das zu schätzen.»

Und dann erfuhr Blanca den Grund, warum ihre Tätigkeit so dringend gewünscht wurde, Anni hatte die ihre eingestellt, von heute auf morgen. Und mit ziemlich rüden Worten dazu, darüber verfügte Anni massenhaft.

«Es ist die schiere Undankbarkeit», klagte Frau Nordheim. «Sie war so froh, daß sie bei uns arbeiten durfte. Sie hatte ja keine Ahnung, wie gute Ware heute aussieht. Schließlich kommt sie aus dem Osten.»

«Und warum hat sie aufgehört?»

«Warum wohl? Es ist immer dasselbe mit dieser Art Mädchen. Sie hat sich einen Kerl zugelegt und denkt, er wird für sie sorgen.»

«Ich kann mir denken, wie», ließ sich Herr Nordheim vernehmen. «Er wird sie anschaffen schicken.»

«Anschaffen?» fragte Blanca kindlich.

«Schon gut, Heinz. Wir brauchen das nicht zu erörtern. Ich bin ganz froh, daß sie weg ist. Geklaut hat sie auch.»

«Nein?» machte Blanca erstaunt.

«Also wie ist es, Fräulein Wieland? Wenigstens so lange, bis Sie ordentlich mit der Schreibmaschine umgehen können und wir eine neue Kraft gefunden haben?»

«Na gut, ich werde es mir überlegen. Ich will erst mit meinem Bruder darüber sprechen. Und nun muß ich gehen. Ich habe nämlich heute Geburtstag, und wir wollen ein bißchen mit unseren Freunden feiern.»

Frau Nordheim hauchte ihr einen Kuß auf die Wange, Herr Nordheim ergriff ihre Hand und fand einige wohlgesetzte Worte. Und dann, es war kaum zu fassen, schenkte ihr Frau Nordheim eine von den Pariser Blusen.

Blanca kicherte vor sich hin, als sie den Kurfürstendamm zurückschlenderte. Paris! Vermutlich waren die Blusen in Chemnitz hergestellt oder Karl-Marx-Stadt, wie das jetzt hieß. Und er wußte nun immer noch nicht, ob sie schwanger war oder nicht. Und sie – die Bluse und die warmen Töne, man konnte nicht schlau draus werden. Aber warum nicht? Dann würde sie eben eine Zeitlang dort noch arbeiten. Und er konnte ihr nachsehen, soviel er wollte, es gab nichts und niemand auf der Welt, der ihr gleichgültiger war als der ehemalige Hauptmann Nordheim.

Sie war bester Laune. Sie fühlte sich frei, sie war glücklich. Vor dem Marmorhaus blieb sie stehen und betrachtete die Filmbilder. Viel lieber wäre sie heute abend ins Kino gegangen, als mit der doofen Schwalbe Sylvie und dem Angeber Rudi zu Hause zu sitzen.

In der Augsburger Straße kam ihr einer entgegen und sagte: «Hallo, Gretchen!»

«Ach, Sie sind das? Was für ein Zufall!»

«Kein Zufall. Ich war gerade in der Gegend und dachte mir, gehst du mal hier lang, vielleicht triffst du Gretchen und fragst, wie es ihr geht.»

«Mir geht es gut, und ich heiße Blanca.»

«Donnerwetter! Wie die Königinmutter.»

«Königinmutter? Was für eine Königinmutter?»

«Na, die vom Louis. Was war er gleich? Ludwig der Neunte. Kuck nicht so erstaunt. König von Frankreich, Kreuzzug und so. Mütterchen regierte das Land, wenn er nicht da war.»

«Ich bin keine Königinmutter. Ich bin die Gemahlin von Karl dem Vierten, König von Böhmen und Kaiser des Heiligen Römischen Reiches Deutscher Nation!»

Er lauschte ihr mit schiefgelegtem Kopf. «Hübsch hast du das gesagt. Karl der Vierte? Na ja, den muß es auch gegeben haben. Und seine Gemahlin hieß Blanca?»

«Von ihr habe ich den Namen.» Sie hob das Kinn auf Angèle-Art. «Wir sind nämlich Böhmen.»

«Sieh mal an. Ich bin doch ein kluger Knabe. Ich habe dir gleich angesehen, daß du was Besonderes bist.»

«In der U-Bahn?»

«Genau da. Und wie ich sehe, bist du wieder okay.»

«Und außerdem habe ich heute Geburtstag.»

«Darf nicht wahr sein! Gretchen... ach, entschuldige, Blanca. Darf ich dich umarmen?»

Blanca sah sich um.

«Nun sei nicht püttrich», sagte er. «Wir leben nicht mehr im Mittelalter.»

«Ich glaube, da waren sie gar nicht so kleinlich.»

«Hast du auch wieder recht. Ihr Leben war viel zu kurz, um sich viel mit Vorreden aufzuhalten.»

Er legte sehr behutsam, sehr vorsichtig die Arme um sie, zog sie genauso vorsichtig an sich heran, ohne sie in lästiger Weise zu berühren, küßte sie leicht erst auf die rechte, dann auf die linke Wange.

«Sterntaler soll es für dich regnen, Sonnenschein soll deine Tage begleiten und Mondlicht deine Nächte beglänzen, du wundersames Mädchen aus Böhmen.» Und ganz leicht berührte er ihre Lippen.

Blanca hielt still. Dann sah sie ihm in die Augen, sie waren hellbraun, mit einem kleinen Grünschimmer darin. Das hatte sie neulich nicht gesehen.

«Das war hübsch», sagte sie. «Sind Sie ein Dichter?»

«Leider nein. Aber ich habe viel mit Dichtern zu tun.»

«Siehe Goethe.»

«Du sagst es. Übrigens, entschuldigen Sie, Fräulein Wieland, daß ich du zu Ihnen sage. Das ist so eine Berufskrankheit.»

«Und was ist das für ein Beruf?»

Es lag jetzt wieder ein leichter Abstand zwischen ihnen, und

Blanca bedauerte es. Es hatte gut getan, so leicht und liebevoll umarmt zu werden, ohne Drängen, ohne Druck.

«Theater.»

«Oh! Sie sind Schauspieler?»

«Da sei Gott vor. Ich bin nur ein ganz bescheidener Regieassistent. Am Schillertheater.»

«Das finde ich toll», sagte Blanca ehrlich beeindruckt. «Da war ich auch schon zweimal.»

«Freut mich, zu hören. Und was machen wir jetzt zur Feier des Geburtstages? Soll ich Ihnen für heute abend eine Karte besorgen?»

«Vielen Dank, Herr... eh...»

«Wenk, Sebastian Wenk. Ich hatte neulich schon die Ehre, mich Ihnen vorzustellen, Fräulein Wieland.»

«Sie dürfen ruhig du zu mir sagen, Herr Wenk.»

«Vielen Dank, Fräulein Wieland, aber nur, wenn du dann auch Sebastian zu mir sagst.»

«Sebastian ist ein schöner Name.»

«Es ist immerhin der Name eines Heiligen. Meine Mutter hat sich etwas dabei gedacht, als sie mich taufen ließ. Also keine Theaterkarten heute abend?»

«Nein, wir... Wissen Sie was, ich lade Sie ein.»

«Sie laden mich ein, Fräulein Wieland?»

«Wir feiern so ein bißchen bei uns. Mein Bruder und seine Freundin und... Sie kennen ja die Wohnung. Wir kriegen auch was zu essen. Frau von Gebhard kocht, und ich...» Sie war ganz aufgeregt. Die Vorstellung, einen Gast nach ihrer Wahl mitzubringen, machte den Abend reizvoll.

«Ich kenne die Wohnung, und ich weiß, daß Frau von Gebhard Ordnung in ihrer Küche liebt, aber wenn du noch einmal Sie zu mir sagst, Blanca, werde ich dich wieder Gretchen nennen.»

«Kommst du, Sebastian?»

«Schon besser. Zum Essen wird es leider nicht möglich sein, ich habe noch eine Umbesetzungsprobe. Wenn es ein bißchen später sein darf? Oder geht ihr schon um neun ins Bett?»

«Wir gehen nie früh ins Bett.»

«Da muß ich ja noch ein Geschenk besorgen.»
«Brauchst du nicht. Mein Bruder hat mir einen Morgenrock geschenkt, Frau von Gebhard Blumen und einen Kuchen, und hier», sie schlenkerte die Tüte, «hab' ich eine Bluse von meiner Chefin bekommen.»
«Deine Chefin? Wer ist denn das?»
«Nicht so wichtig. Erzähle ich dir später. Du kannst mich ja mal später ins Schillertheater einladen.»
«Es wird Herrn Barlog und mir eine Ehre sein. Geburtstag! Ein Zwillingsmädchen also. Keß, unterhaltsam und treulos.»
«Und launisch, wie meine Tante sagt.»
«Tante gibt es auch. Ist die dabei?»
«Iwo, die ist ganz woanders.»

Es war aufregend, einen eigenen Gast zu diesem Geburtstag mitzubringen. Sie fand sich in der Küche ein, kostete die Blumenkohlsuppe, betrachtete den Kalbsbraten und erinnerte sich nun doch, daß Lene immer ein Stück Schweinebraten mit in der Pfanne hatte.

«Da wird die Tunke kräftiger. Schmeckt nach mehr», hatte sie gesagt. Doch das behielt Blanca für sich. Es gab auch keine Knödel oder Klöße, es gab Kartoffeln. Und Salat.

«Wer ist denn das?» fragte Peter mißtrauisch, als sie den Gast ankündigte.

«Ein sehr netter, junger Mann. Regisseur am Schillertheater.»
«Und seit wann kennst du ihn?»
«Och, ich kenne ihn schon seit einiger Zeit.»

Zum Essen wurden sie heute in Frau von Gebhards Wohnzimmer geladen, der Tisch war festlich gedeckt, mit weißem Leinen und silbernem Besteck, das noch aus Pommern stammte. In einem Leuchter brannten Kerzen.

«Das ist ja allerhand», sagte Sylvie beeindruckt. «Wie kommen wir denn zu der Ehre?»

«Sie kann mich eben gut leiden», erwiderte Blanca.

Es schmeckte ihnen gut, sie aßen alles auf, und Blanca war froh, daß Sebastian erst nach dem Essen kam.

Wie nicht anders zu erwarten, war er ein Erfolg. Er brachte eine

Flasche Sekt mit, im Gespräch war er witzig und einfallsreich, mit keinem Wort spielte er darauf an, wie und wo er Blanca kennengelernt hatte und wie kurz diese Bekanntschaft war. Denn er begriff sofort, daß Blanca die anderen in dem Glauben ließ, sie kennten sich schon länger. Sylvie begann sofort mit ihm zu flirten, auch Rudi war interessiert, denn, so erfuhr Sebastian gleich als erstes, das Theater spielte eine große Rolle in ihrer Familie. Die Tätigkeit des Vaters der Geschwister wurde genau geschildert, und Sebastian, ein geborener Berliner, hatte noch einige Inszenierungen am Deutschen Theater unter Hilpert gesehen.

«Da müssen Sie ja noch ein Baby gewesen sein», schmeichelte Sylvie.

Er grinste. «Vielen Dank, aber über den jugendlichen Liebhaber bin ich schon lange hinaus. Ich bin dreiunddreißig, und nicht nur Ihre Eltern, auch meine Eltern liebten das Theater, erst nahmen sie mich in Weihnachtsmärchen mit, und als ich es einigermaßen kapieren konnte, in Stücke für große Leute. Ich erinnere mich noch gut an Pygmalion im Deutschen Theater, mit Brigitte Horney und Paul Dahlke. Ich war zweimal drin, und ich sehe jede Szene heute noch vor mir.»

«Vater hat uns von der Inszenierung erzählt. Ich war zu der Zeit», Augenaufschlag von Sylvie, «noch zu klein. Aber wissen Sie auch, daß wir demnächst Pygmalion mit Musik bekommen?»

Sebastian lächelte. «Natürlich weiß ich das. Ein Musical, es heißt ‹My fair Lady›, und in Amerika war und ist es ein Riesenerfolg. Sie machen es im Theater des Westens. Im Herbst ist Premiere.»

«Ich kann es kaum erwarten», sagte Sylvie. «Wissen Sie, eigentlich war es der Traum meines Lebens, Schauspielerin zu werden.»

«Und warum sind Sie es nicht geworden?»

«Ja, warum nicht?» Sylvie sah ihren Bruder an.

«Vater war dagegen. Nach Kriegsende wimmelte es von Schauspielern ohne Engagement, sehr berühmte Namen darunter. Und dann wollte er partout, daß wir Abitur machen. Na, und dann fand es Sylvie schick, zu studieren.»

«Vater hat mir auch die Sache vermiest, weil er sagte, du hast nicht das Gesicht dafür.»

«Na sowas!» sagte Sebastian höflich. «Sie sind doch ein sehr hübsches Mädchen.»

«Was für ein Gesicht muß man denn haben?» fragte Blanca.

«So eins wie du», antwortete Sylvie sachlich, «hübsch genügt nicht. Jedenfalls fürs Theater. Film ist was anderes, da genügt es, wenn man hübsch ist.»

Sebastian sah Blanca an. Es stimmte genau, was das blonde Mädchen sagte, es bewies, wie klug es war. So ein Gesicht wie Blanca, die schmalgeschnittenen Augen unter hohen Brauen, die betonten Backenknochen, die stolze Nase, der weitgeschwungene Mund, ja, so sah das Gesicht einer großen Schauspielerin aus. Seiner Meinung nach sollte auch der Film nicht nur auf hübsche Gesichter setzen, auf den Typ des niedlichen kleinen Mädchens, wie es leider gerade im Nachkriegsfilm so oft geschah. Gesichter, die man vergaß, kaum daß man sie gesehen hatte.

Er ging nicht näher auf Blancas Gesicht ein, er sagte: «Der Ausdruck ist alles, auch im Film, gerade im Film durch die Großaufnahmen. Hübsch genügt nicht, nicht einmal schön. Falls man diesen Begriff definieren könnte. Obwohl die Kamera zaubern kann.»

«Und der Regisseur», warf Rudi ein. «Zum Beispiel...»

Eine Weile ergingen sie sich darin, über Schauspielerinnen von heute und gestern zu sprechen. Rudi und Sylvie wußten gut Bescheid und hatten ein fundiertes Urteil und ausreichend Erfahrung.

Blanca schwieg dazu. Manche Namen kannte sie aus Filmen, aus Filmen von heute. Theater hatte sie erst kennengelernt, seit sie in Berlin war. Aber sie war erstaunt über das, was Sylvie gesagt hatte. So eins wie du. Und sie dachte immer, Sylvie könne sie nicht leiden. Hübsch, schön, ein Gesicht. Und dann dachte sie an ihre Mutter. Angèle war schön, wirklich schön, auch wenn Sebastian sagte, dieser Begriff ließe sich nicht definieren. Aber es war unmöglich, sie sich als Schauspielerin vorzustellen. Sie war zu kalt, zu unbewegt. Oder hatte sie bloß nicht erkannt, wie Angèle wirklich war?

Sie blickte auf und sah Sebastians Augen auf sich gerichtet. «Der

Ausdruck, hast du gesagt», unterbrach sie das Gespräch, das gerade bei Greta Garbo gelandet war, «der Ausdruck eines Gesichtes, hast du gesagt. Aber es gehören doch wohl auch Leben und Temperament zu einer Schauspielerin.»

«Genau das», sagte er und sah sie zärtlich an. «Hast du nie daran gedacht, Schauspielerin zu werden?»

Blanca lachte unsicher. «Nein, nie. Ich habe bis vor zwei Jahren nicht gewußt, was Theater ist. Ins Kino bin ich auch selten gekommen. Ich bin auf dem Dorf aufgewachsen.»

«In Böhmen? In Prag muß es gutes Theater gegeben haben.»

«Auf einem Schloß in Böhmen. Und da gab es kein Theater.» Aufgewachsen war sie in Hartmannshofen. Das Schloß in Böhmen? Nur noch ein Kindheitstraum. Für sie. Nicht für Angèle.

«Meine Mutter war eine schöne Frau», sagte sie. «Wirklich schön. Ein Gesicht voller Ausdruck, ja, das ganz bestimmt.»

«Dann bist du ihr ähnlich», sagte Sebastian. «Du sagst, war. Lebt sie nicht mehr?»

«Doch. Nur nicht für mich. Sie ist in Amerika.»

Peter hatte eine Falte auf der Stirn. Das Gespräch paßte ihm nicht, und er mochte die Art nicht, wie der fremde Mann Blanca ansah. Und nun hatte das Gespräch eine Wendung genommen, die ihm überhaupt nicht gefiel.

Ein betretenes Schweigen entstand am Tisch. Dieses «nur nicht für mich» hatte so traurig geklungen. Sylvie und Rudi sahen sich an. Peter sprach nie über seine Mutter. Einer Frage war er immer ausgewichen. Und es war das erstemal, daß Blanca das Wort Mutter in den Mund nahm.

Frau von Gebhard, die sich nach dem Essen zu ihnen gesetzt hatte, verstand, daß hier ein heikles Thema berührt worden war. Auch zu ihr hatte Blanca nie von ihrer Mutter gesprochen. Aber sie hatten sowieso nie viel miteinander geredet, dieser Abend war eine Ausnahme, war etwas Neues.

«Ich habe noch wunderbare Schauspielerinnen kennengelernt», sagte sie. «Agnes Straub zum Beispiel. Und Hermine Körner. Ich finde, es ist nicht nur das Gesicht, es ist auch die Sprache. Die Stimme. Wenn die Körner sprach, blieb einem der Atem stehen.»

Alle sahen sie an, eine Kennerin am Tisch, das hatten sie nicht gewußt.
«Hermine Körner ist im vergangenen Jahr gestorben», sagte Sebastian. «Und Sie haben recht, gnädige Frau, sie war ein Wunder. Wie sie sprach, wie sie aussah, so etwas haben wir heute nicht mehr. Wir hatten in unserem Haus eine Trauerfeier für sie.»
Unversehens glitt das Gespräch in die Politik, denn Wilhelm Pieck, der Präsident der DDR, war im vergangenen Jahr auch gestorben.
«Er war nicht der schlechteste», sagte Rudi. «Mein Vater – unser Vater, wissen Sie, war Kommunist. Da macht er gar keinen Hehl daraus. Als er aus Rußland zurückkam, war es damit vorbei. Aber er sagt, der Pieck war ein guter Mann. Dagegen Ulbricht, das ist das Letzte, sagt er. Der will uns auch hier fertigmachen.»
«Seht doch bloß mal die Flüchtlinge, die täglich kommen», sagte Sylvie, «Marienfelde ist überfüllt. Und wo sollen sie denn alle hin? Ich habe eine Freundin, die lebt jetzt in Hamburg, wir sind zusammen zur Schule gegangen, also die sagt, pausenlos kommen die Leute aus der DDR. Wir wissen nicht mehr, wohin mit ihnen. Sie nehmen die Arbeitsplätze weg. Ihr Mann arbeitet in einer Werft im Hafen, da war alles kaputt, und nun bauen sie wieder auf.»
«Aber da brauchen sie doch Arbeitskräfte», sagte Sebastian.
«Die haben sie selber genug, weil ja die Werften noch nicht richtig arbeiten können. Aber die aus der DDR haben ja keine Ahnung von Schiffbau. Also ich weiß es nicht. Ich weiß nur, was Monika schreibt.»
«Es ist wie eine Völkerwanderung», sagte Frau von Gebhard überraschenderweise. «Erst die Flüchtlinge aus dem Osten, von uns aus Pommern, aus Schlesien, aus Ostpreußen, aus dem Baltikum. Wo sollen alle diese Menschen bleiben? Wo sollen sie wohnen, wo sollen sie Arbeit finden?»
Alle sahen sie an, und sie fuhr fort: «Ihr wißt ja nicht, was Hitler gesagt hat. Wir sind ein Volk ohne Raum. Wir müssen uns nach dem Osten ausdehnen. Und nun ist es genau umgekehrt. Jetzt kommen sie aus dem Osten hierher. In unser kleingewordenes Land. Wir platzen aus allen Nähten.»

«Na ja», sagte Sebastian, «dafür haben sie die Juden umgebracht. Da ist ja wieder Platz geworden.»

Es klang bitter, seine freundlichen Augen blickten finster.

«So viele Juden waren es ja nicht», sagte Frau von Gebhard sachlich. «Jedenfalls in Deutschland. Das entspricht in keiner Weise der Zahl der Flüchtlinge, die eingewandert sind.»

«Gewiß, da haben Sie recht, gnädige Frau. Die deutschen Juden, die hier lebten, waren Deutsche. Ich weiß das sehr genau. Mein Vater arbeitete im Ullstein Verlag, und viele seiner Freunde waren Juden. Obwohl ich als Kind diesen Unterschied zwischen Mensch und Mensch nicht kannte. Ich bin achtundzwanzig geboren, und anfangs war es auch in der Schule kein Problem. Mein erster Freund hieß Friedrich Sievers. Wie Sie zugeben müssen, ein sehr deutscher Name. Er war blond und hatte graue Augen. Und dann auf einmal, es war siebenunddreißig, ich weiß es noch genau, war Fritz nicht mehr da. Ohne Abschied, einfach weg. Ich fragte meinen Vater, wo ist denn Fritze. Fritz ist mit seinen Eltern ausgewandert, sagte mein Vater. Na sowas, sagte ich, ausgewandert? Nach Amerika? Denn Amerika verband man damals mit Auswandern. Außerdem waren Fritz und ich begeisterte Karl-May-Leser. Hoffen wir, daß er dahinkommt, sagte mein Vater. Es dauerte noch ein Jahr, bis ich das begriff. November achtunddreißig, nicht wahr? Fritze ist ein Jude? fragte ich meinen Vater. Ja, sagte er, und er läßt dich grüßen, er ist in Chikago. Ui, sagte ich, da sind doch lauter Gangster. Auch, sagte mein Vater.»

«Und was ist mit Fritz?» fragte Rudi, und man hörte ihm das Unbehagen an.

«Es geht ihm gut. Er hat mich eingeladen, ihn zu besuchen.»

«Scheißwelt, in der wir leben», sagte Rudi. «Mein Vater sagt das auch. Er kannte viele Juden. Er war ja schon bei Reinhardt am Theater.»

«Und wo... ich meine, Ihr Vater?» fragte Frau von Gebhard.

«Meinen Eltern geht es gut», sagte Sebastian. «Sie sind gewissermaßen auch ausgewandert. Als es hier immer schlimmer wurde mit den Luftangriffen, haben sie Berlin verlassen. Ich habe mein Abitur in Stuttgart gemacht. Mein Vater ist Redakteur bei den

Stuttgarter Nachrichten. Aber ich ging zurück nach Berlin. Das ist meine Heimat hier, nicht? Und solange uns Ulbricht nicht vertreibt, bleibe ich hier.»

«Es ist alles sehr schwer zu verstehen», sagte Peter töricht. Er und Sebastian maßen sich, nicht gerade feindselig, doch mit Vorbehalt.

«Sie sind aus Böhmen?» fragte Sebastian.

«Ich nicht. Meine Schwester. Ich bin in Berlin geboren, und ich bin, wenn man es noch so nennen darf, Sudetendeutscher. Jedenfalls mein Vater ist es. Der Nationalität nach sind wir Tschechen.»

Es war wirklich schwer zu verstehen. Sebastian blickte Blanca an, doch sie machte nicht den Versuch, ihm diese schwierigen Familienverhältnisse näher zu erklären.

Doch dann kam der nächste, diesmal uneingeladene Gast. Es klingelte ziemlich stürmisch, und alle horchten überrascht auf.

«Nanu», sagte Sylvie, «kommt noch jemand?»

«Es wird die Nachbarin sein», sagte Frau von Gebhard, «manchmal fehlt ihr Zucker oder sonstwas, dann borgt sie sich bei mir.»

«So spät?» wunderte sich Rudi, denn es war mittlerweile nach zehn.

Es war nicht die Nachbarin, es war Gabriel Bronski. Blanca sprang auf, als sie ihn sah. «Karel? Du?»

«Ich muß dir doch zum Geburtstag gratulieren, Duschinka.» Er nahm sie fest in die Arme und küßte sie.

«Woher weißt du, daß ich Geburtstag habe?» rief Blanca, als sie wieder Luft bekam.

«Na, werd' ich nicht wissen, wann du hast Geburtstag», böhmakelte er. «Hat sich Maminka immer Kuchen gebacken für kleines Blancakind.»

Peter lachte und umarmte den Freund.

«Das ist ja eine Überraschung. Und ich dachte, du bist gar nicht mehr hier in Berlin. Und woher weißt du, wo wir wohnen?»

«Bin ich bleed? Hast du mir einmal gesagt.»

«Nur ganz kurz, während wir miteinander sprachen.»

«Mein Kopf funktioniert noch ganz gut. Morgen fliege ich ab, mit den Aufnahmen sind wir fertig. Guten Abend, die Damen und Herren.» Er nickte in die Runde, die Anwesenden interessierten ihn nicht weiter, aber bei Regieassistent am Schillertheater nickte er beifällig.

«Dein Freund, Blanca?» fragte er in aller Selbstverständlichkeit, und ebenso selbstverständlich antwortete Blanca mit Ja. Einen großen Rosenstrauß hatte er mitgebracht, und eine Flasche Whisky plazierte er mitten auf dem Tisch.

«Weil ich mir dachte, daß ihr so etwas nicht im Hause habt.»

«Haben wir auch nicht. Gut, daß du die Bottle mitgebracht hast. Den Sekt und den Wein haben wir nämlich längst ausgetrunken.»

«Wußt' ich's doch. Laß dich nochmal anschaun.» Er faßte sie an den Oberarmen, bog den Kopf zurück und betrachtete sie mit seinen aufmerksamen Augen.

«Du siehst hinreißend aus. Du hast durchaus Ähnlichkeit mit der Komtesse. Wenn ich dich so ansehe, dann denke ich an die Königin von Prag. Ich seh' mich noch da stehn vor der Galerie, ich war vierzehn. Mit der Königin von Prag begann das neue Leben. Sie hat mir den Weg in die Freiheit gewiesen. Man könnte einen Film daraus machen. Muß mal sehen, ob ich nicht einen Drehbuchautor dafür interessieren kann. Die Gasse, die Galerie, und mitten im Fenster, schön und geheimnisvoll, die Königin von Prag. Ich sah sofort, daß es die Komtesse sein sollte.»

Peter betrachtete den Jugendfreund nachdenklich. Die Komtesse – das war Angèle.

«Es ist eine Geschichte», sagte er. Es war keine Frage.

«Ja, wollt ihr sie hören?» Karel ließ Blanca los, nahm das Glas mit dem Scotch, das Frau von Gebhard vor ihn hingestellt hatte. «Auf dein Wohl, Königin. Freut mich ungemein, daß ich dich heut seh'.» Er trank Blanca zu, sie nippte verwirrt an dem Whisky.

«Eine Geschichte, sie wird euch nicht viel bedeuten. Verstehen kannst du sie vielleicht, Peter. Weil du die Mitspieler kennst. Mich. Und Maminka. Und Gottlieb? Hast du Gottlieb Bronski gekannt, der später mein Bruder wurde?»

«Nein, ich habe Gottlieb Bronski nicht gekannt. Ich habe nur von ihm gehört. Und ich kenne die Teller. »

«Gottlieb, der große Künstler. Die Teller waren nur der Anfang. Dann malte er Prag, dann malte er die Prager Frauen, und nun lebt er in Wien und malt die Wiener Frauen. Manchmal kommt er zu Besuch nach St. Pölten, Maminka macht für ihn Powidldatscherl, Olga betrachtet ihn mit Wohlgefallen, sagen wir mit etwas skeptischem Wohlgefallen, aber man kann es nehmen, wie man will, Gottlieb ist gut über die Runden gekommen. Kein Krieg, keine Verfolgung, alle immer nett zu ihm, er ist ein Liebling der Götter.»

Karel blickte in die verständnislosen Gesichter der Runde.

«Entschuldigen Sie, das kann Ihnen nichts bedeuten. Aber um ein bißl Klarheit in die Sache zu bringen, werde ich jetzt ganz kurz schildern, wer und was Gottlieb ist, und dann erzähle ich die Geschichte der Königin von Prag, die eine so große Rolle in meinem Leben spielt.»

«Wieso nennst du Gottlieb deinen Bruder?»

«Ich nenne mich Bronski wie er. Und ich bin auf den Paß seines Bruders Gabriel aus der Tschechoslowakei ausgereist. Illegal gewissermaßen. War aufregend genug. Gabriel ist tot. Maminka und ich haben Gottlieb und Olga viel zu verdanken. Olga ist Gottliebs Mutter. Und ein wenig versuche ich, ihr den Sohn, den sie verloren hat, zu ersetzen. Andererseits war Gabriels Paß für mich ganz günstig, er war nämlich ein paar Jahre älter als ich. Und als ich versuchte, im deutschen Film unterzukommen, war es besser, nicht gar zu jugendlich zu sein. Daß ich begabt bin, weiß ich, aber allzu grün durfte ich nicht wirken. Bronski ist mein Künstlername. Das führt zu weit, euch das alles zu erklären. Immerhin bin ich ganz gut gelandet. Ich arbeite bei der Diova in München, bei Brauner und Plaschke in Berlin, und mein größter Triumph ist, daß ein Regisseur wie Steffen Rau mich gern als Kameramann hat.»

«Das wissen wir alles», bremste Sebastian. «Die Königin von Prag, von ihr wollten Sie erzählen.»

«Richtig. Sie stand gewissermaßen am Anfang meines neuen Lebens.»

Er erzählte gut, er erzählte plastisch. Sie gingen mit ihm durch Prag, hungrig und heimatlos, doch mit seinen sehenden Augen. Sie empfanden die Atmosphäre in Onkel Pavels Wohnung, sie sahen vor sich die unglückliche Ludvika, die ganze Aussichtslosigkeit ihres Lebens. Und dann standen sie mit ihm vor dem Fenster der kleinen Galerie und sahen das Bild der Königin von Prag.

«Sie sah wirklich so aus wie Mami?» fragte Blanca.

«Die Komtesse hatte ihm ja nicht Modell gesessen, er hatte sie nur einige Male gesehen. Aber sie war es dennoch unverkennbar, für meine Augen jedenfalls, die Haltung des Kopfes, der kühle Hochmut, der Blick, der vorbeiglitt und einen doch bannte. Eine Frau, die man nicht vergißt, wenn man sie einmal gesehen hat.»

Blanca sah Peter an. «Siehst du!» sagte sie triumphierend. Peter erwiderte den Blick nicht, sein Gesicht war verschlossen. Karel, der so gut in Gesichtern zu lesen verstand, sah es und verstand nicht. Da gab es ein ungeklärtes Geheimnis. Er wußte auch, wie schnell die Komtesse, so nannte er sie immer noch, so nannte seine Mutter sie, vor sechs Jahren die Familie verlassen hatte. Er wußte es vermutlich besser als alle anderen, denn Angèle war kurz danach in St. Pölten aufgetaucht.

Es war ein bewegtes Wiedersehen zwischen Ludvika und Angèle. «Ich bin so froh, daß ihr am Leben seid», hatte Angèle gesagt. «Und daß du hier bist.»

Und dann: «Ich konnte es dort nicht mehr ertragen. Sieben Jahre lang habe ich wie in einem Gefängnis gelebt. Ich bin meiner Schwägerin dankbar, selbstverständlich. Aber ich konnte das Leben nicht mehr ertragen.»

Und dann: «Du denkst, ich habe die Kinder im Stich gelassen. Aber sie brauchen mich nicht. Peter wird studieren. Blanca geht noch in die Schule. Sie fühlt sich sehr wohl dort, und sie ist für ihr Alter sehr selbständig. Später – ich weiß ja nicht, was aus mir wird. Ich weiß es wirklich nicht. Zur Zeit lebe ich wie in einem Traum.»

Aber wann hatte sie das nicht getan? Das wußte Ludvika so gut, wie Clara es gewußt hatte. Angèle, die Traumtänzerin, mit dem Wind vom Turm in ihrem Haar.

Ludvika merkte sehr wohl, wie unsicher auch jetzt noch, oder jetzt erst recht, Angèles Leben war.

«Was wird Peter denn studieren? Medizin, wie sein Vater?» fragte sie ablenkend.

«Nein, nicht Medizin. Germanistik und Geschichte. Er will Lehrer werden.»

Ludvika und Karel fuhren nach Wien und lernten den Amerikaner kennen, von dem Angèle nur flüchtig berichtet hatte.

«Wegen ihm ist sie von dort weggegangen», sagte Ludvika, als sie im Zug zurückfuhren nach St. Pölten.

«Er liebt sie», sagte Karel.

«Sieht so aus. Ob sie ihn schon lange kennt?»

«Hat sie es nicht erzählt?»

«Nein. Eigentlich hat sie gar nichts erzählt. Ob sie mit ihm zusammenbleiben will?»

«Ich weiß es nicht, Maminka.»

«Ein sympathischer Mann, nicht?»

«Sie ist noch jung. Sie hat doch das Recht auf ein richtiges Leben.»

«Ein richtiges Leben? Was ist denn das?»

An dieses Gespräch mußte Karel denken an diesem Abend in Berlin. Und er merkte sehr wohl, daß keiner in diesem Kreis etwas über Angèle wußte und daß Peter offenbar nicht über sie sprechen wollte. Und ebenso offensichtlich war, daß Blanca anders empfand.

«Möchtest du Maminka nicht mal besuchen, Blanca?» fragte er überraschend in die Pause hinein, die nach seiner Erzählung von der Königin von Prag entstanden war.

«Meinst du das im Ernst?»

«Sie würde sich ganz unbeschreiblich freuen. Wir haben gestern erst von dir gesprochen.»

«Von mir?»

«Na, dein Geburtstag. Ich habe vorhin geschwindelt, als ich sagte, ich hätte von selber daran gedacht. Maminka sagte mir gestern am Telefon, daß du heute Geburtstag hast. Ich soll dich von ihr grüßen, dir alles Gute wünschen und...», er stand auf, beugte sich über sie, «dir diesen Kuß überbringen.»

Blanca hob ihr Gesicht, er küßte sie auf den Mund.

«Ich soll sie besuchen?»

«Als sie dich das letztemal gesehen hat, warst du ein kleines Mäderl. Sie würde staunen, wenn sie dich heute sieht.»

«Und wie soll ich da hinkommen?»

«Ganz einfach, du steigst in ein Flugzeug nach Wien.»

Blanca lachte hell auf. «Das wäre wunderbar. Ich möchte gern mal verreisen.»

Er stand immer noch neben ihrem Stuhl, legte die Hand auf ihre Schulter.

«Ich habe noch eine bessere Idee. Ich muß jetzt nach München zur Diova, da habe ich Verhandlungen. Anschließend habe ich Außenaufnahmen am Tegernsee. Der Film ist eigentlich schon abgedreht, aber manchmal gibt es Komplikationen. Einer der Darsteller ist wegen eines Unfalls ausgefallen, nun müssen wir mit einem Ersatz einen Teil nachdrehen. Sowas ist immer etwas heikel. Wie auch immer...», er ließ Blancas Schulter los, trat einen Schritt zurück. «Ich schätze, daß wir so Ende Juli, Anfang August damit fertig sind. Dann mache ich Ferien. Du kletterst in ein Flugzeug nach München, ich hole dich in Riem ab, und wir fahren zusammen mit meinem Wagen nach Österreich. Zuerst mal nach St. Pölten, und dann werden wir weitersehen.»

Blanca sprang auf, stellte sich vor ihn hin, strahlte.

«Das wäre wunderschön», wiederholte sie. Sie schlang beide Arme um seinen Hals, er drückte sie an sich, und dann küßte er sie wieder.

Sylvie und Rudi lachten, Peter bekam eine Falte auf der Stirn, und Sebastian Wenk machte ein enttäuschtes Gesicht.

«Du hast vielleicht ein Glück», rief Sylvie. «Das ist ja ein fabelhaftes Geburtstagsgeschenk.»

Frau von Gebhard blickte von einem zum anderen. Wie jung sie waren!

«Dazu müßte ich ja erst meine Erlaubnis geben», sagte Peter.

«Wenn du's nicht erlaubst, fliege ich trotzdem», rief Blanca übermütig. «Rudi pumpt mir das Geld, nicht? Und ich verkaufe bis dahin noch fleißig Pullover.»

«Und jetzt mache ich einen Vorschlag», sagte Karel. «Wir gehn tanzen. Ich kenne ein paar nette Bars am Kudamm, da gibt es fesche Musik. Wir trinken noch ein Glas und feiern den Geburtstag zu Ende.»

«Dufte!» rief Sylvie. «Gehn wir tanzen! Das gehört unbedingt zu einer Geburtstagsfête dazu.»

«Zudem, wenn ich die Damen und Herren darauf aufmerksam machen dürfte, haben wir heute einen ganz besonderen Tag. Nicht nur Blanca hat Geburtstag, eine neue Zeit wird geboren. Eine bessere, wie ich hoffe.»

«Was meinst du?» fragte Peter.

«Kennedy und Chruschtschow treffen sich heute in Wien. Wißt ihr, ich bin begeistert von diesem amerikanischen Präsidenten, der bringt frische Luft in unsere Welt. Und der Russe? Er ist ein Russe und ist Kommunist. Aber er ist nicht Stalin, und er steht eben doch für eine neue Zeit. Stellt euch vor, wenn der kalte Krieg zu Ende wäre! Wenn diese ständige Angst vor einem neuen Krieg von uns genommen würde.»

«Sie sind ein Optimist», sagte Sebastian.

«Immer. Sonst säße ich heute nicht hier, sondern in Prag in den Barrandov-Studios. Oder im Kerker. Eines Tages werden die Menschen erkennen, wieviel angenehmer es ist, im Frieden miteinander zu leben.»

«Das haben wir längst erkannt», sagte Sebastian. «Zeigen Sie mir einen Menschen, der anderer Meinung ist.»

«Die Menschen sicher. Aber die Völker? Die auch. Also bleiben die Ideologen und ihre Politiker. Dieses blödsinnige rechts und links. Früher haben sie sich aus religiösen Motiven umgebracht, jetzt redet man vom Gegensatz zwischen Kapitalismus und Kommunismus. Was allein vom Ausdruck her schon Schwachsinn ist. Auch ein kommunistischer Staat kommt nicht ohne Kapital aus, denn auch da müssen Fabriken arbeiten und Menschen essen. Und Kommune? Das ist die menschliche Gemeinschaft. Die brauchen wir auch. Warum wird so viel geredet und so wenig gedacht? Es ist einfach idiotisch, die Welt, unser bißl Welt in Westen und Osten zu zerteilen. Na, Schluß jetzt mit der depperten Politik. Das kommt davon, wenn man in Berlin ist. Gehn wir tanzen!»

Es dauerte zwei Monate und zehn Tage, als mitten durch Berlin eine Mauer gebaut wurde. Der eine Teil war nun vollends eine

Insel, der andere Teil endgültig ein Gefängnis. Im Dschungel von Vietnam kämpften schon Guerillatrupps. Zwei Jahre später wurde Diem, Ministerpräsident und später Staatspräsident von Südvietnam, gestürzt und ermordet, waren amerikanische Militärbeobachter in dem fernen Land in Ostasien. Und bald darauf begann dort ein mörderischer Krieg. Krieg, Tod und Elend, Osten und Westen, es blieb der Fluch dieses Jahrhunderts.

Die Marchesa

Aus der Stadt hinauszukommen zu dieser späten Nachmittagsstunde ist eine Qual, auch auf der Autostrada fließt der Verkehr zunächst stockend. Die Marchesa Livallo drückt den Gashebel herunter, sie überholt alle Wagen in einem Irrsinnstempo, muß dann langsamer werden, weil irgendein Idiot vor ihr schläft und die Bahn nicht freigibt. Der Ferrari jault empört, wenn sie ihn wieder antreibt. Verdammt, was für Nachtwächter sind da wieder unterwegs. Viele deutsche Wagen, sie fahren viel zu träge. Die Deutschen überhaupt; um diese Jahreszeit sind sie in Massen anzutreffen, es ist die Woche nach Pfingsten, Ferien machen die offenbar das ganze Jahr über. Eine Weile muß sie hinter einem dicken Mercedes hertrödeln, sie drückt ungeduldig auf die Hupe.

Dann ist der junge Mann wieder neben ihr, er fährt auch ein rasches Tempo, zweimal hat er sie schon überholt, jedesmal lächelt er zu ihr herüber, sie lächelt mechanisch zurück. Bis sie zu Hause ist, wird es sechs Uhr sein, wenn nicht später. Die Aperitifstunde, der alte Marchese auf der Terrasse, Giulio hat den Wagen mit den Flaschen und den Gläsern herausgerollt, jeden Abend die gleiche Zeremonie. Der alte Marchese trinkt Cynar, mit einem Spritzer Zitrone, ihr Mann einen Campari, seine Schwester ebenfalls. Die anderen Gäste – na egal!

Sie muß verrückt gewesen sein, heute nach Milano hereinzufahren, die Gäste, das große Dinner, sie braucht ein neues Make-up und muß sich umziehen. Nur weil Claudio gesagt hat, daß er sie unbedingt sehen muß, gerade heute. Was heißt sehen! Zwei Stunden hatten sie im Bett verbracht, und sie mußte den gräßlichen süßen Asti trinken, jetzt hat sie Kopfschmerzen. Und dann noch die Demo auf der Corsa Ticinese. Geschrei und Gejohle, rote Fahnen, Transparente, die Carabinieri dazwischen, sie war einfach nicht durchgekommen. Die Hand auf der Hupe, das Gesicht voll Wut. Sie hatten ihr gedroht, sie beschimpft, manche hatten ihr zugewinkt.

Ob sie wohl wieder aufhören würden mit dem Blödsinn? Das ging jetzt seit drei Jahren so. Als es losging, 1968, war sie mit dem Marchese gerade in Paris.

«Ist das eine Revolution?» hatte sie gefragt.

«Kindischer Unsinn», hatte ihr Mann geantwortet.

Der Unsinn währt nun schon eine ganze Weile; nicht nur in Frankreich, auch in Deutschland, hier im Land, und wo sonst noch findet er statt, es sind die Studenten, die Künstler, die Randalierer, die sich auf den Straßen herumtreiben, Scheiben zerschmeißen, Autos anzünden und schreien und schreien. Auch ihr junger Geliebter, mit dem sie den Nachmittag verbracht hat, beteiligt sich daran. Manchmal, wenn er gerade Lust dazu hat, er ist kein Fanatiker. Er stammt aus dem Süden, studiert ein bißchen dies und das, seine Eltern sind ehrbare Bürger und schicken ihm Geld.

Sie hört das Geschrei, während sie noch im Bett mit ihm liegt.

«Schon wieder!» sagt sie. «Was ist denn heute wieder los?» Er setzt zu einer Erklärung an, spricht von Ho Tschi Minh oder so ähnlich, sie hört gar nicht zu.

«Du langweilst mich», sagt sie.

«Bella, Bellissima!» Er nimmt sie wieder in die Arme, will das Spiel von vorn beginnen.

«Schluß!» Sie stößt ihn weg und springt aus dem Bett. «Ich muß gehn, du weißt, daß wir heute Gäste haben.»

«Der Krieg in Vietnam», beginnt er nochmal, und sie unterbricht sofort: «Das kann dir doch egal sein, das ist Sache der Amerikaner. Oder nicht?»

«Das geht uns alle an.»

«Du kannst ja jetzt noch mitmachen, wenn ich fort bin.»
«Bleib doch noch.»

Sie zieht sich rasch an, sie ist in Gedanken schon fort, weder der Krieg in Vietnam noch der Junge im Bett interessieren sie noch. Jetzt, während sie an den Comer See jagt, denkt sie, daß es das letztemal war. Sie hat genug von ihm, von seiner Umarmung und eigentlich von allem und jedem.

Nicht von allem und jedem. Was sie zu Hause erwartet, ist wichtig. Ist so wichtig, wie sonst nichts in ihrem Leben war. Endlich Cernobbio, die Straße am See, die Einfahrt steht weit offen, sie fährt mit Schwung hinein, bremst hart, steigt aus, greift nach den Päckchen und Tüten auf dem Rücksitz, da ist der Hund schon da und begrüßt sie mit wilder Freude. Sie läßt die Päckchen fallen, öffnet die Arme und erwidert die Begrüßung.

«Oh, caro, gut, daß du da bist. Ich bin so dumm. Fahr weg und laß dich hier. Ich war nicht lange fort, nicht?» Sie spricht deutsch, der schwarze Hund leckt über ihre Wange, sie küßt ihn rechts und links neben der Schnauze.

Giorgio ist schon da, klaubt die Sachen vom Boden auf, lacht sie an. Er wird den Wagen wegbringen, sie schließt nicht mal den Schlag, lacht auch, sagt: «Mille grazie, Giorgio.» Nimmt die Sachen und geht mit dem Hund die drei Stufen hinauf, durch das prachtvolle Portal des Castello Livallo.

Da ist auch schon Marinetta, nimmt ihr die Päckchen ab.

«Molto tardi, Signora», sagt sie vorwurfsvoll.

Die Marchesa nickt. «Vengo subito», sagt sie und geht erst mal durch die Halle, den Empfangssalon, durch das Lagozimmer, hinaus auf die Terrasse.

Auf der Terrasse, wie erwartet, steht der Wagen mit den Aperitivi, der alte Marchese sitzt in seinem Poltrone, eine Decke über den Knien, obwohl es wirklich warm ist, neben ihm sitzt seine Tochter Alessandra, hinter deren Stuhl steht der Conte Luciano und ihr Sohn Aureliano. Sie haben ihn wirklich auf den Namen Aureliano getauft, das amüsiert die Marchesa immer wieder aufs neue. Die anderen Kinder sind nicht da, wohl irgendwo im Park verschwunden. Die Marchesa entschuldigt sich für ihre Verspätung, furchtbarer Verkehr, in Milano kein Durchkommen, sie beugt sich zu ihrem Schwiegervater und küßt ihn auf die Wange, er streichelt ihren Arm. Er hat sie gern, genauso wie das Personal im Haus sie gern hat.

Nicht so der Rest der Familie. Zwar steht Alessandra auf, küßt sie auf beide Wangen und gratuliert, schließlich hat die Marchesa Geburtstag, darum sind sie da. Luciano deutet einen Kuß auf ihrem Handrücken an, der Jüngling verbeugt sich.

Die Marchesa blickt sich suchend um. Ihr Mann ist offenbar noch nicht da, bene. Sie hat auch seinen Wagen in der Einfahrt nicht gesehen.

Und wo ist sie?

«Du willst sicher heute Champagner», sagte der alte Marchese.

«O nein», wehrt sie ab. «Am liebsten auch einen Cynar. Mit viel Zitrone. Und Wasser.»

Damit hat sie verraten, daß sie schon etwas getrunken hat. Na ja, warum nicht? Sie hat schließlich Freunde und Bekannte in Milano. Der alte Marchese nimmt es mit Gelassenheit. Alessandra macht ihre bekannt strenge Miene und setzt sich wieder hin. Sie kann ihre Schwägerin nicht ausstehen, ihr Mann und ihr Sohn teilen ihre Meinung.

Die Marchesa redet rasch und viel, erzählt von der Demo, von dem Betrieb in der Stadt. Nimmt das Glas, das Giulio ihr reicht, und trinkt es durstig halb leer.

Auch wieder nicht die feine Art, muß sie denken, und lacht. Ihr Lachen ist es, das der alte Marchese liebt. Sie lachen so wenig in seiner Familie.

Die Marchesa redet weiter, irgend etwas, der Verkehr, die Touristen, so viele Deutsche, ja, es kommen immer mehr, und ihr Schwager bemerkt, daß der frühere deutsche Bundeskanzler daran schuld sei, der immer seinen Urlaub in Cadenabbia verbracht hatte, seitdem kommen die Deutschen in Scharen an den Lago di Como.

«Na ja», sagte die Marchesa, «sie kommen überall hin, an den Lago Lugano, an den Lago Maggiore, und am liebsten kaufen sie sich jetzt Häuser, um dort zu wohnen.»

Ihr Schwager meint, doch mehr im Schweizer Teil der Seen, wegen der Steuern.

Dann erfährt sie, daß ihr Mann auch etwas später kommen wird, es gibt Schwierigkeiten in der Fabrik, die Arbeiter wollen streiken.

«Schon wieder mal», sagt die Marchesa gleichgültig.

Die ganze Zeit sitzt der Hund neben ihr und blickt sie an. Sie legt die Hand auf seinen Kopf, der alte Marchese lächelt. Er ist der einzige in der Familie, der den Hund mag, der mit ihnen lebt. Und wenn seine Schwiegertochter nicht da ist, sitzt der Hund am liebsten bei ihm.

Die anderen haben auch Hunde in ihrem Castello, es liegt auf der anderen Seite am Lago Lecce, aber die Hunde sind nur da, sie leben nicht mit ihnen.

Dann kommen die beiden Kinder, Franca, elf, und Giulia, acht. Auch sie mögen die hübsche Tante, bringen Blumen und gratulieren, Franca hat ein besticktes Kissen dabei, selbst gestickt, wie sie betont, und die Marchesa umarmt sie und sagt: «O Cara, com'è bello.»

Giulia hat ein Bild gemalt, bunt und wild, der Blick über den See, auf die Berge.

Die Marchesa geht in die Hocke, sie ist sehr groß, schaut das Bild aufmerksam an.

«Tu sei una grande artista», sagt sie und küßt das Kind.

Die Contessa Alessandra lächelt säuerlich, das Kind umarmt die Marchesa.

Die Marchesa nimmt das zweite Glas, das Giulio ihr reicht, trinkt nun manierlich mit kleinen Schlucken. Sie hat immer noch Kopfschmerzen.

Dann will die Contessa wissen, was sie denn heute, ausgerechnet heute, so dringend in Milano zu tun hatte.

«Das Kleid», sagt die Marchesa. «Ich habe mir ein Kleid für heute abend machen lassen, und es war noch nicht fertig. Ich wollte es abholen.»

Das Kleid, das sie heute abend anziehen wird, hängt seit vierzehn Tagen in ihrem Schrank. Aber das weiß nur Marinetta. Ihr

suchender Blick ist von dem alten Marchese längst verstanden worden.
«Die Signora ist unten am See», sagt er.
«Excusez-moi», sagt die Marchesa. Manchmal bringt sie die Sprachen durcheinander. Sie spricht italienisch, französisch oder deutsch. Nur tschechisch nicht, das kann sie nicht, hat sie nie gelernt.
Sie bemüht sich nun um ein gemäßigtes Tempo, sie geht langsam die Stufen hinab in den Park.
Angèle sitzt auf der Mauer, umrahmt von den Rhododendronbüschen, und blickt hinaus auf den See. Sie trägt ein langes Kleid aus zartblauem Chiffon und silberne Sandaletten mit hohen Absätzen, sie hat sich also schon für den Abend umgezogen. Ihre Haltung ist leicht und lässig, ihr Haar ist so dunkel wie früher und hat auch die gleiche Länge, es reicht bis auf die Schultern. Sie ist so schön wie früher. Und es ist ein Bild, sie da sitzen zu sehen, in dem Grün und zwischen den leuchtenden Blüten, vor ihr der helle Spiegel des Sees.
Blanca bleibt stehen, sie kann kaum atmen vor Glück.
«Mami!» sagt sie leise.
Angèle wendet sich langsam um, die eine Fußspitze berührt nun den grünen Samt des Rasens.
Blanca geht auf sie zu, bleibt vor ihr stehen, sieht sie an, sagt: «Man müßte dich malen, wie du hier sitzt. Du bist wunderschön. Wirst du eigentlich nie älter, Angèle?»
«Wenn du mich etwas genauer betrachtest», sagt Angèle, «wirst du die Falten in meinem Gesicht schon finden.»
«Ich sehe keine. Es sind nur ein paar zarte Linien. Sie machen dich noch schöner. Warum bist du hier allein?»
«Nun, du bist weggefahren.» Angèle gleitet von der Mauer.
«Richtig blödsinnig von mir», sagt Blanca. «War nicht so wichtig, in die Stadt zu fahren. Ich wollte für dich etwas besorgen. Und ich... ich bin so glücklich, daß du da bist.»
Angèle lächelt.
«Ich habe eine Tasche bei Gucci für dich gekauft. Hoffentlich gefällt sie dir.»

«Du fährst nach Mailand, um eine Tasche für mich zu kaufen? Denkst du, ich bekomme in New York keine?»

«Ich sag ja, ich bin blöd. Hast du die Familie kennengelernt?»

«Ja. Die Schwester deines Mannes, soviel ich verstanden habe. Mit ihrem Mann und den Kindern. Ich habe auf der Terrasse einen Aperitif mit ihnen getrunken, aber es war ein wenig schwierig, sich zu unterhalten. Ich kann kein Italienisch, und sie kein Deutsch. Wir haben es mit Englisch versucht.»

«Na ja, die sind ja auch nicht besonders unterhaltend. Ich weiß auch nie, was ich mit ihnen reden soll.» Blanca schwingt sich nun auf die Mauer. «Sie kann mich sowieso nicht leiden.»

«Der alte Herr ist sehr nett.»

«Er ist mir der liebste von der ganzen Sippe.»

«Und dein Mann?»

«Wie gefällt er dir denn?» fragt Blanca zurück.

«Eine blendende Erscheinung, würde ich sagen.»

Blanca lacht und schlenkert mit den Beinen. «Das hast du wunderbar ausgedrückt. Das ist er, und das will er sein. Er ist ein vollendeter Schauspieler. Wie so viele Italiener. Und bis zur Halskrause angefüllt mit Familienstolz.»

«Eine sehr reiche Familie, nicht wahr?»

«Ach, Angèle, du brauchst es gar nicht so vorsichtig auszudrücken. Selbstverständlich sind sie reich. Allein schon der Grundbesitz, hier, in Milano mehrere Häuser, die Masserie in der Poebene und was weiß ich noch. Der Conte ist noch reicher, er hat noch mehr Besitz. Sie wohnen drüben in Lecco. Na ja, und dann die Fabrik, nicht.»

«Seide, hast du geschrieben.»

«Seide, ja. Ein Familienunternehmen seit langer Zeit. Sie machen wunderbare Stoffe. Man nannte Como schon immer die Seidenstadt. Jetzt auch Cashmere und so was. Mit der Fabrik gibt es oft Ärger, Streik und so. Drum ist Fabrizio auch noch nicht zu Hause.»

«Der Park ist herrlich», sagt Angèle. «Solch eine Blütenpracht habe ich noch nie gesehen.»

«Und das Schloß?»

Sie haben jetzt beide den See im Rücken, und Blanca weist mit einer weiten Armbewegung auf das Castello, dessen Renaissancedach über den Zypressen zu sehen ist.

«Ein prächtiger Bau», sagt Angèle und beugt sich zu dem Hund, der vor ihnen sitzt und sie erwartungsvoll anblickt.

«Wir haben schon Freundschaft geschlossen», sagt sie. «Wie heißt er? Und was ist das für eine Rasse?»

«Er heißt Benaro, und er ist ein Bracco Nobile.»

«Das klingt ja fabelhaft.» Angèle streichelt den Hund, der daraufhin den schwarzen Kopf an ihr Knie schmiegt.

«Es gab diese Rasse wohl schon an den Höfen der Medici», sagt Blanca leichthin. «Wenn wir allein sind, nenne ich ihn Ferdi.»

Angèle betrachtet ihre Tochter eine Weile nachdenklich.

«Seine Mutter hieß Rena», sagt sie dann. «Ferdi war gerade ein paar Wochen alt, als ich aus der Klosterschule nach Hause kam. Mein Gott, ist das lange her! Und da sagst du, ich bin nicht alt.»

«Meine Stute heißt Varlina. Wir fahren morgen hinaus zum Gestüt, da wirst du sie sehen.»

«Und wo ist das?» fragt Angèle, nur aus Höflichkeit, die Gegend ist ihr fremd.

«Nach Süden, gleich hinter Erba. Das Gestüt gehört dem Conte. Er reitet sehr gut, sein Sohn auch. Fabrizio reitet nicht mehr, er hat sich mal den Arm gebrochen, seitdem besteigt er kein Pferd mehr. Varlina wird dir gefallen, eine Fuchsstute. Sie ist bezaubernd, sehr kapriziös. Aber ich komme gut mit ihr zurecht. Erst hatte ich einen braunen Wallach, der war ziemlich schwierig, da bin ich öfter runtergeflogen, und Fabrizio regte sich jedesmal furchtbar auf. Er hat es überhaupt nicht sehr gern, daß ich reite. Weißt du...»

«Mußt du dich nicht um deine Gäste kümmern?» unterbricht Angèle.

«Bis jetzt ist nur Familie da.»

«Und mußt du dich nicht umziehen? Und etwas zurechtmachen? Du siehst ziemlich derangiert aus.»

Blanca lacht und fährt sich mit beiden Händen durch das kurze Haar. «Right you are, Mom. Mein Haar muß noch gewaschen werden.»

«Jetzt noch?»

«Das macht Marinetta. Sie wäscht und fönt es in einer halben Stunde. Erst dusche ich, dann die Haare und ein neues Make-up. In einer Stunde bin ich fertig.»

«Aber...»

«Es reicht. Vor neun wird nie gegessen. Weißt du was? Komm mit hinauf, da können wir uns in Ruhe unterhalten, du brauchst dich nicht zu den anderen auf die Terrasse zu setzen. Und wir können reden, was wir wollen, Marinetta versteht es nicht.»

Die gewohnte Lässigkeit ist über die Marchesa Livallo gekommen. Gar nicht zu verstehen, warum sie sich auf der Fahrt zum See so aufgeregt hat. Doch nicht wegen der Familie. Nur wegen ihr. Und was für ein Schwachsinn, die kostbare Zeit, in der Angèle hier ist, mit Claudio im Bett zu verplempern. Vielleicht geschah es auch nur, um ein wenig die Fassung zurückzugewinnen, die sie verloren hat, seit sie weiß, daß Angèle kommen würde. Vor zwei Tagen kam der Anruf aus München.

Seitdem konnte Blanca nicht ruhig sitzen, konnte Hände und Füße nicht stillhalten, dann wieder stand sie regungslos und stumm, erfüllt von Angst vor diesem Wiedersehen.

Gestern vormittag ist sie zu Varlina gefahren, ist nur im Schritt unter den Bäumen mit ihr geritten und hat es ihr erzählt.

«Ich dachte, sie will nichts mehr von mir wissen, Varlina. Wir haben Briefe geschrieben, ab und zu. Einmal schrieb sie, es ist sehr seltsam, wie es uns in die Welt zerstreut hat. Du bist in Italien, ich in Amerika. Wir kennen uns gar nicht mehr. Doch ich würde dich gern einmal sehen. Jetzt kommt sie, Varlina. Was soll ich bloß tun?» Auch mit dem Pferd spricht sie deutsch.

Am Abend hat Giorgio sie dann nach Mailand gefahren, sie war viel zu aufgeregt, um selbst zu fahren. Auf dem Bahnsteig der Stazione Centrale stand sie dann mit geballten Fäusten und wartete. Angèle kam mit dem Mediolanum aus München, es war später Abend, als der Zug einlief. Erst konnte Blanca kein Wort sprechen, doch Angèle war ruhig und gelassen, als hätten sie sich vor wenigen Tagen zum letztenmal gesehen.

Es war Mitternacht, als sie im Castello Livallo ankamen. Der alte Marchese hatte sich zurückgezogen, doch Fabrizio hatte höflich das Erscheinen der unbekannten Schwiegermutter abgewartet. Eine halbe Stunde saß man noch zusammen, sie tranken Whisky, essen wollte Angèle nicht mehr, sie hatte im Zug gegessen, sehr gut, grazie.

Grazie und prego waren so ziemlich die einzigen italienischen Worte, die sie kannte. Aber Fabrizio sprach selbstverständlich gut englisch.

Blanca streicht mit der Hand über die Mauer.

«Das ist wie bei uns, nicht? Hier ist eine Mauer, auf der du sitzen kannst.»

Angèle blickte noch einmal hinaus auf den See, ein großes Schiff ist zu sehen, Ruderboote, auch ein paar Segelboote, die schlaff vor dem Wind liegen.

«Nur einen so schönen See hatten wir nicht», sagt sie.

Sie gehen langsam den Weg unter den Zypressen entlang auf das Castello zu. Ehe sie zur Terrasse kommen, bleibt Blanca stehen.

«Heute genau vor zehn Jahren, als ich zwanzig wurde, hat man mich gefragt, was ich mir wünsche. Und ich habe gesagt: ein Schloß, ein Pferd und einen Hund. Jetzt hab' ich es.»

«Und einen Mann doch auch», sagte Angèle.

«Na klar, sonst hätte ich es ja nicht. Einen Mann und jede Menge Familie. Das da oben ist nur der Anfang. Es kommen noch ein paar Onkels und Tanten und was da noch dazugehört.»

«Um Gottes willen», seufzt Angèle.

«Sie sind alle sehr umgänglich, und ein paar sprechen auch ganz gut deutsch. Du wirst natürlich neben Fabrizio sitzen. Aber vielleicht wirst du verstehen, wenn du nachher die ganze Sippe siehst, wie wichtig, wie von ganz großer Bedeutung... ja», sie stampft sogar mit dem Fuß auf, »...von wie ungeheurer Bedeutung es für mich ist, nun wenigstens eine Mutter vorweisen zu können.»

Angèle lacht. «Ich sehe es ein. Es tut mir leid, daß ich nicht schon früher mal gekommen bin, du hast mich so oft eingeladen.»

«Und mir tut es leid, daß William nicht mitgekommen ist.»

«Er ist in München geblieben, er hat dort Verwandte. Und weißt du, er muß sich ein bißchen schonen. Ich habe dir ja geschrieben, daß er einen Herzanfall hatte.»

«Hm. Ich hätte ihn gern mal wiedergesehen. Damals habe ich ihn gehaßt, weil er dich mir weggenommen hat.»

Angèle schweigt.

«Heute sehe ich ein, daß es gut für dich war.»

«Wollen wir nicht gehen?» fragt Angèle. «Du machst mich ganz nervös. Wenn du dir noch die Haare waschen willst...»

«Ach, die sind daran gewöhnt, auf mich zu warten. Oder auf sonst irgend jemand. Hier in Italien geht man sorgloser mit der Zeit um. Siehst du, da sind schon ein paar mehr gekommen. Die unterhalten sich prima.» Plötzlich lacht sie. «Für die bin ich sowieso ein Flop.»

«Ein was?»

«Ein Versager. Du mußt mal aufpassen, wie sie mich immer prüfend mustern. Ob es denn nicht endlich so weit ist.»

«Was ist soweit?»

«Cara mia, ich habe in ein edles Geschlecht eingeheiratet. Und sie warten alle darauf, daß ich endlich ein Kind bekomme. Einen Sohn natürlich.»

«Ach so.»

«Fabrizio ist der letzte Livallo. Seinen Bruder haben die Faschisten gekillt.»

«Deine Ausdrucksweise gefällt mir nicht», tadelt Angèle.

Blanca blickt sie strahlend an. «Das habe ich schon mal von dir gehört. Sag' es noch mal!»

«Blanca!»

«Verzeih, Mami! Ich liebe dich so sehr.»

«Und warum bekommst du kein Kind? Willst du nicht? Nimmst du die Pille?»

«Nein. Ich bekomme eben keins.»

«Vielleicht liegt es an deinem Mann?»

«Es haben schon andere Herren sich bemüht.» Sie macht ein reuevolles Gesicht. «Verzeih noch mal! Ich bin nicht so versessen darauf, ein Kind zu bekommen. Ich bin kein Muttertyp. Aber die Familie erwartet es halt.»

Soll sie erzählen, was vor zehn Jahren passiert ist und daß dies vermutlich der Grund ist?

Niemand weiß es, niemand hat sie es erzählt. Und dieser schönen Fremden kann sie es erst recht nicht erzählen.

«Na, komm! Drehen wir mal eine Runde, und dann verschwinden wir nach oben. Marinetta wird schon warten.»

Es sitzen jetzt insgesamt zwölf Menschen auf der Terrasse, Angèle muß sich weder die Gesichter noch die Namen merken, heute und morgen wird sie noch hier sein, dann nie mehr. Sie wird sich an den Hund erinnern, an das Pferd, das sie morgen kennenlernen wird, vielleicht an den alten Marchese. Und vielleicht noch an diese seltsame Tochter mit der Redeweise, die ihr nicht behagt. Sie hat nicht gefragt: liebst du deinen Mann? Das käme ihr albern vor. Hat sie nur aus Berechnung geheiratet? Ein Schloß, ein Pferd und einen Hund. Oder ist sie vor etwas geflohen, genau wie sie damals geflohen ist?

Nur hat sie, Angèle, die Liebe gefunden.

Eine Weile wirbelt Blanca auf der Terrasse herum, wird geküßt, in die Arme genommen, redet in raschem Italienisch mit diesem und jenem. Lacht, ihre Augen blitzen, sie macht durchaus den Eindruck einer Frau, die mit ihrem Leben zufrieden ist.

Brillantes Klavierspiel begleitet das Geplauder, und als sie ins Haus gehen, sieht Angèle auch den Klavierspieler, er sitzt gleich hinter den geöffneten Türen an einem Flügel.

«Hallo, Antonio», sagt Blanca, als sie an ihm vorbeigehen, und streicht ihm übers Haar. «Spiel nachher Mozart, wenn ich wiederkomme.»

«Das ist Antonio», erklärt Blanca, während sie die breite Treppe emporsteigen.» Nicht gerade Vivaldi, aber Valdoni. Klingt auch ganz hübsch, nicht? Er studiert am Konservatorium Giuseppe Verdi in Milano und spielt immer bei solchen Parties, damit verdient er sich ein ganz nettes Geld. Sein Traum ist es, später mal in der Scala zu dirigieren. Oh, Marinetta! Mach nicht so ein finsteres Gesicht.» Dann wechselt sie wieder ins Italienische.

Marinetta steht unter der Tür zu Blancas Boudoir und schüttelt den Kopf.

«Jetzt machen wir presto, prestissimo», wieder lacht Blanca übermütig und umarmt Angèle. Und dann erzählt sie Marinetta, wie sehr sie sich freut, daß die Mama endlich bei ihr ist. Dabei zieht sie sich aus, läßt den Rock und das über dem Nabel gebundene Blüschen zu Boden fallen, darunter trägt sie nur einen Slip, ihr Körper ist schlank und straff wie der einer Zwanzigjährigen. Sie kann an jenem Geburtstag vor zehn Jahren nicht anders ausgesehen haben.

Marinetta schüttelt nicht mehr den Kopf, sie nickt und lächelt Angèle an. Sie freut sich auch, daß die Herrin endlich eine Mama hat. Ein Mensch, der keine Familie hat, ist wirklich zu bedauern.

«Dusche», ruft Blanca. «Bin gleich wieder da.»

Angèle geht durch die drei Räume, die ihrer Tochter allein gehören. Die Fenster des Boudoirs und des Schlafzimmers haben Blick auf den See, der Raum um die Ecke bietet den Garten mit einem kaum überschaubaren Feld von Rosen. In diesem Zimmer, das Blanca ihr Wohnzimmer nennt, haben sie am Morgen gefrühstückt.

«Ich frühstücke meist hier», hat Blanca gesagt.

«Allein?»

«Ja. Manchmal sind wir sonntags unten. Aber meist nicht einmal das. Il Vecchio bleibt sowieso noch im Bett und trinkt dort seinen Tee. Und Fabrizio geht meist ohne Frühstück. Seine Sekretärin bringt ihm dann irgendwann einen Espresso.»

«Dein Mann ist offenbar sehr fleißig.»

«Und ob! Alle Milanesen sind fleißig. Nicht so wie die anderen Italiener. Die Römer sagen, wir benehmen uns wie die Deutschen. Sie verachten diesen Fleiß und diese Arbeitswut. Aber darum sind die Leute hier eben reich. Von nichts kommt nichts, wie Rudi immer sagte.»

Wer Rudi ist, weiß Angèle. Blanca hat ziemlich ausführlich von ihrer Zeit in Berlin berichtet, eine gewisse Verärgerung war in den Briefen zum Ausdruck gekommen, und die richtete sich in erster Linie gegen ihren Bruder.

Peter ist ein ekelhafter Wichtigtuer geworden, hat sie damals aus Wien geschrieben. Er mag mich nicht, und ich kann ihn nicht mehr ausstehen. Früher haben wir uns so gut verstanden. Aber seit du weg bist, ist er unausstehlich.

Daran muß Angèle denken, als sie am Fenster steht und hinab in das Rosenmeer blickt. Dahinter kommen dann die Oleanderbüsche, und anschließend der Abhang mit den Orangen- und Zitronenbäumen. Sie hat den Park an diesem Nachmittag sehr ausführlich besichtigt, sie hat so etwas Schönes nie gesehen. Sie wohnen in Montclair auch sehr hübsch, aber diese Blütenpracht kann es wohl nur in einem südlichen Land geben. Nicht zu südlich, denkt Angèle weiter, das ist auch nicht bekömmlich. Aber hier ist es ideal, der reine Atem des Gebirges in der Nähe und die kühle Luft vom See her, dazu die Sonne, da blüht alles von selbst.

Wohl kaum. Dazu ist der Park, sind Bäume, Büsche und Beete zu gut gepflegt, sie müssen ein Heer von Gärtnern beschäftigen. Das ist zum Beispiel etwas, was sie ihren Schwiegersohn heute abend fragen könnte, wie viele es sind. Ein wenig graust ihr vor dem Essen mit den vielen fremden Leuten, und es wird lange dauern, das hat Blanca schon angekündigt.

«Wir essen stundenlang, weißt du. Und dabei reden sie ununterbrochen. Aber danach verschwinden sie dann auch ziemlich schnell. Manche müssen noch nach Milano hineinfahren. Aus der Schweiz kommen übrigens auch zwei Freunde von Fabrizio, aus Lugano. Die haben alle ihre Fahrer dabei. Und nachdem sie so viel gegessen und geredet haben, sind sie müde und haun ab.»

Angèle bangt vor dem Essen und dem Reden. Sie und William essen nicht viel, sie reden leise und vertraut, und am liebsten hören sie Musik.

«Und weißt du, was ich nachher mache?» hat Blanca gefragt, das Gespräch fand am Morgen in diesem Zimmer beim Frühstück statt. «Dann laufe ich hinunter zum See, steige über die Mauer, ziehe die Schuhe aus und wate ins Wasser. Das heißt, wenn es warm genug ist, schwimme ich ein Stück. Wir müssen auch nicht über die Mauer steigen, ein Stück nach Süden haben wir ein Türchen, das zu einem Stück Strand führt.»

«Du sagst wir. Offenbar willst du mich mitnehmen zu dem nächtlichen Bad.»

«Du wirst gern mitkommen, wirst schon sehen. Es ist schön da unten, ganz still, rundherum duftet es. Ich mache das immer nach Parties. Manchmal auch an einem ganz gewöhnlichen Abend. Ferdi kommt natürlich immer mit, er patscht auch gern im Wasser herum, aber nicht zu weit hinein. In der Beziehung ist er ein echter Italiener.»

«Und was machst du an einem gewöhnlichen Abend, wie du es nennst?»

«Sehr oft spiele ich mit Il Vecchio Schach, da wird es auch ziemlich spät.»

«Mit deinem Schwiegervater?»

«Hm.»

«Ich wußte gar nicht, daß du Schach spielen kannst.»

«Aber Mami! Du weißt sehr vieles nicht von mir. Rechne doch mal nach, wie lange wir uns nicht gesehen haben. Viele Talente habe ich zwar nicht, aber Schachspielen habe ich gelernt. Olga hat es mir beigebracht.»

Rechne doch mal nach, wie lange wir uns nicht gesehen haben! Es sind fünfzehn Jahre, reichlich. Als Angèle Hartmannshofen verließ, war Blanca vierzehn. Und nun feiert sie ihren dreißigsten Geburtstag.

Angèle löst ihren Blick von den Rosen, dreht sich um. Ein hübsches Zimmer, helle Möbel, zwischen den Fenstern der runde Tisch, auf dem das Frühstück serviert wurde, ein Regal ist da mit Büchern, ein kleiner Schreibtisch, ein Sofa und zwei Sessel und ein niedriges Tischchen.

Viele Talente habe ich nicht, hat ihre Tochter gesagt. Nun, sie hat immerhin das Talent gehabt, einen reichen Mann zu heiraten. Wie es dazu kam, weiß Angèle nicht. Sie ist auch gar nicht neugierig. Übermorgen wird sie wieder abreisen, sie kann William nicht so lange allein in München lassen. Er erträgt es nicht, auch nur einen Tag ohne sie zu sein.

Im vergangenen Jahr flog sie zu Bruce und Vivian nach Boston; Billie, ihr Ältester, hatte ebenfalls Geburtstag, den zehnten, und er

verlangte dringend nach Angie, wie er sie nannte. «Du kannst mich doch nicht so lange alleinlassen», hatte William gesagt.
«Ich bleibe doch nur drei Tage. Juana wird gut für dich sorgen.» Juana ist das mexikanische Mädchen, das den Haushalt versorgt, denn kochen hat die Komtesse immer noch nicht gelernt, geschweige denn verrichtet sie eine andere Art von Hausarbeit. William fühlte sich nicht wohl und wollte nicht mitkommen zum Geburtstag seines Enkelsohnes.

«Ich weiß gar nicht, was die Kinder eigentlich von dir wollen», sagte er mißmutig. «Du gehörst nur mir.»

«Es ist gut, daß sie mich leiden mögen. Es könnte auch anders sein, nicht? Ich bin eine Fremde, die ihnen den Vater weggenommen hat. Eine Böhmin dazu.»

«Darunter können sie sich sowieso nichts vorstellen. Und was heißt weggenommen? Sie sind erwachsen und leben ihr Leben. Und ich meins. Und mein Leben bist du. Es hat lang genug gedauert, bis ich dich gefunden habe. Und darum kann ich keinen Tag verlieren.»

Angèle lächelt vor sich hin. Er liebt sie. Liebt sie ihn auch? Soweit sie zu Liebe fähig ist, gewiß. Aber Liebe, was die meisten Menschen unter Liebe verstehen, diese Hingabe, diese Selbstaufgabe, dieses sich ganz an einen anderen Menschen ausliefern, das kann sie nicht, das braucht sie nicht. Sie hat immer einen unsichtbaren Raum um sich, keine Mauer, es ist wie ein Gürtel von diesen Rosen da unten, wie ein paar Wellen von dem silbernen See, durch die Rosen dringt keiner, das Wasser bezwingt niemand.

Damals als sie nach Amerika kam, hat sie Angst gehabt vor der Begegnung mit zwei erwachsenen Söhnen. Mit William war es leicht gewesen, vertraut zu werden. Auch wenn es anfangs peinlich war, ihre überstürzte Abreise, ihre Flucht verständlich zu machen. Ich fühlte mich wie eine Gefangene, ich wollte frei sein, ich hatte alles so satt in der Familie, mit solchen Sätzen versuchte sie, es zu erklären, schon auf der Fahrt nach Wien, als ihr nach und nach klar wurde, wie unmöglich sie sich benahm. Er brauchte diese Erklärungen nicht.

«Ich habe gleich gewußt, daß wir zusammengehören.»
Er ist höflich, ein Kavalier, er bedrängt sie nicht, sie sind schon eine Woche in Wien, als sie seine Geliebte wird. Und es geschieht etwas Neues, sie gibt sich bereitwillig seiner Umarmung hin, sie ist eine zärtliche Geliebte. Wenn sie zur Selbstanalyse neigte, müßte sie sich darüber wundern. Sie tat es damals nicht, sie tut es heute nicht. Sie kommt dann auch einigermaßen mit dem Leben in den Staaten zurecht, man macht es ihr leicht. Seine Söhne, seine Freunde, seine Mitarbeiter, alle bewundern sie, begegnen ihr mit Freundlichkeit.

Auch darüber muß sie sich nicht wundern, es war immer so. Freundlich waren die Menschen immer zu ihr, Zuneigung hat sie immer bekommen, ihre Schönheit hat jeder bewundert. Auch wirkliche Not hat sie nie gelitten. Am schlimmsten waren die drei Jahre nach dem Krieg, dann die Vertreibung. Aber danach war sie weder verlassen noch ausgestoßen.

Mit William beginnt ihr drittes Leben. Das Schloß und ihr Vater, die Brauerei und Josefa, und nun Amerika und William. Wer sich nicht einordnen läßt, ist Karl Anton, ihr Mann. Ihn vergißt sie am schnellsten. Die Erinnerung an das Schloß verblaßt nur langsam. Eine große Hilfe war es, Ludvika zu treffen, sie im Arm zu halten, ihre Tränen zu trocknen.

«Mami!» schreit es durch die Tür. «Wo bist du denn?»

Blanca sitzt vor dem Spiegel, sie hat eine Maske im Gesicht, Marinetta fönt ihr Haar.

«Wo bist du denn? Ich kann doch nicht um zwei Ecken schrein. Gefällt's dir hier bei mir?»

«Es gefällt mir sehr. Du hast deinen Mann in Wien kennengelernt?»

«Er hat mich erstmal als Bild kennengelernt. Was heißt ein Bild? Zwei Dutzend waren es mindestens. Gottlieb hat mich gemalt und gemalt, von vorn, von hinten, von oben und von unten. Du bist nicht so schön wie meine Königin von Prag, aber irgend etwas von ihr hast du. Aber du hast noch etwas anderes. Sie war wirklich eine Königin. Du hast etwas von einer Bestie an dir. Es fehlt dir an Liebe und Güte. Deine Augen funkeln zu sehr. Und dein Mund verzieht

sich spöttisch und spricht böse Worte. So ist das mit dir. Na, stell dir vor, Angèle, so ging das wochenlang und monatelang. Dazwischen verschwand ich mal nach Berlin, ich hatte da schließlich noch ein Zimmer und einen Bruder, Gottlieb kam mit der nächsten Maschine und holte mich zurück.»
«Unser kleiner Gottlieb mit den Tellern?» fragt Angèle amüsiert.
Das hellbraune Haar ihrer Tochter knistert im Wind des Föns, ihre Augen funkeln wirklich.
«Der Teller-Gottlieb, sehr richtig. Aber zu meiner Zeit war er in Wien schon ein anerkannter Künstler. Schad' is, daß ich net hundert Jahre früher gelebt hab', ich wär' bestimmt Hofmaler bei Kaiser Franz Joseph geworden, das sagte er immer. Aber du mußt nicht denken, daß ich mit ihm geschlafen habe, daran hatte er kein Interesse, er wollte mich nur malen. Viel lieber hätte er dich gemalt. Aber sie ist ja net da, meine Königin. Er war richtig böse mit mir, daß ich nicht du war. Aspetta!» Das gilt Marinetta. Die nimmt den Fön zur Seite, Blanca beugt sich zum Spiegel, wischt vorsichtig die Maske aus dem Gesicht, nimmt dann eine leichte Crème. Dann hält sie den Kopf wieder gerade, Marinetta kann fortfahren, es dauert nicht mehr lange, zwei, drei Minuten noch, Blanca schüttelt ihr Haar, es ist locker und duftig, dann trägt sie das Make-up auf, wenig nur, sie hat nicht die vornehme italienische Blässe, sie ist gebräunt, das Gesicht, die Schultern, das Décolleté. Die Arme.
Es war eine schöne Zeit damals in St. Pölten und in Wien. Ludvika und Olga verwöhnten sie, Karel fuhr mit ihr in den Wienerwald, er küßte sie oft, aber sie wies eine weitere Annäherung zurück, zu nahe war noch, was in Berlin passiert war. Karel lachte nur und sagte: «Ich kriege dich schon noch, Kaiserin.»
«Ich war nur Königin.»
«Stimmt. Tot, ehe es zur Kaiserkrönung kam. Ich glaube, du bedauerst es heute noch.»
«Da kannst du sicher sein.»
Blanca war nie in ihrem Leben so heiter, nie so unbeschwert wie in jener Zeit. Sie dachte nicht an Peter und seine doofe Sylvie und

den tollen Rudi, sie vergaß die Nordheims und schließlich auch die Abtreibung.

Karel verschwand nach drei Wochen zu neuen Dreharbeiten, Blanca blieb in St. Pölten, doch sie fuhren oft nach Wien. Dann begann die Spielzeit. Karajan leitete die Staatsoper, und Blanca verliebte sich sofort in ihn. In ihn, in die Oper, in Wien überhaupt. Die Karten für die Oper bekamen sie von Gottlieb, der nach wie vor die Frauen von der Bühne malte. Auch sonst gab es genug schöne Frauen in Wien, die von ihm gemalt werden wollten.

Doch nun wollte er nur noch Blanca malen. Sie saß ihm in seinem Atelier in Wien, oft blieb sie über Nacht, genau wie in Prag hatte er sich in Wien erstklassig etabliert, er bewohnte eine ganze Etage im 1. Bezirk, ganz nahe bei den Lipizzanern, bei denen Blanca viel Zeit verbrachte.

Olga war durch diese Übernachtungen in Wien beunruhigt. «Was treibt ihr zwei denn?»

«Gar nichts treiben wir. Er malt, und ich langweile mich. Ich könnte immer einschlafen dabei.»

Wenn Gottlieb es merkte, unterhielt er sie. Er sprach von seinen Tellern, von der Fabrik, von Eger, vom Schloß, vom Grafen Bodenstein und von Jaroslav, von Prag, wie er da gelebt hatte, was er in den Barrandov-Studios gearbeitet hatte, es war alles höchst interessant für Blanca, sie war nicht mehr müde, sie stellte Fragen. Denn das meiste, wovon er sprach, kannte sie nicht. Nur Jaroslav, Ludvika, das Schloß und die Teller.

«Und du warst gern in Prag?»

«Es ist die schönste Stadt der Welt.»

«Und dann bist du doch hierher gekommen.»

«Meine Mutter drängte mich immer wieder, weißt, und dann die Kommunisten, mit der Zeit geh'n sie dir auf die Nerven.»

Manchmal kamen Gäste, andere Maler, Künstler vom Theater, und immer wieder Frauen, die mit Abneigung die Bilder ansahen, die Blanca darstellten.

«Wer soll das denn sein?» fragte die Chansonette Miranda vor einem Bild, das Blanca mit einer Krone auf dem Haupt und einem Zepter in der Hand darstellte.

«Das ist die Kaiserin von Prag», beschied sie Gottlieb. «Die Gemahlin des Kaisers. Karl der Vierte, hast mi?»
«Phhh!» machte Miranda. «Ich dachte, die hängt im Salon.»
«Das ist die Königin von Prag.»
«Ich dachte, das ist ein und dieselbe.»
«Is es net. Das siehst doch, Tschapperl. Hast keine Augen im Kopf?«
Als sie gegangen war, sagte er zu Blanca: «Sie hat eh keine Ahnung, von wem ich red'. Machen wir weiter. Geh, geh, ka Müdigkeit, is noch net so spät.»

Blanca saß diesmal auf einem Stuhl, einen Schal über der Schulter, die andere Schulter und die Brust waren nackt. Das Bild der Königin von Prag hing wirklich im Salon, so nannte er den Raum, in dem er Gäste empfing. Er hatte es von Prag mitgebracht. Und er war erst gekommen, nachdem Johann Cipka gestorben war. Von ihm erzählte er auch sehr ausführlich, und als Karel Weihnachten wiederkam, konnte er noch einiges hinzufügen.

«Wenn ich daran denke, wie ich das erstemal vor dem Fenster stand und das Bild sah», sagte er. «Da begann das Leben für mich. Sein dünner Kaffee und die trockenen Plätzchen. Ich hoffe, er ist in einem lichtblauen Himmel gelandet.»

Gottlieb legte den Kopf auf die Seite.

«Sowas müßt' man auch malen.»

Karel betrachtete die Bilder, die inzwischen entstanden waren. «Gar nicht schlecht», sagte er. «Und getan hat er dir nichts.»

Es war keine Frage. «Er ist nicht schwul, er hat's ja auch manchmal versucht. Er will die Frauen auf seinem Podest und auf seinen Bildern haben. Aber nicht im Bett. Komischer Bursche.»

Diesmal wurde Blanca Karels Geliebte. Sie war ängstlich, doch er sagte: «Ich paß schon auf. Oder denkst du, ich will schon heiraten.»

«Heiraten?»

«Na, wenn ich dir ein Kind mache, muß ich dich heiraten. Vielleicht später. Erst muß ich nach Amerika.»

Karel war der zweite, und es war ein unbeschwertes Verhältnis, das sogar von Olga und Ludvika mit Wohlgefallen betrachtet wurde.

«Ich fänd's ganz gut, wenn sie heiraten würden», sagte Olga. «Vom Gottlieb bekomm' ich ja kein Enkelkind. Dann wenigstens von meinem Adoptivsohn. Der mit seinem bleeden Amerika.» Blanca erzählt es, während sie vorsichtig mit dem Pinsel einen Hauch Puder auf ihr Gesicht tupft.

«Dann war ich wieder mal in Berlin, aber Gottlieb holte mich zurück, er war noch lange nicht fertig mit seinen Bildern. Es ging mir ja auch gut in St. Pölten. Und in Wien sowieso. Und in Wien war der Karajan. Übrigens bezahlte mich Gottlieb ganz gut für die Sitzungen. Er verdiente reichlich, und ich hatte kein Geld.»

Angèle denkt, daß ihre Tochter offenbar nie etwas Vernünftiges gelernt und gearbeitet hat. Aber wie käme sie dazu, das auszusprechen, sie hat es auch nicht getan.

«Schließlich kam Peter nach Wien, und da verkrachten wir uns endgültig. Er fand es unmöglich, wie ich lebte.»

Blanca ist fertig und betrachtet sich zufrieden im Spiegel. Nun das Kleid.

Marinetta hält es schon bereit, es ist aus weißer Seide, mit goldenen Fäden durchwirkt, liegt eng an ihrer schlanken Figur, die Schultern sind nackt.

«Na?» fragt Blanca und dreht sich vor dem Spiegel.

«Magnifico!» sagt Marinetta andächtig.

«Du siehst reizend aus», sagte Angèle.

«Ach, Mami, so schön wie du werde ich nie sein.»

Sie steckt die Brillanten in die Ohren, probiert zwei Colliers, eins mit Smaragden, das andere ist nur ein schmales Band von Diamanten.

«Das ist besser, nicht? Übrigens habe ich ihn eingeladen.»

«Wen?»

«Peter. Aber er kommt ja doch nicht. Er ist ständig mit diesem gräßlichen Weib zusammen.»

«Mit wem?»

«Seiner Freundin.»

«Kennst du sie?»

«Nein. Wie sollte ich?»
«Warum nennst du sie dann ein gräßliches Weib?»
«Ist sie sicher. Eine Frau Doktor irgendwas. Er hat sie in Tokio kennengelernt. Sie ist Sinologin. Kannst du dir da drunter was vorstellen?»
Angèle lächelt. «In etwa. Du bist noch immer eifersüchtig?»
«Nicht die Bohne. Ist mir doch egal, mit wem er rumbumst.» Und sofort: «Entschuldige, Mami. Ich weiß, meine Ausdrucksweise gefällt dir nicht.»
«Ich wundere mich immer noch, daß er Journalist geworden ist.»
«Was heißt Journalist. Er ist Wirtschaftsjournalist, anerkannt in allen Ländern der Erde. Eines Tages wird er sich als Chefredakteur von irgendeinem Käseblatt niederlassen, wenn er die ewige Reiserei satt hat. Apropos Redakteur – an deiner rechten Seite sitzt Milo Malfantone vom Corriere della Sera, der war lange Korrespondent in Washington, er spricht hervorragend englisch. Und deutsch natürlich auch. Geh'n wir?»
Angèle seufzt und steht auf.
Am Fuße der Treppe erwartet sie der Marchese Livallo. «Il tuo fratello», beginnt er, unterbricht sich sofort und fährt auf deutsch fort. «Dein Bruder kommt, Blanca.»
Er küßt Angèle die Hand.
Blanca steht erstarrt. «Mein Bruder?»
«Er hat angerufen aus Sondrio, drüben im Valle d'Adda. Er kommt vom Engadin herunter.»
«Aus Sondrio? Aber das ist ja noch weit entfernt. Und wie...»
«Kein Problem. Ich habe unser schnellstes Motorboot schon weggeschickt. Und ich habe ihm erklärt, wo es anlegt und wo er seinen Wagen lassen kann. Essen wir ein bißchen später.» Blanca hat die Hände zu Fäusten geballt, wie am Abend zuvor auf dem Bahnhof von Mailand.
«Peter kommt?» flüstert sie, und dann, zu Angèle gewandt: «Mami!»
«Ich freue mich sehr, ihn endlich einmal wiederzusehen», sagt Fabrizio.

Er kennt Peter Wieland, denn wie es sich gehört, hat er an Blancas Hochzeit teilgenommen. Eine große Hochzeit, im Dom von Como, anschließend ein Fest im Castello, sechs Jahre ist das her.

Angèle lächelt vage an ihrer Tochter und ihrem Schwiegersohn vorbei.

«Du hattest ihn ja eingeladen, Blanca», sagt sie in die Luft.

Blanca erwacht zum Leben.

«Hab' ich. Finde ich toll, daß er kommt. Na, der kann sich was anhören. Ach, und ich weiß, was wir machen, Fabrizio, wir servieren die Hors d'œuvres auf den Tischen in der Sala di Lago, das haben wir schon einmal gemacht, erinnerst du dich? Als der Generalstreik war und alle so spät kamen. Da gibt es inzwischen schon mal etwas zu essen. Ich werde Mario gleich Bescheid sagen.»

Eilig läuft sie durch die Halle, verschwindet in Richtung Personalräume. Fabrizio bietet Angèle den Arm.

«Gehn wir hinaus, Mama, und schauen wir uns an, wer alles da ist. Ich bin auch erst vor kurzem gekommen und habe unsere Gäste noch nicht begrüßt. Gott sei Dank ist meine Schwester da. Blanca kommt ja immer zu spät.»

Angèle nickt und geht schweigend an seinem Arm durch die Halle.

Dieser fremde Mann hat Mama zu ihr gesagt.

Es wird spät, bis sie alle weg sind. Wie von Blanca angekündigt, haben sie lange gegessen, viel geredet, viel gelacht. Und nun noch einmal, Küsse, Umarmungen, endlich fährt der letzte Wagen aus dem Park.

Fabrizio bringt seinen Vater nach oben. Il Vecchio hat bis zuletzt ausgehalten, im August wird er achtzig. Man merkt ihm keine Müdigkeit an, er hat sich gut amüsiert.

«Puh!» macht Blanca und fährt sich mit beiden Händen ins Haar. «Das wär's denn. Wenn ich vierzig werde, verreise ich.»

Angèle sieht müde aus, sie steht unter der Tür, blickt hinaus. Die Einfahrt ist hell erleuchtet.

Peter steht hinter ihr, sieht ihren schmalen Nacken, er hebt die

Hände, läßt sie wieder sinken. Er möchte sie in die Arme nehmen, einmal noch. Es gibt keine Frau, die er jemals mehr lieben wird als sie.

Er hat nicht gewußt, daß er sie hier treffen wird. Er hat auch nicht die Absicht gehabt, herzukommen. Erst am Nachmittag hat er sich dazu entschlossen.

Karin hat gesagt: «Nun fahr doch hin. Blanca wird sich freuen.»

Sie sagt es schon seit zwei Tagen.

«Was hast du denn mit der Dame deines Herzens gemacht?» hat Blanca gefragt, als er kam. Sie war unten am Anleger, um ihn in Empfang zu nehmen. Umarmt ihn heftig, küßt ihn.

«Schön, daß du gekommen bist.»

«Karin ist in Pontresina geblieben.»

«Was macht ihr denn in Pontresina?»

«Ferien.»

«Jetzt? Ich denke, da fährt man im Winter hin.»

«Es ist wunderschön um diese Jahreszeit. Die Wiesen voller Blumen, eine herrliche Luft. Man kann spazierengehen, ausschlafen, gut essen, es gefällt uns gut dort.»

«Na, prima. Nun komm schon, alles wartet auf dich.»

«Ich bin sicher nicht richtig angezogen», sagt er.

Er trägt einen hellgrauen Anzug und ein weißes Hemd.

«Quatsch, kein Mensch trägt einen Smoking bei der Hitze. Der eine oder andere ein Dinnerjacket. Es sind eine Menge Leute da, Mami ist auch da.»

«Wer?»

«Wer! Angèle.»

Bis sie zum Castello kommen, hat er Zeit, sich an den Gedanken zu gewöhnen, daß er sie treffen wird.

Es ist ganz einfach. Sie lächelt, ist ganz ruhig und sehr freundlich. Gelassen wie immer.

Auch sie sagt: «Schön, daß du gekommen bist.»

Er kommt sowieso nicht dazu, mit ihr zu reden, man umringt ihn, man redet kreuz und quer durcheinander, den einen oder anderen kennt er von der Hochzeit, er hat ein gutes Gedächtnis, sogar die Namen fallen ihm ein. Er entschuldigt sich, daß man seinetwegen mit dem Essen warten mußte, alle widersprechen, sie freuen sich ja so, daß der Bruder der Marchesa an diesem Fest teilnimmt. Sie sprechen italienisch, englisch, deutsch und französisch durcheinander, es ist ein turbulentes Fest. Und nun stehen sie da, die Lichter in der Einfahrt verlöschen, es ist ein Uhr in der Nacht.

«Der Geburtstag ist vorbei», sagt Blanca.

Hinter ihr beginnen die Diener mit dem Aufräumen.

Blanca dreht sich um.

«Laßt doch, geht schlafen. Domani. Buona notte. E grazie a Voi.»

Sie ist die einzige, die so etwas sagt, darum ist sie auch so beliebt bei den Leuten.

«Also los», sagt sie dann. «Gehn wir!»

«Wohin?» fragt Peter.

«Hinunter zum See. Ich stecke noch meine Füße ins Wasser. Mami, ich habe dir doch gesagt, daß ich das tue.»

«Jetzt noch?» fragt Peter.

«Na, wann denn? Ich kann das erst tun, wenn alle weg sind. Du wirst sehen, es ist herrlich in der Nacht da unten. Bist du zu müde?»

«Nein», sagt er und sieht Angèle an, die sich umgedreht hat. «Aber Angèle würde vielleicht lieber schlafen gehen.»

Angèle legte sanft die Hand auf seinen Arm. Sie lächelt.

«Ich komme mit. Ein wenig Luft wird uns guttun. Es ist sehr viel geraucht worden.»

Der Saal, in dem sie gegessen haben, ist groß und hoch, aber der Rauch macht sich bemerkbar, denn die Türen und Fenster hat man geschlossen, damit keine Fliegen und Mücken hereinkamen.

«Und wir haben überhaupt noch keine fünf Worte in Ruhe gesprochen», sagt Blanca. «Wie lange bleibst du denn?»

«Ich fahre morgen zurück», erwidert Peter.

«Die Dame in Pontresina, ich weiß schon. Und Mami fährt übermorgen. Eine feine Familie habe ich. Die kommen bloß mal eben zu einer Stippvisite.»

«Und dein Mann?» fragte Angèle. «Kommt er nicht mehr herunter?»

«Kann schon sein. Aber er kennt mich und weiß, daß ich noch zum See gehe.»

Sie gehen die Stufen von der Terrasse hinab, jetzt sind die Türen weit geöffnet, am Weg unter den Zypressen gehen die Laternen an, das macht Giorgio, denn auch er kennt die Angewohnheiten der Marchesa.

Es ist still, Antonio, der immer noch am Flügel sitzt, sendet ihnen ein paar Takte aus der Kleinen Nachtmusik nach.

Blanca lacht. «Ist er nicht ein Schatz? Dabei hat ihm kein Mensch mehr zugehört bei dem Geschnatter.»

«Wie lange spielt er denn an so einem Abend?» fragt Angèle.

«Jetzt spielt er noch eine Weile Chopin. Ich höre das manchmal, ehe ich ins Bett gehe.»

«Und wie kommt er nach Mailand?»

«Er schläft im Haus, das ist so üblich. Der Abend war für ihn sehr ertragreich. Ohne diese Feste, bei denen er spielt, könnte er sein Studium nicht bezahlen.»

«Hat er kein Stipendium?» fragt Peter, nur um etwas zu sagen. Angèle geht neben ihm, er würde sie gern stützen, doch der Weg ist ordentlich und gut beleuchtet.

«Sicher, hat er wohl», sagt Blanca. «Aber so viel ist das auch nicht. Er ist ein stolzer Römer. Er nimmt nur Geld für Arbeit. Paßt auf, jetzt wird es dunkel.»

Der Hund trabt ihnen voran, auch er ist müde, aber er liebt den Weg zum See mit seiner Signora.

Peter legt nun doch die Hand an Angèles Ellenbogen, sie duldet es, neigt sich sogar ein wenig zu ihm. Die Musik verklingt, ab und zu zwitschert ein Vogel, den sie im Schlaf gestört haben.

Sie sind an der Mauer, und Blanca sagt: «Jetzt ein Stück nach rechts, da ist die Pforte zum See. Paß auf, Angèle, hier ist es uneben.» Sie lacht. «Ich kenne hier natürlich jeden Zentimeter. Ach!» Sie wirft die Arme über den Kopf. «Tut das nicht gut!»

Sie geht vor ihnen, Peter legt den Arm um Angèle, sie geht vorsichtig auf den hohen Absätzen.

Hundert Jahre ist es her, tausend Jahre, und es war gestern. Er bleibt stehen, zieht sie an sich.
«Hast du mir verziehen?»
«Aber ja. Wir wollen nicht davon sprechen.»
«Das hast du damals auch gesagt. Und dann warst du nicht mehr da. Ich habe dich vertrieben. Zum zweitenmal.»
«Zum zweitenmal? Was heißt das?»
«Nach der Vertreibung aus deinem Schloß.»
Sie lacht leise. «Das läßt sich wohl nicht vergleichen. Du hast mich nicht vertrieben. Ich wollte fort. Schon lange. Man kann sagen, du hast mir geholfen, den Weg zu finden.»
«Aber wenn... wenn dieser Mann nicht da gewesen wäre?»
«Dann hätte ich mir das Leben genommen.»
«Angèle!» Er nimmt sie fest in die Arme. «Das kann nicht sein.»
«Ich habe daran gedacht. Ihr wart Kinder, und ihr habt nicht verstanden, wie ausweglos mein Leben war.»
«Ich war kein Kind mehr.»
«Nein. Aber so jung. Du hattest die Schule, und du hast gearbeitet. Hast du je begriffen, wie leer mein Leben war?»
Er hält sie im Arm, legt den Mund an ihre Schläfe.
«Dann hätte ich mich schuldig fühlen müssen an deinem Tod. Das ist unvorstellbar. Dann muß ich... ja, dann muß ich diesem fremden Mann dankbar sein, der dich mir weggenommen hat.»
Sie hält still in seinen Armen. Es ist wie ein fernes Lied aus ihrer Traumwelt, wie die Melodie, die Antonio spielte, als sie vor Stunden auf die Terrasse kam. Er spielte Smetana, Die Moldau. Wer mochte ihm das gesagt haben? Es war die erste Platte, die William ihr schenkte, als sie in Amerika angekommen waren.
«Bist du glücklich, Angèle?»
«Was ist das, glücklich?»
«Dieser Mann...»
«Er heißt William Molander. Er ist gut zu mir, und ich lebe gern mit ihm.»
«Lebst du auch gern in Amerika?»
Sie zögert einen Augenblick mit der Antwort.
«Nicht so sehr. Aber ich habe ja keine Heimat mehr.»

«Ich war bereits zweimal in Böhmen.»
«Ich habe es gehört, als du heute abend davon sprachst.»
«Es ist ja auch meine Heimat. Das Schloß, du, Jana, Jaroslav und Ludvika. Das Pferd und der Hund.»
Nun spricht auch er davon. Das Schloß, das Pferd, der Hund.
«Es ist ein vergangenes Leben. Eigentlich war es für mich schon zu Ende, als mein Vater starb.»
Sie sprechen beide nicht von Karl Anton, das ist ein heikles Thema.
«Ich war auch schon zweimal in Prag. Zuerst '68, als es den sogenannten Prager Frühling gab. Ich habe Alexander Dubček kennengelernt bei einer Pressekonferenz. Es war Hoffnung, nicht nur für die Tschechoslowakei, für alle Länder, die vom Bolschewismus beherrscht werden. Vergangenen Herbst war ich wieder dort. Es ist vorbei, es war zu früh.»
«Wie meinst du das, zu früh?»
«Der Kommunismus wird sterben.»
«Daran glaubst du nicht im Ernst.»
«Doch. Eines nicht zu fernen Tages wird er sterben. Menschen haben sich immer befreit von Zwang. Mit Blut, mit Opfern, mit Krieg – das weiß ich nicht, wie es sein wird. Sie haben aufbegehrt in Berlin, dann in Budapest, dann in Prag, und vielleicht gab es noch anderes, von dem wir nichts wissen. Aber ich weiß bestimmt, daß der Kommunismus sterben wird. Siehst du, ich beschäftige mich mit Wirtschaft. Sie ist der große Herrscher auf dieser Erde. Auch die Kommunisten sind Kapitalisten, anders könnten sie nicht existieren.»
«Ich habe mich gewundert, wieso du auf diesem Gebiet arbeitest.»
«Ich habe Betriebswirtschaft studiert, nicht? Dank meinem Freund Rudi. Aber nebenbei sehr ausführlich Geschichte und Philosophie. Promoviert habe ich über Seneca, das weiß fast keiner. Und daß ich das Talent habe, zu schreiben, kommt hilfreich hinzu. Ich habe es wohl von meinem Vater geerbt.»
Daraufhin schweigen sie eine Weile.
«Dein Beruf macht dir Freude.»

«Ja, das kann man sagen.»
Er hält sie noch an beiden Armen, jetzt zieht er sie wieder an sich.
«Ich bin William Molander dankbar, daß er dich gerettet hat. Vor mir. Vor deinen düsteren Gedanken. Aber du sollst wissen, Angèle, daß ich nie in meinem Leben einen Menschen mehr geliebt habe als dich.»
«Wo bleibt ihr denn?» klingt die Stimme von Blanca.
«Und sie liebst du auch», sagte Angèle.
«Denkst du das wirklich?»
«Ich weiß es. Und sie liebt dich. Schon immer.»
«Das ist vorbei. Sie lebt jetzt ihr eigenes Leben.»
«Sie hat ein Schloß, ein Pferd und einen Hund. Das war es, was sie wollte.»
«Hat sie das gesagt?»
«Ja.»
Blanca hat das Pförtchen zum See geöffnet, hat die Schuhe beiseite geschmissen und steht mit den Füßen im Wasser. «Wo bleibt ihr denn?» wiederholt sie, als die beiden zum Ufer kommen. Hier ist es nicht mehr dunkel, der Himmel ist voller Sterne, ein abnehmender Mond steht über dem See, der silbern glänzt.
«Es ist herrlich», ruft sie. «Nichts ist schöner als an einem See zu leben.»
«Ein Schloß, ein Pferd, ein Hund. Und einen See dazu», sagt Peter. «Ist sie also wenigstens glücklich?»
«So ungefähr», erwidert Angèle.
Blanca kommt herausgepatscht, dreht Peter den Rücken zu. «Mach mir den Reißverschluß auf.»
«Du willst doch jetzt nicht ins Wasser gehen?»
«Genau das will ich.»
Er rührt keine Hand, und sie sagt zornig: «Ich kann es auch allein, du Ekel.»
Sie reißt sich mit Schwung das Kleid vom Leib, steht da in kurzem Slip, streift den auch ab, nackt, vom Mondlicht beschienen, steht sie eine Weile auf dem Kies, stößt einen kleinen Schrei aus und läuft ins Wasser.

Der Hund ihr hinterher, ein paar Schritte nur, dann bellt er sie ärgerlich an.
Sie schwimmt mit ein paar hastigen Stößen in den See hinaus. Nicht weit, dann kommt sie wieder, schüttelt sich.
«Puh! Ist das noch kalt. Wir sind zu nahe an den Bergen.»
«Und nun?» fragt Peter ruhig. «Hast du wenigstens ein Handtuch dabei?»
«Hab' ich nicht.»
«Und was machen wir dann mit dir?»
«Wir müssen ein Handtuch holen», schlägt Angèle vor.
«Der Weg ist ziemlich weit. Na, komm her, du verrücktes Huhn!»
Peter zieht sein Jackett aus und hängt es ihr um.
«Mhmm!» macht sie. «Schön warm. Wo sind denn meine Schuhe?»
Peter findet sie im Kies, einen rechts, einen links. Aber es ist schwer, mit nassen Füßen in hochhackige Pumps zu kommen. Er holt ein Taschentuch aus der Hosentasche, bückt sich und trocknet ihr die Füße, so gut es geht. Sie stützt sich dabei auf seine Schulter, legt den Kopf in den Nacken, ihr Haar ist naß.
«Nicht mal eine Bank habt ihr an eurem Strand.»
«Es badet doch keiner außer mir. Aber du hast recht, ich werde dafür sorgen, daß eine Bank hierher kommt. Du bist wirklich ein kluger Mensch. Ich wäre nie darauf gekommen. Sonst, weißt du, wenn ich hier runtergehe, nehm' ich halt einen Bademantel mit.»
Später, als Angèle im Bett liegt, denkt sie über diesen Tag nach. Sie ist müde, aber sie kann nicht gleich schlafen. Sie steht nochmal auf und nimmt sich eine Schlaftablette aus ihrem Beautycase. Sie braucht oft eine Tablette zum Schlafen, ihr Schlaf ist immer dünn und leicht, und einschlafen kann sie schwer.
Es war ein langer Tag und ein verwirrender Abend. Oder besser gesagt, eine verwirrende Nacht. Sie versucht, an William zu denken, aber er ist sehr weit von ihr entfernt in dieser Nachtstunde.
Am Morgen frühstücken sie unten, auch Fabrizio ist da, es ist Freitag, und er meint, gearbeitet wird heute ohnedies nicht, es ist egal, wann er kommt.

Alle zusammen bringen sie Peter dann zum Boot, Blanca umarmt ihn, küßt ihn auf den Mund, er hält still, aber er erwidert den Kuß nicht.

Du liebst sie auch, hat Angèle gesagt.

Diese beiden Frauen, Mutter und Tochter, ganz gleich, was er tut, wo er ist, welche Frau bei ihm ist, sie gehören in sein Leben.

Eine Mutter, die keine Mutter ist. Eine Schwester, die keine Schwester ist.

Blanca winkt ihm nach, dann dreht sie sich abrupt um.

«Nun bin ich mal gespannt, wann ich den wiedersehe», sagt sie mit forcierter Heiterkeit.

Zu viert gehen sie hinauf zum Castello, Angèle, Blanca, Fabrizio und der Hund.

«Ich werde mal nach Papa sehen», sagt Fabrizio. «Und dann fahre ich in die Fabrik. Ob da einer arbeitet oder nicht.»

«Was wollen sie denn schon wieder?» fragt Blanca.

«Was sie immer wollen: mehr Geld.»

«Und wir fahren zu Varlina. Ich zieh mir bloß schnell Reithosen an, damit ich sie dir vorreiten kann.» An den Stufen zur Terrasse bleibt sie stehen. «Du willst wirklich morgen schon wegfahren, Mami?»

«Ich sage dir doch, ich kann William nicht so lange allein lassen.

«Na, er ist doch kein kleines Kind. Und ich denke, er hat Verwandte in München.»

Als sie die Sala di Lago durchquert haben, bleibt sie stehen, stößt einen Schrei aus.

«Ich hab's! Ich fahre mit.»

Fabrizio lacht nur, er ist an ihre überraschenden Einfälle gewöhnt.

«Du willst mitfahren?» fragt Angèle, leicht erschrocken.

«Aber klar doch! Das ist es überhaupt. Ich kenne ihn ja überhaupt nicht, deinen William. Ich habe ihn nur damals gesehen – na, du weißt schon. Das ist doch fabelhaft, nicht? Jetzt fahren wir zu Varlina, wir essen in Como, ich kenne da eine hübsche Trattoria, nachmittags und abends beschäftigen wir uns ausführlich mit Papa, und morgen geht es ab nach München.»

Sie stehen alle drei auf einem Fleck, Angèle sieht ihren Schwiegersohn an.
«Erlauben Sie es denn, Fabrizio?» fragt sie.
«Was habe ich schon zu erlauben», antwortet er gutgelaunt. «Ich habe eine Böhmin geheiratet, kein braves italienisches Mädchen. Ich bin selber schuld.»
Als sie zum Wagen gehen, fragt Angèle: «Warum hast du Fabrizio nicht gesagt, daß Peter nicht dein Bruder ist?»
«Ich denke nicht daran. Ich bin froh, wenn ich wenigstens mal ein wenig Familie vorweisen kann.»
Auf der Fahrt nach Erba erfährt Angèle, wie es zu dieser Ehe kam.
«Er kam oft nach Wien, nicht zuletzt wegen Karajan. Er ist ein leidenschaftlicher Musikmensch. Da ging er mal zu einer Vernissage, und da hing ich mindestens sechsmal an den Wänden. Leibhaftig war ich auch da, von den Herren mit Komplimenten bedacht, von den Damen mit schiefen Blicken angesehn. Frauen mögen mich nie, weißt du. Hast du ja gestern an meiner Schwägerin gesehen.»
«Aber die beiden kleinen Mädchen mögen dich gern.»
«Na ja, noch sind es Kinder. Warte erstmal ab, wenn sie fünfzehn sind.»
Das war auch so etwas, was Angèle verwundert hatte, die beiden kleinen Mädchen, auch noch ein paar andere Kinder, saßen mit am Tisch, bis spät in die Nacht. Giulia war dann eingeschlafen, und Giorgio hatte sie behutsam hinausgetragen.
«Der Marchese wurde mir vorgestellt», erzählt Blanca weiter. «Er gefiel mir ganz gut. Du hast ja selber gesagt, er ist eine blendende Erscheinung. Glänzende schwarze Haare und richtig schwarze Augen, und so ein gewisses Lächeln. Sonst war da nichts an diesem Abend. Immerhin kaufte er zwei Bilder von mir.»
«Bilder, die dich darstellen», berichtigt Angèle.
«So ist es. Die hängen in der Halle. Hast du sie nicht gesehen?»
«Doch.»
«Später kaufte er noch das mit dem nackten Busen. Es hängt bei ihm im Schlafzimmer. Er kam nach ein paar Wochen wieder, aber

da war ich nicht da. Ich war ja noch mit Karel verbandelt, und wir waren nach St. Moritz gefahren. Er wollte partout skilaufen. Ich nicht. Hast du schon mal einen skilaufenden Böhmen gesehen?»

Angèle muß lachen. «Warum soll es das nicht geben? Ich weiß, daß man im Riesengebirge viel Ski gelaufen ist. Und hat Karel es gelernt?»

«Iwo. Er saß meist mit dem Hintern im Schnee. Und als ich dann zurück in Wien war, kam der Marchese wieder, und dann wieder, er lud mich in die Oper ein und zum Essen, und machte mir unsittliche Anträge. Aber so billig bekam er mich nicht. Er nicht. Ich wußte inzwischen, wer er war und wie reich er war.»

Angèle blickt auf die Platanen am Straßenrand, ein wenig ist ihr bang, Blanca redet zwar, doch sie fährt unheimlich schnell. Angèle ist Williams besonnene Art zu fahren gewohnt.

«Gottlieb hatte ihm mittlerweile erzählt, aus welchem Stall ich kam. Alter böhmischer Adel, nicht? Unsere Familie ist mindestens so alt wie seine, wenn nicht älter. Karl hat ja mal in jungen Jahren eine Menge Krieg in Italien und vor allem in der Lombardei geführt. Nicht weil er wollte, weil sein Vater es wollte, König Johann. Nicht? Weißt du doch, Mami?»

Angèle sagt: «Ja.»

Sie kennt das Tagebuch des jungen Karl, den sein Vater vom Pariser Hof holte, damit er auf den Feldzügen in Italien dabei war. Als er König von Böhmen, später Kaiser des Reiches wurde, vermied er Krieg, soweit es möglich war. Sehr seltsam, jetzt wieder davon zu hören. Ihr Vater sprach immer davon. Und erstaunlich, daß Blanca nun auch davon spricht.

«Auf diesem Boden hier hat er gekämpft», sagt Blanca und nimmt scharf eine Kurve, die zum Gestüt führt. «Toll, wenn man sich das vorstellt, nicht?»

Er ritt unten im Tal entlang, das denkt Angèle. Und vielleicht war er mal im Schloß.

«Und wie ging es weiter mit dem Marchese?» fragt Angèle.

«Ganz einfach. Als er merkte, daß er mich so nicht bekam, machte er mir einen Antrag. Voilà.»

Von Liebe war nicht die Rede. Aber Angèle wird sich hüten, das zu sagen. Was wußte sie schon von Liebe, als sie Karl Anton Wieland heiratete?

Blanca schien mehr davon gewußt zu haben, zumindest davon, wie das Zusammensein mit einem Mann war. Karel zum Beispiel. Von dem sie mit freundlichen Worten spricht. Im Schnee in St. Moritz, im Bett in St. Moritz, und was war da noch?

«Ist doch alles ganz gut gelaufen, nicht?» fragt die Tochter und biegt mit Schwung in den Weg zu den Stallungen ein.

«Ich bin ja gespannt, was du zu Varlina sagst. Und weißt du was, Mami? Ich freue mich ganz schrecklich, wenn wir morgen zusammen nach München fahren.»

Angèle weiß nicht, ob sie sich freut.

«Es ist eine schöne Fahrt mit dem Zug durch Südtirol», sagt sie vorsichtig.

«Sciochezza!» sagt Blanca. «Wir fahren mit dem Wagen.»

«Mit diesem hier?»

«Klar. Wir fahren eine andere Route, wir fahren über Chiasso durch die Schweiz, das ist auch eine schöne Gegend. Wirst du sehen.»

Varlina ist ein wunderschönes Pferd, Blanca reitet sie korrekt, führt auch einige Sprünge vor. Aureliano ist auch da, er reitet einen Schimmelhengst, und er kann es noch besser als Blanca.

«Toll, nicht?» sagt Blanca, als sie ihm eine Weile zusehen. Sie trinken dann alle drei einen Campari, der Neffe oder was immer er ist, verhält sich freundlicher ohne die Gegenwart seiner Eltern.

Auf dem Rückweg erfährt Angèle, daß Blanca und Fabrizio in diesem Sommer nach Bayreuth fahren werden.

«Wir haben den ganzen Ring und den Parsifal», erzählt Blanca, «ich freu' mich schon schrecklich. Und weißt du, was ich tun werde? Ich werde die Sippe in Hartmannshofen besuchen, mit allem Glamour, den ich aufbringen kann!»

«Du hast allen Grund, Josefa dankbar zu sein», sagt Angèle.

«Weiß ich ja. Ich mach das schon.»

Angèle hat Josefa aus New York geschrieben, hat sich bedankt für alle Wohltaten, sich entschuldigt für ihr plötzliches Verschwinden, hat berichtet von ihrem neuen Leben. Und später dann...

Nein, sie will nicht daran denken, nicht jetzt und hier, nicht morgen, am liebsten nie mehr.
Liebe vergißt Liebe. Schuld hebt Schuld auf.

Am nächsten Tag fahren sie also nach Deutschland, durch die Schweiz, wie Blanca angekündigt hat. Sie fährt heute ruhiger, nachdem Angèle sie darum gebeten hat.
«Entschuldige! Das habe ich mir so angewöhnt, sie fahren hier so. Und du sollst ja was von der Gegend sehen.»
Bellinzona, dem wilden Ticino entgegen, durch den Gotthard und schließlich am Vierwaldstätter See entlang.
«Wenn es William gutgeht», sagt Angèle, «werden wir noch einige Wochen in der Schweiz Ferien machen.»
«Arbeitet er denn noch?»
«O nein. Er ist vierundsiebzig. Sein jüngster Sohn, Lionel, ist in der Firma. Bruce, der ältere, ist Professor in Harvard.»
Sie erzählt ein wenig von den Söhnen, ihren Frauen, den Kindern.
«Finde ich ziemlich komisch, daß du eine ganze neue Familie hast. Ich hab' eine Familie, du hast eine Familie, alles Fremde im Grunde, nur unsere eigene Familie gibt es nicht mehr.»
«Josefa und ihre Familie sind schließlich noch da. Und du hast gesagt, du willst sie besuchen.»
«Na ja, schon. Aber die meine ich nicht. Ich meine uns. Keinen Vater, keinen Bruder. Gerade für ein paar Tage habe ich mal wieder eine Mutter.»
«Du könntest uns in Amerika besuchen.»
«Könnte ich. Aber ich habe ja zu Hause viel zu tun. Ich kann Ferdi nicht so lange allein lassen. Und ich habe es auch nicht so gern, wenn Varlina von anderen geritten wird. Mal so ein paar Tage, höchstens. Und das Castello, wenn ich auch nicht direkt arbeiten muß, ist es doch gut, wenn ich da bin. Wo wollt ihr denn hin in der Schweiz?»
«Ich weiß nicht. Wo nicht so viele Menschen sind.»
«Die sind heute überall. Im Tessin ist es sehr heiß um diese Jahreszeit, und Betrieb ist da auch.»

«Wir mögen es nicht, wenn es zu warm ist. Wie ist es denn da, wo Peter zur Zeit ist?»
«Engadin. Steht mehr für Wintersport. Aber warum soll es da im Sommer nicht schön sein? Berge, gute Luft, und was hat er gesagt? Wiesen voller Blumen. Dieser blöde Hund! Ist dort mit einer fremden Frau.»
«Möchtest denn du mit ihm dort sein?»
«Ja», sagte Blanca einfach.
«Aber du hast doch einen Mann.»
«Eben.»
Eine Weile schweigen sie, Blanca erhöht das Tempo wieder, sie fahren durch das Rheintal.
«Da drüben liegt Bad Ragaz. Da könntet ihr auch hinfahren und ein bißchen kuren. Zio Luciano war mal da, ich habe ihn gefahren und bin ein paar Tage zur Gesellschaft geblieben. Er hat Gelenkschmerzen, und die Kur hat ihm gutgetan. Du hast ihn vorgestern abend kennengelernt, das war der mit dem weißen Haar und dem Spitzbart.»

In München werden sie von William im Hotel erwartet. Blanca ist neugierig gewesen, ihn wiederzusehen, den tollen Mann, wie Gisela ihn genannt hatte.

Doch er ist alt geworden, und man merkt ihm an, wie froh er ist, Angèle wiederzuhaben.

Sie essen im Hotel, Angèle ist müde, sie und William ziehen sich bald zurück.

Blanca sitzt allein an der Hotelbar, sie müßte auch müde sein nach der langen Fahrt, doch sie ist nervös und ruhelos. Und irgendwie enttäuscht. Auf William scheint sie nicht den geringsten Eindruck gemacht zu haben. Es kommt ihr so vor, als habe er Angèles Besuch bei der Tochter ungern gesehen, und am liebsten würde er alles, was Angèles Vergangenheit betrifft, aus ihrem Leben streichen. Darum ist er wohl auch nicht mitgekommen. Es interessiert ihn nicht, was Angèle über das Castello, den Park und das Fest erzählt. Auch daß Peter da war, nimmt er ohne Kommentar zur Kenntnis.

Blanca ärgert sich darüber. Was bildet dieser Amerikaner sich eigentlich ein? Angèle gehört zu ihnen, er hat sie ihnen weggenommen. Hat sie ihnen so total weggenommen, daß kaum eine Verbindung mehr besteht.

Ich war ein Kind. Sie ging weg und ließ mich allein. Kann ja sein, ein Kind braucht seine Mutter. Und Peter, der so an ihr hing. Wir waren nicht mehr vorhanden. Sie ist treulos. Und lieblos. Das hat sie oft gedacht, damals. Und jetzt? Zu ihrer großen Verwunderung denkt sie es wieder. Diese drei Tage, sie hat sich gefreut, und nun dreht Angèle ihr wieder den Rücken. Warum müssen sie in die Schweiz fahren? Sie könnten nach Cernobbio kommen, dort hätten sie ein wunderschönes Haus, Berge und einen See. Und mich.

Doch daran hat Angèle nicht gedacht.

Ein großes Gefühl der Verlassenheit überkommt Blanca, wie sie hier sitzt. Diese Gefühlsstürze kommen oft bei ihr vor, ohne besonderen Anlaß kann sie in eine tiefe Depression verfallen.

Keine Mutter, keinen Bruder. Und keinen Vater. An ihn denkt sie nun auch.

Er lebt ein anderes, unbegreifliches Leben mit einer anderen Frau. Auch für ihn ist die Tochter nicht vorhanden. Er wollte mit ihr über die Brücke der Moldau gehen. Er ist über eine viel größere Brücke gegangen, in ein unbekanntes Nichts. Hat sie es damals nicht gespürt, als dieser merkwürdige Brief aus Rußland kam?

Claras Freudentränen und Josefas fassungslose Miene. Wann je hatte man Josefa fassungslos gesehen. Und dann hat er ihr auch noch den Bruder genommen.

Zum Teufel mit ihm und der ganzen sogenannten Familie!

Blanca läßt sich einen zweiten Whisky geben und beschließt, gleich morgen zurückzufahren. Niemand liebt sie, aber sie hat das Pferd und den Hund. Und mit Fabrizio läßt es sich ganz gut leben. Er hat eine Freundin in Turin, das weiß sie. Sie hat einen Liebhaber in Milano, das weiß er nicht, hofft sie. Eine Scheidung käme in der Familie Livallo sowieso nicht in Frage.

Morgen fährt sie zurück. Il Vecchio wird sich freuen, er hat sie gern. Wenigstens einer.

Plötzlich sagt eine Stimme hinter ihr: «Wenn das nicht Gretchen ist! Sitzt an der Bar und besäuft sich still.»

Sie dreht sich widerwillig um.
«Der heilige Sebastian», sagt sie.
«Kann nicht wahr sein! Du erinnerst dich an mich?»
«So vertrottelt bin ich noch nicht. Auch wenn es zehn Jahre her ist.»
«Zehn Jahre genau. Dann hast du kürzlich Geburtstag gehabt.»
«Stimmt.»
«Herzlichen Glückwunsch! Du bist in München?»
«Vorübergehend.»
Er beugt sich zu ihr und küßt sie auf den Mund.
«Wie ich mich freue, dich zu sehen», sagt er.
Es ist tröstlich, daß einer da ist in ihrer depressiven Stimmung. Aber er hat keine Zeit. Sie erfährt, daß er Regisseur am Residenztheater ist und gerade eben mit zwei Herren in der Halle sitzt.
«Fernsehleute», sagt er. «Ich peil' da eine Regie an. Ist wichtig heutzutage.»
«Was?»
«Fernsehen. Ich will ja nochmal richtig berühmt werden.»
«Ach so. Beim Fernsehen.»
«Na, warum nicht?»
Sie macht sich nicht viel aus Fernsehen. Sie spielt lieber mit ihrem Schwiegervater Schach. Er macht sich auch nichts aus Fernsehen. Es ist Blödsinn, sagt er, und man verdirbt sich nur die Augen.
Sie sieht gern sein angespanntes Gesicht, wenn er sich über das Brett beugt, die Hand ausstreckt, wieder zurückzieht. Irgendwann sagt er: «Sono veramente spiacente.»
Dann hat er sie besiegt.
Dann lacht sie, steht auf, gibt ihm einen Kuß und holt für sie beide noch ein Gläschen Grappa.
Fabrizio, wenn er da ist, sitzt in seinem Zimmer und arbeitet. Oder er liest. Oder hört Musik. Oft ist er gar nicht da. Manchmal kommt er später in ihr Schlafzimmer, um sie zu umarmen. Es sind meist sehr kurze, heftige Begegnungen, kein Liebesspiel. Sie weiß, es geht hauptsächlich darum, daß sie endlich ein Kind bekommt.
Mit Karel war die Liebe schöner.

Blanca hat sich daran gewöhnt, ein Mensch kann nicht alles haben. Die Frau in Turin ist verheiratet, sie hat drei Kinder. Vielleicht ist eins von Fabrizio, vielleicht auch nicht.

«Lebst du noch in Wien?» fragt Sebastian.

«Ja.»

«Bist du allein hier?»

«Nicht ganz.»

«Aha!»

«Nichts aha. Meine Mutter und ihr Mann wohnen auch im Hotel.»

«Tja, ich muß dann wieder. Die Besprechung...»

«Das Fernsehen, ich weiß.»

«Wann sehen wir uns?» fragt er.

«Och», sagt sie, «ich bin nicht mehr lange hier.»

«Das kannst du mir nicht antun, Gretchen. Immer verläßt du mich.»

«Wenn du noch einmal Gretchen zu mir sagst, verlasse ich dich für immer.»

«Wann sehen wir uns, Blanca? Ich muß wissen, wie es dir geht, was du tust. Bist du verheiratet?»

«Nein.»

«Das trifft sich gut. Ich bin gerade frisch geschieden und sehr einsam.»

«Ein wunderbarer Zustand.»

«Du sagst es. Also morgen kann ich nicht, da habe ich Premiere, die letzte in dieser Spielzeit. Willst du eine Karte?»

«Danke, nein. Ich sage dir doch, daß ich meine...» Sie stockt. Meine Eltern kann sie nicht gut sagen. Das ist überhaupt ein nie gekannter Begriff. «Ich sage dir doch, meine Mutter ist hier.»

«Übermorgen? Hier an der Bar? Bißchen früher, so um sechs. Da gehen wir zusammen essen. Okay?»

«Gut. Hier an der Bar. Um sechs.»

Sie geht kurz darauf in ihr Apartment, nicht mehr ganz so unglücklich.

Sebastian – wie hieß er doch gleich? Falls sie ihn wirklich übermorgen treffen wird, muß sie sich eine Geschichte ausdenken.

Sie nimmt sich noch einen Whisky aus der Minibar, sitzt im Sessel, die Beine von sich gestreckt. Der Geburtstag damals in Berlin, Sylvie und Rudi, sie hat keine Ahnung, was aus ihnen geworden ist, es interessiert sie nicht im geringsten. Ihr damals schon angespanntes Verhältnis zu Peter. Frau von Gebhard, ob sie noch lebt? Der Kalbsbraten und der Kuchen. Blanca lacht vor sich hin. Sie wird demnächst nach Berlin fliegen und das feststellen. Berlin, die Insel, Berlin mit der Mauer mittendurch. Man hat sich daran gewöhnt, in Italien mal sowieso.

Frau von Gebhard war die erste, der sie das an jenem Tag gesagt hatte: Ich wünsche mir ein Schloß, ein Pferd und einen Hund.

Am nächsten Abend lernt Blanca die böhmisch-bayerische Familie kennen, das ist nicht zu vermeiden.

Am Nachmittag muß sie mit Angèle in die Pinakothek gehen, widerwillig.

«Ich gehe nie ins Museum», sagt sie. «Und Bilder haben wir in Italien gerade genug.»

Angèle besteht darauf. «Wenn wir doch mal hier sind», sagt sie. «Lionel ist sehr interessiert an Kunst. Ich muß ihm davon erzählen.»

«Wer ist Lionel?»

«Williams Sohn. Das habe ich dir doch erzählt.»

«Ach ja.»

Blanca ist gelangweilt, und Angèle im Grunde auch.

Doch dann, während sie durch die Räume der Pinakothek gehen, fängt sie plötzlich an, von ihrem Vater zu erzählen. Ihre Wangen röten sich dabei, ihre Augen leuchten.

«Ihn hast du geliebt, nicht wahr?»

«Ja.»

Mehr als jeden Menschen sonst auf dieser Erde, noch heute.

«Es muß schön sein, einen Vater zu haben», sagt Blanca. «Hast du außer ihm noch einen Menschen wirklich geliebt?»

Angèle bleibt stehen. «Warum sagst du das?»

«Nur so.»

Dann also das Restaurant ‹Egerland›, gut besucht, ein Renner nach wie vor. So drückt es Tillys Sohn aus, der das Restaurant jetzt führt. Williams Cousin Walter bestätigt es. Er ist schon ziemlich alt, aber noch gut in Form.

«Was ein echter Egerländer ist», sagt er, «den bringt so schnell nichts um. Wir Böhmen sind Überlebenskünstler.»

William sitzt leicht angeödet dabei. Er hat das nun seit Tagen erlebt, und er hat genug davon.

Blanca macht sich nicht die Mühe, die Leute, die am Stammtisch sitzen, auseinanderzuhalten, Familie und Freunde, es ist ihr sowas von egal. Familie hat sie genug am Comer See. Auch Angèle interessiert es nicht. Sie ist immer noch die hochmütige Komtesse von einst, die man mit Respekt behandelt, bewundert, und der keiner näher kommen kann.

Als sie im Taxi ins Hotel zurückfahren, sagt William: «Eigentlich könnten wir abreisen.»

«Wohin?» fragt Angèle.

«Nach Hause.»

«Ich denke, ihr wollt in die Schweiz?» fragt Blanca.

«Ich möchte nach Hause», wiederholt William. Er sieht nun wirklich sehr alt und mitgenommen aus. Auch bedeutet ihm das Egerländer Familienleben nichts mehr. Tante Gretl ist tot. Die anderen, bis auf Walter, sind fremde Menschen für ihn. Zu Hause, weiß Blanca, ist für ihn Amerika. Für Angèle noch immer nicht, das weiß Blanca auch.

Im Hotel angekommen, beauftragt William den Portier, für den nächsten Tag einen Flug nach New York zu buchen.

«Schon morgen?» fragt Angèle.

Der Portier sagt, daß es fraglich ist, aber er wird es versuchen.

«Na gut», sagt Blanca, «ich wollte eigentlich morgen fahren, aber da bleibe ich noch hier und bringe euch zu eurem Flieger.»

Schon eine Viertelstunde später ruft der Portier an, daß es klappt. Von München nach Frankfurt, dort bekommen sie noch zwei Plätze in einer Maschine nach New York.

William nimmt Angèle in die Arme.

«Dann habe ich dich wieder allein, Darling.»

Angèle lächelt. Sie hätte ganz gern noch ein paar Wochen in einem guten Hotel in den Bergen oder an einem See verbracht.

Und sie wäre auch ganz gern noch einige Zeit mit Blanca zusammen gewesen.

Meine Tochter, denkt sie. Ich kann dankbar sein, wie sie dort jetzt lebt, in ihrem Castello.

Ob sie glücklich ist, fragt sich Angèle nicht. Wer ist schon glücklich? Das Schloß mit dem hohen Turm in Böhmen. Der Wind in ihrem Haar. Karl Anton, Josefa und die Brauerei. Peter, der so etwas wie ihr Sohn war.

«Das Leben ist schon seltsam», sagt sie.

«Was meinst du, Darling?» fragt William und küßt sie zärtlich.

«Überhaupt», sagt sie.

William und Amerika. Ihr Haus in Montclair, der Sommer an der Beach, Williams Söhne, ihre Frauen und ihre Kinder. Was hätte sie getan ohne ihn? Sich vorzustellen, daß sie heute noch bei Josefa in Hartmannshofen leben würde? Sie ist dreiundfünfzig Jahre alt. Sie sieht blendend aus, sie wird geliebt und behütet. Und sie denkt etwas, was sie bisher nicht denken wollte.

Ich habe Heimweh. Das Schloß mit dem Turm, das hügelige Land, der Fluß, an dem der Kaiser entlanggeritten ist, mein Pferd und mein Hund.

Sie kann noch hundert Jahre in New York leben, sie wird dort nicht heimisch werden. Aber es gibt keinen Ausweg. Europa? Vielleicht. Böhmen, da sind die Kommunisten.

In Deutschland regiert ein Mann namens Brandt. Man kennt seinen Namen in den Staaten, besonders als er noch Bürgermeister von Berlin war.

Berlin bedeutet für Angèle nichts. Eine Stadt, irgendwo. Ihr Vater mochte die Deutschen nicht, in Berlin hatte der Emporkömmling aus Österreich regiert. Das ist es, was sie weiß; in dem anderen Teil von Berlin, in dem anderen Teil von Deutschland hat ein Mann namens Ulbricht regiert. Der ist vor einem Monat zurückgetreten, jetzt ist einer da, der Honecker heißt.

William berichtet davon, sie hört es an, nickt, und vergißt es.

Kennedy ist lange tot, Johnson, Nixon, Ford, die Namen wechseln, die Funktion bleibt die gleiche, die Börse in New York ist das

Barometer, William interessiert sich dafür, im Grunde ändert sich nichts.

Ach ja, und die Sowjetunion, da ist Breschnew oder wer auch immer.

Vor ein paar Wochen hat sie ihn mal gefragt: «Muß ich das eigentlich wissen, Will?»

«Nein, mußt du nicht, Darling. In Europa sind sie verrückt. Wir werden es rechtzeitig erfahren, wenn der nächste Krieg beginnt.»

«Und dann?»

Und er antwortet, und da zeigt sich zum erstenmal, daß er alt geworden ist. «Uns kann es egal sein. Einmal werden sie das Leben auf dieser Erde zerstören. Das können sie. Und sie werden es tun.»

«Und deine Söhne? Deine Enkel?» fragt Angèle.

«Was kann ich für sie tun? Du weißt es doch aus eigener Erfahrung. Jede Generation muß ihr Schicksal erleiden. Die Dinge, die wir heute haben, die Atombombe, die Wasserstoffbombe und was weiß ich noch, rettet sie für einige Zeit. Bestimmt nicht für immer. Es hat noch keine Generation gegeben, die die Waffen nicht anwandte, die sie erfunden hat. Es dauert vielleicht diesmal ein bißchen länger.»

William mag nicht mehr gern nach Europa fliegen. Sie sind einmal bei den Salzburger Festspielen gewesen, das war 1967, das war die ‹Zauberflöte› unter Sawallisch, das war eine prachtvolle ‹Carmen› unter Karajan und ein herrliches Konzert. Die Tschechischen Philharmoniker spielten Smetana, Janaček und ein Violinkonzert von Mozart.

«Dürfen sie denn das?» hatte Angèle naiv gefragt.

«Wie du siehst, sie dürfen es. Der Eiserne Vorhang ist für Künstler nicht so undurchdringlich.»

Am nächsten Vormittag bringt Blanca die beiden nach Riem, es ist ein kurzer, formloser Abschied, man sieht Angèle nicht an, was sie denkt. Geschweige denn, was sie fühlt. Und William scheint es kaum abwarten zu können, daß die Maschine abhebt.

Dem bin ich vollkommen gleichgültig, denkt Blanca, als sie mit dem Taxi zurückfährt in die Stadt. Er will Angèle und sonst niemand. Und ziemlich weggetreten ist er auch schon.

Der Ferrari steht in der Tiefgarage im Hotel, das Gepäck ist drin. Sie hat kein Zimmer mehr im Hotel, ein Kongreß oder ähnliches beginnt an diesem Tag, sie sind ausgebucht. Vermutlich die anderen Hotels auch. Sie muß nicht in München bleiben, sie kann in Innsbruck oder in Bozen übernachten, sie kann durchfahren. Zunächst schlendert sie in der Stadt herum, besieht ein paar Schaufenster, das hat sie in Milano auch und besser. Sie betritt den Franziskaner, es ist gerammelt voll, zu anderen Leuten setzt sie sich nicht an den Tisch. Die Stadt ist voller Betrieb, es ist warm, Blanca hängt sich die Jacke ihres hellen Hosenanzugs über die Schultern. Schließlich landet sie in einer Konditorei, trinkt Kaffee und ißt ein Stück Kuchen. Sie macht sich nichts aus Kuchen, bestellt noch einen Cognac. Also los, redet sie sich gut zu, hol den Wagen und fahr ab.

Da ist nur noch die Verabredung mit Sebastian. Ein bißchen neugierig ist sie auch. Möglicherweise ist da ein Mensch, der sich freut, sie zu treffen. Falls er kommt.

Er will mit ihr essen gehen, umziehen kann sie sich nicht, aber sie könnte sich, da sie ja doch nichts weiter zu tun hat, ein Kleid kaufen, ein richtiges Sommerkleid, und passende Schuhe.

Der Gedanke animiert sie, und die Einkäufe unterhalten sie eine Weile ganz gut. Macht ja doch Spaß, mal in einer anderen Stadt einzukaufen. Dann geht sie noch zum Friseur. Halb sechs ist sie wieder im Hotel, gibt die Tüten mit dem Hosenanzug und den Sportschuhen an der Garderobe ab, besieht sich im Spiegel. Das Kleid ist hellrot mit weißen Punkten darin, dazu trägt sie weiße Sandaletten. Neues Make-up ist nicht nötig.

Sebastian sagt als erstes: «Du siehst bezaubernd aus. Ein hübsches Kleid. Und du erst! Ich habe gar nicht mehr gewußt, was für ein süßes Mädchen du bist.»

«Danke», sagt sie.

«Also, was machen wir?»

«Ich würde gern was essen. Ich habe mittags nichts bekommen.»

«Das ist prima. Und deine Eltern?»

«Meine Mutter und ihr Mann sind abgeflogen. Ich bin allein.»

Mit der Mutter stimmt was nicht. Er erinnert sich, daß ihm das damals schon so vorkam.

«Magst du gern italienisch essen?» fragt er.

«Nein. Das fehlte noch.»

«Wieso?»

Beinahe hat sie sich verplappert: Italienisch essen kann ich jeden Tag.

«Hatten wir gestern erst. Hast du nicht was richtig Bayrisches?»

Sebastian lacht. «Da du offenbar heute Zeit hast, könnten wir ein bißchen hinausfahren. Es ist ja herrliches Wetter, und in der Stadt ist die Luft nicht besonders gut. Richtung Grünwald, sagt dir das was?»

Sie schüttelt den Kopf. Es wird also spät werden, bis sie fahren kann. Na egal, bis Innsbruck kommt sie immer noch.

«Ich kenne ein paar Lokale, in denen wir gut zu essen bekommen. Ich wohne in Harlaching, das liegt auf dem Weg. Da könnten wir nachher noch einen Kaffee bei mir trinken.»

«Aha!» sagt diesmal sie.

Er lacht nur, bezahlt die Drinks, und dann gehen sie. Er hat einen Volkswagen, sie müssen ein Stück gehen, bis sie zum Wagen kommen, es ist schwer in München, einen Parkplatz zu finden, erklärt er ihr.

«Wo nicht», sagt sie.

«Wir haben uns viel zu erzählen», sagt er, als sie zur Stadt hinausfahren. «Das heißt, von mir weißt du ja schon alles. Aber von dir weiß ich gar nichts.»

«Wie war die Premiere?»

«Na ja, mittelmäßig. So ein modernes Stück. Viel ist nicht damit los.»

«Und warum machst du es dann?»

«Ich bin froh, wenn ich mal eine Regie kriege. Hier sind ein paar berühmte Leute, ich komme immer als letzter dran.»

Es klingt resigniert.

«Ich habe einen Fehler gemacht», sagt er. «Ich hätte in die Provinz gehen müssen. Irgendein ordentliches Stadttheater, wo ich an die großen Sachen rankomme. Aber nein, München mußte es sein. Das wollte sie partout. Bei Barlog hat die Arbeit Spaß gemacht. Hier bin ich noch die Nummer Niemand.»

«*Sie* ist deine Frau.»

«War meine Frau. Eine ehrgeizige Schauspielerin. Eine begabte Schauspielerin, das muß ich zugeben.»

«Und warum habt ihr euch scheiden lassen?»

«Eben drum. Sie ist schon die zweite Spielzeit in Hamburg, am Thaliatheater. Spielt dort große Rollen. Ich bin ihr eine Nummer zu klein.»

Blanca betrachtet ihn von der Seite. Ein netter Mann, ein sympathischer Mann, zehn Jahre älter inzwischen. Sie versucht, sich zu erinnern. Damals war er Anfang Dreißig. Anfang Vierzig also jetzt. Ist es schon zu spät, um noch eine Nummer größer zu werden?

«Sie hat viel Erfolg in Hamburg. Und die Entfernung, weißt du. Es gibt da auch einen anderen Mann. Sie hat schon zwei Fernsehrollen gemacht, und während der Theaterferien macht sie die dritte, eine Hauptrolle diesmal. Bei Trebitsch. Weißt du doch, was das für eine Produktion ist, nicht?»

«Ja, natürlich», antwortet Blanca. Sie hat keine Ahnung.

«Eine ganz friedliche Scheidung. Kein Streit oder so. Sie geht rechts, er geht links. Wie moderne Menschen eben sowas machen.»

Es klingt nicht mehr resigniert, eher ein bißchen unglücklich.

«Du hast sie geliebt?»

«Schon. Sonst hätte ich sie ja nicht geheiratet. Bei Barlog war sie noch eine kleine Nummer. Und jetzt erzähl' mal von dir.»

«Oh, das ist aber hübsch hier», sagt Blanca.

«Harlaching. Wie gesagt, hier wohne ich. Wir könnten im Schloßhotel zu Abend essen. Oder in Straßlach. Was meinst du?»

«Ich meine gar nichts, ich kenne es ja nicht.»

Sie landen in einem Forsthaus mitten im Wald, die Terrasse ist voll besucht, noch mehr Münchner suchen abends den Weg ins Freie.

«Möchtest du drinnen sitzen oder draußen?»

«Ich esse lieber drinnen», sagt Blanca.

Sie ißt Rehbraten, die Schußzeit hat begonnen, wie man ihr erklärt, in Deutschland nimmt man es sehr genau.

Zum Rehrücken gibt es einen großen Knödel und Blaukraut. Knödel hat sie gestern abend im «Egerland» auch gegessen, und das war einer der Momente, wo Herr Molander aus seiner Lethargie erwachte.

«Böhmische Knödel, das müssen Sie doch kennen, Blanca.»

Sie hat gelächelt und gesagt, daß sie es kennt und vermißt. Böhmische Knödel gab es bei Lene in Hartmannshofen auch. Und schlesische Klöße. Und die fränkischen Klöße konnte Lene auch. In Cernobbio gibt es das nicht, und sie hat es auch nicht vermißt. Und warum, hat sie gedacht, sagt er Sie zu mir. Warum hat Angèle dazu nichts gesagt?

«Es schmeckt sehr gut», sagt Blanca und ißt den Knödel und alles andere bis zum letzten Bissen auf.

Sebastian schaut sie liebevoll an, streichelt ein wenig ihr Knie unter dem Tisch.

«Du weißt gar nicht, wie sehr ich mich freue, daß du hier neben mir sitzt.»

Und wie wirst du dich erst freuen, wenn ich dir mitteile, daß ich heute nacht in München keine Bleibe habe. Sie muß es ihm nicht sagen. Sie kann sich am Hotel absetzen lassen, den Wagen aus der Garage holen und losfahren. Es macht ihr nichts aus, in der Nacht zu fahren.

«Du siehst bezaubernd aus», sagt er noch einmal, als sie mit dem Essen fertig sind.

«Vielen Dank. Du hast es heute schon einmal gesagt, ich fange an, dir zu glauben.»

«Du glaubst mir. Und einen Spiegel hast du sicher auch. Aber nun weiß ich immer noch nichts von dir.»

«Würdest du erlauben, daß ich erst mal gehe und mir die Nase pudere und die Lippen schminke?»

«Deine Nase ist okay, aber ich erlaube es trotzdem.»

Beim Friseur hat sie sich eine Geschichte ausgedacht, und die serviert sie nun.

«Ich wollte eigentlich heute abend noch nach Wien zurückfah-

ren», sagt sie. «Ich war ja bloß in München wegen meiner Mutter.»
«Heute abend noch? Das kann nicht dein Ernst sein?»
Sie seufzt und trinkt einen Schluck Wein. Sie trinken einen Südtiroler Roten.
«Was machst du denn eigentlich in Wien?»
«Ich bin Sekretärin.»
«Was bist du?»
«Sekretärin bei einem Maler.»
«Bei einem Maler? Wozu braucht ein Maler eine Sekretärin?»
«Na, er hat ja auch mal Termine oder einen Briefwechsel.»
«Ist das der, von dem mir dein Bruder mal erzählt hat?»
«Mein Bruder?»
«Ich habe mich damals erkundigt, nachdem du so schnell verschwunden warst. Er sagt, du seist in St. Pölten, und dann hättest du mit einem Maler in Wien zu tun. Er war ziemlich unfreundlich.»
«Mein Bruder?»
«Eben der.»
Blanca schweigt, ein Lachen sitzt ihr in der Kehle. Das ist einfach wunderbar. Peter und Sebastian im Gespräch über sie. Damals.
«Ja», sagt sie. «Ich arbeite für ihn.»
«Und du bist nicht nur seine Sekretärin, du bist seine Freundin.»
Blanca legt gekonnt den Kopf nach hinten und blickt hinauf zu der Balkondecke des Forsthauses.
«Du liebst ihn?»
«Nein. Ich habe mehr als genug von ihm.»
Sebastian muß das eine Weile überdenken, dann sagt er: «Das gibt es ja nicht!»
«Was?» Sie nimmt einen Schluck von ihrem Wein. Sie weiß schon, wie das weitergehen wird.
«Du hast nicht geheiratet? Nicht den Maler oder sonst einen?»
«Nein.»
«Ein Mädchen wie du», sagt er versonnen.
«Ein Mädchen wie ich ist auch eine Frau von heute. Warum soll ich einen Mann heiraten, der nur aus Egoismus besteht.»

«Ein Künstler. Kann er wenigstens gut malen?»
«Das wird die Nachwelt entscheiden», sagt Blanca.
«Und du liebst ihn nicht?»
«Ach, hör auf, mich mit Liebe zu langweilen.»
Das ist die Stimme der Marchesa, kühl und abweisend.
«Na ja, ich meine ja nur.»
«Was willst du zum Nachtisch?» fragt er.
«Ich bin satt.»
«Sie machen wunderschöne Apfelkücherl hier», sagt er.
«Apfelkücherl?» fragt Blanca interessiert. «Wenn es nicht zuviel ist.»
«Du ißt soviel davon, wie du magst. Und ich bin sehr glücklich, daß du hier bist.»
Er nimmt ihren Kopf in beide Hände und küßt sie. Richtig auf den Mund. Blanca erwidert den Kuß.
Sie ist ausgestiegen aus ihrem Leben, sie ist nicht mehr depressiv, da ist ein Mann.
Ein Mann.
«Ich müßte hineinfahren in die Stadt, und ich müßte noch einen Zug nach Wien bekommen», sagt sie.
«Halt' ich für ziemlich ausgeschlossen», sagt er. «Du müßtest erst nach Salzburg und da umsteigen. Also, so genau weiß ich es auch nicht. Es ist halb zehn.»
«Ach ja?» macht sie. Anfang Juni, die Nächte sind hell. «Irgendwie werde ich schon hinkommen.»
«Eilt es?»
«Nein. Aber wo soll ich heute nacht bleiben? Ich habe kein Zimmer mehr im Hotel.»
«Du willst sagen, du hast für heute nacht...»
«Ja. Ich kann mir den Bayerischen Hof nicht leisten, und meine Mutter und ihr Mann sind heute abgeflogen, habe ich dir doch gesagt.»
Sebastian sieht sie an, dann strahlt er.
«Aber das ist ja wunderbar.»
Eine halbe Stunde später sind sie in Sebastians Wohnung in Harlaching. Sie besteht aus drei Zimmern in einem einstöckigen

Haus, genaugenommen sind es nur zweieinhalb Zimmer, ein Wohnzimmer, ein Schlafzimmer mit Doppelbett, ein kleiner Raum, in dem er einen Schreibtisch stehen hat, sonst nichts.

Blanca sieht sich das an, während er Kaffee kocht, und denkt, wenn sie also wirklich begabt ist und ehrgeizig, kann ihr das nicht genügen.

Ihr genügt es für diesen Abend, für diese Nacht.

Es ist nicht nur eine Nacht, es werden drei Nächte daraus. Sebastian ist der wundervollste Liebhaber, den sie je gehabt hat. Nicht stürmisch wie Claudio, nicht kurz und sachlich wie Fabrizio, wie er jedenfalls geworden ist. Und wie war es mit Karel? Es war ohne großen Gefühlsaufwand, aber es hat ihr gefallen, von ihm hat sie gelernt. Es fehlten ihr noch die Vergleichsmöglichkeiten.

Sebastian ist ein Liebhaber ohnegleichen, zärtlich, leidenschaftlich, voller Hingabe, und vor allem nimmt er sich Zeit. Zeit für ihren Körper, aber auch für ihr Gefühl. Er wird nicht müde, ihr zu sagen, wie wundervoll sie ist, wie hinreißend schön ihr Körper, wie berauschend es ist, ihren Mund zu küssen, wie sehr er sie liebt.

Seine Hände liebkosen ihren Körper Zentimeter für Zentimeter, seine Hände, sein Mund, seine Zunge. Er bringt es fertig, wenn er schon in ihr ist, aus ihr herauszugleiten, sie zu betrachten.

«Ich muß dich sehen», sagt er.

Seine Hände fassen sie, seine Lippen beginnen das Spiel nochmal, vom Hals bis zum Fuß, verweilen in ihrem Schoß.

Er macht sie so lebendig, wie es zuvor keinem Mann gelungen ist. Sie hat den zweiten Orgasmus, ehe er endlich zu ihr kommt, sie reißt ihn an sich, in sich, wie sie es zuvor mit keinem Mann getan hat.

Sie ist keine besonders leidenschaftliche Frau. Männer waren immer Spiel, eine Selbstbestätigung.

Jetzt liegt sie da und flüstert: «Mehr. Mehr. Ja. Ja. Bitte.»

Schließlich ist sie müde, erschöpft. Und befriedigt.

«Kann ich gar nicht verstehen, warum deine Frau dich verlassen hat», murmelt sie, bevor sie einschläft.

«Meine Frau ist nicht so wie du. Sie ist kalt. Aber ich wußte schon damals, als ich dich kennenlernte...»

Die Marchesa schläft. Sie kann sogar, was sie sonst strikt ablehnt, neben ihm schlafen.

Sie wundert sich darüber, als sie am Morgen aufwacht. Sein Körper ist angenehm, er riecht gut, und wie er sie ansieht!

«Na sowas!» sagt Blanca.

Ehe er Frühstück macht, muß er die beiden Zeitungen lesen, die vor der Tür liegen. Die Besprechungen seiner Inszenierung.

«Dachte ich mir schon», sagt er und bringt ihr die Zeitungen, geht dann in die kleine Küche.

Der Regisseur glaubte, das fade Stück mit übertriebenen Gags aufpeppen zu müssen. Man kann nicht behaupten, es sei Sebastian Wenk gelungen, auch wenn es den Schauspielern sichtlich Spaß machte. Und so weiter.

«Da wird sich deine Frau freuen, wenn sie das liest.»

«Nein. So ist sie nicht.»

Blanca findet in der Wohnung alles, was sie braucht: Crèmetöpfe, Lippenstift, Nagellack, Kleider, Blusen und Hosen, auch ein Nachthemd, das braucht sie nicht.

Später gehen sie am Hochufer der Isar spazieren, es ist wieder ein sonniger Tag, doch die Bäume bilden ein dichtes, schützendes Dach. In Deutschland ist es auch schön, denkt sie.

Und während sie dahinschlendern, Hand in Hand, ein junges Liebespaar, überlegt sie, wie es wäre, mit Sebastian verheiratet zu sein, mit ihm hier zu leben.

Sebastian im Bett, sehr gut. Sebastian und seine Liebe, hervorragend, aber die kleine Wohnung?

Die meisten Menschen leben so, Signora, und sind glücklich. Ihre kleine Kammer in Hartmannshofen, das Zimmer bei Frau von Gebhard, das Zimmer in St. Pölten – aber nun hat sie das Castello. Alles kann der Mensch nicht haben. Und selbst für Sebastian würde sie auf das Castello nicht verzichten. Nicht auf ihre gesellschaftliche Stellung, auf die Dienerschaft, auf die Premiere in der Scala. So ist das Leben nun mal.

«Woran denkst du?» fragt er.

«Nichts weiter. Meine Gedanken gehen auch ein wenig spazieren. Wie weit gehen wir denn noch?»

«So weit du magst. Sind deine Schuhe bequem?»
«Sehr bequem.» Es sind die Sandaletten, die sie am Tag zuvor gekauft hat. Ihre Füße darin sind bloß.
«Wir kommen bald an einem Lokal vorbei, da essen wir ein bißchen was, und dann fahren wir mit einem Taxi nach Hause.»
«Und dann?»
«Gehen wir ins Bett.»
Wieviel mag er verdienen? Taxi, Abendessen, Mittagessen, ob die Scheidung teuer war?»
«Mußt du deiner Frau viel zahlen?»
«Gar nichts. So ist sie nicht. Sie verdient gut, und nun kommt noch das Fernsehen dazu.»
Also kann er ruhig noch ein Mittagessen für sie bezahlen, morgen fährt sie sowieso ab.
Sie fährt nicht. Am Abend muß er ins Theater, die zweite Aufführung von dem miesen Stück.
«Wirst du dich nicht langweilen?»
«Gewiß nicht. Darf ich telephonieren?»
«Selbstverständlich. Mit Wien?»
«Ja, ich muß doch erklären, warum ich so lange nicht komme.»
«Wenn du meinst, du mußt. Vermißt er dich?»
«Das hoffe ich denn doch.»
«Obwohl du ihn nicht liebst.»
«Bist du sicher?»
Er lacht und nimmt sie in die Arme. «Habe ich nicht Beweise genug?»
«Was mache ich, wenn deine Frau kommt?»
«Warum sollte sie kommen? Ich sage dir doch, sie spielt in Hamburg.»
«Sie wird nicht jeden Abend spielen. Und sie hat schließlich noch viele Sachen hier. Und sicher auch einen Schlüssel.»
«Ja, den hat sie wohl noch. Wenn sie wirklich käme, macht das auch nichts. Wir sind geschieden.»
Blanca telephoniert dann doch nicht nach Cernobbio, sie wird morgen fahren und erzählen, daß Angèle noch da war. Ist ja wohl ihr gutes Recht, ein paar Tage mit ihrer Mutter zu verbringen.

Sie fährt auch am nächsten Tag nicht, aber mitten in der Nacht, als sie sich müde geliebt zum Schlaf zurechtkuschelt, immer mit ein wenig Abstand zu ihrem Liebhaber, fällt ihr die Hochzeit ein. Maledetto! Das hat sie ganz vergessen. Was für ein Tag ist es eigentlich? Mittwoch? Oder ist es schon Donnerstag? Am Sonnabend ist die Hochzeit, eine ganz große Sache, der Neffe ihres Schwagers Luciano heiratet in eine große römische Familie. Darum findet die Hochzeit in Rom statt, Freitag müssen sie spätestens nach Rom fahren. Ihr wird ganz heiß vor Schreck. Das sind so Dinge, die Fabrizio nicht verzeiht, geschweige denn die Familie des Conte.

Es trifft sich gut, daß Sebastian am nächsten Vormittag in die Stadt muß, eine Besprechung im Theater, die nächste Spielzeit wird geplant.

«Und wenn sie mir diesmal nicht die Regie für ein anständiges Stück geben, sind sie mich los. Das werde ich dem Intendanten heute sagen.»

Sie küßt ihn liebevoll zum Abschied.

«Du hast alles, was du brauchst. Hier sind die Zeitungen, da die Bücher. Bißchen was zu essen ist auch da. Ich weiß nicht, wie lange es dauert, auf jeden Fall gehen wir heute abend ganz fein zum Essen.»

«Prima! Ich freu mich schon.»

Irgendetwas einzupacken hat sie nicht.

Sie schreibt auf einen Zettel: Tut mir leid, daß ich so plötzlich weg muß, eine eilige Sache in Wien. Ich bedanke mich, es war wunderbar mit dir.

Sie zögert, setzt dann hinzu: Wenn ich darf, besuche ich dich bald wieder einmal.

Keine Unterschrift.

Sie hat es wirklich vor, ihn bald wiederzusehen. Etwas Besseres als diesen Mann kann sie gar nicht finden. Claudio! Auch schon was!

Sie läßt ein Taxi kommen, fährt ins Hotel, holt die Tüte aus der Garderobe, den Wagen aus der Garage und fährt los. Diesmal über den Brenner. Von Bozen aus ruft sie im Castello an. Fabrizio ist glücklicherweise nicht da, Giorgio auch nicht, Mario ruft Marinetta.

Es muß alles bereit sein, befiehlt die Marchesa, das Kleid für die Hochzeit, die anderen Kleider und Kostüme, die sie braucht, der Schleier für die Kirche, ein neuer Schminkkoffer.

«Si, si», sagt Marinetta. «Lo so. Tutto é pronto.»

Sie erfährt noch, daß der alte Marchese schon am Tag zuvor nach Rom gefahren ist, mit dem großen Wagen, Giorgio am Steuer. Il Vecchio mag keine Hetze.

Fabrizio empfängt sie mit Vorwürfen. Da die Zeit so knapp ist, werden sie fliegen. Giorgio ist weg, und mit ihm der Lancia.

«Ich kann fahren», schlägt Blanca vor.

Fabrizio sieht sie an. Sie sieht etwas mitgenommen aus, von der raschen Fahrt, vielleicht auch von den vergangenen Tagen und Nächten.

«No», entscheidet er. «Voliamo.»

Eine knappe Woche später sind sie zurück, endlich ein wenig Ruhe, Blanca liegt mit dem Hund unten am See, sie badet, sie fährt täglich zu Varlina und reitet. Sie ist ein wenig verträumt, abwesend und wirklich ruhebedürftig.

Es dauert noch zwei Wochen, da beginnt sie sich zu wundern. Und noch weitere drei Wochen, da fährt sie nach Milano.

Der Gynäkologe kennt sie und die Familie.

«Herzlichen Glückwunsch», sagt er, als er sie untersucht hat.

Ziemlich verdattert fährt Blanca hinaus zum Comersee. Das gibt's ja gar nicht. Nach so vielen Jahren.

Sebastian! Es kann nicht anders sein. Es ist die reinste Hexerei. Er lief ihr über den Weg, als sie den Abgang hatte. Und jetzt lief er ihr in München über den Weg.

Am Abend teilt sie dem Marchese kurz und trocken mit, daß sie ein Kind erwartet. Er ist außer sich vor Freude, küßt sie, lacht dann, erzählt es gleich seinem Vater.

«Finalmente», sagt der Alte und lacht auch.

«Wie kommt das jetzt auf einmal?» fragt der Marchese.

«Rom», erwidert Blanca mit ernster Miene. «Du hättest längst mit mir einmal nach Rom fahren sollen.»

Der Marchese schlägt sich mit der Hand auf die Stirn. «Naturalmente», sagt er. «Wir waren im Petersdom.»

Im März des nächsten Jahres, es ist das Jahr 1972, bringt die Marchesa Livallo einen gesunden Sohn zur Welt. Er wird auf die Namen Carlo Fabrizio Pietro Sebastiano getauft.

Ein Mann kam aus Sibirien

Der erste Brief aus Rußland kam im März des Jahres 1957. Er lag in dem Stapel Post auf Josefas Schreibtisch; es war später Vormittag, sie blätterte im Stehen die Post durch, das Übliche, Bestellungen, Rechnungen, Werbung, mittendrin ein kleiner Umschlag, schmutzig, eingerissen, die Schrift...

Sie stutzte. Das war doch...

Sie starrte auf den Brief in ihrer Hand, ihr Herz begann wild zu klopfen. Das war Karl Antons Schrift.

Josefa setzte sich, ihre Hände, die den Brief hielten, zitterten.

Josefa Bürger lautete die Anschrift, Kulmbach, Deutschland West.

Sie nahm die Brille, versuchte Stempel und Datum zu entziffern. Es mußte ein sehr alter Brief sein. Vielleicht ein Brief, der seit Jahren unterwegs war.

Sie nahm den Brieföffner in die Hand, legte ihn wieder hin, nahm ihn wieder und öffnete den Brief so vorsichtig, als könne er in ihren Händen explodieren.

Sie las einmal, zweimal, sie war fassungslos.

Ihr Bruder lebte, und der Brief war vor acht Wochen abgeschickt worden, denn ein Datum stand darauf.

Sie nahm die Brille ab, setzte sie wieder auf und las die paar Zeilen zum drittenmal.

Ich hoffe immer noch, von euch Antwort zu erhalten. Ihr könnt doch nicht alle tot sein. Von Schloß Bodenstein kommt keine Antwort, von dir nicht.

Der letzte Satz lautete: Mir geht es gut.

Sie stand auf, den Brief in der Hand, sah sich in ihrem Büro um, als habe sie es nie gesehen. Es war nicht Freude, was sie empfand, eher Entsetzen. Es war wie eine Stimme aus dem Jenseits, die zu ihr sprach.

Sie verließ ihr Büro, hörte im Flur die Stimme von Clara, die bei Lene in der Küche war, ihr Entsetzen steigerte sich.

Mutter!

Nein.

Sie lief aus dem Haus, über den Hof, bis zur Rampe, wo gerade ein Lastwagen beladen wurde, stand nur da und wußte nicht, was sie tun sollte.

Ihr Sohn Eberhard, oben auf der Rampe, sah sie, rief ihr etwas zu.

Als er keine Antwort bekam, sprang er herunter, sah ihren abwesenden Blick.

«Was ist los, Mutter?»

«Da!» Sie reichte ihm den Brief, er las, schüttelte den Kopf.

«Das verstehe ich nicht. Du denkst... du denkst, das kommt wirklich von ihm?»

Josefa riß sich zusammen. «Es ist Karl Antons Schrift. Sie war immer schwer zu lesen. Wie Ärzte halt so schreiben. Er lebt. Schau das Datum an.»

«Es heißt doch, die Kriegsgefangenen sind alle zurück.»

«Das sagt man. Wer weiß, wie viele noch verschollen sind. Tot und begraben. Vielleicht nicht einmal das. Verhungert, erfroren.»

«Er schreibt, es geht ihm gut.»

«Weiß man denn, was er schreiben darf.»

Sie gingen zum Haus. Josefa blieb stehen.

«Wie soll ich ihr das nur beibringen?»

Eberhard verstand. «Du meinst Großmama.»

Doch Clara war keineswegs erschüttert. Sie sagte: «Siehst du! Ich habe es gewußt. Ich habe es gewußt. Ich habe euch immer gesagt, er lebt und kommt wieder.»

Auch Elsa war nicht sonderlich beeindruckt.

Ihr Kommentar lautete: «Wenn er da an das Schloß in der Tschechoslowakei geschrieben hat, da ist ja keiner mehr. Und wenn er schon mal an uns geschrieben hat, na ja, es ist ein weiter Weg für einen Brief aus Sibirien.»

«Wieso Sibirien?» fragte Josefa nervös.

«Wo soll der Brief denn sonst herkommen? Da sind die Kriegsgefangenen doch.» Und dann, animiert: «Und nun ist seine Gräfin nicht mehr da. Auf und davon mit einem anderen.»

«Ach, halt den Mund!» fuhr Josefa sie an. «Das ist ja wohl nicht so wichtig.»

«Dann muß Angèle gleich zurückkommen», sagte Clara fröhlich. «Du weißt ja, wo sie ist.»

Lene kam herein und begann sofort zu weinen, als sie von der Neuigkeit hörte.

«Nein, so ein Glück!» schluchzte sie. «So ein Glück!»

«Lies mir den Brief nochmal vor», bat Clara. Selbst konnte sie nicht mehr lesen, ihre Augen waren trüb geworden.

Josefa setzte sich schwerfällig in einen der Sessel und las die wenigen Zeilen laut vor, sie konnte sie nun schon auswendig. Eva, seit einem halben Jahr mit Eberhard verheiratet, hatte sich zu ihnen gesellt. Sie war schwanger. Der tote und nun nicht mehr tote Onkel ihres Mannes interessierte sie nicht im geringsten. Blanca und Lutz waren in der Schule. Gisela wohnte seit einiger Zeit bei einem Freund in Bayreuth. Angermann erfuhr die sensationelle Botschaft, als er kurz darauf nach Hause kam.

«Angeblich sind ja alle Kriegsgefangenen zurückgekommen», sagte auch er, «nachdem Adenauer 1955 in Moskau war ...»

«Ja, ja, das wissen wir alles», unterbrach in Josefa. «Karl Anton ist kein Kriegsgefangener, er war ja nicht Soldat. Wenn ihn die Tschechen nicht in Prag damals umgebracht haben, wie kommt er dann überhaupt nach Rußland?»

«Der Satz entbehrt einer gewissen Logik», sagte ihr Sohn. Er setzte sich, zog Zigaretten aus der Tasche und lächelte seiner jungen Frau tröstend zu. «Nur keine Aufregung.»

«Gib mir auch eine», sagte Elsa.

Er zündete ihre und seine Zigarette an, lehnte sich zurück und sagte: «Wir sollten das mal in Ruhe besprechen.»

«Vielleicht sollten wir einen Schnaps trinken, zur Beruhigung», schlug Elsa vor.

Josefa wurde zornig. «Keine Aufregung? Ihr findet das offenbar alle nicht sehr aufregend. Seid ihr denn verrückt? Könnt ihr euch denn nicht vorstellen ...»

«Schon gut, Mutter», beruhigte sie ihr Sohn. «Schon gut. Wir können uns das sehr gut vorstellen. Aber was sollen wir denn tun? Ihm schreiben. Klar. Ich kann diesen Absender nicht lesen, er ist total verwischt.»

Josefa begann zu rechnen. Karl Anton mußte fünfzig sein. Was, um Gottes willen, hatte er getan in den Jahren seit Kriegsende?

Am Nachmittag ging sie mit dem Brief zu Doktor Lankow. Er versuchte, den kaum lesbaren Absender zu buchstabieren, kam zu dem Schluß, daß es sich wohl um einen Ort in Westsibirien handeln müsse, der sicher auf keiner Karte, in keinem Atlas zu finden sei. Er schleppte einen alten Atlas herbei, in dem außer großen Städten nichts angegeben war.

In längeren Abständen kamen ein zweiter und ein dritter Brief, in keinem stand, daß die Briefe, die Josefa inzwischen geschrieben hatte, ihn erreicht hätten.

Eva Bürger bekam ihr erstes Kind, Clara starb, zwei Jahre später auch Elsa.

Doch dann kam ein Brief aus Moskau, diesmal mit der Maschine geschrieben und daher gut leserlich. Eine Adresse in Moskau war angegeben.

Doktor Lankow wurde wieder um Rat gefragt.

«Schreiben Sie an diese Adresse, Frau Bürger», riet er. »Vorsichtig, was den Inhalt betrifft. Angèle und die Kinder sind wohlauf. Und daß seine Mutter gestorben ist, sollten Sie ihm wohl mitteilen.»

Und schließlich, es war im Jahr zweiundsechzig, kam Karl Anton. Zu einem Besuch, wie er sie gleich wissen ließ.

Er kam aus Prag, mit einem tschechischen Paß.

«Es war die einzige Möglichkeit, einzureisen», sagte er. «Und über Prag reise ich wieder zurück.»

Er war von Moskau nach Prag geflogen, von Prag kam er mit einem Auto, das ihm die russische Botschaft zur Verfügung gestellt hatte.

Nach allem, was bisher geschehen war, war dies die größte Sensation. Jedenfalls für Josefa.

Er war gegen Abend gekommen, nachdem er zuvor von der Grenze aus angerufen hatte. Sie waren alle da, der Rest dieser Familie, für die Jüngeren war es im Höchstfall spannend, Angermann war befangen, doch Josefa weinte, als sie ihren Bruder umarmte.

«Karl Anton! Du bist es wirklich! Das kann nicht wahr sein.»
«Doch, Seffi, es ist wahr. Ich hätte es auch nicht für möglich gehalten, daß wir uns jemals wiedersehen.»
Er war groß und ungebeugt, sah weder verhungert noch elend aus, nur sein Haar war grau geworden.
«Mein Gott, wenn Mutter das erlebt hätte.»
Nach der ersten stürmischen Begrüßung saßen sie im Wohnzimmer, und als er berichtet hatte, auf welche Weise er gereist war, fragte Eberhard naiv: «Bist du ein Spion?» Bekam einen roten Kopf. «Entschuldige, das ist mir so herausgerutscht.»
«Ich wüßte nicht, was es bei euch zu spionieren gäbe», antwortete Karl Anton gut gelaunt. «Nein, ich bin kein Spion. Ich habe gewisse Beziehungen. Und schließlich bin ich der Herkunft nach Tscheche.»
«Ich kann das nicht verstehen», sagte Josefa. «Du willst nicht bei uns bleiben?»
«Das kann ich nicht. Meine Reise wurde genau geplant, und sie wird zweifellos auch beobachtet. Es war schwierig genug, daß ich herüber zu euch kommen konnte.»
«Wer will dich hindern, hier zu bleiben?» rief Josefa zornig. «Du bist hier in Deutschland. Die Russen haben hier gar nichts zu sagen. Nicht bei uns.»
«Ich habe eine Frau und drei Kinder», sagte Karl Anton langsam. «Und ich habe, das heißt, wir haben eine neue Klinik aufgebaut. Dort ist meine Arbeit. Kannst du mir sagen, was ich in Deutschland beginnen soll? In meinem Alter? Ich hätte nicht das Geld, eine Praxis einzurichten. Keine Klinik würde mich anstellen.»
Josefa dachte sofort an Doktor Lankow. Der war nun schon ziemlich alt, er würde Karl Anton sicher gern beschäftigen.
«Eine Frau und drei Kinder? Willst du sagen, du hast in Rußland geheiratet?»
«Das konnte ich nicht. Ich bin ja verheiratet.»
Es befriedigte ihn, zu hören, daß Angèle einen Mann gefunden hatte, daß es ihr gut ging.
«Ich habe befürchtet, daß sie tot ist. Ich weiß, was für entsetzli-

che Dinge nach dem Krieg geschehen sind. Die Tschechen haben Millionen von Deutschen umgebracht.»

«Angèle ist keine Deutsche.»

«Amerika, das ist gut. Wir werden uns scheiden lassen, das wird wohl auch Angèle angenehm sein.»

«Angenehm?» wiederholte Josefa bitter. Und dann fügte sie hinzu: «Ich bin froh, daß Mutter das nicht mehr erleben muß.»

«Glaubst du nicht, daß es ihr am wichtigsten wäre, mich am Leben zu wissen?» fragte Karl Anton ruhig.

Josefa nickte stumm. Es war alles so schwer zu verstehen. Die Zeit, die vergangen war, die Zeit war das große Geheimnis.

«Und diese Frau... du hast Kinder mit ihr?»

«Zwei Buben und ein Mädchen. Jelena ist Ärztin. Als ich in das Lager kam, arbeitete sie dort, sie war gerade mit dem Studium fertig, und man hatte sie als Lagerärztin nach Sibirien verbannt. Das kam durch ihren Vater, er hatte damals Schwierigkeiten mit Stalin und war in Ungnade gefallen. Immerhin, er hat es überlebt, was man nicht von jedem sagen kann. Jelena haßte alle Deutschen, der Krieg war gerade zu Ende, ihr einziger Bruder war gefallen, ihre Mutter kurz darauf gestorben.»

Jelena Petrowna haßte alle Deutschen. Im Lager waren Deutsche, Finnen, Holländer, sogar ein paar Italiener. Auch Russen, die aus politischen Gründen verbannt worden waren. Es war kein eigentliches Kriegsgefangenenlager, es war Strandgut dieser Jahre, man nannte sie allesamt Kriegsverbrecher. Karl Anton wußte nicht mehr, wie er in das Lager gekommen war, in dieses, es war nicht das erste. Er war bewußtlos, als man ihn einlieferte.

«Es ist ein Wunder, daß ich überlebt habe», erzählte er seiner Schwester am nächsten Abend, als sie allein zusammensaßen.

Er hatte gut geschlafen in der ersten Nacht seines Aufenthaltes in Deutschland, er frühstückte mit gutem Appetit wie ein ganz normaler Mensch.

Das war es, was Josefa sagte, als sie ihm beim Frühstück gegenübersaß.

«Du benimmst dich wie ein normaler Mensch», sagte sie.

Er lachte. Wurde gleich wieder ernst.

«Ich verstehe schon, was du meinst. Die Sowjetunion ist für euch hier ein Reich des Teufels.»

«Und ist es das nicht?»

«Überall, wo Menschen leben auf dieser Erde, Josefa, haben sie nur dies eine Leben und müssen sich mit ihm einrichten. Sie müssen arbeiten, sie essen, sie schlafen, sie lieben sich, mehr oder weniger, sie bringen Kinder zur Welt, und sie richten sich ein in diesem Leben, in diesem kurzen Leben, das ihnen vergönnt ist. Ein kranker Mensch zum Beispiel ist in der Sowjetunion genauso ein kranker Mensch wie hier, wie in allen anderen Ländern, seine Schmerzen sind die gleichen. Sein Kummer, wenn ein Mensch stirbt, den er liebt, ist der gleiche. Es ist nach wie vor das große Unglück, daß man Menschen zu Feinden macht. Was sie von selbst gar nicht sind. Wir haben diesen Krieg erlebt, und er war der zweite in diesem Jahrhundert, jedenfalls für uns, woanders gibt es andere Kriege, und Menschen müssen leiden an der Torheit derjenigen, die sie regieren. Aber ich sehe, ich fange an, zu dozieren. Das ist ein alter Fehler von mir. Du wirst dich daran erinnern. Mutter sagte immer, Karli red nicht soviel, iß ordentlich, damit was aus dir wird.»

Josefa nickte. «Daran erinnere ich mich gut.»

«Ich habe meine Mitmenschen nie als Feinde betrachtet. Auch nicht im Krieg. Ich bin mit großem Idealismus Arzt geworden, das weißt du auch. Onkel Anton in Eger war mein Vorbild. Für mich waren auch die Tschechen niemals Feinde. Ich habe viele Freunde unter ihnen gehabt, bis zuletzt. Aber ich hatte auch Feinde. Zugegeben, ich habe als relativ junger Mensch die Chefarztstelle in Prag bekommen, und das war der Einfluß der Deutschen damals. Der Nazis, wie man sagte. Ich war nie in der Partei, ich habe mich weder auf dieser noch auf jener Seite engagiert. Ein kranker Tscheche, ein kranker Slowake, ein kranker Deutscher, ein kranker Russe in meinem Krankenhaus, das waren für mich immer nur Menschen, denen ich helfen wollte, wenn ich irgend konnte. Der Begriff Sudetendeutscher hat mir zweifellos zu diesem Posten verholfen. Und der war keine Erfindung der Nazis, es gab ihn seit Anfang des Jahrhunderts. Und du und ich, wir wissen, daß die

Deutschen aus den Grenzbezirken eine Menge Unrecht erleiden mußten. Die Deutschen in Prag, das war eine andere Welt. Sie waren oft wohlhabend, sie waren anerkannt, sie gehörten dazu, und das seit Jahrhunderten. Genau wie die Juden, die von jeher zu Prag gehörten.»

«Ich bin nie in Prag gewesen», sagte Josefa und sah mit Erstaunen zu, wie ihr Bruder trotz langer Rede das dritte Brötchen verzehrte.

«Als ich meinen Dienst dort antrat, waren die Verhältnisse nicht mehr normal. Durch meinen Beruf konnte ich mich allerdings von allem Druck freihalten. Ich ließ mir auch nichts gefallen. Nicht von einem Tschechen, nicht von einem Deutschen, und schon gar nicht von der Besatzung. Insofern hat der Beruf des Arztes gewisse Vorteile. Und nachdem ich als Chirurg anerkannt war, besonders im Krieg, tat mir sowieso keiner was.»

«Wenn du so gut reden kannst», sagte Josefa trocken, «wie geht das mit russisch?»

«Ich spreche perfekt russisch», sagte Karl Anton und lachte. «Eine schöne, sehr melodische Sprache. Eine musikalische Sprache in meinen Ohren. Übrigens spielt Jelena Geige, sehr gut sogar. Und Banjo sowieso.»

«Du wirst mir von ihr erzählen», sagte Josefa resigniert.

«Gern.»

Später besichtigte Karl Anton die Brauerei von oben bis unten, stumm bestaunt von allen, die dort arbeiteten, denn sie wußten inzwischen, wer er war. Der alte Braumeister, mittlerweile im Ruhestand und in Kungersreuth lebend, kam vorbei, denn auch bis Kungersreuth hatte sich der Besuch aus Rußland herumgesprochen.

«Daß Sie wieder da sind», sagte Nick, der alte Braumeister. «Ist kaum zu glauben.»

Sie kannten sich von früher. Als junger Mann, wenn Karl Anton von Berlin kam, hatten sie zusammen ein Bier im Stüberl getrunken, das taten sie heute auch.

«Werden uns die Russen denn eines Tages überfallen und umbringen?» fragte der alte Braumeister.

«Ich denke nicht», antwortete Karl Anton. «Sie haben genug mit sich selbst zu tun.»

«Aber man liest doch, daß sie allerweil rüsten.»

«Das tun die Amerikaner auch. Die Angst vor der Bombe hält sie alle im Zaum.»

«Die Atombombe, ja. Sie ist jetzt mehr ein Segen als ein Fluch.»

«Hoffen wir es, und vergessen Sie nicht, in der Sowjetunion regiert jetzt Chruschtschow. Er steht für eine neue Zeit. Es war wie eine Befreiung, als Stalin starb. Er war der Sieger in diesem Krieg, dank der Amerikaner, aber er war eine Bedrohung. Heute sieht es in der Sowjetunion anders aus.»

Er sprach immer von der Sowjetunion, die anderen nannten es nach wie vor Rußland.

«Gut, daß Sie wieder da sind, Herr Doktor.»

Karl Anton nickte. Es war nicht nötig, dem Braumeister zu erzählen, daß er nur zu einem Besuch gekommen war. Die russische Botschaft in Prag erwartete seine Rückkehr. Natürlich konnte er im freien Deutschland untertauchen, an jedem anderen Ort der freien Welt auch.

Doch da war Jelena, da waren die Kinder.

Seine Kinder, die er liebte. Fedor, Viktor und Katarina.

Seine Kinder und die lebendige, stürmische Frau, die seine Frau war.

Jelena Petrowna, die Geige spielen konnte und das Banjo. Schlank und grazil, mit schwarzem Haar und schwarzen Augen. Sein Leben seit so vielen Jahren.

Jelena haßte alle Deutschen.

Als der Krieg zu Ende war, blieb Doktor Wieland auf seinem Platz in seinem Krankenhaus.

Da lagen Frischoperierte, er machte seine Arbeit, jeden Tag, wie zuvor.

Dann holten ihn die Tschechen aus dem Krankenhaus. Sperrten ihn ein, schlugen ihn zusammen. Er hatte eine Platzwunde am Kopf, eine Gehirnerschütterung.

Dann kam einer, den er vor gar nicht zu langer Zeit an einer Magenblutung behandelt hatte, erfolgreich.

«Es tut mir leid, Herr Doktor», sagte er. Auf deutsch. Und dann schlug er ihn nochmals nieder.

Die Russen befreiten ihn, und da sie zunächst nicht wußten, wohin mit ihm, und ein Nazi war er bestimmt, verfrachteten sie ihn von einem Güterwagen in den anderen in Richtung Osten.

Karl Anton erzählte es seiner Schwester am Abend, als sie allein waren. Denn Josefa hatte gesagt: «Ich muß mit Karl Anton allein sprechen.»

Sie hatte es sehr energisch gesagt. Ihr Sohn nickte, nahm sein Evchen am Arm und verschwand. Angermann blickte etwas gekränkt, doch er ging auch.

Als Josefa mit Karl Anton im Wohnzimmer saß, verging die Selbstsicherheit, mit der er aufgetreten war. Eine Rolle, die er sich zurechtgelegt hatte für dieses Wiedersehen.

«Nachdem ich die ersten Briefe geschrieben hatte und keine Antwort bekam, wollte ich eigentlich schweigen. Für alle Zukunft, im Leben und im Tod. Denn daß ihr mich für tot halten mußtet, war mir klar. Ich dachte mir, daß es leichter ist, einen Toten zu betrauern, und nach einiger Zeit nicht einmal mehr das, als sich mit der verworrenen Geschichte eines Lebenden zu befassen. Ich gebe zu, es war zu einem gewissen Teil auch Feigheit bei mir. Was sollte ich euch auch schreiben? Daß ich nicht kommen konnte? Daß ich nicht kommen wollte? Daß ich genaugenommen auf einem anderen Stern gelandet war?»

«Und wenn ich richtig verstanden habe, daß du eine andere Frau liebst, von der du dich nicht trennen wolltest. Und ich dachte, du hast Angèle geliebt.»

«Ja, ganz gewiß. Mit einer Art von beschützender Liebe, wenn ich es so nennen darf. Sie war noch wie ein Kind, als ich sie heiratete. Und eigentlich war ich nur der Ersatz für ihren Vater. Ihn hatte sie geliebt, ohne ihn war sie verloren. Sie lebte in ihrer eigenen, verschlossenen Welt. Und sie brauchte Schutz und Geborgenheit.»

Josefa nickte. In ihrer eigenen verschlossenen Welt hatte Angèle auch hier unter ihnen gelebt. In ihrer Traumwelt, wie Clara es genannt hatte. Und der Mann aus Amerika, der eines Tages hier

auftauchte, viel älter als sie und mit dem sie fortging, war der also auch wieder nur Ersatz für einen Vater?
Karl Anton schob ihr sein Glas zu.
«Gib mir noch einen davon. Schmeckt wirklich gut.»
Josefa goß Bürgerklar in sein Glas, füllte auch das ihre wieder.
«Du bist vermutlich Wodka gewöhnt.»
«Stimmt. Aber ein Bier trinke ich noch gern dazu. Dein Bier schmeckt großartig, nach wie vor.»
«Und diese Frau, mit der du jetzt zusammen bist und die du heiraten willst und mit der du Kinder hast, das ist wohl eine andere Art von Liebe.»
«Das war... wie ein Blitzschlag. Hast du jemals diese Oper von Rchard Wagner gesehen, Tristan und Isolde? Ich habe sie während meiner Studienzeit in Berlin gesehen. Zweimal sogar, weil sie mich beeindruckte. Da ist es ein Liebestrank. Ich nehme an, Wagner hat das als eine Art Symbol gemeint. Wie Liebe plötzlich entstehen kann, von einer Sekunde zur anderen. Dabei kannten wir uns schon eine ganze Weile, und Jelena haßte mich, weil ich Deutscher war.»
«Das hast du gestern abend schon gesagt.»
Für die junge Ärztin war er ein Lagerinsasse wie die anderen, krank waren viele, sie tat ihr Bestes, aber die Verhältnisse im Lager waren unhygienisch, Medikamente knapp, die Frauen und die Männer starben. Ja, es waren auch Frauen im Lager; eine davon, eine deutsche Krankenschwester, von robuster Gesundheit, die sich sehr energisch daran machte, den Kranken zu helfen. Jelena sah es zunächst mit Mißfallen, doch sie erkannte bald, wie hilfreich diese Frau für ihre oft hoffnungslose Arbeit war. Schwester Thea war es, die zunächst den Mann aus Prag behandelte, der immer noch an den Folgen der Gehirnerschütterung litt, sich schwer auf den Beinen halten konnte, Gleichgewichtsstörungen hatte. Karl Anton war imstande, seinen Zustand selbst zu diagnostizieren, die peinvollen Magenschmerzen kamen dazu, das Blut im Urin.
«Es ist aus», sagte er zu der Schwester. «Seltsam, nicht? Im Krieg war ich nicht, viele Menschen habe ich gesund gemacht, und nun sterbe ich am Ende der Welt. Wo sind wir eigentlich hier?»

«Det weeß ick ooch nich'», antwortete Thea, die Berlinerin. «In Sibirien ebent. Wo denn sonst? Der kleene blonde Oberleutnant, mit dem ich manchmal in der Ecke stehe, ist der Meinung, so allgemein kann man det gar nicht ausdrücken. Es jibt Ostsibirien und Westsibirien, und überhaupt ist das Land viel zu groß, da kann man sich sowieso nich vorstellen, wo vorn und hinten is. Det is keen Land, det is een Kontinent, sagt er. Und nur einer, der so bekloppt ist wie unser Führer weiland, kann da rinmarschieren.»

«Und der kleine blonde Oberleutnant, warum ist der hier?»

«Da wern Sie lachen, den ham se in Bukarest geschnappt. Da war er irgendwas bei der Abwehr. Und als die Deutschen abzogen, dachte er sich, er bleibt am besten gleich da, er hatte wohl ne Freundin oder sowas, und macht erst einmal Schluß mit dem Krieg. Später haben die Russen ihn doch geschnappt. Es jeht ihm nich jut, er hats auf der Lunge. Lange macht der det nicht hier bei dem Klima.»

Dann bekamen sie Typhus im Lager, viele starben, auch der kleine Oberleutnant, der in Bukarest den Krieg beendet hatte. Und auch Karl Anton war krank.

Nicht so Schwester Thea. Sie war Tag und Nacht auf den Beinen, und wer überlebte, hatte es ihr zu verdanken.

Jelena Petrowna mußte ihr dankbar sein für ihre Hilfe. Einmal kam sie dazu, als Schwester Thea diesen großen blonden Deutschen im Arm hielt, seinen Kopf stützte und beschwörend auf ihn einredete.

«Nu mach mal, Doktor, halt dich gerade. Du schaffst es. Wär' doch jelacht, wenn ick dir nich hinkriege.»

«Der Mann sterben?» fragte Jelena. Sie hatte in der Schule ein wenig deutsch gelernt.

«Eben nich. Gerade der nich.» Sie sah die junge Ärztin fest an.

«Ist ein Kollege von dir, Doktor. Verstehste? Er auch Doktor. Arzt wie du.»

«So», sagte Doktor Jelena Petrowna gleichgültig und sah in das eingefallene Gesicht, das schon dem eines Toten glich. Doch die Augen lebten, sahen sie an.

Und dann streckte der Mann ihr die Hand hin.
«Danke, Doktor», flüsterte er.
Und sie, sie ergriff diese Hand, hielt sie fest.
Von da an kümmerte sie sich täglich um ihn, brachte Medizin, half Thea bei der mühseligen Pflege.
Eines Tages stand der Mann, als sie kam. Noch etwas schwankend, aber er stand; und er lächelte.
War das der Moment gewesen?
Karl Anton erholte sich schnell. Jelena sorgte dafür, daß er ausreichend zu essen bekam, sie gab ihm von ihren eigenen Portionen ab, er war ihr ganz spezieller Fall geworden.
Später sagte sie einmal zu ihm: «Ich habe das Lager gehaßt und die Leute dort, und daß ich dort sein mußte. Aber durch dich habe ich gelernt, wie ein Arzt sein muß.»
Viel später sagte sie es, als Karl Anton ausreichend russisch gelernt hatte, um mit ihr zu sprechen.
«Und dann hat sie dich eines Tages nicht mehr gehaßt?» fragte Josefa, den Kopf in die Hand gestützt, verwirrt von dem, was ihr Bruder erzählte.
«Ihre Liebe ist so stürmisch wie ihr Haß», sagte er und lachte. «Jelena ist sehr temperamentvoll.»
«Ich habe nicht gewußt, daß Russinnen temperamentvoll sind», sagte Josefa müde.
«Sie ist Georgierin. Eine Südländerin gewissermaßen. Ihr Vater war, wie ich schon erzählt habe, nach dem Krieg mit Stalin in Konflikt geraten, hatte Moskau verlassen und sich in sein Haus auf der Krim zurückgezogen. Nach Stalins Tod machte er eine große Karriere. Er ist heute einer der leitenden Männer im KGB.»
«Aber das ist doch...»
«Richtig, das ist es. Der sowjetische Geheimdienst. Er hat mir zu dieser Ausreise verholfen, auf seine Weisung kehre ich zurück. Möglicherweise liegt ihm gar nicht so viel daran, daß ich zurückkehre, also würde er mich auch liquidieren lassen. Oder ich lande in der Lubljanka. Es genügt ihm, wenn er Jelena hat und die Kinder. Aber das wagt er nicht. Er kann gegen tausend Teufel kämpfen, nicht gegen seine Tochter.»

Karl Anton dachte an seine erste Begegnung mit Alexander Petrow, da hatten sie schon die Krankenstation im Lager aufgebaut, und er kam eines Tages, um diesen unerwünschten Mann aus dem Leben seiner Tochter zu entfernen.

Nicht nur Jelena, auch er war temperamentvoll.

Es kam zu einem wilden, lautstarken Streit. Schließlich schrie Jelena: «Ich werde mich und die Kinder töten. Jetzt gleich. Du kannst zusehen.»

Sie nahm ihre kleine Tochter Katarina aus dem Korb, sie war gerade sechs Wochen alt, hob sie drohend hoch, als wolle sie sie zu Boden schmettern.

Alexander Petrow fiel ihr in den Arm, gab nach. Dann weinte Jelena, dann weinte auch er.

Karl Anton stand diesen Gefühlsausbrüchen hilflos gegenüber.

«Ich habe nur noch dich», sagte Jelenas Vater. «Katarina ist tot, Michail ist tot.»

«Du hast mich und meine Kinder. Dies ist deine Enkeltochter Katarina.» Und sie legte ihrem Vater das Baby in die Arme. «Töte sie, wenn du willst.»

Es war eine stürmische Szene, ganz unmöglich, sie nun, Jahre später, Josefa zu schildern.

Damals, nachdem er gesund geworden war und sich schnell erholte, ergab es sich von selbst, daß er mit Jelena zusammen im Lager arbeitete. Er besaß viel mehr Erfahrung als sie, verschaffte sich Respekt bei der Lagerführung, richtete eine Krankenstation ein, und Schwester Thea sagte: «Na, nu kommt endlich Ordnung in den Laden hier. Wollen wir dem Iwan mal zeigen, wie wir Preußen sowat machen.»

Zu dieser Zeit hatte er Jelena schon geküßt, hatte sie im Arm gehalten, und eines Abends nahm sie ihn an der Hand und sagte in aller Selbstverständlichkeit: «Komm!»

«Aber Ochnow...», wandte Karl Anton ein.

«Pah! Der! Der hat mir nichts zu sagen.»

Ochnow war der Lagerführer, ein älterer, ziemlich verbiesterter Mann, doch Karl Anton war bisher gut mit ihm ausgekommen. In ihrer Baracke zog Jelena die dicke Jacke vom Leib, schmiß sie in eine Ecke, stellte sich vor ihn hin und fragte herausfordernd: «Du mich lieben?»

Sie war klein und zierlich, die Augen groß und fragend auf ihn gerichtet, stand sie vor ihm.

Er mußte lachen.

«Du bist ein Diktator, Kollegin. Und ich habe es gern, wenn Frauen sanft sind.»

Das verstand sie nicht. Er strich leicht mit der Hand über ihre Wange, dann über ihr schwarzes Haar, dann mit den Zeigefingern über die weißen Schläfen, in denen man die Adern sah.

Sie hielt ganz still, verwirrt durch die zarten Berührungen.

«Ich würde dir gern in deiner Sprache sagen, wie liebreizend du bist. Das ist ein schwieriges Wort. Sehr schwer in eine andere Sprache zu übersetzen. Sicher gibt es in deiner Sprache ein adäquates Wort dafür. Aber mit Worten kann ich dich nicht verführen. Und verführt willst du auch gar nicht werden. Oder doch?»

Er neigte sich, küßte sie auf die Stirn, auch ganz zart, sah sie wieder an.

Sie stand still, sie lauschte den leisen Worten, die sie nicht verstand, spürte die sanfte Berührung seiner Hände, seiner Lippen, als er sie dann, auch ganz zart, auf den Mund küßte.

«Dein Mund ist wundervoll. Er ist nicht geschminkt, doch er ist rot und süß wie eine junge Rose. Du verstehst nicht, wie poetisch ich rede. Ich bin ein Romantiker, weißt du. Wirst du damit etwas anfangen können?»

Er war noch unsicher, was er mit ihr anfangen sollte. Er hatte lange keine Frau gehabt, er war sehr krank gewesen. Die ganze Situation war unwirklich, und am liebsten wäre er wieder gegangen.

Aber er war ihr gefolgt, auf ihr energisches: Komm! Er würde sie beleidigen, wenn er jetzt ginge. Und eigentlich wollte er gern bleiben.

«Ja», sagte er. «Ich liebe dich. Als ich aufwachte und dein Gesicht sah, habe ich dich geliebt. Ganz plötzlich. Ich wußte nicht, daß es so etwas gibt.»

Er begann mit vorsichtigen Händen ihre hochgeschlossene Bluse aufzuknöpfen, schob sie von ihren Schultern, dann die Träger des wollenen Hemdchens, beugte sich noch tiefer und küßte ihre Brüste, erst die eine, dann die andere. Alles ganz sanft, ganz behutsam.

Sie neigte den Kopf in den Nacken, sie seufzte leise.

«Es ist irrsinnig, was wir tun. Ich kann es nicht glauben.»

Endlich ein Wort, das sie verstand.

«Du glauben», murmelte sie.

«Die Hose mußt du selbst ausziehn», sagte er, eine sachliche Bemerkung, doch er behielt den weichen Ton. «Ich habe noch nie eine Frau geliebt, die Hosen trug.»

Er hob sie hoch, trug sie zum Bett, ein schmales Lager mit einer harten Matratze. Soviel Kraft hatte er schon wieder, und sie war federleicht.

Er hätte keine Angst haben müssen, zu versagen. Sie war voll Hingabe und voller Leidenschaft, es war wundervoll, sie zu lieben. In dieser Nacht und in vielen Nächten, die folgten. Konnte er das Josefa erzählen? Konnte er schildern, wie glücklich ihn diese Frau machte, vom ersten Tag an bis heute? Statt dessen erzählte er von dem Brand.

In Kamerow, einem Dorf in der Nähe des Lagers, brach in einer Winternacht ein Feuer aus. Vom Sturm angefacht, brannten die Holzhäuser wie Zunder, fast das ganze Dorf wurde vernichtet. Es ging so schnell, daß viele der Dorfbewohner in den Flammen umkamen, andere waren schwer verletzt.

Das war die große Wende im Leben des Doktor Wieland. Wochen- und monatelang behandelte er die Verletzten, er hatte in seiner Klinik im Krieg schon Erfahrungen mit Brandverletzungen gemacht, nun konnte er helfen. Er rettete viele Leben, versuchte die fürchterlichen Schmerzen zu lindern, später machte er Hautverpflanzungen, versuchte, entstellte Gesichter und Glieder zu heilen.

Das ging nicht von heute auf morgen, es dauerte in manchen Fällen Jahre. Das war die Zeit, in der Jelena und er nicht mehr nur ein Liebespaar waren, sondern Partner wurden. Und es war auch die Zeit, in der er in dem fremden Land heimisch wurde. Er war kein Feind mehr, kein Gefangener, er war ein Freund geworden.

«Ich habe zwei Söhne und eine Tochter. Verstehst du, Josefa, daß ich zurückkehren muß?»

«Du willst freiwillig in einem kommunistischen Land leben?»

«Bei uns da draußen merkt man nicht viel davon. Wir haben eine kleine Klinik aufgebaut, da wo das Lager stand. Das Lager gibt es nicht mehr. Und wir haben eine größere und sehr moderne Klinik in der nächsten Stadt errichtet. Dank der Hilfe von Jelenas Vater. Ich habe junge Ärzte da, die ich anlerne, und irgendwann später werden wir nach Moskau übersiedeln.»

«Nach Moskau?» Josefa konnte es nicht fassen. «Du könntest doch mit ihr und den Kindern herkommen.»

«Verstehst du nicht? Das ist unmöglich. Ihr Vater ließe sie nie fort, und mein Leben wäre auch beendet, wenn ich nicht seinen Befehlen folge. Daß er mir diese Reise ermöglicht hat, war schon eine ungeheure Tat von ihm. Nach Prag, na gut. Aber daß ich nach Deutschland wollte, das war die große Schwierigkeit. Ich habe ihm genau erklärt, wie nahe an der tschechischen Grenze du lebst. Es wird genau beobachtet, wann ich zurückkehre.»

«Also bist du mehr oder weniger ein Gefangener.»

«Man könnte es so nennen. Aber ich liebe Jelena und die Kinder. Vielleicht besuchst du mich später mal in Moskau.»

«Ich kann mich beherrschen. Was ist das nur für ein Leben, Karli?»

Unwillkürlich gebrauchte sie den Kosenamen, den ihre Mutter für ihn geschaffen hatte.

«Ein unberechenbares Leben. Ja, das ist es.»

Und sie wiederholte, was sie schon einmal gesagt hatte: «Ich bin froh, daß Mutter das nicht mehr erleben muß.»

Und noch einmal, was in ihren Kopf nicht hineinging: «Warum kannst du dich nicht frei machen von ihnen? Diese Frau hat einen mächtigen Vater, der wird schon für sie und die Kinder sorgen. Und sprich nicht wieder von Liebe, das ist doch lächerlich. Eine Russin. Na schön, eine Georgierin. Du mußt nicht hierbleiben, du kannst nach Frankreich gehen, nach Italien. Du wirst nicht behaupten, daß sie dich durch ganz Europa verfolgen werden.»

«Und was soll ich tun in Italien oder in Frankreich?»

«Ich kann für dich sorgen, das ist kein Problem. Für uns gibt es keine Grenzen in Europa.»

«Du kannst für mich sorgen, ja. Du hast für Angèle und die Kinder auch gesorgt, viele Jahre lang.»

«Es war keine Mühe, sie lebten hier im Haus.»

«Also gut, ich lebe in einer kleinen Pension in der Provence oder in der Toscana. Es hat seine Reize, sich das vorzustellen, ich gebe es zu. Du schickst mir monatlich einen Scheck oder richtest mir ein kleines Bankkonto ein. Ich gehe in der Sonne spazieren, bade im Meer, sonst habe ich nichts zu tun. Wie stellst du dir so ein Leben vor?»

«Ganz großartig stelle ich es mir vor. Wenn es unbedingt eine Frau sein muß, wird dir dort auch eine begegnen, ebenfalls eine temperamentvolle Südländerin. Na und?»

Er lachte. «Du entwickelst allerhand Phantasie, Seffi.»

«Meine Phantasie geht noch weiter. Du wirst deine Georgierin und die Kinder vergessen. Oder nicht?»

«Siehst du, damit hast du den Punkt getroffen. Ich habe schon einmal eine Frau und Kinder verlassen. Nicht freiwillig; und vergessen habe ich schon gar nicht. Diesmal ginge ich in vollem Bewußtsein, was ich tue. Nicht unter Zwang, nicht in Not, sondern mit meinem freien Willen.»

«So etwas kommt öfter vor. Daß ein Mann seiner Wege geht aus diesem oder jenem Grund und Frau und Kinder zurückläßt.»

«Und welcher Grund würde hier gelten?»

«Die Freiheit. Du möchtest frei sein. Und nicht in einem bolschewistischen Staat leben. Wäre das kein überzeugender Grund? Könnte der Wunsch nach Freiheit nicht stärker sein als Liebe?»

«Du bist eine Verführerin, Seffi. Das hätte ich nie in dir vermutet. Freiheit, ja.»

Karl Anton legte den Kopf zurück und blickte verträumt zur Decke hinauf. «Zum Beispiel Italien. Ich stelle es mir gerade vor. Es ist warm, meist scheint die Sonne, so furchtbar wichtig ist es vermutlich nicht, daß einer etwas arbeitet. Für ein paar Spaghetti täglich und ein Glas Wein wird es reichen. Ich glaube, es käme dich nicht einmal so teuer.»

«Und du wirst sie vergessen», sagte Josefa triumphierend.
«Es sind jetzt... ja, es sind jetzt fast fünfzehn Jahre, daß wir zusammen sind. Fedor ist zwölf. Er geht übrigens in Moskau zur Schule, er lebt im Haus meines quasi Schwiegervaters, und er lebt wie ein junger Prinz im Zarenreich, er wird bestens versorgt. Sie haben eine schöne Datscha auf dem Land, und wie gesagt ein Haus auf der Krim. Fedor wird mich leicht vergessen können. Katarina ist sieben, sie hängt sehr an mir. Der Kleine ist vier. Ja, ja, es stimmt schon. Sie können zweifellos ohne mich leben.»
«Und sie?»
«Sie ist zweiundvierzig. Immer noch eine hinreißende Geliebte, eine liebevolle Mutter und eine gute Ärztin.»
«Ja, ja, und sie spielt Geige und Banjo. So alt ist sie also noch nicht, sie wird wieder einen Mann finden. Ich war auch zweiundvierzig, als ich Angermann kennenlernte. Geht sehr gut mit uns. Sie wird dann die Deutschen wieder hassen, das kann dir egal sein. Du wirst ein freier Mensch sein. Und wenn dir Italien nicht paßt, dann habe ich eine noch bessere Idee, du gehst nach Amerika, besuchst Angèle, und Mister Molander wird dich bestimmt irgendwo unterbringen können.»
«Soll er dann bezahlen?»
«Ach, sei nicht kindisch. Und so eine wichtige Person kannst du gar nicht sein, daß dich der russische Geheimdienst durch die ganze Welt verfolgt.»
«Kann man nicht wissen. Haß kann unter Umständen größer sein als Liebe. Nun wissen wir eine Menge voneinander. Ich weiß, wie ihr hier gelebt habt, wie es euch gegangen ist. Und du weißt, wie es bei mir war und wie ich lebe. Du kannst sicher sein, wenn es nicht wieder politische Änderungen gibt, wird es mir in Moskau nicht schlecht gehen, und auf der Krim scheint die Sonne auch. Ein paar Jahre möchte ich noch arbeiten. So alt bin ich noch nicht. Ich habe jetzt nämlich...» Sein Tonfall, seine Miene änderten sich, «... ich habe jetzt nämlich Verbindungen zu einer Klinik in Moskau geknüpft. Es geht um diese Brandverletzten, von denen ich dir erzählt habe. Ich möchte weiter auf diesem Gebiet arbeiten. Transplantationen, Hautverpflanzungen bei schweren Verletzungen,

speziell bei Brandwunden. Wir hatten das im Krieg ja auch viel. Und es gibt immer wieder schwere Unfälle. Mir schwebt der Gedanke vor, ob man diese Ersatzhaut, die man auf die zerstörten Körperteile überträgt, nicht auch künstlich herstellen könnte. Man nimmt sie heute, sagen wir, aus dem Oberschenkel, um sie ins Gesicht zu verpflanzen. Ein langwieriger Prozeß. Wenn man...»

«Schon gut», unterbrach ihn Josefa. «Du brauchst mir keinen medizinischen Vortrag zu halten. Ich habe eine Tochter, deren Gesicht behandelt werden mußte, nachdem sie einen Unfall hatte.»

«Nein, wirklich? Davon hast du gar nicht gesprochen.»

«Es waren keine Brandwunden, sie hatte Schnittverletzungen. Sie sieht heute wieder ganz genauso aus wie früher. Fast. Der Arzt in München sagt, es wird sich mit der Zeit ganz ausheilen. Beenden wir den medizinischen Teil. Ich habe begriffen. Es geht dir nicht nur um die Frau und die Kinder, es geht dir auch um deinen Beruf. Und du denkst, du könntest hier nicht mehr Fuß fassen.»

«Nicht in Italien, nicht in Frankreich, nicht in Amerika, und hier geht es sowieso nicht. Übermorgen fahre ich zurück nach Prag. Und vielleicht, wenn ich alles jetzt so nach Vorschrift erledigt habe, darf ich wieder einmal kommen. Vielleicht werden die Zeiten eines Tages friedlicher, und ich kann Jelena und die Kinder mitbringen.»

«Bitte, verschone mich damit», sagte Josefa hart. «Nachdem du nicht einmal deine eigenen Kinder sehen willst...»

«Blanca ist in Österreich, hast du gesagt. Dahin kann ich keinesfalls fahren. Ich kann keine Grenze überqueren. Was Peter betrifft, so möchte ich dich bitten, ihn noch heute abend anzurufen. Du hast seine Nummer in Berlin.»

«Jetzt noch? Es ist halb elf.»

«Wenn er studiert, wird er kaum um acht ins Bett gehen.»

«Er ist fertig mit dem Studium. Er arbeitet in einem Verlag, und er schreibt an seiner Doktorarbeit.»

«Ich möchte, daß er sofort nach Prag kommt. Sobald ich dort bin, werde ich ein Visum für ihn beantragen, und zwar auf dem Expreßweg, dann kann er von Berlin herüberfliegen. Ich werde das alles arrangieren.»

«Er soll nach Prag kommen?»

«Ja, ich muß ihn sprechen.»
«Deine Tochter willst du nicht sehen. Aber deinen Sohn mußt du sprechen.»
«Peter ist nicht mein Sohn.»
Josefa starrte ihn fassungslos an.
«Sag das nochmal!»
«Peter ist nicht mein Sohn.»
«Ja, aber... wieso? Du warst doch verheiratet. Diese... wie nanntest du es, diese Studentenliebe...»
«Ich war mit Brigitte befreundet. Sie studierte in Berlin, damals. Und als sie ein Kind erwartete, war sie sehr verzweifelt. Sie konnte nicht abtreiben, das war in der Nazizeit unmöglich, und eigentlich wollte sie auch nicht.»
«Du warst nicht der Vater des Kindes?»
«Nein. Es war ein gemeinsamer Freund von uns, ein junger, sehr begabter Schriftsteller. Er war Jude. Und nicht nur das, er gehörte einer ziemlich radikalen linksgerichteten Gruppe an, besser gesagt, er hatte ihr angehört, und er wurde schon seit einiger Zeit von der Gestapo gesucht.»
«Er wurde getötet?»
«Nein. Wir brachten ihn über die Grenze nach Holland. Von dort wollte er nach London. Und ich heiratete Brigitte, sie war im fünften Monat, das Kind wurde als mein Sohn geboren, arisch, wie das damals hieß, und es hatte einen Vater, der politisch unbelastet war.»
Es blieb eine Weile still zwischen den Geschwistern.
«Du hast mir was zu bieten, Bruder», murmelte sie dann. «Ich glaube, ich muß noch einen großen Schnaps trinken.»
Karl Anton füllte ihre Gläser. Das Bier war schal geworden.
«Ich hole uns dann einen Krug aus dem Stüberl», sagte Josefa. Wie immer faßte sie sich schnell. «Josef wird noch dort sein und warten.»
«Dann gehen wir am besten gleich zusammen hinüber», schlug Karl Anton vor.
«Gleich. Du willst, daß Peter nach Prag kommt. Und du willst es ihm sagen.»

«Ich denke, er sollte es wissen.»

«Er ist ein kluger junger Mann, besonnen, zuverlässig. Ich habe ihn gern gehabt wie einen eigenen Sohn. Alle hatten ihn gern, schon als Kind. Am Ende wurde es dann schwierig. Ehe er nach Berlin zum Studium ging.»

«Warum?»

«Wegen Angèle. Er konnte es nicht fassen, daß sie uns verließ. Er hat sie sehr liebgehabt.»

«Und Blanca?»

«Es gab die üblichen Kabbeleien, wie es unter Geschwistern so ist. Aber er bedeutete viel für sie. Und sie nahm es ihm übel, daß er uns ebenfalls verließ. Du siehst, auch ich habe mit deinen Kindern allerhand erlebt. Blanca hat sich manchmal ziemlich böse aufgeführt. Na ja, sie ging dann auch nach Berlin. Und jetzt ist sie in St. Pölten, ich habe es dir ja gestern erzählt. Sie soll nicht nach Prag kommen?»

«Nein. Vielleicht kann ich wiederkommen, dann werde ich sie sehen.»

Josefa kippte ihren Schnaps.

«Eine verrückte Zeit, die wir erlebt haben.» Sie stand auf. «Gut, dann versuche ich jetzt, Peter zu erreichen. Ich soll ihm nur sagen, daß er nach Prag kommen soll?»

«Ja.»

«Daß er Halbjude ist, kann ihm ja heute nicht mehr schaden. Und daß er keinen Vater mehr hat... nun, er hat ihn bisher auch nicht gehabt. Aber seine Eltern, diese Brigitte und der Mann, wo sind sie?»

«Sie sind tot.»

«Tot?»

«Sie sind mit der Athenia untergegangen. Es war kurz nach Kriegsbeginn, sie wollten von London nach Amerika. Das Schiff wurde torpediert, und die meisten Passagiere kamen ums Leben.»

Josefa stöhnte und faßte sich an den Kopf.

«Auch das noch. Und woher weißt du das?»

«Ich wußte es schon, als ich noch in Prag war. Aber es gab keinen Grund, darüber zu sprechen. Damals nicht.»

«Ein Schiff?»
«Die ‹Athenia›, ja. Es passierte schon drei Tage nach Kriegsbeginn. Das Schiff wurde torpediert, das heißt, in Deutschland hieß es, die Engländer selbst hätten es in die Luft gesprengt, um bei den Amerikanern Stimmung gegen die Deutschen zu machen. Es befanden sich viele Amerikaner an Bord.»
«Ich habe nie davon gehört.»
«Kann sein. Oder du hast es vergessen. Es geschah damals viel auf einmal. Es gibt übrigens einen ähnlichen Fall aus dem Ersten Weltkrieg. Damals wurde die ‹Lusitana› von einem deutschen U-Boot torpediert, das war 1915. Es wurde in der Schule davon gesprochen. Als Beweis dafür, wie brutal die Deutschen vorgingen, denn es handelte sich um einen Passagierdampfer. Ja, so seltsam kann sich Geschichte wiederholen.»

«Sie waren also auf dem Weg in die Freiheit, Peters Eltern. Und dann...» Josefa legte beide Hände über die Augen. «Ich will nichts mehr hören. Nicht heute abend. Nichts von Tod und Zerstörung. Ich werde jetzt Peter anrufen und deine Befehle ausrichten.»

«Sprich nicht von Befehlen.»

«Also gut, deine Wünsche. Wenn er nicht zu Hause ist, werde ich hinterlassen, daß er zurückruft.»

«Noch heute nacht.»

«Noch heute nacht. Geh inzwischen ins Stüberl, dort ist Josef und wartet auf uns. Er wird dir ein frisches Bier zapfen.»

«Darauf freue ich mich.»

Er stand auf und legte die Hand auf die Schulter seiner Schwester.

«Meine größte Freude ist, daß ich dich wiedergesehen habe. Gesund und tüchtig, wie immer.»

Josefa blickte ihm nach, als er aus dem Zimmer ging. Sie war nicht sicher, ob es für sie wirklich eine Freude war, ihn wiedergesehen zu haben. Manchmal konnte der Umgang mit einem Toten einfacher sein.

Wie hatte er es genannt? Angenehm.

Tote konnten angenehmer sein als Lebende.

Sie machte «Puh!» und ging in ihr Büro.

Von Angèle wollte er sich scheiden lassen, um die temperamentvolle Dame aus Georgien zu heiraten. Wie sollte das vor sich gehen? Aber das mußte nicht ihre Sorge sein, schließlich gab es überall Rechtsanwälte. Der mächtige Mann in Moskau würde es schon richten.

Am See

Die Marchesa Livallo sitzt auf der Mauer und blickt mißmutig auf den Comer See. Sie trägt einen knappen Bikini, es ist sehr heiß an diesem Tag im Juli; früh war sie reiten, jetzt ist sie ein großes Stück durch den See geschwommen, und sie hat schlechte Laune.

Dazu besteht eigentlich kein Grund. Aber sie ist manchmal launisch, heute paßt ihr gar nichts, das Pferd war unruhig, weil es von Fliegen gequält wurde, die Hitze ist lästig und der See langweilig, und das Leben überhaupt ist es auch. Am meisten ärgert sich die Marchesa über Mrs. Molander. Im Mai ist William Molander gestorben. Blanca war jetzt vier Wochen bei ihrer Mutter, in New York war es auch heiß, obwohl es draußen in Montclair erträglich war. Das Haus der Molanders ist soweit ganz hübsch, einen Garten hat es auch, aber in keiner Weise zu vergleichen mit dem Castello Livallo. Blanca will, daß Angèle kommt, doch Angèle will nicht.

«Sag mir bloß, warum nicht? Dir hat es doch gut gefallen bei uns. Denk an den Park und den See.»

«Ich möchte niemand auf die Nerven fallen», erwiderte Angèle.

«Wem sollst du denn auf die Nerven fallen? Das Haus ist riesig, wir haben genügend Dienerschaft im Haus. Du kannst leben, wie es dir beliebt.»

«Ich bin einmal schon bei Verwandten untergekrochen. Du kannst nicht erwarten, daß ich es nochmal in meinem Leben tue.»

«Ich bin keine Verwandte, ich bin deine Tochter. Und Carlo würde es riesig freuen, eine Oma zu haben.»

Angèle hatte den Mund verzogen und gesagt: «Ich bin keine Oma.»

«Stimmt. Entschuldige, das war ein blöder Ausdruck. Eine nonna also. Oder einfach bella Angèle. Er ist wirklich ein süßes Kind. Und er spricht hervorragend deutsch. Ich spreche nur deutsch mit ihm. Fabrizio wollte eine englische Nurse engagieren, ich will das nicht. Jetzt spricht er erstmal italienisch und deutsch, englisch kann er in ein paar Jahren auch noch lernen. Was willst du denn in Amerika? Es gefällt dir doch gar nicht.»

«Wer sagt das denn?»

«Ich weiß es.»

«Ich glaube nicht, daß dein Mann entzückt wäre, seine Schwiegermutter im Haus zu haben.»

«Er wäre restlos entzückt. Die Italiener sind Familienmenschen. Je mehr Familie, desto besser. Und so eine bezaubernde Frau wie du noch dazu.»

«Ich habe hier auch Familie.»

«Weder einen Sohn noch eine Tochter. Nur angeheiratete people. Also wirklich, Mami. Du kannst doch nicht ganz allein leben.»

«Juana sorgt sehr gut für mich.»

Nun verzieht Blanca den Mund. «Bei mir bekämst du besser zu essen.»

Zuletzt waren sie noch in Massachusetts an der Beach, wo Bruce ein Haus besitzt, direkt am Atlantik. Aber es ist nur ein kleines Holzhaus, am Wochenende sind die Kinder da von Bruce und Vivian, das geht nun der Marchesa auf die Nerven. Sie ist große Räume gewöhnt, und wenn sie nicht gestört werden will, stört sie auch keiner.

Manchmal ist sie einsam. Fabrizio ist oft nicht da, das Kind ist vier Jahre alt und wird von einem Kindermädchen versorgt, vom ganzen Personal verwöhnt. Bleibt der alte Marchese. Nach wie vor spielt sie abends mit ihm Schach. Und um das noch zu erwähnen: Es gibt außer Fabrizio keinen Mann in ihrem Leben, keinen Freund, keinen Liebhaber. Das liegt natürlich an ihr. Was sie haben könnte, will sie nicht. Und was sie haben will, kriegt sie nicht.

Sie hat sich in einen gewissen Trotz hineingesteigert. Sie ist einsam und unglücklich, niemand liebt sie. Zum Teufel mit den Männern!

Manchmal bereut sie, daß sie vor fünf Jahren nicht nach München zurückgekehrt ist, daß sie die Verbindung zu Sebastian Wenk nicht aufrechterhalten hat. Er war ein perfekter Liebhaber. Es waren herrliche Nächte mit ihm. Und dann ist sie undankbar einfach weggefahren, hat ein paar lumpige Zeilen hinterlassen. Er wußte nicht, wer sie war, wo sie war, vermutete sie in Wien, bei einem Maler. Sie fragt sich, ob er wohl in Wien nach ihr gesucht hat.

Sie hat ihn belogen. Vielleicht wäre sie ja zurückgekommen, doch dann erwartete sie das Kind.

Inzwischen ist er beim Fernsehen gelandet, sie liest seinen Namen manchmal in deutschen Illustrierten, denn sie kauft alle, die sie bekommen kann. Geheiratet hat er auch wieder. Und was – natürlich eine Schauspielerin.

Männer werden nie gescheit.

Die Gedanken und Gefühle sind eigentlich genauso wie die Gedanken und Gefühle der fünfzehnjährigen Blanca: Weltschmerz, Weltflucht, Depression. Sie ist so richtig von Herzen unglücklich. Und vielleicht hat Karel das ganz richtig erkannt: Ein Mensch, der gar nichts zu tun hat, der keine Aufgaben hat, der nichts leistet, der muß einfach unzufrieden sein.

Gedanken

Früher oder später wirst du dich wieder scheiden lassen, Sebastian, das kann ich dir mühelos prophezeien. Ich hab' ein Bild von dem Mädchen gesehen, sehr jung, ganz hübsch, aber sie hat einen harten Zug um den Mund. Karel zum Beispiel, der so gut in Gesichtern lesen kann, hätte sie nie geheiratet. Du bist wieder reingefallen. Ich gebe zu, ich war gemein zu dir. Habe dir erklärt, wie großartig du bist, und dann hau' ich einfach ab. Tut mir richtig leid. Nicht nur wegen dir. Auch meinetwegen. Seitdem habe ich nur mit Fabrizio geschlafen. Er hat sich große Mühe gegeben, aber es wurde nichts. Mit dir klappte es. Du solltest meinen Sohn sehen. Er hat braune Augen mit einem grünen Schimmer darin. An sich war Angèle daran schuld. Weil ich sie nach München begleitet habe, vor fünf Jahren, nach meinem Geburtstag. Komisch, was es manchmal für Zufälle gibt. Jetzt ist der arme William tot, tut mir auch sehr leid, so alt war er noch gar nicht. Wenn ich dagegen Il

Vecchio betrachte, fünfundachtzig wird er im August. Der lebt noch lange. Ich kann nicht sagen, daß ich dich geliebt habe, Sebastian, das wäre ja albern, wir haben uns kaum gekannt. Ein paar Tage, ein paar Nächte. Und damals in Berlin, das kann man nicht rechnen. Gretchen hast du zu mir gesagt. Wenn ich dich heute treffen würde, jede Wette, du sagst wieder Gretchen. Na, egal, vergessen wir es. Du bist nicht der einzige Mann auf der Welt. Im vorigen Jahr war Karel hier. Sie machten Außenaufnahmen in Mailand. Tolle Bude, in der du hier lebst, sagte er. Du bist schon immer clever gewesen. Hast du jemals schon einen Finger krumm gemacht? Hast du nicht. Immer war jemand da, der für dich sorgte. Das gehört sich auch so, habe ich gesagt, ich bin schließlich die Gemahlin des Kaisers. Und er rückte das wieder einmal zurecht, da ist er genauso pingelig wie Peter. Kaiser war er noch nicht, als du mit ihm verheiratet warst, du warst höchstens die Gemahlin des Königs. Kaiserin wurde die nächste. Das ärgert mich heute noch, sechshundert Jahre später. Konnte ich nicht ein paar Jahre länger leben? Karel gefiel es hier, und er sagte, ich komme mal wieder vorbei. Er ist nicht gekommen. Und er hat auch keinen Versuch gemacht, alte Beziehungen wieder herzustellen. Muß ja nicht hier sein. Aber ein Mann wie er, ständig von schönen Frauen umgeben, von ehrgeizigen Frauen dazu, die Karriere machen wollen, die möglicherweise auch jünger sind als ich, also was soll's. Man soll ja auch alte Verhältnisse nicht wieder aufwärmen. Damals war ich jung. Kommt mir vor, als sei es eine Ewigkeit her. Also aus mit Karel. Aus mit Sebastian. Aber du! Du willst von mir nichts wissen. Spielst immer noch den Bruder. Kleiner Kuß auf die Wange. Lebst mit einer anderen Frau. Ich weiß noch nicht, wie ich es anfangen werde. Ich bin ganz krank vor Sehnsucht. Warum du nicht? Ich denke an dich. Ich sitze hier auf der harten Mauer und denke an dich. Denkst du an mich? Nein, tust du nicht. Viel Arbeit, viele Reisen, die kleine Schwester ist gut versorgt, hat Mann und Kind. Keinen Vater, keine Mutter, keinen Bruder, nichts hat sie. Keiner will bei ihr sein. Keiner liebt sie. Niemand hat sie geliebt. In ihrem ganzen Leben hat niemand sie wirklich geliebt. Ich hab' das damals schon gewußt bei Tante Seffi. Hat mich dort jemand geliebt? Keiner. Du? Vielleicht ein wenig, aber viel habe ich dir nicht bedeutet. Du hast mich blöd angeredet. Mach deine Schularbeiten allein. Und dann bist du einfach fortgegangen. Erst ist Angèle gegangen, dann bist du gegangen. Bleib du nur sitzen bei dem Bier und bei dem Schnaps, bei Josef und Josefa. Aber ich hab's euch gezeigt, nicht? Keiner hat so ein Schloß wie ich. Keiner hat soviel Geld. Ich zieh' jedes Kleid nur einmal an. Ich mache keinen Finger krumm, wie Karel gesagt hat. Gestern nicht und heute nicht. Aber glücklich bin ich auch nicht. Weil ich einfach...

Ihre trübseligen Gedanken werden gestört durch das Kind. Carlo kommt die Stufen vom Castello heruntergerannt und ruft laut: «Mama! Mama!»
Lodavica, das Kindermädchen, kommt kaum nach. Sie ist eine Lombardin, trägt einen langen weiten Rock und ein festes Mieder.
«Carlo! Carlo!» ruft sie. «Lento! Lento!»
Blanca springt von der Mauer und fängt den Buben mit beiden Armen auf.
«Du wirst hinfallen, wenn du so rennst, Carlo.»
Carlo streichelt mit der Hand zärtlich über ihre nackte Schulter, dann rutscht seine Hand sogar in das Oberteil des Bikini.
Lodavica wendet schamhaft den Blick ab, sie findet den Aufzug der Marchesa terribile. Es fehlte nicht viel, und sie würde sich bekreuzigen. Vor allem möchte sie das Kind wegbringen, damit es nicht länger die nackte Frau vor Augen hat.
Doch davon kann keine Rede sein, Blanca setzt den Buben neben sich auf die Mauer, Blick auf den See, sie zeigt mit dem Finger auf die Schiffe und Boote, sie redet deutsch mit ihm, Lodavica versteht kein Wort. Sie steht hinter den beiden und seufzt still in sich hinein.
«Ich gehe nochmal ins Wasser», sagt Blanca schließlich. «Kommst du mit?»
Carlo hat Bedenken.
«Ein kleines Stück wenigstens», ermutigt ihn Blanca. «Es tut gut bei der Hitze.»
Sie springt von der Mauer, watet ein paar Schritte ins Wasser

hinein, wirft sich nach vorn und schwimmt los. Als sie über die Schulter zurückblickt, sieht sie, daß Carlo bis zu den Waden im Wasser steht. Das erinnert sie an Ferdi, den Hund. Weiter ging er auch nicht hinein.

Benaro, Ferdi genannt, ist vor einem Jahr gestorben. Sie hat um ihn getrauert, sie hat bitterlich geweint, was kein Mensch im Castello versteht. Dio mio, ein Hund!

Fabrizio hat ihr einen neuen Hund geschenkt, einen Afghanen, er ist sehr schön, sehr vornehm, doch sie wird ihn niemals Ferdi nennen.

Als sie aus dem Wasser kommt, umarmt sie den Kleinen, preßt ihn an ihren nassen Körper.

«Na warte, nächstes Jahr wirst du schwimmen lernen. Hier und bei mir. Denke ja nicht, daß so ein wasserscheuer Italiener aus dir wird.»

Lodavica hat den Bademantel in der Hand und hängt ihn der Marchesa um, atmet erleichtert auf, als sie den nackten Körper nicht mehr sehen muß.

Zusammen steigen sie die Stufen zum Castello hinauf, die Laune der Marchesa hat sich gebessert, sie bastelt wieder an einem Gedanken, der sie schon seit Tagen beschäftigt. An diesem Abend ist Fabrizio nicht da, doch am nächsten Abend essen sie zusammen, und sie unterrichtet ihn von ihren Plänen.

«Es paßt mir einfach nicht, daß Mama allein in Amerika ist. Und wenn ich sie nicht überreden kann, weiß ich schon, wen ich zu Hilfe hole.»

«Meinst du, ich soll dir helfen?»

«O nein, caro, nicht du. Mein Bruder. Ich werde mit Peter darüber sprechen.»

«Das hast du doch schon getan.»

Fabrizio schiebt noch ein Stück von der Piccata in den Mund, legt dann die Gabel hin. Er ißt sehr sparsam, er hat zugenommen in letzter Zeit.

«Eine gute Idee», sagt er und sieht bedauernd den gefüllten Platten nach, die Mario abträgt.

«Ich habe bisher nur mit ihm telephoniert. Ich muß persönlich mit ihm sprechen. Er ist in Bonn, da sind noch wichtige Sitzungen im Parlament vor der Sommerpause. Und dann ist er wieder in Frankfurt. Da fahre ich hin.»

«Es ist aber furchtbar viel Verkehr zur Zeit. Ich habe heute Paolo gesprochen, der kam aus Deutschland. Es ist Ferienzeit, alle Straßen sind verstopft, sagt er.»

«Dann fliege ich eben.»

Besuch in Frankfurt

Peter wohnt in Frankfurt, er ist Leiter des Wirtschaftsressorts einer großen Tageszeitung. Er ruft sie regelmäßig an, fragt, wie es ihr geht, doch gesehen hat sie ihn seit einem Jahr nicht mehr.

Drei Tage später sitzt sie ihm gegenüber beim Abendessen. Sie wohnt im Kempinski in Gravenbruch, sie kennt das Hotel, sie hat schon zweimal hier gewohnt, es gefällt ihr ausnehmend gut. Man ist weit genug von der Stadt entfernt, spürt nichts von der Hitze und der verdorbenen Stadtluft. Das Hotel liegt mitten in einem Park, sie hat eine Suite, Wohnzimmer, Schlafzimmer, ein großer Vorraum. Peter wohnt im Ort Gravenbruch, eine moderne Wohnanlage, mit sehr viel Geschmack erbaut, die Häuser stehen weit auseinander, beengen sich nicht gegenseitig, rundherum liegt der Stadtwald.

Sie wartet in der Bar des Hotels auf ihn, er kommt etwas später, hat er ausrichten lassen.

Um halb neun ist er da, frisch geduscht, sein Haar ist noch feucht, er trägt einen hellen Anzug, keinen Schlips.

«Entschuldige», sagt er formell, «daß ich dich warten ließ. Es war sehr heiß in der Stadt. Und wir hatten viel zu tun in der Redaktion.»

Sie hält ihm die Wange hin zum Kuß.

«Ihr seid fleißige Leute. Es ist doch Ferienzeit. Könnt ihr nicht ein bißchen ruhiger leben?»

«Eine Zeitung hat niemals Ferien.»

Er setzt sich auf den Hocker neben sie, bestellt ein Bier. Sie trinkt Champagner.

«Und vergiß nicht, wir haben ein Wahljahr.»

«Ach ja?» fragt sie gleichgültig. «Wen wählt ihr denn?»

«Helmut Schmidt wird Bundeskanzler bleiben. Er ist sehr beliebt beim Volk.»

«Mit Recht?»

«Meiner Ansicht nach mit Recht.»

«Dann kann es ja nicht so aufregend werden mit der Wahl. Die Wirtschaft floriert, nicht wahr? Und der Klamauk mit den Achtundsechzigern ist ja nun wohl überstanden.»

Er lacht. «So ungefähr. Ich sehe, du bist gut informiert.»

«Bei uns ist es ähnlich. Nur die führenden Herren wechseln öfter, die muß man sich gar nicht erst merken. Freust du dich, daß ich da bin?»

«Ja. Wir haben uns lange nicht gesehen.»

«Was dir nichts ausmacht, wie ich weiß.»

«So, weißt du das. Essen wir draußen?»

«Ich habe einen Tisch im Garten reservieren lassen.»

Später dann das Gespräch über Angèle.

«Ich kann einfach nicht verstehen, warum sie nicht zu mir kommt. So toll ist das Haus auch nicht, in dem sie da wohnt.» Blanca zieht die Oberlippe hoch. «Amerikanische Mittelklasse.»

«Du bist sehr anspruchsvoll, Blanca.»

«Na schön, gehobene Mittelklasse. Bei mir ist es jedenfalls weit großzügiger.»

«Warum willst du, daß sie kommt?»

«Ich fühle mich einsam. Ich habe keinen Menschen, mit dem ich reden kann.» Folgt der alte Spruch: «Keinen Vater, keine Mutter, keinen Bruder.»

«Du hast einen Mann und ein Kind.»

«Mir bekannt. Und sonst noch allerhand Sippe rundherum. Was rede ich schon mit denen. Ich habe nicht einmal mehr Ferdi.»

Das kennt er. Es ist schon dunkel unter den Bäumen, aber er sieht den mürrischen Zug um ihren Mund. Und er denkt, daß

Angèle auch keine besonders anregende Gesellschaft wäre. Das war sie nie. Das weiß er inzwischen auch.

«Dir geht es einfach zu gut.»

«Ach, blabla», macht sie ungezogen. Auch das kennt er.

«Du mußt ein wenig Geduld haben», sagt er. «Vielleicht kommt sie später. William ist seit zwei Monaten tot. Sie kann nicht von heute auf morgen weggehen, das würde ihr die Familie vielleicht übelnehmen.»

«Was für eine Familie? Sie ist allein. Bruce ist in Boston. Und Lionel geht demnächst nach Kalifornien.»

«Nach Kalifornien? Gibt er seinen Posten auf?»

«Das tut er. Er wechselt von Fernsehapparaten zu Fernsehproduktionen. Da ist er ganz wild drauf. Und Muriel ist sowieso eine dumme Ziege.»

Muriel ist Lionels Frau, wie er weiß. Er kennt sie nicht.

«Mit ihr kann ich überhaupt nicht. Neulich habe ich ihr mal erzählt von Böhmen und von Karl dem Vierten. Sie hat keine Ahnung, von wem ich rede.»

«Ich fürchte, das wird vielen Menschen heutzutage so gehen.»

«Siehst du, das meine ich. Ich möchte mit Leuten zusammen sein, bei denen Geschichte stattgefunden hat. Bei Muriel beginnt sie mit Hitler und endet mit Hitler. Wie konntet ihr nur so ein Monster haben, sagt die Ziege zu mir. Ich habe geantwortet, als ich geboren wurde, war er schon so gut wie weg. Aber ihr laßt eure Schwarzen nach wie vor in Harlem verkommen.»

Das Gespräch zwischen Blanca und Muriel kann sich Peter nun ganz gut vorstellen. Und was mochte Angèle dazu gesagt haben? Wie er sie kennt, hat sie mit dieser Muriel weder über Hitler noch über Karl den Vierten geredet.

«Nach Kalifornien, so. Ja, dann ist sie wirklich sehr allein.»

«Vielleicht würde sie lieber zu dir kommen», sagt Blanca.

«Ich habe eine Dreizimmerwohnung. Ich glaube nicht, daß sie sich da wohlfühlen würde.»

«Zumal ja auch Frau Doktor Dingsda öfter mal da ist.»

«Frau Doktor Michaelis heißt jetzt Frau Doktor Schwarz und lebt in Hamburg.»

«Willst du sagen, sie hat geheiratet?»
«Hm.»
«Einen anderen?»
«Sieht so aus.»
«Und warum hat sie dich nicht geheiratet?»
«Vielleicht weil ich nicht heiraten wollte.»
Darüber muß Blanca eine Weile nachdenken.
«Stimmt. Du hast bisher nicht geheiratet. Hast du eine andere?»
«Interessiert dich das?»
«Und ob mich das interessiert. Ich muß doch wissen, auf wen ich jetzt eifersüchtig sein muß.»
«Auf Karin nicht mehr.»
«Und wer ist die Neue?»
«Es gibt keine Neue.»
Sie strahlt. «Das finde ich großartig.»
«Du bist eine Egoistin.»
«War ich doch immer. Und jetzt esse ich noch ein Dessert. Hat sie einen netten Mann, deine Karin?»
«Ich nehme an. Sie ist eine sehr attraktive und kluge Frau, warum soll sie keinen netten Mann haben. Er ist Jurist.»
Sie ißt einen Eisbecher, läßt die Hälfte stehen.
«Es ist so schön hier», sagt sie. «Ich bin so glücklich, wenn ich bei dir bin.»
Er sieht sie über den Tisch hinweg an. Er ist auch glücklich, oder wie man das nennen soll.
Angèle und Blanca. Blanca und Angèle, sie bestimmen nun einmal sein Leben, so weit er auch immer fortgelaufen ist. Er denkt an das Gespräch mit seinem Vater in Prag. Sein Vater, der nicht sein Vater ist.
«Angèle ist nicht deine Mutter und Blanca nicht deine Schwester. Darf ich dich trotzdem darum bitten, für sie da zu sein? So wie ich für dich da war. Wie Angèle für dich da war.»
Er hat es versprochen. Angèle war in Amerika, und als sie geschieden war, hat sie William Molander geheiratet, aber nun ist sie allein und braucht vielleicht seine Hilfe. Nicht Hilfe, aber ein

wenig Fürsorge und Liebe. Er braucht dazu nichts zu tun, das will Blanca besorgen.

Und Blanca braucht ihn schon gar nicht, sie lebt in sehr guten Verhältnissen.

«Wie geht es Carlo?»

«Es ist wirklich ein süßes Kind. Weil er noch so klein ist. Ich denke mit einer gewissen Angst daran, wie er sein wird, wenn er fünfzehn oder sechzehn ist. Er wird rundherum verwöhnt, es ist alles für ihn da. Wenn ein Kind in so einem Leben voll Zuckerguß aufwächst, kann das ja eigentlich nicht gut sein. Oder?»

Es erstaunt ihn, daß sie sich solche Gedanken macht. Ist sie denn nicht eigentlich sehr oberflächlich? Oder täuscht der Schein? Das Leben der jeunesse dorée in Deutschland gibt ja schon zu Bedenken Anlaß. Viel mehr noch in Italien, wo die Klassenunterschiede größer, wo die Reichen skrupelloser sind.

«Man kann nicht wissen, was die Zukunft bringt», sagt er.

«Du denkst an Krieg?»

«Nicht unbedingt. Obwohl der Wind in der Sowjetunion wieder etwas härter weht. Und Vietnam haben wir nun überstanden, das war böse genug.»

«Für die Amerikaner. Doch nicht für uns.»

«Für alle. Weil es gezeigt hat, was möglich ist, auch heute noch. Und vermutlich morgen wieder. Aber ich denke in erster Linie in wirtschaftlicher Beziehung. Es ist einfach nicht möglich, daß es uns immer besser und besser geht. Irgendwo hat Wohlstand auch seine Grenzen. Und er betrifft sowieso nur einen kleinen Teil der Welt. So ein Leben mit Zuckerguß, in dem unsere Jugend und eure Jugend jetzt aufwächst, und ja auch nur ein Teil davon, wird kaum ewig dauern.»

«Fabrizio sagt das auch.»

«So?»

«Ja. Nach Mailand kommen immer mehr Leute aus dem Süden. Um zu arbeiten. Weil es ihnen im Süden schlecht geht. Wir haben viele Kommunisten, und das wissen die Russen sehr genau. Und die Mafia haben wir auch. Immer wieder werden Menschen entführt, auch Kinder. Fabrizio erlaubt nie, daß Carlo allein irgendwohin geht. Es ist immer einer von unseren Leuten dabei. Ihr hattet ja auch diese schreckliche Entführung in diesem Jahr von dem jungen Oetker.»

«Laß uns ein paar Schritte durch den Park gehen? Oder erlauben es deine Schuhe nicht?»

«Ich habe Schuhe an, in denen ich ein paar Schritte laufen kann. Weißt du, was ich möchte? Ich möchte so gern ans Meer. Mit den Füßen im Sand laufen.»

«Das kannst du doch. Es ist ja kein weiter Weg für dich.»

«Nicht ans Mittelmeer. Das kenne ich ausgiebig. Und da sind so viele Touristen, es ist gräßlich. Nein, ich möchte an das große Meer. Wir waren ja drüben ein paar Tage am Atlantik, das hat mir gefallen.»

«Ich mache dieses Jahr Ferien am Atlantik.»

«Du? Wo? In Amerika?»

«Atlantik gibt es in Europa auch. Ich fahre an die Côte d'argent, das habe ich schon lange vor.»

«Südfrankreich?»

«Nein, Südwesten. Da ist der Atlantik wild. Und ich hoffe, daß noch nicht allzu viele Touristen dort sind. Ich will so Ende August fahren, in den September hinein.»

«Ach ja? Südwestküste. Das ist doch die Biskaya.»

«Les Landes. Eine herrliche Landschaft. Ich war da einmal, und es war ein unvergeßlicher Eindruck. Breiter Strand, wildes Meer, hohe Dünen, dahinter endlose Wälder, und dann kommen wieder Seen. Ich wünsche mir seit Jahren, noch einmal dorthin zu fahren.»

«Warst du mit ihr dort?»

«Nein, nicht mit Karin. Du wirst lachen, ich war mit Rudi dort. Du erinnerst dich an Rudi?»

«Wie sollte ich nicht! Rudi, das Allroundtalent. So, mit Rudi warst du dort. Ohne Sylvie?»

«Ohne Sylvie. Es war eine abenteuerliche Fahrt. Rudi hatte einen Volkswagen, der nicht mehr der jüngste war. Von Berlin durch die Zone, dann durch ganz Frankreich. Eine endlose Tour. Wir konnten dann nur zehn Tage bleiben, weil er keine Zeit mehr hatte. Und ich auch nicht. Und Geld hatte ich sowieso nicht.»

«Wann war denn das?»
«Anfang der sechziger Jahre. Als du in Wien warst.»
«Hast du mir nie erzählt.»
«Als wir endlich in Frankfurt gelandet waren, sagte Rudi, nun ist Schluß. Ich verkaufe die Karre hier, wir fliegen nach Berlin.»
«Und diesmal fliegst du gleich?»
«Nein, nein, jetzt habe ich ja ein vernünftiges Auto. Und da unten braucht man es schon, damit man durch die Gegend kommt.»
«Da fährst du hin», sagt sie traurig.
Und er sagt: «Komm doch mit.»
Blanca stockt der Atem. Also doch! Also doch!
«Ist das dein Ernst?»
«Wir sind noch nie zusammen verreist. Und dort hättest du wirklich das große, wilde Meer vor dir.»
«Ja», sagt sie. «Ja. Ich komme mit.»
«Immer vorausgesetzt, dein Mann erlaubt es.»
«Fabrizio ist es egal, was ich tue. Und warum soll ich nicht mit meinem Bruder verreisen, nicht? Besser als mit einem Liebhaber, nicht? Siehst du, wie gut es war, daß ich ihm nie die Wahrheit erzählt habe? Außerdem ist er sowieso beschäftigt, er hat eine neue Geliebte. Sie wohnt in Stresa. Ganz junges Ding, zweiundzwanzig. Er ist vierundfünfzig. Je älter die Männer werden, desto jünger müssen ihre Freundinnen sein. Das ist wohl ein Gesetz.»
«Wenn du meinst.»
«Neuerdings ißt er Diät, um seinen Bauch wieder loszuwerden. Ach, Peter, ich bin ganz außer mir. Wann, hast du gesagt?»
«Ich habe Mitte August in Genf zu tun, von dort aus starte ich dann. Quer durch Frankreich bis ans Meer.»
«Dann fahre ich nach Genf und treffe dich dort.»
«Du fliegst besser. Wir brauchen nur einen Wagen.»
«Aber im Flugzeug kann ich nicht soviel Gepäck mitnehmen. Ach, ist ja egal, kostet es halt ein bißchen mehr.»
«Du brauchst nicht viel Gepäck. Lange Hosen und eine feste Jacke, wenn der Sturm bläst. Und Shorts, wenn es warm ist. Ein Kleid noch, falls wir abends mal ausgehn.»

«Zwei Kleider», sagt sie. «Oder drei. Blaue Hosen am Meer. Und weiße Hosen. Liebst du mich?»

«Kommt darauf an, wie du dich beträgst.»

«Musterhaft, du wirst sehen. Ganz brav. Kann ich nämlich, wenn ich will.»

«Da bin ich mal gespannt.»

Sie gehen eine Weile im Park spazieren, sie hat seine Hand gefaßt, ihre Hand ist heiß, sie möchte hüpfen wie ein Kind. Sie weiß genau, was geschehen wird, mit diesem Bruder, der nicht ihr Bruder ist.

«Ich mache dich darauf aufmerksam, daß es eine weite Fahrt ist. Durch bergiges Land, auf und ab, viele Kurven. Und am liebsten würde ich von Genf aus durchfahren nach Brive. Da gibt es ein sehr hübsches Hotel.»

«Ein hübsches Hotel», wiederholt sie. «Ja, das ist wichtig. In Frankreich gibt es hübsche Hotels.»

«Hier und da», sagt er, «nicht überall.»

Im Moment bereut er, was er da angerichtet hat. Er spürt ihre Hand in seiner. Und in Gedanken macht er schon einen Rückzieher. Es kann immer etwas dazwischenkommen.

«Ende August ist gut», sagt sie. «Da kann ich noch Pappas Geburtstag mitfeiern, er wird fünfundachtzig. Wird wieder eine große Sache, ach, du!»

Er zieht vorsichtig seine Hand aus ihrer.

«Ich bringe dich noch zum Eingang. Dann muß ich gehen. Morgen gibt es viel zu tun, und ich muß früh aufstehen.»

Sie steht unter dem Eingang des Hotels und sieht ihm nach, wie er zu seinem Wagen geht. Ihre Augen werden schmal.

Ich werde nichts tun, denkt sie. Du mußt anfangen. Ich werde mich so musterhaft benehmen wie... wie eine Klosterschülerin. Falls die sich musterhaft benehmen.

Sie geht in die Bar und trinkt noch einen Whisky.

Von Angèle haben sie nicht mehr gesprochen an diesem Abend.

Das Meer

Es ist eine weite Fahrt von Genf nach Brive, doch Peter hat sich vorgenommen, durchzufahren.
«Wenn wir auf das obligate französische Mittagsmahl verzichten, das ja immer sehr reichlich ist, schaffen wir die Tour. Oder wirst du verhungern?»
«Gewiß nicht.»
«Du bekommst dafür am Abend gut zu essen.»
Er fährt sicher, ruhig, ohne Hektik, und sie hat endlich einmal Gelegenheit, ihn mit Muße zu betrachten. Dieser Junge, der ein Mann geworden ist, und den sie kennt, seit sie auf der Welt ist.

Das Profil ist gut geschnitten, die Nase kräftig, die Wangen schmal, der Mund voll und für einen Mann zu weich. Die Hände auf dem Steuerrad sind nicht sehr breit, die Finger ziemlich lang, die Hand ist sensibel und nicht sehr groß. Er ist ja auch nicht groß, wenn sie hohe Absätze trägt, ist sie größer als er.

Vor zwei Tagen ist sie in Genf eingetroffen, sie wohnte draußen im Interconti, er in einem Hotel am See. Sie haben sich nur am Abend zuvor kurz getroffen, er hatte noch eine Verabredung.
«Wir starten früh, wenn es dir recht ist. Geh bald schlafen!»
Sie ist viel zu unruhig, um zu schlafen, nimmt um eins eine Schlaftablette.

Während der Fahrt ist sie bester Laune, sie unterhält ihn die ganze Zeit, zuerst mit dem, was sie sieht.

Die Landschaft, die Wiesen, die Bäume, die kurvenreiche Straße, das Vieh auf den Weiden, die Dörfer. Alles sieht sie, über alles redet sie. «Nicht zu glauben, wie es hier aussieht. Das ist ja wie im tiefsten Mittelalter. Die Leute müssen hier schrecklich arm sein. Besteht denn Frankreich nur aus Paris und der Côte d'azur?»

«Das möchte ich nicht gehört haben. Die Bourgogne ist ein wunderschönes, reiches Land. Eins der schönsten auf dieser Erde, das ich kenne. Die Provence, die Ile de France, die Normandie und die Bretagne, jede Gegend hat einen anderen Charakter und ihre ganz besondere Schönheit.»

«Du kennst das alles?»
«Sicher.»
«Da warst du mit ihr?»
«Zum Teil, ja. Dies Zentralmassiv hier ist allein durch die geographische Lage schlecht besiedelt. Es gibt auch in Italien arme und vergessene Dörfer. Mit Deutschland kannst du es schon gar nicht vergleichen, da liegen die Dörfer sowieso eng beieinander. So einsame Strecken, wie wir sie hier durchfahren, wirst du kaum finden.»

Sie kaufen sich unterwegs ein Baguette und etwas Schinken, eine Flasche Wein und eine Flasche Wasser. Eine Weile sitzen sie unter einer Korkeiche und machen ein kurzes Picknick. Blanca trinkt den Wein unverdünnt, er mixt ihn mit Wasser, streckt sich dann eine Viertelstunde ins Gras.

«Ich kann ja jetzt fahren», sagt sie.

«Nein», bescheidet er sie kurz. Fügt dann hinzu: «Morgen werden wir uns in Bordeaux umschauen. Eine prachtvolle Stadt mit einer großen Geschichte.»

«Ich möchte ans Meer und nicht nach Bordeaux.»

Sie trägt Shorts, es ist sehr warm. Manchmal lehnt sie sich zurück und legt die Beine auf den Sockel über dem Armaturenbrett.

«Schlaf ein bißchen, wenn du müde bist», sagt er.

«Ich bin nicht müde.»

Sie unterhält ihn auch mit Familiengeschichten. Fabrizio und Il Vecchio, sein Geburtstag unlängst.

«Ha, das war ein Fest! Halb Mailand war da. Und aus allen Castelli rund um den See. Die Belegschaft von der Firma hat ihm ein Ständchen gebracht, una Serenata, es war herzzerreißend. Carlo hat ein Gedicht aufgesagt, Caro nonno, felicità nel mio core, alle Frauen haben geschluchzt, sogar Fabrizio hatte Tränen in den Augen. Und Carlo hat es fehlerfrei aufgesagt, ohne Stocken, Aug' in Auge mit Il Vecchio, und als er fertig war, hat er gelächelt wie ein Engel. Alle waren hingerissen, sogar Alessandra, meine Schwägerin, die mich ja eigentlich nicht leiden kann.»

«Hast du ihm das Gedicht beigebracht?»

«Wo denkst du hin? Das hat Lodavica gemacht, gemeinsam mit Marinetta, die haben sich das ausgedacht. Es war ein Riesenfest, ging bis spät in die Nacht. Ich bin bald tot umgefallen, aber der Alte hat es spielend verkraftet.»

Und dann beginnt sie von den Leuten zu erzählen, die da waren, nahe und ferne Familie, Adel von den Seen, Adel aus der Stadt, reiche Geschäftsleute, und ihre Frauen natürlich, sie beschreibt ausführlich die Kleider, die die Frauen trugen.

«Alta moda, das haben wir ja in Mailand, nicht? Es müssen Millionen und aber Millionen Lire gewesen sein, die da über unsere Terrasse fegten. Die meisten in lang, weißt du. Die Signora Campella zum Beispiel, die war in rot. Knallrot. Und an den Ärmeln und am Saum hatte die Robe goldene Fransen. Kannst du dir das vorstellen? Und bei jedem zweiten Schritt trat sie sich auf die Fransen. Ein Modell, na, daß ich nicht lache. Die Fransen müßten höher angesetzt werden, damit sie nicht ständig darauf herumtrampelt.»

Der Bericht über die Geburtstagsfeier unterhält ihn über viele Kilometer. Es kommen allerhand Bosheiten darin vor, eine Menge Klatsch und sehr viel Witz.

Er sagt: «Langweilen kann man sich mit dir wohl nie.»

«Das will ich hoffen. Wenn ich schon so ein nichtsnutziger Mensch bin, muß ich ja wohl so eine Nummer abziehen können.»

«Was meinst du jetzt damit? Das Geburtstagsfest oder deine Erzählung hier?»

«Beides.»

«Warum nennst du dich einen nichtsnutzigen Menschen?»

«Das bin ich doch. In deinen Augen und in Karels Augen und in manchen anderen vielleicht auch. Ich habe nie einen Beruf gelernt, ich habe nie etwas gearbeitet, außer bei Gottlieb auf dem Podest gesessen, wenn du das Arbeit nennen willst. Und Kartoffeln kochen kann ich immer noch nicht. Du weißt, wann du mir das vorgeschmissen hast?»

«Ich weiß es.»

«Fabrizio sieht es nicht so, Gott sei Dank. Die Frauen in seiner Familie haben nie etwas gearbeitet.»

«Und wie sah dein Kleid aus?»

«Unverschämt. Es waren große gelbe Blüten aus Spitze. Man konnte darunter meine Haut sehen, auch den Busen. Nur unten trug ich einen Slip. Marinetta kicherte, und Lodavica schlug beschämt den Blick nieder. Ich bin sicher, sie hat am nächsten Tag für mich gebeichtet und gebetet.»

Das Hotel heißt Truffe noire, das ist sehr passend, denn sie sind im Périgord. Der Patron selbst empfängt sie, ein größeres Gefolge steht im Hintergrund und blickt erwartungsvoll auf die Allemands.

Blanca streckt sich, reckt die langen Beine in den Shorts, sie ist ganz steif vom langen Sitzen.

Ein Mädchen führt sie auf ihr Zimmer, es ist nicht zu klein und hübsch eingerichtet, in der Mitte steht das breite französische Bett.

Blanca schweigt, doch Peter sagt zu dem Mädchen: «J'ai fait réserver deux chambres.»

Und zu ihr gewendet fügt er hinzu: «Entschuldige, das muß meine Sekretärin vermurkst haben, ich habe zwei Zimmer bestellt.»

«Na, vielleicht haben sie noch eins», sagte Blanca gelassen. «Kommt mir nicht so vor, als sei der Laden voll belegt.» Und mit einem Blick auf das Bett: «So in einem Bett und dann noch unter einer Decke, wie es die Franzosen tun, also das finde ich unbequem.»

Das Gepäck von Monsieur wird in ein anderes Zimmer gebracht, wie immer finden Franzosen so etwas unbegreiflich.

Nachdem sie geduscht und sich umgezogen haben, gehen sie unten in das Restaurant, Blanca trägt jetzt ein Kleid mit lila Blüten auf weißem Grund, mit einem weiten Rock, und wie immer versteht sie es mit ihrem Auftreten, mit ihrem Lächeln, mit jeder Kopfbewegung, das Hotel zu ihrem Hotel, das Personal zu ihrem Personal zu machen.

Peter sieht ihr zu, hört ihr zu, und denkt an die kleine Schwester von damals. Eigenwillig war sie. Und launisch, wie Tante Seffi feststellte. Stimmungen unterworfen, so würde er es nennen.

Immer mit Distanz zu den anderen, innerlich unberührt. Wo hat sie dieses Auftreten gelernt, diese sichere Leichtigkeit, mit der sie ihre Umwelt beherrscht? Wo kam das her?

Er war verletzlich, er war empfindsam, und er konnte lieben. Angèle, die kleine Schwester, auch Tante Seffi und die anderen Kinder. Er mochte die Leute in der Brauerei, und sie mochten ihn. Er gehörte zu allen, die dort lebten. Blanca nie. Genausowenig wie Angèle.

Inzwischen hat er gelernt, Distanz zu halten. Und Liebe ist eine Seltenheit geworden in seinem Leben. Und er ist zutiefst verunsichert, wie es eigentlich weitergehen soll auf dieser Reise. Wie er da so sitzt, nach dem Essen einen Calvados trinkt und mit dem Gähnen kämpft, bereut er das ganze Unternehmen aus tiefstem Herzen.

Dann geht jeder in sein Zimmer und in sein breites Bett, er schläft trotz der quälenden Gedanken rasch ein, die Fahrt hat ihn müde gemacht. Blanca dehnt sich genüßlich, sie findet das Ganze sehr spannend. Sie wird nichts tun, um ihn herauszufordern, heute nicht und morgen nicht.

Es ist zweifellos eine Verzögerungstaktik, daß er darauf besteht, ihr Bordeaux zu zeigen, das Grand Theatre, die Kathedrale, die berühmte Pont d'Aquitaine, die es erst seit knapp zehn Jahren gibt. Dabei doziert er über die Geschichte der Stadt, die Kelten, die Römer, die Engländer, die Jahrhunderte in der Stadt herrschten, zum Wohlgefallen der Bordelaiser, dann kommen die Hugenotten dran, doch ehe er bei Napoleon landen kann, unterbricht sie ihn energisch: «Es reicht. Die Fortsetzung erzählst du mir ein andermal. Auf diese Weise kommen wir nie ans Meer.»

Kommen sie auch nicht, nur bis Arcachon. Hier hat er nicht reservieren lassen, und es ist gar nicht so leicht, ein Quartier zu finden, es ist noch Saison. In einem mittelmäßigen Hotel bekommen sie schließlich zwei kleine, bescheidene Zimmer.

Das Becken von Arcachon findet nicht Blancas Beifall, sehr gut ist jedoch die Bouillabaisse.

Nach dem Abendessen gehen sie ein wenig auf der Promenade spazieren, es ist noch viel Betrieb.

Auf einmal bleibt er stehen, sieht sie an.
«Es ist seltsam, daß du hier bist», sagt er.
«Wärst du lieber mit Karin hier?»
«Vielleicht», sagt er. Dann zieht er sie an sich und küßt sie auf den Mund, ein leichter, scheuer Kuß. Blanca hält still und tut nichts. Wir benehmen uns wie eine Jungfrau und ein keuscher Jüngling vor der Hochzeitsnacht, denkt sie.

Es ist eine Katastrophe für ihn. Er hat sich da etwas eingebrockt, das er nicht bewältigen kann. Seit ihrer Kinderzeit ist er nicht mehr so viel mit ihr zusammen gewesen. Doch, damals in Berlin. Aber da war er beschäftigt, das Studium, die Waschsalons, Rudi und vor allem Sylvie, das war eine andere Situation, denn er war noch der große Bruder. Jetzt ist sie erwachsen, man sollte meinen, er sei es auch. Aber er fühlt sich hilflos in dieser Situation. Er weiß, was sie erwartet. Und er hat dasselbe gedacht wie sie. Nicht jetzt, da er mit ihr zusammen ist. Und es sind erst zwei Tage und zwei Nächte.

Er muß sich überlegen, was er tun soll. Aber es fällt ihm nichts ein. Er könnte sagen, es geht nicht, wir fahren zurück. Dabei vergehen wieder einige Tage und Nächte. Oder er setzt sie in Bordeaux in ein Flugzeug und schickt sie nach Hause. Darüber würde sie nur lachen. Sie ist erwachsen, sie ist frei. Er nicht. Er ist ein Mann von vierzig Jahren. Aber er war mit Zwanzig nicht so hilflos.

Doch, er war es auch. Es betraf Angèle. Unsichtbar begleitet sie ihn auf dieser Reise. Er ist über sie hergefallen, er hat sie mißbraucht, er hat es bis heute nicht verwunden. Verdrängt, aber nicht vergessen. Doch Angèle hat er geliebt. Blanca liebt er nicht, nicht auf diese Weise, sie ist seine kleine Schwester.

Sie gehen noch in eine Bar, und er trinkt ganz gegen seine Gewohnheit mehrere Whiskies. Blanca ist amüsiert, doch sie zeigt es nicht. Sie versteht ganz genau seine Gefühle, seine Hemmungen. Auch sie denkt, daß es ganz gut wäre, das Unternehmen abzubrechen.

Ihr würde das nicht schwerfallen, sie fände die richtigen Worte, außerdem ist sie launisch, wie jeder weiß, also kann sie das machen, wie sie will. Souverän, sogar ohne ihn zu verletzen. Das könnte sie.

Er ist ein wenig angetrunken, als sie ins Hotel zurückkommen. Sie gibt ihm einen Kuß auf die Backe.

«Dann schlaf mal gut.»

Er steht in seinem Zimmer am Fenster, es geht auf einen Hof hinaus, kein Meer, kein Himmel. Er raucht eine Zigarette, dann noch eine, und er würde auch gern noch einen Whisky trinken. Ob er nochmal fortgeht?

Frankreich ist ein solides Land, alle Kneipen sind geschlossen zu dieser späten Stunde.

Er möchte am liebsten fortlaufen, einfach verschwinden.

Blanca liegt im Bett und kann nicht schlafen. Das Messingbett hat eine durchgelegene Matratze, auf dem Nachttisch brennt eine Funzel von Lampe. Wirklich ein popliges Hotel. Das Unternehmen ist mißglückt. Man kann nicht einfach in ein neues Leben springen und so tun, als hätte es zuvor keins gegeben. Eine gemeinsame Kindheit, eine Jugend mit Komplikationen, Jahre der Entfremdung. Oder kürzer gesagt: Man kann aus einem Bruder nicht von heute auf morgen einen Liebhaber machen.

Es hat Geschwister gegeben, die sich liebten wie Mann und Frau. Richard Wagner bietet sich an, die Walküre. Gutgegangen ist das nicht. Angenommen, Fricka hätte nicht eingegriffen.... Sie muß lachen, springt aus dem Bett, schaut auch aus dem Fenster, unten sind ein paar Bäume, es ist sehr dunkel. Dann kramt sie in ihrem Beauty-case nach den Schlaftabletten. Schlafen muß sie, sonst sieht sie morgen nicht gut aus. Verrückt, jetzt an Siegmund und Sieglinde zu denken. Wälsungenblut. Das haben sie nicht, und Geschwister sind sie eben nicht. Eine Weile unterhält sie sich damit, an die Ring-Aufführung in Bayreuth zu denken, das war genau vor fünf Jahren, sie war mit Fabrizio dort, und sie war schon schwanger.

Vergleichsweise war das ja eine unkomplizierte Sache damals mit Sebastian. Er hat sich gefreut, sie wiederzusehen, sie hat ihn belogen, und sie haben sich wunderbar geliebt. Aus. Sebastian ist aller Liebe wert, aber Sebastian ist nicht Peter. Das sieht man schon daran, daß er wieder geheiratet hat. Er hätte sie ja suchen können. Wie und wo? Eben. Und ob Fabrizio es unwidersprochen geschluckt hätte, daß sie ein Verhältnis mit einem Regisseur aus Deutschland gehabt hätte, für länger, das ist zweifelhaft.

Aber mit ihrem Bruder darf sie verreisen. Wenn er je die Wahrheit erfahren würde... Ach, verflucht. Sie schluckt zwei Tabletten und geht wieder ins Bett.

Damals sind sie von Bayreuth aus an einem spielfreien Tag nach Hartmannshofen gefahren. Das war ein toller Auftritt. Der Marchese und die Marchesa Livallo in der Brauerei. Das Hotel, das Josefa gebaut hatte, war gerade eröffnet worden. Ein hübscher Bau, modern, aber ländlich. Gisela, nach verschiedenen Amouren, wieder zu Hause und an der Rezeption.

«Du siehst ja großartig aus», hatte die Marchesa huldvoll gesagt. «So hübsch wie früher. Nichts mehr zu sehen von den Narben.»

Josefa und der Angermann, Eberhard als Chef des Hauses und sein dummes Evchen mit sage und schreibe vier Kindern gesegnet. Lutzala war nicht etwa der Hausdiener, er war gar nicht da, er war in Spanien.

«Was macht er denn in Spanien?» hatte sie gefragt.

Er verkauft Häuser an sonnenhungrige Nordländer, erfuhr sie.

Die Marchesa war die Liebenswürdigkeit in Person.

«Du mußt mich unbedingt mal besuchen», hat sie zu Josefa gesagt. Und erzählt, daß Angèle kürzlich bei ihr war.

«Sie sieht immer noch fabelhaft aus.»

Noch ein kurzer Besuch bei Doktor Lankow, dann fuhren sie nach Bayreuth zurück. Fabrizio sagte, es sei nett, daß er mal gesehen habe, wo sie aufgewachsen war. Ein schöner Besitz, sagte er gnädig.

Daraufhin begann sie von dem Schloß zu erzählen. Das Schloß in Böhmen mit dem hohen Turm.

«Da gehör' ich hin. Hier war ich nie zu Hause.»

Das ist ungerecht und undankbar. Sie weiß es, aber das Schloß in Böhmen wird in ihrer Erinnerung immer schöner, immer größer, der Turm immer höher.

Die Tabletten wirken, sie wird schläfrig, knipst die Funzel auf dem Nachttisch aus.

Morgen früh wird sie überlegen, was sie tun wird.

Am nächsten Tag sind sie beide sehr höflich, sehr rücksichtsvoll, hast du gut geschlafen, ja, danke, ich auch.

Er will ihr die große Düne zeigen, die größte Düne in Europa, gar nicht weit von hier, doch am Fuß der Düne strömen Menschenherden.

«Nein, das können wir ein andermal tun. Ich möchte endlich irgendwo ankommen.»

Er will nach Biscarosse, da war er damals mit Rudi.

«Es ist einfach dort», gibt er zu bedenken. «Weiter südlich, in Hossegor, ist es eleganter.»

«Laß uns erst mal auf Rudis Spuren wandeln. Du hast doch dort im Hotel Zimmer bestellt, denke ich.»

«Ja, im Hotel de la Plage.»

«Also, schaun wir uns das an.»

Sie sind beide befangen an diesem Tag, sie fahren vorwärts und möchten zurück.

Das Hotel de la Plage ist ein großer alter Bau, es liegt hoch oben auf den Dünen, und darunter ist das große weite Meer. Man hört die Brandung rauschen, man sieht die Wellen, wie sie wild auf das Land zustürmen.

«Es ist herrlich», ruft Blanca, «genauso wollte ich es haben.»

Es ist wieder nur ein Zimmer reserviert. Blanca schließt daraus, daß er mit Frau Doktor Dingsda immer in einem Zimmer geschlafen hat, die Sekretärin ist daran gewöhnt.

Er fragt gleich nach einem zweiten Zimmer, aber es ist keins frei, noch ist Ferienzeit, das Hotel ist besetzt.

Das Zimmer ist groß, es hat ein breites französisches Bett, einen Schrank, einen kleinen Tisch und zwei Stühle. Mehr nicht.

«In Hotels am Meer lebt man immer bescheiden», weiß Peter. «Das ist bei uns auch nicht anders. Sie haben ja nur im Sommer geöffnet.»

«Es gefällt mir», sagt Blanca. Sie steht am Fenster und blickt auf das tobende Meer.

«Gehen wir heute noch baden?»

«Nein», sagt er bestimmt. «Und so einfach mit baden ist es hier nicht. Du siehst ja, was da los ist. Du kannst sowieso nur in der Brandung baden und darfst nicht weit hineingehen.»

«Das Meer ist groß, so groß», sagt sie und breitet die Arme aus.

«Es ist der Herrscher auf der Erde. Drei Viertel davon gehören ihm. Nur ein Viertel ist fester Boden.»

Sie dreht sich um, wirft die Arme um seinen Hals.

«Es ist herrlich. Ich danke dir, daß du mich mitgenommen hast.»

Sie ist ein liebes kleines Mädchen, singt vor sich hin, als sie auspackt.

«Das Meer ist so groß, so groß...»

Er runzelt die Stirn, als sie ihre Sachen einfach aufs Bett wirft, also nimmt sie Stück für Stück wieder in die Hand und hängt sie ordentlich in den Schrank.

Sie gehen hinunter an den Strand, der Wind bläst gewaltig von Westen, und nun sieht man erst, wie hoch die Brandung wirklich ist.

Blanca zieht die Sandaletten aus, geht barfuß durch den Sand, läßt das Wasser an ihren Beinen hinaufsprühen.

Das Restaurant ist einfach, es ist mehr ein Speisesaal, man ißt an langen Tischen, jeder Platz ist besetzt.

Aber das Essen ist gut, der Wein auch.

«Man müßte allein hier sein», sagt sie.

Peter nickt. Damals, als er mit Rudi hier war, war es still und ruhig in diesem Haus. Inzwischen reisen die Leute mehr, nicht nur die Deutschen, auch die Franzosen. Es sind nur Franzosen im Haus, sie essen mit Hingabe, sie reden laut und viel, Blanca kokettiert mit einem schwarzhaarigen Mann, der ihr schräg gegenübersitzt, er hat sie angesehen, als sie kam, wie Franzosen eine hübsche Frau ansehen. Er lächelt ihr zu, sie lächelt auch. Sie trägt einen kurzen weiten Rock und eine ärmellose weiße Bluse, mit tiefem Ausschnitt, ihre Arme und ihr Décolleté sind gebräunt. Mit dem wäre es ganz leicht, denkt sie.

Nicht so ganz, die Frau, die neben ihm sitzt, blickt etwas säuerlich. Na ja, das kennt sie.

Später sitzen sie auf der großen weiten Terrasse, die seitwärts um das Haus verläuft und sehen einen atemberaubenden Sonnenuntergang. Wolken ziehen über das Rotgold, die Sonne bricht immer wieder durch, kämpft mit den Wolken, siegt schließlich, bis sie am Horizont versinkt.

Keine Rede davon, daß man hier mit einer ärmellosen Bluse sitzen kann, Peter hat ihr eine Jacke geholt, es ist trotzdem kalt, ihre nackten Beine sind wie aus Eis.

«Und nun?» fragt sie, als die Nacht auf das Meer sinkt.

«Nun gibt es nichts mehr. Das heißt, damals gab es nichts. Ein paar Kneipen werden wohl da sein.»

«Ich will nicht mehr fortgehen.»

«Einen Whisky wird es wohl hier im Haus geben.»

«Du hast gestern genug Whisky getrunken. Sieh mal, die sind alle schon weg. Ich glaube, man geht hier früh zu Bett.»

«Meer und Wind machen müde.»

Er zögert, aufzustehen, sie greift nach seiner Hand.

«Komm, ich bin auch müde. Und mir ist kalt. Du wirst mich wärmen müssen.»

«Es tut mir leid», sagt er, als sie in ihrem Zimmer sind. Auch hier ist die Beleuchtung spärlich.

«Was?»

«Daß wir nur ein Zimmer haben.»

«Es ist in Frankreich so üblich, wie du weißt», sagt sie gelassen. «Wir werden morgen weitersehen. Es wird ein Zimmer frei.»

«Wieso?»

«Ich habe ein Gespräch gehört, als wir durch die Halle gingen. Das junge Paar, das hinter uns saß, reist morgen ab. Sie wollen früh geweckt werden, haben sie zu dem Patron gesagt. Sie wollen durchfahren bis Paris.»

«Du sprichst demnach gut französisch», sagt er.

«Das hast du ja schon gemerkt, nicht? Und in meiner Stellung als Herrin im Castello Livallo», sie streckt sich auf die Fußspitzen, «muß ich das. Wir haben internationale Gäste.»

Da ist auch noch Raymond, er ist der erste, mit dem sie Fabrizio betrogen hat. Sie waren damals in Antibes, Fabrizio mußte eilig fort, wegen dringender Geschäfte, sie blieb allein vierzehn Tage dort. Später hat sie Raymond noch zweimal in Mailand getroffen. Davon allein lernt man nicht französisch sprechen, aber es war hilfreich, außerdem ist sie sprachbegabt, sie hat auch schnell italienisch gelernt.

«Ich habe ja nicht viele Talente», erzählt sie, während sie sich auszieht, «aber Sprachen lerne ich schnell. Ich hätte Dolmetscherin werden können, was meinst du?»

Sie geht in das Badezimmer, es ist auch groß, wenigstens etwas. Geschminkt ist sie nur wenig, der Wind hat das meiste weggeblasen. Sie verreibt ein wenig Cleanser in ihrem Gesicht, dann Gesichtswasser, die Nachtcreme läßt sie stehen. Sie kommt nackt aus dem Badezimmer.

«Ich schlafe immer nackt. Aber wenn es dich stört, Marinetta packt mir immer drei Nachthemden ein.»

«Es stört mich nicht», antwortet er und geht ins Bad.

Blanca kriecht unter die dünne Decke, zerrt die festgesteckten Enden aus den Seiten heraus. An französische Betten wird sie sich nie gewöhnen.

Als er kommt, sagt sie: «Ich habe immer noch kalte Füße.»

«Das werden wir gleich haben», sagt er gewollt munter.

Dann liegen sie nebeneinander im Bett, unter einer Decke, sie liegen beide auf dem Rücken, nur seine Füße wärmen ihre Füße. Sie schweigen lange, nur das Meer spricht zu ihnen.

«Es tut mir leid, Blanca», sagte er dann auf einmal. «Aber ich kann nicht.»

Sie legt ihre rechte Hand um seinen Hals, streichelt ihn sacht.

«Aber du brauchst doch nicht. Wir schlafen wie Bruder und Schwester. Wie früher. Du hast mich bei Tante Seffi auch gewärmt, wenn ich kalte Füße hatte. Weißt du nicht mehr?»

«Doch, ich weiß.»

Er denkt an Angèle. Sie liegt unsichtbar mit in diesem Bett. Mutter und Schwester. Sie sind sein Schicksal. Was hat er damals gedacht? Ich bin ein mieses Schwein.

Und dann ist sie fortgegangen. Für immer.

Blancas Hand gleitet von seinem Hals zu seiner Schulter, dann streicht sie mit spitzen Fingern, mit spitzen Nägeln über seine Brust, ganz leicht, ganz sacht.

Er möchte sie fortstoßen, möchte sie aus dem Bett werfen, aber er tut es nicht. Es hilft ja doch nichts. Sie ist da. Hier und heute, und morgen auch.

Sein Körper bleibt stumm, er wehrt sich.

Ihre Hand spielt immer noch auf seiner Brust, sie dreht sich ein wenig. Er spürt ihre Brust.

«Schön warm», sagt sie. «Ob ich eine Tablette nehme?»

«Was für eine Tablette?»

«Eine Schlaftablette.»

«Nimmst du sowas?»

«Oft, ich kann nicht gut einschlafen. Das konnte ich als Kind schon nicht. Weißt du nicht mehr? Ich habe das Doktor Lankow mal erzählt und... du weißt noch, wer Doktor Lankow ist?»

«Natürlich. Hältst du mich für blöd?»

«Ich meine nur. Manche Dinge vergißt man, wenn man viel erlebt.»

«Also was sagte Doktor Lankow?»

«Du mußt abends noch einmal vor die Tür gehen und tief atmen und die Arme bewegen. So ein Unsinn! Ich konnte trotzdem nicht einschlafen. Das habe ich ihm gesagt, und dann habe ich gefragt, nützt das denn bei Ihnen? Können Sie da schlafen? Er sah mich lange an, dann schüttelte er den Kopf. Nein, sagte er. Aber bei mir ist das etwas anderes. Ich habe schlimme Dinge erlebt. Das habe ich auch, habe ich gesagt. Jetzt nehme ich halt immer mal eine Tablette. Nur wenn ich geliebt werde, kann ich schlafen. Aber mich liebt ja niemand.»

«Das glaube ich nicht», antwortet der Mann an ihrer Seite.

«Ich meine nicht das, was du denkst. Ich meine Liebe von daher.»

Sie klopft mit dem Finger auf die Stelle, wo sein Herz sitzen könnte.

«Kannst du dich beklagen?» fragt er töricht.

«Iwo, nicht die Spur. Ist nur so ein Geschwätz.»

Sie wechselt den Finger, jetzt ist es der kleine Finger, er gleitet abwärts, hierhin und dorthin und berührt schließlich sein schlaffes Glied. Weiter nichts, nur ihr kleiner Finger. Er tut nichts Aufregendes, er spielt nur, spielt ganz leicht, hin und her, auf und ab, kein Druck, er ist kaum zu spüren, ihr kleiner Finger. Aber es genügt. Sein Körper erwacht, sie spürt, wie es hart wird unter ihrem kleinen Finger, wie es sich regt.

Na also, denkt sie ganz sachlich. Das wäre doch gelacht. Er greift mit dem Arm über ihren Körper.

«Du sollst das nicht tun!»
«Ich tue ja gar nichts. Schlaf jetzt.»

Nun ist er voll da, nun denkt er nicht mehr, vergräbt das Gesicht an ihrem Hals, ihr Körper gleitet geschmeidig unter seinen, kein Liebesspiel, keine Vorbereitung, sie öffnet die Schenkel, und er stürzt geradezu in sie hinein. Sie nimmt jede Bewegung auf, steigert sie, es dauert nicht lange, sie spürt, daß er kommt, er will fort, sie hält ihn fest. Sie ist zu keiner Befriedigung gekommen, aber das macht nichts, das wird sich finden.

Wenn nicht heute, dann morgen oder übermorgen.

Der Bann ist gebrochen, das Meer hat gesiegt, das Toben der Brandung erfüllt den Raum.

Verzeih mir! hat er damals gesagt. Verzeih mir!

Aber es ist eine andere Situation, er ist über Angèle hergefallen, er hat sie genaugenommen vergewaltigt.

Heute liegt er neben einer Frau, die es wollte. Und warum wäre er mit ihr auf diese Reise gegangen, wenn er nicht gewollt hätte?

Nein, er will eigentlich nicht. Er hat da etwas angefangen, was er nie hätte tun dürfen. Was soll daraus werden?

Verzeih mir! Ich bin ein Idiot.

Er trennt sich von ihr, legt sich auf den Rücken, unwillkürlich kommt ein Stöhnen aus der Tiefe seiner Seele.

Blanca steigt aus dem Bett, geht zum Fenster.

«Es ist eine ganz, ganz dunkle Nacht», sagt sie. «Aber das Meer leuchtet trotzdem. Man sieht bis hier oben die weißen Schaumkronen. Am liebsten würde ich jetzt noch hineingehen.»

«Untersteh dich», sagt er. Sie hat die Spannung gelockert, kommt zurück zum Bett und knipst die kleine Lampe auf dem

Nachttisch an. Da steht sie vor ihm, nackt und schön und bereit für ihn.

«Du verbietest es mir?»

«Ja.»

«Und wenn ich trotzdem gehe?»

«Ich würde dich festhalten.»

«Mit Gewalt?»

«Mit Gewalt.»

«Also, ich gehe.»

«Zieh wenigstens den Bademantel an, sonst trifft den Nachtportier der Schlag.»

«Ich glaube nicht, daß sie hier einen Nachtportier haben. Vermutlich hat der Patron eine Glocke neben seinem Bett, und man muß klingeln, wenn man rein will. Stell dir vor, er hört es nicht, und ich muß die ganze Nacht in Sturm und Meeresgebraus am Strand verbringen. Morgen früh findet man mich erfroren, ertrunken oder vom Sand erstickt. Wird peinlich für dich.»

«Du kommst gar nicht hinaus, wenn abgeschlossen ist.»

«O doch. Von innen nach außen komme ich. Da steckt ein Schlüssel oder ist ein Riegel, raus komme ich bestimmt. Wenn ich die Tür offen lasse, komme ich auch wieder rein. Und da ich mir von dir nichts befehlen lasse, gehe ich jetzt. Ohne Bademantel.»

Er liegt auf dem Rücken und blickt zu ihr auf, wie sie da vor dem Bett steht. Plötzlich ist die ganze Angst und die ganze Unsicherheit weg.

Vor ihm steht die Frau, die er liebt.

«Komm her, du», sagt er.

Sie läßt sich auf ihn niederfallen, streift dabei die Decke weg, ihr nackter Körper liegt auf seinem nackten Körper, und sie spürt, daß er bereit ist zu einer neuen Vereinigung. Ich habe das Brudersyndrom besiegt, denkt sie triumphierend. Dann denkt sie nicht mehr, sie liebt, sie gibt sich hin, sie genießt. Denn er hat schon bei Sylvie gelernt, wie man eine Frau befriedigt.

Nach dieser ersten Nacht ist die ganze Dramatik aus der Geschichte heraus, sie hat das erreicht mit ihrem verspielten Geplauder und mit der Selbstverständlichkeit, mit der sie die Liebe genießt. Die düsteren Gedanken, die Schwermut, die sie manchmal überfallen, wenn sie allein ist oder sich allein glaubt, sind hinter dem Horizont versunken, sie liebt, sie wird geliebt, sie ist eine heitere, lachende Liebende, sie spielt mit der Liebe wie mit einem leichten Ball, sie jongliert mit allen Bällen, die dazu gehören, mit Verführung, mit Zärtlichkeit, mit Leidenschaft, und keiner fällt hinunter, keiner fällt ins Dunkle.

Peter sagt nach zwei Tagen hingerissen: «Dein Mann ist zu beneiden.»

«Sage ich ihm auch immer. Alle meine Männer sind zu beneiden.»

«Das möchte ich nicht gehört haben.»

«Warum?» Sie reißt die Augen weit auf. «Denkst du, ich hätte auf dich warten sollen, bis ich neunzig bin! Du warst als erster da, du hast deine Chance gehabt. Und was hast du getan? Hast dich mit der doofen Sylvie vergnügt. Und dann bist du mit Frau Doktor Dingsda auf Reisen gegangen. Und was sonst noch alles dazwischen war, kann ich nur vermuten. Du bist mir aus dem Weg gegangen, auch in den letzten Jahren noch.»

«Du weißt, warum.»

«Kann dir nur leid tun.»

Sie haben das zweite Zimmer genommen, Blanca hat dem Patron mit all ihrem Charme erklärt, daß sie mehr Platz braucht. Sie sei daran gewöhnt, in Italien lebe sie in einem Palast. Und sie breitet die Arme aus, um zu zeigen, wie groß der Palast ist.

Sie schlafen manchmal in dem einen, manchmal in dem anderen Zimmer, sie schlafen auch getrennt, sie sagt: «Ich brauche mich heute allein.»

Sie sind am Strand, am Meer, Blanca ist etwas vorsichtiger geworden, nachdem sie schon am ersten Tag von der Brandung umgerissen wurde, daß sie buchstäblich auf dem Kopf stand. Sie fahren durch die endlosen Kiefernwälder, viele der Stämme haben Wunden, an denen ein Töpfchen hängt, wo das Harz hineintropft. Hinter den Wäldern liegen Binnenseen, in denen man auch baden kann, endlich auch schwimmen kann, was im Ozean unmöglich ist. Zwischen Wald und Heide liegen kleine Dörfer, hier und da findet man ein Bistro, in dem man gut essen kann. Abends essen sie im Hotel, in diesem altmodischen Speisesaal, meist essen sie Fisch. Mit der Zeit gibt es leere Stühle, die Franzosen reisen ab, die Ferienzeit geht zu Ende.

Die Allemands sind die Lieblinge des Patrons, auch des Personals. So vergnügte Gäste hat man gern; so eine strahlende, vor Glück leuchtende Frau, so einen höflichen, lächelnden Mann sieht man selten. Gute Trinkgelder geben sie außerdem. Sie loben das Essen, den Wein, die Bar hinter der Terrasse und die Terrasse, von der man Abend für Abend das stürmische Meer, die jagenden Wolken und die untergehende Sonne beobachten kann. Jeden Abend ist es ein anderes Schauspiel.

Manchmal ruft Blanca in Cernobbio an, es dauert eine Weile, man muß das Gespräch anmelden, gelegentlich trifft sie Fabrizio an, vor allem will sie Lodavica sprechen, um zu hören, wie es Carlo geht.

Sie kommt wieder hinaus auf die Terrasse, statt des kurzen Röckchens trägt sie lange Hosen, denn am Abend ist es kühl hier draußen.

«Sie ist ein Schatz», berichtet sie Peter. «Ich habe sie damals hauptsächlich engagiert, weil sie Lodavica heißt, klingt wie Ludvika, nicht? Sie liebt Carlo wie ein eigenes Kind. Sie tut alles für ihn. Hoffentlich bleibt sie noch eine Weile.»

«Hast du Angst, sie wird euch verlassen?»

«Sie hat einen Verlobten. Eines Tages wird sie heiraten und eigene Kinder haben.»

In Biscarosse ist nicht viel los, es gibt einige Bars, eine Pizzeria, ein paar Läden, in denen es nicht viel zu kaufen gibt.

Nach vierzehn Tagen fahren sie südwärts, nach Hossegor, hier bleiben sie noch eine Woche, hier ist es anders, ein eleganter Badeort mit Geschäften und guten Restaurants. Sie wohnen in einem großen Hotel, wieder in zwei Zimmern, gehen abends oft aus, auch zum Tanzen.

«Du hast nie mit mir getanzt», sagt sie. «Bei wem hast du das denn gelernt?»

«Na, bei wem wohl? Bei Sylvie natürlich.»
«Ich hatte recht, daß ich eifersüchtig war. Ich konnte sie nicht ausstehen. War sie gut im Bett?»
«Darüber spricht ein Gentleman nicht.»
«Und was ist aus ihr geworden? Steuerberaterin?»
«Sie hat einen Steuerberater geheiratet und hat zwei Kinder.»
In Hossegor ist das Meer nicht mehr so wild, hier kann man besser baden, auch schwimmen. Aber sie finden beide, daß es in Biscarosse schöner war.
«Nicht schöner, das stimmt nicht. Hier ist es gepflegter und so ein bißchen mondän. Aber dort war es wild und echt.»
Sie fahren nach Biarritz, speisen vornehm in einem der großen Hotels am Meer, durchstreifen die Stadt.
Drei Wochen sind im Nu vorbei, sie müssen an die Rückfahrt denken.
«Ich muß gar nichts», sagt sie. «Ich könnte hier bleiben bis Weihnachten.»
«Da sind alle Hotels zu, und du bekommst nichts mehr zu essen. Und du wirst allein hier bleiben müssen. Denn ich muß zurück, ich habe sowas Ähnliches wie einen Beruf.»
Lästig ist der Gedanke an die lange Fahrt.
«Können wir es nicht machen wie Rudi, den Wagen hier stehenlassen bis zum nächsten Sommer und zurückfliegen?»
Der nächste Sommer – Sie sprechen manchmal davon, und sie wissen beide, daß es nur Träume sind. Was einmal ging, geht nicht wieder. Diese Reise läßt sich nicht wiederholen.
«Was wirst du Fabrizio erzählen?» fragt er.
«Daß wir immer in zwei Zimmern gewohnt haben und die Franzosen darüber nur den Kopf schütteln konnten. Du kannst mir ja die Hotelrechnungen mitgeben, da steht das drauf. Oder brauchst du sie fürs Finanzamt?»
«Nein», sagt er und registriert, daß ihr doch ein bißchen zweierlei zumute ist, wenn sie an die Heimkehr und an ihren Mann denkt.
Worüber sie beide nicht sprechen, woran sie beide denken: Wie wird es weitergehen?

Der Plan, noch ein Stück durch die Pyrenäen zu fahren, wie Peter es vorhatte, wird gestrichen, die Zeit ist um. Sie fahren doch über Bordeaux zurück, übernachten im Hotel, Blanca wird von Bordeaux aus fliegen, über Paris. Er muß die lange Fahrt allein machen.

Sie essen abends im Le Cailhau, ein wundervolles Essen, doch sie genießen es nicht richtig, der bevorstehende Abschied macht beiden das Herz schwer, auch Blanca ist stiller als sonst. Über das letzte Glas Wein sehen sie sich in die Augen.

«Mir wird etwas einfallen», sagt sie trotzig.

Was soll ihr einfallen? Sie ist verheiratet, hat ein Kind, und eine Scheidung kommt im Hause Livallo nicht vor.

Die letzte Nacht, sie klammern sich aneinander, sie sind wie Kinder, die man in ein ungewisses Schicksal treibt.

Das haben sie ja schon erlebt.

«Ich komme demnächst mal wieder nach Frankfurt», sagt sie auf dem Flugplatz.

Ins Castello wird er nie mehr kommen, das hat er ihr schon mitgeteilt, dazu fehlen ihm die Nerven. Er ist kein Lügner, nicht einmal ein guter Schauspieler.

Während er allein gen Osten fährt, fühlt er sich mit jedem Kilometer unglücklicher. Warum hat er das nur getan? Vorher war es erträglich, jetzt ist es unerträglich.

Er hat seine Arbeit, sonst nichts. Sie hat das Castello, die Familie und ein reges gesellschaftliches Leben. Vor allem aber muß sie, das ist nicht zu umgehen, gleich nach ihrer Rückkehr mit Fabrizio schlafen. Muß zeigen, daß sie Sehnsucht nach ihm hatte. Und muß vorbeugen für den Fall, es ist so etwas passiert wie seinerzeit mit Sebastian.

Am nächsten Vormittag sitzt sie wieder einmal unten auf der Mauer am See, Carlo neben sich, und denkt: Frauen haben es wirklich schwer.

Es ist nichts passiert, Sebastian war ein einmaliger Glücksfall.

Sie fährt im November für zwei Tage nach Frankfurt, im Dezember treffen sie sich in München, auch nur kurz.

«Du könntest doch Weihnachten zu uns kommen», sagt sie.

«Das kann doch nicht dein Ernst sein», antwortet er gereizt. Er will auch nicht nach Mailand kommen. Unvorstellbar, daß er dort im Hotel wohnt und sie ihn besucht.

«Also gut», sagt sie ärgerlich. «Wenn du partout nicht willst, dann ist es eben aus. Oder denkst du, ich kann nochmal so eine Ferienreise mit dir machen?»

«Ich weiß, daß es nicht geht. Wir hätten die Reise überhaupt nicht machen sollen.»

«Ach ja? Es war deine Idee. Und daß du es weißt, ich hasse dich.»

Das kennt er, aber er lacht nicht mehr darüber.

«Sicher hast du schon eine neue Freundin», fährt sie böse fort.

«Ja? Nicht wahr? Schreib' mir mal eine Karte aus Pontresina.»

Sie trennen sich im Zorn. Weihnachten ist er allein, sie hat die Familie um sich und viel Besuch.

Aber sie schreibt an Angèle: Warum bist du nicht bei mir? Ich bin so allein und so unglücklich.

Doch dann, zu Beginn des Jahres, fällt ihr wirklich etwas ein. Sie redet immer wieder davon, zu Fabrizio, zu ihrer Schwägerin, sogar zu Il Vecchio, den das nicht im mindesten interessiert.

«Ich möchte für mein Leben gern einmal nach Prag. Und nach Pilsen, wo mein Vater herstammt. Und noch einmal unser Schloß sehen, wenigstens aus der Ferne.»

«Aber Blanca», sagt Fabrizio empört, «du kannst doch nicht in einen kommunistischen Staat fahren. Bist du verrückt?»

«Wieso? Du warst voriges Jahr auch in Moskau.»

«Da war ich mit Geschäftsfreunden. War anstrengend genug. Und du als Frau... allein... das kommt nicht in Frage.»

«Du kannst ja mitkommen.»

«Ich denke nicht daran.»

«Prag ist eine wunderschöne Stadt. Kaiser Karl der Vierte...»

Fabrizio winkt ungeduldig ab. «Hast du mir oft genug erzählt. Basta! Wir reden nicht mehr davon.»

Sie redet davon, immer wieder, und eines Tages ruft sie: «Ich hab's. Wenn du nicht willst, dann kann Peter ja mit mir fahren. Er

war schon öfter in Prag. Hat er doch erzählt. Damals achtundsechzig, wo sie beinahe die Kommunisten verjagt hätten.»
«Haben sie aber nicht. Und Peter war mit seiner Freundin dort. Er wird gerade mit dir fahren wollen.»
«Na, warum denn nicht.» Er ist schließlich mein Bruder, möchte sie sagen. Aber sie sagt es nicht. Sie bringt es nicht mehr über die Lippen. Auch sie nicht.
Das erstemal war er 1962 in Prag, als er seinen Vater traf, der nicht sein Vater war.
Im April 1977 startet sie zu der Reise nach Böhmen. Eine Reise in die Vergangenheit? Nicht für sie. Eine Reise mit dem Mann, den sie liebt.
Zu ihrer Überraschung ist Peter gleich bereit.
«Ich wollte sowieso wieder einmal nach Prag. Laß uns zusammen fahren, das ist eine gute Idee.»
Sie ist sehr stolz, daß ihr das eingefallen ist. Und hoch befriedigt, daß er offenbar mit ihr zusammen sein will, ganz egal wo.
Den Zeitpunkt der Reise will er bestimmen, und sie sagt: «Ganz wie du willst.» Kurzfristig bestimmt er dann eine Woche im April.
«Wir treffen uns in München und fahren mit meinem Wagen.»
«Warum in München?»
«Warum nicht in München?»
«Ganz wie du willst.»
Sie verbringen eine Nacht in München im Hotel, sie lieben sich mit Leidenschaft. Am Morgen, kaum ist sie aufgewacht, sagt Blanca: «Es ist seltsam, aber ich glaube, ich liebe dich.»
«Du hast mich immer geliebt. Auch wenn du mich manchmal gehaßt hast.»
«Gehaßt hast», wiederholt sie. «Du hast doch mal Germanistik studiert. Klingt ja fürchterlich.»
«Und wie soll man es deiner Meinung nach ausdrücken?»
«Na ja», sie überlegt, «vielleicht könnte man sagen, auch wenn dein Herz manchmal voller Haß war. Besser?»
«Bitte sehr.»
Es ist genau wie im Sommer. Hingabe, Liebe, Leidenschaft, und dazu ihr verspieltes Geplauder, ihre Heiterkeit.

«Bedenke bitte, wenn wir nach Böhmen fahren, daß du mich dort als Königin und Kaiserin zu respektieren hast.»

«Zu ihren Diensten, Majestät.»

Die Brücke

Prag bot eine Sensation. Sie erreichten die Stadt schon am frühen Nachmittag, und Blanca vergaß die Enttäuschung, die Pilsen für sie gewesen war und daß sie eigentlich hatte umkehren wollen.

Als sie zum Fluß kamen, schrie sie: «Da ist sie! Die Moldau!»

«Alle wirklich bedeutsamen Städte liegen an einem großen Fluß», gab Peter eine bekannte Weisheit zum besten.

«Ja, das weiß sogar ich. Das habe ich in der Schule gelernt. Du siehst, manchmal habe ich aufgepaßt. Eine Stadt bildet und entwickelt sich an und um einen Fluß. Besser gesagt, an einem Strom. Er ist Mittelpunkt und Verkehrsader zugleich. So sprach er, unser Geographielehrer, Herr Wesseling. Und ich weiß noch, er guckte dabei etwas bedeppert aus dem Fenster, denn wir hatten weit und breit keinen großen Strom. Und dann führte er alle Beispiele weltweit an, die ihm einfielen. Gehen wir gleich auf die Brücke von meinem Kaiser?»

«Wir gehen erstmal ins Hotel. Und dann sehen wir weiter.»

Sie nahm sich kaum Zeit zum Auspacken, warf wie immer einfach alle Sachen aufs Bett, das konnte sie ungeniert, denn sie hatten zwei Zimmer, nicht wie in Pilsen nur eins.

Es waren schöne große Zimmer, auf amerikanische Art eingerichtet, und sie sagte als erstes, als er kam: «Das sieht gar nicht kommunistisch hier aus.»

«Prag ist trotz allem eine internationale Stadt und legt Wert auf Besucher aus aller Welt.»

«Die Devisen, ich weiß.»

«Auch das. Aber man hat hier schon seit einiger Zeit begriffen, daß man sich westlichen Normen anpassen muß, wenn man

Devisen und Gäste haben will. Man hat auf vorbildliche Weise renoviert und jede Verkommenheit bekämpft. Jedenfalls da, wo ausländische Besucher hinkommen. Dazu gehören eben auch die Hotels. Was man draußen hingebaut hat, die Neubauten für das Volk – na ja, die findet man heute in jeder großen Stadt genauso.»

Er begann sorgfältig ihre Kleider einzusammeln und auf Bügel zu hängen.

«Ach, danke», sagte Blanca lässig. «Mach dir doch keine Mühe.»

«Eine Dame, die ich kenne, würde darauf antworten: blabla.» Sie lachte. «Das machen die Zimmermädchen schon. Aber ich nehme an, du bist Besseres gewöhnt. Die Dame, mit der du sonst hier warst, war bestimmt sehr ordentlich.»

«Das war sie. Aber seit ich mit dir reise, weiß ich, warum die Damen in der guten alten Zeit immer von einer Zofe begleitet wurden. In deinem Castello räumst du vermutlich auch nichts weg.»

«Du hast es erraten. Marinetta hätte nicht das geringste Verständnis dafür und würde sich außerdem zu Tode langweilen. Gehen wir jetzt auf die Brücke?»

Es war kein weiter Weg zur Karlsbrücke, sie war voller Menschen, voller Leben und Betrieb, und es war deutlich zu hören und zu sehen, daß hauptsächlich Devisen hier herumspazierten.

Blanca strich mit der Hand über die Füße des Brückenheiligen.

«Armer Nepomuk!» sagte sie. «Alle plappern hier vergnügt in der Gegend herum und keiner denkt an dein furchtbares Ende.»

«Heute früh wolltest du mich auch noch in die Moldau werfen lassen.»

«Warum haben sie ihn eigentlich ersäuft?»

«Hast du das nicht in der Schule gelernt?»

«Nein. Jedenfalls nicht in Einzelheiten. Oder? Es war noch in grauer Vorzeit. Mein Kaiser hätte so etwas nie zugelassen.»

«Es geschah später. Nach deinem Kaiser. Es war König Wenzel, vielleicht ein Sohn von Karl.»

«Das gibt es nicht.»

«Johannes von Nepomuk war der Beichtvater der Königin, und

der König wollte wissen, was sie gebeichtet habe. Ob es sich nun um Eifersucht oder politische Intrigen handelte, verschweigt die Legende. Nepomuk hielt sich an das Beichtgeheimnis, der König ließ ihn foltern, und als auch das erfolglos blieb, wurden dem Mann die Füße gefesselt, und man warf ihn in die Moldau.»

«Das ist gräßlich», sagte Blanca und blickte hinab in das Wasser des Stroms. «Und du denkst, es war ein Sohn von Karl?»

«Ich weiß es nicht genau, aber ich nehme es an. Es geschah ungefähr fünfzehn Jahre nach Karls Tod.»

«Na, Gott sei Dank war es kein Sohn von mir.»

«Nein, du hast dem Kaiser keinen Sohn geboren. Nur eine Tochter. Oder auch zwei Töchter, so genau weiß man das auch nicht.»

«Die Mutter war also eine von den bösen Weibern, die er nach mir geheiratet hat. Geschieht ihm recht.»

«Wem? Dem Nepomuk?»

«Nein, dem Kaiser. Er wollte partout einen Sohn haben, und dann wurde das so ein Scheusal. Siehst du, in England waren sie fortschrittlicher, da durfte auch eine Frau den Thron besteigen. Wenn du an Heinrich den Achten denkst.»

«So ein liebenswerter Zeitgenosse war das auch nicht. Er hatte noch mehr Frauen als Karl, und auf besonders schöne Weise hat er sich ihrer nicht entledigt.»

«Ja, aber seine Töchter wurden Königinnen. Erst diese gräßliche Maria und dann die Elisabeth. Sehr sympathisch war die nicht, aber ziemlich tüchtig.»

«Das fand etwas später statt, aber nun gut, wir wollen uns nicht mit Kleinigkeiten aufhalten.»

«Hältst du es für möglich, daß Karl mich ermorden ließ?»

«Wie kommst du denn plötzlich auf die Idee?»

«Vielleicht weil ich keinen Sohn bekam und er eine andere heiraten wollte, daran habe ich noch nie gedacht.»

Peter lachte und legte den Arm um ihre Schultern.

«Dann solltest du es auch jetzt nicht tun. Karl war ein sehr frommer Mann. Mehr als die üblichen Morde hat er wohl nicht begangen.»

«Was verstehst du unter üblichen Morden?»
«Was Krieg, Vorherrschaft, politischer Einfluß bedeutet. Alles Dinge, die auch heute noch Brauch sind. Wir befinden uns hier in einem kommunistischen Staat, und es ist nur einer von vielen, gemordet wird wie eh und je. Und wenn du an die nationalsozialistische Herrschaft in Deutschland denkst, so hat sie, abseits des Krieges, unsagbar viele Menschenleben gekostet. Es wurden so viele Menschen ermordet, wie Karl sie kaum zusammenbringen konnte, denn so viele Menschen gab es damals gar nicht. Wie gesagt, ich spreche nicht vom Krieg.»
«Mach nicht so ein finsteres Gesicht. Ich dachte ja bloß an mich, beziehungsweise an seine Blanca. Aber er hat sie bestimmt nicht ermordet, er war ein guter und ein frommer Mann. Schau da hinauf! Er hat den Hradschin gebaut und den Veitsdom. Und diese Brücke. Und ich bin sehr froh, daß er den Nepomuk nicht ins Wasser geschmissen hat.»
«Immerhin ist der Nepomuk dadurch ein Heiliger geworden und unsterblich dazu. Er steht auf unzähligen Brücken auf dieser Erde.»
Blanca schob ihre Hand unter seinen Arm.
«Und außerdem bin ich froh, daß du bei mir bist. Ich werde mich jetzt in aller Freundschaft von dem König und Kaiser trennen und will hinfort nur noch deine Blanca sein.»
Peter drückte ihre Hand mit seinem Oberarm, er blickte nun auch die Moldau entlang, sein Herz war schwer.
Es war die letzte Reise, die sie zusammen unternahmen, er wußte es, eigentlich mußte sie es auch wissen. Am Ende dieser Tage, nicht in Prag, nicht in Eger, ganz am Ende, wenn sie sich trennten, mußte er ihr sagen, daß es eine Trennung für immer sei.
Das war das eine Geheimnis.
Es gab noch ein zweites Geheimnis, das er ihr bald offenbaren mußte. Nicht heute. Vielleicht morgen. Diesen Abend sollte sie unbeschwert erleben. Ein Bummel durch die Stadt, in einer der gemütlichen Kneipen essen, er hatte einige bei seinen verschiedenen Besuchen in Prag kennengelernt.
Das Essen war für verwöhnte Westler bescheiden, möglicher-

weise hatte sich aber seit seinem letzten Aufenthalt in der Stadt wieder einiges verbessert. Es hatte sich mit der Zeit vieles verbessert, diese Böhmen, diese Tschechen waren ein lebensfrohes Volk.

«Gehn wir da hinauf?» fragte Blanca mit einer Kopfbewegung zum Hradschin empor.

«Heute nicht. Morgen. Dafür braucht man einige Zeit.»

«Liebst du mich?»

So direkt hatte sie noch nie gefragt. Spürte auch sie, wie kurz die Zeit war, die ihnen blieb?

«Ich liebe dich mehr als alles auf der Welt», sagte er ernst. «Du weißt es, und du wirst immer daran denken.»

«Du kannst es mir ja immer wieder sagen.» Ihre Stimme war voll Angst, sie zog ihre Hand aus seinem Arm, stellte sich gerade vor ihn hin.

«Ist Prag eine Stadt des Abschieds?» fragte sie.

Er gab keine Antwort, nahm sie in die Arme und hielt sie fest. Er küßte sie auf die Schläfe und sagte: «Nicht heute. Wir sind gerade angekommen. Wir spazieren jetzt durch die Altstadt, ich zeige dir alles, was schön ist in dieser Stadt, und es ist vieles schön, und dann suchen wir uns ein ganz exquisites Lokal, ein ganz altes im Keller, und dann trinkst du einen Becherovka und ich ein Bier...»

«Zwei Becherovka, wenn du mich so traurig machst.»

«Ich will dich nicht traurig machen.» Er ließ sie los, spreizte die Hände, sein Blick verlor sich in der Ferne, weit hinaus auf den Strom. «Wir hätten das nicht anfangen dürfen.»

«Ja, ich weiß. Aber mir wird etwas einfallen.»

«Das hast du schon einmal gesagt.»

«Und? Stimmt es vielleicht nicht? Es ist mir etwas eingefallen. Wir sind in Prag. Jetzt, hier und heute. Und weiter will ich nicht denken und weiter will ich nichts wissen.»

«Dann laß uns jetzt gehen. Mußt du dich noch umziehen?»

«Natürlich, wenn du fein mit mir ausgehen willst.»

Sie trug noch die Lederjacke und Hosen, eine weiße Bluse mit offenem Kragen, die Frühlingssonne sprühte Funken aus ihrem rötlichbraunen Haar.

Er nahm eine Strähne in die Hand.
«Du hast dir die Haare färben lassen.»
«Nicht färben. Tönen heißt das. Gefällt es dir nicht?»
«Doch. Alles an dir gefällt mir.»
«Das ist es», sagte sie.
«Was?»
«Wenn man jemanden liebt, da ist das so. Es ist ein Beweis für Liebe.» Sie drehte sich rasch und lächelte einem jungen Mann zu, der neben ihnen an dem Brückengeländer stand, schon seit einer Weile. «Sowas kann sich natürlich ändern, wie jeder kluge Mensch aus Erfahrung weiß. Gehn wir! Ich ziehe heute abend... nein, warte, ich ziehe ein ganz glattes schmales Kleid an. Schwarz natürlich. Und nehme das Diamantcollier und den Nerz. Denkst du, daß die Kommunisten das ärgert?»
«Schon möglich.»
«Gut. Sie sollen sich ärgern. Und den Kommunismus abschaffen.»
«Dann hat auch nicht jede Frau einen Nerz und Diamanten um den Hals.»
«Aber wenigstens ein paar.»
«Das ist es ja gerade, was der Kommunismus will. Daß keine es hat.»
«Darüber kann ich nur lachen. Es gibt immer und überall Bonzen und ihre Frauen, die sowas haben. Sie wagen bloß nicht, es zu zeigen.»
«Wenn man es nicht zeigen kann, braucht man es eigentlich nicht.»
«Ist auch wieder wahr. Ich zeige es heute. Und dann trinke ich zwei, höchstens drei Becherovka. Und dann schlafe ich mit dir. Und denke bloß nicht, daß du mich los wirst. Mir wird etwas einfallen.»

Am nächsten Vormittag gingen sie wieder über die Brücke und stiegen die Gassen auf der Kleinseite zur Burg hinauf.
Blanca entzückte sich an den Häusern mit ihren Ornamenten und Namen.

«Mein Großvater hat hier ein Haus gehabt. Was heißt Haus! Ein Palais. Angèle hat davon erzählt.»

«Ja, ich weiß.»

«Er hat es irgendwann verkauft. Schade, nicht? Obwohl, sie hätten uns vermutlich da auch hinausgeschmissen. Besser, er hat es zu Geld gemacht, als er noch was dafür bekam. Wohnt vermutlich irgendein einflußreicher Genosse drin. Karel und Ludvika haben hier auch gewohnt, bei Gottlieb. Das müßte man eigentlich finden, was meinst du? Es ist ein Löwenkopf oben am Haus. Und irgendwas mit Scheren, weil ein Schneider da wohnte.»

Vom Hradschin war sie dann enttäuscht.

«Eine ganz glatte Fassade. Die Silhouette sieht nur so toll aus. Weil sie den Dom mitten hinein gebaut haben. Ganz schön raffiniert, was?»

Enttäuschend war auch die Skulptur des Kaisers.

«Er sieht richtig lieb aus, findest du nicht? Ich habe ihn mir imposanter vorgestellt. Aber einen schönen Bart hat er. Angèle hat gesagt, sie hat sich als Kind immer einen Mann mit Bart gewünscht. Hat sie nicht bekommen. Also ich wünsche mir keinen Mann mit Bart. Nicht mal mit Bärtchen. Fabrizio ließ sich mal sowas wachsen, habe ich ihm gleich wieder abgewöhnt.»

Beifall fand das Gesicht der Blanca von Valois.

«Siehst du, sie ist die hübscheste von seinen Frauen. Habe ich mir immer gedacht. Meine Nachfolgerin, ich meine ihre Nachfolgerin sieht ja scheußlich aus. Das war sicher die Mutter von dem, der den armen Nepomuk ersäuft hat.»

Peter gab ihr einen Schubs. «Nicht so laut», sagte er.

Sie hatte wirklich laut gesprochen, ein amüsierter Blick von der Seite hatte sie getroffen.

Der Herr lächelte. «Sie haben recht, gnädige Frau, Blanca war wirklich die Schönste. Schade, daß er sie so früh verloren hat. Sie ist nur zweiunddreißig Jahre alt geworden.» Blanca lächelte auch. «Ja, sehr schade. Er hat sie bestimmt sehr geliebt. Es ist nämlich so...» Sie hatte sagen wollen, ich heiße auch Blanca, nach ihr, aber sie verschluckte diese Bemerkung gerade noch. «Es ist so, ich habe mir immer gewünscht, dies hier mal zu sehen.»

Als sie wieder im Freien waren, sagte sie zu Peter: «Ich benehme mich unmöglich, was? Ich habe gar nicht daran gedacht, daß mich jemand versteht.»

«Was glaubst du denn, wer das alles hier besichtigt? Die Tschechen? Meist sind es Deutsche.»

«Vielleicht auch Böhmen.»

«Einst hieß das ganze Land Böhmen», sagte Peter. «Aber dein Kaiser war ein Luxemburger, französisch erzogen.»

«Vergiß ihn! Ich habe mich gestern von ihm getrennt.»

Am schönsten fand sie den Blick vom Hradschin hinab auf die Stadt.

«Diese Türme», sagte sie. «Wie herrlich ist eine Stadt mit vielen Türmen. Und mit einem Strom. Die Moldau da unten, die werde ich nie mehr vergessen. Aber denke ja nicht, daß ich den ganzen Weg da wieder hinunterlatsche, mir tun die Füße weh.»

Er blickte auf ihre Schuhe.

«Zu hohe Absätze. Muß ich mich denn um alles kümmern?»

«Mußt du. Das wollte ich doch immer, oder nicht?»

«Wir werden mit einem Taxi hinunterfahren. Aber vorher werden wir hier oben essen. Ich weiß ein hübsches Lokal auf dem Platz vor dem Hradschin. Mal sehen, ob es noch da ist.»

«Wo du mit jener Dame warst?»

«Sehr richtig. Sie fand übrigens auch, daß der Kaiser lieb aussieht.»

«Wirklich? Was für Gemeinsamkeiten sich doch herausstellen. Hast du sie mehr geliebt als mich?»

«Was für eine alberne Frage. Weißt du, wen ich am meisten geliebt habe?»

«Natürlich weiß ich das. Angèle.»

Er schwieg.

«Oder denkst du, ich bin doof? Ich weiß noch genau, wie du ihr immer nachgesehen hast. Und wie du dich aufgeführt hast, als sie weg war. Und wie du sie angesehen hast, damals vor Jahren, an meinem Geburtstag.»

«Ja», sagte er.

«Keiner weiß, wie und woran seine Blanca gestorben ist.»

«Ich habe in keinem Buch bisher darüber einen Vermerk gefunden. Komm, gehn wir essen.»

Das Lokal war noch da, es hieß ‹U Labuti›, auf deutsch, übersetzte er, Zu den Schwänen. Das Essen war bemerkenswert gut. Die Gäste mehrsprachig, deutsch, englisch, französisch war zu hören. Und russisch.

«Ein internationales Publikum. Eine Menge Devisen.»

«Auf der Kleinseite befinden sich mehrere Botschaften», sagte Peter. «Kann sein, manche der Herren essen hier.»

Er sah sich um. «Vielleicht sollten wir für morgen gleich einen Tisch reservieren lassen. Wir könnten hier mit ihm essen gehn.»

«Mit wem?»

Er zögerte, überlegte. Heute muß sie es erfahren, das erste Geheimnis.

«Wir werden morgen jemanden treffen», sagte er.

«Wen denn? Ein Kollege von dir?»

«Nein. Deinen Vater.»

«Meinen... Bitte wen?»

«Dein Vater ist in Prag. Und wir haben verabredet, uns zu treffen. Du wirst ihn kennenlernen.»

«Sag mal, spinnst du?»

«Dein Vater ist in Prag. Und er weiß, daß ich mit dir hier bin, er weiß, in welchem Hotel wir wohnen, und er will dich sehen.»

Sie war ganz blaß geworden.

«Das kann nicht dein Ernst sein. Er kann doch gar nicht mehr leben.»

«Er lebt, und es geht ihm ausgezeichnet.»

«Aber das ist doch schon lange her, als du ihn hier getroffen hast. Und ich denke... ich denke, er ist in Rußland.»

«Ich habe seit damals, es war 1962, ständig Verbindung zu ihm gehabt.»

«Ich will gehen», sie machte Anstalten, aufzustehen.

«Bleib sitzen. Wir haben noch nicht bezahlt.»

«Wohnt er denn hier?»

«Er ist genau wie damals zu einem Besuch hier. Mit seinem Sohn.»

«Mit seinem Sohn?»
«Mit Viktor, seinem jüngsten Sohn. Viktor ist ein hochbegabter Musiker, ein Pianist. Er hat in Moskau schon Konzerte gegeben, in Leningrad, auch in Warschau, und jetzt ist er in Prag.»
Blanca saß unbewegt, die Augen starr auf Peter gerichtet.
«Er hat eine Schule in Moskau besucht, in der begabte Kinder neben dem normalen Schulunterricht auch in dem Fach ihrer besonderen Begabung unterrichtet und gefördert werden. In der Beziehung sind die Sowjets weiter als wir. Er hat auch das Konservatorium besucht, und offenbar ist er ein junges Genie.»
«Und wie alt ist das Genie?»
«Achtzehn.»
«Also schon mehr als ein Wunderkind. Sein Sohn? Sein jüngster Sohn? Wieviel Kinder hat er denn?»
«Drei. Der Älteste hat Medizin studiert, wie sein Vater, wie seine Mutter. Das Mädchen ist, soviel ich weiß, verheiratet.»
«Laß uns gehn. Zahle und laß uns gehn. Mich interessiert das nämlich nicht.»
«Es sind gewissermaßen deine Geschwister.»
«Ach, blabla.»
«Halbgeschwister. So wie ich es ja auch war. Früher.»
«Und wieso können die so einfach ins Ausland fahren? Ich denke, die Russen lassen keinen raus.»
«Begabte Künstler haben die Möglichkeit. Man läßt sie gern ins Ausland, um zu zeigen, welche Talente in der Sowjetunion leben. Bisher, wie gesagt, hat Viktor nur in den Ostblockstaaten gespielt. Aber er wird in diesem Sommer bei den Festspielen in Salzburg auftreten. Karajan wünscht das, bei ihm wird er ein Klavierkonzert spielen. Soviel ich weiß, Tschaikowsky.»
«Was du alles weißt. Du hast mir nie davon erzählt.»
«Ich erzähle es dir jetzt.»
«Und wieso kann er... mein... mein Vater da einfach mitfahren? Wenn sie nun einfach im Westen bleiben, Vater und Sohn?»
«So etwas ist schon vorgekommen. Aber in Moskau bleibt ein Pfand zurück. Seine Frau, die anderen Kinder. Ich glaube, weder dein Vater noch sein Sohn möchten sie gefährden.»

«Na, wunderbar! Die schickt man dann nach Sibirien, wenn die zwei hier die Kurve kratzen.»

«Sprich nicht wieder so laut.»

Blanca sagte nichts mehr, bis sie draußen auf dem Platz standen. «Da drüben sind Taxen. Wir fahren jetzt in die Stadt hinunter.»

«Nein, warte. Wieso darf er mitfahren mit dem Wunderkind?»

«Weil der Junge noch sehr jung ist und einen Begleiter braucht. Möglicherweise ist auch noch ein Aufpasser dabei. Sie wohnen hier in der russischen Botschaft.»

«Na, ist ja toll.»

«Dein Vater ist ein sehr angesehener Mann in Moskau. Er hat sich spezialisiert auf die Behandlung Brandverletzter und offenbar große Erfolge damit erzielt.»

«Na, ist ja toll», wiederholte sie. «Und was geht mich das an?»

«Ich denke mir, du solltest deinen Vater kennenlernen. Wieder kennenlernen.»

«Ich bin nicht im geringsten an Herrn Doktor Wieland interessiert. Er hat eine Frau, nicht? Und er hat ein Wunderkind und sonst noch jede Menge Kinder. Und nun laß mich in Ruhe.»

Während der Fahrt in die Stadt hinunter sprach sie kein Wort. Im Hotel ging sie in ihr Zimmer und schloß mit Nachdruck die Tür hinter sich zu.

Sie warf sich aufs Bett, die Wut erstickte sie fast. Ich laß mir was einfallen. Ein paar Tage Liebe, das war es, was sie wollte. Und er fuhr mit ihr nach Prag und spielte hier den Familienonkel.

«Ich hasse dich», stöhnte sie in das Kissen. «Oh, wie ich die hasse?»

Sie reagierte den ganzen Nachmittag nicht auf sein Klopfen, nahm nicht das Telephon ab. Es war schönes Wetter, und er hatte vorgehabt, bis zum Altstädter Ring zu spazieren, die Theynkirche anzuschauen und dann weiter bis zum Wenzelsplatz. Doch sie rührte sich nicht, und auch in ihm stieg der Zorn hoch. Sie war das eigensinnige Kind wie früher. Und man konnte nicht wissen, was sie tat. Sie brachte es fertig, einen Flug zu buchen und einfach zu verschwinden.

Gleichzeitig bereute er es, daß er sie so unvorbereitet mit dem Vater überfallen hatte. Er hätte es ihr vorher sagen müssen, gestern zum Beispiel in Pilsen, als sie vor dem Haus standen, in dem Karl Anton und Josefa als Kinder gewohnt hatten. Er hätte sagen können: Es ist ein seltsamer Zufall, stell dir vor, zur Zeit ist dein Vater gerade in Prag und... Dann wäre sie gar nicht mitgekommen.

Herrgott, sie war eine erwachsene Frau und kein Kind.

Er war hin und her gerissen zwischen Zorn und Reue, und es war so schade um die wenigen Tage, die ihnen noch blieben. Was tat sie wohl?

Er verließ kurz das Hotel, ging bis zum Jüdischen Friedhof, kehrte wieder um. Nahm nochmals das Telephon in die Hand, keine Antwort.

Dann ging er in die Bar, trank einen Whisky, kehrte in sein Zimmer zurück, saß ratlos auf einem Sessel. Wieland wartete auf seinen Anruf.

Er konnte sagen, es ist etwas dazwischengekommen, wir müssen sofort abreisen.

Das war lächerlich.

Kurz vor sieben klingelte sein Telephon.

«Was machen wir heute abend?» fragte sie. «Ich bin umgezogen. Essen wir im Hotel, oder gehn wir aus?»

«Verdammt nochmal, Blanca...»

«Schon gut. Komm rüber. Ich werde dir meine Entscheidung mitteilen.»

Ihr Zimmer lag schräg gegenüber, und als er über den Gang ging, kam er sich vor wie ein Narr.

Sie stand mitten im Zimmer, sie trug ein Kleid aus hellem Grün, hochgeschlossen, mit einer schwarzen Borte um den Hals. In den Ohren hatte sie Brillanten, sie war stark geschminkt.

Sie lächelte und sagte liebenswürdig: «Ich mußte mich ein wenig ausruhen. Du doch sicher auch.»

«Ich könnte dich verprügeln.»

«Ach ja? Das hast du eigentlich nie getan. Hast du mit Papi gesprochen?»

«Nein. Ich weiß ja nicht, was ich ihm sagen soll.»
«Du hättest ihm wenigstens erzählen können, was wir heute unternommen haben. Er kann morgen kommen. Um elf, hier in der Hotelhalle.»

«Ich dachte mir, daß wir zusammen essen gehen», sagte er hilflos.

«Um elf, unten in der Halle. Ich will ihn erst sehen, und dann werde ich entscheiden, ob wir essen gehn. Und er soll ohne das Wunderkind kommen. Vater genügt fürs erste.»

Es war Angèles kalter, hochmütiger Ton, sie beherrschte ihn perfekt.

«Blanca, es tut mir leid, daß ich dich mit dieser Angelegenheit überfallen habe. Es ist ein Zufall, daß er hier ist und...»

«Ein Zufall? Du hast den Termin der Reise bestimmt.»

«Du wolltest nach Prag fahren.»

«Du hast den Termin der Reise bestimmt», wiederholte sie. «Oder nicht?»

«Als du den Plan mit der Reise hattest, wußte ich nicht, daß er hier sein würde. Er schrieb es mir vor einem Monat, und da dachte ich...»

«Wie schön, daß die Post zu Herrn Stalin jetzt so gut funktioniert.»

«Du bist abscheulich», sagte er leise.

«Aber das weißt du doch längst. Das war ich doch immer. Oder nicht?»

«Ich hatte es vergessen.»

«Wie schön für dich. Manchmal ist ein schlechtes Gedächtnis sehr nützlich. Meins ist noch sehr gut.»

Er schwieg und sah sie an. Sie war wunderschön mit diesem kalten Blick und dem lächelnden Gesicht.

«Du hast gesagt, du liebst mich.»

«Was hat das denn damit zu tun? Wie gesagt, mein Gedächtnis ist hervorragend. Mein Vater hat sich einen Dreck um mich gekümmert. Das ist doch so. Oder nicht? Ließ mich bei Josefa verkommen. Und Angèle dazu.»

«Das ist lange her. Und er konnte nicht kommen.»

«Ah ja? Soviel ich weiß, war er hier ... laß mal rechnen, das ist jetzt ungefähr fünfzehn Jahre her, nicht? Hat mich von einem Bruder befreit. Jetzt beschert er mir einen neuen. Ist das nichts? Er konnte hierbleiben, oder nicht? Sich um seine einzige Tochter kümmern.» Sie lachte in einem hohen, schrillen Ton.

«Vergeß ich ja schon wieder, daß er eine neue Tochter hatte. Und wieviel Kinder noch? Er muß ein echter Kommunist inzwischen geworden sein, oder nicht? Sonst hätten sie ihn wohl kaum behalten. Na, paßt doch sehr gut in unsere Zeit. Ich weiß bloß nicht, was er von einer Scheißkapitalistin, wie ich es bin, eigentlich will. Muß ihm doch ein Greuel sein, oder nicht?»

«Wenn du noch einmal oder nicht sagst, schmeiße ich dich aus dem Fenster.»

«Dann laß uns vorher auf die Brücke gehen, damit die Sache auch ihre hiesige Ordnung hat. Oder nicht?»

Es klang aggressiv, doch das Lächeln blieb.

Sie ging zu ihrem Toilettentisch, stäubte mit dem Pinsel noch ein wenig Puder auf ihr Gesicht.

«Du siehst aus, als wenn du auf die Bühne gehen wolltest», sagte er wütend.

«Gefalle ich dir nicht?»

«In Biscarosse hast du mir besser gefallen.»

«Tja, ich wußte immer, daß du eines Tages genug von mir haben würdest. Können wir trotzdem noch zusammen essen? Und vorher möchte ich einen Drink. Einen trockenen Martini. Denkst du, sie haben hier so etwas?»

«Keinen Becherovka?»

«Nein, heute nicht.»

«Dies ist ein amerikanisches Hotel, und sie haben bestimmt einen trockenen Martini.»

«Gut, dann essen wir hier. Ich habe auch keine Lust mehr, weit zu gehen. Ich habe sehr hohe Absätze, wie du siehst.»

«Ich wollte dir heute noch einiges von Prag zeigen.»

«Vielleicht morgen. Falls ich morgen noch da bin. Ich habe mich nach den Flügen und dem Fahrplan erkundigt. Aber es bleibt dabei, morgen um elf, hier im Hotel.»

Sie wandte sich ab vom Spiegel, sah ihn an. Plötzlich lachte sie.

«Weißt du, wie du aussiehst? Wie damals, wenn ich meine Schularbeiten nicht gemacht hatte.» Sie kam auf ihn zu, blieb vor ihm stehen. «Bin ich wirklich so abscheulich? Du bist ein Dummkopf, Peter, Darling. Was hätte denn deine liebe Karin gesagt, wenn du sie mit einem verlorengegangenen Vater überfallen hättest?»

«Sie hatte einen, er war nicht verlorengegangen.»

«Siehst du? Was ist er denn?»

«Er ist Reeder in Hamburg.»

«Vornehm, vornehm. Ich nehme an, sie hatte eine sichere, behütete Kindheit in Hamburg. Vielleicht an der Elbchaussee?»

«Ihre Mutter starb, als sie fünf war. Sie kam bei einem Luftangriff in Hamburg ums Leben.»

«Ja, ja, immer dieser Ärger mit dem Krieg.»

«Blanca...»

«Ich weiß, du möchtest mich verprügeln. Ich gehe jetzt hinunter in die Bar. Ich würde mich freuen, wenn du mich begleitest.»

Sie hob die Hand, er stieß ihre Hand zurück.

«Ich wollte dich streicheln, Darling.»

«Seit wann nennst du mich Darling?» fragte er wütend.

«Seit heute. Wir müssen den Kommunisten hier doch was bieten. Dollars zum Beispiel. Oder nicht?»

Und als er schwieg: «Mach doch nicht so ein unglückliches Gesicht, Darling. Ich werde Väterchen morgen freundlich begrüßen. Also? Väterchen, so sagt man doch auf russisch, oder nicht?»

In der Bar, dann beim Essen war sie freundlich und amüsant, der Oberkellner, die übrigen Kellner bedienten sie mit höchster Aufmerksamkeit, sie sah umwerfend aus, sie erregte Aufsehen, es waren keine Frauen im Restaurant, nur Männer. Sie lobte das Essen und den Wein, sie tat es heute auf englisch.

«Was heißt denn danke auf böhmisch? Ach, verzeih, auf tschechisch. Das könntest du mir aber wirklich beibringen.»

Als sie hinaufgingen, fragte sie: «Hast du Väterchen angerufen?»

Das hatte er getan, während sie in der Bar saß.

«Er kommt morgen um elf, wie du es befohlen hast, Majestät.»
Vor ihrer Tür blieben sie stehen.
«Schläfst du heute mit mir, Darling?»
«Ungern», sagte er.
«Das klingt verheißungsvoll.»
Später sagte sie: «Du bist wunderbar, wenn du auf mich wütend bist. Und nun geh in dein Zimmer, Darling. Ich muß ein bißchen schlafen. Sonst wird Väterchen sehr enttäuscht von mir sein.»
«Schließ wenigstens die Tür ab», sagte er und blickte auf ihren nackten Körper.
«Wegen der Diamanten, nicht? In kapitalistischen Staaten gibt man so etwas in einen Safe. Meinst du, sie haben sowas hier?»
Die Augen fielen ihr zu, sie war müde.
«Sicher haben sie das.»
«Ich schließe die Tür ab, und wenn sie trotzdem geklaut werden, kriege ich neue. So einfach ist das bei den Kapitalisten. Gute Nacht, Geliebter.»
«Steh auf, und schließ die Tür hinter mir ab.»
«Ja, gleich. Weißt du, daß ich dich liebe?»
Er blieb vor der Tür stehen, bis er das Drehen des Schlüssels hörte.
In seinem Zimmer ging er auf und ab, sah aus dem Fenster, rauchte. Sie war ein Ungeheuer, und er liebte sie.
Und es mußte aufhören. Den Weg hatte er schon gefunden. Angèle und Blanca. Die Frau unter dem Turm und die Gemahlin des Königs von Böhmen.
Wer bin ich denn? Ein Idiot, der sich von Frauen kaputtmachen läßt.
Von diesen beiden, immer wieder. Er dachte zurück an die Tage am großen Meer. Der Ozean. Der Atlantik. Das Meer. Das würde es nie wieder sein. Und er mußte sich retten. Mußte sich retten aus dem Meer, aus der Strömung, aus der Brandung. Sein Vater und seine Mutter waren untergegangen, waren ertrunken mit dem torpedierten Schiff. Und was ging ihn wirklich Herr Doktor Wieland an?

Die Marchesa Livallo brachte mit Grandezza, wie nicht anders zu erwarten, die Begegnung mit ihrem Vater am nächsten Vormittag zustande.

Sie war sehr charmant, liebenswürdig, als sei dieser Mann, der sie einst unter dem Turm in dem böhmischen Schloß gezeugt hatte, ein lang vermißter Vater. Sie betrachtete ihn mit Wohlgefallen, er war groß, schlank, ungebeugt, mit dem attraktiven grauen Haar. Er war genau siebzig Jahre alt, als er seine Tochter wiedertraf, die er zum letztenmal gesehen hatte, als sie drei Jahre alt war.

«Es ist wirklich ein tolles Erlebnis, in meinem Alter einen Vater beschert zu bekommen», sagte sie.

Und: «Ich hoffe, du wirst nun öfter bei uns erscheinen. Mein Mann würde sich sehr freuen, so interessante Verwandte zu bekommen.»

Und: «Wenn ihr in Salzburg seid, ist es kein so weiter Weg nach Como.»

Und: «Natürlich kommen wir zu dem Konzert. Wir sind fast jedes Jahr in Salzburg. Oh, ich liebe Karajan. Er ist der Größte.»

Und: «Was wird Viktor denn spielen? Erzähl mir von ihm.»

Die beiden Männer wurden restlos von ihr überfahren. Kein Wort von der Vergangenheit, nicht von Josefa, nicht von ihrer Jugend in der Brauerei. Ein bißchen was von Berlin, von Wien, so ganz nebenbei von ihrer Ehe.

«In Italien», sagte Karl Anton Wieland. «Es gefällt dir dort?»

«Aber ja! Es ist wundervoll. Ich bin sehr glücklich mit meinem Mann. Es wird euch bestimmt dort gefallen.»

«Du bist so schön wie deine Mutter», sagte Karl Anton Wieland andächtig.

«Keine Rede davon. Angèle ist viel schöner. Und sie kommt jetzt zu mir. Leider ist ihr Mann kürzlich gestorben.»

Sie sagte es in einem Ton, als sei es ein besonders erfreuliches Ereignis.

«Sie hat sehr gut mit ihm zusammen gelebt. Sie haben ein wunderschönes Haus in Montclair. Aber ich meine, daß sie lieber zu mir kommen sollte. Na, was meinst du, Väterchen, wenn ihr euch da mal wiederseht? Ich gebe euch eine große Party.»

Und: «Eine Sensation für meine Freunde. Stell dir vor, ich trete auf einmal mit einem Vater auf. Ein berühmter Arzt in Moskau. Ist das nichts?»

Sie machte das großartig, Karl Anton Wieland war entzückt von ihr, er hatte sich das schwieriger vorgestellt, besonders nachdem Peter am Abend zuvor mit ihm telephoniert hatte.

«Es wird kompliziert werden mit ihr», hatte er gesagt. Es war überhaupt nicht kompliziert. Die Marchesa war die Liebenswürdigkeit in Person.

Sie fuhren auch später hinauf zum Platz vor dem Hradschin, wo Peter einen Tisch bestellt hatte.

«Kaum zu glauben, daß du meine Tochter bist», sagte Karl Anton Wieland.

«Warum?» fragte Blanca harmlos.

Diese Frage konnte Doktor Wieland nicht beantworten.

«Du bist eine Hexe», sagte Peter, als sie abends im Bett lagen.

«Aber nein. Ich bin ein armes, unglückliches, verlassenes Kind, was ich immer war.»

Keine Lüge. Sie konnte ein Feuerwerk abbrennen, wo immer, wann immer, aber das genügte nicht.

«Meinst du, er wird uns besuchen in Cernobbio?»

«Vielleicht. Wenn sie dürfen. Und wenn der Junge berühmt genug ist.»

«Wenn Karajan ihn haben will, ist er berühmt. Meinst du, sie wollen bleiben?»

«Das denke ich nicht.»

«Wäre mir auch nicht recht. Wenn er so lange mit den Russen ausgekommen ist, kann er es auch noch für den Rest seines Lebens. Soll ich dir was sagen?»

«Ja?»

«Er ist mir total egal. Vater oder nicht Vater. Ich habe bis jetzt ohne ihn gelebt, ich kann auch weiterhin ohne ihn leben. Il Vecchio ist mir lieber.»

«Il Vecchio, dein Mann, dein Kind, das ist dein Leben.»

«Na ja, schon. Und du.»

Er beugte sich über sie und küßte sie. Diesen süßen, diesen

schönen, diesen geliebten Mund. Diesen Körper, der sich an ihn schmiegte. Jetzt, hier und heute.

«Wie soll ich nur ohne dich leben?»

«Du hast bisher sehr gut ohne mich gelebt. Denk nur an die Reederstochter aus Hamburg.»

Plötzlich lachte sie und richtete sich im Bett auf. «Stell dir doch das bloß mal vor! Ich serviere ihnen im Castello und den Mailändern dazu einen Vater aus Moskau. Was macht er da? Heilungen bei Brandverletzten? Na, dann hole ich einen berühmten Doktor dazu. Das wird ein Schlager. Und jede Menge Schwestern und Brüder dazu. Einer davon auch noch berühmt. Ich sehe sie schon auf meiner Terrasse scharwenzeln. Ich bin der Schlager der Saison. Schade, daß der Knabe nicht singt. Dann könnte er in der Scala auftreten.»

«Du bist grausam, Königin.»

Sie überlegte eine Weile. Sie saß aufrecht im Bett. Er legte die Hand um ihre Brust.

«Mir wird was einfallen», sagte sie begeistert. «Wir können das auch jetzt erst erfahren haben, daß du nicht sein Sohn bist.»

«Blanca!»

«Zum Beispiel. Oder ich sage ihm, er soll für jetzt und immerdar dieses Geheimnis für sich behalten. Was? Du bist und bleibst mein Bruder. Mein Gott, habe ich dann eine Menge Geschwister. Sie werden entzückt sein da bei mir. Familie lieben sie über alles. Und Väterchen sieht doch gut aus, mit dem kannst du dich sehen lassen.»

«Du bist unmöglich.»

«Na, nun sag es doch gleich richtig: Ich hasse dich.»

«Ich werde dich niemals hassen.»

«Du wirst mich lieben, immer.»

«Ich werde dich lieben, aber ich werde dich nicht wiedersehen.»

«Das kannst du nicht.»

Und nun verriet er doch das zweite Geheimnis, das er eigentlich nach der Grenze offenbaren wollte.

«Ich verlasse Deutschland.»

«Was heißt das?»

«Ich habe meine Stellung gekündigt.»
«Na und?»
«Es gibt eine neue Zeitschrift. Wir gründen sie demnächst. Sie heißt Wirtschaftswelt.»
«Na und?»
«Ich übernehme Amerika. Die ganze Ostküste. Boston, New York, bis Washington.»
«Es gibt eine ganze Menge solcher Zeitschriften. Fabrizio hat sie alle.»
«Wir versuchen es.»
«Du gehst also nach drüben. Meinetwegen?»
«Meinetwegen. Ich kann so nicht weiterleben.»
Blanca ließ sich sanft zurücksinken in seinen Arm, legte den Mund auf seine Schulter.
«Aber das ist doch wunderbar. Da brauche ich mir nicht mehr viel einfallen lassen. Ich besuche Angèle. Oft. Ich muß mich doch um sie kümmern, nicht? Ach!»
Sie hob die Arme über den Kopf, streckte sich.
«Wo wirst du wohnen?»
«New York vermutlich.»
«Herrlich. Das löst alle Probleme.»
«Nicht für mich», sagte er und richtete sich auf.
«Sei nicht dumm, Darling.»
«Sag nicht immer Darling zu mir.»
«Okay, Geliebter. Nun sieh es mal ganz nüchtern. Ich lebe auf dem Castello, du bist in New York. Ich muß mich um Angèle kümmern und komme zwei- oder dreimal im Jahr hinüber. Ist doch ganz plausibel, oder nicht? Da brauche ich mir gar nicht mehr viel einfallen zu lassen.»
«Ich habe es nie gesagt, aber nun sage ich es: Ich hasse dich.»
Sie lachte und ließ sich in seine Arme fallen.
«Aber ich liebe dich. Wir werden uns auch in New York wunderbar lieben. Ich will keinen anderen Mann mehr. Ich will dich.»
«Wie soll ich das ertragen?»
«Erzähl ich dir doch gerade. Es sei denn, du willst dann nur noch

Angèle. Oder du kommst eines Tages mit einer Mary oder Dolly am Arm und sagst, du hast sie geheiratet. Dann werde ich dich erschießen.»

«Gleich erschießen.»

«Das können sie doch drüben. Oder denkst du, ich kann mir keine Pistole beschaffen?»

«Du schon», sagte er. Und zog sie auf seinen Leib herab, küßte sie, hielt sie fest, nahm sie in sich wie ein Ertrinkender.

Sie würde nie begreifen, was sie für ihn war.

Doch, sie begriff es.

Ein kurzer Rundgang durch Eger, das Schloß wollte sie nicht sehen.

«Nie mehr. Laß die Kommunisten dort machen, was sie wollen. Eines Tages werden sie abgewirtschaftet haben, das sagt ein Freund von uns aus Mailand. Ist mir auch egal. So wie damals wird es nie wieder sein. Ich habe mein eigenes Schloß.»

«Laß uns doch wenigstens vorbeifahren.»

«Es interessiert mich nicht», sagte sie unlustig.

Er fuhr dann doch hin, an der Eger entlang, dann über eine Brücke. Wieder eine Brücke, eine bescheidene kleine Brücke, dann hielt er an.

«An die erinnere ich mich gar nicht», sagte sie.

«Wenn man nach Eger wollte, mußte man über diese Brücke. Wenn Angèle ausgeritten ist, dann ist sie hier unten, vor der Brücke nach links, also nach Westen abgebogen, auf die Wälder zu.»

«Und irgendwo in diesen Wäldern muß die Schlucht sein, von der sie erzählt hat. Da ist sie mit Jiři hingeritten, Karels Bruder.»

«Ja. Diese Geschichte kenne ich auch.»

«Sie war ja noch ein sehr junges Mädchen. Aber ich glaube, in diesen Jiři war sie verliebt.»

«Es ist möglich. Nach allem, was wir wissen, hatte sie ja nie Umgang mit jungen Leuten. Mit Gleichaltrigen. Bis sie dann in die Klosterschule kam, und da waren es ja auch nur Mädchen.»

«Und dann kam mein Vater eines Tages ins Schloß, er war der erste und für viele Jahre der einzige Mann. Kannst du dir das vorstellen, in all diesen Jahren in Hartmannshofen hat nie ein Mann sie umarmt. Oder wüßtest du einen?»

«Nein», sagte er zögernd. «Ich wüßte keinen.»

«Ich hätte das ja gemerkt. Das mit Josefa und Angermann habe ich sofort entdeckt. Ich verstehe jetzt ganz genau, wieso sie so schnell mit William auf und davon gegangen ist. Er war ein Mann. Ein toller Mann, wie die doofe Gisela sogar entdeckte. Übrigens muß mein Vater ein sehr attraktiver Mann gewesen sein in jungen Jahren. Er sieht ja heute noch nach allerhand aus. Findest du nicht? Was starrst du denn in die Gegend und sagst gar nichts? Da oben ist das Schloß. Es liegt hoch oben auf dem Hügel, und der Turm ist wirklich beachtlich. Fahrn wir mal rauf.»

«Ich denke, du willst nicht.»

«Doch.»

Er startete den Wagen wieder, und sie rollten langsam die ziemlich steile Anfahrt durch das Dorf hinauf. Erst kamen einige Gehöfte, ein Hund schoß bellend auf den Wagen zu, dann rückten die Häuser zusammen auf jeder Seite, die Straße selbst war gar nicht so schmal, sie führte geradeaus aufwärts, dann bog sie nach links ab und kreuzte eine andere Straße, die in westlicher Richtung aus dem Dorf herausführte. Hier war eine Bushaltestelle, einige Leute standen und warteten auf den Bus, sie blickten neugierig dem Wagen mit der Frankfurter Nummer nach.

«Wenn die wüßten, wer ich bin. Ob sie mit Steinen schmeißen würden?» sagte Blanca.

«Diesen Weg bin ich in die Schule gefahren», sagte er. «Der Bus fuhr damals nicht hier oben, er kam unten vorbei, hinter der Brücke.»

«Also bist du diesen Weg nicht gefahren, sondern gelaufen», korrigierte sie.

«Erst hatten wir noch einen Wagen im Schloß, da hat Basko mich gefahren. Und später hat mich Jaroslav oft gebracht.»

Das hohe eiserne Tor vor dem Schloßhof war geschlossen. Ein Schild hing da.

Sie stiegen aus, und Blanca sagte: «Man kann also nicht hinein. Was steht denn da?»

Peter las den tschechischen Text.

«Das Schloß ist nicht zu besichtigen, es wird renoviert.»

«Na, wie finde ich denn das? Keine Parteischule, kein Altersheim, und renovieren wollen sie auch. Das ist aber anständig von den Genossen. Vielleicht wollen sie ein Hotel daraus machen.»

«Kaum. Aber möglicherweise wollen sie es soweit herrichten, daß es später von Besuchern besichtigt werden kann.»

«Von den Devisen, klar. Ist ja wirklich ein toller Bau. Wie findest du es denn, daß ich hier geboren bin?»

«Möchtest du hier wieder wohnen?»

«Ganz bestimmt nicht. Renoviert oder nicht, es ist ja doch ein alter Kasten. Und auf keinen Fall möchte ich in einem kommunistischen Staat leben. Und dann immer hier durch das dreckige Dorf – nö, bestimmt nicht.»

«Du hast ja auch nur eine kleine Zeit deines Lebens hier verbracht. Aber Angèle! Für sie war das Schloß der einzige Platz auf Erden, wo sie leben wollte.»

«Heute sicher auch nicht mehr. Bei mir im Castello hat sie es viel bequemer.»

Blanca wandte mit einem Ruck den Kopf.

«Sieh mich an und sag mir die Wahrheit. Hier an dieser Stelle. Du willst mich wirklich verlassen?»

Er blickte auf das hohe schwere Gittertor, das sie vom Schloßhof trennte.

«Dein Vater hat mich hierher gebracht. Zu ihr. In ein gutes, friedliches Leben. Du warst noch gar nicht geboren. Und dann warst du meine kleine Schwester.»

Sie stampfte mit dem Fuß auf.

«Das weiß ich. Du warst mein großer Bruder, und ich habe dich geliebt. Ich habe dich immer geliebt, ob du nun mein Bruder warst oder nicht. Du willst mich verlassen?»

«Ich kann...» Er stockte, und sie sah, daß er Tränen in den Augen hatte. «Ich kann so nicht weiterleben. In dieser... dieser Unordnung. Diese gestohlenen Tage mit dir. Mit diesen Lügen. Ich kann es nicht.»

«Und du willst auch nicht, daß ich dich in New York besuche?»

«Begreifst du denn nicht?»

«Doch. Ich zerstöre dein Leben. Du gibst eine gute Stellung auf wegen mir. Riskierst einen Reinfall mit dem neuen Blatt. Gehst in einen anderen Erdteil. Und du mußt alles töten, was an Liebe in dir ist. Erst die Liebe zu Angèle. Und nun die Liebe zu mir. Laß uns fahren. Weg von hier. Ganz weit weg. Und dann trennen sich unsere Wege für immer.»

«Blanca!» Er riß sie in die Arme, küßte sie, und sie spürte seine Tränen auf ihren Wangen.

Der Turm, der hohe Turm des Schlosses, sah ihnen zu und schwieg. Der Wind, der von ihm herabwehte, reichte nicht bis vor das Tor.

Küsse und Tränen, Liebe und Leid, das hatte er oft gesehen, von Jahrhundert zu Jahrhundert blieb sich das gleich. Die Menschen kamen und gingen. Kinder waren geboren worden unter seinem Schutz. Gestorben waren sie, sterben würden auch, die da unten standen.

Der Turm würde bleiben. Stumm, hoch und stark, mit dem weiten Blick über das Land Böhmen.

Epilog

An einem Nachmittag im Januar des Jahres 1990 standen zwei Männer auf der Karlsbrücke in Prag. Es dunkelte schon, der Wind blies eisig über die Moldau.

Karel sagte: «Als ich damals aus diesem Land floh, sagte Olga auf einer Brücke kurz vor der Grenze: Nimm Abschied von der Moldau, du wirst sie nie wiedersehen. Und nun stehe ich hier mitten auf der Karlsbrücke und sehe die Moldau wieder. Hättest du das für möglich gehalten?»

Peter sagte: «Nein. Obwohl ich oft genug Politiker und Experten der Wirtschaft gesprochen habe, die der Meinung waren, der Bolschewismus hat abgewirtschaftet, er wird untergehen.»

«Doch wir dachten, ehe er untergeht, wird er die Welt in einen Krieg von unvorstellbarem Ausmaß stürzen. Er würde lieber alles vernichten, bevor er sich für besiegt erklärt.»

«Die Möglichkeiten dazu sind vorhanden. Es sind jahrzehntelang ungeheure Summen für die Rüstung ausgegeben worden. Für Waffen jeder Art. Und noch sind die Waffen da.»

«Kein Pessimismus in dieser Stunde. Laß mich hoffen, daß es gut gehen wird. Von Moskau ging die Angst aus, die die Welt quälte. Von Moskau kam die Erlösung. Gorbatschow hat die Tür aufgestoßen, einen Spalt zunächst, und er wußte sicher nicht, was er tat. Und dann war die Tür nicht mehr zu schließen. Die Deutschen haben angefangen. Da oben in der Deutschen Botschaft waren sie. Woher nahmen sie die Kraft und den Mut, den todesverachtenden Mut, der die Menschen in die Freiheit trieb? Hat es das jemals auf dieser Erde gegeben?»

«Ich denke schon, daß Menschen viel geopfert haben, um frei zu sein. Zu jeder Zeit. Aber du hast schon recht, es war wohl niemals solch ein Massenunternehmen. Und es ging von den Deutschen aus. Das geteilte Land war wie eine nie heilende Wunde.»

«Und nun haben sie alle davon profitiert», sagte Karel. «Meine

Landsleute, die Polen, die Rumänen, die Bulgaren, der ganze Osten. Und Rußland? Die Sowjetunion? Wird sie am Ende auch zu den Gewinnern gehören?»

«Es ist noch ein weiter Weg. Die Geschichte hat uns überrollt, aber in Wahrheit geht sie doch immer mit kleinen Schritten.»

«Ja. Laß uns auch gehen, es wird kalt auf der Brücke. Der Wind über der Moldau ist auf jeden Fall heute abend der Sieger. Was machen wir?»

«Wir suchen uns eine gemütliche Kneipe und trinken Becherovka.»

«Da muß ich an Blanca denken», sagte Karel. «Sie hat mir erzählt, daß der Becherovka ihr in Böhmen am besten von allem gefallen hat.»

«Ja», sagte Peter. «Sie hat ihn gern getrunken.»

Später, als sie in einer Kneipe in der Altstadt saßen und den ersten Becherovka getrunken hatten, fragte Karel: «Wann war das gleich, als ihr beide in Prag wart?»

«Tu nicht so, als ob du es nicht weißt. Sie wird es dir genau erzählt haben.»

«Es ist mehr als zwölf Jahre her, nicht wahr? Es ist mehr als zwölf Jahre her, daß du sie nicht gesehen hast.»

«Müssen wir davon reden? Haben wir kein anderes Thema?»

«Wir haben viele Themen, und der Abend ist noch lang. Morgen fliege ich nach Berlin. Ich muß das Brandenburger Tor sehen, das offene Brandenburger Tor.»

«Was kann es dir bedeuten?»

«Sag das nicht. Wenn ich nach Hollywood zurückkomme und nicht ein Stück von der Mauer mitbringe, werden sie mich lynchen. Die Mauer ist nun mal der große Hit. Wenn ich erzähle, ich habe auf der Karlsbrücke gestanden und in die Moldau geblickt, wird das keinen beeindrucken. Warum bist du so hart zu dir?»

«Was meinst du damit?»

«Du weißt genau, was ich meine. Und ich werde dir etwas sagen, mein Freund. Wenn du sie nicht willst, dann hole ich sie mir.»

Peter lachte. «Sie läßt sich von keinem holen. Und ausgerechnet du? Bisher hast du dich an keine Frau gebunden.»

«Du hast nie geheiratet, ich habe nicht geheiratet. In der Beziehung sind wir beide standhafte Männer. Bei mir war es der Beruf und ein gewisser Egoismus. Und was war es bei dir?»

«Nicht die richtige Frau gefunden, denke ich.«

«Das wird es wohl sein. Trinken wir noch einen.»

«Wir werden etwas zu essen bestellen.»

«Nicht hier. Ich werde dich zum Eulenkeller führen, dort kann man hervorragend essen.»

«Soviel ich weiß, warst du mehr als dreißig Jahre nicht in Prag.»

«Richtig. Und als ich noch hier war, konnte ich mir ein teures Restaurant nicht leisten. Aber ich weiß, daß Gottlieb Bronski, der berühmte Maler und mein Gönner, dort oft hinging und das Essen sehr lobte. Allerdings sagte er immer gleich hinterher: Das beste Essen krieg ich bei Ludvika.»

«Schade, daß deine Mutter diesen Tag nicht mehr erlebt hat.«

»Es ist eine ganze Generation gestorben, ehe die Freiheit kam. Aber ich bin noch heute, und heute erst recht, sehr froh darüber, daß ich es damals gewagt habe, wegzulaufen. Dadurch hat meine Maminka doch viele Jahre lang ein schönes Leben in Freiheit gehabt, hat immer mal wieder ein neues Kostüm bekommen und neue Schuhe, konnte kochen und backen, was sie wollte.»

«Und auf einen erfolgreichen Sohn stolz sein.»

«So ist es. Also gehn wir und schauen mal, ob wir dem Gottlieb sein Lieblingslokal finden. Ich weiß ungefähr, wo es sein muß.»

Es war ziemlich spät, als sie in ihr Hotel zurückkehrten, der Wind blies nun auch heftig durch die Gassen, und Karel sagte: «Es ist eine Nacht für den Golem.»

Aber nicht der Golem kam um die Ecke, sondern eine quietschende Straßenbahn in gewagtem Tempo.

«Die Dinger fahren immer noch», sagte Karel. «Und dabei haben sie jetzt eine schöne neue U-Bahn.»

Peter war stehengeblieben und sah den scheppernden Wagen nach.

«Die Straßenbahn! Blanca hat sich schon in Pilsen über sie geärgert.»

«Gut, daß wir wieder beim Thema sind. Wann fährst du an den Comer See?»

«Nie mehr. Es ist vorbei. Es ist zuviel Zeit vergangen.»

«Es ist viel Zeit vergangen, aber es ist nicht vorbei. Ich werde dir mal kurz schildern, wie es dort aussieht.»

«Woher willst du das so genau wissen? Wann warst du da?»

«Vor reichlich einem Jahr. Es war Oktober und prachtvolles Wetter. Im Jahr zuvor war Blancas Mann verunglückt.»

«Und wie geht es ihm?»

«Besser. Er konnte schon wieder auf der Terrasse sitzen.»

«Und Angèle?»

«Angèle, sehr richtig. Sie lebt seit einigen Jahren im Castello, und sie fühlt sich sehr wohl dort. Ich muß gestehen, ich konnte kaum den Blick von ihr wenden, solange ich da war. Du weißt ja, ich bin ein Augenmensch. Sie ist immer noch eine schöne Frau, Gottliebs Königin von Prag. Sie wandelt durch die großen Räume oder durch den Park in einem langen, fließenden Gewand, sie sieht aus wie einem alten Bild entstiegen.»

«Ich kenne diese Kleider. So habe ich sie in meiner Jugend erlebt.»

«Italienisch kann sie kaum, aber sie redet sowieso wenig. Eine besonders anregende Gesellschaft hat Blanca nicht an ihr.»

«Das war sie wohl nie.»

«Blanca hingegen ist sehr rastlos und ruhelos. Ständig unterwegs. Sie fährt nach Mailand hinein, in einem Wahnsinnstempo. Ich sagte, eines Tages wirst du einen Crash haben wie dein Mann, und man wird dich aus dem Schrott deines Wagens kratzen. Na, wenn schon, sagte sie, wem liegt schon was an mir. Sie hat viele Bekannte und...»

«Und einen Liebhaber, nehme ich an.»

«Ich hoffe es, mein Freund, ich hoffe es. Komm, gehn wir ins Hotel, mir ist ganz flau, ich muß einen Whisky trinken. Warum soll sie keinen Freund haben, keinen Mann, der sie liebt? Sie ist eine hinreißende Frau. Ganz anders als ihre Mutter. Nicht von dieser würdevollen Schönheit. Aber kapriziös, lebendig und höchst amüsant.»

«Ich weiß, langweilen kann man sich mit ihr nie.»

«Du sagst es. Und wenn du sie nicht willst, dann hole ich sie mir eben doch.»

«Wohin? Nach Hollywood?» fragte Peter spöttisch.

«Das ist es. Sie wird ihr Castello nicht verlassen. Und ich möchte gern noch ein paar Jahre arbeiten. Aber du mit deinem Wirtschaftsdienst in der Schweiz hättest keinen weiten Weg nach Como.»

«Hör auf, den Kuppler zu spielen. Man springt nicht ein zweitesmal in ein reißendes Wasser, in dem man fast ertrunken ist.»

«Aus Liebe zu ertrinken ist doch schön. Übrigens war der Pianist gerade da, als ich sie besuchte. Viktor Wieland. Er ist international berühmt, vergangenes Jahr hat er wieder in der Carnegie Hall gespielt. Ausgesprochen hübscher Mensch.»

«Ihr Halbbruder, gewissermaßen.»

«Er betet sie an. Und er versteht sich gut mit Carlo, der auch sehr gut Klavier spielt. Es stehen jetzt zwei Flügel im Haus. Manchmal kommt noch ein gewisser Antonio, der spielt auch Klavier, und Blanca sagte, die Klavierspielerei geht mir langsam auf den Geist. Aber an einem Abend kamen lauter junge Leute, Schulfreunde von Carlo, da waren sie eine richtige Band, mit allem, was dazugehört. Einen Trompeter hatten sie, umwerfend. Die Jungs könnten jederzeit auftreten. Carlo, der nächstes Jahr mit der Schule fertig ist, will auch Musik studieren.»

«Und die Seide?»

«Blanca lacht nur dazu. Er kann machen, was er will, sagt sie. Wir finden schon einen, der die Fabrik leitet. Das haben wir in Böhmen mit unserem Porzellan auch so gemacht.»

«Sie ist, wie sie immer war», sagte Peter leise.

«Warum soll sie anders sein. So, da sind wir. Laß uns gleich in die Bar gehen, ich bin ganz durchgefroren.»

«Du bist das kalifornische Klima gewöhnt.»

«So ist es. Morgen geht's nach Berlin, da bleibe ich zwei Tage, und dann geht's wieder rüber. Wir fangen demnächst an zu drehen. Ein Riesending! Und wir haben eine süße kleine Schauspielerin entdeckt. Ein zauberhaftes Gesicht. Aus der mache ich was.»

«Also wirst du dich verlieben. Oder hast du dich vielleicht schon verliebt.»

«Sie ist neunzehn. Ich mache mich doch nicht lächerlich. Wenn mich ein Gesicht interessiert, heißt das noch lange nicht, daß ich die Frau im Bett haben will.»

Es war spät in der Nacht, als sie sich verabschiedeten.

«Ich danke dir, Peter, daß du gekommen bist und diesen Tag mit mir verbracht hast. Hat es dich auch gefreut?»

«Ja. Sehr.»

«Kann ja sein, ich gebe dir ein paar nützliche Gedanken mit auf den Weg.»

«Nicht das, was du denkst.»

«Wie sagt sie immer? Blabla.»

«Nie wieder», sagte Peter.

«Man soll nie nie sagen, alter Freund. Gerade das haben wir ja heute auf der Brücke erlebt. Dann schlaf mal gut. Und bis zum nächstenmal. Ich werde bestimmt heute nacht von der Moldau träumen.»

Während er in sein Zimmer ging, hörte Peter im Geist Smetanas Musik. Prag hatte überlebt. Die Moldau floß durch die Stadt wie eh und je. Und Smetanas Moldau gehörte nicht nur dieser Stadt, sie gehörte der ganzen Welt.

Er stand mitten im Zimmer und hörte ihre Stimme.

Ist Prag eine Stadt des Abschieds?

Prag war eine Stadt des Abschieds gewesen. Doch jetzt war Prag eine Stadt der Hoffnung.

Für wen? Doch nicht für ihn.

Nein.

Nie wieder.

Er konnte nicht einschlafen, stand wieder auf, trat ans Fenster. eine dunkle, stürmische Nacht, doch gerade rissen die Wolken auf, der fast volle Mond schien über den Himmel zu jagen. Und dort unten stand der Golem.

Er legte die Hand über die Augen. War er betrunken?

Der Schatten einer erloschenen Laterne, er sah es, als der Mond sich wieder hinter den Wolken verbarg.

Morgen würde er die Aufnahme der Tschechischen Philharmoniker, «Die Moldau», dirigiert von Vaclav Neumann, kaufen. Die würde er ihr schicken, ohne Kommentar. Nur damit sie sah, daß er in Prag, im befreiten Prag, an sie gedacht hatte.

Obwohl sie wissen mußte, daß er immer und überall an sie dachte.

Inhalt

Prolog
Seite 7

DAS SCHLOSS
Seite 23

DIE BRAUEREI
Seite 111

DIE GALERIE
Seite 189

Ein Mann kommt aus Amerika
Seite 244

Finale Hartmannshofen
Seite 274

Il CASTELLO
Seite 337

Ein Mann kam aus Sibirien
Seite 451

Epilog
Seite 535